ウサ耳おっさん剣士は狼王子の求婚から逃げられない！

ノクト
勇者にして王子。狼獣人。
一度愛した相手に対して
ひたむきで熱烈。
スノゥ
兎獣人の双舞剣士。
無頼な冒険者だったが、
勇者ノクトから『勧誘』を受け、
彼と旅をしていくが——
シルヴァ＆アーテル
スノゥとノクトの愛し子。

グルム
勇者パーティ一行の一人。熊の獣人。真面目で優しい神官。
リューリク
白虎の獣人。とある因縁がスノウとあるようで——
ナーニャ
勇者パーティ一行の一人。山猫《リンクス》の獣人。少々世間慣れていない魔法使い。
モース
勇者パーティ一行の一人。篦鹿《へらじか》の獣人。食わせ者な大賢者。
characters
USAMIMI OSSAN KENSHI HA
OOKAMI OUJI NO
KYUUKON KARA NIGERARENAI!

プロローグ　求婚する相手が間違ってるぜ！　王子様！

勇者が災厄を打ち倒した！

黒雲が垂れ込めていた西の空にひび割れが走り、黄金の太陽の矢がいくつも空を貫く光景を見て、人々は勝利を知った。

勇者とその仲間の〝四英傑〟が再び世界に光を取りもどしたのだと。

◇◆◇　◆◇◆　◇◆◇

災厄討伐の祝賀会。その会場であるサンドリゥム王国、王城の黄金の大広間。

その中央でひらりひらりと歌い踊る舞姫。とんとんと軽妙にステップを踏むたびに、頭の上で揺れる白く長い兎の耳。その左耳の根元にはまった黒真珠のピアスが、しゃらりしゃらりと音を立てる。

天鵞絨《ビロード》のような美声に、双《ふた》つの短剣を翼のごとくふわりと広げ、くるりと優雅に回るその姿。声はしっかりと太い男のものなのに、いままで聞いたどんな歌姫のものより心に響く。その流麗な舞いに人々の目が奪われた。

スノゥがこの祝賀会に現れたとき、着飾った招待客はいずれも顔をしかめたというのに。

埃っぽくも汚れてもいないが、彼は上半身に胸に布を巻き付けた腹出し、袖無しの黒革のジレをまとうだけで下半身には革のぴったりとした七分丈のパンツを穿いて素足に編み上げのサンダルと、まったくの普段着姿だったからだ。

それでもスノゥの姿はとかく目を惹く。肩で無造作に切りそろえたまっ白な髪に、とろりとした石榴《ざくろ》色の瞳。細身だが引き締まった、戦い舞うための筋肉がしっかりついた身体。割れた腹筋、美しい隆起のむき出しの腕は髪と同じく雪のように白い。肌にはスノゥ自身が戦いの誉れと呼ぶ、赤い傷があちこちに散るが、身体の後ろには一つもない。敵に背を向けて逃げたことのない証だ。

唯一の飾りといえば、長く伸びた白い兎の耳の左の根元につけられた、白金《プラチナ》の花の中央に大粒の黒真珠がはめられたピアスだ。そして、黒革のパンツの尻にある、この男のまとう雰囲気にはそぐわない、まっ白で丸い尻尾。

そう、彼はおよそ戦うのに向かないといわれる兎族でありながら、勇者の仲間として神に選ばれたのである。

その名も双舞剣のスノゥ。

勇者と共についに『災厄』を倒した祝いの宴で非常識な格好をしている彼を、気位の高い貴族達は初め遠巻きに眺めていた。

それを気にせずにスノゥは「久々だから腕が鈍っているかもしれないが、今日は祝いだ」と言って、突然、朗々たる歌声とともに舞い踊り始めたのだ。

その途端、歌と舞の見事さに人々は目を奪われた。

踊りとともに上気した白い肌にうっすらと赤みがさし、その肌に刻まれた傷の赤がよりいっそう際立《きわだ》ったせいで、何か見てはいけないものを見たかのように、目を逸らす者もいたが。

さらに言うならば、無造作に肩で切りそろえた雪のように白い髪が隠す顔の半分は無精髭でうっすらと覆われていて、どこか年齢不詳の顔つきだ。

つまりは一見おじさんだ。

妙に色っぽいにしろ。

スノゥが踊りおえると、それまで冷ややかに見ていたのはどこへやら、人々が一斉にその周りに集って、賛美の言葉を次々に投げかけた。

「お見事な舞にございました、スノゥ殿」

今、スノゥに話しかけているのは、狐族の貴族の男だ。謡《うた》い舞う彼から一瞬目を泳がせたあとに、開き直ったかのように、その身体をなめ回すように見ていた。

他の踊りを称賛する人々の声には「あぁ」だの「どうも」だの適当に返事をしていたスノゥだったが「ぜひ、今度は我が夜会にご招待して、一つ舞っていただきたいものですな」と肩を抱こうと触れようとしたその男には、ギロリと視線をむけた。

石榴石《ガーネット》の瞳に見られて狐男の手が止まる。ぶつけられた殺気に無意識に固まったのだが、ほんの一瞬動きを止めるのに使われたそれを、当の男や周囲は気付いていていない。

ただ「はぁ？」と低いスノゥの不機嫌な声が響く。

「俺は踊り子じゃねぇんだから、金もらったって、あんたのためには舞わねぇぜ」

狐男が『無礼な！』と声をあげる前に「確かに見事な舞いであった」と伸びてきた大きな手が、スノゥの男にしては細い腰を抱き寄せる。

黒く艶やかな髪を背に流し、切れ長の銀月の瞳が輝く。長身でしっかりと筋肉のついた、高貴な獣を思わせる戦う者の身体。彼こそが勇者ノクト。この王国サンドリゥムの第二王子にして預言の子。すなわち、今世において災厄を倒した勇者だ。

その頭上には王族直系を表す漆黒の狼族の耳が生え、尻にはふさふさとした尻尾が揺れている。

当代の勇者にしてこの国の第二王子の出現に、狐男は冷水でも浴びせかけられたようにその開きかけた口を閉じた。

ノクトは傍《かたわ》らの男など見ることなく、スノゥの顔をじっと見る。

「災厄を見事倒した祝いの日に相応《ふさわ》しい舞。私も嬉しく思うぞ」

「別に王子様、あんたのために舞ったんじゃないんだけどな」

スノゥもそう背は低くないのだが、長身の彼に対しては自然と見上げるような形になってしまう。

またもやのスノゥのぶっきらぼうな言動に、王子にたいしてなんたる無礼と周囲はざわつくが、それにノクトは「わかっている」と微笑んだ。

「この勝利はみんなのものだろう？　勇者である私だけでなく、また英傑たる仲間達だけのものでもない。災厄を倒すために支え祈ってくれた人々、皆のものだ。その人々に祝福を……とお前は謡《うた》い舞ってくれた」

「…………」

いかにも勇者様らしい言葉にスノゥが返事をせずとも、周りは勝手に納得して「さすが勇者殿下」だの「その仲間の英傑たるスノゥ様らしい」などと感激している。

ところでだ、とスノゥは目を眇《すが》めた。

――ごくごく当たり前のようにスノゥの腰に回ったノクトの手には、誰も突っ込みを入れないのか？　目に入ってないのか？

戦いと踊りで鍛えあげられ引き締まった、スノゥの細腰を掴む、ノクトの剣ダコが出来た大きな手。

もっとも、今どころか、昨夜もその両手はがっちりとスノゥの腰を掴んでいたのだが。

それこそ、手の指の形にくっきり青あざが出来るまで。

身体を飾る誉れの剣傷を隠さないように、練り白粉《おしろい》を塗るのは結構手間なのだ。

腰の手型のあざだけではない。あちこちに散ったこの王子様が吸い付いた痕もだ。背中なんて鏡でしっかり確認しなければならない。

文句を言えば「だったら、その白肌を隠す衣をまとえばいいだろう？」とこの王子様は常日頃から繰り返している言葉を告げるだろう。

そこはスノゥの意地だ。

男が肌を隠して恥じらえというのか！

◇◆◇　◆◇◆　◇◆◇

「この場を借りて『願い』を口にしたい」

祝賀会の終わり、というより第一部の終わりというべきか。この場は一旦締めるが、あとはみんなで自由に楽しめという王の言葉のあとにノクトが発言した。

王国を滅ぼす災厄を退けたのだ。勇者以外の四英傑には、王よりそれぞれ褒美が与えられる約束となっている。スノゥ以外の三人は王国での地位と名誉を。

そしてスノゥは一生遊んで暮らせるだけの金を要求した。

だがノクトは勇者である前に、この国の王子だ。

旅に出る前に、彼は国と民の安寧以外なにも望まないと、神々に誓っていた。

その彼が『願い』？と、人々はざわめく。しかし父王は「おお、ノクト、なんなりと叶えよう」と笑顔で応えた。勇者たる自分の息子が、無茶な願いごとなどするはずがないという信頼の証ともいえる。

それにノクトは「いいえ」と首を振る。

「いかにこの国の王たる父上とても、叶えられる願いではありません。その本人が私の恋い想う心を受け入れてくれなければ」

その言葉に周囲が再びざわめく。当代の勇者であり、この国の王子にして誰もが見とれる美丈夫

である青年が、恋し焦がれるほどのその人とは⁉

いや～な予感がしたスノゥはさりげにノクトから離れようとした。が、腰にある王子様の手がスノゥの腰をがっちりつかんでいる。

それでも素早く体を離そうとすると、ノクトはスノゥの足下に片膝をつき、さらにはすかさず逃げられないように、スノゥの片手を捧げ持っていた。

「双舞剣のスノゥよ、あなたに永遠の愛を捧げる。狼の雄は生涯ただ一人に愛を誓うもの。どうか、我が妻となってくれ」

その手の甲に端正な唇が押しつけられる感触に、スノゥはどうしてこうなった？と遠い目になった。

この王子様との出会いは最悪だったはずなのに……と。

第一章　最悪で最高の出会い

サンドリゥム王国に『災厄』が出現し、第二王子であるノクトが、神託によって『勇者』に選ばれた頃のことだ。

たまたま立ち寄った王都の城門に掲げられた『凪《なぎ》の停戦』と『十年の祝祭』の宣言の立て札。

マントのフードを目深に被ったうえに、ターバンを頭に巻き付けて長耳を隠したスノゥはそれを横目で見て通り過ぎた。

凪《なぎ》の停戦と祝祭の十年。これは太古の昔、神々によって定められたことだ。

遠い神話の昔、神々でさえ地の底に封じるしかなかった、厄神。長い時間をかけて、そのかけらが地上に泡のように湧き上がってくることを『災厄』と呼ぶ。

これ以上は人の世界に干渉しないと決め、遥か天空へと去った神々は、その代わりとして人間達に災厄を倒す手段を与えた。それが神託によって選ばれる、預言の勇者と仲間達だ。

だが人の世とは悲しいもの。災厄を勇者が倒してめでたしとはならなかった。

災厄によって疲弊したその国を、他国が攻め滅ぼしたのだ。国を守ろうとした勇者と仲間達もまた倒れた。

天の神々は怒り、戦を仕掛けた国は一夜にして滅んだ。

それから神々は、災厄が出現すると同時に地上でのすべての戦を止めること、災厄が倒されたあとの十年も国々の争いごとは禁じると人間達に命じた。

つまり災厄出現が報じられれば、どんなに醜く争っていた国同士も直ちに戦を止めねばならない。

これを凪《なぎ》の停戦という。

そして災厄が倒されたあとの十年間は戦が出来ない。これを祝祭の十年という。

災厄という不安はあるが、国々の争いごとがないある意味で穏やかな期間。

うるさい国境越えの管理もゆるくなって旅をしやすくなる……と、流れの冒険者であるスノゥの考えはその程度だった。

しかしその夜、夢の中で神託により自分が勇者の仲間に選ばれたと告げられた。

スノゥはそれを無視し、サンドリゥムへとは向かわず、気ままな旅を続けた。

◇◆◇　◆◇◆　◇◆◇

その日、スノゥはふらりと立ち寄った街の闘技大会に飛び入りし、決勝にて筋肉隆々の熊男を倒して優勝し、賞金をせしめた。

「あんな細っこいの、ひとひねり出来ると思ったのになんだよ！　あのふざけた強さは！」

「お前バカかよ。ターバンで耳を隠して、腰に双《ふた》つの短剣。さらに歌い踊りながら戦うなんて、双舞剣のスノゥしかいねぇだろうが」

隣室の控え室から熊男と、準決勝でスノゥと戦う前に棄権した相手の声が聞こえる。

「ゲッ！　双舞剣のスノゥって！　あの兎族のクセして強いって奴か！　どうりで耳をかくしていたはずだ！」

「っていうか、なんでそんな大物がこんなちっぽけな街の闘技大会に飛び入り参加して、賞金かっ攫っていくんだよ！」「知るか！　俺はだから戦う前に棄権した！」なんて声を背に、スノゥはコロシアムを出た。

「双舞剣のスノゥだな？」

すると背後から声をかけられた。振り返ったスノゥは自分と同じくマントにフードを目深にかぶった姿が目の前にあることに、眉根を寄せた。

この自分がこんな簡単に背後をとられるなんて……だ。

「私の名はノクト」

長身の男は選ばれた勇者とも、サンドリゥム王国の第二王子とも口にしなかった。ただの名前だけ。

スノゥは目を細めて、目の前の男を眺めた。

なるほど、勇者様に選ばれるだけある謙虚さだ。

「神々の神託はそちらに届いていたはずだ。なぜ『召喚』に応じない？」

しかし、上から目線の偉そうな口調には非難の響きがあった。

「ふぅん、こっちから〝勇者様〟のところにはせ参じるのが当たり前ってか？　むしろ災厄退治の協力をしてくれと、そっちから頼みに来るのがスジってもんじゃないか？」

「…………」

フードに顔は隠れてわからないが、あきらかに不機嫌そうになった空気にもスノゥは平然としていた。別に勇者様の機嫌を損ねて、ここで立ち去られたところでこちらは痛くもかゆくもない。

立ち去ろうとしたところ、男――ノクトに腕を掴まれる。

「ではこちらから迎えにきた。行くぞ」

スノゥの「は？」という声は転送でぶれる風景にかき消された。

次の瞬間には、目の前がコロシアムのある埃っぽい風景から、どこかの王宮の風景へと変わっていた。

転送石だ。転移を使える魔術師は少ない。転送石があれば、術師が魔石に魔力を込めることで、術者でなくても転移を使える。

とはいえ座標は固定の一度きりのものだが。

ノクトのてのひらで魔石が砕け散るのを睨みつけて、スノゥは「やってくれたな」と低い声でつぶやく。

「いきなりの転送なんて、こりゃ拉致って言わねぇか？」

「話ならば、玉座の間でする」

スノゥの怒気もさらりと無視して、ノクトがフードごとマントを脱ぐ。

途端に秀麗な顔立ちが露《あら》わになった。男らしく太く形の良い眉に、切れ長の目。瞳の色は銀月の色だ。通った鼻筋に、きりりと引き結ばれている絶妙な形と厚さの唇は、天才画家が描いたらこうなると思わせる。額も頬も顎の形さえ完璧な線の顔を縁取るのは、漆黒の長い髪。

頭の上には同じく漆黒の狼の耳。

その長身に相応《ふさわ》しい広い肩幅に厚い胸板、引き締まった腰から続く長い足――と、見た目だけなら完璧な王子様で、勇者だった。

それに一瞬見とれたとは認めたくなくて、スノゥは不機嫌を装ったまま、そっぽを向く。

「こちらに来い」と言われて大人しく従ったのは、この無口な王子様では埒《らち》が明かない。玉座の間で待っている相手と交渉をする必要があると思ったからだ。

◇◆◇　◆◇◆　◇◆◇

玉座の間。

天井の高い広い部屋。奥には三段高い階《きざはし》があり、その上の玉座に座る狼族の王がいた。その周りに王侯貴族達。

ノクトのあとをついてその玉座の前へと来る。その途端、「無礼な！」という声が響く。

いかにも高そうな宮廷服をまとった狼族の中年男が叫んだ。玉座の間に並ぶことを許されているのだから、かなり高位の貴族だろう。

「陛下の御前だというのに、マントのフードもかぶったまま、薄汚い姿をさらすなど……っ！」

その中年貴族の言葉が途切れたのは、スノゥが遠慮なく、そちらに殺気をぶつけたからだ。それだけなのに中年貴族は腰を抜かして、床にへたり込んだ。あげくふさふさの狼の尻尾を足の間に挟んでいる。狼なのに犬みたいだなとスノゥは思った。

スノゥが殺気を発した瞬間、玉座の間の警備をしていた近衛騎士達が腰の剣に手をかける。

「止めよ！」

静かだが鞭の一撃のように鋭い声がノクトから発せられて、前のめりになりかけた近衛達の動きをぴたりと止める。

「玉座の間に入る前にマントを脱ぐように言わなかったのは、案内した私の落ち度だ」

ノクトはそう周囲に言い、スノゥに向き直る。

「陛下の御前だ。マントとターバンを取ってくれ」

「…………」

軽く頭まで下げられれば「そこは取ってくださいだろう」という野暮は言わない。スノゥは素直にマントを脱ぎ、頭に適当に巻き付けた布を解いた。

最初の出会いからの偉そうな態度なクセして、こんな風に頼んでくるのだから調子が狂う。

スノゥがターバンを取ると、長く白い耳が露《あら》わになった。

「やはり兎族か」

「最弱の種族が、我らが勇者であるノクト殿下の旅の仲間など信じられん」

「服装も傷だらけの肌を見せつけるような、まるで無頼のようではないか。コロシアム荒らしの賞金稼ぎだと聞いたぞ」

貴族達がざわめく。それもこちらに聞こえるように声も抑えずにだ。

それでスノゥの元から不機嫌だった気分は、さらに下降した。

「兎族で悪かったな。御前のお目汚しっていうなら、俺はこれで帰らせてもらうぜ」

本気で帰ろうと踵《きびす》を返したら「待たれよ」と玉座より声がかかった。

「臣下の非礼をまず詫びよう」

一国の王が謝るなどなかなか出来ることではない。まして平民のスノゥにだ。それだけで彼はこの王に好感を持った。

「双舞剣のスノゥよ。我らの話を聞いてくれんか？　ワシはサンドリゥム国王カールじゃ。こちらは王太子のヨファン」

カール王がちらりと見れば、王太子ヨファンはスノゥに向かい、いささかおどおどした態度で目礼した。

――王太子だというのにずいぶんと気弱そうだが大丈夫かね？　もっともそちらのお国の事情など、関係ないが。

「そなたの横にいるのが、当代の勇者にして我が国の第二王子のノクトだ」

「ノクトだ。先に名乗ったな」

こちらはこちらで勇者様らしく、やっぱり偉そうな態度だ。どちらかというとこっちのほうが王太子らしい。

「それから、そなたと同じく神託を受けた、賢者モースに魔法使いナーニャ、神官のグルムだ」

王太子とは反対側の階《きざはし》の下に並ぶ者達をカール王が紹介した。

篦鹿《へらじか》の立派な角に赤い髭を蓄えたいかにも賢者然とした、初老の男。とんがり帽子をかぶり、赤い魔石のはまったロッドを持った、赤毛の山猫《リンクス》の魔法使いの少女。そして、丁寧に胸に手をあてて礼をしたのは、神官にしては大柄な、熊族の青年神官だ。

「さて、夢見のお告げによりそなたにも勇者の仲間である神託が下ったと思ったが、この半月を待ってもそなたがサンドリゥムにやってくる気配がない。なにか事情があるのか？とこちらから探させてもらった」

「そりゃどうも。こちらはこの勇者様に話があると、いきなり転送石で〝拉致〟されましてね。実のところ、なにがなんだか、まだ混乱しております」

嫌みったらしくいってやれば、カール王は「なんと！」と大仰に驚いてみせた。

その様子にこりゃなかなかの狸だぞ……とスノゥは思う。あ、狸ではなくて古狼《ふるおおかみ》か。

「ノクト、話もせずにいきなりスノゥ殿を連れてきたのか？」

「なぜ、自分からサンドリゥムに赴かねばならない？　そちらから迎えにくるのが道理だろうといわれましたので、言葉どおりこちらに〝招待〟いたしました」

ノクトがしれっと答える。まあ、確かにスノゥの言葉そのままではあるが、どう考えたってこれは〝招待〟ではなく〝拉致〟だろう。

さらに。

「私ではこの者をサンドリゥムに赴く気にさせることは出来ない。まず陛下と話をしていただくのが先と思いましたので多少強引な手をつかいました」

またしてもしれっとお答えになる勇者様。つまり、口じゃこのおっさんウサギに敵わないとおもったので、口のお上手な父上なんとかしてくださいと……開き直りやがった。

まあ、適材適所。さすが勇者様。父上に丸投げかよ！

「夢見の神託を受けたっていうのに、すぐに応じなかったってどういうこと？　それもこっちから迎えに来いですって！」

腕を組んでこちらを睨みつけているのは、リンクスの魔法使いの少女だ。

名前はナーニャとかいったか。燃えるような赤毛といい、いかにも生意気天才少女といった雰囲気だ。まあ、見たところ十五、六歳といったところだし、この若さで勇者の仲間に選ばれるのだから、魔法の実力は相当のものだろう。

王の御前で生意気な口ぶりだが、本人の若さや実力、勇者の仲間ということがあって大目に見られているのかもしれない。

「魔法使いのお嬢ちゃん、あんたはこの国の生まれか？」

「ええ、そうよ！　それと、あなたがこの国に来ないのに何の関係があるっていうの？」

ナーニャが『お嬢ちゃん』という言葉にむうっと唇を尖らせる。子供扱いされて気に入らないのだろうが、態度に出すうちはまだまだガキってことだ。

スノゥは皮肉げに微笑んで言った。

「関係あるに決まってるだろう？　俺はこの国の生まれじゃない。無宿の放浪者だ。災厄が現れたことを気の毒には思うが、所詮〝他人ごと〟だ」

「他人ごとですって！」

「ああ、俺はこの国に縁もゆかりもなければ、世話になったこともない」

ナーニャが尖った声をあげるが、スノゥは淡々と続けた。

「災厄を倒すのとなりゃ命がけだ。見ず知らずの他人のために、ほいほい命をかけるもんじゃない」

「あたしは出来るわ！　あなたみたいな冷たい人じゃない！」

「そう思ってくれて構わないぜ、お嬢ちゃん。俺は自分の命が一番大事なんでね」

ばっさりとスノゥが切り捨てれば、ナーニャが悔しげに黙りこむ。

そこで熊族の青年神官、グルムが静かに声をあげた。

「多くの人々が災厄のために財産を失い、命を失い、生まれた土地を追われることになってもですか？」

その声にスノゥは目を細めた。こちらを見る目は、綺麗な正しいものだけを見てきた、それだ。清く正しい神官様からすれば人々の救済は使命なんだろうが。

「災厄が滅ぼすのは国一つだ」

スノゥは告げた。

災厄は世界を滅ぼすわけではない。そして、討伐されなくとも災厄は、十年経てば自然に消滅する。そして爆発するように、災厄の現れた国の全土に瘴気をまき散らすのだ。だが不思議なことに、その瘴気が国境線をはみ出すことはない。

とはいえ災厄に汚染された国土は、千年、人が住めぬ不毛の地となり、国は事実上滅びるわけだが。

「つまり〝放浪者〟である俺は、災厄が現れたなら別の土地にいけばいいだけの話なんだよ。若い坊さんよ。くり返すが、俺が命がけで戦うような、〝利〟は何一つない」

スノゥが告げればグルムが黙りこむ。逆に周りの重臣達や高位貴族達が騒がしい。

「〝他人ごと〟だと」

「勇者の仲間に選ばれた名誉をなんと心得る」

「やはり最弱の兎族、臆病風に吹かれたんだろうさ」

スノゥは腹を立てていた。自分の意思を無視して、こんな場所に強引に連れてきた勇者様。さらには自分を無頼の放浪者で最弱の兎族だと色眼鏡で見たうえに、蔑むような貴族達の態度。

これで国を救ってくださいといわれて、はいそうですかと喜んで受けるほうがおかしいだろう。

そこに割り込んだのが、いままで黙っていた賢者モースだ。

「確かにそなたのいうとおりだ。縁もゆかりのない相手を命がけで助けるというならば対価は必要であるな。ならばそなたの求める〝利〟はなんだ？」

さすが賢者様となると、スノゥの口ぶりにも腹を立てた様子もなくこちらへ訊ねてくる。

「さて、それは王様の心づもり一つでしょう。俺の命にどれだけ積んでくださるか」

そう言ってスノゥがカール王に視線を向けると、王はうなずいた。

「国の危機だ。こちらが出来うる限り、そなたの望むものを与えよう。地位に爵位、それにともなう邸宅に領土、好きなものを望むがいい」

その言葉にざわめく廷臣達を横目にスノゥは「ああ、そんなものはいりません」と答える。

「俺は地位や名誉なんかに興味はない。爵位や領地に縛り付けられるのもまっぴらだし、救国の英雄なんてもてはやされて有頂天になるほど、馬鹿ではないんでね」

これは貴族達に対しての嫌みだ。お前達がふんぞり返っている地位など、自分にとって意味はないのだと。「陛下の御厚遇をなんと心得ているのか！」などと口にしている馬鹿がいる時点で、それも通じていないようだが。

「ふむ、地位も名誉もいらぬか。では、なにが欲しい？」

貴族達の喧騒をよそにカール王が訊ねる。やはりこの王は賢者様同様、現実を見すえている。

スノゥは、貴族達の喧騒を無視して、カール王に言った。

「災厄討伐の〝報酬〟はただ一つ。ガトラムル白金貨一千枚。それ以上でも、それ以下でもない。払えないと言うなら、これで話は決裂だ」

商都ガトラムルの金貨は純度が高く、大陸の公用通貨となっている。その中でも白金貨は国家間や大口の商いで通常使われるものだ。実際の金の重さと関係なく、一枚でガトラムル金貨百枚相当に値《あたい》すると保証されている。

それを一千枚とは、ちょっとした小国の一年分の予算だ。この言葉に喧騒がさらに大きくなる。

「災厄討伐の誉れを金に換算するとは！」

「まったく、本当にあれが選ばれたのか？　いくら夢見の神託があったとはいえ」

「出自もわからない最弱の種族だ。そのうえに無頼のような肌も露《あら》わなあの姿」

「確かに物好きならば、男の傷だらけの身体に金を払うかもな」

スノゥが要求したものにひっかけて、夜の女……つまりは娼婦のように身体を売っているのでは？　という侮辱を、スノゥの長い耳は聞き逃さなかった。

石榴《ざくろ》色の瞳をちらりと動かし、彼らを一瞬見つめる。それだけで、見えない重りでものせられたかのように貴族達は押し黙った。スノゥは別に、さきほどのような殺気は飛ばしていない。

本当にただ見ただけだが、それだけで怯えたような顔をする口だけの貴族達をあざ笑うように、スノゥは口の片端をつりあげた。

そして、さあどうする?と玉座に座る王を見る。

茶色の狼の耳と尻尾を持つカール王は、その隣に立つ王太子ヨファンを見る。

「お前ならどうする?　ヨファンよ」

「はあ……災厄を倒すためとはいえ、かなりの大金。まずは側近達にはかり……」

その言葉にスノゥは内心であきれた。払うのか払わないかで、当然意見は割れるだろう。しかし災厄は待ってくれない。終わらない会議をしてるうちに国は滅びるぞ……と。

カール王はそんな王太子の返事にため息をつき、スノゥを見て「白金貨千枚。確かに承知した」と答える。

廷臣達は当然慌てた様子になる。あげく「あのような卑賤の者に金など払う必要はありませぬ」「追い返し、再度の神々の神託を待たれては……」などと言いだす者もいる始末だ。

スノゥとしては構わない。金がもらえないならば、この国に見切りをつけて別の国に行くだけのことだ。

災厄が滅ぼすのは〝国一つ〟と決まっているのだから。

「夢見の神託は絶対だ」

しかしスノゥの隣に立つノクトが口を開いた。

王が「国のため、民のため、金で災厄を退けられるなら安いものだ」と言ってなお、「王はあの道化に騙されているのです！」と騒いでいた廷臣達が、ぴたりと押し黙る。

ノクトは静まり返った空間で、スノゥに視線を送った。

「神託に間違いはないとわかっている。だが、お前の請求する金額通りの価値があるのか、試させてもらう。傭兵の値段はその強さで決まるからな」

勇者の旅路に金を要求するならば、それは勇者の仲間ではなく傭兵だというわけだ。

スノゥは白い肌にやけに目立つ赤く薄い唇をゆがませ、愉快そうに微笑んだ。

「それなら、王子様自ら俺の値段をつけてくれるかい？」

さっき貴族達が金で買える男娼だと揶揄したのに引っかけて、スノゥはノクトを挑発した。

男娼にしろ傭兵にしろ、人を金で買うのは一緒だ。

自分の強さを知りたいのなら、あんた自ら俺と戦ってみろよ、勇者様……と。

「わかった。勇者の傭兵に相応《ふさわ》しいか試してやろう」

うなずいたノクトは「結界を」と青年神官に言葉をかける。

「わかりました」

うなずいたグルムが神聖呪文を唱えれば、二人の周囲はたちまち結界に包まれた。それを創り上げた人物の実直さを表すように、きっちり四角形の強固な結界だ。

これならば、勇者とコロシアム荒らしの双舞剣士が多少暴れたところで、玉座の間には傷一つつかないだろう。

ノクトが腰の剣を抜き、スノゥも腰の左右につり下げた双剣を抜く。ノクトの剣が長剣なのに対して、スノゥの剣は三日月型の短剣だ。

まずは小手調べとばかり、スノゥはトントンとステップを踏んで、足に疾風をまとうとノクトの懐に飛びこんだ。あまりにも素早いせいで、結界の外から見ていた観客達にはスノゥがその場から消えて、次の瞬間にノクトの目の前に現れたように見えたほどだ。

だが、それに惑うノクトではなかった。スノゥの動きを読んでいたかのように、長剣が横に払われる。

スノゥはしなやかに仰け反り、それを避けたが、さらに先読みした剣がするするとスノゥの喉元に伸びてくる。それを右の短剣ではじく。ずっしりとした重さに、スノゥはかすかに顔をしかめた。

そのままくるりと宙で一回転して、後方に着地して距離をとる。

やはり勇者、舐めてはいなかったが、やばいな……とスノゥは思う。

こんな重い剣を受け続ければ、その負荷が腕に蓄積する。戦いが長引けば長引くほど、膂力《りょりょく》には劣るこちらが不利だ。

距離をとったスノゥの口から旋律がこぼれる。流れるようなそれに、観客達はこれが戦いだと忘れて聞き入ったほどだ。たった一節で終わったたが。

歌うのと同時に、全身に力がみなぎり、スノゥは双剣を再び振るった。これで相手の重い一撃の一撃を受けとめ、耐えることが出来る。そして自らの双剣を押す力も彼には及ばずとも強くなった。

「なるほど、それが謡《うた》いと舞の強化か。見事だ」

スノゥがなにをしたか、読み取ったノクトがその銀月の目を細め、ナーニャの名を呼んだ。

「はいはい強化には強化を。片方だけなんて不公平だもんね」

リンクスの少女は杖を構えて呪文を唱える。杖から飛んだ光がノクトの身体に吸い込まれて、彼の身体が強化されたのがわかる。

「やれやれ、魔法使いの嬢ちゃんの力を借りるかよ！」

「彼女はすでに勇者の仲間だ。助力を頼んでどこが悪い？」

「悪くねぇ！」

実際の戦いとなれば卑怯もなにもない。勝ったほうが正義なのだ。元々の身体能力にくわえて、魔法で強化された二人は結界内で激しく戦いあう。たった一歩の踏み込みからの床の蹴りで、相手の目前に迫り、得物を叩きつけ合った瞬間に火花が飛び散る。大きく飛び上がった二人は玉座の間の高い天井近くで交差し、さらに結界の壁を蹴って、空中で再び交差した。

そんな二人の動きを視認出来るものは少ない。

多くの廷臣達は「なにが起こっている!?」と激しく疾風と閃光が放たれる結界内を見つめるばかりだ。一方、二人の動きがわかる近衛騎士達は青ざめていた。魔法強化された軍服をまとっていても、あの嵐のなかに飛びこめば無傷ではいられないだろうと。

「くっ！」

結界を張り続けているグルムは額に汗をかいていた。二人が同時に蹴った結界の側面が激しくたわむ。それに「情けないわね！」とナーニャが杖を振りかざし、グルムの結界の上からさらに網目状の雷光の結界を張り直す。輝く結界に周囲がどよめいた。

しかしその瞬間、結界のなかで二人が宙で剣を大きく振って、互いに神速のかまいたちを飛ばした。かまいたちが二重の結界の壁にぶつかる。

「ぐっ」

「キャア！」

グルムのこめかみに一筋汗が流れ、ナーニャが思わず声をあげる。情けない悲鳴をあげた少女は、頬を赤らめて傍《かたわ》らの立派な鹿の角を持つ老賢者に噛みついた。

「もう、ノクトったら『試す』なんて言っておいて、すっかりあの兎男との戦いに夢中じゃない！」

「久々に互角に戦える相手に会ったのだ。品行方正な王子が多少やんちゃになるのは仕方あるまい？」

「やりすぎよ！　このままじゃ、玉座の間が壊れるわ！」

顎髭に手を伸ばし、ほうほうと梟《ふくろう》のように笑うモースに、ナーニャはキィキイと文句を言った。

◇◆◇　◆◇◆　◇◆◇

剣を一合、二合、三合と重ねれば、相手の強さがわかるというものだ。

ノクトとスノゥの口許にはいつのまにか、うっすらと笑みが浮かんでいた。対等に戦う相手に出会えた歓《よろこ》びからだ。

二人はいつのまにか時を忘れて、剣を重ね続けていた。

どれだけの全力を繰り出しても、相手が痛快に跳ね返してくる。これは楽しい。

スノゥが双剣を広げて、羽ばたくような仕草で無数のかまいたちを繰り出せば、ノクトが剣の一振りで消滅させる。次の瞬間にはぐんと踏み込まれて、スノゥの額に剣が迫る。それをスノゥは重ねた双剣でがっちりと受けとめて、ぎりぎりと力比べとなる。

「ははは」

体格的にも力的にもスノゥには不利だ。しかし、じりじりと圧《お》されながら、スノゥはついに声をあげて笑った。戦いに高揚し、石榴《ざくろ》の瞳がさらに赤みを増す。

「さすが勇者様。こんな最高の戦い、なかなかねぇな」

「お褒めにあずかり、光栄の至り」

そんな芝居がかった返しにスノゥは噴き出しながら、ノクトのすねを蹴り上げようとしたが、気配を先読みした彼はすっと後ろに退く。

スノゥの足が宙を切る。ノクトが後方へと空中で一回転して跳ぶのを見て、スノゥもノクトから距離をとる。そして、二人の視線が絡まりあい、引き寄せられるように互いの領域へと踏み込む。

闘気を練り、最大級の一撃を繰り出そうとしたそのとき。

「それまで！」

声が響き、二人の間にはズン！と分厚い石の壁が落ちた。正確には、石の壁ではない。結界があまりに強固なせいで物質化して見えているのだ。

スノゥとノクト――二人の視線が、結界の外に向く。

「このままでは玉座の間どころか、王城が壊れるのでな。二人とももう十分にお試ししたじゃろう？」

老賢者モースの言葉に二人は互いを見やる。

「それで俺は合格かい？　勇者様」

「ああ、お前にはガトラムル白金貨一千枚の価値は十分にある。お前こそ俺達の旅に同道してくれるな？」

「俺はもらえるもんもらえるなら十分さ」

スノゥは素っ気なく答えた。しかし、心のどこかで自分と対等に戦うことが出来るこの青年との旅に、久々に沸き立つような気持ちを感じてもいた。

第二章　うまい飯と偽善と、結局あなたイイ人じゃない？

サンドリウム王国の北の辺境に発生した災厄は、大樹の形をしている。王都から馬で五日、転送なら一瞬の距離にせよ、勇者と選ばれた仲間達で行って簡単に倒せたら苦労はしない。

災厄を切り倒せるのは、聖剣をたずさえた勇者のみと決まっている。そしてその聖剣の素材を大陸各地から集めねばならない。この素材が、その代その代の勇者によって違うというからやっかいなのだ。それも夢見のお告げによって、一つ一つ集めなければならない。

かくして聖剣探査の旅に出た勇者と仲間達だが、その関係はギクシャクしていた。

主に、スノゥに対してのグルムとナーニャの態度が問題で、二人とも玉座の間でのやりとりで彼に不信を抱えているのはあきらかだ。

それでもグルムのほうは、神官として平等にスノゥと接しようと努力しているようではあった。とはいえ無頼のスノゥをどう扱っていいのか分かりかねるようで、会話も反応もどこか構えたものになってしまう。

ナーニャのほうは大変素直で、スノゥに対しての敵意を隠そうともしなかった。

「なによ、この道とはいえない道！　こっちが近道だって言ったおっさんはどいつよ！」

「俺だが？」

「靴が泥だらけじゃない！　ローブの裾も草の汁だらけ！」

「浄化の魔法を使えば、一瞬で綺麗になるだろう？」

「そういう問題じゃないわ！　気分よ！　気分！」

「へいへい獣道を歩くのが嫌なら、おぶっていきますが？　お嬢様」

「結構よ！　あとで運んだ代金だって言って、金貨一枚請求されたら腹立たしいもの！」

災厄討伐の旅を金に換算したことへの素直な嫌みを聞いたスノゥは、わざと意地悪く唇の片端をつりあげる。

「さすがに嬢ちゃん運ぶのに、金貨一枚は暴利だろう。旅の仲間のよしみとして、銅貨三枚にしてやるぜ」

行ってしまう。

「結構よ！」

スノゥの悪乗りに、ナーニャは履いてるブーツが汚れるのも構わずに、草をがさがさかき分けて行ってしまう。

「おい！　一人で先に行くな。ここにはでっかい蟻地獄の魔物が……」

「キャア！」

そう話したそばから、ナーニャの悲鳴が響く。スノゥは跳んで、突如出現したすり鉢状の穴に落ちようとする彼女の身体を、横からすくい上げた。でっかいムカデみたいに巨大な魔虫が飛び出してきて、二本の牙がスノゥの腕をかすめた。

ノクトがそのムカデの頭を一刀両断に切り捨てる。

「お怪我を！」

グルムが神聖魔法を唱えて、たちまちその傷がふさがる。瞬く間の流れに、ナーニャはスノゥの腕の中で呆然としていた。

「嬢ちゃん、怪我はないか？」

「あ、あたしは大丈夫」

横抱きにしたナーニャを降ろすと、彼女がじっとスノゥを見上げる。

「なんだ？　言いたいことがあれば言えよ」

「……自分の命が一番大事だって言ったのに、どうしてあたしを助けたの？」

玉座の間でスノゥが告げた言葉だ。スノゥは「ん」と一瞬だけ考えて、口を開いた。

「そりゃ報酬分の働きはしないとな。嬢ちゃんを助けたことで、ガトラムル金貨一枚分ぐらいの働きになったか？」

それから、さっきと同じように、ワザと悪い笑みをニイッと浮かべる。ナーニャはたちまち怒気なのか恥辱なのか、顔をみるみる真っ赤にして叫んだ。

「結局お金なのね！　あなたなんか、仲間なんて絶対に認めないから！」


「ナーニャのことなのですが」

その夜、宿泊客が他に無い宿の食堂にて、スノゥが寝酒をちびちびやっていると、いつもは早寝のグルムがやってきた。

「彼女が危ういところを助けてくださったのは感謝します。ですが、あのような言い方をなされば彼女がよけい誤解するかと……」

「じゃあ、助けてやったぜと恩を売れと？　別に俺は金を取るつもりも、礼を欲しがる気もない。嬢ちゃんはあのあと、ぷんすか怒ったまんま、あれのでっかい親分に火の弾ぶつけていたしな」

――あの後、聖剣を鍛えるための消えぬ火種を守っていたムカデの大親分を見て、ナーニャは襲われた恐怖より、怒りのままに巨大な火球をぶつけていた。

その姿を思い出して、スノゥはクスクス笑う。

「ヘタにしおらしく落ち込まれたまんまじゃ、戦いに支障が出るだろう？」

「まさか、ナーニャに気をつかわせないために？」

「いやいや、あの嬢ちゃんをからかうのが、楽しいだけさ」

寝酒のグラスを空にしてから、グルムの肩をぼんとたたき、スノゥは食堂を後にした。

そして、二階の部屋にあがるちょっと広い踊り場で待っていたのは。

「おや、勇者様も夜更かしで？」

腕を組んで壁際に立つノクトを見上げる。身長的にこうなるのは癪に障るが仕方ない。

睨み上げると、ノクトはうっすらと微笑んだ。

「ナーニャを助けてくれたことを感謝する」

「あの坊さんにも言われたぜ。俺は別に礼を言われるためにやったんじゃない。報酬分の働きをしただけだ」

「違うな」

「…………」

断言されて押し黙る。じゃあなんだ?とノクトの銀の瞳と見つめ合うと、彼は言った。

「あのときのお前は報酬云々ではなく、ただ目の前の少女が魔物に襲われそうになったから助けた」

「……反射的に身体が動いたんだよ」

答えてから後悔した。これじゃイイ人みたいじゃないかと、スノゥは照れくさい気持ちのまま、ノクトの前を通り過ぎて二階へむかった。

「なんだよ、じいさんも夜更かしかよ」

宿の部屋割りは、ナーニャが年頃の娘だからという理由で、当然一人で一部屋を使っている。

あとは男同士二人で一部屋というのが多かった。今日の同室はモースだ。すでに老齢の彼が寝ているものと思っていたスノゥは、灯りの付いた部屋で自分を見上げるモースの姿に顔を顰める。

「ナーニャも悪い娘ではない」

「わかっているよ」

「グルムは生真面目でな」

「坊さんだもんな。清く正しくて当たり前だ」

「ノクトは無口だが、お前さんのことは悪く思っておらんよ」

「口が足らなすぎてなに考えているか、わからないがな」

「お前さんからみれば、みんな若造かもしれんが、二百歳近くのワシからみれば、お前さんも十分に若い。悪ぶっていても、結局はお前さんも良い子じゃよ」

「………………」

寝台に腰掛けたモースが赤い髭をしごいて、こちらを見て微笑んでいる。

スノゥは無言で布団を被って寝た。

◇◆◇　◆◇◆　◇◆◇

聖剣探索の旅は続く。

辺境の旅では宿屋に泊まれればよいほうだ。出される食事も、干し肉で出汁をとった芋か豆入り野菜のスープにパンと単調なものばかりになっている。さらに野営となれば、食事は干し肉に焼きしめた固いパンがメインで、温かな茶が出るのが慰め程度。その茶にパンを浸してふやかして食べるのだが。

冒険者として駆け出しの頃は食うや食わずだったスノゥは、腹が満ちるだけで上等と思っている。賢者のモースはかすみを食って生きている風情だし、神官のグルムはもとの生活からして粗食が常だろうから、平然としている。

しかし、ナーニャはあきらかに日に日に元気がなくなっていく。「今日も固いパンと干し肉かあ……」とつぶやく。

そしてノクトは、といえば相変わらずなにを考えているのか、顔に出すことはない。三食干し肉とパンを黙々と食べている。

ただ、食事を見るたびに、お耳と尻尾が本当にかすかにしおれていることがスノゥにはわかった。

そんなある日の夕刻。その日の野営地は荒野のただ中だった。スノゥは薪《たきぎ》を拾うことなく、日が沈みかけた暗い空をしばらく見上げていた。それを見つけたナーニャが尖った声をあげる。

「なにさぼっているのよ！」

しかし、そんな声を無視してスノゥは空に向かって腕を振り上げると、何かを投げた。その直後に、ドサリドサリと落下してきたものに驚いて、ナーニャが頭を抱える。

「キャッ！　な、なにを落として、え？　鴨？」

「お、二羽を落とせたか、これで十分だな」

地面に横たわる二羽の鴨の長い首を、スノゥが両手でつかむ。その獲物をまじまじと見て、ナーニャが目を見開いた。

「これを捕るために、空を見上げていたの？」

「鳥は夜目が利かないからな。ねぐらに帰るこの時間に捕らえるのが一番いい」

「それも一つの石を投げて、二羽とはよい腕だな」

いつのまにかノクトが来ていた。スノゥは「偶然だぜ」と答える。

近くの小川に鴨を持ったスノゥが向かおうとすると、ナーニャとノクトが後ろからついてくる。

スノゥは両手に鴨をぶらぶらさせたまま首を傾げた。

「俺は今からこいつを血抜きしてさばくが、見たいのか？」

即座に何が起きるのか想像したのか、ナーニャは「あたし、たき火を起こすのを手伝ってくる」と野営地へ飛んで戻っていく。スノゥは、くすくす笑いながらナーニャの背を見送った。

しかし、ノクトが後ろからついてくる。川縁《かわべり》にしゃがんで、両腰にある短剣とは別の雑用専用のナイフを引き抜くと、スノゥはかたわらに突っ立った彼をじろりと見上げた。

「なんだ？　手伝ってくれるのか？」

「狩猟はしたことがあるが、獲物をさばいたことはない」

「だろうな、王子様」

狩猟は王侯の優雅な趣味だが、捕らえた獲物をさばくのはお付きの料理人か、従者達の役目だ。

それを食べるのが王子様の優雅なお役目だ。

そんなことを思いながら、スノゥは鴨の首をきって血抜きをし、内臓を取り出して綺麗に水洗いする。これもうまく調理すれば食べられるからだ。それから羽を綺麗にひきぬいて、骨に沿って綺麗に肉を削いでいく。

「手慣れているな」

「まあ、酒場で働いたこともあるからな」

「酒場で？」

「冒険者として駆け出しのころだよ。名がなければロクな仕事も来ねぇ」

酒場に食堂、宿屋の下働きは賃金が安いが、まかないがつく。それに飛び入りで踊ればチップも稼げた。もっともその後で「いくらだ？」と身体を売れと言ってきたり、いきなり物陰に引きずりこもうとしたりする馬鹿が後を立たなかったが。

当然、そいつらはすべて股間を蹴り上げて撃退してやった。

「ま、鴨の丸焼きなんてごちそうは、目の前を通り過ぎていくだけだ。出されるのは蒸《ふ》かした芋にパンに野菜のスープってところか？　ただ俺は兎族だから、肉なんて勧められても食う気も起こらなかったけどな」

とはいえ好きでもない肉を扱った経験は、こうして役に立っているわけだ。

解体したもも肉と胸肉は岩塩をふってたき火で焼く。あとは骨《ガラ》で出汁をとって、そこにレバー団子に手羽、それから小川に生えているのを見つけた野生のクレソンを放り込んでスープとする。

香ばしく肉が焼ける匂いとスープのぐつぐつ煮える音に、ナーニャにグルム、ノクト、三人の喉がごくりと動くのがわかった。

粗食の神官のグルムとて、雑食とはいえ、肉も好む熊族なのだ。

焼けた肉を出せば若者達は勢いよくかぶりついた。ナーニャは「久しぶりの固くないお肉、んーおいしぃ～」と喜んでいるし、グルムは「神々よ、このお恵みに感謝します」としっかりお祈りしてから、同じく「うまいですな」と目を細めている。

ノクトはといえば、豪快にかぶりついている。それでも口許を脂で汚さないのが、さすが王子様のお上品な食べ方だ。無言ではあるがそのお耳はピンと立って、尻尾も肉を口にした瞬間、一瞬プン！と振れたのをスノゥは見逃さなかった。

うん喜んでいるな。

賢者のモースですら「温かなスープは安らぐな。クレソンは好物だ」と目を細めている。

ちなみに「ワシも肉は結構だ」とも言っていた。同じ草食、その気持ちはわかる、とスノゥはスープを多めに注いでやった。

そんなわけでスノゥもレバー団子と手羽の肉はなしだ。クレソンたっぷりのスープをすすり、パンを浸して食べていたら、じっとノクトがこちらを見ている。

「なんだ？」

「お前は食べないのか？」

肉のことだろう。「あ～俺は」と言いかけたところで、ノクトが目を見開いた。

「そういえば先ほど、『肉など勧められても食べない』と言っていたな。兎族だからと」

ノクトの言葉にスノゥはさっきぽろりと漏らした言葉を後悔した。

ナーニャが呆然とこちらを見ている。

「じゃあ、あなたは食べもしない鴨を捕ったの？　まさかあたし達のために？」

隣のグルムにも「お気遣い感謝いたします、スノゥ殿」とうやうやしく言われて、スノゥは照れくさく白い頭をかく。

「飯がマズけりゃ士気にかかわるだろう？　糧食の確保は兵法の基本ってな。最悪なのは食うものもないって奴だけどな」

そう言うと、興味深そうにノクトが聞く。

「お前はそういう経験をしたことがあるのか？」

「冒険者として駆け出しの頃は、名も無いし食うや食わずだって、さっき言っただろう？　ま、俺は兎族だからな、そこらへんに生えてる草だって十分ごちそうだ」

実際、野生の香りが強いクレソンに鴨の出汁が絡んで最高だなと、わしわし食べたのだが。

熊、山猫《リンクス》、狼の三人の若者には哀れみの目で見られてしまった。

草食で悪いか！


「好物はなんだ？」

翌日、風景の変わらない荒野を歩いていると、ノクトが隣に並んで訊ねた。スノゥは即座に言う。

「好きなのは金《カネ》だが」

「そうではない。食べ物だ」

「ん～、白いアスパラガスか？　卵のソースがかかったのにスープもいいよな」

そういえば旬の時期だったな……と思い出す。今度、大きな街にでも出たらちょっといい料理屋で、久々に食うか？　と思う。

「そうか」とすっと離れていったノクトに「なんだ？」とおもったが――

荒野で聖剣の素材を一つ手にいれたあとに帰還したサンドリゥムの王宮にて、晩餐会が行われた。

肉の代わりにスノゥの前に出されたのは、白アスパラガスだった。太くて立派なのが三本丸ごと茹でられて、バターソースと半熟卵が乗っかっている。

ちらりと横の勇者王子様をみれば、しれりとした表情で、自分はボアの分厚い肉を口にしていた。

「ありがとな」とあとで言えば「なんのことだ？」と返された。

それからは、王宮に帰還するたび、晩餐には白アスパラガスが出た。

季節はずれには瓶詰めのものとなるが、王宮のシェフの手にかかればスープにグラタン、ムースにゼリー寄せと十分においしい。これはスノゥの密かな楽しみとなった。

◇◆◇　◆◇◆　◇◆◇

旅もしばらく経ったある日、一行が立ち寄った街はバザールが開かれる日とあって、街の中心にある広場には人がごった返していた。

「キャッ！」

ナーニャが声をあげた。人ごみのなかで猫族の少年が彼女にぶつかったのだ。

「ご、ごめんなさい」

少年の頭のうえの三角耳がぺたりと横になるのを見て、ナーニャが微笑む。

「いいえ、あたしもよく見てなかったから、怪我はない？」

「大丈夫」と去ろうとした少年の細い腕をスノゥがむんずとつかんだ。痛くはないが逃さない絶妙な力加減だ。少年は驚いたように振り返る。

「細っこい腕だな。よろけたし、知らずに痣《あざ》でも出来てるかもしれねぇから、ちょっとよく見せろ」

「い、いいよ！」

人気《ひとけ》のない裏路地へと、スノゥが少年を引っぱっていく。状況がわからないまま、仲間達もあとに続く。自分達以外の人影がないのを確認して、スノゥが低い声で少年に言った。

「嬢ちゃんのふところからはたいたものを出せ」

「…………」

「だんまりか？　役人に突きだされて身ぐるみ剥がされりゃ、出るものは出てくるんだぞ」

「……わかったよ」

「あ、あたしの財布！」

少年の差し出した花の刺繍がほどこされたそれに、ナーニャは声をあげる。少年は途端に泣き出した。

「ご、ごめんなさい。許して。俺が稼がないと妹は腹をすかせているんだ！　もう三日もパンひとつ食べてない！」

「それはお困りですね。それであなたの哀れな妹さんがすくわれるなら――」

その姿にグルムが革袋の財布を丸ごと差し出す。さすが慈悲深い神官様と言いたいところだが、とスノゥは手で彼を制した。

「よせ、このガキの言っていることが本当とは限らない。この手の泣き落としの常套手段の文句だからな」

「他に病気のお母さんがいたり、借金のカタにお姉さんが売られそうになったりしてないか？」とスノゥが訊ねれば、「俺は嘘なんて言っていないもん！」と少年はますます泣いて訴える。ナーニャが少年をかばうように前に出て叫んだ。

「この子の身なりをみれば分かるじゃない！　痩せて、裸足に木靴でズボンの裾もボロボロで嘘を言っているなんて思えない！」

グルムも黙っているが、こちらを見る目にはあきらかな非難がある。

二人の雰囲気に、スノゥは呆れたようにため息をついた。そこにノクトの冷静な声が響く。

「いかにその境遇が哀れであろうとも、盗みの罪は罪だ。その少年はこの街の警備隊に引き渡すのが妥当だろう」

ノクトの言葉にナーニャが大きく目を見開く。

「こんな小さな子を役人に突き出すですって！　見損なったわ！」

「あなたには勇者として慈愛の心はないのですか！」

今度はグルムまで珍しく声を荒らげてノクトに抗議する。それをスノゥが腕を組んで眺めた。

モースは若者達のやりとりに沈黙したまま髭をしごいている。

みんなの気が逸れたスキを見逃さず、少年が突然駆け出して路地の向こうに消える。

「「あ」」とナーニャにグルムが声をあげるが——

「逃げたか。まあワザと逃げるように仕向けたんだけどな」

そう言ってスノゥが肩をすくめた。

「俺はあのガキを追いかける。目印はつけておくからな」

「もういいじゃない！　あんな小さな子を本気で役人に突き出すつもり？」

「あのガキに食わせる菓子でも買っておいてやれ。——一人、二人、増えてもいいように多めにな」

駆け出した背にナーニャが叫ぶと、スノゥはちらりと振り返って微笑んだ。

それからスノゥの姿が広場へと消えていく。

「なに訳のわからないことを言っているのよ……」

ナーニャが呟く。一方グルムは、スノゥを追いかけようとした。

「スノゥ殿を止めないと。私はあんな哀れな子を冷たい牢屋に入れるなど反対です！」

「神官グルムよ、待て」

そこでモースが口を開く。『神官』と呼びかけられて、グルムが足を止める。モースはゆっくりと首を振って、グルムを押しとどめた。

「ここでひとつあの少年の罪を見逃したところで、また盗みを犯すだけだ」

「ですから、明日のパンに困らない金をあたえて……」

「一日のパン代か？　それを使ったらどうする。なくなればまた盗みを働くだけだ。そなたの善行は砂漠に水を振りまくようなものよ」

それは一時の偽善にすぎないと賢者に諭されて、グルムのみならずナーニャも愕然とした表情となる。

「――私は街の警備隊の詰め所に向かう」

ノクトが口を開く。そのまま歩きだそうとする彼にグルムが「待ってください！」と立ちはだかる。

「それでも私はあの少年を役人に引き渡すことはしたくありません」

「あの少年を捕らえるのではない。保護するのだ」

「は？」

目を丸くするグルムにノクトは続ける。

「お前は神殿に向かえ。この小さな町にはないが、近くの都市の神殿には施設があるはずだ」

「それは……はい！」

ノクトの言葉に、グルムがなにかに気付いた顔になって駆け出した。ノクトもまた足早に裏路地を去る。

「どういうこと？」

まだわからない顔のナーニャに、モースはまるで孫娘に語るような優しい口調で言った。

「さて、ワシらは子供達が喜ぶような菓子でも選ぶとするか」


「しくじりやがって！」

裏路地にある持ち主が使わなくなった倉庫で、スノゥの元から逃げ出した少年は、大柄で凶悪な面構えの猫族の男に襟首を掴まれていた。

「拾ってやった恩も忘れて、稼ぎも出来ねぇなら、今夜は妹共々飯抜きだ！」

「お兄ちゃんを許してあげて」と少年の隣に立っていた少女が男の足に縋《すが》りつくが、男は少女を蹴って払う。少年は「リタ！」と苦しい息で叫んで、男を見上げる。

「ま、また稼いでくるから！　リタには食事をやってくれ」

「当たり前だ。さっさと次の獲物の懐をはたいてこい！」

少年の身体は乱暴に地面へと落とされた。

喉をしめつけられていたために、ごほごほと咳をする少年に、少女が「お兄ちゃん」と駆け寄ってくる。そんな哀れな兄妹の姿を見おろして、猫族のゴロつきはニヤリと笑った。

「ああ稼いできても、今日は妹もメシ抜きだ」

「そんな！　俺はいいから、妹にはパンをひとつでもやってくれ」

「うるせぇ！　お前の妹はクズ拾いしか出来ねぇんだ！　自分の食い扶持ぐらい、自分で稼げるように、お前が早く仕込めばいいだけだろう！」

男が少年の襟首を再びつかんで、拳を振り上げる。

しかし、それは「いてぇぇえ！」という叫びに変わる。その腕は後ろにねじ上げられていた。

「やっぱり思ったとおりだ。お前がその子供を脅して働かせている元締め……いや、たった一人じゃ、ただのケチなゴロつきってところか？」

少年が目を見開く。男の腕をねじ上げていたのは、先ほど少年が捕まりかけた兎耳の男――スノゥだった。

「ケチだとぉお！」と男が叫んだが、スノゥがぎりぎりと腕をねじ上げるとさらに悲鳴をあげる。

ついには地面に伏せの体勢を取らされて、押さえ付けられているところに、ノクトが街の警備隊をつれてきた。

捕まった男は、己の罪をあっさり白状した。男はもともと街から街へと渡り歩く夜盗だったという。

それが、みなしごの少年がスリをする現場を目撃してからは、彼の妹を人質同然の監視下において、その盗みの上前をはねるようになったと。

「俺みたいな男が夜盗で捕まりゃ、たちまち鉱山奴隷送りだ。だけどガキなら泣き落としで見逃されるし、俺は直接手を汚すこともない。楽な生活だったのによ」

ゴロつき男の勝手な言い分だ。

「食べていいのよ」

その後、神殿の巡礼者が宿泊するための部屋で、保護された兄妹の前にはナーニャが買った菓子が並べられていた。瞳を輝かせた妹はさっそく手を伸ばして大きな木の実のクッキーをかじる。

「こんなおいしいの食べたことない！」

瞳を輝かせる少女に、ナーニャが笑顔になる。

だが少年は皿を睨みつけたまま手を伸ばそうとしない。

「食べないの？」

「俺達はこれからどうなるんだ？」

ナーニャがそう訊ねる声と少年の緊張した声が重なる。その真剣な表情にナーニャが押し黙ると、グルムの落ち着いた声が割って入った。

「安心しなさい。君達の身柄はこの近くの都市の孤児院に預けられる」

ほとんどの孤児院は神殿がやっているものだ。若くとも勇者の仲間としてすでに名が知れているグルムの口利きとあって、明日にもその神殿より迎えの馬車が来ることになっている。

しかし少年は、はじかれたように顔をあげて「孤児院なんて嫌だ！」と叫んだ。

「そんなとこに入れられたら、俺と妹は引き離されて、もう二度と会えないんだろう！」

「そんなことはない、君達兄妹は一緒だよ……」

「お前達大人のいうことなんて信じるものか！　あの男だけじゃない。母さんが死んだ後だって、子供なんか残されてやっかいだって、村の奴らにバラバラに売られそうになったんだ！」

そうして少年は妹をつれて逃げ出し、スリを働いてなんとか生き延びていたところを、あの男に捕まったのだ。そしてさらに虐《しいた》げられた。

絶望しきった目を向けられて、グルムが言葉に詰まる。腕を組んで壁に寄りかかっていたスノゥが動こうとする前に、椅子に座る少年の前に片膝をついたのは、意外にもノクトだった。

「大人は信じられなくとも、勇者の言葉は信じられるか？　私は勇者ノクトだ」

「勇者様？」

神話の時代から続く勇者の名とその冒険はおとぎ話として語られ、小さな子供でも知っているものだ。少年が目を見開く。

「そうだ。お前達兄妹がけして引き離されることはないと、この勇者ノクトが誓おう。孤児院においての安寧も」

「安寧？」と首をかしげる少年にスノゥが口を開く。

「もう盗みをしなくたって、孤児院で普通の暮らしが出来るってことだ。お前も妹もな」

そして、スノゥもノクトの隣に片膝をついて「勇者の旅の仲間である双舞剣のスノゥも誓おう」と片手を上げる。

「お前達兄妹は望む限り一緒で、温かな寝床と三度のメシが与えられる」

少年の瞳が揺れる。

そこにグルムとナーニャ、そして彼らを見守っていた賢者グルムが「私達もあなた達の安寧を誓おう」と口にする。

そこに大きなクッキーをかじり終えた妹が、少年に向かってクッキーを差し出した。

「お兄ちゃんも食べて！　これ本当にすごいおいしいの！　こんなの初めて！」

少年は手をのばしクッキーをかじりながら「うん、いままでこんな甘いの食ったことない」とぽろぽろ涙をながした。

◇◆◇　◆◇◆　◇◆◇

その日は神殿に一泊することとなった。夕餉の後、「みなさん、お話をしませんか？」というグルムの言葉に、食堂の隣の図書室へと移動する。

道行の中で、グルムが言葉をこぼした。

「僕は貧者の暮らしというのを話だけ聞いて、まったく理解していませんでした。あのような子供達がいることも……」

由緒ある男爵家の三男としてうまれ、己で希望して神々に仕える道を選び、それからは神殿で日々修行の暮らしをしていたグルムには衝撃だったのだろう。それにナーニャが「あたしもよ」と言う。

「あの子達、お菓子なんて食べるの初めてって言ってた。あのクッキーは普通に屋台で売ってたものよ。街の子供達がお小遣いを握りしめて買ってた、銅貨たった三枚の……」

ナーニャもまた裕福な商家の娘だ。魔法の才能は生まれつきだが、高名な教師について学ぶことが出来たのも、飛び級で魔法学院に入ることが出来たのも、その財力があればのことだ。

当然、明日のパンに事欠く暮らしなんて知らない。

「……わかっているのです。あのような人々をすべて救えないことは……」

グルムが苦しい声を出す。

神殿とて人々の寄進で成り立っているから、すべての貧しい者を救済など出来ない。神殿の孤児院の門を叩いた者のみを受け入れ、わざわざ孤児を探し出して孤児院に入れはしない。

隣の都市からここまで迎えの馬車を呼べたのは、勇者の仲間であるグルムの名があればこそだ。

「……僕が救えたのは幼い兄妹たった二人です」

「魔法だって、空からパンを降らせることは出来ないものね」

ナーニャも落ち込んだようにうつむく。

暗い空気になったところで、スノゥが口を開いた。

「……たった二人じゃなくて、あんたは二人のガキを助けたんだ。そう考えられないか？　坊さん」

言われたグルムが軽く目を見開く。

「少なくともあの二人は今夜から、温かな布団で寝られて、ひもじい思いはすることはねぇんだ」

続けてスノゥはナーニャに視線を送った。

「嬢ちゃんの買ってきた菓子をガキ共は喜んでいただろう？」

「それだけよ」

「それが一時だとしても、甘い菓子を食えば子供は幸せになるもんだ。それでいい」

「そんなものかしら？」

「そんなもんだ」

俯いていたナーニャはスノゥを見て、くしゃりと顔を歪める。

「自分だけが大事な守銭奴かと思ったら……」

「俺はあんたが言う通りの男だぜ」

その言葉に、ニヤリとスノゥが嗤《わら》ったが、ナーニャは「フン！」と鼻を鳴らして、腕組みをする。

「そう『ぶってる』だけで、本当は他人のために命を張れるし、一緒にいる旅の仲間は気遣えるし、子供達のことは考えられる。あなた、イイ人でしょ？」

すると、つりあがっていたスノゥの口許が、気まずげに下がる。

逆にナーニャこそがにいっとイタズラっぽく笑う。

「ね？　そうでしょ？　イイおじさん？」

「よせや、尻の据わりが悪くなる」

兎族の剣士が照れくさそうに頭をかくと、みんなが微笑んだ。あの鉄面皮のノクトさえ微笑していた。

スノゥが本当に彼らに仲間として受け入れられた瞬間だった。

その夜の同室はノクトだった。スノゥは薄っぺらいベッドの上に横たわった。

「モースの爺さんがなんか言ってくれると思ったが、あんただったのが意外だったな」

ノクトは隣のベッドで何かを考えるように、座って床を見つめている。スノゥはそんな彼から視線を外して、呟く。

「あの時は助かった。ありがとな」

あの時、というのは少年を警備隊に突き出すとノクトが言い始めた時のことだ。あれは本気ではなかった。グルムとナーニャの気を引いて、スリの少年に逃げるスキを与えるためだ、と今なら分かる。

スノゥはごろりと横を向く。

「グルムに神殿に向かうように言ったのも、あんただって聞いた」

清く正しく王子様育ちの勇者様なだけかと思ったが、意外と融通が利くと、仲間達がスノゥを見直したように、スノゥもこの王子様を見直していた。

ただの無口なに考えているかわからないだけの男ではないと。

ノクトがぼそりと言う。

「……可哀想だと哀れだと、それだけの言葉で人々が救われるならいくらでも言おう。さっきのナーニャの言葉どおり、奇跡でも起きて空からパンが降ってくるのであればな」

スノゥは思わずその赤い瞳をまん丸にした。その言葉は、清く正しい勇者様にしてはあまりにも俗っぽい言い方だったからだ。

「――と、我が父カールが言っていた」

「だろうな。あんたの言葉とは思えん」

「だが、父の言うことは真実だと私も思う」


なるほど、あの食えなそうな古狸ならぬ、古狼《ふるおおかみ》の父の教えを、この王子は受けているわけか。

王族として人の世を治める立場ならば、確かに正しいことばかりを見ているわけにはいかない。

ノクトが続ける。

「災厄を倒して国を救ったとしても、すべての人々が幸せになるわけではない。私の伸ばせる腕にも限界はある。サンドリゥムという国においてもな」

ノクトはサンドリゥムの第二王子だ。災厄を倒した後は国を救った英雄として讃えられるだろう。

だが同時にそれが、彼の今出来ることの限界だ。

サンドリゥム国内においても、すべての貧しい民を救うなんて無理な話だ。まして、ここは国外にある街だ。今回は神殿という治外法権を頼ることで、あの兄妹を助けることが出来たが。

「それでもあのような兄妹を少しでもなくし、民が心安らかに過ごせる世を作りたいものだ。災厄を倒したあとは、私は国を支えていきたいと思っている」

なるほど勇者様らしいご立派な目標だ、とスノゥは思う。

それと同時にスノゥの脳裏に、頼りない王太子ヨファンの顔がふと浮かんだ。ノクトの兄であり、順当に行くならサンドリゥムの次代国王である男。

しかし、どう見たって兄より優秀で、勇者でもある弟《ノクト》を次代の王に望む声は絶対にあるだろうな……とスノゥは考える。たとえ目の前の清く正しい勇者様が兄を押しのけて、玉座を望むような野望を持つようには思えないとしても。

――ま、俺には関係のない話か。

どこの国にも属さない放浪者には……だ。

スノゥが目を閉じて眠ろうとしたところで「おい」と声がかかる。

「なんだよ？」

「災厄を倒したあと、お前はどうする？」

「金をもらってどっか行くさ」

一生遊んで暮らせる金が手に入るのだ。誰も知らないような田舎に引っ込んで静かに暮らすのもいいいんじゃないか？と思っていた。

正直、勇者の仲間に選ばれたのもあるが『双舞剣のスノゥ』の名は有名になりすぎた。それが最弱のはずの兎族であることも……だ。

――『勝手にしろ』と放り出した『あちら』に、手の平返しで迎えに来られても迷惑だ。

この旅が終わったら身を隠すべきかもしれないとすら、思っている。

しかし、ノクトは意外にも真剣な声で言った。

「お前の見識を私は惜しいと思っている。お前さえよければ、サンドリゥムに留まり……」

「よしてくれよ王子様。俺は元から流浪の無頼だ。一国に縛られるなんざ、窮屈でたまらねぇ」

スノゥはその言葉に背を向けて、目を閉じた。

第三章　災厄を倒したあとは、盛り上がってサヨウナラするつもりだった。

勇者一行が、兄妹を孤児院に預けてから向かったのは、凶悪な魔物が跋扈《ばっこ》する闇星《やみぼし》の森だった。その森の奥に今は滅びた王国の神殿があり、聖剣のための素材の一つが眠っているという。時折襲ってくる魔物を倒しながら道なき道を行く。日が傾きかけた頃に賢者モースが「ここいらで一泊しよう」と提案した。夜の闇は魔物達をさらに凶暴化させる。そのような魔物を倒せない一行ではないが、あえて無理をして進む必要はない。生きている以上休息は必要だ。

そんなわけで今夜は野営となった。

宿営地と決めた、多少開けた場所の中央に、魔物避けのたき火がともされる。スノゥは料理用の魔法鞄《マギバッグ》から、次々と鍋や釜などの調理道具や、食材を取り出していく。

鴨の一件から料理はスノゥの係となったのだ。大量にものを収納出来る魔法鞄《マギバッグ》は非常に高価だ。本来、大きな騎士団で一つ持っているかという、貴重品を保管するためのものを、たった五人の旅に持っていくことが出来るのはそれこそ勇者一行だからこそだ。

ちなみに初め、魔法鞄《マギバッグ》は一つしかなかった。

最初の魔法鞄《マギバッグ》には回収した聖剣用の素材、貴重なポーションにエリクサーなどの回復薬が詰められ、その余白に、行軍用の固いパンと干し肉が入れられていたのだ。

しかし、スノゥの料理を食べて王宮に戻った後、ノクトがカール王に二つ目の魔法鞄《マギバッグ》の必要性を説いたのだ。

仲間達の意欲を保つため、野営時でも食事の充実が必要だと。

たかが食事のために高価な魔法鞄《マギバッグ》を用意しろという息子も息子だが、「飯がマズいのは確かにゆゆしき問題だな」とうなずいた父王も父王だ、とスノゥは思う。

かくして、大きな魔法鞄《マギバッグ》とは別に、小さな魔法鞄《マギバッグ》が用意され、各種食材に調味料、調理道具が入れられるようになった。

メシだけのための魔法鞄《マギバッグ》ってどうだよ?と思いつつ、活用しているスノゥだった。

鞄の中は時間が止まるから、近くの街で仕入れたボアの肉も新鮮なままだ。それを角切りにして鉄串にさし岩塩にハーブスパイスをふりかけて串焼きにする。たき火の真ん中にかけた寸胴鍋には、タマネギに、キャベツにジャガイモ、たくさん作り置いておいた挽肉のタネを小麦粉の薄い皮で包んだ饅頭を放り込んでスープをつくる。

それから青豆の缶詰の中身をざっと出して、小鍋でゆでる。ゆで終わったらザルにあげて、黒胡椒で風味をつけて粉チーズをふりかける。これだけで、草食のスノゥとかすみを食って生きているモースにとってはごちそうだ。

それからフライパンで発酵なしの薄いパンを何枚も焼く。肉食若者三人はそれに串焼きの肉を挟んで食べる。スノゥとモースは青豆を挟んで食べ、温かなスープをすする。

ほう、とナーニャが満足げな息を吐いた。

「相変わらず、腹が立つぐらい美味しいわね」

「単にうまいって言えばいいだろう。なんだよ、その腹が立つってのは」

スノゥがわざとらしく反応する。

「誰でも成功するような目玉焼きを、真っ黒焦げにしたのに腹を立ててるのか？」

「まだそれを言うの？　しつこいわよ！」

スノゥだけに野営の料理を任せるのは……と朝食だけでもと、ナーニャが挑戦したのだ。

結果として、真っ黒な炭が出来た。まあ料理人がいるような裕福な商家のお嬢様だったのだから料理なんぞ出来なくて当たり前だが、才女である彼女には屈辱的だったらしい。

ちなみに初めから「私は出来ない。人には得手不得手がある」と堂々と言い放った狼勇者の王子様は、見事な食べっぷりで肉を挟んだ薄いパンをしっかり飲み込み、すでに二つ目を手にしている。

「今日もうまい」

「それはありがとうよ」

いつもどおりの言葉にスノゥもいつもどおり返すのだった。

そして、みんなが寝静まった夜。

ノクトが起き上がり、その場を離れるのをスノゥは感づいていた。長年の放浪暮らしで眠りは浅い。かすかな気配でも目覚めるように出来ている。

はじめは用を足しにでも行ったのか？　と思ったが帰りが遅い。

あの勇者様に限って魔物に襲われて遅れをとるなんてあり得ないが、一応様子を見に行こうと、眠るみんなを起こさないように気配を消して立ち上がる。

はたして、そう離れていない場所でノクトは見つかったが――

「あ～なんだ、魔物に襲われてないか、気になってな」

「……………」

「俺はここで見張っててやるから、あんたは心置きなくしてくれていいんだぞ」

「この状況で続けられると？」

王子様は木の幹に寄りかかり、半分ずりさげていたズボンを引き上げた。

ですよね……と内心で思う。

同じ男、まして王子様は二十歳そこそこと若いのだから、そりゃ溜まるだろう。適度に解放しなければ戦闘にも支障が出るのも、長年の経験でわかっている。

しかし。

「一人で空《むな》しくするより、街の娼館があるだろう？」

ある程度の街ならば、そういう場所は必ずある。だが、スノゥの言葉にノクトは眉間にしわを刻んだ。

「私がそのような場所を使えると思うか？」

「……ですよね」

ノクトは勇者でサンドリゥムの王子だ。下手な娼館に通って、勇者王子様御用達なんて看板を掲げられたら不名誉きわまりない。それに貴重な勇者様の子胤《こだね》がうっかり漏れて、隠し子騒動にでもなれば、これもまた大醜聞だ。

勇者様も気の毒だよな……とスノゥは男として同情した。こんな野宿で抜け出したってことは、相当に我慢していたのだろうし。

よし、これは人助けだと、スノゥはノクトのズボンに手を伸ばす。ベルトを締めていなかったズボンは、あっさりと下へとずれて、まだ元気なペニスが勢いよく飛び出した。

スノゥはそれを片手で握りしめる。

――というか、片手では余るような長さと太い幹に、さすがここまで勇者様かと思う。

その様子をノクトは呆然とした表情で見ていた。

「なにを？」

「自分でするより、他人の手のほうがまだいいだろう。目でもつぶって好みの美女でも思い浮かべていろよ」

やっぱり片手だけじゃ無理だと、竿を握りしめている右手に、左手を添え、先を包みこむようにしてやれば、「う……」という呻きとともに、若き勇者様は大人しくなった。

急所を掴まれているのだから、いくら勇者様でもなかなか抵抗は出来ないだろう。

しかし本当にご立派だ。ピキピキと血管が浮き出た幹にしっかりとえらが張りだした先。とても、この品行方正な勇者様の持ち物とは思えない。

目を閉じていろと言ったのに、ノクトは熱い吐息をその端整な唇からこぼしながら、銀月の瞳を眇めてスノゥを見ている。どこからどう見ても男の顔であるが、これだけ美形だとなんというか壮絶に色っぽい。

二人の上背の違いから、こっちが見上げる形になるのが、スノゥとしては不満ではあるが。

しかし「う……」と耳に響く低い声とかかる熱い吐息に、スノゥの下半身にもずくりと熱がこもり出した。

やばいな、これは手早く済ませるに限るといささか乱暴にしごき、逆に敏感な先端を優しく撫でてやれば、小さくうめいたノクトは、素直にスノゥの手を濡らした。

これで終わりかとスノゥは手を引いたが、力強い腕にぐいと腰を引き寄せられる。さらに腰のベルトを抜かれて、革のパンツを太ももの半ばまで下ろされていた。

——早業過ぎないか？

さらにノクトの手が兆《きざ》しかけていたスノゥのペニスを握りしめる。

「おぃ……っ！」

声が詰まったのは、敏感な先を、剣を握り慣れている固い親指の腹で、ざらりと撫でられたからだ。

「お前もこうなっている」

「お、俺はいいって……あっちで一人で……」

「私一人だけしてもらうのはよくない。返礼をしなければ」

「そんなの……いい…っ！」

急所を握られれば勇者様でも動けないか？と思ったのはさっきの自分だが、その立場に今はいる。

剣を握り固くなった指と手の平は、しかし上手かった。

「は……ぁ……」

息を吐き、とろりと潤んだ石榴《ざくろ》の瞳で、ノクトを見上げれば、ノクトの喉仏がごくりと動いた。

眇められた銀月の瞳がぎらりと光る。

「なっ！　あっ！」

とたん、重ねられたぬるりと熱いモノは、ノクトの凶悪なペニスだ。一度出したはずなのに、もうぴきぴきと血管を浮かべて固くなっている。

スノゥのものと、ノクトのものを重ねて、ノクトの大きな手に包まれる。いわゆる兜あわせというヤツだが——

「なんで？」と石榴《ざくろ》の目を見開くと、スノゥのまなじりに端整な唇が優しく触れた。

「私もまたもよおした。付き合ってくれ」

「あんたっ……返礼って！」

「だから、返礼がてら、付き合え」

「屁理屈を……っ！」

厚い胸板を叩くがびくともしない。戦いでは対等でも、この体格差では抱え込まれてしまえばスノゥでも抜け出すのは手間がかかる。まして、今は急所を握られて、甘い弱点を的確に探られているせいで、指と唇に力が入らない。

そう、唇も……だ。

「ひゃっ！」ととんでもなく甘い悲鳴が小さく漏れる。

「ここがイイのか？」

「み、耳よせ……！　噛むな……ぁ……」

頭の上に立った白い耳の先を舐められたあげく、白く長い耳の輪郭を下へと舌がたどっていく。

根元にやんわりと噛みつかれて、びくびくとスノゥの背が跳ねた。

さらに最悪なことに、しなやかに仰け反ったその背をたどって、革のパンツを下ろされてむき出しになった小さな尻を撫でたノクトの手が、ふわふわの丸い尻尾を大きな手のひらで戯れるように包みこむ。

「ば、馬鹿……しっ……ぽ！」

「なるほどここも弱点か」

「ち、違う……っ……て……ふうっ！」

否定はしたが、軽く揉まれるだけで、身体が大きく跳ねる。

尻尾の付け根を指で擦られれば、腰が自然に揺れて重なるペニス同士が、互いの先走りでぬちぬちと音を立てる。ここまで来てしまえば逃げるより攻めてやれとばかり、スノゥはノクトの大きな手に手を重ねて、動かしてみたが指に力が入らない。

ついに滑り落ちた片手をすくいあげられて、逆にノクトの手がスノゥの手の上から重なるように二つのペニスの上に置かれる。

淫らな水音が重なった下肢から響き、スノゥは無意識に腰を揺らした。

「あぁぁぁぁ……くぅっ！」

「っ！」

スノゥがびくびくりと身体を震わせて達したあと、少し遅れてノクトも数回腰を突き上げるようにして動かして、二度目だというのにたっぷり熱を吐きだした。熱い精液が互いの腹と手を濡らす。

達して敏感になったそこを、えらの張りだしたノクトのペニスの先でさらに擦られて、「あ、あ、あ」とスノゥは声をあげる。ぴくぴくとその痩身を震わせて、再び軽く達したような感覚に陥る。

その後、ノクトが軽い放心状態のスノゥの汚れた手や腹を己の自慰のために用意していたのだろう布で、ぬぐってくれたのはいい。

足がちょっとふらついたスノゥをいきなり横抱きにして、野営地まで運んだのもだ。

しかし、そのまま自分の寝床である敷きものの上にスノゥを抱いたまま一緒に横たわったのは、ちょっとないだろう。

抵抗は軽くしたのだが、がっちり回ったノクトの腕はびくともしなかった。放出した余韻でけだるい身体は急速に眠気に襲われていたし、その身体の温かさに、スノゥはま、いいか……と寝てしまった。

しかし、翌日さっそくナーニャに「あなた達、なんで一緒に寝てるのよ?」と突っ込まれた。

「昨夜は少し肌寒かったので、互いに暖をとった」

慌てたスノゥを横目に、ノクトが平然と返した。さすが勇者様?と感心しながらスノゥも「ちょっと寒かったんでな」と薄笑いでごまかした。

「そんなに寒かった？　あたしは平気だったけど」とナーニャは首を傾げていたが、まあ、ごまかされてくれた。

◇◆◇　◆◇◆　◇◆◇

それからたびたびスノゥは、ノクトに誘われるようになった。聖剣探索が進めば、自然、向かう場所に僻地《へきち》が多くなり野宿も増える。野営地であの銀月の瞳でじっと見つめられれば、それが合図だ。

夜、みんなが眠ったのを確認して、立ち上がる彼のあとに続く。

ただ擦り合わせるだけ……だったはずの行為はだんだんと深いものになった。

二度目の時、耳を弄《もてあそ》んでいたノクトの唇が自分の口にがっぷり噛みついてきて、スノゥはその石榴石《ガーネット》の瞳をまん丸に見開いた。おかげで肉厚の舌に思うさまに貪られて、混ざり合った唾液を呑み込んでもなお、口の端からこぼれてしまう。

スノゥは「ぷはり！」とようやく離れた唇に息をする。

「おい、キスの必要はねぇだろう……あぅ……」

小さな尻を揉まれ、丸い尻尾をピンと指ではじかれるのに背を震わせる。仰け反った顎に伝う唾液を、れろりとノクトが舐め取り「気分だ」と答える。

「髭の男とチューして気分もなにもねぇ……だ…ろ……うんっ！」

そう言うと、また唇をふさがれた。さっきより長くスノゥの薄い舌がしびれるぐらい弄《もてあそ》ばれた上に、くったりしたところに頬ずりまでされた。おい、髭が痛くないのか？　気に入ったとばかりに、すりすりされて、ま、いいかと思ってしまったのが悪かったかもしれない。

吐き出してしまえば、冷静になるのが男というものだ。ところがこの王子様、同時に達してくったりしたスノゥを抱きしめたまま、その白い髪を撫でたり、耳に口づけたりと事後？　も万全だ。いや、そういうのはたんなる抜きっこの関係のおじさんじゃなくて、恋人にやれよ……と思うけれど。

しかし、汗で冷えかけた身体には、包みこむようなノクトの体温が心地よく、髪も撫でる大きな手や耳に触れる唇に、目を細めている自分がいる。

なんか馴染んできてやばいな……と思うが。

「この耳の……」

「なんだ？」

「つけている理由があるのか？」

物思いに耽《ふけ》るスノゥの注意を引くように、端整な唇が長い耳の輪郭をたどり、かしりと齧ったのは、銀のプレートだ。スノゥの左耳にはまっているピアス。銀製の板にスノゥの名前が刻まれたシンプルなものだ。

「どこでくたばるかわからないから、名札代わりだ。せめて墓に名前ぐらい刻んでほしいだろう。このピアス一つで墓石代ぐらいになるだろうしな」

「…………」

淡々と語るスノゥは、ノクトの肩に頭を預けたまま、彼の眉間に刻まれたしわに気付くことはなかった。

その数日後。同じく放出したあとのけだるい身体をノクトに預けていたら、左耳からピアスの重みがなくなったと思ったら、何かが付け直された。

「なんだよ？」と聞いたら「日がなくて出来あいだが、名前は刻ませてある」と頭の上から返事が返ってきた。

翌朝、野営地の近くの泉で確認すれば、黄色の石をミモザの花に見立てたピアスだった。黄金の地金には確かにスノゥの名が刻まれている。

「いわれのないものは受け取れねぇな」

「それはお前のものではなくて私のものを貸しているだけだ」

「屁理屈だな。元の銀のピアスはどうした？」

「それも私が管理している。だから安心しろ」

「なにが安心しろだ。返せよ」

「代わりにそのピアスがあるだろう。時がくれば返してやる」

「…………」

『時』というのは災厄討伐の冒険が終わればだろうとスノゥは解釈した。王子様の気紛れはわからんし、まあこの関係だって旅が終わればそれまでだと思っていたのだ。

それがよくなかったと、このときのスノゥは考えてもいなかった。

◇◆◇　◆◇◆　◇◆◇

それから何日かが経った夜。

「んぁ…あぁ……」

スノゥは立ったまま、森の木の幹に手をついていた。胸にぴたりとした上着をたくし上げられ、両の乳首をコロコロとノクトの指で弄《もてあそ》ばれている。

「ひゃっ！」と高い声をあげたのは、片方の乳首を軽く引っぱられ、もう片方には真っ赤に熟れたようになっている粒のくぼみに、爪を立てられたからだ。

潤んだ石榴石《ガーネット》の瞳で、背後の男を振り返り、睨みつければ唇をふさがれた。当然みたいに入りこんでくる肉厚の舌に噛みついてやろうか？と思ったが、その前にこちらの舌を絡め取られていた。

「ん……」

さらには、尻のあいだを行き来するモノに意識がとられる。ずっずっと尻から性器の狭間を擦られる。いわゆる素股だ。

前は一度もいじられていないというのに、そこをノクトのモノで往復されるだけで、スノゥの熱はすでにそそり立って蜜をこぼしていた。

ぐい……と、根元をえらの張ったペニスの先でつきあげられて、声がこぼれる。足に力が入り、尻の筋肉をぎゅっとすぼめれば、たくましい雄の形がはっきりわかるほどだ。

さらなる律動の後には、足の間から鉄の棒みたいなそれが抜き取られて、むき出しの尻たぶに熱い飛沫《しぶき》がかけられる。スノゥはもっと前に己の割れた腹筋を己の吐きだしたもので汚していた。雄としてイッたというのに、さらに与えられる刺激にあえいで、ゆるく立ち上がった前は、まだとろとろと蜜をこぼしている。

そんなスノゥの小さな尻にかけられた己の精をすくい取ると、ノクトの太い指が尻の狭間の、秘めやかに息づくアヌスにそれを塗り込める。

「おい！」

スノゥは、低い声をあげて、男の手を振り払った。すると彼は素直に手を引いて、用意した布でスノゥの汚した尻と腹をぬぐってくれる。それに身を任せながら、スノゥは男の指の先が秘所に触れた時、誘いこむようにひくついたことを自分でも知らないふりをしたのだった。

そして、いつものように王子様の腕がスノゥを離すことなく、その腕の中で目覚めた朝。

耳元のミモザのピアスは深海のサファイアのピアスに変わっていた。

「また変えたのかよ？」

「私の管理のものだ。別にいいだろう」

「…………」

オジサンの耳元を飾ってなにが楽しいのやら……まったく王子様の趣味はわからんと、スノゥはため息をついた。

そして、これって、尻以外全部許していることになんねぇか？　いや、尻も使わせているから、あとは穴だけか？　などと、スノゥが思い悩み始めた頃。

ようやく聖剣を巡る辺境旅が一段落して、久々に野宿ではなく、まともな宿に泊まることが出来た。

女性であるナーニャは一人部屋として、賢者モースと神官グルム、ノクトとスノゥが同室となった。

久々の野宿ではないふかふかの布団で寝られると、スノゥが自分のベッドに向かおうとしたら、ノクトにその腰を後ろから引き寄せられる。

「おっと……！　って……！」

いつの間にか、スノゥはベッドに座ったノクトの膝に座る形になっていた。夕餉の後すぐに、部屋つきの風呂を使ったから、二人ともシャツにズボンの軽装だ。ベルト無しのズボンはあっさりと膝下までおろされる。

「おい、宿屋だろう？」

「宿屋だからこそだと思うが」

確かに野宿より普通はベッドのある場所だよな？　と納得しかけたスノゥが我に返り、「違うだろう！」と叫ぶ前に、ノクトがスノゥの顎をとらえた。

その手に強引に振り向かされて、唇にかっぷり噛みつかれる。

「んぅ……」

苦しい体勢と絡まる肉厚の舌に、頭がぽうっとする。

たまっているのをお互い解消するだけの行為ならば、キスなんて必要ないだろうに、毎度この王子様は髭面の男の顔に吸い付いてくる。

「ふぁ……ぁ……」

スノゥとしても初めから嫌悪感すら無かったので、許してしまったのがこの始末だ。この王子様がこんな美形じゃなかったら、ちょっと考えたかもしれないと。そんなことを思いながら、男の後頭部に片手を回して、引き寄せて、さらに合わせを深くしている自分がいる。

「あ……！」

声をあげて合わせを自ら振りほどいたのは、胸を覆うピタリとした布をたくしあげて、まだ固くなっていない乳首をきゅっと摘まれたからだ。指先でころころ転がされれば、左のそれはたちまち芯をもつ。

「はぁ……」

深い口づけにとろりと顎までこぼれた唾液を、ノクトの舌がざらりと舐めとるのを見ると、大型の肉食獣に味見されている気分になる。確かに自分は兎で、この王子様は狼だ。

しかし、無精髭の生えた頬に頬ずりして楽しいかね？　と思う。

頭の上の長い耳を、はむりと甘く噛まれて、びくりと身体が跳ねる。さらにはズボンをおろされてむき出しの尻を揉まれて、丸い尻尾を掌で包みこまれた。

「ん……ぅ……」

やられっぱなしは癪に障ると、スノゥは後ろ手に手を伸ばして、ノクトの頭の上の三角の耳に触れる。その内側の和毛《にこげ》を指でくすぐるようにしてやると、ぴくぴく耳が動く。

耳と尻尾はどの種族でも敏感な場所で、ここに触れられるのは家族か恋人だから、自分達の関係でいじり合うのはどうなんだ？と思う。しかし先に触れてきたのは、この王子様だ。

「あぁ……」

ずっ……と男の膝の上、閉ざした太ももの間を、猛々しいノクトのペニスが滑る。胸だけの刺激でそそり立ったスノゥの性器からアヌスまでの間の会陰を往復する甘美な刺激に、スノゥの仰け反った喉から甘い声が漏れる。ノクトの動きに合わせて、腰が揺れる。

その喉元をちらりとノクトの舌先が舐めて、かしりと軽く犬歯が立てられた。ちょうど動脈の上という、本能的な恐怖と与えられる快感に、スノゥの身体が大きくびくつく。

同時にちくりとした疼痛を感じて、また痕をつけやがったな……と思う。このでっかい虫の吸い跡を消すために、翌朝のスノゥは鏡を見ながら、白粉《おしろい》を塗るはめになるのだ。王都劇場御用達の魔法の練り白粉《おしろい》は、薄い一塗りで黒子も痣《あざ》も隠し肌色もぴたりと合うという優秀な代物で、もちろん汗や水に濡れても落ちることはない。

しかし朝から誉れ傷は消さないように避けながら、白粉《おしろい》を塗る作業は大変なのだ。

本人に度々文句を言っているのだが、まったく聞き入れてもらえない。逆に「ならば肌を隠す衣をまとえ」と言われる始末だ。しかし、ノクトが吸いつく場所は首筋や腹、腕と、スノゥが普段からむき出しにしている場所だ。まったく嫌がらせでやってるのか？　と思う。

「うわぁ……あ……も、出るっ……！　ひゃ…ば、馬鹿！　入っ…て……るっ！」

擦り上げる動きが大きくなり、性器の根元の会陰をつきあげられて、スノゥが腰を揺らし、達する。

少し遅れて、びくびくと痙攣する太ももに凶悪なペニスを擦りつけたノクトもまた、達するはずだった。

いや、達した。

ひくつくスノゥのアヌスに軽く先を押し当てて、たっぷりと熱い精液を吐きだして。

その瞬間ぬるりと軽く彼が入ってきたような気がして、「馬鹿！」とスノゥは思わず口にしたのだ。

「ああ、すまない。少し入ってしまったか？」

ノクトの口調は、こんなことをしているのにやけに穏やかだ。その癖、スノゥを後ろから抱きしめた、うなじにかかる息は熱い。

「傷つけてしまっていないか、確かめないと」

「ちょ……なっ……うあっ！」

膝の上の身体を横抱きにして、自分のペニスが退いたアヌスを今度はノクトの指がなぞる。己の精を潤滑剤代わりとばかりに、ぬちりと今度こそ本当に中に入ってきた。

「そ、そんなことしなくていい！　う、うんっ！」

反論は唇によってふさがれた。口内を我が物顔で動く舌と、アヌスに突き入れられた指と。同時に内側をかき回されると、倒錯的な感覚にスノゥの頭も身体もぐちゃぐちゃになって、くぐもった声をノクトの口内に漏らした。

長い口づけが終わる頃には、スノゥは寝台の上で大きく足を開き、ノクトのたくましい腰をそのあいだに受け入れていた。口づけと同時に、指も抜き取られていて、代わりに熱がアヌスに押し当てられた。割り開かれる感覚に大きく目を見開く。

「あ……待てっ……！」

「待てない」

ぐっと押し入られる。彼が先に塗り込めた精液のおかげもあって、先が簡単に入りこんでしまう。そこからはさすがに抵抗があったが、ゆっくりやれば逆に苦痛を長引かせるとばかりに、一気に奥まで突き入れられた。

「ひぁぁあぁぁあっ！」

えらが張りだした先に肉がえぐられる感覚に、スノゥは悲鳴を上げた。しかしそこに苦痛だけでなく、嬌声も混じっていたことに唇を噛みしめて、潤んだ石榴《ざくろ》の瞳で目の前の男を睨みつける。

「このっ！」

「やっと、お前のなかに入れた」

「…………」

だまし討ちのように組み敷いておいて、ノクトが浮かべた鮮やかな笑顔に、思わず見とれてしまう。

その隙に「動くぞ」と言われて、脚を胸につくほど抱え上げられて、スノゥが目を瞠《みは》る。

「やっ！　う、動くなぁ！」

「ここがイイのか？」

「あ、そこ……突くなぁ……んっう…あぁああっ！」

「私も気持ちいい。お前のなかは狭くてきゅうきゅう締め付けるクセに、包みこんでくれるな」

「…………」

結局、なんだかんだで腰を振っていたスノゥだ。


翌朝。

「…………」

寝台でスノゥは身を起こした。身体がけだるくないのはノクトが回復魔法でもかけてくれたのか。

まったく魔力を無駄にしやがって。

そんなことを思いつつ、片方のお耳をくしくしする。ぴょんと片方のお耳を戻して、ぺこりと反対側を倒し、両手でまたはさんでくしくしと。

寝起きでちょっと寝ぼけ気味だったスノゥは、寝台の傍《かたわ》らに立って自分を見ているノクトの存在を、目の端に捉えていながら気にしていなかった。

朝の毛繕いは身だしなみを整えると同時に、気分を整える儀式みたいなものだ。とはいえ、いままでノクトの前でやったことはない。これは実は気を許している証なのだと、スノゥ自身も気付いていなかった。

さらには最後に膝立ちとなって、後ろ手に尻尾の毛先まで整える。ちょっとお尻を突き出した格好で。

するとと背後で見ていた気配がぶわりと、剣呑になる。半分寝ぼけていたところからスノゥはパッーと後ろを振り返った。ノクトが今にも自分を背中から抱きしめようと手を伸ばしてきている。

夜、あれだけしておいて朝から盛るんじゃねぇ！

「ぷぅっ！」

そういう意味で思わず口から出た、その鳴き声にノクトだけでなく、スノゥもまた硬直した。

思わずお互い見つめ合う。

「今のはなんだ？」

「な、鳴き声だ！」

そうとしか言いようがない。

「兎は鳴くのか？」

「知るか！」

そして、耳元のピアスは深海のサファイアから星入りのルビーへと変わっていた。

「私の管理だからいいだろう？」とまたいつもの言葉が返ってきた。

若くて溜まっているのはわかっていたが、オジサン相手に盛るのも疑似恋愛ごっこも楽しいのかね？とスノゥは思った。

◇◆◇　◆◇◆　◇◆◇

さて、そんなこんなで聖剣が完成し、災厄討伐の前日。

「今夜はしねぇぞ」

サンドリゥムは北の果て、ニグレド大森林帯を越えた先。月のない闇夜の先に災厄の大樹の黒々とした姿が浮かび上がっている。

湧き上がる瘴気のために辺り一帯は不毛の荒野だ。勇者が災厄を倒すことが出来ず、災厄が崩壊したときには、その草木一本生えない光景が国土全土に広がることになるだろう。

森が消える境《さかい》で、今夜は野営となった。いつものように視線だけでノクトに促されたスノゥは、彼のあとをついて森に入ったが、太い腕に抱き寄せられて首を振った。

「明日はいよいよ災厄退治だろう？　勇者様、いくら溜まっているからって、ここで体力を使うのはよくないぜ」

まったく、一旦許してしまえば、野営はともかく、宿屋に泊まる時には必ず挿れられることになった。

いや、最近だと野営でも盛り上がって最後までされてしまう。それに慣れてしまった自分が怖い。それはともかく、大事な日の前日にちちくりあっている場合じゃないと断る常識は、持ち合わせているおじさんだ。

「わかっている、今日はしない。これだけだ」

「ん？　んんんっ！」

唇をふさがれた。がっぷり食われるみたいに吸いつく端整な唇に、すかさず入りこんでくる肉厚の舌。

これだけって、この討伐が終わったら——じゃねぇ、終わる前におじさんと記念のチューってどうなんだ？　と思いつつ、ノクトの首に手を回してしまったスノゥもスノゥだ。

「このっ！」

ようやく離れた唇に「ぷぅ！」と鳴く。

我ながら、こんな可愛らしい鳴き声は『らしくない』と思うが、どうもこの王子相手だと出てしまう。

まさか、うっかり甘えている……なんて思いたくないが。

そして、そんなスノゥの鳴き声に気分を害する風でもなく、ノクトは軽く目を細める。そして、彼の手が伸びた左の耳に、ちゃりっと音がした。ピアスがまた付け替えられたようだ。

「なんだよ？　決戦前の記念か？」

「……ああ」

腰を抱かれたまんま野営地に戻ると、みんな寝静まっていた。いつものとおりスノゥはノクトに抱きしめられたまま眠りについた。

これも災厄討伐が終わればお別れとなって、おしまいだと。

しかし翌朝。ナーニャが左耳をやけに凝視する。

「なんだ？」

「夕日のパパラチア」

「だからなんだ？」

「その左耳のピアスよ」

確かにスノゥの左耳にはまっているのは、夕焼け色の美しいドロップ型の宝石だった。

スノゥはうなずいた。

「ああ、決戦前だから変えたかったんだろう」

王子様の道楽だと、スノゥはナーニャに言った。ナーニャは「道楽ねぇ」と、ピアスを凝視しながら、なんとも言えない顔をしていたけれど。

「記念にだろ」と言えば「確かに記念ね」とナーニャがそれ以上言うことはなかった。

そして勇者ノクトと四英傑――とその頃には呼ばれるようになっていたスノゥ達は、見事に災厄を打ち倒した。

暗雲に覆われていた北の辺境には光が差し、それをはるか王城から見ていたカール王に廷臣達は歓声をあげた。

撃ち鳴らされる祝砲と神殿の鐘の音は、王都のみならず各地の都市に町や村々に響き渡り、サンドリゥムの民達は歓喜の声をあげたのだった。


その夜。

ニグレド大森林帯近くの要塞に勇者一行は身を寄せた。転移を使えば王都まで一瞬であるが、朝から夕刻近くまでの激闘もあって、さすがに身体を休めてから明日にすることとなった。

「おい、部屋で身体を休めるんじゃなかったのか？　王子様よ」

夕餉の歓待も「疲れているから」という理由で、各自早めにあてがわれた部屋に戻った。

スノゥもそうしようとしたのだが、なぜかノクトに腕を掴まれて、彼の部屋に引っぱりこまれたのだ。勇者様にして王子様の部屋は、要塞で一番広くてよい部屋だ。

で、部屋に入るなり後ろから抱きしめられて、いきなり口づけられている。

「んんんっ！」

ぱたぱた腕を動かし、ドンドンとびくともしない肩を叩いて、ぷはっと唇を離して告げたスノゥに、ノクトは大真面目な顔で答えた。

「戦いで気が昂《たかぶ》っている」

「…………」

ごりっと尻に押しつけられた塊にスノゥは無言になる。

災厄を倒したっていうのに、元気だな？　勇者様。……いや、だから、か。

そして、散々、ノクトの熱に慣らされたスノゥの身体は男の昂《たかぶ》りを感じて、じんわりと下腹と受け入れる場所がうずかないでもない。まったく男の生理現象ってのは正直すぎる。

「しっかたねぇな、一度だけだ…お、おいっ！　うんっ！」

答えたとたんに、正面に返されて唇をまたふさがれた。さらに壁に押しつけられて、下肢を覆う布をずらされる。

まったくベッドまであと数歩の距離だっていうのに、待ても出来ないのか。この駄犬が！　いや狼だったか。

「うぁ……あっ！　おまっ……焦りす、ぎっ！　ひうっ！」

すでにギンギンになっているペニスが尻のあいだを往復して、先走りを塗りつけられる。さらに唾液に濡れた指がアヌスに入りこんでくる。

それもいきなり二本。それから慣らすのもそこそこに、スノゥは足を抱え上げられて突き入れられた。

しかし、わずかにスノゥが苦痛の声をあげると、ここまで性急にすすめたクセに動きがとまる。

スノゥはその隙に深呼吸をくり返した。そのあいだも慰めるように、ノクトの唇が耳を甘く噛み、こめかみに唇を押し当てて、無精髭にうっすら覆われた頬に、頬ずりをする。

「いいぜ」とその頭の上の尖った耳に囁きかければ、ぴくりとノクトの耳が動いた。たくましい律動が開始されて、スノゥは彼の首に腕を回してしがみついて啼く。

どうせ最後の夜だろうからな……と。

災厄を倒し目的は達成された。

そうなればこの勇者様との爛《ただ》れた関係もおしまいだ。

……そのはずだった。

第四章　戦い終わって平和になって、俺が悪いとみんなが言う。なんでだ？

一年にも及ぶ聖剣探索の旅で聖剣を創り上げた勇者一行は、災厄に挑み、討伐することに成功した。

王都は歓《よろこ》びに包まれ、凱旋した勇者達一行を歓迎した。

そして戦勝記念の祝賀会の前日。

あてがわれた城の貴賓室に届けられた荷物を、スノゥは見ていた。手紙もカードも添えられていない薄い木の箱の衣装箱の中には、上等な絹の衣が入っている。裾の長いドレスにも似た、長い丈の袖無しの薄青のジレと白いシャツ。

箱の中身を確認して、スノゥは関心をなくしたように箱を置いた卓から離れた。

自分に荷物が届いたという時点で予感はしていたが、差出人はこの衣を着て祝賀会に出ろと言いたいのだろう。

〝一族〟の代表として。

『恥』とまで言っていたクセにと、心のなかでスノゥはつぶやいた。今さら恨みも怒りもないが、明日、この衣を着る義理もない。……というより、むしろ、自分のことなど放っておいてほしい。

そこに扉が開いて、ノクトが顔を覗かせた。

「なんだよ？　こんなに夜遅く。勇者様は明日の祝賀会の準備で忙しいんじゃ……」

その言葉はノクトの口に吸い込まれた。反射的にスノゥは口を開いて肉厚の舌を迎え入れてしまう。

己の薄い舌をひらめかせて、戯れるようにからませて、唾液を交換し、こくりと呑み干してから、ぷはりと口を離す。

すると、ひょいと横抱きにされてベッドに運ばれてしまった。

髭の男をお姫様抱っこってどうなんだ？とか、軽々運びやがって……と思う。この王子様、あの熊族の神官グルムとそう背の高さは変わらない。スノゥとは頭半分以上の背丈の差があるのだ。別にスノゥの背が低い訳ではない。戦士としては小柄だが男としては平均だと思いたい。

「軽いな」

ノクトのいつもの口癖に、スノゥはその白の眉を寄せる。

「俺は軽いほうがいいんだよ」

双剣は俊敏さこそが攻撃の要《かなめ》だ。筋肉をつければ力もつくが、その分身体は重くなる。動きに必要な肉の量を見定めて、ギリギリにそぎ落としたスノゥの身体を撫でてノクトはいつも「食え」と言うが。

「ちゃんと食べているだろうが！」

「白アスパラガスのピクルスに、チシャのサラダ、豆と芋のスープがか？」

「ほら食ってるだろう？」とスノゥが言うと、ノクトがなぜかため息をついた。

どれもスノゥの好物だ。種族的な好みの差は仕方ないだろう。獣そのものだった祖先から遠く離れて久しいこの世界の人間だ。別に草食種であっても、肉は食べられるし、肉食種であっても野菜は食べられる。

しかし、好みというのはあるし、あんまり食べたくもないものを無理に食べる必要はないだろう。

「お前だって、分厚いステーキばっかもりもり食べているだろう」

狼の耳を持つこの王子様の好物は、もちろん肉だ。育ちがわかる綺麗な食べ方ではあるが、見ているこちらは、皿一杯の固まりがこの王子様の形のよいお口に消えていくのを見るだけでお腹いっぱいになる。

スノゥが言い返すと、ノクトはくすりと笑ってさらに言った。

「ニンジンのケーキは私も好きだ」

「この城のやつはとくにうまいな」

城で出されるニンジンケーキは、スパイスが利いていて、甘さ控えめだ。ケーキというよりパンに近いそれは、クリームをつけて食べてもいいが、チーズを挟めば酒のつまみにもなる。

「明日の祝賀会にも出ると思うぞ」

「それは楽しみだ……な……んっ！」

「野菜のジュレ寄せもだ」

「あれもうまいな…はぁ……」

「たぶん、カニ入りだ」

「カニもいい……なっ……」

「あっさりした肉はわりあいに食べるな。白身魚のポワレに、鳥のささみのテリーヌ」

「ほら…ちゃん…と……肉も食ってる……だろ……あ……」

「どれも明日の祝賀会に並ぶが、私から言わせるとあれは肉とは言えん」

「なんだと！　お前ら狼族に繊細な料理なんてもったいねぇ……！　血のしたたる軽くあぶっただけのステーキでも……食ってろ……うあ……っ！」

文言だけなら口げんかだが、そこにスノゥの嬌声が所々まじれば、とたんに閨《ねや》の睦言めいて聞こえる。

仕方ないのだ。弱点を熟知した王子様の指や唇が、スノゥの肌の上を滑り、乳首をいじり、首筋やあちこちに吸い付いている。さらには仰け反る背筋をなぞられて、さらには開かせられた脚の間にノクトの顔が埋まる。

「私はお前の焼いてくれるボアの串焼きのほうが、最近の好みだがな」

「ふ……あっ……あっ！」

初めて口でされたときは飛び上がるほど驚いたものだ。王子様がそんなところに吸いつくなんて……とだ。その背に流れる黒髪どころか、尖った三角の耳もひっぱって「やめろ！」と叫んだが、逆に王子様はますます舐め吸い付いてきて、ついにスノゥは陥落した。

ごくりと青年の喉仏が動くのに、快楽に潤んだ石榴石《ガーネット》の瞳を驚愕に見開いたものだ。

今日も「出る、出る」と言ったのに、最後まで離さずに男は呑み込んだ。射精のぼんやりとした余韻で、ノクトの端正な顔を見つめていたスノゥだが「俺もする」と男の下肢に手を伸ばす。

やられっぱなしでは気がすまない。

すると、ノクトがスノゥに手を伸ばした。

「逆になろう。尻をこっちに寄こせ」

「ん……」

ノクトに言われるまま、仰向けに横たわった彼の身体をまたぐ。男の眼前に、むき出しの尻もなにもかもさらす体勢に、一瞬かあっと身体が熱くなるような恥辱を覚えるが、これも一つのスパイスだ。

自分はほぼ全裸なのに、男の衣が乱れていないことにちょっと腹を立てながら、乱暴に股間を覆う布を引きずり下ろせば、ノクトのペニスが勢いよく飛び出してきた。

すでに臨戦態勢の凶悪なそれにスノゥの赤い唇に笑みが浮かぶ。すました顔の王子様が、自分の痴態でこうなっているのが少しだけ微笑ましい。

張り出した太い先を口に含んで、くるくると亀頭をあめ玉みたいに舐めてやると、ノクトが低い声で呻いたのに、さらに内心の笑みが深くなる。

同じ男だ。ここを舐めて吸われれば、聖人君子ヅラした勇者様だって、眉間にしわを寄せて感じるのだ。

そんな表情がまたぞくぞくするほど男前なのだから、悔しいやら腹が立つやら。

この体勢だと顔が見えないのが惜しい。同時に、口の中にふくんだそれがさらに容積を増し、どれだけ大きくなるんだよ……と思いながらも、ずくりと自分の下腹がうずくのをスノゥは感じた。

これが胎《はら》に入ったときの快感と充足感をこの身体はもう十分に知っている。受け入れる雌の愉悦だ。雄としてどうなんだ？　終わってないか？　と思いながら、スノゥは張ったえらの筋を舐めて、手でも血管の浮き出た幹を扱く。

「ふ……」

その途中で声が漏れたのは、ノクトに尻の狭間を舐められたからだ。アヌスの上を往復したノクトの舌は、当然のようにくちゅりとなかへと入りこんでくる。浅いところをなぞられただけで、期待にひくりと収縮するのがわかった。

しばらくすると、舌だけでなく長い指も入りこんでくる。すっかり知られた弱い場所をいじられて、スノゥは声をあげる。口を離した瞬間に、自分が育てたノクトのペニスが、ぴたんと頬を打った。

「あ……そこっ！」

「ここか？」

「んぅ……あ……イイ……イイ……」

男の指の動きに合わせて腰が揺れる。「指がイイのか？」と問われて首を振る。

「馬鹿……っ！　さっさとあんたのデカいペニスを俺にぶち込め……あぁぁあっ！」

お望みどおりとばかりに、体勢を瞬時にいれかえられて、太くて長くて固いものがスノゥの胎《はら》のなかを一気に満たした。後ろから尻だけをあげる姿勢になる。まるで獣の交尾だ。

突かれ擦られ、なかをかき回すようにされて、口を開け、舌をつきだすようにしてスノゥはあえぐ。

「うぁ……！　すげ……ふか……ぃ……」

「スノゥ」

「や…め……っ、耳噛むぁ……」

頭の上の長い耳にふきこまれる低いささやき。さらに根元をかしりと噛まれる。頭をぱたぱた振れば、片耳のピアスがしゃらしゃらと揺れた。

揺れるピアスを指でもてあそばれながら、下生えがスノゥの尻にぴたりとつくまで、ノクトの熱が深く挿し入れられ、奥にたっぷりと出される。

「あ、あ、あ……」

突き上げられて揺さぶられている最中、スノゥのペニスは、半ばうなだれたまま、今はぽたぽたと透明な蜜のようなしずくを垂らすのみだ。

「ん……」

ずるりと抜き取られて、無意識に物足りないと声を漏らせば、身体を表に返されて足を開かされる。

その手の動きにスノゥは逆らわず、むしろ足をさらに大きく開いて男を誘う。厚みのある身体がその間に入りこんできて、再び大きなペニスで胎《はら》を満たされた。

「はぁ……」と満足げなため息をつきながら、スノゥは開いた脚を男のたくましい腰に、離さないとばかりに絡みつかせた。

そして、再び始まる激しい律動に嬌声をあげ続けたのだった。


耳の根元で、ちゃり……というかすかな音がして、意識が浮上する。

ノクトの分厚い身体。その広い胸を枕にしているのに、スノゥはなんだかなあ……と思う。

いつのまにか情事のあと、この王子様と寝るのが当たり前になってしまった。たんなる性欲処理の関係なのに、ノクトの大きな手が自分の髪や長い耳を撫でるのが心地よいと思ってしまう。

思えば誰かの手に頭を撫でられたなんて、遠い昔、覚えているかいないかの母の白い手ぐらいだ。

その長い指がスノゥの耳からピアスを取り去って、別のものがはめられた感触に目を細める。

「なんだよ？　また新しいのか？」

「このまま明日の宴につけて来い」

「ん、ま、いいけどよ」

これもいつものこととスノゥはうなずく。

どうせ明日の祝賀会で、ノクトと会うのも最後だろうと……この時は思いこんでいたのだ。

ピアスの数はことあるごとに増えた。いわれのない贈り物は受け取れないと断ろうにも、いつもあれのあとのけだるい身体に、ノクトみずからが付け替える。

ピアス自体もノクトが管理していて、今日はこれがいいだろう……とスノゥの耳につけてくる。

そもそもノクト自身が、これは自分の持ち物だと言っていた。

だから、ピアスの意匠すら見ずに、そのまま祝賀会に参加したのも悪かったのかもしれない。

「――双舞剣のスノゥよ、あなたに永遠の愛を捧げる。狼の雄は生涯ただ一人に愛を誓うもの。どうか、我が妻となってくれ」

改めて、スノゥは自分の手を取るノクトの姿を見て顔をひきつらせた。

百合の紋章と黒真珠の黒はノクト王子の印だ。

それを片耳につけた状態で、各国からの客人の前で、スノゥは王子様に求愛されたのだった。

――それが無精髭生やしたおっさんなんて、求婚相手が間違ってるぜ！　王子様！

スノゥは遠い目になったのだった。

◇◆◇　◆◇◆　◇◆◇

救国の勇者にして第二王子たるノクトが、同じく国を救った仲間であるスノゥに求婚したことで、祝賀会場は騒然となった。

とりあえず場所を移して……と二人は、侍従達に囲まれて退出した。

「なに考えてる⁉」

大広間のほど近くにある王族の控え室のサロンにて、スノゥがノクトに怒鳴った。

「どこの世界に男と結婚する王子様がいる！」

「ここにいる！」

胸を張って答えるノクトにスノゥは痛むこめかみを押さえた。

そうだ。この勇者様はこういうヤツだった。

預言の子として生まれ、勇者としての英才教育を受け、さらにそれだけの高い資質ゆえに出来ないことなどなにもない。その〝自信〟に裏打ちされた信念は強固だが、こんな方向に発揮することはないだろう？

頭を抱えるスノゥに、ノクトが重ねて言う。

「同性同士の婚姻は神々にも認められている権利だ」

確かにこの世界では男同士、女同士の婚姻は珍しくもない。神々は等しくすべての人々を愛するという教えからだ。

しかし、スノゥは眉間に皺を寄せて答えた。

「それは自由に結婚相手を選べる立場ならだ。いいか？　お前はこの国の第二王子で、勇者で、災厄を倒した英雄様だ！」

平民なら自由に結婚出来ると言いたいところだが、代々の商家や大地主の息子となれば、庶民であっても本妻はしかるべき家の娘を娶《めと》る。王侯貴族となればなおさらだ。さらに言うなら、第二王子とはいえ、この国の英雄の血の存続を望む声は大きいだろう。

今日の祝賀会だって、華やかなドレスをまとった若い娘の姿が目立った。あわよくば王子様の目に留まってその妃に……どころか愛人や妾《めかけ》だって構わないという娘達が、彼の前に列を作っているだろう。

その王子様が髭の男の前に跪いて、いきなり求婚《プロポーズ》はないだろう。

乙女達の夢は粉々だ。

……いや青ざめて震えている娘もいたが、一部、なぜか頬を染めて黄色い嬌声をあげていたのもいたような……あれはなんだったのだろう？

そんな雑念にとらわれそうになったスノゥは慌てて首を横に振って、ノクトを睨み上げた。

「俺は男だ！〝雄〟！　王子様のお妃様なんかになれないのは、わかりきっているだろう」

血を残せない性別を前面に押し出してスノゥが告げると、ノクトの父、カール王の声が割って入った。

「陛下？」

彼も退出してきたらしい。

「座りなさい」とうながされて、立ちっぱなしでノクトを怒鳴りつけていたことに気付いたスノゥは長椅子に腰を下ろした。

その隣に当然のように腰掛けてきたノクトに思わず立ち上がりかけたが、がっしり腹に腕が回って引き戻された。なんなんだ！　この王子様は！

「いや～ノクトはすっかりスノゥ殿に夢中だねぇ」

すぐさま文句を言ってやろうと口を開きかけたが、カール王の呑気な声に、押し黙る。ちらりと視線を送ると、一人がけの椅子に腰掛けたカール王の横の椅子には、いつの間にか王太子のヨファンが所在なげに座っていた。

スノゥとその腰を抱くノクトから微妙に視線を逸らしているが、その反応が普通だろう。むしろ、息子の突然の奇行にも穏やかな笑みを絶やさないカール王のほうがおかしい。

そういえば広間が騒然とするなか、この王様は落ち着いていた。

国王たる者、いついかなる場面にも動揺を見せない態度はご立派だが、どうも嫌な予感がする。

スノゥがわずかに顔をしかめると、カール王が薄く微笑んで言った。

「さて、ノクトは王族とはいえ第二王子だ。かならず世継ぎをもうける必要はない。そなたとの結婚に問題ないと思うが？」

世継ぎの必要はない……とのカール王の言葉を聞いたヨファンの顔に、かすかに喜色めいた感情が浮かんだのを、スノゥは見逃さなかった。

この平凡な王太子ではなく、優秀な弟こそが次代の王に相応《ふさわ》しいとの声は前々からあったのだろう。今回の災厄討伐の成功で、その声がますます強くなるに違いない。

しかし、カール王自身が、言外にノクトが王位を継承することを否定したのだ。

まあカール王は堅王と名高く、その治世も手堅いようだ。いくら家臣達に言われようと、兄と弟の順番を逆にして国政に波を起こすような真似をしないだろう、と内心でスノゥは思う。ノクトにしても王位を簒奪する野望など、かけらも持ってはいない。無欲であるのは勇者の徳の一つだ。

そんな勇者が唯一求めたのがなんの因果か、うさぎ耳のおっさんというのが問題だが。

スノゥはヨファンから視線を外して、また首を横に振った。

「問題はあるでしょう。いくら第二王子だろうと、ノクトは勇者にして災厄を見事に倒したこの国の英雄だ。その英雄の血を絶やしたくないという人々も多いはず」

スノゥの言葉に、ヨファンの表情がしおしおとしぼむ。そんなに素直に顔に出してこの国の次代は大丈夫かね？とスノゥは思うが、それは自分が心配することでもない。こちらの国の事情だ。

すると、黙っていたノクトが突然スノゥの左手を掴んだ。

「私はお前以外欲しくないぞ、スノゥ」

「ゲテモノ食いの好き嫌いはよくないぜ。王子様にして勇者様。あなた様の子胤《こだね》が欲しい姫君はたとえ正妻ではなくとも、妾《めかけ》だろうが愛人だろうが、ひと夜のお情けでも欲しいと列をなしているぜ」

「スノゥ！　私はお前だけに愛を捧げると先ほど誓ったばかりだ！」

スノゥは、自分の腰を片手でがっちり掴んで吠える王子様をさらりと無視して、カール王を見る。

勇者の血を取り入れたいという貴族達の欲にまみれた野望だけでなく、純粋に勇者の血を子々孫々まで伝えたいという民の希望もあるだろう？と、その視線に乗せて。

「ふむ」

カール王は顎に手を当てた。

「第二王子だから世継ぎの心配はいらないと確かに言うたが、そもそも仔に関しても問題ないだろう。なにしろそなたは兎族だからな」

スノゥは顔をあからさまにしかめた。

やはりそこを突いてきたか……と思うと同時に、ノクトはどうやら父王には、この求婚の話を前もって通していたようだと、いまさら気付く。そうでなくてはいくらこの父親が食えない狸親父じゃない、狼親父だとしても、ここまで落ち着いているのはおかしい。

それにもうひとつ。


最弱と言われる兎族は種族も性別も問わず相手の子を宿すことが出来る。最弱ゆえの血を残すための生存戦略とも言われているが。

つまりスノゥが男でも、ノクトの子を孕むことが出来るのだ。

「――だとしても勇者様のご子息の母親が、どこの馬の骨ともしれないおっさんと言うわけにはいかないでしょう。さらに言うなら俺は来年で三十七だ。年上の花嫁にしたってとうがたち過ぎている」

ノクトは現在二十二歳だ。大国サンドリゥムの王子として年齢を鑑みると、とっくの昔に婚約者が決まっていそうだが、勇者としての役目を終えてからと本人も宣言し、周りもそれを認めていた。

それがこんなおっさんに血迷うとは。

とにかく身分と歳の差は大問題だろうと口にすれば、それも問題ないとカール王は言う。

「まず身分に関してだが、そなたは勇者とともに災厄を倒した四英傑であるぞ。この国の名誉も地位もいらないとそなたは言ったが、爵位の一つや二つや五つぐらい、廃絶した家を興《おこ》すことでいくらでもくっつけることが出来る」

五つは多すぎやしないか……と思いつつ、「でも、歳の差はどうしようもないでしょう？」と聞くと、これまたカール王は首を横に振った。

「純血種の三百年となれば、その年齢程度、問題はあるまい？」

そこも突いてくるか、とスノゥは内心で舌打ちした。

純血種とは、ごくまれに生まれる『先祖返り』のことだ。長命種と呼ばれることもある。その名の通り三百年の寿命を誇り、そのことごとくが優秀にして容姿端麗。そんな純血種は、王侯貴族に生まれることが多い。血統を尊《たっと》び、政略結婚にしろ貴種同士の血族婚が多い一族ならば、当然といえば当然だが。

歴代の勇者とその仲間はすべて、どの種族においても純血種である。

つまり、ノクトは純血種であるし、スノゥも勇者の仲間として呼ばれた時点で、純血種であることは確定している。

ただ、一つ問題となるのが、兎族には純血種はいないとされていることだ。これは最弱種族の生存戦略ゆえの血の交雑の果てが原因と言われていた。

ではスノゥは何者なのか、という話になる。

「だから年齢に関しても、それにそなたの身分に関しても問題なかろう？」

カール王の言葉にはどこか含みがあった。

スノゥが押し黙り、隣のノクトを見れば、彼もまたまっすぐこちらを見ていた。

カール王と同じく、ノクトも自分が何者なのか知っているという顔だ。

どうやら、とっくの昔に自分の身元はバレていたらしい。

◇◆◇　◆◇◆　◇◆◇

カール王はそれ以上スノゥの出自には言及せず、話し合いはまた後日ということになった。

スノゥは自室に戻らずに、王宮の別の部屋へと向かった。

「来ると思っていたぞ」

賢者モースの部屋には、魔法使いのナーニャに神官グルムの姿があった。ちょうどいい、ノクトとの結婚に彼らが反対さえしてくれればとスノゥが口を開きかければ――

「恋愛は自由だもの。相手があなたなのはどうかと思うけど、それがノクトの意志なら、あたしは反対しないわ」

その前にナーニャが口を開く。神官のグルムは「神々は等しく生きとし生けるものに愛を注がれるものであり、結婚の祝福は元からすべての人々に開かれていますから」とまったく聖職者の見本みたいなことを言う。

最後の頼みの綱とスノゥがモースを見れば、立派な角を持つ賢者は髭をしごきながら、首を軽く振った。

「ノクトの意志は固い。あれが揺るがないのは、お前もよく承知しておることだろう？」

「はいはい、信念の勇者様ですね」

ノクトは良い意味で頑固だ。一度こうと決めたらやり遂げるからこそ、勇者であり災厄も倒せた。だからって……

「髭の男を嫁にしたいって言いだしたあの王子様を、ちったあ説得してくれてもいいだろう？」

一人がけの椅子に力無くスノゥが腰を下ろせば、ナーニャが「あら、髭を剃ればいいじゃない」とアプリコットのジャムをお茶に入れてから、一口飲む。

「そういう問題じゃねぇだろう？　魔法使いの嬢ちゃんよ」

「その微妙に中途半端な無精髭を剃って、無駄に肌を露出した衣を改めれば、結構見られるんじゃないかと、あたしは思うんだけど」

「………………」

いやだから剃りたくねぇんだよ……と、スノゥは無言で自分の頬から顎をざらりと撫でる。

この顔のおかげで、放浪を始めてから何度襲われかけたことか。そのことごとくを返り討ちにしてきたが、面倒くさいことこの上ないと、顔の半分を隠す髭を生やし始めたのだ。

ただ、今はその話をしている場合ではない。

「俺の髭の話はどうでもいいだろう？　それより、男に求婚したあのとんちきな王子様に、誰もが認めるようなまともな嫁を娶《めと》れと、旅の仲間として説得してやってくれ」

スノゥの言葉に、一瞬みんなが沈黙した。

なんだ？　この微妙な間は？　とスノゥが思う間もなく、グルムがおずおずと口を開く。

「あのですね、スノゥ殿……。僕達はすでにノクト殿を一度は説得したんですよ。あなたに求婚したいという話を受けて」

「はぁ⁉」

素っ頓狂な声をあげたスノゥだが、すぐに納得した。

王である自分の父親まで話を通していた、あの勇者様だ。仲間達にもしていて当然だった。

しかしスノゥは苦虫をかみつぶしたような表情となる。

「あんたら知っていて、俺になにも言わなかったのかよ？」

「いや、まさか僕も求婚をするとは聞いていましたが、あの祝賀会でなさるとは」

「二人きりで『結婚してください』なんて申し込んでも、この兎おじさんに軽く流されて終わりでしょ。だから言い逃れ出来ない場所でしたのよ」

ナーニャが砂糖菓子《ボンボン》を口に放り込みながら、ちょっと馬鹿にしたように言う。

「な、なるほど」とうなずいているグルムをスノゥは石榴石《ガーネット》の瞳でぎろりと見た。

「ともかく俺には話してほしかったな」

ナーニャは完全に面白がっているし、「絡め取られたのぅ」なんて髭をしごいている賢者様だって、一癖も二癖もある。となれば、この神々に仕える生真面目な青年神官こそが、同じ旅の仲間であるスノゥに、こっそり耳打ちしてくれるべきだったのではないか？

「それがノクト殿からは、このことはスノゥ殿には内密にしてくれと、固く口止めされていまして……」

熊族の大きな身体をちぢめるようにしてグルムが言い訳をする。ノクトのヤツ、これも先手を打ってやがったか……とスノゥは内心で舌打ちする。

「ぼ、僕もあなたに求婚するのは……む、無謀……いや、ともかくですね。説得はしたんですよ。でも、ノクト殿のあなたへの愛は深く、その真摯な言葉を聞いているうちに、これこそ神々が示された万物へと愛だと感銘を受けまして」

「……そこは感激せずに、根気強くあの王子様を説得してほしかったぜ、熊の坊さんよ……」

そのときのことをまるで崇高な神の啓示でも受けたかのように、手を組んで神々へと軽く祈りを捧げるグルムをスノゥはじとりと見る。

無謀って言いかけたというか言ったよな？　この坊さん。

そこに砂糖菓子《ボンボン》を食べ終えたナーニャが首を傾げた。

「だいたい、あなたがはっきりと断れば終わることじゃない？」

「断っても断っても諦めねぇから、あんたらに説得してくれと頼んでいるんだろう？」

スノゥは、卓の上のオレンジのピールに手を伸ばして囓る。

百万回断られても、あきらめない、とあの王子様はわざわざ宣言してくださったのだ……と遠い目になると「だいたいね、あなたも悪いのよ」とナーニャが言った。

「へ？」

「自覚無いわけ？」

ナーニャが自分の赤毛の頭の上にある三角の耳を指さす。

左耳？　そこには昨日ノクトにつけられたピアスがあるだけだが。思わず自分の白い耳に手を伸ばすと、ナーニャが指摘した。

「百合はサンドリゥム王国の紋章。黒真珠の黒はノクトの色よ」

その言葉に、スノゥが顔を引きつらせる。

「大粒の黒真珠なんて、なかなか手に入らない貴重なものよ、地金は白金《プラチナ》だし。そんな高価なもので作られた〝勇者王子の印〟を片耳につけておいて、なにが結婚は出来ないんだか」

「あ、あのな。俺の耳のこれを勝手に付け替えているのは、ノクトだぞ」

そういえば自分が最初につけていた、銀のピアスも返してもらってねぇなあ……とスノゥは今さら思い出す。あれはいったいどこに行ってしまったのやら。

「そうね、最初は純金に黄色の石を花に見立てたピアスだったわけよね」

スノゥはノクトに最初に耳につけられた飾りを思い出す。

「よく覚えてるな」

「覚えるわよ！　最上級の透明度と輝きを放つミモザ色のダイヤモンドなんて、滅多にないもの」

女だから詳しいのかと思ったら、ナーニャが首を横に振る。

「もちろん女性は宝石に目がないけど、あたしは魔法使いでもあるのよ。貴石は最上級の触媒よ」

なるほど、この魔法使いの少女がかかげるロッドにも、真っ赤な魔石がはまっていたな……とスノゥは曖昧にうなずいた。

ナーニャはさらに勢いづく。

「それ以外にも、深海のサファイアに、星入りのルビー、緑葉《りょくは》のエメラルドに……ああ、災厄との決戦前の夕日のパパラチアなんてあったわね。あれ見たときは驚いたけど」

「高いのか？」

「どれもね。パパラチアなんて、あれ一つで丘の上の小宅一つ買えるわよ」

丘の上とは王都の高級住宅街だ。それの小宅とナーニャは言ったが、結構なお値段だろう。

思わず王子様の懐具合が心配になってしまった。

「言っておくが、この耳につけているの以外は、ノクトが持っているんだぞ」

だから自分がもらった物ではないと、スノゥは言いたかったのだが。

「ええ、その王子様の手から、毎日、首輪代わりにお耳につけてもらっているのよね？」

「………………」

首輪代わりとは心外だがスノゥは押し黙る。

なんとなく始まった身体からの関係ではあるが、確かにそんな高価な宝石を王子様につけてもらって、耳にぶら下げて歩いていたのは――

「マズイのか？」

「いまさら！」

ナーニャが声をあげると、モースが「ここまで鈍いとはな。ノクトが気の毒になってくるな」と髭を撫でて苦笑する。

どういうことだ、とスノゥが視線を向けると、モースが肩をすくめた。

「野営地にて皆が寝静まった頃、お前達がたびたび抜け出していたことも、宿では必ず同室になることも気付いていたが、ワシはなにも言わなかった」

そりゃまあ、気付きますよねぇ……とスノゥは遠い目になる。一応防音の結界は張ってはいたが、ピアスのことがなかったとしても、こういう関係はバレるものだ。

それをみんな知らないフリをしてくれているものと思っていたが。

「え？　野営地を抜け出てってどういうことですか？」

早寝早起きの良い子の熊の神官様は、全然気付いていなかったらしい。

「馬鹿ね。夜に抜け出した恋人同士がすることなんて一つしかないじゃない？」

「え？　け、結婚の誓いをする前にですか？」

ナーニャの言葉に、グルムが真っ赤になって戸惑っている。

悪いな、清く正しいお坊様よ、俺と王子様はそういう不純な関係なんだよ。さらに言うと恋人でもなんでもないけどな……とスノゥが心の中で懺悔していると、モースが「スノゥよ」と呼びかけた。

「なんだよ、賢者の爺さん」

「そう、ワシはお前達の関係になにも言わなかった。そして、スノゥ。お前さんは『強い』

スノゥはノクトと同格に戦える剣士であり、肉体関係を拒もうと思えばいくらでも拒める。つまりは同意の関係だったのだろう？と言外に言われれば、ぐうの音も出ない。

初めはしごきあいのつもりで、いつのまにか尻を使われてました……なんて、うら若い娘であるナーニャと、純情にして清廉な青年神官グルムの前で、言うことでもない。

スノゥが黙り込むと、モースが静かに微笑む。

「そこまで許しておいて、なぜ、あれの求婚を拒むのか。ワシには不思議なのだが？」

「色々、事情があるんですよ」

そう、色々とあるのだ。色々と。

身分とか性別とか年齢なんて表面上のことで。

これはスノゥの事情だ。

だからこそ、ノクトを巻き込みたくはない。

「災厄退治の金を受け取ったら、さっさとこの国を離れる予定だったんですけどね」

いささか名を上げすぎたと、災厄退治の前から感じていたのだ。目立つ地位と名誉はいらない。

災厄退治の対価として法外な請求をしたのは、その金でどこか静かなところに暮らすつもりだったからだ。

「あのノクトがそなたを逃がすとでも？　狼の鼻を甘く見てはいかん」

逃げたとしてもどこまでも追いかけてくるぞとモースに暗に言われ、「わかっていますよ」とスノゥは答えた。

祝賀会の前日、自分宛に届けられた衣を思い出す。結局着なかったが、あれは相手がこちらに干渉するという意思表示だ。

——あのまま捨て置いてくれれば、よかったのにな……

王子様のとんちきな求婚問題とともに、頭が痛いとスノゥはため息をついた。

第五章　欲望に負けて許してしまったけれど、それとこれとは話は別だ！

結局旅の仲間達の説得は諦めて、王宮で自分にあてがわれた部屋に戻れば、ノクトが待っていた。

彼がなにか言う前に、左耳の根元に手をやったスノゥはそこにあるピアスを引きちぎった。耳に鋭い痛みが走る。

「スノゥ！」

ノクトが声をあげるが、それに構わずスノゥは己の血に濡れたそれを、銀月の目を見開くノクトの前に差し出す。

「これは受け取れない。俺が最初につけていた銀のピアスを返してくれ」

はっきりとお前の求婚は受け入れられないという、スノゥの意思表示だった。しかし、ノクトはその言葉を聞いているのか、いないのか、いきなりスノゥを抱きしめてきた。

「おい！」

「傷の治療が先だ」

耳元で低く神聖呪文が唱えられる。頭の上の耳の根元に、ノクトの唇がふれて、ぽうっ……と温かな熱を感じるとともに痛みが消えた。

「なんだよ、この程度の傷で大げさな……」

災厄退治の旅ではもっと酷い傷を負ったことだってあるのだ。それですら治癒呪文一発で治ってしまっていたわけだから、本当に大騒ぎするほどの傷ではない。

そう言いかけて、ノクトを見上げたスノゥは言葉を失う。見上げた青年の銀月の瞳には、今まで見たことのない悲しく切なげな色が浮かんでいたからだ。

「私の贈ったもので、その身を傷つけないでくれ」

「……ごめん」

思わず素直に謝れば、唇をふさがれた。

「ん……」

舌を絡めとられて、頭の上の長い耳ごと大きな手で頭を撫でられる。スノゥはぺたりと耳を後ろに寝かせて、その石榴石《ガーネット》の瞳をうっとりと細めた。大の男が頭を撫でられて心地よいなんて、こそばゆくて言えないが、スノゥはノクトのこの大きな手の感触が好きだった。

自分が子供の頃に知っている頭を撫でる手は、母の痩せた白い手だった。

父親だった男の手は知らない。

『余に近づくな』

雷鳴のような男の声に小さな身がすくんだことを思い出す。自分を蔑む色をありありと浮かべた黄金の目も。

「おい……」

不意に浮き上がった苦い思い出から戻れば、いつのまにかスノゥはベッドに押し倒されていた。

「ヤらねぇからな」

ぐいと目前の端正な顔を仰け反るほど押しのけてやれば、不満げな瞳がこちらを見おろしてくる。

「あのな、あんなプロポーズしておいて、今まで通りなあなあで身体を許せると思うか？」

求婚されたからヤれませんというのもちょっと順番が違うが、そこはけじめだ。

「俺とヤりたかったら、あの求婚は冗談でしたと明日、皆様の前で言うんだな」

いや、これもなんか違わないか？　と思わないでもないが、スノゥがとにかくそう言うと、ノクトは即座に「求婚を取り消すことはない」と答えた。

「だったら、もうヤらねぇ。自分のベッドで寝るんだな」

スノゥが背を向ければ後ろから伸びた腕に、腹を抱き込まれてしまう。もう痛みはない頭の上の長耳の根元にちゅっと口づけられて「おい！」と声をあげると、ノクトがスノゥを見つめていた。

「なにもしない。ただ一緒に寝るだけだ」

「………」

それもどうなんだよ?と思ったが、これ以上、拒絶し続けるのも面倒くさくなって、スノゥは目を閉じた。

そして、後ろから感じる体温の温かさにぐっすり寝てしまい、起きればノクトは隣にいなかった。

しかし左耳に、ちゃり……と慣れた感触がある。あの王子様も懲《こ》りねぇなと、ベッドの脇の小卓を見れば、そこには書き置きの便せんが一枚落ちていた。

『銀のピアスは返せないが、代わりにこれを……』

朝の身支度に鏡を見ると、左耳を飾っていたのは、最初にノクトの手でつけられたミモザのピアスだった。

しかし、自分が他人の腕の中でぐっすり眠って、さらには敏感な耳をいじられて気づきもしないなんて。

「ホント、しょうがねぇな」

その言葉は諦めの悪い求婚者に向かってなのか、それともなし崩しに許してしまう自分へなのか、わからなかった。

◇◆◇　◆◇◆　◇◆◇

その日の午前、国王の執務室にスノゥは呼び出された。執務室には、新たにこの国の宰相を務めることになった賢者モース、そしてノクトの姿もあった。

そこでスノゥに手渡されたのは商都ガトラムルの魔法印章が押された証書が十枚。魔法を発動させれば、この紙が白金貨百枚に変わる代物だ。

最初にスノゥが要求したガトラムル白金貨千枚が、きっちり払われたことになる。

それなのに、証書を浮かない顔で受け取ったスノゥに「なにか不都合でもあったか？」とモースが尋ねた。

「いや、ずいぶんあっさりと支払いをしてくれたな……と」

これで自分がもらう物はもらったからと、姿を消したらどうするのか？と思ったが、その前にノクトが口を開いた。

「どこまでも追いかけるぞ」

「俺の考えを先読みするなよ！」

金をもらったから、はい、さようならという訳にはいかない。この男は、勇者らしい不屈の精神で地の果てまでも追いかけてくるだろう。

そのやりとりに執務机に座ったカール王が、からからと笑い「我が一族の雄は一途なものが多いからなあ。まあせいぜいがんばりたまえ」と妙な応援をくれた。

金はもらえたが、自分の結婚問題をどうにかしなければ、この国どころか王宮も去ることが出来ない。スノゥは頭が痛かった。

ぐるぐる考えたって仕方ない。

こういうときは気分転換だとばかり、証書を自室に持ち帰ったスノゥは立ち上がった。

長い耳を隠すようにターバンを頭に適当に巻いて、尻尾を覆える長さのマントを羽織る。耳と尻尾を隠してしまえば種族はわからない。種族によっては絡まれることも多いため、こういう姿の旅人も結構多いのだ。

兎族のそれも男が外を歩けば、目立つことこの上ない。兎族に雄が少ないというのもあるが、彼らが基本昼間の街を歩くことがない種族だというのが主な理由だ。

最弱と呼ばれる兎族は、それを補うように見目麗しく、歌に踊りと技芸に優れるものが多い。

そんなか弱くも可憐な兎達は、パトロン付きの劇場の専属の歌い手や踊り子になったり、その芸だけでなく身体も売りにする遊郭に囲われることが多い。

その一方、兎族の中には上流の身分の姫君達もいる。あらゆる種族と交配したが故に、王侯貴族の家においても時々先祖返りのように、兎族が産まれるのだ。

当然見目麗しく可憐な姫君達は、政略結婚の駒として大切に養育されるが、結局表に出てくることはまったくない。

つまり、兎族を外で見ることは非常に少ないのだ。

戦う力を持ち、誰にも守られる必要がないスノゥこそ異端と言えた。

自室を出て城の裏門から外へ向かおうとすると、その吊り橋の途中で待っている者がいた。

黒いマントのフードを被り、その顔と耳と尾を隠しているが、背格好で誰だかわかる。

ノクトだ。

「別に逃げやしないぜ、ちょっと街を歩きたいだけだ」

長身を見上げれば「私も共に行く」とノクトが短く返事した。

断っても無駄だろうな……とスノゥが歩き出せば、後ろから無言でついてくる。

元々も賑やかなサンドリゥムの王都・バライマドラだが、災厄を倒したその祝賀会の翌日とあって、どこか浮かれた楽しげな雰囲気が余韻のようにただよっていた。

大通りを飾る祝いの花やリボンの飾りはいまだ撤去されずに、あちこちの店でも勇者と四英傑にちなんだ品が並んでいる。

ひょいとのぞいた露店での飾りの絵皿に描かれた自分達の不細工さに、スノゥは思わず吹き出して横に立つノクトに見せる。

「ずいぶんと男前に描かれているな、勇者様」

「これはスノゥではない。耳が短いし、もっとまっ白でふわふわしている」

「……俺のことはいいんだよ」

まっ白でふわふわってなんだよ……と思いながら、皿を棚に戻した。

途中寄った茶店では、なにも言わずとも二階の個室に通された。

スノゥ一人ならば、街路に面したテラス席ですませていただろうが、ノクトはマントのフードを被っていたって王子様の雰囲気が伝わってしまう。

店主が察して用意してくれたのをありがたく受けて、階段を上がった。

ノクトがマントを脱ぐのを見つつ、スノゥも頭のターバンを取って、窓辺の席に座る。

階下に人が賑やかに行き交う姿が見えるが、窓には薄い透ける布が下ろされていて、こちらからは外が見えるが、外からは内部が見えない仕組みとなっていた。

もちろん楽しげに歩く人達の中に、兎族のお仲間なんていない。

布の中に押し込んでいた長い耳の毛並みを両手でくしくしと整えていたら、ノクトの手が伸びてきて耳ごと頭を撫でられた。

「お前が……」

「ん？」

「この耳を隠さずに外を歩ける国を作りたい」

「……今から頑張りゃいいだろう。勇者様」

それは夢だとスノゥは思いながら、口にはしなかった。

◇◆◇　◆◇◆　◇◆◇

散歩から戻ってきた夜、自然とノクトはスノゥの部屋を訪れた。スノゥはヤらないと言ったが、一緒に寝るのは許してしまった。

ノクトはスノゥを抱きしめては、なにもせずに眠りにつく。

耳のピアスも目覚めれば、毎日替えられていた。ミモザの黄色から、深海のサファイアの蒼、スタールビーの紅ときて、夕暮れ色のパパラチアまできた夜に、スノゥはキレた。

「……固いのが尻に当たっているんだがな」

「問題ない」

「問題あるだろう！」

主にスノゥの精神と身体が！　だ！

嫌ではなく、そんなものが尻に当たっていればムラムラするという意味で。

なにしろ散々ノクトの味を教え込まれた身体だ。

後ろから抱き込まれていたスノゥは、ノクトの腕の中で身体を反転させる。そして、ノクトの寝間着のズボンを押し下げると、すでに立ち上がったペニスが布地から飛び出してきた。

数日しなかっただけでこれか？　元気だな……とスノゥはそれを片手で握りしめた。もう片方の手で先を丸く撫でて可愛がってやれば、ノクトは頭のうえで熱いため息をつく。その息がかかって、スノゥの長い耳がぴくぴく震えた。

「ん……」

耳の中程を軽く噛まれて、そのまま舌先が耳のふちをたどりながら根元の和毛《にこげ》に息を軽くふきかけられてぴくりと肩を揺らせば、ぐいと腰を引かれた。スノゥの前もすでに軽く寝間着の布を押し上げている。自分の手が握りしめていたそれの先で、自身を柔らかく突かれる形になって、スノゥは声を漏らした。

同時にノクトの手がスノゥの寝間着をずらして、ペニスが二つ重ね合わせる。

「俺はいいいっ……てっ！」

「良くないだろう。ここはこうなってる」

「……くッ……このっ……！」

ぬちりと大きな手を動かされて息を詰める。これじゃ、初日の二の舞じゃないかと思う。しかし、手を動かされれば気持ちイイ。なにしろ弱い場所は全部知られている。

「う……は……」

自分の顔をじっと見つめる銀月の瞳から、視線を逸らそうと俯いて後悔した。ノクトの大きな手の中で彼の赤黒く長大なペニスと自分のやけに初心に見える薄紅のペニスが重なっているのを見てしまったからだ。

まったく清廉潔白な王子様にして正義の勇者様が、なんて持ち物だと思う。

それに比べて自分は……。いや、色が薄いのは生まれつきだし、大きさだってこの王子様が馬鹿デカいだけで、標準のはずだ。標準。この王子様以外の代物なんて、あんまり見たことはないが。

初めて見た訳でもないのに、その淫猥な光景から目が離せない。

重なる二つの色も大きさも違うペニスと、それをまとめる大きな手。ぬちぬちと動くそれを、どうにかしたくて手を伸ばせば、逆にその手をとらえられて上から重ねられる。自分の白い手と勇者の聖剣を握る手が、お互いのモノを一つにして扱いている。

そんな光景から目を逸らしたくて視線をあげれば、銀月の瞳がスノゥの石榴石《ガーネット》の瞳を射貫く。

そこにギラギラと宿っているのは紛れもない欲望だ。

「あ……」

この強い雄に求められていると思うと、ずくりと下腹の奥がうずいた。同時にあっけなくはじけて、自分とノクトの手を濡らす。

「あ、あ、あ……」

達して敏感になっているというのに、ノクトの張り出したカリでこすられて、びくびくとスノゥの薄紅のペニスがはねる。そこに男の熱い精液がかけられる。

「んんん……っ！」

若いペニスは勢いを失わず硬いままだ。ぬちぬちと嫌らしい音を立てて、互いの手を濡らした白い欲望を混ぜ合わせるように動かされる。ノクトの腰が、いつもスノゥの内をえぐるのと同じように力強く動かされる。

たちまちスノゥのペニスも勢いをまた取りもどしたが、戸惑って声をあげれば、目の前の端正な顔が獰猛に笑う。

「まだだ、付き合え」

「ん……」

王子様で正義の勇者様なのに悪い顔だな。おい。

襲い狼にはぴったりだけど。

まったく流されやすくて嫌になる——とは、このあとさらに思うことになるのだが。


イケない。

イケないのだ。

一度目はノクトだけでなく、スノゥも溜まっていたということだろう。健全で健康な、人より体力もありあまる勇者様に、その仲間の英傑の剣士だ。

だからこそ二度目はこんな我慢比べみたいなことになっているのか？　と思う。

「あ……ふぅ……くそっ……！」

「………」

あともう少し、と思うのにそこを越えられない。スノゥはノクトの手が重なる右手を乱暴に動かすだけでなく、左の手の平で二つの先を撫で、さらに指でその鈴口をえぐるようにするが、それでもイけない。

スノゥが熱を放てない理由はわかっている。さっきからずっと、自分の手の内にあるノクトの熱くて長大なペニスを受け入れることを想像して、自分の腹の奥が熱い。自分のアヌスが浅ましくひくついているのもわかる。

おそらくノクトもスノゥのなかに入る以上の快感を手では得られないから、自分を解放出来ないのだろう。

「前はまかせた」

「うん？　ん……馬鹿ぁ…っ……そこは！」

そう言ったノクトの手がスノゥの尻にかかる。反射的にうなずいてしまって、スノゥは慌てて首を振った。

その間にも両手で尻たぶを割り開かれて、太くて長い指が一本入りこんでくる。二人のまざった先走りと精液で濡れているために、最初からするりと根元まですぐに入ってしまった。

「お前はここが一番感じるだろう？」

「い、挿れるな……っ！」

「指だ、これは挿れてないだろう？」

「ああっ」

スノゥの手では余るほど長大なノクト自身で、スノゥ自身を擦りあげられて、声をあげる。

なかで右手の指をぐるりと動かされて、左手では丸い尻尾を優しく揉むように撫でさすられる。

「ほら、気持ちいい」

頭の上の長耳に吹き込まれる低い声と、根元の和毛《にこげ》をざらりと舐める狼の長い舌に、スノゥはなすすべもなく喘いだ。

「う…ぁ……あぅ…はぁ…ッ……」

なかにある指の動きに腰を揺らし、快楽に力がもはや入らない両手を動かす。右手で二つの竿を乱暴にしごいて、先を手の平で撫でて、指でくぼみをなぞるが――

「やぁ……ぁ……足り…な……」

うちをえぐるノクトの指が二本に増えても、まだ足りない。自分のなかはこれ以上に愉悦を与えてくれるものを知っている。みちみちといっぱいにして奥の奥まで、そんなところまでというぐらいに怖いぐらいに気持ちいい。

二本の指先がスノゥの内側のいいところをかすめると、潤んだ石榴石《ガーネット》の瞳から、すうっとひとしずく悲しみではない涙がこぼれる。

間近で息を呑んだノクトが、赤く高揚した頬に伝うそれをぺろりと舐めた。

「あ……もぅっ！　いれろ……」

指では足りないとスノゥはついにねだる。目の前にある汗で濡れた額に長い黒髪が一筋貼り付いた精悍な顔。その銀月の瞳が獲物を目の前にしたように、獰猛に眇められる。

「いいのか？　ダメではなかったのか？」

その言葉に「くそったれ！」とスノゥは悪態をつく。つづけて「ぷうっ！」と悪態とは裏腹に可愛らしく鳴く。

「いいか…ら……はや…く、このデカブツを俺のなかに、ぶち込めっ……うあああっ！」

言いきる隙すら与えず、ノクトは指を抜き取ると、スノゥの脚を胸につくほどに開かせて、上から串刺しにするように己の熱を突き入れた。

すでに十分に知っている雄の楔に、己のうちが彼の形となって絡みつくのがわかる。

ガツガツと上から突かれてスノゥは嬌声を上げながら、己の薄い腹に触れる。それから、ここまで挿入《はい》っているのだと、示すように白い指先で腹をたどった。

「すげぇ……あんたのへそまで……きてる。はや…く……熱いの、俺にくれ……っ……！」

スノゥの望み通りとばかり最奥を突き上げられて、本来入ってはいけないような奥の奥を突破して、そこに熱い精液が叩きつけられるのに、スノゥはうっとりと目を細める。

「はぁ……」

息をついていると、自身のペニスがくたりと頭《こうべ》を垂れて、ただ蜜をこぼしているだけなのに気付いた。精を吐き出すことなくイッたのに、解放感とは違う甘い充足感が全身を満たしている。

「もっと……」

「ああ、私も欲しい」

赤い唇でねだれば、その唇を肉感的な唇でふさがれて舌を絡め取られる。自ら男の首に腕を回して、混ざり合った唾液の味に酔いながら、スノゥは再び刻み始めたたくましい雄の腰の動きに合わせて、その白い身体をくねらせたのだった。

◇◆◇　◆◇◆　◇◆◇

やっちまったもんは仕方ないというべきなのか。やっちまったから、もう次はやらないというのも、面倒くさいというか。

自分がこの王子様には甘い自覚はあるのだ。結婚なんて冗談じゃないと言いながら、毎夜部屋に訪ねてくるノクトを拒めない。

そう毎夜だ。さすがに冒険の旅では、三日おきとか五日おきとかだった。

聖剣が完成して災厄討伐となったときは一月ほど間があいたと思う。見事討伐を果たしたその夜は、大変盛り上がったことは言うまでもない。災厄倒してこの体力かよ……と思ったものだ。

まあ、スノゥもなんだかんだでかなりヨくて、ノリノリではあったが。

そして王城に帰参してからは毎夜だ。毎夜。

平和な世の中となり、ここは国で一番安全なはずの王城だ。草のしとねではなく、ふかふかの天蓋付きの広いベッドで寝られるのだから、張り切るのはわかる。

……おじさん相手だけど。

「うあっ！　違うっ！」

「上の空とは余裕だな」

そして、今夜も勇者様のたくましい腹筋に手をついて、その上で腰を振っているスノゥだ。

自分だって細身ではあるが、きっちり腹筋は分かれている。どこからどう見ても男の身体だ。色は白いけれど肌にはうっすらと赤い剣傷さえ刻まれているというのに、スノゥのなかの勇者様はやる気十分に猛々しい。

毎度思うが自分のどこがいいんだ？

ぐいと突き上げられて仰け反り喉を震わせる。そのまま腹筋だけで起き上がったノクトが、スノゥの喉にかぶりついた。うっすらと浮き出た凹凸《おうとつ》をざらりと肉厚の舌が舐める。

「はぁ……」

急所に噛みつかれているという本能的な恐怖と、牙でやわやわと与えられる愛撫に、スノゥの背筋にぞくぞくとしたものが駆け上がる。

背を仰け反らせ、ぎゅうっとなかのノクトを締め付けると、彼の喉から低いうめき声があがる。長い耳を震わせる美声にも、また官能が昂《たか》ぶった。

「うぁ……」

雄を締め付けたことで己の肉壁も歓喜する。男の割れた腹筋に、薄紅のペニスを擦り付けるようにしてスノゥは達した。

その一旦の解放にはぁ……と息をついて、ノクトの額にちゅっと口づける。

「ああぁっ！」

途端、ノクトの槍に、ぐいとさらに奥をつきあげられて、スノゥの喉からあられもない声が上がった。

男の頭を仰け反った己の胸にぎゅうっと抱きしめれば、追い打ちとばかり乳首に歯を立てられて高い声が出た。たくましく腰を突き上げられ、張り出した立派なカリ首で、もう何度も犯された奥の奥をトントンと突かれて、ただ甘い声をあげるだけの生き物となる。

「出して、くれ……」

スノゥはうわごとのようにつぶやく。

「たくさん……おく……いっぱい……」

「ああ、腹がふくれるまで出してやる」

「うれし……んあっ！」

理性を飛ばして蜜のような快楽にとろりと蕩けた石榴石《ガーネット》の瞳は、強い雄に征服される雌の快感に酔いしれていた。

「ん……」

耳元の水音で再び意識が浮上する。

スノゥが目を開くとノクトのお膝の上に座らされていた。周りには温かなお湯が取り巻いている。

猫足のバスタブに、後ろからノクトに抱かれて入っている。男二人で入るにはいささか狭いが、密着すれば入れないこともない。

実のところ、これもよくあることだ。

というより、この城で毎日のように抱かれるうちに、日課になってしまった。

旅の間は、宿屋の部屋にシャワーがあればいいほうで湯船なんかない。野営など言うまでもない。

それでも事後はいつも眠ってしまうスノゥの身体の処理を、ノクトはいつもしてくれていた。起きれば身体の外側も内側もいつもさっぱりしていたのを今も覚えている。

思えば、この勇者様にずるずる抱かれてしまうのは、こんな優しいところかもなあ……と思う。

乱暴ではないが絶倫なこの勇者様に翻弄されてへとへとになったうえ、もう一度付き合えと揺さぶられ、甘い声をあげながら、もう二度としないと思っても、翌日、綺麗にされた己の身体と、付け替えられた左耳のピアスに、まあいいか……と思ってしまうのだ。

「また、俺、トんだか？」

「ああ、可愛かったぞ」

「ぬかせ」

手をのばして、自分を後ろから抱く男の頭を引き寄せて、唇を重ねる。肉厚の舌が当然のように入りこんでくるのを受けて絡める。

ノクトの黒く長い髪を指ですくようにして、その上の三角の尖った耳の内側にも浅く指を入れて、その和毛《にこげ》をくすぐるようにしてやれば、ぴくぴくノクトの耳が動いた。

「ふぁ……」

互いの混ざり合った唾液が呑み込みきれなくて、スノゥの唇からこぼれ落ちる。そのしずくを追って、ノクトの舌が口の端から、スノゥの顎の裏を舐めとった。そこから顔の輪郭をたどるように、唇は上へと動き、こめかみに一つ口づけて、頭の上の白く柔らかな毛並みに覆われた長耳に触れる。

やんわりと耳の中程をかまれて「ん……」とスノゥは声を上げた。

左耳も大きな手で包みこむように撫でられていた。耳の根元につけられた、ピアスがしゃらりと音を立てる。「スノゥ」と優しい声が耳の根元で響く。

「なんだ？」

「私と永遠を誓い結婚……」

「それだけはお断りします！」

それまでの甘い雰囲気は霧散し、くるりと振り返ったスノゥは、きっぱりと王子様の求婚をお断りした。

これも甘い情交のあとの習慣になりつつある。

それとこれとは話は別なのだ。

◇◆◇　◆◇◆　◇◆◇

そんな、隙を見てはスノゥに求婚する王子様との攻防戦を繰り広げていた、ある日。

「お考え直しください」

王宮の小部屋。

ノクトの執務室の横の休息所として使っている場所から聞こえた声に、スノゥは足を止めた。

薄く開いた扉から、椅子に腰掛けたノクトを三人の狼族の老貴族達が囲んでいるのが見えた。

スノゥにとってもいずれも見知った顔だ。

自分に厳しい目を向けてくるという点で。

「――我らとて、もちろん四英傑である彼の功績を認めてはおります。それでもなお、殿下の番《つがい》としては相応《ふさわ》しくないと申し上げておるのです」

ザンザ元王国騎士団長の後に、そう続けたのはニルス子爵。ザンザが騎士団長時代の副団長だ。

「申し上げたくはありませんが、スノゥ殿の評判は廷臣達の間ではよろしくありません。兎族であることももちろんですが……」

その次に口を開いたのはニルスと同じ子爵であるクルト。こちらもザンザの片腕として副団長を務めていたはずだ、とスノゥは目を眇《すが》めた。

カール王は堅実で安定した外交と治世とは対照的に、武芸には優れなかった。今ノクトを囲む三人は、そんなカール王の剣と盾として活躍した重臣達だ。三人まとめて三騎士と呼ばれていた彼らは、今も彼の側役《そばやく》として仕えている。

さらにザンザは幼いノクトの剣の師でもあったとスノゥは聞いていた。自分の娘をノクトの妻にしたいと狙っている野望満々の貴族達とは違い、彼らの言葉は真実ノクトを心配してのものだ。

だからこそ、ノクトも彼らの話を聞かざるを得ないのだろう。

とはいえ、彼が怯《ひる》む様子はないようだ。ノクトは淡々とした口調で彼らに言った。

「最弱の兎族という括りがスノゥにあてはまると？　それに私はあれの身分など気にしていない。そして彼は災厄をはらった四英傑である。これ以上の誉れがあるだろうか？」

「しかし、あの者はその誉れを汚い金に換算したのですぞ！」

ザンザが巌《いわお》のような声でうなる。王宮の騎士団長としての誇りを胸に生きてきた老騎士からすれば、己の誇りを黄金に換えるという行為は許せないのだろう。

スノゥは小さくうなずきつつ、壁にもたれかかった。

「戦いの対価を金で要求するなど傭兵と一緒と、殿下も言っていたではありませんか？」

「名誉ある大義を彼は金貨に換算したのです」

ザンザの言葉にニルスもクルトもうなずいて、口々に言う。

「あれには欲などない」

しかしノクトはそれらの言葉を切って捨てた。三人の老人は大きく目を見開く。聞いていたスノゥも同じような表情となった。災厄討伐の対価に金を要求した自分に『欲がない』なんて。

「自由に生きてきたあれには王国の地位など単なる足枷だ。さらには災厄討伐によって与えられる栄誉もあれにとって意味などないのだ。だからスノゥは我らが与えられ、唯一もらえる対価として金を要求したのだ。それのどこが不名誉で間違った行為なのだ？」

静かに問うノクトに、三騎士達が黙りこむ。騎士としての正義感と名誉をなにより重んじる彼らには、名誉を尊《たっと》ばない人間がいることが理解出来ないのだろう。

「それでも彼は法外な金を要求したのですぞ」

やはり納得出来ないとザンザがくり返す。

するとノクトは「覚悟だ」と答える。

「覚悟？」

「あれはサンドリゥムの民ではない。この国から逃げればよい異邦人だ。それでもあえて己の命をかけて災厄退治に挑めというならば、それだけの対価を払う覚悟があるのかと、こちらに問うてきたのだ。そして父王カールは即決で承知した。金で国と民を救えるのならば安いものだとな」

「…………」

三人の老騎士達が再び黙りこむ。

「もう一ついうならば、誰にどのように説得も懇願もされようとも、私の気持ちは変わることはない。話は以上だ」

ノクトの締めくくりに、三騎士達はうなだれて部屋を出ていった。スノゥは前室から素早く出て、廊下の角に隠れて彼らをやり過ごす。

そして、今、来たかのようにノクトのいる部屋へと入った。ノクトは悪戯っぽい笑みを口元に宿してスノゥに言う。

「さっきから聞いていていたのだろう？」

「なんだ、気付いていていたのか」

「お前の花の香りはな、わかる」

「おっさんに花の香りなんてあるかよ」

いや、そもそも匂いで感づかれるのはまずいぞ？　とスノゥはくんくん自分の腕の匂いをかぐが。

「いや、お前にはわからない。他の狼にもな。番《つがい》の匂いだから私にはわかった」

「…………」

番《つがい》になったつもりはないんだけどなと言いたいが、これを口にすれば「お前は私の番《つがい》だ」「いや違う」の堂々巡りとなるので、別の疑問を口にする。

「あんたもあの騎士のじいさん達と同じで、初めは俺のことを見下しているもんだと思っていた」

金を要求したのは、強引につれて来られた腹いせにふっかけたというのもあったが、確かに彼らを試す気持ちもあった。

国と民を救う覚悟があればこれぐらい安いものだろうと。またそれを出し渋るようならば、それだけの器しかない王であり為政者の国だと。

そして無表情の王子様もまた、金を要求したスノゥの上っ面だけを見て、人が困っているのに足下を見て法外な金を要求するような、名誉を金に換算した男と見ていると思っていた。

ノクトが首を横に振る。

「さっきのやりとりを聞いていたならわかるだろう？　私はお前の要求は正当なものだと思っていた」

「そのわりに『試してやる』なんて言われたけどな」

「ああしなければ、あの場でお前に父上が報酬を支払うと決めたことに皆が納得しなかった」

「俺の腕をみんなに見せるためか？」

スノゥは軽く目を見開く。

「ああ、それが思いのほか楽しくて、あやうく玉座の間を壊しかけた。私と対等に戦える者がいるとはな」

「まさか、それで俺に惚れたとかいうんじゃないだろうな？」

ニヤリと笑って軽口を叩く。

スノゥもあの戦いは楽しかった。あれから旅の合間に手合わせをよくしたものだ。大概、熱くなりすぎてナーニャの火の玉が飛んでくるのが常だったが。

「魔法使いの嬢ちゃんが火の玉飛ばしてきても、それ避けて戦っていたら、モースの爺さんに頭からバシャンと水の塊を落とされて、あれはまいったな」

「確かに」

くくく……と笑いあう。ノクトが口を開く。

「旅は楽しかったな。途中から野営でのお前の夕餉が楽しみになった。肉の焼き加減がよかった」

「お褒めにあずかり、どうも」

「お前は肉が苦手だろう？」

「兎族だからな。肉は食わねぇよ」

「なのにお前の肉料理はうまかった。焼いても煮込んでもな」

「そりゃ、自分が食わなくたって、美味しく食べてもらいたいだろう？」

言っておいてスノゥは赤くなる。なんだか照れくさくなってきた。

顔を背けようとすると、ノクトが腕を取って、スノゥの顎をすくいあげる。

「だからお前がいいんだ」

「美味い飯なら宮廷料理人のほうが上だろう？」

「それだけでなく私と対等に戦える」

「手合わせならいくらでもしてやるぜ。番《つがい》になる必要はないだろう？」

「初めて肌を触れあわせたとき、この手に馴染んだ。手放せないと思った」

「そりゃ危険な旅の中の盛りあがりって奴で、なにもおっさんじゃなくたって、英雄様ならよりどりみどり……」

「そんな一つ一つの理由などあげなくとも、お前がよいのだ。私が望むのはお前と生涯を共にすることだけだ」

真顔でそんなことを言われて、顔にかかるかげに素直に目を閉じてしまっていた。

あの決戦の前夜以来の、口づけだけの触れあいだった。

第六章　穴（という名の墓穴）を掘るのは兎の習性というけれど、どうしてこうなった？

「見ろよ、英傑様が歩いているぜ」

「ああ、今日も肌も露《あら》わな、あの姿。男をたぶらかすのも英傑にはお手の物ってか？」

王宮の廊下。二人の若い宮廷騎士にすれ違いざま、あざけるように言われてスノゥはわずかに顔をしかめた。二つの頭の上には三角の狼の耳。この国の騎士達は狼族で占められている。下位の兵士は犬族が多い。

小声でひそひそのつもりらしいが、こちらの長い耳にはばっちり聞こえている。まあ、あちらも聞かせるつもりで言い合っているのだろう。

「毎夜、毎夜、殿下を自室に誘ってくわえこんでいるらしいぜ」

「災厄を倒したといっても、その爪痕はまだあちこちに残っている。殿下に他の英傑の方々はその復興にいそしんでおられるのに、いい気なものだな」

ノクトはスノゥの部屋に通うのに、こそこそなんてせずに堂々と来ているのだから、王宮の噂になって当然だ。

確かに災厄は討ち果たしたが、荒れた土地や被害にあった村や街の復興などやることは多い。ノクトは父王を補佐して、昼間は政務に夜はスノゥの元に通い……と元気なものだ。

賢者モースはこの国の宰相としてカール王とノクトの補佐をしているし、王立の魔法研究所の若き所長となったナーニャも忙しく働いていた。

神殿の神官長となった神官グルムも同じく、災厄が討伐された世界でもなくなることのない人々の悩みに寄り添い、神々の教えを説いている。四英傑の坊様のありがたいお話ということで、十日に一度の説法の日には、神殿には黒山の人だかりが詰めかけると聞いている。

たいして、スノゥは……

なにもしていない。

そもそも、この国での地位も名誉も保証もいらないといったのだ。一生隠れて遊んで暮らせるだけの金をもらったら、とっととこの国を離れる予定だった。

それが、あの勇者王子様が公衆の面前で堂々と、求婚なんてしてくださりやがったから、簡単に『さようなら』出来なくなった。

まったく、毎夜、毎夜、部屋通ってきて寝台で運動したあげく、こちらがうっとりした隙を狙うように求婚してくる王子様をどうやって諦めさせるか、頭が痛い。

『男娼』だの『尻軽』だの口汚く罵られてもスノゥは聞き流していた。

いくらでも吠えるがいいさ。

自分のことならば言われ慣れている。

しかし。

「あんな性悪の耳長に惑うなど、勇者が聞いて呆れるな」

「しかも身体で籠絡されて妻に迎えるなんて、災厄退治の栄光も地に堕ちたものだ」

――ノクトをあざける言葉だけは聞き捨てならなかった。

「それとこれとは話が別だろう。あいつがこの国を救ったことも、お前達は嗤《わら》うのか？」

一瞬にして怒気を孕み、赤みを増した石榴石《ガーネット》の瞳が若い宮廷騎士達を射貫く。飛ばされた殺気に、彼らは完全に固まった。

「来い！　尻軽で淫売の英傑がどれほどのものか、お前達に試させてやる」

◇◆◇　◆◇◆　◇◆◇

勝手知ったる王宮の中。四英傑の一人であるスノゥはどこにでも出入り自由だ。

当然、城の一角に作られた兵の教練場もだ。

魔石により常に結界がほどこされた分厚い壁に囲まれた空間は、ちっとやそっと暴れたところで壊れることはない。

スノゥは教練場へと足を踏み入れた。

訓練にいそしんでいた城の衛兵や騎士達が、スノゥの姿に、ぎょっとした顔となる。四英傑の顔はよく知らなくとも、兎の耳を持つ男はこの王宮で一人しかいない。

そして、その後ろには若い狼族の王宮騎士が顔をしかめつつ歩いてくる。

この二人は勇者一行が旅立ったあとに仕官した者達だ。

だから、ノクトがその実力・人格ともに勇者の名に相応《ふさわ》しい王子であることも、その他の四英傑の力がどれほど抜きん出ているのかも、話としてしか知らなかった。

それで先ほどのスノゥのみならず、ノクトまでも侮るような言動となったのだが——

「ここ少し借りるぞ。そこの若いのが二人、俺と『遊びたい』って言うんでな」

スノゥが後ろを親指で指し示し、鼻で笑うように言えば、若い騎士二人は明かな怒気を顔に宿した。

「〝遊び〟など！　我ら騎士は、いかなる戦いでも全力で戦うように教えられている！」

「大道芸人のようにふざけて踊りながら歌って戦うだと！　そんなお前の悪ふざけと違う！」

おやおや、その程度の挑発で頭に血を上らせているんじゃ、本当にケツに卵の殻をつけたひよこだなと、スノゥはますますその唇の片端をつり上げつつ、壁にかけられた練習用の木剣を二つ、彼らに向かって投げた。

「じゃあ遊ぼうぜ」

青年騎士二人が怪訝な顔となる。まあ、当然だろう。自分達二人には得物を投げて寄こしたのに、スノゥは素手なのだから。

「お前の武器は？」

一人が訊ねるのにスノゥは軽く肩をすくめた。

「遊びなんだから、俺は手ぶらで十分」

「このっ！」

「馬鹿にしやがって！」

その言葉に一斉に木剣を振りかぶり、飛びかかってくる騎士二人に、スノゥはフンと鼻を鳴らす。

だから、そんな簡単な挑発に頭に血を上らせるんじゃない。

構えもまったく乱れて、がら空きもいいところだ。

それを言葉で教えてやるほどスノゥは親切ではない。実践あるのみだ。

「ぐあっ！」

「かはっ！」

左右からスノゥに打ち込んだ若い騎士は一瞬にして吹っ飛んだ。床に転がる二人になにが起こったのか、壁際に並んだ見物人達はぽかんとしている。

「おいおい、これで終わりじゃ、宮廷騎士の名が泣くぜ？　腹に一発食らっただけだろう？」

握りしめていた拳を開いてスノゥがひらひらさせる。そこでようやく、腹を抱えて教練場の土に転がる二人が、スノゥの拳を食らったことを知ったようだ。

一様に見学人達が驚愕の表情となり、ざわめき始める。

「馬鹿な。拳の動きがまったく見えなかったぞ」

「それに二人が吹き飛んだのはほとんど同時だった。なんて素早さだ」

「若いとはいえ、あの二人は王宮騎士だぞ。それがあんなにあっさりと……」

お前達など素手で十分だと示すように、片手をひらひらさせ続けるスノゥに、宮廷騎士の意地とばかり彼らは木剣を杖によろよろと立ち上がる。

「さすがに頑丈だな」

スノゥは口の端をつり上げる。その石榴石《ガーネット》の瞳は常よりも赤く、爛々と獲物を見据えており、少しも笑っていなかったが。

手加減してやったのだ。ただの一発で気を失わせるなんて面白くもない。自分達の言動を十分反省させてやらなければ。

「ほらほら、もっと遊ぼうぜ」

あろうことかスノゥは二人に背を向けて、黒革のパンツに包まれた尻を突き出す。丸く白い尻尾をふりふり、ぺんぺんと叩く。

「「愚弄するか！」」

途端に、打たれた腹の痛みも一瞬忘れたように、二人の若い騎士が飛びかかってくる。

それをひらりとスノゥは避ける、だけでなく、二人に足払いをかける。あっさり床に転がる騎士二人の身体を跳んで避けて着地し、トントンとステップを踏む。そして、なんと歌い出した。

可愛いあの子のお耳に花をつけるのはだぁれ？

綺麗なあの子の尻尾にリボンを付けてあげるのは？

それは昔から酒場で唄われる恋歌だ。

誰でも知っている歌だが、こんな場所で陽気に歌うものではない。

それもくるくると回り踊りながら。

再び床に転がった青年達は、再び跳ね起きて飛びかかるが、スノゥはそれを華麗なステップでひらりひらりと風に舞う蝶のごとく避ける。だけでなく、さりげに彼らの顔に裏拳や、ステップでふりあげた脚で蹴っ飛ばして床に叩きつけては、挑んでくる二人を転がしている。

そのあいだ、息も切らさず朗々と陽気な恋歌を二番まで続け、踊りもまた手や足で反撃しながらも、少しも止まることなく滑らかだ。

騎士相手の真剣勝負。それを素手で歌い踊りながらなど馬鹿にしている！　と見ている仲間の兵士や騎士は怒るべきなのだが、すべての者がぽかんと見とれている。

中には頬を染め、瞳を潤ませスノゥを見つめている危ない輩《やから》もいたりするが。

「……すまない」

「私達が悪かった……」

十数分後、床に這いつくばり、とうとう起きあがれなくなった二人は、うめくように言った。

スノゥの力の前に屈したわけではない。そこは宮廷騎士としての矜持だ。その場合は、死んだって謝罪を口にしないだろう。

そうではなく、彼らは悟ったのだ。スノゥがわざと素手で彼らの相手をしたことを。遊びと言って歌い踊りながら戦い、馬鹿にするような戦い方をしたことを。

最初にスノゥを侮ったのは彼らのほうだ。この国を守る宮廷騎士でありながら、災厄を倒し、国を救った四英傑に対する敬意を忘れて、彼に対しての悪い噂だけを鵜呑みにした。

その偏見で淫売、男娼とあざけりわらった。

これはそれに対するスノゥからの手酷い返しだ。お前達は侮蔑した相手の遊び相手にもならないと。

「謝りの言葉なんかいらねぇ」

床にうずくまる頭上からかけられた言葉に、謝罪すら受け入れてもらえないのかと、彼らが絶望の瞳でスノゥを見上げた。

そこで、スノゥが腕を組み二人を見おろす。

「俺はなにを言われようが平気だ。許せなかったのは、俺の仲間までお前達が悪く言ったからだ」

自分のことではなく仲間のために怒るなど、なんと義に厚い……とばかり、二人の騎士が同時のその瞳を熱く潤ませ、泣きそうに顔をゆがませる。

スノゥはその様子に気が付かないまま、つぶやいた。

「この国の人間ならば、あいつがなにを成したのか、わかっていると思っていた」

怒るでも軽蔑するのでもない、淡々としたその言葉に、二人の騎士はさらに打ちのめされたようにうなだれる。

彼らが勇者を、この国を救った英雄を侮るような言葉を吐いたのは事実だ。

一年にも及ぶ聖剣探索の困難な旅路と、ただ人の身では到底敵わぬ災厄に、勇者一人と四英傑のたった五人で挑んだ、その戦いも知っていたというのに。

とうとう、二人の騎士はひと目もはばからず、低い嗚咽を漏らして泣き始めた。

「――スノゥ殿」

そこに声がかかった。スノゥが振り返れば、軍服にマント姿の男が二人立っている。両名がまとう銀の飾緒《かざりお》付きのマントは、王宮騎士団の副団長の証だ。

二人とも狼族で、背が高くがっちりしている四角い顔を強調するような短髪がカイル。細身ですらりとしている亜麻色の髪を肩につくぐらいで切りそろえているのがノーラだ。

ちなみに二人ともスノゥよりは背が高く、ノクトよりは低い。スノゥは自分の背が低いとは思っていない。騎士だの戦士だの名乗る、肉食族の男達がやたらデカいのだ。

「彼らが失礼を？」

「いいや、遊んでいただけだ」

見た目通りの柔らかさでそう訊ねるノーラに対して、スノゥが答える。

先ほどの彼らの言葉をスノゥが告発したなら、二人ともよくて見習い騎士に逆戻りか、最悪、宮廷騎士の資格を剥奪されるだろう。

それだけの発言を四英傑に向かってしたのだという自覚もない、若造共だったということだが。

ぴくりと無言で太い眉を動かしたカイルに対して、スノゥは「若い頃は誰だって馬鹿をするものさ」と告げる。ガキのたわごとなんぞ自分は気にしちゃいないのだ。

「まあ、十分遊んだんだから。俺は満足だ」

だから、彼らがなにを言ったのかは不問とするようにと暗にスノゥは告げる。

それでも厳格な処分をするしないは二人の領分だ。

彼らが実質上の騎士団の頭《かしら》だ。なぜ副団長二人が頭《かしら》なのか？といえば、団長はノクトだからだ。

ただしノクトはこの国の第二王子にして勇者だからして、実質の指揮はこの二人がとっているわけだ。

「わかりました。ではお言葉どおり」

ノーラが言い、横のカイルもまた無言でうなずく。スノゥの言う通りに若い騎士達の罪は不問とし処分しないということだ。

スノゥがわずかにうなずくと、ノーラが思わぬことを続けた。

「しかし、そこの若手二人だけと〝遊ばれる〟とは妬《や》けますな。ぜひ、我らのお相手もしていただきたい」

スノゥは「へ？」と目を丸くする。そこにカイルがはっきりと告げた。

「四英傑にして双舞剣のスノゥ殿。我ら二人と手合わせをしていただきたい」

どうしてこうなった？と、最近内心でぼやくことが多い……とスノゥは思う。

「騎士団副団長二人同時に？　俺、一人で戦うのか？」

「なにを言われます。我ら二人がかりでも、あなたにとっては不足でしょう？」

柔らかな笑顔でノーラが告げる。「是非、一つご指南いただきたい」とカイルもまた口の端をつりあげる。

四角い顔も相まって獣が牙を剥いて、威嚇しているように見える。

目は笑っていない。完全に兎を全力で追いかける狼の目だ。

強者《つわもの》二人相手だ。さっきの『遊び』のようにはいかないと、スノゥは短剣代わりの短い棒を二本、手に取った。

――そこでまだしょぼくれてる若造相手ならともかく、得物もなしの相手にやられたんじゃ、副団長達の名誉に関わるもんな。

対するカイルは大剣を模した木剣を掴み、ノーラは長い棒を手にする。亜麻色の髪の副団長が得意なのは槍だ。

力の大剣に遠隔の敵を攻撃出来る槍は良い組み合わせだ。実際、災厄の影響によって凶暴化した魔物討伐において、この二人の副団長自ら現場に立ち、誰よりも成果をあげてきたと聞く。

スノゥはノーラにまっすぐ向かった。槍と短剣ならば、槍のほうが常ならば遥かに有利だ。普通は動きが大振りとなる大剣に向かうだろう。

「先に私ですか？　光栄です」

しかし予想外のスノゥの行動に、それで動揺するような優雅な副団長殿ではない。

ノーラは長い棒を瞬時に繰り出した。

その動きは常人には目にも留まらぬものだったようだ。教練場に詰めかけていた者達も、思わず「おお」と声をあげる。

しかし、それ以上の予想外の出来事に観客の声は、さらに大きくなった。ノーラも、自身が突き出した棒の先を見て「なあっ！」と声をあげる。

スノゥが素早い槍の一撃を、跳んで避けたのみならず、宙で一回転してトンとその先に降り立ったのだ。そして、その根元――棒を持つノーラに向かって駆ける。

長物が有利なのは相手との距離が取れることだ。

その長物の上を曲芸のように移動されるなど、あまりに予想外だったのだろう。

ノーラは完全に固まっている。

「ノーラ！」

とっさに動いたのはカイルだ。彼は棒の上を駆けるスノゥに向かって、その木剣を横薙ぎにした。それもスノゥは前方へと跳んで避け、また見事に着地する。

たどり着いたのはノーラがそれを握る根元近くだ。

そして、スノゥは片手の棒をノーラの首筋にぴたりと当てる。

「参りました」

ノーラの口から降参の言葉が出る。

だが、あと一人残っているぞとばかりに、木剣の風圧がスノゥを襲った。

これもひらりと跳んで避けたスノゥの着地を狙っていたように、一撃が振り下ろされる。これも後ろに跳びすされば、そこにとまた剣が。横に跳べばそこにも。

立て続けの攻撃。大剣を扱う大柄な身体とは思えない素早さだ。

力だけの鈍重な身体などでは、騎士団の副団長まではなれないということか。

「初手では惑わされましたが、二度目は通じませんぞ」

「副団長相手に通用するとは思っちゃいねぇよ」

ノーラが惑わされた、とカイルは口にしなかった。これは共に戦っている自分も惑わされたのだと潔く認めたのだろう。まっすぐな男だ。

こういう相手ほど、小手先の技など通じない。スノゥは気を引き締めなおした。

実のところスノゥが最も苦手とするのは、この手なのだ。一番の代表格があの勇者王子様だが、あれは元々の前提として格が違いすぎる。

小細工なんぞ初めから通じないから、まっすぐ打ち込むしかない。真正面からぶつかり合える爽快感もあるが。

――ま、力押しの相手は昔なら、ホント、苦手だったけどな。

歌や踊りで惑わせて隙を突くか、戦う必要がないなら逃げるか……していた。

しかし、今は正々堂々たる試合だ。これをがっちり受けとめてこそ、四英傑というものだろう。

まっすぐ、自分に向かって振り下ろされた木剣を、スノゥは短い棒一本で受けた。

あの副団長の大剣の一撃を片手で受けとめたと、また壁際に並ぶ騎士や兵士達から声があがる。

だが、スノゥは真正面から剣を受けとめたのではない。

受け流したのだ。

カイルの強い一撃は己の力が乗ったそのままに、スノゥの短い棒の上を木剣が外へと逸れて滑る。

しまった！という顔をしたカイルは、剣を返し立て直しを図ろうとするが、すでに遅い。

一歩踏み込んだスノゥは、そのがら空きの懐へするりと入りこみ、ぴたりと棒の先端を彼の眉間へと当てる。

「参りました」

カイルが告げた瞬間、教練場は再びの喧騒に包まれた。なかには「よろしくない噂ばかりのうえに、兎族なのに」「しっ！　あの若造共の二の舞になりたいのか」なんて声すらある。

それらの声はばっちりとスノゥの長耳に届いていた。

災厄討伐に金を寄こせと言ったスノゥの発言には、玉座の間に詰めかけていた貴族達の口から口へと尾鰭がついていて、スノゥの評判は非常によくないのだ。最弱の兎族が勇者の旅の仲間に選ばれた。その偏見と嫉妬もあるだろう。

そのうえにあの王子様の求婚ときてからの、王宮にて寵姫よろしく、夜な夜なノクトがスノゥの部屋へと通っているのだ。

公明正大にして正義の勇者様は堂々としたものだ。スノゥだって別に、いまさら世間様になにを言われようが気にしない。

もともと、この頭に長い耳がついた兎の雄というだけで、色眼鏡で見られるのには慣れっこだ。勝手にあれこれ言われるのも。

悪評の件を考えて、スノゥの長い耳がぴくりと動いた。

これを利用しない手はないんじゃないだろうか。

スノゥは、編み上げのサンダルのまっ白な足で軽快なステップを踏む。

こうして、二本の棒をくるくると回し、勇壮なる勝利の歌を、朗々と歌い始める。

栄えあるサンドリゥム王宮騎士団の副団長二人を下して、その教練場で勝ち誇るなんて、なんてイヤミな俺！とスノゥは内心でほくそ笑む。

これで騎士団の連中と王宮の衛兵達は、スノゥにますます悪感情を抱くはずだ。

そして、こう思うに違いない。あんな男が我が国の第二王子にして、我らが英雄、そして名誉ある王宮騎士団長と結婚するなどとんでもない！と。

騎士団は国を守る要《かなめ》だ。その声は王家といえど無視出来まい。

——なんて頭にあったのは初めのうちだ。

歌い踊ることは戦うことと同じく、スノゥにすり込まれた本能だ。野営の仲間達の前でも歌い踊ったし、旅での酒場の舞台でも飛び入りで、それから誰も見ていない一人でも関係ない。

それは森にぽっかり広場のように開いた木漏れ日が降り注ぐ場所であったり、うち捨てられた神殿であったり。

舞ううちに、スノゥはぼんやりと旅の最中のことを思い出した。

スノゥが朗々と歌い舞っていると、ノクトがいつのまにか自分をじっと見ていることが度々あった。

そして彼はひと言、そこに想いを込めて告げるのだ。

『「見事だ」』

思い出と重ね合わさるように耳元で聞こえた声に、歌と踊りの陶酔から引き戻される。

戦いと踊りに高揚し、鮮やかに誉れ傷が浮かび上がるスノゥの白い肌。そのむき出しの腕と、露《あら》わになっている腹を隠すように、後ろからすっぽりとマントで覆い、抱きしめられていた。

「ノクト」

スノゥが背後を易々と取られるのは彼だけだ。

「スノゥ、ずいぶんとご機嫌に歌い踊っていたようだな」

名を呼んでスノゥが振り向くと、ノクトは少々困ったように眉を下げていた。

「しかし、あまり周りを誘惑しないでくれ。みな、お前に見とれている」

「はい？」

睨みつけているの間違いじゃないか、と周囲を見渡すと、確かに騎士や兵士達はなぜか陶然とした顔でこちらを見ている。

——なんだこれは？

「我ら二人、完敗にございます」

「そのうえに噂に違わぬ、見事な歌と踊りをこの目で拝見出来るなど、光栄の至り」

そして、カイルとノーラがノクトに後ろから抱きしめられたままのスノゥの足下に片膝をついて胸に手をあてて頭《こうべ》を垂れる。

「一度お手合わせいただき、このカイル。確信いたしました。確かにあなた様こそ、我が国の英雄たるノクト殿下に相応《ふさわ》しいお方」

そのノーラが言えばカイルも「まこと、まこと」と深くうなずく。

「我らが誇る黒き狼の番《つがい》となるのに、これほど相応《ふさわ》しい方はおりませぬ。殿下、災厄退治の困難な旅路にて得がたき方を得られましたな」

「うむ」と満足げにうなずくノクトに抱かれたまま、スノゥは呆然とした。

どうしてこうなった!?

だけではない。

「ワシらもそなたを誤解していたようだ」

そう巌《いわお》のような声をあげたのは、先日ノクトにスノゥを諦めるようにと勧めていた三騎士のうちの一人、ザンザだ。その横にニルスとクルトの姿もある。

ずんずんとザンザはスノゥの前へと進み来ると、カイルとノーラのように跪いた。

「そなたが若い騎士達を鍛える姿と、その言葉を聞いた。現副団長達との見事な戦いもだ。そなたがノクト殿下や旅の仲間を思う心は本物であり、その腕だけでなく、心も気高く強き者だと理解した。……これまでずっと見誤っていたことをわびよう」

すっと胸に手を当てられ、頭を下げられる。他の二人の老臣もだ。

「私もスノゥ殿をこの耄碌《もうろく》した目で誤解していた。殿下はわかっておられたというのに、まことに恥ずかしい」

「確かにそなたは殿下の選ばれたお方。いままで散々反対しておいてお恥ずかしいが、どうか殿下の愛を受け入れてくれまいか？」

そんな懇願にスノゥは、ノクトに腰を抱かれたまま、今度は魂まですっ飛ばして宙を見た。

だから、どうしてこうなった？

◇◆◇　◆◇◆　◇◆◇

真剣勝負の騎士との戦いで、歌い踊る。

これで王国の盾たる騎士達と兵士達に、反感をもたれるはずだった。歌と踊りには自信はあるが、それとこれとは別。場所柄もわきまえずに、副騎士団長二人を前に浮かれて勝利の舞を踊るなど、絶対に睨まれるはず。

――なのになんでみんな、憧れるような瞳で俺を見る！

スノゥは右の長い耳をくしくしと両手で毛繕いした。気持ちを落ち着かせるために毛繕いをするのがクセの種族は多い。とくに兎族は毎朝の毛並みの手入れを、尻尾の先までおこたることはない。

ひとまず落ち着くまで毛繕いを行って、スノゥは王宮の庭に置かれた椅子の上で息を吐き出す。

下手に部屋や室内にいると、追い回されてばかりなのだ。

あれから騎士や兵士達のスノゥを見る目が、がらりと変わった。

王宮でスノゥに会えば最敬礼。騎士達などは片手を胸にあてて頭を下げるどころか、余裕があれば片膝をつく。

……それは主君以外だと、敬愛する『貴婦人』に対するものだろうが！

手を離して右のお耳をピンと立たせてから、スノゥはぺこりと手前に寝かせた左耳の毛繕いに取りかかる。普段なら片方だけで気持ちは落ち着くのだが、このところ両方しないと無理だ。

今も一番の問題はノクトだが、さらにうるさいのが数名加わった。

筆頭は宮廷騎士団の副団長のカイルとノーラだ。カイルがまっすぐに熱い態度で、ノーラはもの柔らかで丁寧な態度でという違いはあるが、言うことは一緒だ。

スノゥこそノクトの番《つがい》に相応《ふさわ》しい。いつまでも意地を張らないで、王子のお気持ちに応えてやってくれないか？

ようするに、ノクトの嫁になれ！と来たもんだ。当然、即答で断っているけど。

一日一度、二人のどちらかには必ず王宮で出くわす。逃げ回ったってあの王子様と同じように、夜に部屋を急襲されたら逃れようもない。

ちなみに、ある日の夜は、スノゥの部屋に押しかけた二人を、ノクトが銀月の瞳でギロリと睨みつけた。

普段は副団長として団員達には威厳ある態度を見せている二人が、大変恐縮する姿は面白かったが、「このような夜遅くに、殿下の将来のお妃様のお部屋に押しかける非礼をお許しください」というセリフは聞き逃せなかった。

「誰がお妃様だ！」

「私と来世も共にすると誓ってくれないのか？」

「生まれ変わった先まで俺にわかるか！　断る！　つうか、いい加減諦めろよ！」

「私は諦めない。お前相手に一度や二度断られたぐらいで、あっさり撤退していては、その堅牢な要塞のような心は手に入らないのでな」

「いや、一度や二度どころじゃなくて、もう両手の指が二巡したって足りないぐらい、俺は丁寧にお断りしてきたんだけどな！　王子様よ！」

結局、そんな痴話ゲンカをしているうちに、二人は部屋から居なくなっていた。それから、求婚を断ったというのに、ノクトは当然のようにスノゥをベッドに運んでしまう。

散々啼かされ、とろかされたところで風呂に入れられる。ほこほこの身体を寝台まで運ばれて、後ろから抱きしめられたまま心地よい眠りに入ろうとしたところで、長いお耳の根元で囁かれた。

「ところで私と結婚する気に……」

「断る！」

眠かったので、半分寝入りかけたむにゃむにゃと寝言のように答えて、そのまま寝た。

なんだか寝たのに、翌日も疲れが残っているような気がした。

それからは、カイルとノーラを避けなくなった。

どうせ部屋まで押しかけられるのだし、言ってくるのは一日一回。決めているのかなんだか知らないが、顔を合わせるたびに嫁になれとは言われないので、いいだろう。

いや、やっぱりよくねぇか！とスノゥは、両手で挟んでいた左耳を離した。そして、一度やったはずの右耳に手を戻す。繰り返し毛繕いをやるのは、ぐるぐる考えているときの癖だ。

最終的にどうなったかといえば、騎士団の副団長二人だけでなく、あの教練場にいた騎士や兵士達全員が、いまやノクトの味方というか、スノゥの信奉者というか――とにかく、スノゥがノクトの嫁に相応《ふさわ》しいと言って回っているらしい。

さらに、ザンザにニルスにクルトとかつての三騎士までその一団に加わったのだ。

彼らもスノゥを見かけるたびに「これまで誤解していた遺恨はどうか忘れて……」だの、「そなたもこだわりを捨てて、どうか殿下の愛を受け入れてくれまいか？」と言ってくる。

年寄りに弱いスノゥは、彼らに対してはっきりと断れずにあいまいに笑って逃げるしかなかった。

——これはまずい、かなりまずい。

このまま、外堀を埋められて、流されるままにあの王子様の嫁とか、いつのまにか結婚してました……なんて、いや、ないだろう。一応断ってはいるし。

スノゥが考え込みながら、お耳をくしくしやっていると間近から声がかかった。

「ちょっと」

「ん？」

顔を上げると、低い小卓の向こうに、不機嫌そうな顔の赤毛の山猫《リンクス》の少女がいた。魔法使い、いや、今は魔法研究所の若き所長のナーニャだ。彼女の目の前には湯気が立つ飲みかけの茶が置かれていた。

いつから居たんだ？と目で問いかけると、彼女はそのローブの裾から出た、長い尻尾を揺らしながら口を開く。

「その耳をいじるのをいい加減やめなさい」

「なんだよ。毛並みを整えるのは本能だ。それを止めろだなんて、種族差別だぞ」

「今は『お耳くしくし』を止めたほうがいいと言っているの！　そこにいる若い兵士さん達の顔色

が、やばいことになってるから！」

「ん？」

スノゥが傍《かたわ》らをみれば、確かにナーニャの護衛に立っているらしき二人の兵士の顔が赤い。ナーニャがいつから居たのかは分からないが、陽気の良い庭で突っ立ったままなのだ。

暑くなったのかもしれない。

「水を飲んでこい。ぶっ倒れられたら面倒だ」

「は、はい、ありがとうございます」

そう言って二人が離席した。王宮の中の護衛など形式的なものだ。問題あるまい。その気になれば、護衛よりもスノゥのほうが強いという自覚もある。

――しかし、それが俺の『お耳くしくし』と何の関係が？

そう思いつつ、向かいを見る。

「まったくおじさんのクセしてやたらに色っぽいんだから」

するとナーニャが意味不明のことをつぶやき、ジャムをとかした茶をすする。その姿にもはや耳をいじれなくなって、手持ち無沙汰のスノゥは干しイチジクと胡桃《くるみ》を飴で固めた菓子を囓る。

そんなスノゥの顔をナーニャはじっと見て、肩をすくめた。

「聖剣探しの旅の途中、あなたが気紛れに歌い舞ってくれるのは楽しみだったわ。危険が多い毎日だったけど、今となるといい思い出よね」

「なんだ、魔法使いの嬢ちゃん。その歳で老成するには、まだ早いぜ」

「茶化さないでよ。野営地だけじゃなくて、酒場でも気分がのるとあなたは踊っていたわよね？ターバンで耳を隠していたって、あなたの歌と踊りは目立つわ。ノクトがあなたを不埒な目で見る男達に、あの銀月の眼光で睨みを利かせていたのは知ってる？」

「まあな。酒が入りゃ男でもいいって、馬鹿も多いからなあ」

旅の最中は威圧感たっぷりの勇者様が後ろにいてくれたから、絡まれなかったのはわかっている。

一人での放浪の旅の初め、冒険者として無名だったスノゥの主な収入源は魔物討伐や護衛任務よりも、日雇いの酒場で踊ることだった。その時ばかりはターバンで隠していた耳を露《あら》わにして歌い踊る。兎族で夜に外にいるものは春をひさぐものばかりだったから、一晩いくらだと言ってくるのはよいほうで、問答無用で暗い夜道に襲い掛かってくるケダモノすらいた。

当然そのことごとくを撃退してきた。冒険者として名があがるにつれて、踊り子は辞めたし、顔で絡まれるのも嫌で無精髭を生やすようになったが。

実際、男達の意味ありげな視線にスノゥは鈍感だ。それを跳ね除けるだけの力があるから気にしなくなっただけなのだが、ナーニャが「無自覚って怖いわ」とため息をひとつつく。

「なんだよ」

「あたしはね、最初はあなたに求婚するとノクトに聞かされたとき反対したのよ」

「当然だな」

「そうよ、当然よね。彼は勇者である前に、この国の第二王子だわ。それが出自不明の兎族の、それも男と結婚するなんて」

そうだ。普通に考えれば身分からして初めから無理なのだ。それをあの王子は押し通そうとしている。

「……だったら今からでも遅くない。あの王子様を説得してくれよ」

「あの信念の勇者様にあたしがどうにか出来ると思う？　それに身分の問題だって、この国を救った救国の英傑となれば話は別よ。それだけで王国から地位と名誉は保証されているわけだしね。ねぇ顧問官殿？」

「………………」

ナーニャが発した『顧問官』という単語に、スノゥが苦い顔になる。

英傑になる報酬は、金以外いらないと言ったスノゥだが、実は金券を渡されたと同時に、王から顧問官なる、わけのわからない役職と地位を与えられていた。当然不要だと突っぱねたのだが「そなたになんの忠誠も義務も課すものではない。ただ、この王宮と王国に出入り自由の手形と思ってくれればよい」とにこやかな笑顔で押しきられてしまったのだ。

「モースの宰相に、私の魔法研究所所長もそうだけど、貴族と同じ地位はすでに持っているってことよね。グルムの神官長は神殿の管轄だから、別として」

「貴族の地位なんていらねぇし、それに俺は兎族で男だ。嫁になんかなれるか」

「あら、男でも兎族だから、夫だろうと妻だろうとなれるんじゃない」

ナーニャの言葉にスノゥは再び沈黙する。

男だから子供は産めないと言ったときの、カール王の返答と一緒だ。

確かに兎族は男だろうと子供は産めるが。

ため息をつくと、ナーニャがスノゥに視線を飛ばす。

「それに、生まれって何気ない所作に出るのよね。あたしなんか商家の出で、上流階級の礼儀作法なんて後からとってつけたものだから、苦手なのよ」

「俺もだ。式典やら夜会やらなんて窮屈でしょうがない。あんなしち面倒くさいもの、出たくもねぇな」

「でも、あなたのそれはわざと無頼に見せているんでしょう。言葉使いなんていくらだって演技出来るもの」

なにが言いたい？　と無言でスノゥが見れば、ナーニャがスノゥに指をさす。

「育ちは滲み出るってことよ。早足だけど優雅な歩き方や、作法なんて頓着してない風でこぼしたり汚したりしない綺麗な食べ方。礼儀にうるさい東方のナ国の大王の前で、あなたは完璧な礼を見せたわよね？」

「………」

スノゥがなおも沈黙していれば、ナーニャがぽつりと言った。

「ルース国のお家騒動もホルムガルドの悲劇も私は知らなかったわ。王族の、まして他国のことなんて平民にとっては、雲の上の出来事だもの」

『ルース国』という単語がナーニャから出たことに、わずかにスノゥの表情が動く。

そのルース国からの使者がやってきたのは、二人が中庭で話した翌日だった。

第七章　北の国からの使者と茶番の婚約劇

ルース国は大陸の最北端に位置する広大な国だ。その一方で、領土の半分以上は凍土に覆われた不毛の地でもある。しかし、鉱山の採掘資源で国は豊かだ。

統治する王族、貴族の種族は虎族で、現在の王リューリクは白い虎の純血種で知られる。長命種ともいわれる長寿ゆえ、その統治はゆうに百年は超えていた。

閉ざされた北の大国として知られるルース国から、使者がやってくるなど異例なことだ。

勇者一行が見事災厄討伐を果たしたその宴においても、ルース国は使者どころか祝いの品一つよこさなかった。勇者一行が訪れるまで交流のなかった大陸東の果てのナ国からも、特産の絹織物を荷車一杯に積んだ使者がやってきたというのに。

もっともこれには事情がある。聖剣探索のおりに実はノクトとスノゥ達はルース国をおとずれている。そしてルース国の王都ザガンより遠く離れた、辺境の不毛の荒野と鉱山開発で荒れ果てた地のノウゴロドにて、散々な妨害にあった。

その最も大きな事件が、聖剣の柄にはめる魔石の一つのために入った廃鉱山の奥深くにて、生き埋めにされかけたことだ。事件の黒幕はこの地を治める辺境伯だったが、彼がなぜ勇者一行を謀殺しようとしたのかも、一体、勇者一行の誰を始末したかったのかも謎のままだ。

その辺境伯の『不始末』にも国内のことと、ルース国はサンドリゥムに謝罪の一つも入れなかった。

そんなルース国が今さら使者を寄こすなど不穏でしかない。

とはいえ相手は北の大国。しかも使者は王族であるロドミンゴ公爵だ。三日前に先触れも到着し、来訪を公式に申し入れていたこともあり、カール王との玉座の間での対面ということになった。

もちろん第二王子であるノクトと第一王子のヨファンがいるのだが、そこにスノゥも呼ばれた。

当の本人は、そのことをまったく意外だとは思わなかった。


「――なぜ送った衣を着ていない？」

謁見当日、スノゥの姿を見るなり、ロドミンゴが言った。

スノゥからロドミンゴへの面識はまるでないが、あちらはスノゥを知っていて見下している態度だ。

横に立つノクトが銀月の瞳の鋭い眼光でロドミンゴを見据える。ノクトの視線にロドミンゴは一瞬たじろぐように半歩後ろに退きかけて、それでも虎族の王族の矜持とばかり踏ん張った。

殺気も飛ばしてないか、この王子様？とスノゥは思ったが、止めることはせず、せせら笑う。

「さて送り主不明の服なんて、怪しくて袖を通す気にもなれなかったのでね」

「ひと目見ればわかるはずだ。祖国の衣も忘れたか」

しれりと答えたスノゥに、ロドミンゴが苦々しく言った。

ロドミンゴは衿元に草木の刺繍が施された衿無しの赤いシャツをまとい、国から授与された勲章の首飾りを首からかけている。その上から羽織った裾を引きずる赤いローブにはびっしりと幾何学的な模様の刺繍が金糸で施されていた。

ひと目でルースの王侯貴族とわかる衣だ。

スノゥに送られた衣も似たようなものだ。ドレスにも似ているほど長い裾のシャツと、長い丈の袖無しのジレが送られてきていた。

シャツの色は白く、ジレの色は淡い水色だった。

母が好んで着ていた……いや〝あの男〟から似合うと贈られていた衣によく似ていた。

「さて、長い旅の間に忘れてしまいましてね」

スノゥが肩をすくめると、自分相手では話にならないとばかりに、ロドミンゴは玉座に座るカール王を見た。

「王の前で肌も露《あら》わな衣をあらためることも知らぬ、一族の『末』の非礼をお許し願いたい」

その含みのある言葉に、一瞬第一王子のヨファンが目を見開く。

しかしカール王も、ノクトも表情を揺るがせもしなかった。その反応にわずかに顔をしかめて、ロドミンゴが続ける。

「――さて、此度はルース国王リューリクよりの親書にあるとおり、災厄討伐を見事果たされたことへ言祝《ことほ》ぐため、参った。また長年こちらがその行方を探していたリューリクが末子、スノゥが栄誉ある勇者の仲間となっていたこと。我が王は驚きと歓《よろこ》びをもって知らせを受け申した」

いよいよ直接的に告げられた、スノゥが大国ルースの王の息子であるという言葉に、玉座の間に並んでいた大臣や貴族達がざわめく。

「スノゥ王子の生死については不明ながら、我が王は死体が見つからない以上諦めぬと、探し続けて参りました。こうして王子が生きておられたこと、我らルース国の者一同望外の喜び」

滑らかにロドミンゴが続けるのに、まったく白々しい嘘だ……とスノゥは胸のうちでつぶやく。

あの男は、スノゥが『生きている』ことは知っている。そうでなくともスノゥはあちこちで名を上げてきたのだ。戦うことの出来る兎族なんて一人しかいない。

それを放置していたのは、『自分達こそ獣の王のなかの王』と虎族の血を神聖視する王族から長耳が出たなど恥だと全員が思っていたからだ。

それも長命種、純血種とよばれる白虎の王の息子として生まれたなんて……だ。

「我が王はスノゥ王子が生きていることがわかった今、すぐにでも祖国へと迎えたいと」

そしてロドミンゴは「おお、そういえば災厄討伐を見事果たされた祝いとスノゥ王子を〝保護〟してくださった礼がまだでしたな」と言い、背後を振り返る。

引き連れてきた従者が両手で布がかけられた箱を捧げ持ちロドミンゴに差し出す。ロドミンゴが布を取り去ると、赤地に金の装飾が施された宝飾箱が現れた。蓋を開けば「おおお……」とまた玉座に集った貴族達が、スノゥの出自がわかった時より、さらにどよめきを上げる。

なかには身を乗り出して見る者さえいた。

箱の中身は大人の男の拳ほどの大きさがあるダイヤモンドの原石だった。ルース国は鉄鋼などの鉱石資源も豊富だが、貴石の産地としても知られている。

ノクトはそこらへんの石っころでも見るみたいに、原石をちらりと見ただけだ。玉座のカール王も軽く目を見開いたものの、ゆったりと玉座に身を落ち着ける。

横に立つ王太子ヨファンだけが他の貴族達と同じく身を乗り出しかけて——それが王候らしい態度ではないと気付いたのだろう——居住まいを慌てて正している。凡庸だと言われるのはそういうところだぞ……と思う。

ざわめきが少々収まるのを確認してからロドミンゴが声を張り上げた。

「それをわが王より、カール王にお贈りいたしたく思います。そして、使者である私の帰路とともにスノゥ王子もぜひ祖国にお連れいたしたく」

つまりは『祝い』なんて言っているが、そのダイヤモンドと引き替えにスノゥの身柄をこっちに寄こせと言っているのだ。

「なにか勘違いしているようだが」

スノゥはいまだざわめく玉座の間で声を張り上げた。普段から歌で鍛えた声は朗々と響く。

「俺はサンドリゥム王国の客人で勇者の仲間だが、この国に属しているわけじゃない」

だからこれはサンドリゥムに関係ないとスノゥは暗に断りを入れる。

「ルース国には戻るつもりはない。俺の王族の『末』の籍にしても、生死が不明となった時点で抹消されたはずだ」

あの男……父はスノゥの母以外に関心がなかった。むしろ自分はその母の立場を悪くする恥だと忌み嫌っていた。実の父親に近寄ることも声をかけることも許さないほどに。

その母が死んで自分が消えた時点で、己の処遇がどうされたかなんて知っている。

湖の離宮ホルムガルドの悲劇は、王の寵姫とその息子の死で終わっているのだから。

百年続く長い統治において『唯一愛した』とされる寵姫を失ったリューリク王の怒りはすさまじく、それに関わった王族貴族の血の大粛清が行われたという顛末つきで、歌物語が紡がれている。

しかし、ロドミンゴは即座に首を横に振った。

「それは誤解だスノゥ王子。あなたの生死は不明として、王は今もあなたの籍を残している」

最初の高圧的な態度はどこへやら、ロドミンゴが柔らかな笑みさえ浮かべてスノゥに語りかける。

さすがに使者を任せられるだけあって、それなりの交渉術を心得ているらしい。

初めはスノゥを偏見のままに最弱の兎族とあなどり、自分は最上位の虎族だと恫喝して国に連れて帰ろうとするような策を考えた時点で底は浅いが。

スノゥは貼り付けた笑みを浮かべたロドミンゴに口の片端をつりあげて挑発する。

「はっ！　王籍なんざ、いくらだっていじれるさ。なにしろそっちで管理しているんだからな。繰り返すが俺はルースに帰るつもりはかけらもないし、今さら王子様の待遇なんぞ要求もしない。さっさと帰ってあんたの王様に伝えるんだな。『俺のことは放っておいてくれ』」

恥とまで言って近寄らせなかった息子だ。あの男に対して恨みなどはもうない。だが今さら感動の再会なんて白々しいことをするつもりはない。

災厄を討伐する英傑に選ばれ、スノゥが純血種だとわかったから迎えを出すなど……本当に今さらの身勝手に怒りがわく。

兎族ならば雄であれば、子も産める。ならば王族の誰かと番《つが》わせて、今度こそ純血の虎族の王家の子を……とそんな思惑が見え隠れすることもだ。

おそらく帰国したなら、貴重な純血種を産む胎《はら》として、自由になんぞしてくれないだろう。

「なにを勝手なことを！　王籍簿にあなたの名前はいまだあると申し上げたであろう！　ルースの王族が勝手気ままなど許されると思うか！　ましてリューリク陛下はあなたの父上！　息子が父に従うのは当然のこと。あなたの希望を聞いているのではない。あなたの帰国は王命だ！」

スノゥの言葉に、ロドミンゴが怒号を上げる。

柔らかな態度から一転、今度はまた恫喝ときたか。スノゥは内心でため息をつく。

そんなもの従えるか！と言葉と態度、実力行使で突っぱねるのは簡単だ。

この場限りならば。

しかし、他国まで乗り込んできてスノゥの身柄を引き渡せと要求した以上、大陸中のどこへ逃れようと彼らは追ってくるだろう。

大国ルースとことを構えようなどと考える国はないだろう。

たとえ、今が『十年の祝祭』の期間で表立った争いは出来ないにしろ、裏でいくらでも画策は出来る。

それでもスノゥはこの勝手な言い分に従う気はなかった。

『あなたは自由に……』

そう言い残した母の言葉がある。『好きにしろ』と、永遠に目を閉ざした母を抱きながらあの男も言っていたではないか？

ならばすぐさまこの場を逃げ出し、サンドリゥムを飛び出して、地の果ての果てまでも逃げて……

そう考えたところで横から伸びた手に、肩を抱き寄せられていた。

軍服の背に流したマントに包み込まれて、逃さないと意志が伝わってくる。

「たとえ、父君とはいえ我が婚約者を勝手に連れて行くなどお断りする」

ノクトだ。しかしロドミンゴ公爵は不敵に微笑む。

「あなたの度重なる求婚を、スノゥ王子は丁重にお断りしていると聞きましたが？」

だから婚約者ではないし、スノゥの身柄を保護する理由にはならないというロドミンゴにノクトは「それは違う」と真っ正面から返す。

「求婚ならば、昨夜スノゥが受け入れてくれた。皆への報告はまだであったが」

いつもは厳しい顔つきの口許をほころばせてスノゥを見る。

スノゥもまたノクトを見た。

それは端《はた》から見たら、見つめ合う恋人同士には……見えねぇだろう！とスノゥは声に出さずにツッコミをいれた。

どこから見ても完璧な美丈夫の勇者王子はともかく、片方は無精髭のおっさんだ。

が、スノゥは「ああ」とうなずいた。

どこかはぎれの悪いその返事は、照れているように見えたかもしれない。

もちろん昨夜もとろけたスノゥの耳元でささやかれたノクトの求婚に「それだけはお断りします」とスノゥは答えた。だから、求婚を受けたという話は真っ赤な嘘だ。

この王子と婚約したとなれば、ルース国とて、強引にスノゥを連れ帰るなんてことは出来ない。

「か、勝手な婚約など、我が陛下は許しておりませぬぞ！　王族同士の結婚となれば、国同士の同意があればこそ！」

「——これは勇者として私が〝神々〟に願ったこと」

案の定、慌てて言いつのるロドミンゴにノクトが淡々と告げる。

「この国の王子としてではなく、一人の男としてスノゥと永遠を共にしたいと、私は神々に願った」

確かにあの祝賀会にて、ノクトはそう言っていた。嘘はついていない。

その隣で、神官長となったグルムが「神々への願いはなによりも尊いもの」と口を開く。

「勇者ノクトはこの国の民の安寧のためと、災厄の討伐においてなにも要求しないと、神々に誓われた。だからこそ、スノゥ殿と共にありたいと願われたのです。なにも求めず、ただ捧げることが愛と神々は説かれています。また結婚の秘匿は、本来は尊き愛のみによって結ばれるべきだと。わたくしは神官長として、お二人を祝福いたします」

堅物生真面目な青年神官だが、さすが勇者の旅の仲間というべきか、こういう所は機転が利く。

王は地上の支配者だが、その上に神々がある。

地上に災厄は繰り返し現れ、神託により勇者は選ばれてきた。そして、災厄の現れた期間と討伐された十年は国同士はけして争うことはない。これに反した国は神々の怒りによってことごとく滅んできた。ある都市は一夜にして火山の噴火に呑み込まれ、諸島からなる国は大半が海中へと消えた。また戦の先陣を切ろうとした暴君に突如雷が落ちた……ということもあった。

つまり、神の力は絶対的なのだ。

逆にそれが神々の祝福——災厄討伐成功の勇者の『願い』とするならば、たとえスノゥの父たるリューリク王とて口出しは出来ないだろう。

「し、しかし、結婚は神々のおわす天上ではなく、地上でなされるもの。お二人の立場があります」

ロドミンゴが苦し紛れに言葉を吐き出す。

リューリク王への二人の婚約の報告と、スノゥは我がルース国の王子だからして、身一つで嫁がせる訳にはいかない。仕度うんぬんとまあ……時間稼ぎだ。

スノゥとしては別に引き延ばすだけ引き延ばされて構わない。

もともとノクトとの婚約は芝居なのだから。

「ならばルースの使者殿よ。国元に急ぎ帰り、リューリク王にこのことを報告せねばならぬだろう。ああ、その大層な贈り物であるが、そのまま持ち帰ってくれぬか？」

その様子を玉座でゆったり見ていたカール王は、何気ない風にロドミンゴに呼びかける。

ノクトとスノゥの婚約という事態に混乱しているだろうロドミンゴ公爵が「な、なんと！」とさらに慌てた。

「わ、我が王からの贈り物を拒絶されると」

確かに王が王からの進物を拒否したとあっては、断交ととられかねない非礼であるが、カール王は「違う、違う」とその柔和な笑みを崩さない。

「初めての挨拶にしてはその贈り物はいささか高価すぎて、こちらには返礼するものがないと申し上げているのだよ」

暗にそのでっかいダイヤモンドの原石と引き替えでも、スノゥは渡せないという言葉にも聞こえるが、カール王の態度はあくまで柔らかい。

「そうじゃな。せっかくの贈り物を返す詫びとして、我が国のワインを十樽ほどもっていってくれぬか？　ちょうど新酒の季節じゃ。北の地の葡萄とは違う味がしよう」

違う味どころか、大陸最北端のルースでは葡萄は栽培出来ず、ワインはすべて国外からの輸入品だ。

冬は北では雪が降るが、大陸でも気候的に温暖なサンドリゥムは土地が肥沃な農業大国であり、とくにワインは特産品だ。

単に高価過ぎる贈り物を返しただけなら、角が立つが、その詫びとして適切な返礼をしたならば相手も怒れないというわけだ。実際、ロドミンゴ公爵も「カール王のお気遣い、ありがたく」と礼をするしかなかった。

◇◆◇　◆◇◆　◇◆◇

ロドミンゴ公爵が退出した玉座の間から、別の部屋へと場所を移しての議論は紛糾した。

ノクトに自分の縁故の娘を嫁がせたいと下心ありありの狼族の貴族達は、ルース国にスノゥを引き渡すべきだと主張する。

たいしてスノゥ支持派？の騎士団副団長二人の意見は、当然スノゥをルース国に売り渡すなどとんでもない！というものだった。

そして、四英傑の一人、ナーニャは「スノゥ卿がルース国に行かないとおっしゃっているのですから、それがすべてでは？」と。

公の場では、顧問官となったスノゥには一応貴族として称号の卿がつけられるようになっているのだが、こそばゆい。スノゥが長い耳をぴるりと震わせると、ナーニャがスノゥを見てイタズラっぽく笑う。

「あら、失礼。スノゥ殿下とお呼びしたほうがよかったかしら？」

「卿でも慣れないというのに殿下なんて恐れ多いですよ、レディ」

スノゥはそれに肩をすくめて返す。商家の娘から魔法研究所所長となったナーニャは、まだ独身のためにレディの称号で呼ばれるのだ。

そんな二人を微笑ましく見ていたグルムは「これは神々の名においてなされた誓約ですから」と

当然ノクトとスノゥの婚約を支持し、スノゥをルース国にやることに反対する。

賢者モースだけは、宰相として中立の立場をはじめから宣言していた。

しかし、「陛下がリューリク王よりの大層な贈り物をやんわりとお断りになったのは正解でしたな。確かにあのようなものを受け取っては、あとで対価としてなにを要求されるやら」と言外に、ぴかぴか光る石一つで我が国を救った英傑を売り渡すなど出来ませんな……と言っているところでその心の内は明らかだ。

さらには元騎士団長のザンザが「日和見と私利私欲で目がくらんだ腰抜け共め！　ノクト殿下の最愛の方にして、四英傑たるスノゥ卿をルースの田舎者共などに渡せるか！」と巌《いわお》のような声で吠え、それにニルスとクルトの元三騎士二人も「我らも同感だ！」とうなずく。

しかし、数だけは多い貴族達も諦めが悪く、「大国ルースを敵にするのは……」「これは単なる親子ゲンカ。ルース王室の事情では……」と論議は平行線となった。

「――家臣達の意見もこれだけ割れている現状と、ルースとことを構えなければならないという、お国の危機をノクト殿下はどうお考えか？」

そこに、そんなふうにノクトへ聞いた馬鹿がいた。いかにもこの国難を心配する憂い顔でだ。そのカドヴァン伯爵にも当然年頃の娘が、一人いる。

ノクトの答えなどわかりきっている。

「スノゥに誓った愛は永遠だ。違えることはない」

そう言って、ノクトは隣に座らせたスノゥの肩を抱き寄せる。

彼の隣に座るスノゥは、花園の間の由来である花の女神の天井画を見上げた。下の人間達の穢《けが》らわしい欲望など知らぬように、女神様は微笑んでいた。

「それが国の憂いとなるならば、私はスノゥとともに国を出る。誰にも行き先を知らせぬ旅にな」

付け加えられたノクトの言葉に、花園の間は貴族達の悲鳴に包まれた。

「そんな！　あなたはこの国の英雄にして王子なのですぞ！　それが国を捨てるなどと！」

「そこの兎王子は消えてもらったらせいせいするが、うちの殿下が居なくなっては娘の嫁入り先が……」

本音丸出しの者もいる悲鳴に、さすがに鼓膜が痛く、スノゥが長い耳を押さえた時だった。

ダン！と広間中央で皆が囲む楕円の大きな机を叩く音が響いた。騒いでいた貴族達はとたん首をすくませて、恐る恐る部屋の奥――そこに座するカール王を見る。

カール王はいつもの柔和な笑みを引っ込めた厳しい顔で横を見た。そこには、温厚な父の常にない行動に青ざめている王太子ヨファンがいる。

「ヨファンよ、これをどう見る？」

王はここ数年、この王太子をつねに傍《かたわ》らに置いてきた。そして、時折意見を聞いてきた。

父王自ら、次代の王に自らの政《まつりごと》を見せて、学ばせようとしているようだが、何年たってもおどおどと成長しない王太子に父王のため息は深くなるばかりという話だ。

どうせヨファンは「みなの意見をよく聞いて……」と例の言葉を口にするかとスノゥは思ったが、今回は違った。

「災厄を討伐したとはいえ、まだ傷跡深い我が国です。北の大国ルースを敵に回すのは賢明ではないかと……」

おや、この殿下にも意見があったのかとスノゥは思わず感心した。しかも、言うことはまともに聞こえる。

形だけではあるが。

そして王太子の意見に、とたん「慎重なご判断です」などと喜色も露《あら》わに口にするカドヴァン伯爵以下のうなずく貴族達の底も浅い。

「ではスノゥ殿下をルース国に引き渡せと？」

カール王が厳しい声で訊ねる。

「そ、それは……」

「どうなのだ？」

「……もともとお生まれになった国に一度お帰りになり、父王であるリューリク王とお話しあいになるのが一番かと」

まったく、どっちつかずの王太子殿下と裏で言われているままの、誰も敵にしたくないとばかりのもって回った言い方だ。それにカール王はいつも以上に深いため息を一つ。

「馬鹿者」

「ち、父上!?」

王太子の意見を聞き、ため息をつくことはあれど、今までこの温厚な父王が息子をはっきりと否定する言葉を口にすることなどなかった。しかも、廷臣達が居並ぶ中での叱責に、ヨファンが青ざめてうなだれる。

乱暴に机を叩く行為といい、先ほどから予想外の王の行動に目を丸くする貴族達の顔を見渡して、カール王は口を開いた。

「答えなど初めから決まっておる。救国の英傑にして、第二王子のノクトの婚約者であるスノゥ卿を引き渡せだと⁉　うちの可愛い兎さんを渡せるか！だ」

『可愛い兎さん』って誰だ？　とスノゥは遠い目になった。

「さらに言うなら、あんなガラスの石ころで我らが目をくらませるとでも？　馬鹿にしくさるな！だ！」

温厚で知らせるカール王とは思えない言葉に、家臣達も横の王太子も唖然としている。

こぶし大のダイヤモンドの原石を石ころと言うのには、スノゥも剛毅だとは思うが。

「で、では陛下はルース国とは断交なさると？」

ハンカチで額の汗をふきふき聞いたのは額から角を生やした鹿族の子爵だ。騎士以上のいわゆる剣貴族ともよばれる、軍閥の名門貴族は王族と同じ狼族でしめられているサンドリゥムだが、財政や内政を司る文官貴族達は他種族が多い。

それだけこの国が開かれている証拠ともいえる。これが閉鎖的な国や辺境に位置する国では、王侯貴族は同族か数種の種族で占められていることが多い。たとえば東の果てのナ国の大王は呪術を操る大狸であり、他の王族貴族も狸族やムジナ族やイタチ族といった東方の種族でしめられている。

一番顕著なのは、今、話題となっているルース国だろう。あそこの王族貴族はすべて虎族であり、他の種族の血が混じることを嫌う純血主義でもある。

だからこそ兎耳を持つスノゥが、王族の血を引いていることが異例なのだ。

王子の身でありながらも、王族たるロドミンゴ公爵にも、王族の『末』と呼ばれるのもここにある。

というより、彼らは初めから自分を〝いない者〟として扱っていたのに今さらの話なのだ。

さて鹿族の子爵に断交と言われたカール王は「そんな愚かなことをするか」と呆れたように言う。

「ご近所づきあいというものはな。内心ではどう思っていようと、表面上は笑顔でニコニコお付き合いするものだよ。別に本当に仲良くする必要はない。たま〜に顔を合わせたなら、挨拶するぐらいでな」

国同士の付き合いなのだから、ご近所なんてものではないが、確かに隣と揉めたならば面倒くさい。そしらぬ顔でにこやかに挨拶を交わす程度の付き合いが理想ではある。

「そんなわけで、あのルース国の使者に持たせる新酒のワインを十樽な。それと秘蔵の……七年前が当たり年だったか。あれを一本持たせてやれ。余からルース王への品だとな」

「今年の建国祭に呑むのを楽しみにしていたが、仕方ない」と肩をすくめるカール王の姿は、どこか愉快でしかし老獪だ。

「し、しかし、それであの厳格で知られるリューリク王が納得するでしょうか？　使者まで立てて自分の王子を返せと要求してきているのですぞ。災厄の爪痕もまだ深く国力がおちている我が国にもし、戦でも仕掛けられたならば……」

そう口を開いたのは、再びのカドヴァン伯爵だ。彼は赤茶の毛並みの狼族であり、代々優秀な騎士を輩出してきた家柄である。が、その当人はというとすれすれで叙任された正騎士の儀式で馬から転げおちたというから、武芸の腕前は推して知るべしだろう。

さらにはそのおつむも……というべきか。

「今は『祝祭の十年』の期間だ。どの国も戦をしたくとも出来ないだろうよ」

呆れたように言ったのは元騎士団長のザンザだ。それに「あ……」とカドヴァンは声をあげて、とたん顔を赤くする。

どうやら、自分の娘をノクトに嫁がせたいという欲に目がくらんで今がどういう時期なのか、すっかり忘れていたようだ。

災厄が倒されたあとの十年はどの国も争ってはならない。

これが祝祭の十年とよばれる神々が定めた掟だ。

災厄を倒す勇者はその国に必ず生まれ、神子の預言により英傑が集うこと。

そして災厄が倒されたあとの十年はどの国もけして争ってはならない。

これを破る国は、ことごとく滅ぼされてきたのだ。火山の噴火に呑み込まれた都市。海に呑み込まれた島国。雷に打たれた暴君。

神々は天空に去ったといえど、確実にこの世界の秩序として君臨している。だからこそ、その過去から国々はけしてこの祝祭の十年の掟を破ることはない。

ようやくその場にいるすべての者が、その掟を思い出したようで、場が静かになる。

カール王は、全員を見回してから重々しく口を開いた。

「そう、十年の時があるのだ。さっさと二人を結婚させて既成事実を作ってしまえば、ルース国とて今さら、うちの可愛い兎ちゃんを返せなどと、言ってこないだろうて」

その言葉で議論は終わりとなった。

またもや可愛い兎ちゃんだの、既成事実って、そりゃノクトの子を産めってことか？と、スノゥは頭が痛くなったが。

さて、玉座の間から花園の間、そして、今度はまた部屋を移動してのノクトの私室にて。

顔ぶれはノクトにスノゥ、それに賢者にして宰相のモース。天才魔法使いにして、魔法研究所の若き所長のナーニャ。それに同じく若き神官長のグルムだ。

勇者の旅の仲間。聖剣探索の一年あまりの旅は、彼らの間に一生変わらないだろう友情と絆を生み出した。

それはスノゥも変わらない。

今までスノゥが得ることが出来なかった、本当に信頼出来る友人達だ。

彼らは、スノゥの事情を改めて聞かせてほしいと言ってきたのだ。

「それで〝ホルムガルドの悲劇〟は私達でも知っている話だけど」

ナーニャが口火を切った。

それから言いにくそうに「あなたが話したくないなら、話さなくていいのよ……」と続ける。

ナーニャは年若く台頭した魔法使いだ。侮られてはならないと常に強気な態度の彼女だが、その本質は優しい娘だ。

スノゥはそんな彼女に薄く微笑んで、首を横に振る。

それから自らにまつわる物語をゆっくりと話し始めた。

——ルース国の湖の離宮、ホルムガルドで起こった事件は、王の寵姫とその息子の暗殺というだけならば、たんなるよくある宮廷内の陰謀という話で収まっただろう。

これが国外にまで有名になったのは、その後のリューリク王の苛烈な粛清の嵐のせいだ。

統治百年あまりにして氷の王など言われているリューリク王は、初めて一人を心から愛した。その寵愛は、湖の離宮に寵姫を閉じこめて、他の男の目に触れさせなかったほど深かったとされている。

「その寵姫が、エーデル、俺の母だ。その第一子が長耳でも王の愛は途切れるどころか、リューリクは足繁く離宮に通い続けた」

ただし、スノゥにはあの白虎の王は一瞥もくれることはなかったが……と、これは口にすることでもない。

「王の統治は百年あまり、息子達に純血種はおらず彼らは全員早世している。そしてリューリク王の第一王子の孫が次の王太子とされていた。そこに王の初めての恋だ。周りは当然、危惧する。寵姫の第一子は長耳だったが、次は虎の子が生まれるかもしれないとな」

そうなれば、リューリク王が次に生まれた王子こそを次代の王太子と望むかもしれない。

ならばその前に王の愛を独占する寵姫と、ついでに長耳のできそこないを消してしまうべきだ、と考え、実行した者がいた。

スノゥは目の前で自分の母が死んでいった姿を思い出して、わずかに目を細める。

「……そこから先はみんなが知る通りだ。寵姫の暗殺を知ったリューリク王は激怒し、粛清の嵐が吹き荒れた。主犯とされる孫の王太子の一族は、その末端に到るまで……それこそ赤子までが極刑に処せられた。そして、いまだルース国の王太子の座は空位のままだ」

そして、リューリク王は最愛の寵姫を失ったあと、次の側室を娶《めと》る気配もない。

「以上だ……と言いたいところだが、みんなが聞きたいのは、なんで俺が生き残ったのか？ってことだろう？　母が俺をかばって斬られた瞬間に血が覚醒したのさ」

あの時のスノゥは十三だった。自分をかばった母の赤い血の色を今でも忘れることはない。

そして、その瞬間、刺客に殺されるという恐怖は吹き飛んで、腹の底から怒りが沸いた。

恐怖で凍り付いていた喉からこぼれたのは軽やかな歌声。刺客二人は「このガキ狂ったのか？」と言い合った。その彼らの顔が愕然として固まったのを今でも鮮やかに覚えている。

「足が動かね……」と一人が言った。もう一人はその前にスノゥに持っていた短剣を奪われて、喉を掻き切られていた。返す刃でスノゥはもう一人の首の動脈を断ち切った。

目覚めた血は兎族のものではなく、確実に白虎のものだろう。自分をないものとして無視してきた父親の血が自分の命を救ったなんて、なんとも皮肉なものだ。

「そうして、刺客を倒した俺は離宮を脱出して放浪の旅に出た。リューリク王は長耳の俺には初めから欠片も関心なんてなかったからな。母子共々刺客に殺害されたとして発表されたわけだ」

母が事切れる瞬間にあの父が間に合ったことも、その父とのやりとりもスノゥは仲間達に言わなかった。語ることでもないことだ。

ホルムガルドの悲劇は知っていても、スノゥの口から実際に語られた『真実』に部屋には沈黙が落ちる。

やがてノクトが口を開く。

「なるほど。――兎族であっても、お前が純血種であることはわかっていたが……」

勇者もそうだが、『英傑』と呼ばれる神託によって選ばれた仲間達も純血種だ。

王家や貴族はその血の濃さによって純血種が生まれやすいが、ナーニャのように市井の出であっても、突然に力の強い者が生まれることがある。これは人々にもれなく祝福を与えた神々の恩寵とされている。

とはいえ、赤毛の山猫《リンクス》の少女はともかく、兎族の男子の剣士と神託で出たときは、なにかの間違いかともう一度、神子の神託を確認する事態となったという。

最弱の兎族が剣士、そのうえに純血種なのは確実なのだ。誰もが信じられなくて当然だろう。

そこに耳をターバンで隠した、またの名をコロシアム荒らし、双舞剣のスノゥが目を付けられたわけだが。

そういえば、自分を迎えに来たのも、この王子様だったな……とスノゥは思い出す。

ほとんど拉致同然の所業だったのだから、ヘソを曲げて、災厄退治の報酬に高額の金を要求したって仕方ないだろう。最低最悪の印象の出会いから、今、サロンで隣に座る勇者で王子様とぐだぐだの身体の関係になるとは思わなかったけれど。

しかも、仮とはいえ婚約者ときた。

肩をすくめて、スノゥは首を傾げる。

「俺の身元を知ったのは、王城にルースから俺に衣が贈られて来た時か？」

表向き『死んだ』とされる王室の恥の長耳の王子が生きているかもしれないと、あの荷物を見て英傑達とノクト、カール王が推測したかとスノゥは思ったが。

「いや、お前が〝そう〟かもしれないと思ったのは、出会って手合わせしたときだ」

「はぁ⁉」

スノゥは思わず素っ頓狂な声をあげた。

それって、この王子様にすぐに気付かれたってことじゃないか。

「それでもルースから衣が届くまでは、あくまで憶測に過ぎなかったがな」

ノクトはスノゥの驚きに何の反応もせず、ただうなずいて続けた。

「お前の歌と踊りは豹族に伝わるものだ。だが、私の知る豹族のものとは似ているが微妙に違った。ならば私が見たことがない、北方の雪豹族のものかと思ったのだ」

豹族達の生息域は主に南方だ。例外なのは北に暮らす雪豹族となる。

そして、雪豹族の国ノアツンは、今存在しない。

スノゥが産まれる二年ほど前にルース国に併呑されている。

ノアツンはそもそもルース国の属国であり、両者のあいだには取り決めがあった。

王族直系が途絶えた場合、ノアツン国はルース国に合併されると。

先の国王夫妻が不幸な馬車の事故で突然亡くなり、一人残された姫がエーデル。スノゥの母であり、リューリク王が唯一愛したと言われる寵姫だった。

そして彼女は、湖の離宮ホルムガルドの女主人にして、かの事件の悲劇の主人公だったのだが。

ノクトはスノゥに視線を送る。

「疑問に思っていたことがある。ノアツン国には王族直系のエーデル姫がいたというのに、自国の有力な男子や他国の婿を迎えず、ルースに国ごと併合された。どうしてエーデル姫は、リューリク王の側室となったのか？　そしてスノゥ。純血の虎族の王と雪豹族の王家の姫から、どうして純血の兎族の王子が生まれた？」

ノクトの質問にさすがに鋭いな……とスノゥは苦笑する。

王家の血を絶やさないために、一人娘の姫に婿を迎えるのは普通のことだ。突然の馬車での事故死とはいえ、エーデルの両親は自分達の後継に関してなんの準備もしていなかった、というのは考えにくい。王族の婚約はそれこそ、襁褓《むつき》のとれない頃から、普通になされるというのにだ。

そして、兎族の男子のスノゥの誕生だ。いくら兎族の血がまんべんなく他の種族に混じっており、突然変異で生まれるとしても、純血の虎族の王と雪豹の姫君とのあいだに産まれたのが、あろうことが長耳の雄になるなんて考えられない。

突然変異で生まれてくるにしても、兎族のほとんどは雌で雄は非常に珍しいのだ。

「そうだノクト。お前の憶測どおりだ」

石榴石《ガーネット》の瞳で銀月の瞳をまっすぐ見つめて、スノゥは告げた。

「俺の母も兎族の男子だったんだよ。だから『姫』としてノアツンの王宮で隠されて育てられた」

スノゥはそう言って、過去を思い出しながら語り始めた。

ノアツン国の『王子』エーデルは、『姫』として表向きは隠されていながらも、両親の愛情をもって育てられた。

「父様も母様も、私に雪豹族に伝わる歌と踊りを教えてくれた」

母がそう懐かしそうに語り、そして少し残念そうに『私には歌と踊りに戦う力を込めることは出来なかったけれど……』と言ったことを、まだ覚えている。

そして、その両親が教えたようにエーデルは、スノゥに自分が知るすべての歌と踊りを教えた。

雪豹族の王家に伝わる、戦いの歌と剣舞、恋歌に祝祭の舞。

スノゥはそれをするすると吸収していった。エーデルは『スノゥはすごい。もう教えることがなくなってしまった』と歓《よろこ》び、二人は離宮の花園でいつまでも歌い、舞ったのだった。

「リューリク王が母を目にしたのは、ノアツンの王宮だ」

父とはスノゥは言わない。まあ意地だな……とスノゥは思う。

リューリク王自らが属国の小国にすぎないノアツン国に赴いたのは、ノアツン国王夫妻の突然の死を受けて、エーデルを国外に脱出させようという側近達の動きがあったからだ。

それをルース国に対する叛乱の気配と誤解された。

そして、侍従や女官達が止めるのも聞かず、小さな王宮の奥へと踏み入ったリューリクはそこで、震えながらもにっこりと笑い、この国の王子であると堂々と礼をしたエーデルと出会う。

「リューリク王は周囲の反対も訊かずに、エーデルを湖の離宮ホルムガルドに隠した」

離宮にわざわざ迎えたのは、純血を重んじるルース王室において、他種族の雪豹の姫を娶《めと》るどころか、兎族の雄を寵姫として連れ帰ったなど論外だったからだろう。

「兎族の性質として、相手の種族の子が優先して産まれるってのがある。リューリク王としては、母がまっ白の純血種じゃなくとも、虎の子を産めば良かったんだろうな」

だが産まれたのはあろうことか、母親そっくりの長耳の男子だった。

「だが、それさえもリューリク王は、母を隠すために使った。産まれた子供が王家の恥である長耳の男子であることは『公然の秘密』とされた。そして母子共に離宮に隔離されていると噂を流した」

すると、皆、公言されているスノゥの存在にだけに注目し、その母親が、同じ耳長の男子だと思いもしなかったのだ。

ルース国の王族は、雪豹の王族の血のどこかで長耳の血が混じったのだろうと噂した。

「リューリク王は母が一番大事だったのさ。確かにあの誰も愛したことのないとされている王は、母だけは愛していたんだろう」

そう、産まれた息子さえ彼にはどうでもよかった。

「俺が産まれたあと、二人の間にはずっと子供が産まれることはなかったんだが、それでも王の離宮への訪れは無くなることはなかった」

リューリクが訪れる日。最初に彼に拒絶されて以来、スノゥは自室に隠れて息をひそめていた。

そして王を待つ母は、どこか悲しげでもあった。

『……あの方のことは愛している』

母がぽつりとスノゥに言ったことがある。

『ただ、あなたを愛してくれないことが悲しい』

そう言って、母はスノゥを見て儚げに微笑んだ。

王家の恥である長耳の王子を産み、十年以上を経てもなお、エーデルへのリューリク王の愛が冷めることはなかった。そして王宮に、なんの根拠もなく寵姫が第二子を身籠もったと、噂が流れだした。

母は懐妊などしていない。なのに今度こそ正統なる虎の子が生まれると。

リューリク王の孫たる王太子本人と、その周囲は疑心暗鬼に陥り、ついに寵姫に刺客を送った。

父は……リューリクは間に合わなかった。あのときも刺客の返り血を浴びたスノゥを見ることなく、ただ母の名を叫び駆け寄り抱き起こした。

あんな風に取り乱したリューリクを見るのは初めてだった。もっとも、初めの邂逅以来、部屋に籠もっていたスノゥはずっと、この王の顔を見ていなかったのだけど。

それでも氷の王と呼ばれる王が、本気で母の死に悲しんでいることはわかった。名を叫ばれた母はうっすらと目を開けて、スノゥと同じ石榴石《ガーネット》の瞳で王の金色の瞳を見てから、傍《かたわ》らに立つスノゥを見た。

『あなたは自由に……』

それが母の最後の言葉だった。閉じたまぶたは二度と開かれることはなく。そしてリューリクは、立ち尽くすスノゥを感情のない目で見て言った。

「好きにしろ。ここから去れ」

そして、スノゥは悲劇の舞台である離宮を後にした。

第八章　日常の波乱にならない波乱と媚薬と、こんな男にならば……いいか

「……母が死ねば俺は用済みだからな。だから今まで放置されていたんだ」

重苦しくなった空気を変えるように、軽い調子でスノゥが言う。

聞いていたナーニャは眉間に皺を寄せて、彼に聞いた。

「どうして今頃ルース国がスノゥは自分達のものだなんて、言いだしたのよ？」

「僕も……たとえ父君であっても、いえ、だからこそリューリク王のスノゥ殿に対してのなさりようはあまりにも勝手です。神殿で教え導くまでもなく親は子を慈しむものなのに……」

ナーニャの声は腹立たしげだ。隣に座る熊の神官長グルムにしても表情が曇っている。

共にスノゥと旅をした仲間の彼らからすれば、ルース国側のスノゥへの仕打ちは理不尽なものだろうし、今さら戻ってこいというのも自分勝手な主張に聞こえるだろう。

それに二人とも若く育ちも良い。ナーニャは裕福な商家の娘で、魔法学院を最年少で卒業した英才だ。グリムは信仰心の厚い男爵の両親に育てられた三男坊で、神聖魔術の才能もある。こちらも若くして神官として神殿に入った純粋培養だ。

聖剣探索の旅で色々な経験をしたとはいえ、されど一年、たった一年だ。

それで若者に人の裏表を分かれというのは無理だろう。

スノゥは二人の問いには答えずにうっすらと微笑む。

ノクトはそんなスノゥの白い手をぎゅっと握りしめた。

「スノゥは私が守る」

「俺は守られなくても十分戦えるけどな」

「わかっている。お前は共に背中を預け合い、共に戦える唯一無二の戦士だ」

それに対してもスノゥは「ありがとうな」と答えておいた。

一般常識がどうだとか人の親としてどうとか、そんな『外』の要素はこの勇者様の判断基準ではない。

自分の心に照らし合わせてそうするべきと信じたもの。守るべきと思ったもののために戦う。

この場合、彼の基準はスノゥでリューリク王は父親といえど、スノゥの自由を奪う敵と認定されたわけだ。

勇者様は揺るがない。その揺るがない勇者王子と氷の王を会わせる訳にはいかねぇなあ……とスノゥは思う。

祝祭の十年であっても、この二人だけで戦争が始まりそうだ。

スノゥはノクトにわずかに体を寄せつつ、ため息をつく。

「わかっちゃいたがノウゴロドの辺境伯の妨害と、俺達を生き埋めにしようとしたのも、完全に俺が狙いだろうな。つまりはあの頃からルースにそういう話が出てたってことだ」

ノウゴロドとはルース国の辺境の不毛の地だ。その廃坑道で辺境伯の手によって、勇者一行は生き埋めにされかけた。罪を暴かれた辺境伯はリューリク王の命で即刻首を刎ねられ、城門に首だけの姿をさらしたわけだが。

「そういう話ってなに?」とナーニャが訊ねる。グルムは「まさか……」と言葉に出す。清らかな神官様であるが、神官長として人の悩みを聞くうちに、俗世間のことも多少はお知りになったらしい。

王家の継承争いでなくとも、跡目争いの話などいくらでも転がっているものだ。そういう家がどれほど血の存続にこだわるかもだ。

ナーニャに「どういうこと?」と訊ねられたグルムは「え、あ、いや、憶測では言えません」と言葉に詰まる。まあ言いにくいだろう。一人がけの椅子に腰掛ける賢者にしてこの国の宰相のモースをチラリと見れば、彼はうなずいた。話せということだ。

ナーニャは年若い少女ではあるが、すでに魔法研究所所長なのだ。これから付き合う王侯貴族の生臭い話はいくらでも聞くことになるだろう。彼らがどれほど自分達の高貴な血にこだわっているかもだ。

彼女自身も平民ながら純血種として狙われる立場なのだ。四英傑にして天才魔法使いの血を取り入れたい家は多いだろう。

スノゥは謎解きの答えを伝えるように、ゆっくりと口を開いた。

「ルース国の王太子はいまだ空位だ。リューリク王の孫であった前の王太子は、粛清にあって一生涯の幽閉のうえに、毒杯をあおって自死した。そのあとに残された有力な孫息子達も、二人とも早世している」

その二人がどちらも不審な事故死を遂げているのがなんとも……だ。これもいつまでも次の王太子を指名せずに、孫王子達の争いを激化させたリューリクの失政ともいえるが。

「いままで居ないものどころか、死んだものとされてきたリューリク王の唯一の息子である俺が、あろうことか勇者の仲間たる英傑に選ばれたときた。あるはずのない純血の兎族だ。さらに兎族は雄でも子を産める」

だから王家の血が濃い男子の誰かとスノゥを番《つが》わせて、産まれた虎族の王子を次の王太子にとそういう考えだ。

「ただし、あくまで長耳の王子の血が、神聖なるルースの虎の血に混じるなどとんでもないという、純血主義は多いからな。だから、勇者一行ごと俺を殺そうとしたんだろう」

「なにそれ！　どいつもこいつも勝手じゃない！」

まあ、確かに勝手な話だ。

スノゥは苦い笑みを浮かべて、話を終わりとした。


「別に婚約したからって、本気で結婚する必要なんてないからな」

ノクトの私室での話し合いのあと、自分の部屋に戻るスノゥに当然のようにノクトはついてきて、当然のようにこの夜もベッドを共にした。

で、一戦終えて、ベッドに横たわる分厚くたくましい身体の上に、スノゥはうつ伏せに乗っかっていた。その胸の力強い心音を聞きながら、自分の青みがかった白い髪から、長耳をゆっくり撫でる大きな手の感触に目を細める。

「どういうことだ？」

そう訊ねたノクトの声がいささか低いことに、事後のけだるさと、撫でる手の温かさにうとうとしかけていたスノゥは気付かなかった。

「だから『婚約』はルースの目をごまかす偽装だろう？　ほとぼりが冷めたら、俺はどっかに消えるし、お前はこの国の王子に相応《ふさわ》しい由緒正しい血筋の嫁さんを……」

言ってる途中でぐるりと視界が反転した。ノクトに両手をベッドに縫い付けるように押さえ付けられて、彼の大きな身体がのしかかっている。

冷たいのに熱い炎が揺らいでいるような、銀月の瞳がスノゥを見おろしていた。

「お前は、私の愛を疑うのか？　私はお前と来世を共にしたいと、いつも言ってきた。それをまるきり、信じてもらえなかったとは……」

「ち、違う……」

「違わない。お前が私との婚約を受けたのは、確かにルースの手から逃れるためだろう。それでも私は構わなかった。お前がルースから自由になるならば。だが、スノゥ、私の気持ちを疑うな！」

そして、噛みつくように口づけられた。

◇◆◇　◆◇◆　◇◆◇

「は……ぁ……も……」

「もう、なんだ？」

「あぅ……っ！」

ぐりっと結腸の口をノクトの膨れたペニスの先が突き開く。散々嬲《なぶ》られたそこだが、なお脳髄まで焼くような甘いしびれをスノゥにもたらした。しなやかに仰け反る白い身体に後ろから抱きしめたノクトのたくましい腕が、離さないとばかりにがんじがらめに絡みつく。

あれから彼は一度も自分の身体から退くことなく、スノゥを抱き続けた。

後ろから彼の膝にのせられて今は揺さぶられている。スノゥの前はもうすっかり吐き出すものがなくなったのか……それとも雄として果てることを放棄したのか、うなだれてたらたらと透明な蜜を吐き出すばかりだ。

寝台の薄く開かれたカーテン越し、かすかに見える窓を見れば、夜明け前の暗い空にかすかな黎明の気配がした。夜明けまでとは、まったく若い。

いや、そんな暴走に走らせたのは……

「これだけすれば……」

ノクトの手がスノゥのかすかに膨らんだように感じる下腹をなぞる。ぐっと押されて胎内《なか》の雄の形をありありと感じて、スノゥは「ああっ！」と声をあげる。

「孕むかもしれないいな」

「………」

そうはならない。

どの種族とでも雌だけでなく、雄も仔も孕むことで有名な兎族だが、もう一つ有名なことがある。仔を孕みにくいのだ。そうでなければ、兎達を囲う遊郭は子兎達であふれかえっていただろう。

それでも最弱の兎達は消えることなく、その血を繋いできた。

それには兎達が本能で知る〝秘密〟があるのだが……

たとえ愛する人でも告げてはならないと、スノゥも母から教えられた。

「……顔が見てぇ」

揺さぶられて吐き出す熱い吐息とともにスノゥが告げれば、身体を表に返されてベッドに押しつけられた。銀月の瞳が、自分を貫くように見る。

「すまない……」

その視線に、一言告げて、スノゥは長い黒髪をひと房ぐいと引き寄せる。素直に従って間近に来た端整な唇に軽く触れるだけの口づけをする。

「あんたの気持ちを疑ったことはない」

それはない。

この勇者の銀月の瞳に宿る真実を見誤ったことはない。

だけど結婚は出来ない。

それだけだ。

スノゥは石榴《ざくろ》の瞳を細めて、ノクトを見上げる。

「……俺の仔が欲しいのか？」

「欲しい。お前も仔も欲しい。だが、お前をここに縛り付ける道具にしたいわけではない」

わずかに狼らしい唸り声がノクトの喉から発せられる。

「お前を私の愛で縛り付けられるなら……」

自分の肩口に額を押し当てる男の頭をスノゥは抱きしめた。頭の上に立った三角の狼の耳。背に流れる黒髪をゆっくりとたどるように撫でる。

子供を道具には使いたくないと、どこまでも誠実で正直な男だ。

そして強い。

こんな男の仔なら。

孕んでもいいいな……と思った。

◇◆◇　◆◇◆　◇◆◇

翌日、スノゥが目を覚ましたのは昼近くだった。

ぐしゃぐしゃだった身体はさっぱりしていて、あんなに怒らせたのにあの勇者様は、自分の世話をしてくれたのか？　と思う。

「まったく、無茶しやがって……と怒れねぇよなあ」

メイドの用意してくれた、朝と昼の中間の食後のお茶を飲みながらスノゥはつぶやいた。

その日は外出することなく、城の図書室から借りてきた本を部屋で読んでいると、侍従長がやってきて告げた。

「部屋の移動？」

「はい、スノゥ様は昨日めでたくノクト様のご婚約者となられました。ならば客間ではなく『奥』に部屋をご用意せよとの、陛下のお言葉にございます」

思わず絶句した。

スノゥとしては仮の婚約者のつもりだ。

別に部屋はこのままでもいいが、逆らうことでもない。なによりあの王様が言いだしたことだ。

目の前の侍従長の穏やかな微笑みも、主人に似たのか、有無を言わさぬものがある。

部屋を移動するといっても、長年、旅から旅という放浪していたスノゥの私物は極端に少ない。

年季のはいった帆布の背負い袋一つにすべてはいる。

しかしそんな荷物すら、移動しようとしたら「お持ちします」と若い侍従にさっと奪われてしまった。ぴかぴかのお仕着せにずた袋を持たせるのは悪いなと思いつつ、返してもらうのも彼の仕事を奪うだろうと、案内されるままにいわゆる『奥』――王族達の暮らす場所に移る。

現在ここにはノクトにカール王、王太子ヨファンが暮らすのみだ。

ノクトとヨファンの母である『二人の王妃』はすでに亡くなっている。

二人といったのは、ヨファンとノクトの母親は違うからだ。腹違いとはいえ、二人の兄弟仲が悪いということはない。なにしろノクトは王位に対してかけらも野心などなく、序列として兄が王位につくのは当然と思っている。

逆に思うところがあるのは、優秀すぎる弟となにかと比べられるヨファンのほうだろう。もっともあちらもどっちつかずの殿下として有名だから、ノクトに対して敵愾心などかけらも見せたことはないが。

……というより、そんな度胸はないだろう。あの兄上には。

そんなことを思いつつ、案内された部屋を見回す。

客間と間取りは変わりない。廊下に面した入り口に居間があり、その向こうの扉の向こうに寝室。そして寝室に浴室がくっついている。

ちょっと違っていたのは、浴室の手前にもう一つ部屋があったことだ。

婦人の仕度部屋《ブドワール》だ。祭壇のような大きな鏡台が置かれていたが、スノゥが使うことはないだろう。

男の自分になんでこんなものが？　と思ったが、あてがわれた部屋なのだから、文句はない。

それも夜になって謎が解けたが。居間の扉ではなく、天蓋付きの寝台に隠されるようにあった寝室の扉が開いて、ノクトが入ってきたのだ。

「お前なんでそんなところから？」

「私の寝室は隣だ。ここは私の妃の部屋だからな」

「………………」

なるほど、だから浴室の前にあんなでっかい鏡台があったわけか。謎が解けたが、同時に固まってしまったスノゥを、ノクトがひょいと腰掛けていた寝台から抱きあげた。

そのまま元来た扉をくぐれば、そこにはいかにも王子の部屋らしい、落ち着いた深緑の蔦柄のカーテンを巡らせた天蓋付きのベッドがあった。隣の王子の妃……もといスノゥの寝室の天蓋のカーテンは薔薇色の花柄だった。

ノクトはそこにスノゥを下ろすと自分も当然のように横になった。

まあ、こいつの寝台なんだから寝るのは当たり前か。このところずっとスノゥの部屋で寝ていたから、聖剣探索に旅立ってから使ってなかったのか？と考えるとすごい。

「今日はなにもしない」

スノゥを抱きしめて目を閉じたノクトは言外に「無茶をさせたからな」と語っている。スノゥはそれに答えずに自分も目を閉じた。

どうやら今夜からは、自分の部屋のベッドは使うことなく、王子様のベッドで寝ることになりそうだった。

それからしばらくは、何事もない日々が続いた。

ただスノゥ的には何事もないと言えるが、王宮はそわそわとした雰囲気だ。もちろんその中心はノクトとその婚約者のスノゥなのだが。

カール王が二人の『婚約』のお披露目を大々的に計画しているという。災厄を倒したばかりでその復興もあるし、このあいだその祝賀会もやったばかりだが、ルース国がまたなにか言ってくる前に、二人の婚約を内外的に発表してしまいたいのだろう。

しかし周知させるだけなら、別に派手にしなくてもいいと、スノゥは部屋を移動してから訪れるようになった王族達との晩餐の席で、カール王に告げた。

まさしく家族扱いをしてくる二人に対しての面映ゆさもあり、スノゥがそう言うと、ノクトが神妙な顔でうなずく。

「国庫のことを考えてくれるのか？　家計の心配をするとはスノゥはよい妻になるな」

そしてカール王は笑顔で。

「心配はいらない。なにしろ救国の勇者とその英傑の結婚だ。すでに城には民からの祝いの品が届いている」

「他国からもな。それでトントンだよ。トントン」と王様は茶目っ気たっぷりに片目をつぶったのだった。

そんなわけで「そなたも衣装合わせやらなにやらで、忙しくなるぞ」とカール王に予言めいたことを言われた翌日のことだった。

その日、スノゥはいつものごとくふらりと王宮を出て、茶店にて茶を飲んでいた。

街路に面したテラス席。目の前に転がってきた毬を、スノゥは立ち上がって拾った。駆け寄ってきた猫族の小さな女の子に渡してやれば女の子は「ありがとう」と去っていった。

スノゥは再び席に戻る。そして、周りには聞こえない声で一節つぶやくように歌うと、少し冷めた茶を口にした。

自分が席から少し離れたときに、さりげなくテーブルの横を通り過ぎた者がいたことも、今も物陰から見つめている視線があることもわかった上でだ。

――――忙しくなるならその前に片付けたほうがいいよな。

自分が王宮の外に出るたびに、絡みつく視線を感じていた。いい加減うっとうしい。

少なくとも、カール王とノクトは、スノゥとの婚約を正式なものとして扱う気らしい。そうなれば、厄介事は多く降りかかってくる。それならば対処は早いほうがいい。

茶店を出たところでわざと、人気《ひとけ》のない路地に入り、目眩を起こしたとばかり地面に倒れれば、すぐにやってきた垂れ耳の犬族と、耳が少し欠けた猫族の男二人に連れ去られた。

運びこまれたのは色町の裏にある連れ込み宿だ。

スノゥを連れ込んだ男達二人は、寝台の頭の格子にスノゥの両手を縄で縛り付けると、自分達はなにもせずに離れた。

「このあいだはよくも恥をかかせてくれたな」

すると、部屋に置かれた椅子に腰掛けていた男がベッドにやってくる。いまだ意識が虚ろなふりで薄目を開けて見上げれば、それは災厄討伐の祝賀会でスノゥに声をかけてきた狐族の貴族だった。欲望丸出しの目で自分にちょっかいをかけてきたその目は、今もギラギラと血走っている。

狐はしつこいと言うが、あの程度で根に持つとはこの男、蛇の血でも混じっているのか？

いや、この世界の人間はすべて耳付きなので、蛇から進化した種族というのはいないが。

先日の仕返しというのもあるが、主なのはスノゥに対する欲望だろう。男は、「あの勇者王子の婚約者を寝取れるとはな」と手を伸ばしてくる。

スノゥは足を振り上げて、狐の腹めがけて蹴った。「ふぐぅ！」と声をあげて吹っ飛ぶ狐男に、犬族と猫族の二人が駆け寄ってくる。

スノゥはその柔軟な身体を生かして、足を自分の頭まで持ってくると、靴のかかとに仕込んだ小さなナイフを抜き取った。身体検査もしないなんて、まったく甘い人さらいだ。玄人ではない。おそらく街のならず者を雇ったのだろうが。

そのナイフで縄を断ち切り、跳ね起きると二人の男達もまた、その足と拳で瞬殺する。

「さて……」と息をついたスノゥだが、じわり……とあがった身体の熱に顔をしかめた。

その後、連れ込み宿の受付の親父に、頭のターバンを取った長耳の姿でスノゥは現れた。その兎の耳を見れば、彼が誰なのかこの王都の人間なら誰でもわかる。

目を丸くする親父にスノゥは告げた。

「意識を失ったふりをした俺を連れ込んだ奴らを見逃した罪で、この宿を営業停止処分にされたくないなら、すぐに憲兵を呼べ！」

「は、はい！」と返事をした親父に、スノゥは続けて言った。

「それから部屋を一つ借りるぞ。誰も入れるな！」


しびれ薬が入れられた茶を飲むまえに唱えた旋律は、毒を無効化するものだ。

だが、媚薬は身体を害するものではない。

「くそっ！」

空いている部屋に飛びこんだスノゥは悪態をつきながらベッドに飛びこんで、自分の下半身を覆う革のズボンを下ろした。薄紅のペニスが勢いよく飛び出してくる。

しびれ薬とともに、お茶に垂らされたたった数滴でこれか。相当強力なものを使われたらしい。

三度乱暴に扱けば、すぐにはじけた。二度、三度と白濁で下腹を濡らしてもおさまらない。

強く擦りすぎてヒリヒリとさえするのに、その疼痛さえじくじくとした快感に変わり、あらぬ場所がうずきだす。

「う……」

スノゥはゆっくりと指を奥へと伸ばした。つぷりとアヌスに一本潜り込ませると、そこが悦ぶようにひくついた。しかし、これでは物足りないと内壁が絡みつく。

指を二本に増やしてみたが、足りない足りないと身のうちがうずく。指にきゅうきゅうと絡みつく内壁は狭いのに、もっと大きくて長いものが欲しいとせがんでいる。

「ノク…ト……」

名を呼んだとたん、ガチャリと扉が開いた。この飢えを満たしてくれる唯一の若い狼の姿を、潤んだ石榴石《ガーネット》の瞳で見上げる。

艶やかな黒髪を背に流した、長身のたくましい体躯。部屋に誰も入れるなと宿屋の親父に命じたことなど頭から吹き飛んでいた。

銀月の瞳がじっとこちらを見ているのに、己の薄紅のペニスを扱く手と、もう片方の手のアヌスにはいった二本指を抜き差しする動きは止まらない。

さらに大きく足を開いて見せつけて「あ、あ、あ」と声を漏らせば、形の良い頭の上の三角の耳がびくりとその音の一音まで逃さないとばかりに、動く。

「来てく…れ……」

手を伸ばせば、大股に近寄ってきた男に組み敷かれていた。

◇◆◇　◆◇◆　◇◆◇

スノゥの指を引き抜いて、なお己の剣ダコでさらにいびつに太くなった指が二本潜りこんできた。

それに甲高い嬌声をあげたスノゥは目の前の胸板を拳で叩いた。

「馬鹿っ！」

「痛いのか？」

「違っ……逆だっ！　すぐ欲しいって言ってんだ……この役立た…ず…っ！」

そう言い終わらぬうちに、指に代わって猛々しい長大なペニスがスノゥの内側まで、一気に入りこんでくる。どこが役立たずだとばかりに、片脚を抱え上げられてたくましい腰が力強く動く。

確かにベッドに押し倒されてすぐ、触れてもいないのにノクトのペニスはすでに臨戦態勢となったのだから、前言撤回はしなければならないだろう。

しかし、満たされたスノゥの頭からは役立たずなんて言葉は吹き飛んでいた。揺さぶられるたびに嬌声があがる開きっぱなしの口の端から、しずくがこぼれる。無精髭がうっすら生えた頬に頬を擦りよせて、ノクトの舌がそのしずくをぺろりと舐め取った。

一度、二度となかを満たされて、ようやく頭が少しはっきりしてきた。それでも薄ぼんやりとした思考と、己がねだるままに揺さぶってくれる雄の律動に甘い声をあげて、媚薬の効果もあるのだろう多幸感に包まれながらつぶやく。

「オピウムの……蜜かも……な……」

その言葉を聞いて三回目の律動がぴたりと止まったのに気が付いて、スノゥは「やだ……」とノクトの腰を自らの太ももで挟み、いやらしく自らの腰をゆすった。

オピウムの蜜は秘薬とされている貴重な媚薬だ。

兎族に使えば確実に孕むなんて噂がある。

ノクトもその噂は知っていたのだろう。熱に侵された頭で、スノゥはくつくつと笑う。

「もう、散々なかで出したんだ。いまさらだ」

「責任はとる」

生真面目に告げた勇者様に苦笑して、「俺達、婚約者だろう？」とその黒髪が流れる背に手を回せば「だから責任はとる」とまた返された。

「……産まれてくる子は愛しい。だが子供を作ることで、お前を縛りたくはない……」

苦しそうなノクトのつぶやきにスノゥは、まだ熱の冷めない身体で男の背に手を回し抱きついた。

「大丈夫……こんなことで孕まないさ……」と言いたかった。

それと同時にまだ見ぬ仔を〝愛おしい〟といってくれる男の心がうれしかった。

◇◆◇　◆◇◆　◇◆◇

スノゥを襲おうとした狐男の名はルナルド準男爵と言った。

今さら知ってもどうでもいいことだし、準男爵の位も剥奪されて国外追放となったので、もはやスノゥには関係のない話だが。

取り調べで、ルナルドは自分を唆《そそのか》したのは、カドヴァン伯爵だとあっさり白状した。スノゥを襲い、その身が他の男に穢《けが》されたと明らかになれば、ノクト王子もスノゥとの婚約を破棄せざるをえない。

そうなればカドヴァン伯爵の令嬢がノクトの妃となると信じたようだ。まあ、婚約破棄はともかく自分の娘が確実に妃になるなど、よくもまあ都合良く夢想したものだ。

さらに第二王子であるノクトが自分の後押しで国王となった暁には、ルナルドを準男爵から子爵に取り立ててやるとも言ったことで、彼もその気になったということだ。

ヨファンという王太子がいるというのにノクトを王にするとは。

空約束とはいえこうなると立派な叛逆罪だ。

カドヴァン伯爵はルナルドの証言は嘘だと言い張ったが、結局若くして隠居させられ、神殿の僧院にて余生を送ることとなった。悪だくみの相談など出来ないように、僧院では常に沈黙の修行を義務づけられている。さらには聖騎士の監視付きだ。

伯爵位は子爵位に下げられたうえに、領地も三分の一にけずられた。カドヴァンがノクトの妃にと望んだ令嬢が婿を取ることで、家は存続を許された。王国創立の頃からある名門を簡単には潰せない。落とし所はこんなもんだろう。

ともあれ、これでノクトとスノゥの婚姻に不満を持っていた貴族達の声は鳴りを潜めた。

青い毛並みばかりが自慢の騒がしい者達が大人しくなったのはよいことだと、カール王も満面の笑みでそう毒づいた。青い毛並みとは貴族達が自分達の血統を自慢するときに使う言葉だ。

なんともお粗末な陰謀は防がれた。

だから、油断していたのかもしれない。

第九章　このクソ親父！と狼王子の追跡（断じてストーカーではない！）

翌日、王宮の回廊で「スノゥ様」と呼び止められて、振り向いた。

スノゥを呼んだのは王太子ヨファン付きの副侍従長だった。あまり関わることないが、侍従長が別の仕事をしているときには、代理として世話になったこともある。

長年侍従職についているだけあって、彼が自分の感情を表に出すことはけしてない。その副侍従長の所作も雰囲気も平素と変わることなく完璧だった。もし彼が少しでも戦った経験を持っていたならば、動きでスノゥは察することが出来ただろう。

いくら隠そうとも、戦闘前の動きというのはわかる。初手の一歩もなく、いきなり攻撃を繰り出せるなど、そんなものはすべてを悟った戦神の域だ。そこまではノクトもスノゥも到底達していない。

だが彼の動きはあくまで一流の召使いとしての、洗練されたものだった。

つまり、何が起きたのかと言えば、副侍従長はいきなりスノゥの胸に転送印が記された魔石を押しつけたのだ。

「え？」

転送魔法が使えるのは、賢者モースにナーニャなど高位の魔法使いに限られている。転送石は大変高価なものであり、一回限りで壊れてしまうからだ。

さらには転送出来る人数もモースやナーニャでも五人程度が限界だ。

だから、どんな堅牢な魔法結界が張られた王宮や要塞でも、転送の対策をしているところはまずない。

その警備の盲点を突かれたといえた。

目の前の白い柱が並ぶ回廊の風景が一瞬ぶれて、次に現れたのは、ある意味で〝見慣れた〟光景だった。

気候の良いサンドリゥムと違い、長い冬に耐えるために分厚い石の壁で閉ざされた建物。その暗い雰囲気を払拭するかのように、壁は木花の模様の華やかなタペストリーで彩られているが窓は小さい。

「おかえりなさいませ、スノゥ殿下」

髪と同じく赤茶の髭を蓄えた、初老の男が一礼する。衿なしの裾の長い長い衣にガウン。その衿元にも袖口、裾にもびっしりと細かい刺繍がされていた。長く伸ばした髭をいくつもの三つ編みにしている。ルース国の古式ゆかしい貴族の正装だ。

頭の上には虎の丸い耳がある。スノゥの周りを取り囲む、全身甲冑で固めた兵士達の耳は兜で見えないが、尻には虎縞の尻尾が揺れている。

ルース国の王族貴族は純血主義だ。

貴族階級の末端である騎士に到るまで、虎族以外はなることは出来ない。

湖の離宮から出たことのなかったスノゥは、当然父王の暮らす王城には招かれたことなどない。

それでもここがどこか一瞬にして理解した。

「陛下がお待ちにございます、こちらへ」

赤茶の毛並みの男が先に立つ。スノゥはそれに逆らうことなく従った。周りを銀の甲冑を光らせた兵士達が取り囲む。

兎一匹になにを怖れているのやら……と思うと、腹の底から笑いがこみ上げてきたが、それは堪えた。

本番はこの先にある。

スノゥの長耳に、取り囲む兵士達が歩くたびに立てるガチャガチャとした金属音が響く。百年前の昔ならば、サンドリゥムでもこんな兵士達がうろうろしていただろうが、今は軽く甲冑並の防御力を誇る魔法布の軍服に切り替わっている。

虎族の騎士や兵士が未だ重い甲冑をまとっているのは、戦士の高貴な誇りとやらと聞いている。軟弱な布をまとうなど、我ら頑強な虎族には不要というわけだ。

高い天井までの両開きの扉が、兵士達の手によって開かれる。

スノゥはそこへ足を踏み入れた。

この国の王子でありながら、玉座の間には初めて入った。そこには序列に従って戸口から整然と、衿無しの長衣にガウンをまとった男達が並んでいた。赤茶に金茶と毛並みの色は微妙に違うが、どれも立派な髭を生やしていくつもの三つ編みにしている。

兵士達の重い甲冑と同じく、その姿は数百年前からなにも変わっていないのだろう。

そして、五段の石の階《きざはし》の上——黄金と緋色の布で彩られた玉座に、この国の王は座していた。

ルース王、リューリクだ。白い毛並みの虎族の王もまた、豊かな髭をたくわえていた。衿なしの長い衣にガウンも他の貴族達と同じであるが、そこにもう一つ毛皮に縁取られたマントを肩にかけている。そして、頭にはこのノースで産出された、数々の宝石で彩られた黄金の冠が載っている。

近頃ではどの国の王も、戴冠式や重要な式典以外で頭に冠を載せることはない。

捨ておいた息子に会うだけのために、わざわざこの王が正装するとは思えないから、これがこの国の王の常の姿なのだろう。古《いにしえ》と変わらず王とは常に頭に冠を戴いていなければならないと。

そんな重たそうな冠を常にのっけて首が疲れないかね？とスノゥは思うが。

まったく兵士達の甲冑に貴族達のぞろぞろした衣装に王の王冠と、この王城はなにもかもが古めかしい。

分厚い石の壁に囲まれた城の壁をいくら華やかなタペストリーで飾ろうとも、その重苦しくよどんだ空気を払拭出来ないように。

高貴なる血筋とやらの凝り固まった因習という名の鎖にガチガチに縛られているように感じる。

「選べ」

現れたスノゥに、『よく帰ってきた』とも『顔を見せよ』とも言わず、いきなりリューリク王は命じた。

久しぶりに聞くはずの父の声に、こんな声だったか？　とスノゥは思う。

その声は老人のようにひどくしわがれていた。リューリク王の統治は百年あまりにおよび、年齢も二百歳を超えて老境にさしかかっている。深い皺が刻まれた顔もまた、そびえ立つ岩山のような近寄りがたい王の威厳を湛えていながら、老いの暗い陰を感じさせるものだった。

スノゥはその黄金の瞳を石榴石《ガーネット》の瞳で見返した。

リューリクを間近で見たのはこれで三度目だ。

幼い日、近寄るなと拒絶された。

母が殺されたあの日、去れと言われた。

そして、三度目は頭ごなしに命じられた。

「お前に『夫』を選ばせてやる。どれも王家の血を引くたくましい虎の男だ。この中の誰か一人と番《つが》え」

次にリューリクはそう言った。同時にスノゥの前に五人の男達が前に出て並ぶ。あの宴の日のノクトの求婚のように跪くなんてことはしない。ただ、スノゥを無表情に見下ろしている。

王に命じられたから、最下層の種族と蔑んでいた長耳とも番《つがい》になれるのか？　いや、たぶん彼らはスノゥを胎《はら》としか見ていないだろう。

自分を孕ませ、産まれた子供が純血種の虎ならば、その子が次代のルース王だ。そして、その父親は国父として絶大な権力を持つことになる。

「殿下、花婿を選ばれる前にこれを」

スノゥの前にあの赤茶の髭を蓄えた初老の男が小さなグラスを差し出した。おそらく彼は王付きの侍従か侍従長だが、そんなことはどうでもいい。

自分の前に並ぶ男達の顔もだ。

グラスからは最近嗅いだ甘ったるい匂いがした。

オピウムの蜜。

兎族を確実に孕ませると言われる秘薬。

あんな与太話を目の前の玉座に座る、しかつめらしい王まで信じているのか?と思うと、腹の底から笑いがこみ上げた。

くくく……と笑い声をあげたスノゥを赤茶の髭の侍従がいぶかしげに見る。

スノゥは今度こそ、高らかに笑った。

「孕み薬を呑んで番《つがい》を選んで、すぐに子作りに励めってか？　それが高貴なるルース王家の伝統か？」

「えげつねぇ！」とスノゥは腹を抱えて笑い、そして、差し出されたグラスの侍従の手を傷つけることなく、それだけを見事に蹴り上げた。

小さなグラスは宙を飛んで床にたたきつけられて砕け散る。

「誰が、お前の言う通りになんかなるか、クソ親父！」

スノゥは艶然と微笑んだ。

◇◆◇　◆◇◆　◇◆◇

普通ならばスノゥが王宮に居なくても、ノクトでさえ気にすることはない。昼間スノゥは気ままに街をぶらついたり、ときに王都の外の森まで足を延ばしたりしているからだ。

その帰りが深夜になったことは一度あった。ノクトが眠らずに待っていたので、それからスノゥは早い時間に戻ってくるようになった。

だから、スノゥが戻らないことに気付くのは夜スノゥを待つノクトのはずだった。

しかし彼は、スノゥが王宮から消えた直後に王の執務室の扉を開き、カール王に告げた。

「スノゥがルース国に連れ去られました。すぐに皆の招集を」


花園の間に再びノクトをスノゥ以外の四英傑が揃い、さらには騎士団副団長二人に、老伯爵ザンザと貴族達が集められた。

そしてカール王とその隣にはいつもどおり、自信なさげな王太子ヨファンがいる。

「さてノクトよ。お前の言葉で皆を集めたが、スノゥがルースにいるとなぜわかる？」

カール王の疑問はもっともだった。それでも常にないノクトの様子に重臣達を集めたのは、息子への信頼と老練な為政者としての長年の勘というべきか。

ノクトは父王からの問いに冷静に答えた。

「スノゥが左耳につけているピアスです。あれはこの腕輪と常につながっている」

そう言って、着ている銀の光沢の軍服の袖口をめくると、その腕にはぴったりとした銀色のブレスレットがはまっていた。

埋め込まれた三つの宝珠はすべて赤に染まっている。

「あれが私のそば近くにいるうちは、この宝珠の色はすべて青です。少し離れれば……たとえば、この王城を出て王都にいるならば、一つだけ黄色になる。王都の外に出れば赤に。そして、さきほど突然宝珠がすべて赤となった。これは国外に、それも遠く離れた地にあれがいきなり転送された証拠です」

淡々と告げるノクトに、ナーニャが「正義の勇者様が想いをこじらせたとはいえ、そんな首輪みたいな魔道具を恋人につけていたなんて、ドン引きだわ」と思わずつぶやく。

ノクトはそれを聞き逃さず、こっくりとうなずく。

「あれはふらふらとどこかに行く放浪癖があるからな。なるべく私の手の届く範囲にいてほしかった」

「その気ままな兎さんが、気紛れにお耳のお花をとっちゃったら意味はないじゃない？」

「私が付けたものを、あれが取ることはない」

いや、一度確かにスノゥは、ノクトの目の前で耳を引きちぎるようにしてピアスを寄こしたわけだが、あれはあくまでノクトにピアスを返そうとしたのだ。

ノクトの知らないところで勝手に取るなんて、あり得ない、とノクトは理解している。

「……なに？　その妙な惚気みたいな、信頼」

ナーニャがしかめ面でつぶやいたところで、馬耳の文官貴族が発言の許可を求める。

「それではルース国にスノゥ卿がいるとは限らないのではないですか？」

しかし、ノクトは、その問いには首を横に振った。

「ルース国どころか、その場所もわかっている」

ノクトは会議室の楕円の大きな卓上に、大陸の地図を広げた。そして腕のブレスレットをかざす。

すると赤い宝珠が光を放ち、三つの光の線は重なって一点を示した。ルース国王都ザガンだ。

これには全員が息を呑む。

「今すぐに救出の部隊を編成します」

声をそろえて言ったのは副騎士団長のカイルとノーラの二人だ。それに老伯爵ザンザが「スノゥ卿をかならずお助けするのだ」と二人に告げる。

ニルスとクルト両子爵もうなずく。

しかし「その必要はない」と告げたのは意外なことにノクトだった。

カイル、ノーラ、かつての老三騎士が顔色を変える。

「スノゥ卿をこのままルースに渡されるつもりか？」

「いや、それでは間に合わないからだ」

ノクトはザンザの問いに答えた。

「救出の部隊をすぐさま編成したとしても、ルースの王都に幾日でたどり着ける？　そもそも、今は祝祭の期間だ。こちらから戦を仕掛けたなら、神々の怒りに触れる」

祝祭の期間はどの国も争ってはならない。

これは神々が定めたことだ。

「それに、私とスノゥの婚約を無効とするために、ノース国は虎族の王族の男子と番《つがい》になることを、今にでも彼に強要しているだろう」

「それをスノゥが承知するとは思えんが」

「そうよねぇ、あの跳ねっ返り兎おじさんがしおらしく従うとは思えないわ」

ノクトの言葉に賢者モースが返し、ナーニャも肩をすくめる。

すると「それが問題だ」とノクトは、美しい眉間にしわを寄せた。

「今のあれは私の子供を身籠もっている可能性がある」

「はぁ⁉」とナーニャが声を上げたあと「そりゃ、そうよね。あれだけ……してたんだし」とつぶやく。グルムが「そんな身重の身で戦闘などされたら、母体にもお子様にも影響があります」と青くなる。

「だから、あれが暴れ出す前に一刻も早く〝回収〟しなければならない」

ノクトは自分の腕のブレスレットを抜き取って、ナーニャに渡した。

「いますぐに転送を、これに座標がある」

「ええ、ぴったり確認出来るわ」

「おじいさま、お願い」

ナーニャがモースを見る。それに賢者モースがうなずく。一人でも行きだけなら数人の転送は出来るが、今回は行きと帰りを短時間でしなければならない。魔力の消耗がそれだけ激しくなるのだ。

英傑たちは即座に、ルース国へ向かう覚悟を固めている。

そこへ制止するように声をあげたのは、狼族の貴族の侯爵だ。

「我らが国の王子にして勇者であるノクト殿下自らがルース王国の王城に乗り込んだとあれば、かの国との軋轢が生じ……」

「バカモン！」

しかし、彼がくどくどと言いかけたのをカール王が一喝した。

「うちの可愛い兎ちゃんをさらった時点で、ケンカを売ったのはあの北の田舎国のほうだ！　関係が悪化したところで祝祭の十年が明けなければ、あっちもこっちも戦など出来んと何度言えばわかる！　だいたい、こちらは争うつもりはなく、夫が妻を迎えに行くだけのことだ」

重ねて「その可愛い妻に子供までいる男をまだ諦めきれぬか！　この強欲め！」と言われて、卓の一角を占める狼族の貴族の狼たちは、しゅんと耳を垂れさせる。

その様子にカール王は「ふん！」と鼻を鳴らし、ノクトを見た。

「今すぐにお前の妻を取りもどしてこい」

「はい。スノゥを取りもどすのはもちろんですが、この機会です。リューリク王と話をつけてきます。スノゥとの婚姻を認めてもらうように」

「さてそれを呑むか？　北の王が」

こんな強硬な手段でスノゥをさらったのだ。もとからあちらはノクトとスノゥのことを認める気はないだろう。しかし、ノクトは「承知していただきます」と返した。

「策があるようだな？」

訊ねたカール王に、ノクトはうなずいた。

「神々の助力を願います」

◇◆◇　◆◇◆　◇◆◇

ノクトがスノゥの救出に乗り出したのとほぼ時を同じくして、ルース国の王宮でスノゥは不敵に微笑んでいた。

スノゥがクソ親父、と言い放ったとたんに「不敬な！」と花婿候補の一人が飛びかかってくる。

金赤の毛並みの立派な髭を蓄えているが、顔つきは若い。血気盛んなお年頃に見える。

しかし、腰の剣も抜かずに掴み掛かってくるとは、とスノゥは目の前の若者を嗤《わら》った。

スノゥが勇者とともに災厄を倒した四英傑であることはわかっているだろう。だがそれよりこの若い虎は、スノゥが最弱の兎族であることで侮ったのだ。

こんな兎など拳一つで御せると。

一流の戦士ならばその相手の歩き方一つで、力量がわかるというもの。それさえ見定められないとは、多少は出来るようだが腕力だけのお坊ちゃまだ。

スノゥは掴み掛かってくる手を、ほんの少し身体を傾けるだけで避けた。そして、その青年の革のブーツに包まれた脛を蹴り上げる。

「ぐっ！」

彼は兵士のように全身甲冑ではなかった。歴戦の戦士といえど鍛えるのは難しいそこをおもいきり蹴られて身体が傾く。そこに、今度は足を高くあげた回し蹴りを後頭部にたたき込む。若い虎は宮殿の石の床にどさりと倒れた。

虎族の男達はすべて戦士たれと、幼少時よりみな武術を叩き込まれる。

玉座の間は大きくどよめいた。虎族の中でももっとも尊《たっと》ばれるべき高貴なる血に連なる王族の男子が、最弱の兎に、こうもあっさりと倒されたことにだ。

「おいおい、俺のお婿さんになるっていうなら、俺より強くなきゃなぁ」

スノゥはそう言って、傲岸に笑う。

その脳裏に浮かぶのは当然ノクトだ。手合わせならばともかく、命のやりとりの本気をあれにだされたなら、さて勝機は十に一つと言ったところか。

「見事だ」

そんなスノゥに、玉座からリューリク王が告げる。自分をけして見ることはなかった父が、初めて自分を認める言葉を短くも告げた。そのことにスノゥの心に微塵も喜びなど沸かなかったが。

「それは確かにルースの血。虎の姿でなくとも、そなたは確かに歴戦の強者《つわもの》よ」

王の言葉に玉座の間は再びざわめく。かつて王家の恥とまで言われた耳長の王子を、王が讃えたのだ。

それでも、やはりスノゥの心は、この国土の北の果ての永久凍土のように冷えたままだったが。

「その純血の血。王家のために残せ。次こそ虎の姿をした仔を産むのだ」

「結局それか？　残念だが、俺の胎《はら》には虎なんかより、もっと強い狼がいるんでな」

暗にノクトの仔が自分の胎《はら》にいるのだとスノゥは告げる。医師に診てもらったわけではないが愛する者の命はここにあると感じられるのは、兎族特有の能力だ。

そうやって最弱の種族は命を繋いできたのだから。

スノゥがノクトの仔を身籠もっていると告げたとたん、リューリク王がくわりと金色の目を見開いた。

「お前がその身に宿してよいのは、我ら高貴なるルースの虎の血のみ！　卑賤な狼の仔などすぐに手放せ！」

そして、雷鳴のような声で命じる。

尊い王家の血に『不純物』が混じることを許せないのだろう。それならば王家の恥である、耳長の王子を呼び戻すなど今さらなのだが。

純血種たるリューリク王の統治は百年あまり続いている。一度は定めた孫の王太子は、スノゥ親子を襲ったホルムガルドの悲劇によって王太子の地位を剥奪され、幽閉の果てに自死している。

あとの孫王子達は、リューリク王がその後王太子を定めなかったことで相争う形となり、次々と謎の死を遂げている。残ったのは傍系の男子ばかりだ。

つまり、リューリク王の崩御ののちに待ち構えているのは、血で血を洗う王位継承争いだ。

だが、それもスノゥがリューリク王と同じく、純血種の虎を産んだならば、次の王はその子で決まりだ。なによりも尊き王家の血の結晶のような純血の御子ならば。

しかし、そんな都合にスノゥが付き合う義理はない。

あの日、自分に「自由に……」と告げた母の亡骸を抱えて、今、玉座に座る王は「去れ、好きにしろ」と確かに言ったのだ。

「勘弁してくれ、あんたが言ったんだぜ」

スノゥはそう嘯き、臨戦態勢を取る。

それと同時にリューリクがスノゥに向かい激昂した。リューリクが玉座に座したまま、スノゥに向かい強力な魔力を放つ。強力な純血種ならば持っている威圧の力だ。それは目に見える形でも現れた。玉座の土台である階《きざはし》が白く凍りつく。スノゥの立つ足下まで道のようにまっすぐに凍りついていく。スノゥは腰の短剣を素早く抜いて、己の腹を守るように交差させた。

スノゥの口から旋律が流れると、己の足下を凍り着かせようとした氷が砕け散る。交差した短剣は風をまとい、胎《はら》に宿る小さな命を殺そうとしたリューリクの魔力を相殺する。

「馬鹿な、王の気をはねのけるなど……」

家臣達がざわめく。純血種の力は確かに強力だ。玉座にある王はただ高貴なる血の王というだけでなく、この力でも他の者達を圧倒してきたのだ。

しかしスノゥには届かない。スノゥはそのまま歌い続けた。短剣を翼のように広げて、編み上げのサンダルで軽やかにステップを踏んで踊る。

その華麗さに、王の力がその歌の前に砕かれた緊迫した場だというのに、人々は一瞬呆けたように見とれた。

「歌うな！」

再びの雷鳴のような王の声に人々は我に返る。リューリク王が玉座から立ち上がり、スノゥを睨みつけた。スノゥは王の声など無視して軽やかに歌い舞い続ける。

それはルース国の者ならば誰しもが待ち焦がれる、春を讃える歌だった。分厚い石の壁に囲われ、昼の今でなお魔石の灯りがなければ暗い玉座の間には、およそ不釣り合いな明るさだったが。

「エーデルと同じ声と姿で、余を惑わすな……」

自分を見ることなく舞うスノゥの姿を凝視し、リューリク王はよろめくように玉座に崩れ落ちた。

俯く王の姿は誰も見たことがないものだ。

「お、王の御心を乱す魔性だ！　今すぐに取り押さえろ！」

そんな声が飛び、スノゥの周りを甲冑に身を包んだ騎士達が取り囲む。さすがに重装備の巨漢の虎達に一斉にかかられたら、手間だな……と思いながらも、スノゥは歌と踊りを止めない。

そして、騎士達が一斉にスノゥを取り押さえようとした瞬間。

スノゥを中心にして四つの姿が現れた。

「結界を！」

そう命じたのはノクトの声だ。

それにグルムがすかさず反応し、神聖呪文を短く唱える。たちまちその誠実な性格そのものを現したような、真四角にして強固な結界が展開して、突進していた甲冑騎士達を跳ね返した。

ノクトは結界の外へと一歩前に出て、腰の聖剣を抜き放つ。

蒼白い光を放つそれに、騎士達は一瞬たじろいだようだったが、後方より飛んだ声に、彼らもまた腰の剣を抜いて、ノクトへと挑んだ。

しかし、一斉に斬りかかった数十人の騎士達は、ノクトが横薙ぎにした聖剣の風圧だけで吹き飛んでしまう。虎族の精鋭たる騎士のなかの騎士である近衛がだ。

それだけではない。玉座の間には王に仕える宮廷魔道士達もいた。彼らもまた、一斉にグルムの張った結界を破ろうと攻撃をしかけるが、魔道士達の放った氷の槍は、ナーニャの杖の一振りで召喚された紅蓮の炎により消し去られていた。

「——少し黙っていてくれんか」

第二波を放とうとした彼らに声が響く。すると魔導士達は、ぱくぱくと口を動かすしかなくなった。声が出ないのだ。

「一時的なものだよ、安心せい」

賢者モースの沈黙の魔法だ。街角のインチキ呪い師ならばともかく、宮廷魔道士の全員の口をふさぐなど、大賢者と呼ばれる老人の恐ろしさに彼らは戦慄した。

一国を滅ぼす災厄を討伐した勇者と選ばれし四英傑の力を、彼らはその目で見て実感したのだ。

これは只人とは比べものにならない。

「……俺一人でもなんとかなったんだが、ま、助かった」

ナーニャ、グルム、モース、そしてノクト。

四人に囲まれて、スノゥが軽く微笑んだ。

第十章　みんな、それでも愛していた、そして、今も愛している

「もう！　助けに来たっていうのに、なによその言いかた！」

「だから、助かったって言ってるだろう？」

ぴりぴりした雰囲気の中で、スノゥとナーニャのやりとりはいつも通りだ。

「身重の身であまり動いてはいけない」

そこにノクトが生真面目に告げれば、スノゥが顔をしかめる。

「勇者と四英傑の間の仔だぞ。母親の胎《はら》にしがみつけなくてどうする？」

「や、やっぱりノクト殿との仔を身籠もっているのですか？」

グルムが慌てると、スノゥは「ああ、いるぜ」とあっさり答えた。

するとノクトが自分の肩のマントをとって、スノゥの腹にゆるく巻き付ける。

「なんだ？」

「身体を冷やしてはいけない。お前と腹の仔に障る」

「……そうだな。しばらくは腹出すのはやめるか」

スノゥはうなずいた。スノゥは相変わらず胸のみを覆うピタリとした上着に袖無しの革のジレをまとっている。それに腰骨が見えそうな七分丈の革のパンツに編み上げのサンダルだ。

いつも通り腹を出していたスノゥにノクトが気遣う姿は、身籠もった妻を案じる優しい夫の図と言えるが、ここは敵地のど真ん中。ルース国の玉座の間だ。

一気に緊張感がなくなったなとスノゥが肩をすくめる。

ノクトは、うめき声をあげて自分達の周囲に倒れ伏す騎士達の向こう、居並ぶ貴族達と玉座のリューリク王を見て言った。

「サンドリゥム王国が王の息子ノクト。ルース国がリューリク王の息子にして、我が仲間たる四英傑のスノゥを妻に迎えた挨拶をしに参った」

ご挨拶もなにも、これって殴り込みじゃないか？

スノゥがそう思う中で、玉座のリューリク王はいまだ黙したまま、ノクトとスノゥを見つめている。

貴族の一人が「そのような勝手な婚姻、王も我らも認めておらぬ！」と叫んだ。

しかし、その瞬間ノクトが聖剣を振り下ろし、玉座の間の磨き上げられた石の床に深い亀裂を走らせた。

ビキビキと床に走った亀裂はまっすぐに玉座に向かうが、玉座の手前の階《きざはし》でぴたりと止まった。

場が静まり返る。

「今は祝祭の十年。神々はどの国も争いあうことを禁じている」

玉座の間にノクトの声が響く。

「他国が災厄の被害を被った国に攻め込むことも、逆に勇者と英傑を擁するその国が、他国に攻めこむことも出来ない」

続いたノクトの言葉に、その場にいたルース国の貴族達のみならず、スノゥもナーニャもグルムさえ息を呑んだ。ただ賢者モースのみが常と変わらず自分の髭に手をあてているところを見ると、彼はこの神々の神託の意味をノクト同様わかっていたようだ。

確かに、災厄に襲われた勇者の国への戦のみならず、大陸すべての国が争いあうことを、なぜ神々は十年間も禁じたのか？

それは、強力すぎる勇者の力を抑えるためでもあったのだ。いかに英雄と呼ばれ、高潔な精神を持つと選ばれた勇者であっても人は人だ。なにかの理由でその力を暴走させるかもしれない。災厄を倒すほどの力は、同時に国を滅ぼすほどの力を持つ。そこに英傑と呼ばれる仲間達の力も加わればなおさらだ。

つまり、神々の定めた十年の祝祭の期間は、災厄に襲われた国を守るだけではない。逆に勇者と英傑という人の範疇を超えた力から、大陸の国々を守っているのだ。

これがノクトの切り札だった。

「――神々は国同士の争いを禁じている。しかし、国同士でなければどうだ」

その言葉にさらに場がざわめく。

ノクトはスノゥを抱き寄せて、朗々と告げた。

「私は自分の番《つがい》とその子を守るためならば、王子の身分など捨てても構わない。ただ愛しい者を守るただ一人の男として、岩城さえ砕いて見せよう」

国同士の争いとならば、それは神々の咎めるところだが、個人同士の争いとならば神々の怒りの対象とはならないのではないか、とノクトは考えたようだ。

つまり、ノクトがただの『ノクト』としてリューリクに喧嘩を売る気はあると。

岩城とは、この石で出来た王都ザガンの王宮の別名だ。スノゥを守るためなら、この王城も吹き飛ばすという豪快すぎる脅しに、抱き寄せられたスノゥが呆気にとられる。

「あたしだって仲間のためなら、魔法研究所所長の地位なんて放り投げて、みんなを守るわよ！」

「もちろん、僕も神官長の地位を辞し、ただの僧となって、大切な友人の助力をするつもりです」

「宰相を辞してただの隠者に戻るだけのこと。また若者と一緒に暴れるのも楽しいものよ」

スノゥを守るように立っていた三人、ナーニャ、グルム、モースもまたノクトに続いて宣言する。

「俺も当然戦うが……」

負けてられないとスノゥが言いかける。

「ダメよ！」

「ダメです」

「いかんぞ」

しかし、ナーニャとグルムとノクトに声をそろえて同じことを言われてしまった。

モースに助けを求めるような視線を向ければ、かの賢者にまで「丈夫な御子が産まれるまでしばしの我慢じゃな」と言われる始末だ。

結局締まらない。

四人に囲まれてスノゥが苦笑している、と声が響いた。

「好きにせよ」

玉座にうなだれていたはずのリューリク王がまっすぐスノゥを見ていた。王が続ける。

「我が末子スノゥには生涯勝手、自由を許す。だが、その気ままには我が国との関わりは一切ないと思え」

つまり自由の代わりには、ルース国からの地位の保証も援助も一切ないと思えということだ。

それこそ、スノゥが求めていたものだが。

まさか、これほどにあっさりと望んだものが降ってくるとは思わず、スノゥは目を瞬かせる。

意外だったのは、他の家臣も同じようだ。

「陛下、そのようなことをお許しになっては示しが……」

玉座のそばにいた王族だろう一人が言いかけて、リューリク王にギロリとにらまれて押し黙る。

王は、再びの覇気を取りもどしていた。

そして、スノゥを黄金の瞳でひたりと見据える。

「ただ、この国を離れようとも、そなたはこのリューリクの仔。その身に流れる血の誇りをけして忘れるではない」

なるほど、そこが本命か、とスノゥはうなずくと、ノクトに触れて合図をする。

彼の手が離れたのを確認してから、スノゥは一歩前に進み出た。

「ひとつお尋ねしたいことがあります」

「なんだ？」

「あなたは母を愛していましたか？」

スノゥもまた石榴石《ガーネット》の瞳でまっすぐリューリクを見た。母と同じ色の瞳で。

リューリクは、一つ息を吸い込んでから、重々しく吐き出す。

「――愛していたとも。お前などどうでもいいほどに」

答えなどわかっていた。目の前の男は母しか愛していなかった。彼を父と呼びたかったことなど、今は遠い感傷だ。

「母も、あなたを愛していました」

確かに母もこの男を想っていた。

「だが、あなたと母の息子を愛してくれなかった。そのことが『悲しい』と……」

リューリク王が、目尻に深い皺が刻まれた目を見開いた。

どうにも出来ないことだ。

母の気持ちを知ったところで、この王は変わらなかっただろう。

いや、知っていたのかもしれないが、どうしても認めることなど出来なかったのだ。高貴なる王たる己の血から最弱の兎が生まれたことなど。

スノゥは、胸の奥でわずかに痛む何かを押し殺すように、背筋を伸ばして、リューリクを見据える。

「血の誇りなど俺にはない」

血にこだわりなどない。この身に流れる血を憎むこともない。

どのような血も受け入れ交わり、そして芽吹く。

そうやって兎達は生き残ってきたのだから。

そして、ただ愛しあった。

「俺は俺の自由と大切な者のために戦うだけだ」

そう言い残し、スノゥは、二度と会うことはないだろう父の前から消えた。


あの暗い王城から、サンドリゥムの城へと戻ったスノゥは、その明るさに思わず目を細めた。気候が穏やかなサンドリゥムの王宮の窓は大きく開放的で、その向こうに鮮やかな緑と季節の花々が咲きほこっている。

ルース王国に滞在していたのは、それこそ午後のお茶をゆっくり楽しむ程度の時間のこと。戻ってきたという感慨もない。

これからまた忙しくなるだろう。

感傷的になりそうな頭を切り替えて、スノゥは慌ただしく自分を呼ぶ声に応えた。

◇◆◇　◆◇◆　◇◆◇

「すべて、わたくしの一存にていたしたことにございます」

表の執務室とは別の、奥にある王の書斎。そこにはカール王にノクトにスノゥ、モースにナーニャ、グルムが揃っていた。

六人の前で、項垂れているのは王太子ヨファンと、スノゥにあの時転送石を押しつけた副侍従長だ。

逃げ出していなかったのか、とわずかにスノゥは目を見開いた。

そして、余人に聞かれぬように、モースの手で強力な防音結界が張られた部屋にやってきた副侍従長は、あっさりと己の罪を認めた。

「ノクト殿下は勇者にして災厄を倒した国の英雄。スノゥ卿はその災厄討伐を共にした四英傑のお一人。お二人が結婚なさり、その間に純血の御子がお生まれになれば、ノクト殿下こそ次代の王に相応《ふさわ》しいとの声はますます大きくなると」

「……そう、ルース国の者に唆《そその》かされたか？」

「はい。わたくしもそう考えました」

副侍従長は静かにうなずく。

「ヨファン殿下はこの国の第一王位継承者。長子相続こそがサンドリゥム王国の習わし。ノクト殿下がいくら優れていようとも、救国の勇者でいらっしゃろうともその順番を違えることが、あってはなりません。ですから、スノゥ卿をルース国へお返しするのが一番と考えました」

「それがスノゥの意志でないとわかっていてもか？」

ノクトが訊ねる。静かではあるがそこには隠しきれない怒りが揺らいでいる。勇者の威圧だ。

常人なら直視出来ないその姿を副侍従長は静かに見返す。

「はい、それがお国のためです」

「それはお前の勝手な判断だ。私には玉座への野心など微塵もない」

「ノクト殿下のご意志もよく存じ上げております。ですが、わたくしはヨファン殿下が王となられる障害を少しでも取り除きたかった」

そして副侍従長はカール王を見て再度告げる。

「すべて、わたくしの一存にございます。ヨファン殿下はご存じなきこと」

そして、両膝を床について頭《こうべ》を垂れる罪人の姿勢をとる。いかようにも罰を受けると彼の姿は示していた。その副侍従長の姿を見つめ、書斎の椅子に座した王は、自らの隣に立つ王太子に目を向けた。

「ヨファンよ、お前は知らなかったのか？」

「はい、私はなにも知りません」

ヨファンが答える。そこにあるのはいつもの自信なさげな王太子の姿だ。

しかし、彼は一度躊躇ってから、勢いよく顔を上げた。

「そう、私はなにも知らないふりをしてきました。幼い頃より優れた弟と私を比べる貴族達の声も、勇者であるノクトを讃える民の声も。父上、あなたの私に対する失望のため息も！」

最後の指摘にカール王がその目を軽く見開く。ヨファンは続ける。

「だから、今回も私はなにも知らないのです。そば近くにいたヨーンがなにを考えていたのかも。

ルース国の密使は、最初に私に接触してきました。スノゥ卿をルース国にお返ししたのなら、かの国が後ろ盾となって、私の王位継承を脅かす弟のノクトを亡き者とすると」

「ヨファン様！」

副侍従長ヨーンがはじかれたように顔をあげて声をあげる。しかし、ヨファンは、「もういいんだ！　ヨーン」と首を横に振る。

「私はそんな恐ろしいことは出来ないと密使に答えました。私はどっちつかずの王太子ですから。王である父上に、有力貴族達の顔色をうかがい、言いたいことも言えない」

そう言って、ヨファンはカールとノクトの顔を見た。

「だから私はなにも知らない。勇者たる弟が災厄を倒し、私よりノクトこそが王に相応《ふさわ》しいと周囲の声がますます高まっていたことも、ヨーンと密使が頻繁に会っていたことも。ヨーンが思い詰めた表情をしていることも、すべてすべて！」

そして、それまでの鬱屈を吐き出すかのように叫んだ。しばらくは肩で息をつく彼の呼吸音だけが王の書斎に響く。

やがて、その荒い息すら聞こえなくなった中で、静かにカール王が口を開いた。

「……そうか。〝何も知らぬ〟者の罪は問えぬな。そしてヨーンが先ほど口にした、長子たる男子が王位に就くことも、我がサンドリゥム王国の絶対の習わし。初代勇者王たるアルバから、これが覆ったことはない」

その言葉にヨーンがあきらかにホッと息をつく。そこに「しかし」とカール王が続ける。

「その長子の不慮の死によって、次子が王位に就いたことがなかったわけではない」

長子相続が絶対のサンドリゥムにおいて、もしその王子に著《いちじる》しく王たる資質がなかったとしたら？　カール王が語るとおりそのような〝事故〟や〝謎の死〟がなかったわけではない。

それにヨーンの顔色が変わる。さすがのヨファンもはじかれたように顔をあげて、その唇を震わせた。

「ご、御慈悲を！」

ヨーンが叫び跪いた姿勢のまま、王の足下にすがらんばかりに訴える。

「せめてヨファン様のお命だけでもお助けください！　お心を患ったとして幽閉を……。私は見せしめの処刑でもなんでもお受けいたします」

ヨーンのその訴えをカールは無視して「ノクト」と呼びかける。

「そなたがもし次の王になるとして、どう考える？」

そして判断はノクトにゆだねられた。カールはわざわざ次の王という言葉まで使って。

すべての視線がノクトに集中するなか、彼はすぐに口を開いた。

「それは今の王たる、父上が判断することにございます」

それは痛烈な返答といえた。自分は王ではない、王が決断することだと。それにカール王が苦笑する。

「ですが、私は勇者です。もし王として父上が正しき道をお選びにならなかったならば、すぐにでもスノゥを連れてこの国を去りましょう」

正しき光の勇者として、兄が暗殺されたその玉座を継げるのか？　その答えは『否』だとノクトは告げたのだ。

「……知らない者の罪は問えぬよ。まして、ワシも我が子の命を奪うほど非道にはなれぬ。王としてまだまだ甘いよなぁ」

独り言のようにカール王はつぶやき。そして「ヨーン」と副侍従長の名を呼ぶ。

「副侍従長の任はお前から辞したことにせよ。本日中にこの王宮から去れ。そして、二度とヨファンに会うことは許さん」

ヨーンが目を見開いた。

「それはあまりにも寛大なご処置では？　わたくしはノクト様のご婚約者の、将来王族となる方を他国に売ったのです。これは立派な叛逆罪にございます」

その抗弁に、カール王は首を横に振る。

「お前の罪を公《おおやけ》にして問えば〝なにも知らなかった〟ヨファンの罪も問わねばならぬ。お前がヨファンのためと察して動いたとあらばな」

いくらヨファンが知らない、ヨーンが自分の一存で動いたと言い張ろうとも、ヨーンの直接の主人はヨファンなのだ。

だからヨーンが自ら王宮を去ったという形を取れとカール王は言っているのだ。

同時に今回のヨファンの〝知らなかった罪〟は不問とすると。

ヨーンはカール王の言葉を聞いて黙り込むと、また頭《こうべ》を垂れた。

それを見届けて、カール王がヨファンに視線を向ける。

「ヨファンよ、ヨーンが王宮を去り、お前と生涯会うことが出来なくなる。同時に、お前も罰を受けた」

王は、うつむき拳を握りしめて震える、傍《かたわ》らの息子に語りかける。

「お前がひと言『止めよ』と命じたならば、ヨーンは従ったであろう。だがお前が〝なにも言わなかった〟がためにお前はヨーンを失う。お前の幼い頃より誠実に仕えてくれた侍従をな」

ヨーンはヨファンの乳母の息子で、幼い頃よりこの王太子に仕えていたという。そして母である乳母が病を得て亡くなるときに、くれぐれも王太子殿下のことをお守りするようにと、繰り返し彼女が言い残したのだと、スノゥはあとで聞いた。

乳母である母の遺言だけではない。ヨーンは本当にヨファンを大切に思っていたのだろう。主従でありながらそれは家族にも等しい愛で。

「……父上、ヨーンを失っては、私はこの王宮で本当に一人になってしまいます」

途方に暮れた幼子のような声をヨファンはあげた。彼がこの王宮で味方と思えるのはこの侍従一人だけだったのだろう。次代の王として誰にも傅かれる身にありながら悲しい現実だ。

「確かにヨーンはお前のそばから居なくなる。お前はこの先、一人で玉座にあり続けなければならなくなる。だが、お前は本当に一人なのか？」

カール王は「ノクト」ともう一人の王子の名を呼ぶ。

「本日より、グロースター大公を名乗るが良い」

それはこのときただいまより、ノクトは王族の第二王子ではなく、大公として臣の位に下ったということだった。ノクトはそれを当然のように「御意」と王の言葉に胸に手をあてて家臣の礼をとる。それにカール王は「将来の王に忠誠を……」と告げた。

立ち尽くす兄ヨファンの前に、ノクトが片膝をつく。

それは騎士が忠誠を捧げる主人に捧げる礼だ。

「ヨファン殿下の治められる王国に永遠の忠誠を。このグロースター、王国の盾となり剣となり、殿下が治める将来の国と民を守り抜きましょう」

ノクトが忠誠を捧げるのはヨファンの治める国であって、ヨファン自身ではない。まして勇者として正道を違えることはないと、先ほど現王であり父であるカールにも告げた。

万が一でもヨファンが王として間違うことがあれば、この国の剣と盾として彼をいつでも正すという言葉ともとれた。

なんともまあノクトらしいが、それにカール王は満足そうにうなずく。

「玉座にあるお前は一人ではなく、その後ろにこの王国の盾と剣がいるのだからな。これほどの守護者はおるまい」

ヨファンの王位を脅かす一番の存在はノクトだった。だが、そのノクトが臣の位に下り、玉座にあるヨファンを守るのだ。確かにこんな強力な守護者はない。

だが、もう一押し必要だな……とそれでもなお不安げな様子のヨファンの前に、スノゥはノクトと同様に片膝をついた。

「四英傑が一人、双舞剣のスノゥ。私もまた殿下が治める未来の王国とその民を、夫とともに守ることを誓います」

『夫』とスノゥが口にした途端、普段はぴくりとも動かないノクトのふさふさの黒い尻尾が、ぶんと横に一度だけ動いた。

おいおい〝夫〟のひと言だけで、そんなに嬉しいか？

そして賢者モースが「先を越されてしまったな」とつぶやく。

「老い先短い身ではございますが、これから殿下の治める王国と民のため、この隠者の知恵を役立てましょう」

ナーニャは、そのローブの横を摘まんで広げるようにして、片脚を後ろに引いて婦人としての礼をとる。

「わたくしもまた、殿下の王国と民のために、この魔法の力を使わせていただきます」

神官のグルムは神々に仕える大神官長の身だ。彼は「殿下が王となられた王国の安寧を、神に仕えるものとしてお祈りもうしあげます」と祝福した。

これで四英傑と、勇者全員が王国に忠誠を誓った形だ。

ヨファンが目を見開き、言葉を聞き受ける。

「お前はただ玉座にあればよい」

カール王が口を開いた。

「玉座の飾りよなどと裏でいう者もあろう。そんなものお前のお得意の〝聞かなかったふり〟をすればよい。王冠を頭に載せ、王として玉座にあり続ける。そのことで王国が王国たり続けることがわからぬものには、勝手にほざかせておけ。それでもお前が王であることは変わらぬ。お前の後ろには王国の剣と盾たる勇者と四英傑がおるのだからな」

そしてカール王は続けて「すまなかった」と息子に向かい頭《こうべ》を垂れる。王が、息子とはいえ頭を下げるなど普通はないことだ。

「ヨファンよ、お前の不安に気付いていながら、あえてなにも言わなかった、ワシにも責任はある。なにがあろうとお前が王になるのだと繰り返し告げるべきだった。王としてではなく、父親としてふがいないな」

「父上……」

ヨファンが瞳を潤ませてカールを見る。いつものようにうつむくのではなくまっすぐに。

「私こそ申し訳ありませんでした。私は私を常にそばに置いてくださる父上のお気持ちを疑うべきではなかった。私自身こそ、王となる覚悟が足りなかったのです。たとえ愚鈍な王と言われようとも、英雄たる弟よりはるかに才が劣ると言われようとも、それでも玉座にあり続けるのが、私の役目なのですね」

「うんうん、それがわかっただけで、よい、よい」

「父上……」と涙を流し震える息子の肩に、カール王は優しく手を置いたのだった。

◇◆◇　◆◇◆　◇◆◇

さて、スノゥをルース国へ拉致した犯人は、宮殿に忍びこんだ彼の国の密偵の仕業とされた。副侍従長であるヨーンがいきなり宮殿を去ったことで、いろいろな憶測は飛ぶだろうが、ノクトがグロースター大公として臣の籍に下ることが発表された今、確定した将来の王に対して不穏な噂を立てるような馬鹿な貴族はいないだろう。己の保身にだけは長《た》けた者達だ。

なにより勇者であるノクトが王国の剣と盾として、この国と民と兄の玉座を守ると宣言しているのだ。国と民のあとに玉座がくるのが、なんとも彼らしいが。

そして。

「結婚式？」

その数日後、王の執務室にノクトと呼び出されたスノゥは首をかしげた。

その服装はいつもの腹出しではなく、ゆったりした膝丈より少し上のチュニックに袖付きの上着姿だ。足下もまたこちらもゆったりしたズボンに、膝までのブーツを履いている。

素足に編み上げのサンダルは「足も冷やすのでよくない」とノクトに言われたからだ。

スノゥの持ち物はずた袋に入るだけなのだから、当然、あの黒革の服以外持っていない。替えがなくとも水浴びのついでに服も洗って、風を起こす歌ですぐに乾くのだから必要なかった。

そんなスノゥの服はノクトが用意した。白に水色など淡い色ばっかりだな……と思ったら「お前は黒も似合うが、白も似合うと思っていた」そうだ。スノゥとしては着られれば文句はない。

で、結婚式だ。

大急ぎで用意するので十日後にという。

「そんなに急いでしなきゃなりませんか？」

「その腹が目立つ前にする必要があるじゃろう？」

「あ、なるほど」

まあ、確かに腹が出た妊夫が王子様の隣にいたんじゃ恰好がつかないか。そもそも子供が出来たから結婚します……も、純潔が尊《たっと》ばれる王侯貴族の婚姻としては風聞がよくない。

ある程度納得してうなずくと、カール王が微笑む。

「準備期間はないが、各国の王侯や大使への招待はモースやナーニャや他の魔道士達にも手伝ってもらって、転送石を招待状とともに送れば間に合う。婚礼衣装も王宮のお針子達を総動員だ。宝飾類に関してはすべてを新調するのは難しいが、歴代王や王妃のものを流用することにする。パレードの準備もしなければならんが、これは王都の者達が張り切って街路を飾り立ててくれるだろうから問題ない。災厄討伐の祝賀の宴の名残もあるからな。祭りに集った大道芸人も露天商もまだ残っておるし、彼らからすれば続く祝祭に懐が温かくなるとほくほく顔じゃろうて」

「いや、災厄討伐の復興もまだなんですから、そんなに派手にしなくても、内々のことで……」

つらつらと述べられた計画に顔を引きつらせる。

金が掛かるだろうと考えるのは、長年の放浪癖でついた貧乏性だ。

冒険者として名を上げ、ふところ具合が温かくなっても派手に金を使うことはなく、スノゥの持ち物はあのずた袋一つだけだった。

「金の心配はいらんと、婚約式の話のときに言っただろうが」

「ああ、そうでした」

カール王の言葉にうなずく。各国招待客からの祝いや国内の貴族やブルジョア達からの寄進で、王はだいたいトントンになると言ったのだった。

「しかし、パレードですか」

「なんだ？　婚約式のときもやると言ったぞ」

「いや、みんな麗しの勇者様でグロースター大公様のお顔は見たいでしょうけどねぇ、その横のおっさんの兎の姿なんて、どうでもいいでしょ？」

スノゥはそう大真面目に思っている。

自分も国を救った四英傑であることは、この場合、頭からすぽんと抜けている。

「スノゥ」

すると横にいたノクトに、がっちりと両手を握られた。自然と向かい合う形になって、銀月の瞳と見つめ合う。

「私はスノゥと共に皆の祝福を受けたいと思う。私の隣にはお前がいないとダメだ」

「そうか」

「それに晴れの日に着飾ったお前を見るのも楽しみだ。お前は元から綺麗だが、正装したならばきっとさらに美しく……」

「あ、うん、それ以上はわかったから」

勇者様のお言葉には嘘がない。心から言っているとわかるからこそ小っ恥ずかしい。

それに派手な式やパレードなんて……と思いながらうなずいてしまうのは、結局この年下の番《つがい》にスノゥも弱いのだった。

◇◆◇　◆◇◆　◇◆◇

そして、結婚式当日の朝。

いずれは大公邸を構えるにしても、今は王宮に仮住まいのノクトの部屋の隣にスノゥの部屋はある。

男の自分には不要だと思っていた、浴室の隣の仕度部屋《ブドワール》。その白と金で彩られた祭壇みたいな化粧台の鏡を見て、スノゥはうなっていた。

白い無精髭がうっすら生えた顎をざらりと撫でる。ここ数日の衣装合わせの時でも、なにも言われなかった。

当然ノクトにもだ。勇者様の大きすぎるお心は妻に髭があろうがなかろうが、まったく全然気にしないだろうが――

「剃るか……」

スノゥの声がぽつりと小部屋に響いた。

「なにこれ、詐欺よ！」

「……ひでぇ言い方だなぁ」

仕度部屋《ブドワール》に用意が終わったスノゥを見にきたナーニャの第一声に、スノゥは顔をしかめた。

ナーニャもこの日のために普段のローブ姿ではなく、ドレスの正装をしている。

「だって髭剃ったらおじさんじゃないなんて、すっかり騙されてたわよ！」

「だから、詐欺だの騙されただの、人聞きが悪いぞ」

「そのうえ、美人だし」

スノゥは閉口した。

純血種は三百歳の寿命があるのだから、三十七歳は十分に若いのだ。そのうえにナーニャが『美人』と言っていたとおり、スノゥの顔は美姫と讃えられたエーデルにそっくりだ。

髭を剃って鏡の中に母がいるのには少し驚いた。まあ目つきは悪いし、母の優しげな雰囲気など微塵もないが。

ただ、本人はそう思っているが雪のように白い肌に、銀髪とはまた違う純白の髪。石榴石《ガーネット》のとろりとした赤い切れ長の男性にしては少し大きな瞳に、通った鼻筋に赤い唇と……思わず息を呑むような近寄りがたい美貌の青年がそこにいた。

さらにノクトとの結婚式にのぞむ正装もまた白一色。

普段はレースなんて冗談ではないと言っているスノゥだが、この日ばかりは大人しく飾り付けられた。身に着けているのは、胸元にも袖口にもたっぷりとレースが使われたドレスシャツに、衿から裾へと蔓薔薇の模様の刺繍が施された上着だ。上着の腰から下、膝丈までの長い裾には、ボーンが入れられてドレスのスカートのようにふわりと広がるようになっている。はいているトラウザーズもまた広がる上着の裾を支えるように、膨らんでいた。

それに膝上までのブーツも白。

宝飾品は、俺、男なんだけどな～と思いながらも、有無を言わせぬ笑顔の女官長に言われるがまま、頭の上にちょこんとティアラを載せた。キラキラとダイヤモンドとルビーが輝いている。たぶんとってもお高い品だ。賢妃として知られた、先々代の王妃様のものとか……はあ、そうですか。ティアラだけじゃなく、さらに左右のお耳に白薔薇の生花とリボンまでつけられた。左耳には当然のように眠っているあいだにノクトにつけられたピアスが揺れている。

スノゥの瞳と同じ色の希少な深紅のダイヤモンドは、二人の結婚式が内外に発表された翌日に、ルース国から魔道士の転送でわざわざ贈られてきたものだ。

王都の細工職人が寝る間を惜しんでの見事な仕事で、黄金の花と赤い実のピアスを完成させた。

当初、ルース国から贈られたダイヤモンドを受け取るべきか迷いを見せたスノゥを後押ししたのは、カール王だった。

「あちらから祝いと言っているのだ。まさか返せと言わんだろう」と続けて。

「それでも〝父親〟としてなにかしたい気持ちもあるのじゃろう。黙って受け取ってやれ」

そう言われてスノゥはうなずいたのだった。

「綺麗だ……」

そして、正装したスノゥを無言で見ていたノクトはそう言った。

彼もまた軍服の正装姿だ。銀の光沢の軍服にマント姿もその長身とたくましい体躯とあいまって凛々しく、左肩からかけた赤いサッシュもまぶしい。

艶やかな黒髪を背に流し、切れ長の銀月の瞳。秀でた額に通った鼻筋に、薄くもなく厚くもない唇の形も完璧ならば、頬から顎にかけての線も男らしく精悍だ。どこからどう見ても、欠けたところがない美丈夫。

「うん、お前もいい男だぜ」

スノゥが見つめ返せば、彼は満足そうにうなずいて、床に片膝をついた。スノゥがノクトのほうに向けば、侍女二人が左右から、膨らんだ上着の裾を持ち上げる。

上着の後ろには裾から腰の部分まで切れ込みが入っている。ズボンに尻尾を出す穴が開いているのは、どの国の衣装でも共通のものだ。己の種族を現す耳と尻尾はどの種族であっても、誇りだからだ。

結婚当日の朝、着飾った花嫁の尻尾に花婿が飾りをつけるのが最初の儀式だ。庶民ならばリボンに花だが、王侯貴族となるとこれが宝飾品となる。

尻尾飾りはピアスと揃いの意匠の黄金の花に、深紅のダイヤモンドが付けられている。それをノクトが手で、かちりとスノゥの尻尾の根元にはめた。

「出来た」

「ん」

さあ、今日の佳き日の始まりだ。

エピローグ　愛の秘密をあなたに……

神殿での式を執り行うのは、もちろん、大神官長となったグルムだ。彼は祭壇の前にノクトとともに立つスノゥの顔に軽く目を見開いたが、さすがそこは若くとも大神官長。儀式は滞りなく進み、二人は神々より正式に番《つがい》と認められた。

続くパレードに王都の民達は熱狂した。

災厄を見事倒した勇者とその四英傑の一人が結ばれたなど、まことにめでたい。そのうえ、六頭立ての白馬が引く馬車の二人の姿は、その身が光っているかのように麗しかった。

黒髪銀月の瞳の我らが狼族の勇者大公はもちろん、その横の対照的な純白の兎族の英傑もだ。

「あんなお美しい方だなんて知らなかった」

「そのうえに兎族でありながらお強いなんて」

「ルース王家の血をお引きとか」

「それならば、なおさら我らが英雄に相応《ふさわ》しい」

そんな街の声をその魔法で拾って聞いたナーニャは「みんなすっかり騙されているわ」とつぶやいた。「ま、もともと磨けば光るとは思っていたがな」と髭をしごきながらつぶやいた賢者モースに、カール王はご機嫌で「さすがはうちの可愛い兎さんだ」とニコニコ顔だ。

パレードのあとの続く王宮の大広間にて行われた宴でも、現れたスノゥの姿に貴族達が目を白黒させたのは言うまでもない。

二人の結婚はいまさら阻《はば》めないが、いくら英傑だろうとルース王家の血を引いていようと兎族だろうと相手は男。正妻の座は仕方なく譲るが、愛人でもかまわないと、勇んで着飾った貴族の令嬢達のもくろみは見事撃ち砕かれることになった。

彼女達は一斉に気分が悪くなったと控えの間に逃げたが、まあどうでもいいことだ。

カール王に「踊るのはダメだが、ひとつ短くてよいから歌ってくれんか？」とうながされて、スノゥはこの日に相応《ふさわ》しい祝祭の歌を歌った。

その歌声の見事さに列席した各国の要人達も、帰国してのちも「今度は噂の見事な舞とともに、また、ぜひお聞きしたいものだ……」と周囲に語り、四英傑にして勇者の番《つがい》たるリドモンド侯爵の歌声だけでなく、その美貌も評判となることになった。

そう侯爵。スノゥは初め、爵位なんてそんな面倒くさいものいらないと言ったのだが「夫が大公なのだから、侯爵位ぐらい受け取っておけ」とカール王に押しつけられたのだ。

以後スノゥはリドモンド侯爵と公式の場では呼ばれることとなる。

そして、明け方まで続きそうな祝宴から、夜も更けた頃、大公夫夫《ふうふ》はそっと去り――

「やっと終わった」

窮屈な正装を脱ぎ捨てて、ゆったりとした夜着となり、スノゥはノクトの寝台へと寝っ転がろうとしてその足を直前で止めた。

「……そうだよなあ。一応新婚だったか」

寝台はいつもの敷布ではなく純白一色にまとめられて、さらには花まで散らされていた。

いかにも初夜を迎える花婿と花嫁の寝台であるが。

「しかし、俺達散々ヤッてるもんなあ」

さらにスノゥのお腹にはノクトの仔がいる始末だ。その寝台から白い花を一つ摘まんで、スノゥは口に入れた。ノクトが顔をしかめる。

「なんだ、この花食べられるぜ」

放浪の初めは金がなくて、そこらへんの野草や木の実にはお世話になったものだ。そこは草食種の本能で食べられるものと、毒のあるものはわかる。

「それは飾りの花だ」

「飾りにしておくのはもったいないよなあ。甘いのに」

茎の部分から食べて、白い花がスノゥの赤い唇に吸い込まれる。ノクトがそのしぐさをじっと見て敷布の上に転がる同じ花を取って口にいれた。

スノゥは目をまるくする。

ノクトは無表情で口を動かして花を呑み込むと、眉間に皺を刻んだ。その姿にスノゥがぷっと吹き出す。

「狼さんのお口にはお花より、お肉が合うよな」

「口直しだ」

ノクトがそう言って、スノゥの頭を引き寄せれば、素直にスノゥが顔を近づける。唇を重ねれば、するりと舌が入りこんできた。

唾液を混ぜ合わせ味わうと、互いの口中は同じ花の香りと味がした。ひとしきり舌を絡め、互いに軽く歯を立てて、戯れたあとスノゥは唇を離して「ふふふ」と笑う。

「同じ花を口にしたんだから、結局味は同じだな」

「私にはお前の口づけはいつも甘いが」

「……ホント、あんたって俺に関してはなにもかも節穴だなぁ」

髭を剃ったら美青年のつるつるのお顔でなにをいうと、ナーニャ辺りが聞いたらツッコミそうだが、スノゥにはまったく自覚がない。

口づけのために頬に添えていた手を下に滑らせ、ノクトの顎をするりと撫でて、にっかりと笑う。

「しようぜ」

「身重の身で……」

「だから触りっこだけだ。それならいいだろう？」

「ぷぅ」とスノゥの口から鳴き声が漏れる。

その声は怒っているだけでなく、甘えている気持ちでもある。自分がこの年下の夫にだ。

ごくりと男らしい喉の凹凸《おうとつ》が動いたのに、スノゥはくすりと笑う。

毎夜、毎夜、自分を後ろから抱きしめては固くして我慢している若い夫だ。せっかく新婚のような関係になったんだし、ご褒美ぐらいはあげないといと思う。

二人は、ベッドの上で向かい合う。それからお互いに手を伸ばして、夜着の前をくつろがせて、互いのペニスを重ねる。

手を重ねあって扱けば、たちまち二つとも固くなる様子に旅の夜を思い出して、スノゥは微笑んで口を開いた。

「なんか、初めての時みたいだな」

「お前にとんでもないところを見られた」

「若いってことだろう。今も若いけ……ど……んっ！」

ペニスをにぎっていないもう片方のノクトの大きな手が胸にかかり、乳首をいじられる。最初はくすぐったいだけだったのに、そこはすっかり感じる場所だ。

思えば聖剣探索の旅の最初は、スノゥが着ていたのは黒革のジレ一枚きりで、その下には何も着ていなかったのだ。

胸を覆う布が必要になったのは、乳首を散々いじられたせいで、黒革のジレにすれて……感じるようになっちゃった訳で。

「……も、責任とれよな」

「もう一度、結婚式をするか？」

「そ、そうい……う……意味じゃなく……てっ……！」

スノゥは苦笑する。勇者様はどこまでも生真面目だ。

自分が言えば、何千回でも小っ恥ずかしい愛の誓いでもなんでもしてくれそうだが。

「なぁ、いつ俺のこと好きになった？」

結婚までして、腹に仔がいて聞くことでもないが。

「最初にこうしたときから」

「嘘つけ……」

単なるしごきあいだろう。あれは……とスノゥは思う。まあ、今となっては良い思い出だが。

「嘘でもない。最初からお前はこの手に馴染んだ」

「んぁ……あ、相性はよかったから…な…っ……！」

「あのあと、一晩この腕に抱きしめて寝て、朝には手放せないと思っていた」

「あ、あんた、安直すぎ……んんっ！」

先をぐるりと親指でなぞられてスノゥははじけた。スノゥも負けじとノクトの雄々しいペニスを強く扱けば、熱いモノが手を濡らした。

まだまだ収まらないぞとばかりに、固いままのそれを擦りつけるようにされて、少し柔らかくなっていたスノゥのそれも勢いを取りもどす。合わせるように腰を動かせば、互いに混ざり合った精液がいやらしい音をたてる。

「お前こそ、いつ私を？」

「今さら訊くのか……よ？　触りあいっこから、なし崩しに抱いて…おいて……」

「確かにな。だがお前は嫌ならば、私を絶対に拒絶しただろう？」

「そりゃ、そうだ。じゃなきゃ、こんなことさせねぇよ」

目の前の額に汗を浮かべた端正な顔。その頬に口づければ、お返しとばかり顔中に唇を押し当てられる。スノゥはくすくすと笑いながら答えた。

「ホント、なんだろうな。いつの間にかか？」

抱かれて絆《ほだ》されたなんて言い訳だ。

嫌なら、初めから拒絶してる。

だから嘘つけなんて言ったけれど、自分だって多分初めから……

初めて出会ったときは、なんだ？　この上から目線の王子様と思ったし、強引に王宮に連れ去られたのも反発しかなかった。

今となって考えれば、この言葉足らずの男なら、さもありなんと思うが。

剣を合わせて対等に戦える相手に出会えたことは純粋に嬉しかった。思いきり戦いすぎて玉座の間を壊しかけたけれど。

そのあとの旅のぎこちなさ。むっつり黙っている勇者様も若い仲間と同じく、自分に反感を持っているのだとてっきり思いこんでいたけれど、それもスリの少年の事件をきっかけに、誤解もとけて。

さらには旅のあいだにちょっと手伝うつもりがあんな身体の関係になって。

とはいえ、旅が終わればこんな爛《ただ》れた関係は終わりだと思っていた。

それがあの祝賀会の宴での突然のプロポーズだ。

周りは当然猛反対だった。なのにノクトはザンザ老伯爵以下、重臣達に『あれには欲はない』と淡々と反論した。

災厄討伐の対価に金を要求した自分の考えを、ノクトは正しく理解していた。国と民のためにそれだけの対価が出せるのか？　というスノゥの意図を。

そして、スノゥの存在を英傑として認めさせるために、あそこでノクトは自分と戦ったのだと。

なんのことはない。王子様だと彼に反感を持っていたのは自分で、彼は初めから自分のことを認めていたのだ。

そして、偽りの婚約。自分の愛を疑われたと怒った男に散々抱かれて、怖いぐらいの執着さえうれしくて、この男なら孕んでもいいな……と思った。

そのあとに媚薬を盛られて、彼は苦しそうに、子供を作ることでお前を縛りたくはない……とも言ってくれた。

まったく、思い出せば全部が全部の瞬間に心は揺れていなかったか？

「って……今さらだよなあ」

「ん？」

「だからさ、もう、好きなんだからいいんだよ」

独り言のようにつぶやいて、スノゥは目の前の唇に唇をぶつけてすぐ離して告げる。

「いつから？　だとか、なんで？　なんて惚れているんだからいいんだろう？」

そう言って、ぐいと頭を引き寄せると、ノクトに本番みたいに腰を動かされて啼いた。

「そういえば、オピウムの蜜を盛られて、俺に子供が出来たってお前思っているだろう？」

筋肉がついているけど固くない弾力ある胸に肘をついて、スノゥは言う。仰向けの男の上に乗る形で。

互いに二回吐きだして、ノクトは「今日はこれまでだ」と言った。もっとしたいクセに我慢出来るのはさすが勇者様というべきか。

そのあと汗やらなにやらで濡れた身体を拭かれ、逞しい身体の上にのせられて寝っ転がる。

頭を撫でる大きな手にぺたんと長い耳を寝かして、うっとりと石榴石《ガーネット》の瞳を眇めたスノゥは口を開いた。

オピウムの蜜は貴重な秘薬だ。それに加えて兎族をかならず孕ませるなんて噂話があるが、それは嘘だ。

「いくら秘薬でも、使われりゃ孕むだなんて、この世に兎があふれているはずだ。あの薬では仔は成せない」

「だがお前は確かに身籠もって……」

「俺が孕んだのは、そのもっと前。あんたが怒って、俺を抱き潰した夜だ」

これはお芝居の婚約なのだから、都合がよくなったらいつでも破棄していいとスノゥが告げたら、ノクトが怒った。

あれは確かにスノゥが悪かった。目の前の夫の本気をあの頃は信じていなかったのだから。

いや、信じていないというより逃げていたのだろう。本気で愛されて捕まえられるのが怖かったのだ。

脳裏に父と母の悲しいすれ違いがあったのかもしれない。

そう言うと、ノクトがいぶかしげな表情になった。

「いや、では……どうして孕んだと?」

「わかるんだよ、兎族はな。孕むのは自分の意思だし」

「は?」

さすがに驚きでノクトの目が見開かれる。

スノゥはノクトの胸板に頬をすり寄せて、つぶやいた。

「これはな、本当は番《つがい》にだって話しちゃいけない兎族の秘密だ。産まれた時から俺達は本能で知る。雄でも雌でも命を紡ぐ力はある兎族が仔を孕むのは、本当に愛した相手に愛されて、自分もその仔が欲しいと望んだ時だけだと」

ノクトが瞠目する。

その表情を、スノゥは愛おしく思った。

それが最弱と言われた兎族が生き残ってきた秘密だ。愛し愛されて命は誕生してくる。他の種族の血が混じり、兎の姿がそこで消えても隔世遺伝としてふいに長耳の仔は現れた。

そして、そんな愛し愛されて命を紡いできた家族達は、その兎の仔をまた愛して守った。スノゥの母、エーデルが雪豹族の両親と一族に守られてきたように。

だからリューリクがいくらエーデルだけを愛し、エーデルもまたリューリクを愛そうとも、スノゥのあとに仔は出来なかった。

母にはわかっていたはずだ。いくら自分がリューリクを愛そうとも、産まれた子を愛してくれない夫との間に、仔は成せないと本能で拒んでしまうことを。

そしてスノゥの愛しい黒狼は、その両腕で包みこむように抱きしめてくれた。長い耳に幾度も口づけて誓うように、低い声で告げる。

「お前も、これから生まれて来るたくさんの命もすべて私が守る。大切にする」

「馬鹿、俺だって戦えるんだから、あんたも生まれてくる、たくさんの……いや、ほんと、あんた相手だとたくさんになりそうだわ」

抱きしめられた腕の中でスノゥは鮮やかに笑った。


——やがて、サンドリゥムから生まれた兎達は戦う力を持ち、最弱の種族という言葉もいつしかなくなり、昼の街を長い耳をひるがえし歩くようになった。

もちろん愛し愛される、たくさんの血を紡いで。

○実家に帰らせてもらいます！

「実家に帰らせてもらう」

そのスノゥのひと言でサンドリゥムの王宮は震えた。


「……それでどうして、ワシの家にいるんだ？」

賢者モースが訊ねた。王都郊外にある彼の家。この国の宰相ということで、欲のない賢者ではあるが、国から下賜されたそれなりの邸宅には住んでいる。

「ナーニャとグルムの家も考えたんだけどよ。あいつらだとノクトがやってきたら、あっさり通しそうだからなぁ。その点、じいさんなら匿ってくれるだろうと」

居間で寛ぐのは勇者の妻？にして、おそらくこの世界で二番目に強いだろう兎族の剣士スノゥだ。

そして、グロースター大公夫人でもあり……

妊夫でもある。

「——うん、酸っぱいのがいいな。蜂蜜に合うぜ」

モースが命じてメイドに出させた、母体によい薬草茶をすするとスノゥは目を細め、好物のキャロットケーキもつまんでご機嫌だ。つわりもないようでなによりだ、とモースは思う。

「確かにな。押しかけてきた旦那に『そなたにはしばらく会いたくないそうだ』と告げたらすごすごと尻尾を垂らして帰っていったぞ」

この場合の尻尾は本当の尻尾のことだ。

見事な狼の黒いそれが、しょんぼりたれ下がっていた。

「ほら〜、じいさんなら、やっぱりあの突撃猪狼をうまくあしらってくれると思っていた」

スノゥは手を叩いて喜ぶ。

「狼は猪ではないのだがな」

その生きてきた年月を現すように頭に見事な角を生やした箆鹿《へらじか》の賢者は、ご自慢の赤茶の髭をしごく。

「それで夫夫《ふうふ》ゲンカの原因はなんだ？」

スノゥの夫はこの国の第二王子にして災厄を倒して世界を救った勇者、黒狼のノクトである。今はグロースター大公を名乗っているから、スノゥはグロースター大公夫人というわけだ。

スノゥはその勇者ノクトとともに災厄と戦った英傑の一人であり、箆鹿《へらじか》の賢者モースもそうだ。

そして先ほど名前が出た、山猫《リンクス》の魔法使いの少女ナーニャと熊族の青年神官グルムも四英傑といわれる災厄退治の旅の仲間だ。

まあ、あの若者二人では、妻を取りもどそうと鬼気迫る一途な狼の気迫には敵うまい。

だから『家出先』に旅の仲間の長老格であり、ノクトですら気をつかうモースの邸宅を選んだスノゥの判断は正しい。

さすが年上女房、知恵が働くというべきか。

しかし新婚蜜月で、さらにはスノゥの胎《はら》には子がいるという時期に、あの一途な狼が妻の妊娠中に浮気なんていう、ダメ男の定番を犯すなど考えられない。

むしろ、腹もまだ膨らんでいない身重の妻にべったりだろう。

原因だけが見受けられず、モースが問うと結婚式ではつるつるに剃った髭がもううっすら生えた顔でスノゥは、むつりと赤い唇を引き結んだ。

「あいつ、過保護すぎるんだよ！」

それから「俺はちょっとぶつかったり落ちたりしただけで割れる卵じゃねぇ！」とイライラした声で怒鳴る。

母体に怒りはよくないとモースは、今度は気鎮めの薬湯をやってきたメイドに頼んだ。

◇◆◇　◆◇◆　◇◆◇

さて、スノゥが身籠もっていることがわかってから、結婚式までも結婚後もノクトは大変に過保護だった。

そりゃもう出来ることなら、四六時中妻の後ろにくっついて、いや、小脇に抱えて歩きたいようだった。

とはいえ、彼はグロースター大公であり、執政官としての王宮の仕事がある。

将来は王太子である兄を支える宰相となるため、現宰相である賢者モースの下で学んでいる最中でもある。そういう意味でも、ノクトはこの旅の仲間の老賢者には頭が上がらないわけだ。

もっとも狼族の男は最愛の妻に一番弱いのだが。

そしてスノゥは気ままな兎だ。これは兎族の特性というより、旅から旅に暮らしてきたために身についたものだ。

それが愛する夫のために一つところに留まっている。それだけでもノクトには感謝してほしいと、スノゥは思っていたのだが。

ノクトとしては、狼の雄が自分の妻を守るのは当たり前のことだ。妻なのだから自分に従え！　なんて、高圧的なことを狼の雄はしない。ひたすら自分の妻を大切にするだけだ。

しかし、それも程度がある。

腹を冷やすな。足も冷やすな。お前は薄着しすぎだ。せめてもう一枚は羽織るように心がけろ……といっても無駄だからメイドに用意させておく。……のはまだわかる。

自分で自分の身体に構わない自覚はスノゥにはあるから「スノゥ様、もう一枚この上着を」と勧めてくれる中年の犬族のメイド長の言葉には、ありがたく従っている。

踊るな……というのもわかる。まあ、妊夫がぴょんぴょん跳ねるのも良くないだろう。

戦うな……まあ、当たり前だ。しかし、素振りぐらいはいいだろうと、足は地面につけたまま、短剣を軽くふっただけで、どこから見ていたのやら、ノクトがすっとんできて、これはしばらく封印だと剣をとりあげられてしまったのはいただけない。

「私の見ていないところで散歩するな……はないだろう？　それも散歩っていっても、自由に……まあ好きに歩かせてくれるが、手は繋いだままで犬の散歩かよと思ったぜ。あげく、ちょっと段差があるところは、抱きあげて運ぼうとするし」

スノゥは薬湯をぐびりと飲んで、器をテーブルにダンと置いた。

「俺は震えりゃ崩れるゆるいプディングじゃねぇ！」

石榴《ざくろ》色の瞳が据わっている。モースは髭を扱きながら、苦笑する。

「それで家出か？」

「ああ、俺には自由に歩く権利がある！」

そう声高にスノゥは宣言した。

「だいたい、ノクトの奴。俺はあいつと一緒に戦った相棒だぞ。それが風に吹かれたぐらいで壊れるような、ヤワなもんだと今は思いこんでやがる」

つんと拗ねたように赤い唇をとがらせた姿は、髭の男なのに、妙に可愛らしかった。

これぞ人妻？の魅力というべきか、とモースは少々考えてから、目の前の兎の様子に破顔した。


さて、スノゥが自分にべったりな夫から解放されて、客間でぐっすり寝た翌日。

早朝、窓から下を見て邸宅のポーチに信じられないものを見て、スノゥは足早に階下へと駆け下りた。玄関の扉を開く。

「あんた、なにしてんだ！」

ノクトがそこにいた。正確には横たわっていた。勇者の役目を終えたため、今まで着ていた銀の軍服を脱いだ濃紺の宮廷服姿で、ポーチの石の床に寝っ転がっている。

おそらく、宮殿で夜まで仕事してから、このモースの家に直帰したに違いない。

スノゥの叫び声にノクトはむくりと身体を起こした。

長く艶のある黒髪は起き抜けで多少乱れているが、頭の上の黒い狼の耳はピンとして、銀月の瞳がまっすぐにスノゥを見る。

「見た通りだ。ここで寝た」

「だから、グロースター大公閣下が宰相様の邸宅の、玄関前で、なんで寝てる！」

「災厄退治の旅では野宿で地面に身を横たえるなど、珍しくなかっただろう？」

「いや、そういう話じゃない！　なんで、ここで寝ていたんだ！」

「妻と子を守るのは夫の役目だ。だから、ここで番をした」

「一晩中？」

「ああ」

スノゥは無言でノクトの腕をひいてモース邸へと入った。

まったく昨日は当分会わないって決めたのに。

この馬鹿、災厄も倒して平和になった世で、一晩中、家出した妻が逃げ込んだ邸宅の玄関の前で、番犬よろしく過ごしていたというのか。

館に入ると、モースが楽しそうにスノゥを見つめている。

「これにも朝食を出してくれ」と頼んで、モースと食卓を囲む。兎族と鹿族は草食系であるから、朝は山盛りのサラダにフルーツにパンだ。

ノクトの前には二つ目玉の目玉焼きに、焼いたソーセージの皿が出た。朝からの特別メニューを見て、この邸宅の料理人に感謝する。

好物のレタスをぱりぱりやりながら「王宮に帰る」とスノゥが告げたら、モースは静かにうなずいて「よく話し合いなさい」とソーセージをほおばる若い狼に諭すように言った。

「わかった」と若い夫はうなずいた。

◇◆◇　◆◇◆　◇◆◇

王宮の夫婦の部屋——その居間に戻ると、スノゥは途端に抱きしめられた。顔中にキスの雨が降る。

「すまなかった……」

そう言いながら、ノクトはスノゥの顔の、うっすら無精髭に覆われたところまでちゅっちゅっとキスを落とし、さらにほおずりまでした。

いや、ざらざらしないか？　ノクトの頭の上の黒いお耳はぺたんと寝て心地よさそうだが。

「話し合えって、じいさんにいわれただろう！」

いつまでもちゅっちゅが止まないので、スノゥは焦れて声をあげる。

「とりあえず座れ！」

そう促すと、ノクトは自分を抱きあげて長椅子に腰掛けた。スノゥはノクトのお膝の上だ。

この体勢で話し合うのか？　と思ったが、腰にがっちり回った腕は離れそうにないので、諦めて口を開く。

「あのな、俺はなにもないところですっころばねぇよ！」

「心配だ」

「跳んだり跳ねたりはしないが、適度に運動しないと身体にも逆によくねぇって、医者も言っていただろう？」

「だから、私のいるところで……」

「お手々つながなくたって、階段だって自分で降りられる。足滑らせて、落っこちるような俺と思うか？」

「それでも万が一ということが……」

「だから、俺を信用しろ！　災厄とともに戦った、お前の相棒がそんなにヤワだと思ってるのか？俺が守られるばかりで、大人しくしてると？」

反論には全部答えないままスノゥが言い募ると、目の前の眉間にぐううっと皺が寄る。

「信頼はしている」

ノクトが絞り出すような声で言った。

スノゥはうなずいて、ノクトの眉間に指をやってちょいちょいともみほぐしてやる。

「信じて我慢することをおぼえろよ、親父になるんだろう？」

ついでに、「すっころぶかもしれないって、歩こうとする赤ん坊を歩かせないつもりか？」と言えば、将来の若い父は「わかった」とうなずいた。

それからスノゥが気ままに庭を歩いても、黒狼の大公が飛び出してくることはなくなった。ちゃんと『待て』が出来ているようだ。

スノゥもまた、彼の執務室の窓から見える中庭で、ゆっくり歩くようにしている。

さて、若い父狼の心配性が可愛い子兎に当然のように発動して、母兎が激怒して子兎を抱えてプチ家出をまたするのは、別のお話。

○安心安定の妻一筋の狼

神殿の大神官長熊族のグルムは、珍しい客を迎えていた。

いや、珍しくもないかもしれない。

ノクト……グロースター大公とは、王宮に赴いた折に、よく顔を合わせている。

しかし、彼が神殿に来るのは大変めずらしい。

「告解をしたい」

率直な青年――ノクトはまどろっこしい季節の挨拶など抜きに切り出した。ともに災厄討伐の旅をした勇者に四英傑、気心は知れている。

「どのような内容ですかな？」

グルムは、外に音が漏れぬように己の執務室に結界を張る。

告解とは己の罪を告白し懺悔することだ。そして、聞いた内容をけして聖職者は漏らさない。

しかし災厄討伐を見事果たした勇者にして、今は執政官としても数々の改革に着手し、民に人気の英雄ノクトにどんな懺悔があるというのか？

いや、内容は薄々わかるのだが。

一応警戒はしつつ、グルムが重々しく言うと、ノクトが真剣な表情で言った。

「妻の……スノゥの胎《はら》が大きくなった」

確かに、もうじき産み月ですね～とは、相づちを打たない。告解は罪の告白が終わるまで黙って聞くものである。そのあとで神々の教えから聖職者は悩める信者を導くのだ。

しかし、お腹が大きくなったからなんだろう？　そこでグルムは内心でハッと思う。

実の所この手の相談は多い。

妻の妊娠中に寂しさと溜まる性欲に、つい魔がさして浮気してしまった……と。

しかし、グルムはすぐに自分の考えを打ち消した。

あの白兎の年上女房にぞっこんの黒狼の勇者に限って、天地がひっくり返っても浮気なんてあり得ない。では、妻の腹が膨らんでどうしたのだろう？　御子が順調に育っているのは喜ばしい証ではないか。

辛抱強く言葉を待っていると、ノクトが言葉を続ける。

「心配なのだ」

目の前の黒狼の青年は、苦しそうに言った。艶やかで長い黒髪が芸術品のような凹凸《おうとつ》の横顔にかかり、まこと一幅の絵のようである。題名は苦悩する美青年というのは単純すぎるか。

「あの大きなお腹を抱えて、なにかの拍子にパン！と破裂してしまわないか……と」

「いやいや、風船じゃあるまいしスノゥのお腹はそんなことになりませんよ」

告解中の信者には言葉を挟んではいけないのに、思わずツッコミを入れてしまった。

普段は理性的なぐらい理性的な狼大公様の、妻への心配性の血迷いっぷりがあまりに酷すぎる。

「わかっている、わかっているのだ。このあいだも、少しでもスノゥの身体を保護しようと、いくつも、その身体に毛布をかけて、周りをクッションで囲んだら、『俺を蒸し卵にする気か！』と怒られた。しかも、『ぷぅ！』と」

出たな『ぷぅ！』と、グルムは心のなかで思わず神に祈りを捧げた。

ノクトも自分も純血種である。純血種は他の獣人達と違い、祖先の血が濃く三百年の寿命を誇るが、さらに特徴として原始の本能を残すというのがある。

目の前の黒狼の場合は番《つがい》に対する盲愛だ。狼の雄はただ一人の妻を愛し守る。他の雌など目に入らない。

そして、スノゥは本来いないと言われていた兎族の純血種で……

『ぷぅ』と怒るのだ。

いや、あの世の中を渡り歩いて、どこか冷めた目をしている白兎は、そう感情を昂《たかぶ》らせることはないが、本当に本当に昂《たか》ぶったとき……というか、ノクト相手だと意外に出る。

怒ったときの『ぷぅ』が。

この『ぷぅ』がなかなかに問題なのだ。

城の若い騎士などが、この新婚ほやほや夫婦の痴話ゲンカの場に居合わせて、うっかり『ぷぅ』を聞いてしまった結果、生まれてしまった煩悩を消すために神殿に懺悔しにくる者があとを断たない。

あろうことか勇者の妻にして四英傑たるあの方に、邪《よこしま》な感情を持つなどと……いうわけだ。

問題は『ぷぅ』だけでなくお耳くしくしも初心な騎士の心臓を射貫く、なかなかの威力なのだが……

それは置いておいて。

「ノクト殿、忍耐ですよ」

「それはスノゥにも言われた。信じて我慢しろと。生まれてくる子供にも歩かせないつもりか？と」

「そうです、神々もまた生み出した人間達を慈しんでいますが、必要以上に手を下されることはありません。私達自身の手で困難を乗り越えてこそ、生きている喜びを感じるのですから。ノクト殿、信じることとです。スノゥ殿もそして生まれてくるお子様達も」

「わかった、信じて待つ……」

黒狼の勇者はこくりとうなずいた。それは災厄に挑む決戦前の顔つきであった。端正な勇者のキリリとした顔、きっと誰もが頼もしいと思うだろう。

頭の中は、妻の膨らんだお腹でいっぱいだけれど。

「手間をかけた」と去って行く長身の後ろ姿に、神官長グルムは、大公一家に幸あれ……と取りあえずお祈りしたのだった。

◇◆◇　◆◇◆　◇◆◇

さて、告解を済ませたノクトが王宮に戻ったころ、スノゥもまた王宮に居た。

大公邸は完成したのだが身重のスノゥに負担はかけられないし、生まれてくる御子のこともあるということで、いまだ居候を続けているのだ。

「………」

そして、ノクトの執務室の扉を開いて、スノゥは無言で目の前の光景をしげしげと眺めた。

身重のスノゥは運動もかねて、ノクトに昼を運ぶのがこの頃の習慣となっている。バスケットに入った昼ご飯を二人で食べて解散だ。

心配性の夫を安心させるのが目的でもあるのだが。同じ王宮内にいるというのに昼休みや何かの休みのたびに、ノクトはスノゥの顔を見にきてしまう。

王宮は広く移動には結構な時間がかかる。勇者様の足にはへでもないだろうが、宰相としての勉強など多忙なのはノクトのほうだ。そんなわけでせめてスノゥのほうから昼飯を運ぶことにしたのだが。

執務室の扉を開けた途端、夫に豊満な胸を押しつけている令嬢の姿があった。ノクトは穢《けが》らわしいとばかり、令嬢をべりっと引き剥がす。

「あ、あ、スノゥ様。わたくし、わたくし、そんなつもりなど！」

しかし茶色の狼耳の令嬢はわざとらしくも泣き出した。そのドレスの胸元は破れて、豊満な片方の胸がぽろりと出かかっている。

「それ、隠したほうがいいぞ」

冷静にスノゥが言えば、令嬢は「きゃあ」と言って手で胸を隠して、涙目でスノゥに訴える。

「ス、スノゥ様が身重だからと、グロースター大公様は魔が差されたのでしょう。いきなり、わたくしのドレスを破かれて、キ、キスを……」

「や、や！　パウリーネ！」

そこにやってきたのは、同じ茶色の耳の宮廷服に身を包んだ貴族の中年の男だ。娘の名前だろう、それを大げさに叫ぶと、彼は隠しきれない笑みを頬に刻んでノクトのほうを向く。

「こ、このような大事になっては、年頃の我が娘には誰も求婚者など現れないでしょう。こうなったならば、大公様には責任をとっていただけますかな？」

つまりは自分の娘をノクトの妾《めかけ》にしろというわけだ。男はさらに「もちろん、わが娘は心得ておりますので、正妻たるスノゥ殿を敬います。蔑ろにすることなどいたしません」ときたもんだ。

スノゥは、ノクトを見て口を開いた。

「それでどうしたんだ？」

「この娘が無断で執務室に入ってきて、いきなり目の前でドレスを破いて、驚いて立ち上がった私に身体をぶつけてきたんだ。そこにお前が入ってきた」

「だろうな」とスノゥがうなずけば「そ、そんなわたくしは本当に大公様に無体をされて」と娘が泣きじゃくる。

「こんな哀れな姿の娘の言葉を嘘だとおっしゃるのですか！」

さらに父親の貴族が責め立てるが、スノゥは「あたりまえだ」とあっさり言う。

「よくわからないお前達の言うことを、なんで信じなきゃならないんだ？　それに俺はノクトをこんなことをする奴じゃないと、よく知ってる」

愛しい妻の言葉に黒狼の大公殿はいたく感激して、尻尾をぶんと一振りすると、スノゥをそのまま抱きよせた。

「私を信じてくれるのだな？」

「自分の連れ合いを信じなくてどうするよ？」

見つめ合う二人。騒ぎを聞きつけた衛兵達が入ってきて、娘とその父が大公様の凶行を訴えるが、誰も取り合わなかった。

「まさか。今のお二人を見てわかるとおり、大公閣下はスノゥ様にぞっこんだっていうのに」

「大公様が浮気？　天地がひっくり返ったってありませんよ」

そこに「なにごとか？」とカール王までやってきた。「皆、ひどいのです、陛下！」と茶耳の父親が訴えるが、カール王はひと言で切り捨てた。

「ブラウン子爵よ、そなた、その娘ともども王族への不敬罪で地下牢に放り込まれたいのか？」

「は、は……陛下。なにを？」

「うちの可愛い兎さんにぞっこんのノクトが、そこの胸だけが大きい娘に手を出したなんて、王宮の者ならば誰も信用はせんよ」

「そ、そんな……」

「今後もこんな馬鹿なことをしでかす輩《やから》が現れんように、厳しい措置が必要じゃな」

そうつぶやくカール王にガクガク震え出す父娘。ノクトに抱きしめられた腕の中で、スノゥが「いいですかね、王様」と口を開く。

「もうじき子供が産まれるのに、処刑とか血なまぐさいのはゴメンですよ」

処刑と聞いてさらに父娘達は倒れそうに青くなる。それにノクトが「本来ならば愛しい妻への愛を疑われるような行為をしかけられて、断じて許せないところなれど」と断った。

「その愛しい妻が望んでいるのです、陛下。彼らには見せしめの刑だけで十分でしょう」

「で、どうする？」

ノクトが提示した刑に、スノゥは吹き出し、カール王は満足そうにうなずいたのだった。

かくして、ブラウン子爵とその娘パウリーネ令嬢は三日間の王宮の城門前の掃除が言い渡された。ピカピカの貴族服をまとった子爵と、ドレス姿の令嬢がうなだれて竹箒を持っている。ろくに掃除なんてしたこともないだろうから掃除の結果は見込めないが、立っているだけで十分だ。

物見高い民達が遠巻きに彼らを囲んで騒いでいる。

「しっかし、よく考えたな、ノクト」

王宮のテラスから遠くにその様子を眺めてスノゥはくすくすと笑う。あの親子にはまったく気の毒だが、よい見せしめだ。

これでノクトに馬鹿な色仕掛けをしようなんて者達はいなくなるはずだ。仕掛けたら仕掛けたで、今度は王都広場に五日間立ちっぱなしの刑に処されるかもしれない。

名誉を重んじる貴族達にとっては、なによりの罰だ。

「本当はあの子爵も娘も八つ裂きにしても飽き足らないが」

「おいおい物騒だな」

純血種の狼の雄の想いは本当に一途だ。スノゥはなだめるように、自分を後ろから抱きしめる男の顎に、ちゅっと口づける。

「あなたが私の愛を欠片も疑わなかったから、彼らを許すことにした」

「ま、これだけ妻にべったりじゃなあ……」

そこでスノゥはかすかに顔をしかめた。

「スノゥ？」

ノクトもまた、自分の妻の変化を感じ取って、声をあげる。

「あ、もしかしたら……産まれるかもしれねぇ」

その言葉に王宮はひっくり返るような騒ぎとなった。

○幸せふたつ

「スノゥの腹が割ける！」

産気付いた妻を横抱きにかかえて、バルコニーから室内に飛びこんだノクトが叫んだ。その叫びに通りかかった騎士達もパニックになりかける。

「お、落ち着け、う、産まれそうなだけだ、侍医と産婆呼んでくれ……」

しかし、額にじんわり汗をかいて、苦しそうなスノゥの冷静なひと言によって、やってきた騎士や侍従やメイド達は、わらわらとそれぞれの役目に走った。

侍医や産婆を呼びに行く者、カール王や王太子ヨファン、四英傑を呼びに行く者、そして、すでに用意されている産室へ、妻を抱えておろおろしている夫を誘導する者。

よく出来た使用人達の中で、「スノゥ！　気を確かにもて！」という、若い夫の声を間近に聞きながら、お前こそ、しっかりしてくれ……とスノゥは思った。

実は、産み月近くとなって、王宮内にはいつスノゥが産気付いてもいいように、産室が用意されていた。浄化の魔法がかけられたまっ白なシーツにまっ白なカーテン。装飾も純白一色の天蓋つきの豪奢な寝台を、なんとカール王が新調してしまったのだ。

スノゥとしては子供を産むだけなんだから、清潔な戸板にマットでも敷いてそれで十分という考えだったのだが、カール王がひどく生真面目な顔で言ったのだ。

「うちの可愛い兎さんが天使を授けてくれるというのに、特別な〝乗り物〟を用意しなくてどうする?」

乗り物って、ベッドは乗り物じゃないだろう?とスノゥは思ったが、横にいる夫がうんうんと深くうなずいているので諦めた。

どうも、この二人がかりで説得されるとあらがえない。

そんなわけで、それそのものが赤ん坊のでっかいゆりかごのような、お花と羽の意匠のまっ白な寝台で、スノゥはうんうんうなっていた。

そしてスノゥをベッドに運んだノクトは、といえば「ここは女の戦場にございます。殿方は御殿医以外、去ってください」と三人の産婆軍団の迫力に負けて、隣室へと追い出されている。

「妻のそばにいて手を握りしめて励ましてやりたい」

ちなみに、去る前には必死でそんな希望を言ったのだが、スノゥに却下されている。

「お前が耳元で『死ぬな』だの『私を置いていくな』など叫んでいたら、集中してガキを胎《はら》から出してやれねぇだろう!」

「ぷぅ！」と年上女房に一喝されて、結局ノクトはしおしおと耳と尻尾を垂れて退散した。

そんなわけで、産室の隣室には、うなだれたノクトと、執務を置いて駆けつけたカール王に王太子ヨファン、四英傑の三人が駆けつけていた。

メイド達がお茶や茶菓子をテーブルに並べるなか、ノクトはソファに腰掛ける気にもなれずに、産室の扉の前をうろうろとしていた。

このような不安な気持ちになるのは、明日災厄と戦うという前日であってもなかった。

あのときはスノゥや頼もしい仲間達がいた。なにより、災厄と戦うのは自分自身でもあった。が、今はどうだ。隣室で妻が苦しんでいるというのに、なにもしてやることは出来ない。頭の上の狼の尖った耳はスノゥのかすかなうめき声が聞こえるたびに、びくびくと動いた。

「ねえ、少しは落ち着いたら？」

ナーニャにそう言われて、思わず殺気をこめて睨みつけてしまったほどだ。彼女の山猫《リンクス》の尻尾がローブの下からピンと跳ねたのに気が付いて、慌てて「すまない」と謝る。

「心配なのはわかるよ、ノクト」

すると珍しくも兄のヨファンが口を開いた。

「お産は大変なことだ。私もお前の母上も、それで儚く……」

そう言いかけたヨファンの頭を、カール王が「この馬鹿者」と本気ではないが軽くぺしっとひっぱたいた。ヨファンも自分の失言がわかったのか「も、申し訳ありません」と謝る。

カール王の最初の正妃、ヨファンの母は、彼を産んですぐに亡くなっている。

跡継ぎが一人だけでは不安ということで、周囲の勧めもあってカール王は後妻を娶《めと》った。

そのノクトの母も不幸なことに彼を産んでから身体を壊して亡くなっているのだ。

二人の妃を失ったカール王は、その後の周囲の勧めにも「もう、大切な妻を失うのはこりごりだ」と、新たに妃を娶《めと》ることはなかった。

そう、ノクトの不安はここにある。

スノゥがもしかしたら自分の母と同じように、儚くなってしまったら……と。

母はノクトが三歳のときに亡くなった。うろ覚えの母の姿はいつも寝台の中にあった。優しく微笑んで自分の頭を撫でてくれた。

そして「また明日」とお別れした翌日に、永遠の眠りについてしまった。

その母の目を閉じた白い横顔が脳裏をよぎり、一旦は腰を下ろしたソファから立ち上がる。思わず産室の扉に駆け寄ろうとしたが――

「ノクトよ、そなたが行ってどうする？　我らに出来ることは、ここで待つことよ」

そうモースに諭すように言われて、再び腰を下ろした。

隣のグルムが「私も神々に祈ることしか出来ませんが……」と祈りの言葉を静かに唱え始めたのに、ノクトはしずかに目を閉じる。

部屋には静寂がおとずれた。

……かに思われたが。

「この馬鹿ノクトぉぉおおお！　責任とりやがれぇえええ！」

いきなりのスノゥのさすがの声量の絶叫が響いたのだった。

◇◆◇　◆◇◆　◇◆◇

スノゥは陣痛の痛みに耐えていた。

痛い、とてつもなく痛い。

いままで幾たびも強敵と戦い、血を流したこともある。それは誉れの傷となって身体に刻まれている。

しかし、これほどの難敵はあっただろうか？

だが、ここで悲鳴なんぞあげようものなら男が廃《すた》る。

男なのになんで、いきんでいるんだ？ということはともかくとしてだ。

「くそ、ノクトの野郎にも、この痛みを分けてやりてぇ……」

思わずつぶやいた。仕込んだのは奴なんだから、出す時の痛みだって分かち合うべきだ。そうだろう？

額の汗をぬぐってくれた産婆が「その通りにございますよ」とうなずいた。

「好きなだけ叫んでよろしいのです」

「し、しっかし、みっともなく……」

「一つ命を世に出すのに、なりふり構っていられますか！　それに叫んだほうが、身体に力も入りやすいのです」

それは理屈としてわかる。ここ一発の攻撃には気合いを込めた叫びも伴ったほうが、より力が出るのだ。

「まして、出産は妻の戦場。ここはなんの役にもたたない夫への恨み言を思いきり叫んでよろしいのですよ」

「そんなもん……かね？」と訊ねたら、他の二人の産婆もうなずいたので、スノゥは叫ぶことにした。

「この馬鹿ノクト！　責任とりやがれ！」と。

そのあとも、スノゥは叫んだ。

「冒険中からっ……！　盛りやがっ……って！　いれるなって、いったの……に……勝手にいれた……な！」

「毎日、毎日、ぱこぱこぱこぱこ。このっ、絶倫狼勇者ぁ！　うっかり絆《ほだ》されて、出来ちまったじゃねぇか！」

そう叫んだあと自分の大きな腹を撫でて、反省し。

「い、いや……俺も、お前の仔なら欲しいって、作ったんだけど……よ……いや、しかし、痛ぇぞ！　おい！　災厄倒すほうが……楽だったんじゃねぇか！　これっ！」

そのスノゥの叫びに、立ち上がったノクトは産室の扉の前に立って叫ぶ。

「すまない、いれたかったから、いれた。責任は一生取る」

「毎日したいぐらい愛してる！　吾子が出来たのは最上の幸福だ」

「お前が私との仔を望んでくれて嬉しい。ああ、出来るならばお前の痛みを私も肩代わりしたい！」

この二人のやりとりにグルムは「い、いささか、あけすけにございますが、尊い夫婦愛にございますね」と頬を染める。

ナーニャがうつむき肩を震わせているのは、感動に泣いているのではなく必死に笑いを堪えているからだ。

カール王は真面目な顔で「ここでの兎さんの言動はさすがに箝口令《かんこうれい》を敷かねばならんなぁ」と言い、ヨファンは「はぁ……」といつもながらの気のない返事をする。

賢者モースは達観した顔で赤い髭をしごいていた。

やがて「あ、だ、出してやれるかもしれねぇ！」というスノゥの声とともに、ほぎゃあああああああああああ！とそれはもう、元気な声が響いた。

即座にノクトが産室の扉に張りつく。

「入っていいか？」

産室の扉が開かれたのと同時にノクトが聞くと、産婆がうなずく。

ノクトは産室へと飛び込んだ。

白い寝台の中、一仕事終えて疲れ果て、しかし、どこか満足げな顔をしたスノゥの頭の横に、白いおくるみに包まれている赤ん坊がいる。「男の子ですよ」と産婆が告げた。

見れば見事な銀色の毛並みに、頭には狼の耳とおくるみからはみ出す銀色の尻尾。

銀の狼は漆黒の狼と並ぶ、狼の頂点に立つ証だ。まだ目は開いていないからわからないが、おそらくは純血種を示す銀月だろう。

「よくやってくれた」

汗に張りつく白い髪をかき上げて、ノクトがスノゥの額にちゅっと口づけると、スノゥの顔がくしゃりと再び苦痛にゆがんだ。

なにごとか？　とノクトが銀月の瞳を見開く。

「あ、う、も、もう一匹、いるっ！　産まれるっ！」

スノゥのその叫びに産室は再び大騒ぎとなり、今度はノクトが追い出されることなく、いきむスノゥがしがみつく命綱となった。

その間も「責任とれ！」「責任はとる！」「痛いの半分もってけ！」「もってく！」「嘘つけ！　死ぬほど痛いぞ！」との漫才は続けられ――無事にまた一人の命が産まれた。

今度は父狼そのままの艶やかな真っ黒な毛並みの、それは可愛らしい仔兎だった。

○母の仕事、父の仕事、祖父の仕事

「ふ、双子だと！　それも可愛い黒うさぎちゃんだと！」

隣室にいたカール王は、報せを聞いて立ち上がった。

「銀色の毛並みの公子様の誕生もまことおめでとうございます」

御殿医が双子の片割れのことを言えば「うむうむ、銀狼の誕生はめでたい」とこちらは幾分おちついてうなずく。

そして、国王らしい威厳に満ちた声で言った。

「乳母をもう二人手配するように。黒うさちゃんを大事にしてくれる心優しき者が良いぞ。ああ、それからもう一人分、特注で三日以内に用意させるものが増えた。可愛らしいゆりかごに産着ももっとたくさんな。レースがふりふりでリボンがついている、いかにも高貴な姫君らしいものを頼む」

「あの……陛下。産まれた御子はお二人とも男児にございますが」

おずおずと発せられた御殿医の言葉に、カール王は彼をきっと睨みつける。

「うちの可愛い兎さんが産んだ兎ちゃんなのだぞ！　うちの可愛いお姫様に決まっておるだろうが！」

そう言うのと同時に、カール王はハッとした表情となる。

「そんな可愛いうちの姫に邪《よこしま》な想いを抱く者がいるかもしれん。新しい大公邸の警備を増やさねばならんな。姫専用の護衛騎士部隊もつくるべきか？」

御殿医の立場ではなにも返すことが出来ず、医者は無言になるしかない。

その場にいたナーニャが呆れたように「王様、まだ赤ん坊なのに邪《よこしま》もなにもだし、あの〝最強〟両親の子供に手を出そうなんて、よっぽどの馬鹿か命知らずよ」と言ったが、その言葉も耳に入っていないようだった。

そして、王都はこの慶事に沸き立った。

祖父王のゆりかごの発注も、本当に三日の突貫作業で名誉の仕事と家具屋が目を血走らせてつくりあげた。それは産室用のベッドと同じく、月と星と羽と花を意匠にした、薔薇色の大変可愛らしいものだった。

さらには乳母の希望も殺到して、王様直々による面接のうえに決定した。

さらにさらに王様から可愛い双子に、とくに黒兎の吾子には、ひらひらふわふわの産着が山ほど贈られることになるのだが――

これには双子を両腕に抱きかかえた、たくましい母が耳をなびかせて王の執務室にやってくることで決着がついた。

「赤ん坊ってのはすぐにデカくなるもんです。着られない衣がもったいないでしょうが。その分、神殿の孤児院に寄附してくれませんかね？」

王様はもっともだとうなずき、孤児院に衣服は寄附された。この話はたちまち民の間に流れて、大公夫人のお優しさはまさしく慈母のようだと評判となったとか。

ちなみに余った産着は孤児院のためのオークションにかけられて、国内のみならず国外の王族、貴族やブルジョア達が競い合って落札したために、大変な金額になった。

これはグロースター大公夫人基金として創設され、ウサ耳の夫人が狼耳と同じくウサ耳の吾子を優しく抱いている銅板絵が、象徴としてあちこちの孤児院にかかげられることになった。

のちにグロースター夫人曰く「俺はあんな聖母様みたいな顔してねぇぞ」だとか。

◇◆◇　◆◇◆　◇◆◇

そのように、外部は外部で大変なお祭り騒ぎだったが、当のスノゥは双子を産んで疲れ果てていた。

しかし、母の仕事はまだ残っているのだ。

「スノゥ、よくやったな」

「ん……」

夫の大きな手が汗にぬれた白い髪から、長い耳まで撫でてくれるのは心地よい。耳をぺたりと寝かせていたら、産婆が産湯を使ったもう一人の黒ウサを連れてきてくれた。

ノクトの手を借りて身を起こすと、すぐに背にクッションが入れられる。着ていた衣の胸元をはだけて胸を露《あら》わにする。まだちょっと身体に力が入らないので、銀狼のほうはノクトに、黒ウサのほうは産婆に支えてもらい自分も吾子達を引き寄せる。

吾子達はまだ目も開いていないというのに、すぐにおっぱいを探り当てて吸い付いた。

スノゥの胸は男性なのだから、真っ平らだ。

だが、そこは男性でも妊娠可能な兎族だから、乳は出る。

母親から初めて与えられる、初乳は重要だ。

スノゥは目を細めて、自らに吸いつく吾子達を眺めた。

「おう、いい吸い付きだな。さすが俺とノクトの子供だぜ。たくましいのは良いことだ」

「そうだな」とノクトはまぶしいものでも見るように、両腕に赤ん坊をかかえた妻に目を細める。

赤ん坊達は、ちゅうちゅうと乳房を吸っていたが、しばらくすると同時にむずかるように手足をもぞもぞさせだした。

「悪い悪い。俺のおっぱいは真っ平らだからなあ。そう量はないんだわ」

スノゥはそう言って、そっとそれぞれの吾子の赤い唇を己の胸から離す。そこに待機していた乳母が二人「お預かりします」と進み出た。

「頼むな、たくさん飲ませてやってくれ」

「かしこまりました」

吾子を抱いた乳母達は乳を与えるために隣室に下がる。

スノゥは開いた胸元をあわせて「ふう……」とクッションに背を預ける。それからじっと……自分の胸に若い夫の視線を感じて、彼を見た。

「ノクト……ガキ共が乳離れするまで、あんたはここに吸いつくの禁止な」

「だ、ダメなのか？」

「あたり前だ。親父が赤ん坊の分の乳をとってどうする？　ただでさえ、俺の乳は希少なんだぞ」

そんな妻の言葉に、夫の狼の耳と尻尾はこころなしかしおしおとする。

それを見ていた産婆やメイド達は、必死に笑いをこらえていた。

ノクトの様子を見ていたスノゥは、呆れたように笑いながら、びしりと彼に指を突き付ける。

「さて、双子の父ちゃんとして、あんたの初仕事だ」

ノクトが顔を上げると、スノゥは石榴《ざくろ》色の眼をとろりとさせながら、言った。

「子供の名前付けろ。俺は考える余裕なんてねぇ、今からたっぷり寝る」

そう言い残して、本当に目を閉じた瞬間に寝てしまった。

ノクトはこの妻からの指令を遂行するために、書斎へとこもる。

そして翌日、ノクト付きの秘書官は執務机の卓上のみならず、床にあふれた丸められた紙に目を丸くした。

「それほどお悩みなのですか？」

「大切な二人の名前だぞ。考えれば考えるほど、安易にきめられん」

ふう……とノクトが息をつく。机に両肘をついて手を組み、そこに顎をのせて考えこんでいる。

憂い顔の端正な横顔には長い黒髪がかかり、これだけ見るとサンドリゥム王国の一大事か？　と思われるが、悩んでいるのは双子の名前だ。

いや、これはこれで人生の一大事であるが。

どうやら一晩中悩んでいたらしい姿に、秘書官は一度考えてから口を開いた。

「陛下にご相談なされては？」

「父上に言えば、あの方が子供の名前を決めてしまうだろう。これは私がスノゥに頼まれたことだ」

「あ～」と秘書官は声をあげる。確かにすでにあの孫バカとなっているお爺さまならば、嬉々として双子の名前をつけてしまうに違いない。

というか、実のところ自分に命名権があるものと、勝手に思いこんで、いくつも考えていたらしいカール王だった。が、スノゥがノクトに頼んだと聞いて、しょんぼりしていたのは、あとの話。

「では、スノゥ様に相談なされてはどうですか？」

秘書官にそう言われて、ノクトは「そういえば、もう目覚めているころだろうな」とスノゥが身体を休めている産室に向かった。

名前についていたく悩んでいるというノクトの発言を聞いて、スノゥは思わず笑ってしまった。

「別にそう難しく考えることはないだろう？　思いついたのつけりゃいいんだよ」

「そう簡単にお前は言うがな」

ぐっすり寝たのか昨日の疲労した顔が嘘のようにスノゥは元気になっていた。

さっそく寝台から降りて歩こうとしたが乳母達に止められて、渋々寝台にとどまっている。

ノクトとともに朝食を共にすることにすると、スノゥの前には好物のアスパラガスのスープが。

ノクトの前にはベーコンエッグが並べられる。

二人して、朝食を口にしていると、疲れ果てた顔のノクトが言った。

「お前も考えてくれないか？」

「これぱっかりは相談にものりたくねぇな。これは父親の仕事だ」

「なぜだ？」

やけにこだわるなとノクトが聞き返せば、スノゥはなんでもないことのように言った。

「俺の名前は母さんがつけたんだよ」

それから、「誰もつけるヤツなんていなかったからな」と続ける。スノゥはなんともないように言ったつもりだったが、ほんのすこし石榴《ざくろ》色の眼が寂しげに見えて、ノクトは静かにうなずいた。

「……そうか、わかった。では私がつける」

確かに子を世に出すのが母親の大切な仕事なら、子供に名という祝福を与えるのは父の仕事だろう。

少なくとも妻はそう願っていると、ノクトは受けとめた。

執務室にもどって、しばらく目を閉じたノクトは、今度は迷いなく、目の前の紙に二つの名をかきあげた。

銀狼の仔の名は、シルヴァ。

黒兎の仔の名は、アーテル。

紙を受け取ったスノゥは、よい名前だと笑った。

○白い手の思い出

子供に名前がついてから、しばらくが経った。

歌が聞こえてきて、ノクトが二階の執務室から見える中庭を見おろすと、庭の木のベンチに腰掛けて、双子を乗せた大きな籐《とう》の籠の乳母車をそっと揺らす、白い手が見えた。

幼いころのノクトにとって、白い手は母のものだった。

しかし、今見えているのは思い出の母の細い手とは違う。

しっかりとした男の手だ。

聞こえる子守歌もまた、男にしては少し高いが朗々とした響きをしている。

まったくいい声だとノクトは思った。

その双剣の切れ味もそうだが、これほど見事な歌と、それから踊りをノクトは知らない。

少し、休憩してよいか……と羽ペンを止めて、執務室の外へ出る。

階段を降りてテラスから外へと行くにつれて歌がよりはっきりと聞こえるようになった。

柔らかな旋律がゆったりと大きく揺れる。ああ、これは冒険の旅で見た東の海。白い砂浜に寄せては返していた、まるで波のようだ、と内心でノクトは思う。

今日の護衛当番らしき騎士二人もうっとりと聞き惚れていて、ノクトの姿に気付くと慌てて胸に手を当てて礼をした。それにノクトは苦笑して無言で首を振る。見逃してやるということだ。

思わず聞き惚れてしまっても仕方ない。

自分だって、執務の途中に誘われてしまったのだから。

日時計の花壇が中央にある中庭を見れば、ベンチに腰掛けて、ゆっくりと乳母車を揺らしていたスノゥの手が少し離れてふわりと立ち上がった。

そして、歌いながら軽いステップを踏み出す。乳母車の縁に手を時々おいて、トントンくるりくるりと、歌は途切れることはない。

ラララ……とハミングする白い横顔に、これは興が乗って思わず踊り出してしまったな……と思う。それでも激しい運動はまだダメですという、侍医の言いつけは守って、これにしては本当に軽い動きではあるが。

籐《とう》の籠の中からはキャッキャッと双子の笑い声が聞こえる。母の楽しそうな歌声に同調したのだろう。

邪魔はしたくなかったのだが、気配に聡い兎は歌い終えると、さっと長耳の片方をこちらに向けて振り返った。

「見てたのか……」

少しばつの悪そうな顔。「今のは踊りのうちに入らないだろう?」という言い訳に、思わず吹き出し、そばへと寄る。

「歌と踊りはお前の本能のようなものだからな」

腰を抱き寄せて頬に軽く口づける。今は育児中ということで髭は綺麗に剃られていた。

「赤ん坊の柔らかな頬にはチクチクするだろう」とのことだ。

実の所、その綿雲のように柔らかな髪と同じく、髭も柔らかい……とは教えてはやらない。髭があろうがなかろうが愛しい妻ではあるが、頬を寄せたときのつるりとした感触を子供達とともに、しばらく堪能したっていいだろう。

「確かに今のは軽い踊りだったな」と言ってやればスノゥは決まり悪そうな顔で「久々に踊ったんだよ」と言い訳をする。「あんまり天気がいいからな」と。

確かに今日は日差しも風も心地よかった。

◇◆◇　◆◇◆　◇◆◇

「母は白い手の人だった」

ベンチに並んで腰掛けて、今度はノクトがゆっくり乳母車を揺らしてやる。母の歌に喜んでいた双子は、今はすやすやと寝ている。

銀色の狼の子と黒い兎の子と、寄り添い合って本当に仲が良い。なにかの用で引き離して互いの姿が見えないと両方とも泣き出すという話に、いささか仲が良すぎるな……とも思うが。

「お前の手も白いが」

そう言って、ノクトはもう片方の手でスノゥの手を取る。

「もっと華奢で透けるように青くてな」

「そりゃ、俺は男の手だからな」

「ああ」

指を絡め合って握り合う。ぎゅっと握りしめたって折れそうなんて心配はしなくていい。短剣のタコがある頼もしい手だ。

うろ覚えの幼心にも、母の手を思いきり握りしめることは出来なかった。そうしたら寝台のなかにある白い母は、ガラスのように粉々に砕けてしまうのではないかと恐怖心があったのだ。

「母のことは……実のところよく覚えていない。亡くなったのは私が三歳の時だからな」

「前にも話してくれたな。俺の腹がでっかくなって不安なんだと。あんたでも弱音吐くのかと思った」

スノゥはなぜか嬉しそうだ。確かにあの頃「なにがそんなに不安だ？」とスノゥに聞かれて、母のことを話したのだ。自分を生んで病を得て儚くなったと。

そこで、この強い兎は「俺がガキ産んだぐらいで死ぬと思うか？」と不敵に笑ったのだった。

「私の弱みを知ったのがそんなに嬉しいか？」

思わずむうっとして聞くと、スノゥはちょっと目を見開いてからゆるゆると首を横に振った。

「あんたが俺に話してくれたのが嬉しいんだよ。俺達は連れ合いだろう？」

「ああ」

そうか、とノクトは目を瞬かせた。

お互いが強いことは知っているが、弱さを見せ合えるのも、また人生を共にすることだ。ノクトは微笑み握りしめても安心な、その手に力をこめる。するとスノゥもお返しとばかりに握り返してくる。

「俺の母さんも白い手をしていたよ」

スノゥが手を繋いでいないほうの手をしげしげとながめる。

「似てるんだろうな」

「ああ……母君にお前がそっくりなのだろうな」

「いや、まあ顔が似てるのは認めるけどな。母さんのほうがもっと優しげというか、柔らかな顔をしていたぜ」

スノゥは昔を思い出すように、その石榴《ざくろ》色の瞳で少し遠くを見て言った。

「いつも寂しそうにしていた。離宮で『あの人』を待つ日々だ」

あの人とはスノゥの父にして、北の大国ルースの大王リューリクのことだ。スノゥの母は、今はルースに併合された雪豹族の国ノアツンの王子で、スノゥと同じ兎族だった。

表向き姫として育てられていた彼を、ノアツンの併合とともにリューリク王は、寵姫として離宮に隠したのだ。

そして、二人のあいだに生まれたのがスノゥだ。

しかし重い伝統と純血主義に縛られた白虎の王は自分の息子が兎族として生まれたことを、認めなかった。

「なのに俺が生まれても母さんからあの人への愛情は失せることはなかった。まったく矛盾しているだろう?」

耳長の息子を拒絶しながら、大王は儚げな兎族の青年を愛した。

そして、兎族の青年も、白虎の王を愛していた。

「十日と空けずにあの人はやってくる。それを心待ちにしながら母さんは苦しそうだった。あの人が来れば、俺を隠さないといけないからな」

物心がついて初めて会った父に、拒絶されたのだとスノゥはノクトに話したことがある。

スノゥはわずかな記憶を手繰り寄せながら、ノクトに視線を向けた。

「新年なんか行事が立て込んで、離宮にあの人が来られなかったりするだろう。そうするとかならず豪華な宝飾品が届くんだ」

それが王から寵姫への己の愛が途切れることはないという証だった。

しかし、母の表情が晴れることはなかった、とスノゥは言う。

「母さんはさ。こんな宝石よりももっと欲しいものがあるって寂しそうな目をしてたな。それがなにかはわからなかったけれど……。今はなんかわかるような気がする」

片手は握りしめたまま、ノクトが乳母車を揺らす手にスノゥが白い手を重ねる。

「俺は今、幸せだ。あんたがいて子供達がいて、あんたは俺も子供達も……」

そこで言葉を濁して「なんか照れくさいな」とノクトの肩に顔を伏せる。

それがスノゥだ。頬に触れる長い耳の感触にノクトは目を細めて微笑んだ。

「ああ、私も幸せだ。愛する妻と子供達がいる」

「それをはっきりいえるのがあんただよな」とスノゥが苦笑する。

それから、「うん、俺も愛してるぜ」とその狼の耳にこっそりささやいたのだった。

○ギフト

子供達の目が開いた。

予感したとおりに、銀狼のシルヴァは父親と同じ銀月の瞳だった。

黒兎のアーテルの瞳は真っ赤なルビー。

「シルヴァはあんたと同じ瞳だな。アーテルのほうは俺の瞳よりも、若干明るいか」

「ああ、お前は石榴石《ガーネット》だが、アーテルは紅玉《ルビー》だな」

「まあ、どっちにしても」

「可愛いのは変わりない」

狼と兎の番《つがい》は二つのゆりかごに眠る双子を見て微笑みあった。

その一ヶ月後、差出人不明の贈り物がサンドリゥム王宮に届いた。

とはいえ王宮に届くものだ。不明といいながら、それがどこか来たものかはバレバレなのだが。

ルース国。

ノクトとスノゥが駆け落ち同然に、捨てゼリフを残して出てきた、祖国からだ。

一度同じように差出人不明の荷物があの国から届いたことがある。ノクトとスノゥが結婚する前のことだ。その貴重なレッドダイヤモンドは、結婚式の日にスノゥの耳と尻尾を飾る、ピアスとテールリングになったのだが。

で、かの国より同じように箱だけでも芸術品のような、それが二つ届いたのだ。

その宝石箱を開くと、まばゆい光があふれ出た。

「これは」

「双子へ……だろうなあ」

ノクトが目を見開いたあと顔をしかめ、スノゥはなんとも言えない顔で苦笑する。

宝石箱に入っていたのは、大きなダイヤモンドとルビーだった。ダイヤモンドのほうは、うっすらと灰色がかっている。グレーダイヤモンドだが、色味が薄く紫がかっているせいか銀色に輝いて見えた。

シルバーダイヤモンドといったほうがいいだろう。その大きさからしても高価だが、色味からしても大変な珍品だ。

もう一つの巨大なルビーは最上級のピジョン・ブラッド。しかも小さな鶏卵ほどの大きさをしている。これも国宝級だ。

ルース国は鉱物や宝石の産地として有名だ。しかしこんな宝石がざくざく出るわけがない。そもそも、このような銘品はすべて歴代の大王に納められてきたはずだ。

つまり、あのレッドダイヤモンドと同じく、これらの宝石はルース国の王宮の宝物庫に納められていたものに違いなく、値段などつけられないほどの価値があるだろう。

「………」

「…………」

番《つがい》は互いに沈黙した。

こんな贈り物、高価過ぎると突き返すことは出来ない。なにしろ表向きは〝差出人不明〟なのだ。あちらに知らぬ存ぜぬと言われればそれまでだ。

「双子に贈られたもんだし、二人の成人か結婚が決まったときに、祝いの品としてもたせてやればいいんじゃねぇか？」

そうスノゥが言えばノクトが、こくりとうなずく。

「そうだな、成人か結婚か……いや、成人前に婚約……結婚など、アーテルは絶対に嫁に出さないぞ！」

「おいおい、もう赤ん坊のうちから、そんな心配かよ」とスノゥは呆れた。

そんな一幕がありつつも、大公邸が完成したあとは、スノゥとノクトは王宮から引っ越すことになった。

双子も三ヶ月を過ぎ、スノゥの体調もすっかり安定……というより本人は出産して三日で歩き回りたがって、侍医や産婆に乳母達を困らせていたのだ。

とはいえ、引っ越しは、身一つの簡単なもので済んだ。

何しろ、先に家具もなにもかも運び込まれて、執事以下の使用人も庭師にいたるまですべて移り住んでいて、一家を待ち構えるばかりだったからだ。大半は王宮からのものだ。王宮勤めで無くなることを嫌がるものも多いのではないかとスノゥは思っていたが、意外にも大公邸への勤めを希望する者は多かったという。

スノゥとノクトが意外そうな顔をすれば、カール王と賢者モースに「まったく欲がないのが賢者と英傑の美徳だが、伝説の勇者と英傑に仕えられる者達の歓《よろこ》びをお前達は知らんとならんな」と諭すような口調で言われてしまった。

大公邸にしてもそうだ。

長年の放浪暮らしのスノゥは貴族としての暮らしなんて知らないし、生粋の王族ではあるものの、勇者として野営を続けていたノクトにしても、執事とメイドと料理人は置かなければならないにしても、あとは自分達と生まれてくる子供達が不自由なく暮らせれば、程度に考えていたようだが。

これもカール王に「バカモン」と怒られたそうだ。

「中級貴族のタウンハウスではあるまいし、お前はこれから増える家族の暮らす部屋と、せいぜい親しい客を迎える応接間があればいいと思っておるじゃろう。冗談ではない。グロースター大公家は王家に次ぐ家格であり、勇者とあの英傑双剣のスノゥと生まれてくる公子達が暮らす家だぞ！」

つまりは王宮ほどでなくとも、離宮規模の大きさは必要だということだった。立派な門と、そこから続く広い庭に、複数の馬車が停められる車寄せにエントランス、大階段を備えたホールに格式ある夜会が開ける大広間、家族用とは別の大規模な正餐のための食堂。

さらには風格ある図書室に流行の温室《オランジェリー》も必要だろうと。

その話だけでスノゥはお腹いっぱいとなった。ノクトにしても大変悩ましい顔で「父上に任せき

りにすると、やたら豪奢になりかねないから、そこはしっかり監視する」と言っていた。スノゥも
「あんまりぴかぴかで、落ち着かないのはいやだからな」とはいった。

とはいえサンドリゥム王国の王宮が豪奢ではあるが趣味のよい内装で、間借り人なのに寛いで暮らしていたから、そこらへんは安心していたが。

あとスノゥが新しい家に注文を入れたのは一つ。

「広い芝生と、常に花が咲き誇る花壇の中庭が欲しい」

「ホルムガルドの……」とスノゥが口に出すと、ノクトのほうがぴくりと反応した。その夫の手の甲をなだめるように撫でながら、スノゥは小首をかしげる。

「あそこの中庭も母が丹精した花が咲いていた。俺に花の世話なんて出来ないけどな。その芝生の庭で歌と踊りを教わったんだ」

確かにあの離宮に母とスノゥは幽閉されていた。そして母が命を落とした舞台でもあるが、思い出は美しい。

北のルース国の冬は長い。秋の終わりに雪が降れば、次の遅い春までは中庭に出ることは出来なかったが、輝ける春と夏と、過ぎる秋に母とあの庭で歌い踊った。

だから自分も子供達とともに歌い踊りたいと……伝えるのでも教えるのでもなく、母がそうしてくれたように一緒に遊べたらいいと思う。

「わかった、では私からお前に庭を贈ろう」

「楽しみにしてるぜ」

ノクトはスノゥに確かに約束してくれた。

◇◆◇　◆◇◆　◇◆◇

出来上がった大公邸で、真っ先にスノゥが向かったのはやはり中庭だった。

広い芝生と花壇に揺れる花々にスノゥは目を細めて、後ろの夫を振り返る。

「ありがとう、すごくいい庭だ」

「そうか、考えた甲斐があった」

庭の隅にはどこからか移植したのだろう、大きな木が植えられて、適度な木陰を提供している。

さらには枝にはブランコがつり下げられていた。きっと、大きくなった双子が喜んで乗るだろう。

「それからこれを」

ノクトが懐から出したものに、スノゥは目を瞠《みは》る。それはベルベットの箱だった。

ノクトが蓋を開けばルビーとプラチナの花のピアスと、テールリングが現れる。

「なんだ？　引っ越し祝いか？　だけど、俺はあんたに用意してないぞ」

「いや、これはそうではない」

ごくごく自然な動きで、左耳の根元につけていたミモザのピアスを取られて、これはあとからつくったおそろいのテールリングもとられる。

片耳に花やリボンを飾るのは婚約中や既婚者の証だ。王侯貴族ならばこれが宝飾品となる。

ただしテールリングに関しては、普通婚約式や結婚式のみ、花嫁の貞淑を表わすために付けるものだ。

ところがノクトは、贈ったピアスに揃いのテールリングをすべて作ってしまった。さらには今までと同じく毎朝、手ずから耳と尻尾につける。

「お耳はともかく、いまどき常にテールリングって、あなたの旦那はどれだけ独占欲が強いのよ」

とはナーニャの言葉だ。まあ、それを許しているスノゥもスノゥなのだが。

スノゥの尻尾にテールリングをそっと嵌めると、ノクトが俯く。

「本当はもっと早くに贈るつもりだった。双子達の目の色がわかってすぐに、発注して出来上がっていたんだが……」

そこで言葉を濁すノクトに、スノゥはくるりと振り返る。それから言いにくそうな夫に、なにか気付いたように軽く目を見開いた。

「ああ、ちょうどあの頃か、でっかいルビーとシルバーダイヤモンドが送られてきたのは」

そう言うと、さらに気まずそうな顔する。愛しい我が子を生んでくれた妻にとびきりの贈り物をしようとしていたところに、好敵手《ライバル》？　の舅から国宝級の品が届いてしまい、渡しそびれてしまったというところだろう。そんな若い夫に、スノゥは「あのな」とクスリと笑い、自分の片耳についたルビーとプラチナの花のピアスを指ではじいて、しゃらりと揺らした。

「これ、初めはあんたからの借り物だと思っていたんだよ」

自分が片耳につけていたシルバーのピアスの代わりに、ミモザのピアスは贈られたのだ。

それから次々と増えるピアスも、この酔狂な男が、勝手に飾っているもんだと思っていた。

「このピアスの意味をナーニャから聞かされたときには、まるであんたが所有してるって印の首輪みたいだと思ったんだが」

そう言うと、ノクトが顔をしかめる。

「それでも外さなかっただろう？」とくすくすとスノゥは笑う。

「あのときは自分の気持ちをごまかしていたと思う。本当は嬉しかったんだ」

今なら言えることではあるが、やはり恥ずかしくて、スノゥがぱふりと広いノクトの肩に顔を埋めれば腰に腕が回った。

その温もりに背中を押されて、スノゥは続ける。

「贈り物なんてさ、俺は母さん以外にもらったことはなかったからな」

母以外には望まれず生まれてきた。あの離宮を飛び出したあとも、たった一人で生きて一人で死ぬつもりだった。

雄の兎などこの世界では異端だ。だから自分は永遠に独りなのだと。

それがこうして若い狼にとっつかまって、勇者で英雄なんて呼ばれる男と結婚して、さらに子供まで出来ちまったんだから、わからないもんだな……と抱かれた腕の中でスノゥは微笑む。

「高価な宝石かなんて関係ないんだ。俺にとっては、あんたの想いがこもった贈り物が嬉しい。ピアスもテールリングも、この庭も」

父も……けしてスノゥは口にだして父とは呼ばない、リースの偉大なる大王も、母に豪奢な贈りものをたびたびした。国の政《まつりごと》がたてこんで、離宮を訪ねられないときの詫びと愛情の証を兼ねていたのだろう。

もしくは豪華な宝石を贈ることでしか、己の愛の示し方がわからなかったのだ。いまも、差出人不明でスノゥや双子達に、あんな宝石を送ってくるように。

本当は……今は忙しくて訪ねられないと、変わらず愛していると……そんな手紙一つのほうが、母にはどんなに嬉しい贈り物だったか、と今のスノゥなら思える。

自分も素直にならなきゃな。いや少しは変わっただろうか？　一人で生きていくと片意地を張っていた、それがこうして夫の肩にもたれかかっているように。

「俺もなんかあんたに贈りたいな」

「十分に贈られている。お前と可愛い吾子が二人も」

そんな言葉さえ、また贈り物のひとつだと、スノゥは自分もあなたへと……の意味を込めて。

愛する夫に口づけた。

○男（と書いて〝つま〟と読む）の手料理

行政官にして、宰相の修行もしている夫、グロースター大公は大変多忙だ。

しかし、そこは勇者の体力と若さで乗り切り、夜になれば、愛するまっ白兎さんの妻（現在は鬚なし）をその腕に抱いて（そりゃ夫婦の営み的な意味も付属で）寝る。

朝、起きたときはちょっとけだるげな妻と違って、寝ぼけた姿なんて一度も見たこともない。

しゃっきりした姿で王宮に執務のために向かう。

その夫が出がけにぽつりと言ったのだ。

「ペリメニとシャシリクが食べたい」と。

ちょっと疲れたような顔もしていた。

見送ったスノゥは「ふむ」と今はつるつるの顎に手をあてて考える。

ついでに今の予定も考える。子供達はすくすく育っており、基本的には貴族の慣例に従って、メイド達の手に預けている。そもそも賢い子達は、互いが引き離される時以外は酷く泣いたりもしない。

そして、ノクトが食べたいと言っていたのだから、食べたいのだろう。

「なら、材料調達からだな」


さっそく執事と料理人に、明日は知人を夕食に招待したいと告げる。

「では晩餐会のご用意を」

何十人も座れるような長いテーブルが置かれた正餐室が会場だと思っている執事に、スノゥは首を横に振る。

「親しいもんだけっていったただろう？　場所は中庭だ」

中庭と聞いて、執事も料理人もいぶかしげな顔になる。

スノゥは料理人に言った。

「あと、明日の料理は俺が作る」

「スノゥ様がですか？」

「あんたが毎日作ってくれる美味い料理には負けるし、手伝ってもらいたいけどな」

「はい、それはもう！　かしこまりました」

スノゥ様のお手伝いが出来ると喜ぶ料理長に、矜持の高くない男で助かったと思う。ここで自分の役目をとるなんて……と気分を害されたら面倒くさい。

その料理人に、明日必要な材料を告げれば「では朝市にてよいものをそろえておきます」とこれも快く引き受けてくれた。しかし、怪訝な顔で。

「しかし、肉はどうなされるのですか？」

「それは、とびきり上等なのを調達する」

スノゥはニヤリと微笑んだ。

◇◆◇　◆◇◆　◇◆◇

「あたしは乗合馬車代わりじゃないんだけどね」

四英傑の一人にして、今や魔法研究所の若き所長ナーニャが唇を尖らせる。

場所はニグレド大森林帯。サンドリゥム王国の北に大きく広がる森だ。王都バライマドラから徒歩や馬なら数日かかる距離だが、転送ならば一瞬だ。

そんなわけでナーニャの手を借りたわけだが。

「そう言うなよ。ペリメニとシャシリクをごちそうするって言っただろう？」

スノゥがそう言って、「好きだろう肉？」と首を傾げると、「そりゃお肉は好きだけど、それはノクトの好物でしょ？」とナーニャが言う。

「私はガルプツィも食べたいわ。それにブリヌイも」

注文されたのは、ペリメニやシャシリクという料理とはまたまったく違う料理だ。

「スモークサーモンにキャビアのやつと、蜂蜜とスグリのジャムのヤツ両方よ」とノクトより注文が多い。それにスノゥは「はいはい」と返事をする。

冒険の旅で野営することがたびたびあったが、いつのまにかスノゥが料理番のようになっていた。

気心が知れてからは、メニューの注文を受けることもあったので、ナーニャとスノゥの会話はいかにも自然なものだ。

森の中で、うんと身体を伸ばし、スノゥが不敵に微笑む。

「さて、明日に使う〝肉〟を調達するか」

スノゥは久々に腰から双剣を抜き放った。

◇◆◇　◆◇◆　◇◆◇

スノゥが元気に森で暴れまわっている頃、スノゥが消えたと青い顔になった護衛騎士二人が、王宮の執務室にやってきていた。

ノクトは自分の腕のブレスレットを確認した。

すると確かに腕の宝珠の一つは赤に変わっていて、ノクトが顔をしかめる。スノゥが王都の外に出ている。それもかなり離れた場所に。となると魔法転移か？

そう思いつつ、すぐに地図を広げて確認すれば、宝珠の光はニグレド大森林帯をさしていた。

大型の魔獣もいるあんな場所に何故？とさらなる疑問が湧く。

すわ捜索か、と色めく騎士達だったが、地図上に赤い光を散らしていた宝珠の色が一転して、ひとつ赤から黄色へと変わる。

「待て」

これは王都に戻ったということだ。また転移した？

場所は……と今度は王都の地図を広げれば、黄色の光は王都郊外の……

見知った場所を指しているように見える、その光にノクトは眉間に皺を寄せた。

「私は一旦屋敷に戻る」

そして、そう秘書官に告げてノクトは執務室を出た。

◇◆◇　◆◇◆　◇◆◇

「早かったな」

馬を駆る時間も惜しく、ノクトが転送石で自宅に戻れば、同じく自宅に戻っていた〝妻〟とかち合った。

「それはなんだ？」

「見た通りのボアだぜ」

スノゥは肩に巨大なボアを担いでいた。牙も立派な雄だ。ノクトは素早く妻の肩から、そのボアを取り上げた。

「おう、助かる。解体するから厨房の裏まで運んでくれ」

スノゥが快活に笑って先に立って歩きだすのに、ついていく。

「ニグレド大森林帯で狩ったのか？」

「よくわかってるじゃないか」

「わかっていないのはお前だ。産後半年の者がやることか？」

「なんだよ、一瞬だったぜ」

「だからすぐに戻ってこれたんだろう？」とスノゥは言う。

確かにボアの眉間には短剣が突き刺さった傷があった。おそらく一撃で即死だったのだろうが。

もちろん、スノゥが一人で転送を行えるはずもないので、犯人は分かっている。

「まったく、ナーニャにも注意しておかねばならんな」とノクトがつぶやけば「ガルプツィとブリヌイで手を打った」とスノゥが笑う。

それで自分の今朝のつぶやきを思い出した。


「ペリメニとシャシリクが食べたい」


激務に疲れてなどいないが、つい漏れた言葉だった。執務室に閉じこもる毎日にあの冒険での野営をふと思い出した。

懐かしい妻の味も……だ。

ノクトは担いだボアを見つめてから、スノゥに再び視線を向ける。

「私のためか？」

「食べたいっていっただろう？」

「今すぐという意味ではない」

「でも、俺のペリメニとシャシリクって意味だよな？」

確かに我が家のシェフは王宮勤めが長い。スノゥが教えれば、おそらくは注文通りのメニューを作れるだろう。

しかし、それは妻の味ではない。

思わず黙り込むと、スノゥがイタズラっぽく笑った。

「仕込みがあるからな。明日の夕飯にする。中庭でかがり火を焚いて久々に野営気分だ」

「みんなに声をかけておいてくれ」と言われてノクトはうなずく。

まったく、これ以上怒れなくなってしまったではないか。

「だからな、今夜はお手柔らかにな？」

そう微笑まれて、またうなずいた。まあ、結局のところは少し虐めてやって次からの〝狩り〟は自分も伴うように、約束させたわけだが。

◇◆◇　◆◇◆　◇◆◇

ペリメニは小麦粉の薄い皮に挽肉を詰めて茹でたもの。シャシリクはニンニクやタマネギに香草にワインなどをまぜた汁に肉を漬けて、串焼きにしたものだ。さらに、今回使用するのは、絶品と名高いニグレド大森林のボアの肉。

それにナーニャの希望のガルプツィはキャベツの葉に挽肉と米を混ぜたタネを巻いて、焼いてから煮込んだ料理だ。それとブリヌイは小麦粉を薄く焼いたものに、食事ならばスモークサーモンにキャビアにサワークリーム、デザートなら蜂蜜やジャムをかけて食べる。

それらのメニューを、スノゥは確かに用意して、晩餐会を開いていた。

熊族の神官グルムもガルプツィは好物で、ナーニャの隣でむしゃむしゃ食べている。箆鹿《へらじか》の賢者モースにはビネグレットを。ビーツのサラダはスノゥも好物だ。

大公邸の中庭にて開かれる、身内だけの小さな晩餐会だ。

庭にテーブルを出して、各自好きに料理をとって食べている。

「うーん、うちの可愛い兎さんは料理も上手とは、ノクトは本当によい奥さんをもらったなあ」

四英傑の他に、なぜかカール王もいて、もりもり串焼きにされたボアの肉を食べている。歳のわりに健啖家だ。いや、そこは狼族か。並んでさらに肉の大盛りを気持ちよく食べているノクトを見ても思う。

そしてスノゥ自身はビネグレットをバリバリとやりつつ、ブリヌイの上には好物のゆでた白アスパラにサワークリームをかけて食べている。

「食べないのか？」

串焼きの肉をひとつ寄こそうとする夫に、ぶんぶんと長耳を揺らして首を横に振る。

「一口味見はしたからいい」

「うまいのにな」

「あんたがうまけりゃいいだろう」

そう返せばノクトは微笑んで、ペリメニを一口で食べて「また作ってくれ」という。

「今度は二人で狩りにいくぞ」

「約束したからな」

そんな訳で半月後、同じくニグレド大森林帯で巨大コッコを素早く狩る白兎と黒狼の夫婦の姿が見られたとか。

その日も大公邸の中庭でひらかれた夕食会で、出された大きなふわふわオムレツと、バター入りカツレツは大好評だったという。

○四つの遠吠え

二人の子供は生後半年を迎えた。双子といっても狼と兎だ。初めから身体の大きさや作りは目に見えて違いがある。その違いは成長するごとにさらに目立ってきていた。将来父親並の長身になるだろうシルヴァは、赤ん坊らしくまるまるしている上に骨太。アーテルもふっくらしているが、線が細くて柔らかい。

が、なぜかこの二人。体格と性格は反比例しているようで。

大公邸の子供部屋。

「う……」

シルヴァのちと苦しそうな声に、双子の寝ているゆりかごを覗きこんで、スノゥはやっぱりとため息をつく。

でーんと真ん中にアーテルが手足を広げて横たわり、大きな身体のシルヴァのほうがすみへと追いやられている。あげく、どんな寝相か、枕も蹴って逆に寝ているアーテルの可愛いあんよが、ぐいぐいとシルヴァの頬に当たっているのだ。

苦しそうに顔をしかめながら、なお寝ているシルヴァもある意味で大物だが。

「おやまあ……」とおっとりした乳母がシルヴァのほうを抱いて、一人用のゆりかごへと移す。

ただし、これで安心とはスノゥも乳母も思わない。乳母はシルヴァの様子を、スノゥは大の字で寝ているアーテルをじっと見る。

しばらくすると、黒い長耳がぴくぴくとうごいて、ぱっちりとアーテルの赤い目が開いた。

そして、自分の隣に片割れがいないことに気付くと「ふぇ……」と泣き出す。

するとそれまですやすや寝ていたシルヴァのほうも、銀色の頭の上の尖った耳をぴくぴく、尻尾をブンブンと振って、目を覚まして「うえっ！」とこちらはアーテルから比べるとだいぶ低い、泣き声というよりも抗議のうなり声みたいな響きをあげる。

「うえっ！　うえっ！」

乳母がアーテルを抱くスノゥと顔を見合わせて、苦笑しながらシルヴァを抱きあげる。

それから元の二人寝用のベビーベッドに双子を戻してやれば、今度は二人は仲良く寄り添って、きゃっきゃっと手を握り合っている。それを見てスノゥはつぶやく。

「泣くぐらいなら、シルヴァをベッドから追い出すなよ、アーテル」

「まあ、まだ生後半年ではおわかりになりませんし」

それもスノゥはわかっている。アーテルにはシルヴァに意地悪をする気持ちはなく、たんに気持ちよく寝ていただけなのだ。

そしてシルヴァといえば、アーテルの足が自分のほっぺに乗っかろうが苦しかろうが、怒ることがないんだから大物と見るべきなんだろうか。

そんな出来事を相談してみると。

「シルヴァは自分が〝強い〟という自覚がすでにあるんだろう」

夫婦の寝室。最近の育児の悩みでもないが、双子の成長を夫に話せば、そんな答えが返ってきた。

「生まれて半年でか？」

「私にもさすがに半年の頃の記憶はないが、物心ついたときには、他の者より強いという自覚があった。だからこそ、不用意に〝弱き者〟にその力を行使してはならないとな」

ノクトは純血種の黒狼だ。純血の狼は他の狼と毛色が違う。黒に、銀と。

純血種は生まれながらにその魔力がケタ違いに大きい。

子供といえど不用意に爆発させれば、周囲のものに怪我をさせるほどだ。

「アーテルだって純血種だぞ」

スノゥにはその確信があった。とはいえ、兎族の純血種というのはスノゥが初めてだ。狼族のように決定的な特徴はない。そもそもが、兎族は他種族と交雑しまくっているのだから、純血種という名前もおかしいのだが。

それでも、純血種であるノクトと自分の子なのだ。

隔世遺伝で他種族から長耳の子が出るように、弱いようで強い兎の血だ。

あの黒兎は確実に純血種だろう。

「この間も、シルヴァのでこを思いきりぺしんとやってな」

スノゥは顔をしかめる。驚いたような顔をして、それでも泣かなかったシルヴァは偉いというか、なんというか。

「もう一度叩かれそうになったら、さすがにアーテルの手を押さえていたけどな。そしたら力比べになって、シルヴァがびくともしないんでアーテルのヤツが逆にキレて泣き出した」

ワガママだと目をすわらせるスノゥにノクトがくすりと笑って、同じ寝台の横に腰掛ける。

「だから、シルヴァはアーテルに〝手加減〟してやってるんだ」

「手加減？」

スノゥがいぶかしげに訊くと、両手の指を絡めるようにして寝台に押し倒された。覆い被さるノクトがニヤリと笑う。

「私を力だけで押し返してみろ。腕だけだ。足はなしだぞ」

スノゥが目を眇《すが》める。それからぐうっとスノゥを押すが、宙で握り合った手はびくともしない。

魔法で強化でもしない限りは、純粋な腕力ではこの狼には勝てないだろう。

そもそもが勇者で純血種だ。スノゥも純血種で同じ男だ。しかし、種族も違うし体格も違う。

「この馬鹿力！」と言えば、笑いながら手を放された。腹筋だけで起き上がりベッドの上であぐらをかく。

「シルヴァがアーテルに手加減してやってるのはよくわかったよ」

確かに取っ組み合いのケンカになれば、必ずシルヴァが勝つ。それが本能でわかっているから、あの双子の弟兎に兄狼は甘いのだ。生後半年なのに大物すぎないか？

「だけど、甘やかしすぎるのはよくないぞ」

シルヴァが怒らなければアーテルだって増長するだろう。

あれのほうが力の加減がよくわかってない。

そう言うと、ノクトは甘い笑みを浮かべて、スノゥの額に唇を落とした。

「まあ、甘やかしたくなる気持ちはよくわかる。私も兎の妻に弱い」

「言ってろ」

伸びてくる腕に逆らわずにスノゥは目を閉じた。

◇◆◇　◆◇◆　◇◆◇

そして、双子が一歳の誕生日を迎えるという、日の近く。
名を呼び、スノゥはそのふくふくとした赤子の腕を軽くにぎった。もう一度シルヴァに向かって
「アーテル」
振りあげられようとした紅葉の手をだ。
初めは仲良く遊んでいたが、アーテルはすでに片手にアヒルのオモチャを握りしめているのに、
シルヴァのクマのオモチャを取ろうとしたのだ。
シルヴァはその手をいやだと押しのけた。

その瞬間アーテルはシルヴァの頬を叩いたのだ。叩かれた兄はいつものごとく泣きもせずに、きょとりとしていた。そして弟はムキになった顔でもう一度手を振り上げ――手をスノゥに押さえられたのだ。

「アーテル、お前はシルヴァがけして叩き返さないのをわかって叩いただろう？」

けして声は荒らげず静かに、スノゥは大きく見開かれたルビーの瞳をじっと見る。

乳母はなにか言いたげだったが、ちらりと視線を向けて、ここは自分に任せろと伝える。

スノゥはじっとアーテルを見つめて続けた。

「アーテル、これはよくないことだぞ。いつまでもシルヴァの優しさに甘えてはいけない。お前だってシルヴァのことが好きならば、優しくしなければ」

すると、ルビーの瞳がじわじわと潤んでぽろぽろと大粒の涙がこぼれる。黒い長耳がぺたりと寝て「う…あ……」と言葉にならない声をあげる。

そしたら、スノゥの服の袖をくいくいと引く手がある。傍《かたわ》らを見ればシルヴァが心配そうに見上げている。こちらの狼の耳も尻尾も垂れていた。

その頭をくしゃりと撫でて、スノゥは苦笑した。

「シルヴァお前もなあ。殴り返さないのは偉いが、嫌なことは嫌だっていっていいんだぞ」

きょとりとしていたシルヴァだったが、アーテルがぐしぐし泣きながら両手を伸ばすと、こちらも手を伸ばして抱き返していた。弟の涙に釣られたように、こちらも泣き出す。

アーテルが、シルヴァにぐりぐり頭を押しつけてる様は、ゴメンナサイといっているようだった。

◇◆◇　◆◇◆　◇◆◇

その後。

「アーテルのやつ、ときたま癇癪は起こすが、シルヴァをいきなりぶんなぐることはなくなったな」

「ほう」

「シルヴァのほうも、まあ、嫌なときに嫌とやんわり拒絶するようになった。お気に入りのオモチャは譲らない」

「よかったじゃないか」

「ただ、力比べになると結局アーテルのヤツ敵わないだろう？　それで泣き出す弟に、結局譲ってやってる。甘い兄ちゃんなんだなあ」

そう言って、スノゥは苦笑する。

そんな風に二人が少しずつ成長し、ノクトが王宮より帰ってきた夕餉のことだ。

家族用のサロンにはラグがしかれた床で遊ぶ双子の姿がある。

ちょうど大きな満月が、大きな窓越しに見えていた。その月を同じく大きな銀月の瞳で見つめて、シルヴァが小さな口を開く。

「う…ぅぁ…あぁああぁあ」

アーテルよりも普段は静かなシルヴァが月に向かって叫んだのに、隣の弟もスノゥも思わず「なんだ？」と目を丸くする。

それに窓の月を見て、ノクトが「ああ」と気付く。

「これは狼の本能だな。私も叫びたくなった」

そんな彼がすうっと息を吸い込むと、その口からは見事な狼の遠吠えが響いた。

これにスノゥはさらに目を丸くする。

「あんた月夜に叫んだことあったか？」

「大人になってからはさすがにしたことはなかったな。まあ幼い子供の頃は本能の衝動が強い」

実際、父の遠吠えを聞いて、シルヴァはそれにならうように「うぉおん…おんぉおお……」とさきほどよりは遥かにらしい声をあげる。

と。

「きゃぅうううう〜」

アーテルも鳴き出した。これは遠吠えというより、鳴き声だ。そもそも兎は鳴かないのだが。

ぷぅとは鳴くが。いや、これは鳴き声ではなくて鼻から息を出す感じだが。

スノゥはちょっと考えて「ああぁぁああ〜」とよいテノールで、さっきのノクトの遠吠えの音程をなぞった。迫力あるあの「うおおお〜ん」にはどう考えても負けるので。

するとアーテルがキョトンとして、「きゃううううぅぅ〜ん」とスノゥの音程をなぞった。さすが耳がいい。完全に子犬の鳴き声めいているが。

そんな家族、四人の遠吠えが、月夜の大公邸ではしばらく聞かれるようになったとか。

○小さな大冒険

双子が三歳を迎える直前。

純血種ならではの特殊な育児の問題が、乳母達の頭を悩ませていた。

あくまで乳母達で、その母は余裕であったが。

「シルヴァ様！」

「アーテル様！」

乳母と子供部屋付きのナーサリーメイド達の悲鳴に、スノゥは書斎で「またか……」と苦笑した。

目を通していた領地からの報告の書類を、ぱさりと執務机にほうり投げて窓へと向かう。

ひらりとバルコニーから外へと出て、屋根使いに中庭へと出ると、スノゥは二階の高さなどものともしないで飛び降りた。

窓は出入り口ではありませんよと、大公邸付きの執事のナイジェルにまた小言を言われそうだが、今は許せ、緊急事態だ。

「危のうございます」「誰か」「誰か」と騒ぐ乳母とメイド達と、騒ぎを聞きつけたのだろう庭師が、梯子を持ってきて木にかけようとしている。

木の上には双子の姿があった。

「アー、だめ」

「シル、イヤ」

四つん這いになって木の枝の先に行こうとするアーテルのチュニックの裾を、どうやらシルヴァが引っぱっているようだ。

慎重な兄と冒険家の弟。そんな弟の突飛な行動に兄はいつも振りまわされているが、最後にはキャッキャと二人で楽しんでいるのだから頼もしい。

今回も、乳母達の目を盗んで大樹に登ったアーテルを追いかけてシルヴァも……というところか。

普通の三歳児なら、太い木の幹に蝉みたいにしがみついて終わりだろうが、そこは純血種の子供というべきか、すでに歩くのも走るのもしっかりしている。とくにアーテルのわんぱくぶりは、乳母達やメイド達の手にはあまるようだ。シルヴァという抑止力があるにせよ、その兄も最後には楽しんでしまうのだから、仕方がない。

そろそろ乳母とメイドの他に男の従僕もつけなきゃならないか、と思ったところで、乳母とメイド達の悲鳴が響く。

シルヴァの手を力任せに振り払ったアーテルが、枝から滑り落ちたのだ。それを追いかけるようにして、なんとシルヴァも飛び降りて、弟の身体を抱きしめる。

スノゥはそれを見て慌てて空中に身を躍らせた。抱き合ったまま落下する二人が地面に激突する前に、風のように駆けてスノゥはしっかりと受けとめた。

ぎゅっと二人を抱きしめて、地面に転がり受け身を取る。

「「マーマ！」」

腕の中で声をそろえて笑顔を見せる双子達に、スノゥは苦笑した。

それから乳母のジェーンが小言を言いかけたのを目で制して、子供達に向き直る。

「シルヴァ」

銀色の狼の子の耳と尻尾は怒られるのを予感してか、少ししおれている。

スノゥは聡いシルヴァの頭にそっと手を置くと、屈んで視線を合わせた。

「弟をよく守ろうとしたな。褒めてやりたいが、お前まで一緒に落っこちてどうする？　落ちそうな弟を支えるぐらいじゃないとな」

ちと注文が厳しかったか？と思ったが、シルヴァは萎れかけていた耳をピンと立てて「はい」とよい返事をする。いい子だ。

「さて」

スノゥは腕に抱えたもう一匹の黒兎を見る。こちらは怒られるのは決定とばかり、長い耳がぺたんと横に寝ていた。

「アーテル。お前は俺の仔でありながら、あの程度で足を滑らせるなんて何事だ！　鍛え直してやる！」

一瞬アーテルはびくっと身体を震わせたが、あれ？というように首をかしげる。

スノゥは一瞬噴き出してから、二人をまた木登りに誘った。

こうしてスノゥが率先して、双子とともに木登りをし、下で乳母達が泡を吹きそうになっている中、木のてっぺんで、三匹で仲良く、例の遠吠えを響かせて降りてくることになった、までは……よかったが。

なぜかスノゥまで執事のナイジェルの説教を受けることになった。

さらには王宮から帰宅した夫にまで報告をされて。「どうやら、うちの一番のおてんばはお前のようだな、スノゥ」と言われてしまった。

納得出来ない。

◇◆◇　◆◇◆　◇◆◇

そんな双子の三歳の誕生日。

普段は華やかな夜会など開かれることのない大公邸ではあるが、この時ばかりはホールに大広間、晩餐の大食堂まで、一般の貴族達にも開放された。

ただし、子供達の祝いということもあって、昼間のティーパーティのみで、夕刻前には散会となる。

ノクトとスノゥとしては祝いごとなんて内々で済ませばよいと思っていたが、これに反対したのはカール王だった。ジジ馬鹿爆発ゆえの可愛い孫の誕生日を盛大に祝いたいのかと思ったが、どうやらそれだけではない。そこは老練な政治家だ。

「社交に隙のない大公夫妻とお近づきになりたい貴族共は多いのだ。一年に一度ぐらいは許してやらんと不満も出る」

なるほど一理あるな、とスノゥは思った。

国の行事や祭典はともかく、ノクトとスノゥは貴族達の個人的な茶会や夜会に招かれても断ってばかりだ。並の貴族ならば円滑な付き合いのために必要なのだろうが、そこは勇者と英傑。王家に次ぐ家格の大公家なのだから、こちらから頭を下げる必要はまったくない。

しかし、貴族達からすれば、やはり勇者とその妻の英傑にお近づきになりたく、その気持ちをあまり無下にするのはよくないというのだ。

つまりは一年に一度ぐらいは我慢しろと。

「せいぜい、祝いの品をぶんどってやればいいのだ」

老獪なお爺さまのお言葉である。

そんなわけで、本日は正装したノクトの隣でスノゥもまた盛装をまとっていた。

しかし国儀や祭典の時もそうなのだが、なぜ自分の衣装は結婚式のときと同じく、まっ白のうえにレースなんてバリバリに使った、男性の宮廷服ではあるがドレスっぽいものなのか？

「おじさんにレースもリボンもないと思うんだがな」

そう言って、首元のレースリボンのクラバットをいじれば、隣に立つドレス姿のナーニャが「なにいってるの」とフンと鼻で息をつく。

「そのつるつるの詐欺みたいな顔でいわれても、全然説得力ないわよ。世の中の頭が禿げて腹が出たオジサン達に謝らないと」

「なんで、俺が謝らなきゃならないんだ」

「安心して、どこからどう見ても外見だけは、儚げ系美青年だから」

「なにが安心しろ……だ」

むう、とスノゥは口を尖らせる。

スノゥとしてはこの顔でよい思いをした記憶がない。弱々しい若造となめられたり、いきなり襲いかかられたりと色々あった。

だからの髭だったのだが、しかし子供が産まれてからは伸ばしていない。

無精して一日でも剃らないと子供達がチクチクすると言うのだ。とくにアーテルのやつが。

「マーマは、お髭がないほうがいい」そうだ。

まあ、いまさら無精髭を生やす必要もないので、このままでもいいか……と思い始めている。

さて、眺めた茶会の会場では本日の主役でもある双子達も、可愛らしい盛装姿で、同じく可愛らしいお客様達の挨拶を受けていた。

貴族の子供達だ。いずれも親によく言い聞かせられているのか、緊張した面持ちで小さなレディ達はシルヴァに、そして男の子達はアーテルへと挨拶している。

くっきり分かれているのがおかしいと思うべきか、親達の下心が丸見えと思うべきか。

王侯貴族の結婚というのは家同士のものだ。本人達の感情や歳の差なんて関係なく行われるし、それこそ腹のなかにいるうちから、婚約が定められていることもおかしくない。

勇者と四英傑の仔にして純血種。将来の大公家の跡継ぎであるシルヴァに嫁げば玉の輿であるし、アーテルを『嫁』に迎え入れられれば、大公家との強力な繋がりを得られるうえに、勇者の血筋を手に入れることが出来る。さらに生まれる仔もまた純血種である可能性が大きい。

しかし、ノクトとスノゥは二人の子供の将来を勝手に決めるつもりはなかった。

彼らの好きにさせるつもりだ。もちろん血筋や家柄や色々なしがらみはあるだろうが、それでも、自分達が結ばれたようにいつか本当に愛する人と出会えたならば、それが幸せだと思う。

そんなわけでシルヴァはもちろんだが、普段はやんちゃなアーテルも、本日は行儀よくちょこんと椅子に座って、自分の前に立つ男の子達の挨拶を受けていた。

こういうときにはさすがノクトの血なのか、しっかりと王族としての役目を果たしている。

普段も少しはああしてお行儀のよい子ならば、乳母達の悲鳴も少しはおさまるんだがな……とスノゥは思う。

そして、やはり双子達にとっては、かしこまったこの場はいささか窮屈だったようだ。

少しは冒険したいと思ったのだろう。

◇◆◇　◆◇◆　◇◆◇

「いらっしゃったか?」

執事のナイジェルに、疲れ果てた様子の料理人とメイド達が首を振る。

「いいえ、地下の食料庫も隅々までお探ししたのですが、お姿がありません」

「いくらアーテル様がイタズラ好きといっても、こちらが必死に探していれば、声をお出しになるのに」

「屋根裏にもいらっしゃいませんでした」

そう言って従僕達が弱り果てた顔で、家のホールへとやってくる。

夕刻近くとなりすべての招待客を見送ったところで、シルヴァとアーテルの姿がないと大騒ぎになった。使用人達、総出で家中を探したがどこにもいないのだ。

「こうなると屋敷の敷地の外に出た可能性が高いな」

ノクトがつぶやけば「一体どこに……」と乳母のジェーンがハラハラと涙を流す。

スノゥは慌てている全員を見て、肩をすくめた。

「三歳の子供だ。土地勘がないのが逆にどこに行ったのかもわからんな」

そもそもこの屋敷と王城にしか行ったことのない双子だ。街中をお忍びで歩くにしても一家は目立ちすぎるために、いままで控えていた。

残っていたカール王が「全騎士団に命じて周辺を探させるのだ」と命じている。そこに門番より来客の知らせがあった。今日の招待客である、王都に一番近い小都市ミーゼルの市長だ。

双子の行方を知っているとの伝言に、ホールに通せば、市長は青い顔でノクトに「申し訳ない」と謝った。

彼の話では双子はなんと、市長の馬車の荷台に潜り込んでいたのだという。それが王都郊外のシャタンの森でいきなり飛び出した二つの姿に、慌てて御者が馬車を止めたということだ。

「それが大公殿下の二人の公子だと気付いたわけで」

銀色の毛並みの狼の子と黒い兎耳の子など、あの双子しかいない。

見間違えるはずもないだろう。

「私も外に出て、御者や従僕とあたりを探したのですが、夕暮れ時となると森のなかは薄暗くお二人のお姿を見失ってしまい……」

そこで引き返して屋敷に知らせてくれたというわけだ。しきりに謝る市長にノクトは「あなたのせいではない。むしろよく急ぎ知らせてくれた」とねぎらう。

カール王は王宮への使いに「全騎士団をシャタンの森へ」と告げ、市長に子供達が飛び出した場所を訊ねる。

市長は恐縮した様子で肩を縮めて、言った。

「王都側の街道の入り口を過ぎてすぐにございます」

「それならば、そう遠くには行ってはいまい。付近を探させれば……」

カール王の言葉にスノゥは首を振る。

「あの双子を並の三歳と思ってはいけません。なにしろ純血種の仔だ。駆ける足も速いし、足場が悪くたって跳ぶように移動します」

とくに好奇心に駆られたアーテルは手がつけられない。シルヴァがついているにしろ、あれだって三歳だ。

そんな子供二人が森にまぎれた。

捜索が困難になることは予想がついた。

◇◆◇　◆◇◆　◇◆◇

実際、双子は見つからなかった。

やはり街道の入り口付近に姿はなく、捜索の手は森の奥へ奥へと続いている。シャタンの森は大型の魔獣などは出ないが、三歳の子供達になにがあるかわからない。

時刻は真夜中にさしかかりつつあった。

近くですれ違った騎士団員二人のうち一人が木の根に足をとられたのだろう。「うわっ」と声をあげて「大丈夫か？」ともう一人に声をかけられている。

スノゥの顔にも若干の焦りがあった。

真夜中の足場の悪い森では、屈強な大人の騎士とても足を取られてしまう。アーテル達のことを考えて、一瞬地面を見つめた。

「真夜中の森を一人で歩いたことがあるか？」

スノゥがぽつりとノクトに聞いた。

「騎士団の夜間行軍訓練で、一人目的地を目指したことがあるが」

「悪い。もっと具体的に言うべきだったな。たどりつける場所なんてない。待ってくれる人もない。

そんな夜の道を一人歩いたことがあるか？　って聞いたんだ」

ノクトに、そんな経験は当然ない。彼はサンドリゥムの王子であり、生まれながらの勇者として預言されて、人々の期待と愛情を受けて育った。彼には帰るべき王宮があり、待ち受ける人々がいた。

だが、スノゥは……

「あのときの俺は十三だった」

それは彼が母を失い、父に「好きにしろ」と言われて放浪の旅へと出た歳だ。

誰にも頼るものなどなく、一人きりで。

「道は暗いうえに腹が減るとな、情けない気分になってくるもんだ。三歳ならもっと辛いだろう」

これほどまでにノクトに愛され、二人の子供がいるというのに、いまだにそんな思い出が脳をよぎる。

「……情けねぇな」

「親ならば心配して当然だ」

「あんたは頼もしいな」

「私は目的なくさまようことも、本当に飢えた経験もないからだ。だが、お前の気持ちにも寄り添いたいし、心細い思いをしているだろう二人を少しでも早く見つけだしたい」

そして、ノクトは思いきり息を吸い込むと大きく遠吠えを響かせた。

◇◆◇　◆◇◆　◇◆◇

「お腹すいた、マーマ、パーパ」

アーテルが泣くのをシルヴァはぎゅっと抱きしめた。

初めはアーテルのあとを追いかけて、ぴょんぴょんと森のでこぼこした地面を駆けるのが楽しかった。だけど、そのうちあたりは真っ暗になって、森から出ようとしたけれど、どっちがお家なのかわからなくて、アーテルが疲れた……とうずくまるのにシルヴァも足を止めた。

暗いしお腹は空くし、シルヴァだって泣きたかったけれど、ここで自分が泣いたら弟はさらに泣きじゃくるだろうと、ぐっと我慢してその身体を抱きしめる。

「きっとパーパとマーマがきてくれるから」

「いつ？　いつきてくれるの？」

そう聞かれるとシルヴァにもわからない。黙った兄に「きてくれないの？」とまた泣き出すアーテルにシルヴァも我慢している涙がこぼれそうになる。

そのとき、銀の狼の耳がぴくりと動いた。抱きしめた弟の黒い兎の耳もぴくりと。

遠くから、でも確かに聞こえる、太い遠吠え。

それに絡みつく、「あああ～」という綺麗なテノール。

あれは。

「パーパとマーマだ！」

双子は顔を見合わせて自分達も鳴いた。

うぉおおお～んと。

きゃうきゃうと。

そして、すぐに。

「シルヴァ！」

「アーテル！」

「パーパ！」

「マーマ！」

風のように駆けつけた両親に双子は抱きしめられたのだった。

◇◆◇　◆◇◆　◇◆◇

そうして、戦い済んで日が暮れてではないけれど。

「…………」

「…………」

一緒のベッドですやすやと眠りについている双子の寝顔を見て、ノクトとスノゥは顔を見合わせて微笑みあった。

説教するのはまた明日と、迎えにきた馬車に家族で乗り込んだのだ。

我が家に到着すれば料理人が温かなスープにサンドイッチを作って待っていた。二人は飛びつくように頬張って、お腹が一杯になるとそのまま寝てしまった。

二人で手分けして抱っこして子供部屋で寝かしつけて、そして夫婦の寝室へと向かう。そそくさと入れ替わりにシャワーを浴びて、スノゥは寝台にごろりと横になる。

「あ〜今日は疲れたな」

「さすがにな」

ノクトも横に身体を滑らせてきた。肩を引き寄せられて抱かれて「おやすみ」という言葉に、スノゥは夫の顔を見る。

「なにもしないのか？」

「してほしいのか？」

「ん〜今日はさすがになぁ」

その肩に甘えるように頭をすりつけて「このまま寝たいかな？」という。

「そうだな。私もお前を抱きしめたまま眠りたい」

「寝にくくないか？」

「いつもそうしているだろう」

「そうだった」

「暗い夜にもう独りにはさせない」という夫の言葉に微笑んで、スノゥは目を閉じたのだった。

○大公様のお楽しみ

グロースター大公邸の朝。その夫妻のベッドルーム。王侯貴族ならば夫と妻の寝室は別というのが普通だが、この夫婦の寝室はひとつ。ベッドもひとつきりだ。どんなにケンカした夜でも、スノゥが「ぷぅ！」と鳴いて、黒狼の年下の夫に背を向けて寝た朝には、その腕の中に抱きしめられている。

そして、スノゥが目覚める直前の毎朝の儀式。

チャリ……と左の耳元で音がして、ゆるゆると意識を浮上させる。これはノクトが寝ているスノゥの額にひとつ口づけてから、耳元のピアスを付け替えた音だ。

身体先行の関係で始まってからのノクトの朝の習慣だ。切っ掛けはスノゥが自分でつけていた銀のピアス。プレートに名前が刻まれたそれの意味をノクトが問いかけたときに、スノゥは答えたのだ。

冒険者なんてどこで死ぬかわからない。せめて墓に自分の名前ぐらい刻んでもらいたい。それにこの銀のピアスひとつで墓石代ぐらいになるだろうと。

そのあとだ。いつものようにさわりあいっこをして、あの頃はまだ尻にいれられてなかった――抱きしめられた腕の中から抜け出せずに、いつものごとく諦めて寝て目覚めた朝。

銀のプレートのピアスの代わりに、ミモザの花をかたどったイエローダイヤモンドのピアスがつけられていたのだ。

いわれのない贈り物なんて受け取れないと言ったスノゥにノクトは言った。

「これは贈り物ではなく、お前に『貸した』ものだ」

屁理屈だと思ったが、どうせ災厄討伐までのこと。報酬をもらったなら、この勇者王子との関係も解消だと思っていたスノゥは、それ以上反論することもなく受け入れてしまった。

あれがいけなかったんだよな〜と、後悔することになるとも知らず。

とはいえ、今となってはその後悔も後悔ではなくなってしまったのだが。

身体だけの関係と思っていたのが、いつのまにやら年下の勇者様に心までとっ捕まって、身籠もったうえに、順番が逆かもしれないが結婚までするなんて……だ。

そして、夫である勇者から、この国の宰相にしてグロースター大公閣下は、旅をしているときと変わらず朝、『妻』が目覚める前に左耳のピアスを付け替える。

片耳のピアスは既婚者の証でもある。とはいえ男であるスノゥは、そんなものなど意識せずに、自分の片耳に銀のピアスを付けていたのだが。

ちなみにその銀のピアスもノクトは大切に保管していると、スノゥは聞いている。どこにあるかは未だ教えてくれない。別に銀のピアスを取りもどしたって、この『夫』の元から逃げたりしないのに。

ピアスよりなにより〝愛〟という鎖にしばられました……なんて小っ恥ずかしくて言えないが。

で、ピアスだ。

片耳のピアスは既婚者の証。婚約のときに一番最初のものが贈られる。庶民ならば造花やリボンのそれが。王侯貴族やブルジョアならば宝石となる。

最初は「急いでいたから出来合いを細工させた」という、ミモザのピアス。それだってイエローダイヤモンドだ。結構なお値段だろう。

その次も深海のサファイアに星入りのルビー。さらには緑葉《りょくは》のエメラルド。

宝石の価値なんてわからないスノゥは、聖剣探査のときは冒険に気をとられて、ノクトに言われるままに身につけていた。

それがノクトのいきなりのプロポーズからの、ナーニャに『ノクトのもの』だと示すピアスを付けられていたことを指摘された。

そのうえでその宝石の値段を聞いて飛び上がるほど驚いた。

こうなると王子様の懐具合が気になってくる。長年の放浪でスノゥはケチ……もとい節約家でもあったので。

「最初のものはともかく、あとの宝石は亡き母よりすべて受け継いだものだ。気にしなくていい」

王子様の言葉にスノゥも元からあったものならば……と――気にしないことにした。自分の左耳で揺れてはいるが、それが王子様からの『借り物』という意識もあった。

彼の母の遺品を身に着ける。そのことの意味をそのときは深く考えもせずに……だ。

「母はほとんどの宝石を身に着けることなく、亡くなった」

ある日、ぽつりとつぶやいたノクトの言葉に、スノゥはどういうことだ？とぱちりぱちりと二度瞬きした。

大公邸の家族の居間。二人は長椅子に並んで座り、床に敷かれた白い毛皮のラグの上では、シルヴァとアーテルの双子が、オモチャを広げて遊んでいる。

「私の母は、私を産んでからほとんど床についていた。先の王妃が亡くなり、父王に嫁いですぐに私を身籠もった。それこそ宝石を身に着けて夜会に出たのは片手の指で数える程度だろう」

ノクトの母は彼が三歳のときに亡くなったと、聞いてはいた。彼を産んでから病床にあったと。

それでは確かに華やかな場で、宝石を身に着けることなどなかっただろう。

「いいのか？」

「なにがだ？」

「俺があんたの母さんの宝石をつけて」

「お前だからこそつけてほしいんだ」

そうして、スノゥの耳で揺れるピアスにさらりと触れてから、頬をなぞる。スノゥはそんなノクトの胸板にとんと額を押し当てる。

「……まったく、俺の左耳にピアスを付けたときから、あんた、そんなこと思っていたのかよ？」

「絶対に逃がすつもりはなかった」

「恐ろしいなぁ、もぅ……」

とんと拳でスノゥは夫の胸板を叩いたが、その拳には力は入っていない。

あの頃は王子様の一時の気まぐれで、スノゥは冒険が終わればおさらばだと思っていたのに、彼はもうその頃には――と考えるとなんだかくすぐったくも、胸の奥が熱くなってくる。

「あ～パーパーとマーマが仲良くしてる！」

「アーテルも！」と飛びついてくる黒兎の仔を、ノクトは片手で膝に抱きあげる。無言のままスノゥの腹に抱きついてきた銀狼の兄の肩をスノゥも抱き寄せてやる。

ぎゅうぎゅう身体を押しつけてくる子供達と、ひとつの団子のようになりながら、スノゥは思わず声をあげて笑った。

王子様にとっ捕まって可愛い子供達も出来て、自分も幸せだ――とは小っ恥ずかしいから、今は言わないでおこう。

でもいつかは……

この作品に対する皆様のご意見・ご感想をお待ちしております。

おハガキ・お手紙は以下の宛先にお送りください。

【宛先】

〒150-6008 東京都渋谷区恵比寿 4-20-3 恵比寿ｶﾞｰﾃﾞﾝﾌﾟﾚｲｽﾀﾜｰ 8F
（株）アルファポリス　書籍感想係

メールフォームでのご意見・ご感想は右のＱＲコードから、
あるいは以下のワードで検索をかけてください。

アルファポリス　書籍の感想　検索

ご感想はこちらから

本書は、「アルファポリス」（https://www.alphapolis.co.jp/）に掲載されていたものを、
加筆・改稿のうえ、書籍化したものです。

ウサ耳《みみ》おっさん剣士《けんし》は狼王子《おおかみおうじ》の求婚《きゅうこん》から逃《に》げられない！

志麻 友紀（しま ゆき）

2023年 12月 20日初版発行

編集－古屋日菜子・森 順子
編集長－倉持真理
発行者－梶本雄介
発行所－株式会社アルファポリス
〒150-6008 東京都渋谷区恵比寿4-20-3 恵比寿ｶﾞｰﾃﾞﾝﾌﾟﾚｲｽﾀﾜｰ8F
TEL 03-6277-1601（営業） 03-6277-1602（編集）
URL https://www.alphapolis.co.jp/
発売元－株式会社星雲社（共同出版社・流通責任出版社）
〒112-0005 東京都文京区水道1-3-30
TEL 03-3868-3275
装丁・本文イラスト－星名あんじ
装丁デザイン－AFTERGLOW
（レーベルフォーマットデザイン―円と球）
印刷－中央精版印刷株式会社

価格はカバーに表示されてあります。

落丁乱丁の場合はアルファポリスまでご連絡ください。

送料は小社負担でお取り替えします。


ISBN978-4-434-33074-2 C0093

復刻版まえがき

本書は平成二十三年（二〇一一年）に刊行された『松井石根《いわね》と南京事件の真実』（文春新書）の復刻版である。

十三年も前に上梓した本ということになるが、取材で日本と中国を駆け巡っていた時期は当然それよりも前であり、その当然の帰結として、本書に登場する方々の多くが現在では鬼籍に入っている。

今回、改めて原稿を確認するにあたり、彼ら取材対象者の言葉や表情が次々と思い出され、たまらない気持ちになった。南京戦に実際に参加された元兵士である島田親男さんもその一人だが、彼が涙ながらに発した、

「なぜ戦後の日本人は中国人の言うことばかり信じて、私たちの言葉には耳を傾けてくれないのでしょうか」

という言葉が、今も深く心に残り、傷のように疼《うず》く。

本書は、そんな彼らの遺言であり、遺書でもあるのだと思う。耳を傾けてくれる方が一人でも多くなることを心より願う。

早坂　隆

序章

昭和二十三年（一九四八年）十二月二十二日の夜、松井石根は巣鴨プリズン内の死刑囚房に座している。

巣鴨プリズンの敷地内には、六つの獄舎が立っていた。主に奇数棟が独房、偶数棟が雑居房という構成である。

同年十一月十二日に絞首刑の判決を受けた七名は、「第一棟」の三階に設けられた独房に、それぞれ囚繋《しゅうけい》されていた。七名の末葉《すえば》の宿りとなったその虚室は、三畳半ほどの広さで、床板が剝き出しになっていた。房同士を仕切る壁は頗る厚い。同じ階の他の部屋は、すべて空室とされた。

七名は監視員からの注視を浴び続けていた。昼夜を問わない厳しい監視の最大の目的は、死刑確定者たちの自殺を未然に防ぐことであった。鉄扉には改造が施され、いつでも廊下から室内を見渡せるような設計になっていた上、便所の硝子扉までもが外されていた。その狭き栖《すみか》とは、密室のようでもあり、それとは対極にあるもののようでもあった。恰《あたか》も、金魚鉢に相似していたとも言い得るだろうか。

しかし、その過度に神経質とも思える厳重な監視体制も、あと僅《わず》かな時間で終焉する。その夜、灰青色の世界の外側は、空蝉《うつせみ》の世を嘆くかのようにして、みぞれが降った。

七名は暁を待つことを許されない。彼らに夜明けは訪れない。死を隣に待たせた時間は、間もなく強制的に閉じる。

七名の内、初めに四名が独房から出された。絞首台が五基しかなかったため、一度に全員の処刑を行うことは物理的に不可能であった。そのため、四名と三名という二組に分けられた。

最初の四名の中に、松井も含まれていた。松井の他は、東條英機、土肥原《どいはら》賢二、武藤章という顔ぶれである。「第一組」となった四名は、一列となり、階段を使って一階まで降りた。一人につき二名の監視員が付き添っている。四名の両手には手錠がかけられ、更にその手錠に括られた紐が、股間をくぐる形で渡されていた。

午後十一時四十分、四名は仏間へと招き入れられた。巣鴨プリズン内は地域ごとに「色」の通称で区別されていた。例えば本庁舎は「グリーン」、運動場は「ブラウン」、第一〜六棟の監房は「レッド」といった具合である。

その仏間は「ブルー」地域にあり、元々は女囚専用の独房だった一室が改装されたものであった。

米軍の兵士たちが「チャペル」と呼んだその一室では、浄土真宗本願寺派の僧侶である花山信《しん》勝《しょう》が、死刑囚たちに最後の祈りを捧げる教誨師《きょうかいし》として、四名の到着を待っていた。巣鴨プリズンの初代教誨師である花山は、死刑判決が下される以前より、勾留中の彼らの心の慰めに努めてきた。

花山は石川県金沢市に建つ宗林寺《そうりんじ》の十二代目住職であったが、同時に宗教学の泰斗《たいと》として東京帝国大学で教壇に立っていた。専門は聖徳太子の研究などを中心とした日本仏教史だが、神道やキリスト教にも深い造詣があった。

僧侶であり学者でもあった花山は、昭和二十一年（一九四六年）一月、終戦連絡中央事務局と司法省から連絡を受けた。それは、自ら希望していた巣鴨プリズンの教誨師の役職に内定したという報であった。仏教だけでなく他の宗教にまで広く知悉《ちしつ》していた花山は、加えて英語も堪能で、このことが米軍側との折衝を滑らかにすると期待された末の人選であった。花山は若い頃に約二年間、ヨーロッパに留学した経験があった。

花山が教誨師という重職に指名されたのは、彼が四十七歳の時のことである。志願したこととはいえ、自らの職務がいかに重大であるか、その歴史的な役割を考えると、花山は震える思いであった。

四名が仏間に入ってきた。

法衣姿の花山は、仏前のロウソクから線香に火を灯すと、それらを一本ずつ、四名に渡していった。四名は渡された線香を香炉に順番に立てた。

四名は奉書に署名をするよう求められた。花山は用意した墨汁の瓶を開けようとしたが、コルクが思うように抜けない。仕方なく花山は、代わりに万年筆用のインク瓶を使うことにした。四名は手錠のまま筆を持ち、それをインクにつけて、最期の署名を為した。松井は若い頃から書が巧みで、その筆致は遍《あまね》く評判であったが、これが彼の絶筆となった。

石川県金沢市に今も建つ宗林寺の一室に、この時の絶筆が保管されている。固く施錠された部屋の中にその原物はあった。花山信勝の長男である勝道《しょうどう》氏が、檜の箱の中から丁寧に取り出す。勝道氏は信勝を継いで十三代目住職となった人物で、現在はその息子である勝澄《まさずみ》氏がこの寺の十四代目住職となっている。

信勝は平成七年（一九九五年）三月二十日に九十六年に及んだ生涯を閉じている。彼の命日は、オウム真理教によって「地下鉄サリン事件」が引き起こされた日と重なった。日本の仏教史の研究に尽力した信勝の一生を考えれば、それは一つの皮肉にも映る。

目の前の机上に置かれた半紙は、四名のものと三名のものと二枚ある。風化した紙の彼方此方《かなたこなた》には飴色の斑点が浮かび、多くの歳月の流れを感じさせた。

手錠のまま書かれたというこの絶筆の一枚目には、四名の姓名が縦書きで、右から土肥原賢二、松井石根、東條英機、武藤章という順に記されている。文字は薄墨のような色をしているが、裏返して紙の裏側を見ると僅かに藍色の名残りを確認できる。勝道氏は言う。

「以前はもっと藍色が濃かったように思います。墨ではなくインクが使用された証拠と言えるでしょう」

四名の筆致は美的価値ということとは別にしても、武人の書であると同時に充分に能書家のそれである。これは書の必定であるが、その墨蹟にそれぞれの個性がよく表れている。

四名の筆は、死を直前にした境地にもかかわらず、否、或いは死が目の前にあるからこそなのかもしれないが、気張ったところや、ぎこちなさがいずれもなく、虚飾が削がれ、どことなく淡々としている。手先で拵《こしら》えた色がなく、それでいて静寂とした筆の調子の奥の方に、確固不抜たる信念が感じられる。

東條のものは一見、剛胆にも見えるが、実は四名の中では最も繊細な書風で、女性的な色も具《そな》わっており、ここに彼が有していた本来の内なる性格の一端を垣間見ることができる。細部にまで神経が行き届いているが、それが過度に感じられる部分もある。

一方、松井の筆は、良いものを書こうという作意や匠気《しょうき》がすでに抜け、そのことが逆に凛とした印象を生んでいる。皮肉なことに、揮毫《きごう》した者のその後とは別に、書には生命が織り込まれている。それはその筆心が、鋳型から流れ出たものではなく、正直なところから溢れた結果であろう。

松井は背が低く、痩軀であったが、筆調には矮小《わいしょう》な色彩がない。魂魄《こんぱく》の軸の太さが、筆の穂先から滲み出ているようである。

後ろめたさといったものも感じさせないが、そのことが過剰でなく、自重と共に静かな叫びとして整っている。囚われたところの無さは、諦観の末の心地と考えれば得心が行く。

また、松井の書は中国風である。かの北大路魯山人《ろさんじん》は「優美さ」を重んじる日本の書に対し、中国の書は「容貌風采」を大切にすると看破した。松井の書体は、雅やかで淡い配色が施される日本家屋よりも、派手さがあって原色の配置を好む中国家屋に似合うようである。丸みよりも直線的な筆の伸びに松井の筆の特徴がある。

松井の書が中国趣味であるのは、犬養毅もそうであったように、その生涯自体が深くかの国からの影響を受けていた結果に他ならない。あえて中国風を狙う書家も日本には往古より少なくないが、松井の場合、その筆の運び方の全幅において、中国大陸の薫りが立つ作りとなっていて、それが仮借の書法ではなく、中味のある、言わば天分から生じたものであることがわかる。

絶筆を書き終えた四名はその後、コップに注がれた葡萄酒を呑んだ。葡萄酒は「NOVITIATE」という銘柄で、この言葉にはキリスト教における「修練」といった意味が含まれている。教会でのミサなどに用いるために修道会が造るワインの一つである。

花山信勝の長男である勝道氏は、父親が生前、

「東條さんは二杯、呑んだ」

と話していたことを覚えているという。

それから、死刑囚たちは用意されたビスケットを口に含むことが許されたが、これに実際に口をつけたのは松井のみであった。他の三名は、入れ歯を外していたことを気にして遠慮した。

松井も常用の入れ歯を外している状態だったが、彼だけはビスケットを所望した。花山が一つのビスケットを松井の口の中に入れた。松井は口をもぐもぐとさせてから飲み込んだ。皺の多い彼の喉元が、それ自体が一つの生き物であるかのようにして、呼応しながら蠢動《しゅんどう》した。

四名はその後、コップの水を呑んだ。

芝居がかった死への儀式が、ゆっくりと進捗している。

花山の読経の後、台本通り、刑場へと向かう。最後の万歳三唱の音頭は、東條の薦めにより、

最年長である松井がとることとなった。松井はすでにこの時、数えで七十一歳という老境である。

「天皇陛下万歳」

という松井の声の後、万歳三唱が行われ、更に、

「大日本帝国万歳」

との発声が続いた。

身を削るような声が、深夜の拘置所に響き渡った。

松井は手に念珠をかけていた。花山がその念珠を指して、

「これを、奥さんに差上げましょうか」

と聞くと、

「そうして下さい」

と松井は答えた。花山は念珠を受け取った。

それから四名は、仏間から八十メートルほど離れた場所にある刑場へと歩いて向かった。死刑囚たちは、当番将校や花山の先導で、土肥原、松井、東條、武藤の順で暗がりの中を進んだ。まさに還らざる死出の旅路である。

先を行く花山の背後に、念仏の声が連なる。彼らは念仏を唱えながら、騒然とした流転の時代

を生き抜いた自らの人生について、その記憶の断片を反芻していたのかもしれない。

刑場の入り口で、四名と花山は最期の別れを交わした。花山はそれぞれと握手を交わし、

「ご機嫌よろしゅう」

と声をかけた。花山によれば、四名は、「みなにこにこ微笑みながら、刑場に消えられた」という。

午後十一時五十七分、四名が通された死刑執行室は、まだ真新しい。黄色がかった照明が、まるで映画の撮影所のように、明るく絞首台を照らしていた。

立ち会ったのは、アメリカ第八軍憲兵司令官であるビクトール・W・フェルプス、巣鴨プリズン所長のモーリス・C・ハンドワークの他、中国代表の商震、イギリス連邦代表のパトリック・ショー、ソ連代表のクズマ・デレビィアンコらである。

絞首台は、地下に身体が落下する「地下式」ではなく、階段を上る必要のある「上架式」であった。高さ三メートルほどの絞首台の上までは、十三段ある階段を使用することになる。

死刑囚たちは身長と体重を予《あらかじ》め測られていた。体格の違いによって、ロープの長さなどが調節されている。

絞首刑は、首が絞まることによる窒息死というよりも、落下の衝撃で首の骨が砕けることによ

って死を招き入れる方法である。ロープの調節を過《あやま》てば、速やかに死ぬことができなかったり、逆に首が千切れてしまう恐れもある。

時計の針が零時を回り、日付は十二月二十三日となった。

それは皇太子明仁（現・上皇陛下）の誕生日でもある。

階段の下で各々の手錠が外された。その代わりに、四名の身体は革紐で縛られた。四名が順々に階段を上り始める。松井が先頭であった。

階段を上り終えた彼らは、四ヶ所の落とし戸の上にそれぞれ立った。四名の名前が確認された。立会人たちは、死刑囚たちの相貌を凝視し続けている。台上からも、念仏の声が漏れていたという。

零時一分、四名の頭に黒い頭巾が被せられた。

間髪入れずに、天井からするすると四本の綱が降りてくる。

四名の頭部が輪をくぐる。生と死の狭間に介在する暴力の輪である。その輪は論理的でもあり、非論理的でもある。

綱の具合が調節される。

革紐によって、両足首がくるぶしの辺りできつく縛られた。

零時一分三十秒、憲兵司令官の号令により、ルーサーという名前の軍曹がレバーを引いた。その瞬間、四名の足元にある踏み板が、一斉に外された。ガタンという鈍い音が室内に響いた。その音は、四名の耳に届いたであろうか。或いは、脳に感知される前に、神経は遮断されていたか。

四つの肉体は、宙に釣り下がった状態となった。八つの足の裏と、地面との間に存する空間が、彼らの生命を奪ったとも言える。

彼らの心臓から脈打たれていた鼓動は奪われた。温かい血潮はその流れを止め、冷却と硬直への坂を下り始める。四名の生涯が、うたかたの如く果てた。

松井石根が冥界へと発った瞬間である。胃の内部にあったのは、粘着質を帯びたビスケットの欠片《かけら》……。

四名の死亡が、医師により順番に確認される。

松井の死は、零時十三分に認められた。

この四名の後、続けざまに、板垣征四郎、広田弘毅、木村兵太郎の三名も刑の執行に臨んだ。

三名は先の四名と同様、まず仏間へと招き入れられたが、この時、広田が花山に対し、

「今、マンザイをやってたんでしょう？」

と聞いたという話がある。先の四名が行った「万歳」を、広田が「マンザイ」と称したというのである。このことは小説家の城山三郎が、自身の小説『落日燃ゆ』の中で「広田の痛烈な冗談」といった論旨で描き、この本がベストセラーとなったことで巷間に知られるようになった。

七名の内で唯一の文官であった広田が、「最後に軍人たちの行為を皮肉った」という話が、この小説を嚆矢《こうし》として完成した。しかし、花山信勝の長男・勝道氏によれば、信勝は生前、何度も次のような話をしていたという。

「広田さんが『マンザイ』という言葉を使ったのは本当だ。しかし、それは皮肉で言ったのではない。広田さんは九州の出身であったが、かの地の方言では『万歳』のことを『マンザイ』と訛《なま》る」

板垣の音頭により、広田も大きな声で、

「天皇陛下万歳」

と三唱をした後、刑場へと向かったという。

広田ら三名への刑の執行は、零時二十分のことである。

これが「戦犯」と断じられた七名への死刑執行であった。亡骸《なきがら》は棺に納められた。

松井が有罪となった訴因は、第五十五「連合軍軍隊並びに俘虜及び一般人に対する戦争法規慣例の遵守義務違反」である。

いわゆる「南京大虐殺」の責任者として、彼は刑場の露と消えた。

宗林寺の境内には法隆寺の夢殿を模して造られた「聖徳堂」という八角堂が建つが、その地下室に彼ら七名ゆかりの品々が今も眠っている。

その中には、刑の執行直前に彼らが口に含んだ葡萄酒の瓶もある。

色褪せたラベルには銘柄名と共に産地として「California」と書かれていた。琥珀色のその瓶の内部には、以前は「呑み残し」があったという。瓶には固く蓋《ふた》がされていたものの、内部に残存していた液体は、長い時の経過の中で蒸発してしまった。

空の瓶が見えざる虚しさを体現しながら、一つの残夢のようにして、或いは誰かの後ろ姿のようにして、意味ありげに屹立《きつりつ》している。

本当に蒸発してしまったものとは果たして何か。

それを探るための不確かな彷徨が始まろうとしている。

第一章

日中友好論者への道

松井石根。明治11年（1878年）7月27日—昭和23年（1948年）12月23日©朝日新聞社／時事通信フォト

生誕

南京大学の学生だというその青年は、キャンパスにほど近い料理店の一席で、こう言って口角泡を飛ばした。

「松井石根は、日本のヒットラーである」

彼の意見は、南京において例外的なものではなかった。彼とは別の人々からも、類似の言葉を私はそれまでに何度か聴いていた。その店の店主であろう、皺ばんだ白服を着た中年の男が、つまらなそうな顔つきで、汚れた小皿を洗いながら、時折、私と学生の議論に目を向ける。

彼との議論は終始、平行線を辿った。

南京において「松井石根」という名前は広く知れ渡っていた。フルネームを知らなくても「松井」の姓はわかるという人も少なくなかった。

しかし、そんな松井が実際には、日本陸軍きっての「日中友好論者」であったことについては、全く認知されていなかった。松井石根という一軍人の生涯の軌跡は、中国（支那）という国のことを憂え続けた一つの記録とも言い得る。私のそんな論旨に、目の前のその学生は、

「それは信じられない。日本人はもっと歴史を学ぶべきだ」

と言って首を横に振った。やがて学生は軽く咳をしてから苦笑を浮かべ、

「もういい」

とだけ口にした。店主の男が私の方を見て、にやりと微笑んでいた。

明治十一年（一八七八年）七月二十七日、後の陸軍大将である松井石根は、旧尾張藩（名古屋藩）の武家の家系に生を享けた。父・武圀《たけくに》と、母の久《ひさ》は子宝に恵まれ、八男四女を儲けたが、石根は六男である。

松井家の祖先は、遠く清和源氏に発するという。初代・維義《これよし》は源為義の子で、保元・平治の乱を避けて、家来の故郷である備中の「松井の庄」へと隠れ、以後、松井の姓を名乗るようになった。

維義から数えて七代目にあたる宗次は、建武五年（一三三八年）、備中の地を去り、駿河の国に移った。

戦国時代、松井家は今川家の譜代の家臣として、その興隆を支えた。松井信薫《のぶしげ》は初め城飼《きこう》郡平川村の堤城にいたが、後に二俣《ふたまた》の地に移って所領を拝した。二俣は北遠《ほくえん》地方（浜松市北部）の要衝である。

この信薫が開山したという神谷山・天龍院が、今も天竜川の東岸の地に護持されている。松井家の菩提寺となったこの寺に、石根はその生涯において三度、参詣し、祖先に手を合わせたという。三門（山門）へと続く道の傍らには、松井が参拝した際に記念として建てられたという角柱の石碑が今も形を留めている。

信薫の弟である宗信は、永禄三年（一五六〇年）、今川義元の陣営の主力として、桶狭間にて織田信長軍と対峙。結句、宗信は今川義元と共に討死した。

天龍院には宗信の首塚も祀られている。天龍院の東堂（前住職）を務める榎本泰宣《たいせん》氏は、こう語る。

「松井石根大将はこの寺を参詣した際、宗信公の首塚にも静かに合掌したと伝えられています」

他方、桶狭間の地に建つ長福寺には、今川義元と松井宗信を祀った木像が安置されているが、この寺には加えて、石根が直々に寄せたという自筆の書も保管されている。

額の中に鄭重《ていちょう》に収められたその書には「霊魂安為」という四文字が記されている。松井がこの寺を参詣した際に揮毫したものだとされ、同寺内に伝承する話によれば、松井は戦時中に二度ほど、この地を訪れて先祖の御霊に手を合わせていったという。

また、長福寺からほど近い桶狭間古戦場公園には、同じく「松井石根」の名前が刻まれた石碑が建っている。これは昭和八年（一九三三年）五月に松井が同地を訪れた時に筆を執ったものとされている。石碑の正面には「桶狭間古戦場田楽坪《でんがくつぼ》」と記され、その横に「陸軍大将松井石根書」という文字が並ぶ。「田楽坪」とは今川義元が討死した場所とされている。

以上は、松井が先祖ゆかりの地を大事に懸けていたことを示す幾つかの痕跡である。武人としての自らの宿命を、先祖の戦国武将に重ねる部分もあったのかもしれない。

戦国の世から時代は下り、宗信から四代目にあたる重親（武兵衛）は、名古屋の地の普請奉行の要職を務めた。今に残る名古屋市の碁盤目状の造りは、重親がいた頃の普請奉行の仕事に依る。石根の弟である七夫は、兄を追うようにして陸軍へと進むことになるが、彼は後にこう書いている。

〈私達の先祖は遠州二俣の城主をしてゐたが、後に、尾州侯の名古屋入城の時から尾州侯に仕へて、普請奉行や町奉行をつとめた〉（『兄松井石根を語る』）

松井家は言わば地域の名門であった。

しかし、時代が明治維新を迎えると、武家の生活は根底から覆された。石根の父親である武圀は、県庁や東春日井郡の役所、三河八名《やな》郡の役所などに勤めたが、総じて不遇をかこった。

武圀は水戸学に通じており、藤田東湖を敬愛していた。水戸学は儒学を基礎とした部分があるが、この武圀の影響により、石根は幼少時から中国の学問に馴れ親しんだ。石根が中国という国に親和性を抱いたのは、この父からの感化と言える。

以下のことは著者の類推の域を出ないが、父「武圀」の「圀」の字は、水戸光圀の一字であり、ここから憶測するに、武圀の父親も水戸学に通じた人物だったのではないだろうか。そう考えると、松井家は最低でも三代にわたって水戸学、並びに儒学に精通していた家系ということになる。

名前の話が出たのでもう少し続けたいが、では「石根」という珍しい日本語はどういった由来によるものか。

「石根」は「岩根」と同義であり、「土の中にしっかりと根を下ろした大きな岩」、又は「そのように大きな岩の根もと」のことを指す。その言葉の発祥は古く、万葉の頃には「伊波我禰《いはがね》」という表現が見られ、これがこの語句の元となったと考えられる。

また、奈良時代には小野石根《おののいわね》という人物がいた。彼は遣唐使として長安まで赴いたが、日本に戻る際に暴風によって船が沈んだため、不帰の人となった。名前だけでなく、中国に深く関係した人生という点においても二人は奇異な一致を見せるが、武圀が小野石根を意識して「石根」と命名したのかについては定かでない。

いずれにしても、松井石根の日中（日支）親善論は、その家風から出発していると言っていい。

小学校時代

石根は地元の牧野小学校に通ったが、学校ではどちらかと言うと無口な生徒だった。成績は優秀な方だったが、かといって首席というわけではなかった。

牧野小学校では、後の昭和十三年（一九三八年）、石根の足跡を讃える形で、一冊の冊子を製本している。昭和十三年と言えば、南京戦を終えた石根が帰国を果たした頃であるが、同校ではこの冊子を生徒たちに配布し、彼の生い立ちを伝える授業を行ったという。

この冊子の原物が、前述した桶狭間の長福寺に残っていた。表紙は失われ、紙の劣化も進んでいたが、中身の文字自体は充分に判じることができた。発行人として「名古屋市牧野尋常高等小学校長　伊藤久芳」という名が記されている。この冊子には、石根の幼少時代の逸話が詳しく書かれているが、その中には次のようなものもある。

石根は中途半端なことを嫌う性分であった。例えば試験の際に、答えが最後まで導き出せないと、途中まで回答していても、棒を引いて消してしまう。

「少しでも書いてあれば点が貰えるのだから」

とある時、先生が注意すると、

「あれは少し曖昧でしたから止めました」

と石根は整然と答えたという。物事が半端に終わることを厭《いと》うこのような性格的傾向は、彼のその後の生涯を俯瞰《ふかん》した時、極めて暗示的である。

身の丈は低く、痩身であったが、校内で行われる騎馬戦の際には、敵陣にいち早く突入するなど、機敏で気の強い部分もあった。

当時の牧野の地は、まだ人家も疎《まば》らな長閑《のどか》な土地柄であった。石根は川で釣りをすることを、とりわけ好んだという。

名家の子である石根は、近隣の者から「石様《いわさま》」と呼ばれていた。

困窮生活

その後、石根は上京して成城学校へと入学する。明治十八年（一八八五年）一月に、文武講習館という校名で産声をあげた同校は、軍人志望の少年の育成を主な目的とした教育機関である。翌年の八月に成城学校と校名を改称し、陸軍幼年学校への予備教育が施される学校として発展した。

松井も、陸軍軍人を志望しての入校であった。学校は全寮制である。

松井が軍人の道を選んだ背景には、差し迫った一つの理由があった。

父親の武圀が抱えていた負債である。松井家は言わば典型的な「貧乏士族」だった。名門である松井家とは言え、維新後は俸禄を失い、食うだけでもやっとという窮した営為を送っていた。

八男四女という十二人もの子を養うことは、親として大変な労苦であった。武圀は教育熱心でもあり、石根の兄である武節、國香の二人は、東京の学校へと入学していた。おそらく武圀は、旧家として相応しい教育を子供たちに受けさせたかったのであろう。弟の七夫は、松井家の当時の困窮ぶりについてこう記《き》する。

〈町の名家とは云へ格別収入が多いといふのではないので家計は並々ではなかつた。子供は多勢であり而も教育は熱心なので、学資だけでも相当なものであつた〉（前掲書）

幼少時から身体の小さかった石根だが、苦しい一家の家計のことを心に懸け、学費の負担の少ない軍人への道を選択したのであった。ただ前述の通り、松井家は元来、武家の系譜であり、家職を継ぐという思いも当人の中にはあったのかもしれない。七夫の回想によれば、石根には「松井家の復興」という強い決意もあったという。

その後、七夫も兄と同様の理由から陸軍軍人の道を歩んだ。

川上操六への感銘

成城学校を卒業した後、松井は陸軍幼年学校へと進む。

在学中、松井が感銘を受けた思想があった。それは陸軍の重鎮である川上操六が唱えた「日本軍の存在理由は東洋の平和確保にあり」という見識であった。川上は、日本が将来、ロシアとの戦争を回避することは困難だと断じ、その防備としてアジア全体の秩序を構築し直す必要性を訴えていた。そのための軸となるのは、日本と中国（支那）の良好な提携であるという。

この川上の思想に接して強い共鳴を覚えた松井は、中国への興味を改めて深めていく。松井はまず、漢語の習得に努めた。

幼年学校卒業後、松井は順調に陸軍士官学校へと入学。時は、日清戦争が終わった翌年であり、学校内では隊附の訓練が増やされるなど、より実戦的な教育課程への移行が模索されていた。

第九期生の松井の同期には、錚々《そうそう》たる顔ぶれが並ぶ。真崎甚三郎や本庄繁、荒木貞夫、更には後の首相である阿部信行もこの期である。

日清戦争に勝利した日本は、台湾や遼東半島を獲得した。しかし、三国干渉により、遼東半島は返還を強いられていた。

ちなみに、後に松井と共に巣鴨で刑死することになる広田弘毅は、これも松井と同様、貧困の家計を助けるために陸軍士官学校への入学を希望していたが、この三国干渉に衝撃を受けた彼は、人生の方向転換を決意する。「軍事力で勝っても外交で負けたら意味がない」と悟了した広田は、軍人への道に見切りを付け、一転して外交官を目指すようになる。

一方の松井は、陸軍士官学校において、精神を練り、見識を養う日々を送っている。松井の成績は同期の面々と比べても優秀で、明治三十年（一八九七年）十一月の卒業時の成績は全体で二番目、つまり次席であった。

一方、松井が関心を向けた中国という国は、日清戦争の終結後も、近代化の苦しみの中にある。日清戦争に敗れた清朝は、国家を根幹から改革すべき必要性に迫られたが、彼らが手本としたのが日本の明治維新であった。しかし、康有為らが主導した改革運動は、西太后を戴いた保守派のクーデターにより挫折。康有為は日本に亡命した。

一九〇〇年に起きた義和団事件において、清朝の失墜は顕著となり、翌年に北京議定書が締結されると、欧米列強の中国大陸への進出は一気に勢いを増した。

中国は列強諸国からの圧力によって喘《あえ》いでいる。民衆の間には、反作用としての強烈なナショナリズムが昂揚しつつあった。

そんな中国の動向に仔細に目を配りながら、松井は勉学や訓練に励み、将来への地固めに夢中となっている。

日露戦争への出征

陸軍士官学校を卒業した松井は、明治三十四年（一九〇一年）十月に陸軍大学校（陸大）へと進んだ。

陸大では第十八期にあたる。真崎甚三郎や本庄繁、阿部信行は松井よりも一年、入学が遅れたため、第十九期となった。当時の陸大の合格率は一割前後であり、多年にわたって受験する者がほとんどであった。

松井が入学する前年から、陸大の選択科目に中国語が加えられていた。陸大の外国語教育は元来、ドイツ語とフランス語からの選択制であったが、明治三十年からロシア語と英語がこれに加わり、明治三十三年から中国語も選択可能になった。このことは陸軍が「中国を専門とする高級将校」を育成しようと力を入れ始めたことを意味している。

松井は迷うことなく、中国語を選んだ。

陸軍の高級幹部養成機関である陸大に順調に進んだ松井だが、在学中の明治三十七年（一九〇四年）二月八日、日露戦争が勃発する。大国ロシアとの国運を賭した開戦に、松井の人生も大きく左右されていくことになる。

開戦の翌日である九日、陸大は閉鎖されることとなった。松井たち在学生は中退扱いとなり、急遽、戦地へと向かうよう命令が下された。

松井は原隊である名古屋の歩兵第六連隊の中隊長として大陸に出征し、金州、得利寺《とくりじ》、大石橋《だいせききょう》といった戦線で指揮を執った。

その後、首山堡《しゅざんぽ》の戦闘では、中隊がほぼ壊滅という激戦となり、松井も交戦中に負傷。大腿部貫通銃創という重傷を負った。

松井は入院生活を余儀なくされたが、大尉に進級した後、沙河《さか》の戦闘において復帰。第二軍の副官となった。

陸軍大学校への復学

明治三十八年（一九〇五年）九月五日、日露戦争は終結。戦争としては日本の勝利に終わったものの、結局、約百万人もの日本兵が動員され、約十二万人が戦死（戦病死を含む）するという未曾有の大戦となった。

その上、大きな犠牲を払った戦争であったにもかかわらず、ロシアから得た権益は充分なものとは言えず、これを不満とする民衆による焼き打ち事件などが国内で多発した。

そのような状況が漸く収束の気配を見せ始めた明治三十九年（一九〇六年）三月、陸軍大学校が再開となり、松井は同月二十日に復学を果たした。

ロシアからの復讐が予測される中で、日本は早急に軍事力を整備する必要性に直面している。そうした緊迫した国家情勢下、松井は高級将校としての教育課程へと戻った。

この時期の松井が思想的な影響を受けたのは、同郷の先輩にもあたる荒尾精である。

安政六年（一八五九年）、尾張の地に生まれた荒尾は、清国での滞在経験も豊富で、参謀本部支那部附として勤務するなど、中国の専門家という立場で陸軍内に確固たる地位を築いていた。

日露戦争後の東京には、一万人を超える中国人留学生が訪日していたとされる。大国ロシアを破るまでに発展した日本の近代化は、中国の良き教科書と看做《みな》された。

　旧態依然とした清朝を打倒し、近代的な中国の誕生を実現しようとする孫文ら革命派の活動も、東京を根拠地として行われた。孫文が東京において中国革命同盟会を設立したのは一九〇五年のことである。日本も、中国人留学生の枠を大きく広げるなどして、隣国の近代化を強く支援した。

　荒尾の思想の根底にあるのは、日中の強い提携である。欧米列強の侵略に対し、アジア諸国が連携しあって対抗していこうというのが、その主張の要であった。

　しかし、現状の中国は国力も弱く、欧米列強の食い物にされている。そういった国状の中国を、強国として「改造」していくことが、日本の国防上からも重要である。荒尾のこのような姿勢を高く評価し、後援していたのが川上操六であった。

　松井はこの荒尾の思想に触れて感銘を強くした。荒尾のこのような考え方が、その後の松井の精神的中核を養い、血肉となり、思想体系の基調を形作ったと言える。荒尾が掲げた理想は、後に松井が創立する大亜細亜協会への土壌となった。

　明治三十九年（一九〇六年）十一月二十八日、松井は陸大第十八期、三十四名の内、「優等」で同校を卒業した。首席は樋口鉄太郎である。首席に続く成績上位五名が選ばれる「優等者」には、天皇から恩賜の軍刀が授けられる。「軍刀組」は言わばエリート中のエリートであった。

陸軍の中でも特別な秀才が集まる陸大において、「恩賜の軍刀組」となったことは、松井の聡明な一面を窺わせる事柄である。ちなみに、この第十八期の中で大将まで昇進するのは、松井一人のみである。

陸大を優秀な成績で卒業した松井は、前途を嘱望される逸材として、参謀本部への配属となり、一旦、フランスへと派遣された。

中国大陸の混乱

フランスから帰国した松井は、明治四十年（一九〇七年）、次なる勤務先として、清国へと派遣されることとなった。これは、松井が自ら志願してのことであったと言われている。

陸大の成績上位者の多くは、どちらかと言うと欧州への赴任を好み、中国への派遣を嫌う傾向があったが、松井は自分から希望しての中国行きとなった。陸大の「軍刀組」であるにもかかわらず、自ら中国行きを選ぶことは、「変わり者」扱いをされることもあったという。

それでも松井には信念にも似た感覚の手触りがあった。日中関係を良好なものとして築き上げていくことが、日本、更にはアジア全体の安寧に繋がると、松井はそう直感的に感じ取っている。

日本は日露戦争の結果、ロシアが満蒙（満洲と内蒙古）地域に有していた権益を獲得した。すなわち、東清鉄道の新京より南の線（満鉄）と、遼東半島（関東州）の譲渡である。満鉄沿線の奉天などの都市の行政権や駐兵権も合わせて得た。

しかし、そんな潮流に対し、狭義の民族主義が高揚しつつある中国では、反日、抗日的な運動が芽を吹き始めていた。

一六四四年から清朝の支配が続いた中国だが、その近代史は苦渋に満ちている。阿片戦争を契機としてイギリスの植民地支配が始まるが、その後も、ドイツ、フランス、ロシアといった国々が、中国に対する自国の権益を強引に確立した。

そんな中、日本は中国において最も遅く権益を有する形となったが、これに対する中国側からの感情的な反動は、日本の予測を遥かに上回るものであった。「中国が世界の中心である」という中華思想を有し、日本を古くから「東夷」として蔑む向きのあった中国の民衆において、日本人の優位を認めることは生理的な拒絶を生んだ。

日中関係は、世界的に広がる帝国主義という不可逆的な大波の中で、剣呑な気配を濃くしている。

松井がそんな清国へと旅立とうとしている。

宇都宮太郎からの感化

この時期の松井の存在に着目していた人物の一人に宇都宮太郎がいる。

文久元年（一八六一年）、佐賀鍋島藩士の家系に生まれた宇都宮は、日清戦争時には大本営陸軍参謀として手腕を発揮。その後、参謀本部第三部員、駐イギリス大使館附武官を経て、明治三十九年（一九〇六年）四月から陸大の幹事の職に就いていた。宇都宮は、松井の高い能力と、素朴で真面目な人柄に目を付けた。

宇都宮はこの時期、日中間に横たわる喫緊の諸問題を解決するために、頭を悩ましていた。宇都宮は、松井を中国問題の専門家に育成し、自らの懐刀として側近に置こうと欲した。

宇都宮は、清国への派遣が決定している松井に対し、縁談まで持ちかけ、公私にわたって彼を支えようとした。それだけ松井に惚れた部分があったのだろう。

宇都宮が松井の伴侶として薦めたのは、平山成信《なりのぶ》の長女・温子（春子）である。平山成信は、宇都宮の妻・寿満子の姉・竹子の夫で、内閣書記官長などを歴任した実力者である。宇都宮にとって、温子は姪ということになる。

松井にとってはまたとない縁談のはずであった。しかし、松井はこれに躊躇する。当時の松井には負債があった。父親の借金を兄弟で肩代わりしていたのである。松井はこの負債を理由に縁談に後ろ向きだった。『当分、妻帯はできない』というのが松井の率直な心持ちであった。松井は弟の七夫を通じ、宇都宮に事情を打ち明けて陳謝した。

それでも宇都宮は熱心に松井に迫った。松井はとうとう、年賦払いでの借金整理計画を作成した上で、縁談を承諾することにした。

ところが、以前から病気療養中だった平山成信の体調が悪化するなどしているうちに、松井は清国に赴任してしまい、縁談は以降、思うように進展しなかった。

結局、松井が清国に滞在している間に、温子には、外相・小村寿太郎の長男である欣一《きんいち》との縁談が新たに持ち上がった。この縁談は滑らかに進み、結果、松井とは破談となったのである。

また、この時期、中国から蔣介石が来日している。蔣介石の下宿の斡旋をしたのが松井であったという説もある。陸軍の留学生であった蔣介石は、東京の地において近代戦争のあり方を根本から学んだ。蔣介石が後に構築する中国軍の教育システムは、日本の陸軍士官学校をその手本としている。

松井と蔣介石、後の南京戦において対峙することになる二人の人生が、歴史の妙味のようにして、奇怪な交錯を見せている。

中華民国の樹立

清国に赴任した松井の主な勤務地は、北京と上海であった。直接の上官には当時、陸軍内で随一の「支那通」と呼ばれた青木宣純《のぶずみ》がいた。青木は日露戦争時には特務機関で活躍し、その後、清国公使館附武官となっていた。青木は明治期の「支那通」のイデオローグと言える。松井は、この青木の下で軍務に精励し、情報収集などの分野において幅広い実務経験を積んだ。

清国滞在中の松井は、南京にもしばしば足を延ばして逗留した。南京での松井の常宿は「宝来館」という名前の旅館であった。この宿は日本人の経営だったが、その創業者である鈴木萬太郎という人物が、当時まだ大尉だった松井との思い出を、後に雑誌の誌面でこう語っている。

〈身体は貧弱だが、元気がよくて、その頃から見所があつた。

「松井さん、あんなに丈は小さいが、どこか見所がありますぜ。中将は請合ひまさ」

つて云ひますと、松井さん、まさか御自分でも、大将になるとは思はなかつたんでせう。笑ひながら、

「親爺、その時には、うんと奢るぜ」

つて、云つてましたが、中将どころか、大将になつちやいました。中将になつた時、そのこと催促したら、何んと五百円送つて来ましたぜ〉（『話』昭和十三年二月号〔文藝春秋社〕）

松井は清国滞在中の明治四十二年（一九〇九年）、大尉から少佐へと進級した。

松井は中国の専門家として研鑽を続けている。当時、中国に関する情報収集は、外務省よりも陸軍の方が力を有していた。対中関係のスペシャリストである彼らは、その多彩なネットワークを駆使して、中国大陸の最新情報を熱心に集めていた。

松井が、孫文と親交を厚くするようになったのもこの頃である。松井の実弟・七夫によれば、二人は「情熱の友」であったという。

一九一一年、その孫文らの手によって辛亥《しんがい》革命が勃発。列強に国土を侵蝕され続けた清朝政府への不満が爆発する形で、革命運動は中国全土へと一挙に拡散した。犬養毅や宮崎滔天《とうてん》、平岡浩太郎、末永節《みさお》、頭山満《とうやまみつる》、北一輝、梅屋庄吉など、多くの日本人も孫文らの勢力を陰日向となって援助した。辛亥革命を通じて漸く「目覚めた」中国と連係し、西洋諸国の帝国主義に対抗しようというのが彼らの考えであった。

彼らの思想は「アジア主義」の原点とも言えるが、松井の対中観も同様であった。日本一国では、欧米列強のアジアへの進出を跳ね返すことは困難である。欧米の帝国主義と対峙するには、近代化した中国との適切な連係が欠かせないというのが、松井を含む彼らの立脚点であった。

宮崎らは孫文率いる革命勢力に対し、資金面も含めて強力に支援した。辛亥革命は、このような日本人の協力なしには実現不可能であった。

革命の報を聴いた石原莞爾《いしわらかんじ》は、当時の駐在地である朝鮮半島の地において、「新生中国の前途」を祝し、部下たちと共に万歳を叫んだという。

翌年二月、孫文らの革命は成功し、清国は崩壊した。帝政は廃止され、共和制を敷く中華民国が正式に樹立されることとなった。首都は南京と定められ、臨時大総統として孫文がその地位に就いた。

こうして孫文らの勢力が国の実権を握ったわけだが、各地に林立する軍閥同士の衝突は以後も続いた。

中国の秩序は依然として定まらず、治乱興亡の渦中から逃れることができない。中国の治安が一向に収まる気配を見せない中で、日本側には満蒙の独立を志向する動きが徐々に活発化していった。日本の関東軍は、軍閥の指導者である張作霖《ちょうさくりん》を、親日派として利用しようと試みるようになる。

対華二十一カ条要求

一度は縁談の流れた松井であったが、大正元年（一九一二年）、宇都宮太郎の承諾を得た上で、農商務省の鉱山局長・磯部正春の娘である文子と結婚することとなった。文子は学習院女学部卒の令嬢だが、ものごとは割合とはっきり言う性格で、勝ち気で活発な部分もあったという。

当初に企図された平山家との縁談は実を結ばなかったものの、宇都宮の松井に対する信頼は、その後も揺るぎないものであった。宇都宮はこの時期、自らの「対支那私見」といった対外政策の構想を、松井に内々に披瀝している。このことは、宇都宮の松井に対する信頼の厚さを証明するものと言える。宇都宮は三菱財閥の岩崎久弥に十万円の資金を供出させて、これを松井に任せ、孫文を支援するための元金に使わせた。

大正二年（一九一三年）一月には、松井の実母である久が病没。

「ありがとう。お世話になりました」

が最期の言葉だったと言われている。

四月、松井は仏領インドシナに赴いているが、これも宇都宮の意向と斡旋による。宇都宮は

「欧米帝国主義に対するアジアの共存共栄」を命題として掲げており、そのための土壌となるべく東南アジア政策にも心血を注いでいた。

後の松井のアジア観の雛形がここにある。松井は宇都宮を終生、師と仰いだ。

大正四年（一九一五年）、松井は中佐へと進級し、松山の歩兵第二十二連隊附となった。松山での駐在は四ヶ月ほどと短く、その後、松井は再び中国へと戻る。松井は青木の補佐役という役柄で三年ほど上海に駐在し、現地の最新状勢に目を配りながら、かの国への理解を陶冶していった。

大正三年（一九一四年）から始まっていた第一次世界大戦の中で、日本は翌年、中華民国政府に対して「対華二十一カ条要求」を発した。中国での権益を確保しようとする日本側のこうした動きを、中国側は「国辱」として受け止めた。中国側の日本への反感は大きく増した。

そんな中、松井の主旋律は一貫して「日中親善」を奏でている。

この上海時代に、松井は大佐となった。この時期、松井は青木からの指示を受けながら、上海を拠点として南京、漢口、天津など、中国の各地を精力的に巡っている。袁世凱《えいせいがい》の帝政に反対した青木は、孫文ら南方政府の国民革命を支援していたが、松井はその実務者の一人として中国各地を奔走した。松井が国民党の要人たちと太いパイプを築いたのも、この大佐時代である。

九カ国条約の調印

第一次世界大戦の講和会議は、大正八年（一九一九年）一月にパリで行われたが、日本は戦勝国側の一国として、ドイツが中国に有していた権益（山東省の利権）などを獲得。このことも、中国側の日本への心象を悪くさせた。

同年二月、中国から帰国した松井は、姫路の歩兵第三十九連隊の連隊長となる。

松井が去った後の中国では、対華二十一カ条要求への抗議運動が盛んに行われた。いわゆる「五・四運動」である。北京で始まったこの運動は、燎原の火の如く中国各地へと燃え広がっていった。松井の思惑とは裏腹に、中国の民族主義の矛先は、欧米から日本へと向けられてゆくのである。

大正十年（一九二一年）には、日本軍のシベリア出兵に際し、松井は浦塩派遣軍参謀となり、現地へと渡った。その後、ハルビン特務機関長に任命され、張作霖の顧問という立場を担った。

翌年、国際社会ではワシントン体制の発足と共に、九カ国条約が調印されている。中国の主権の確認、市場の門戸開放などが盛り込まれたこの内容に日本も同意。中国についての一定の「ルール」が定められた。

日中両国は、この九カ国条約に基づく形で新たに条約を結び、日本がドイツから権益を受け継いでいた青島租借地が中国側に還付されることとなった（山東還付条約）。対華二十一カ条要求についても、幾つかの条項を日本側が撤回することで決着が図られた。

大正十二年（一九二三年）三月、松井は少将へと昇進。翌年二月から歩兵第三十五旅団長となり、大正十四年（一九二五年）五月、参謀本部第二部長という栄職に就いた。参謀本部の第一部が「作戦」を扱うのに対し、第二部は「情報」を担当する部署である。

それまでの第二部長の職は、「欧米通」の者が就くことが多く、「支那通」の松井の就任は、異例の人事とも言えるものであった。

孫文の大亜細亜主義

松井は参謀本部第二部長として、改めて日本と中国との間の懸案事項に向き合うこととなった。この時期の中国は国状が頗《すこぶ》る不安定で、依然として内戦と言っていい状勢にある。

一九二四年一月、中国国民党は「連ソ」「容共」といった党の方針を掲げ、これにより第一次国共合作が成立した。同年九月に始まった第二次奉直戦争（奉天派軍閥・張作霖と直隷《ちょくれい》派軍閥・呉佩孚《ごはいふ》との戦争）では、日本の支援を受けていた張作霖の勢力が北京政府を掌握した。

同年十一月、孫文は神戸を訪れ、後に「大亜細亜主義演説」として知られることとなる演説を行った。孫文はこの中で「大亜細亜問題とは、東洋文化と西洋文化の衝突する問題」「大亜細亜主義の中心は、東洋文明の仁義道徳を基礎としなくてはならない」「亜細亜は仁義道徳をもって聯合《れんごう》、提携して、欧州からの圧迫に抵抗すべき」などと熱弁を振るい、自説である「大亜細亜主義」の重要性を強調した。孫文のこのような考え方は、松井の世界観の母胎にもなった。孫文の演説には「日本は今後、どのような道を選ぶのか」という問いかけも含まれていた。

そんな孫文であったが、翌一九二五年三月十二日、北京にて死去する。これをもって国民党内では、右派の蔣介石と、左派の汪兆銘《おうちょうめい》との間で、後継者争いが激化していくことになる。同年七月、国民党による国民政府が広州の地に発足。国家元首である主席の座には汪兆銘が就いた。

その後も国民政府内の勢力争いは紆余曲折を経る。一九二六年三月の中山艦《ちゅうざんかん》事件以後は、政治工作に勝利した蔣介石が、党内の実権を握っていくことになった。

七月からは、蔣介石の指導の下、「中国統一」を旗印として北伐が開始された。張作霖の勢力を打倒することを目的として、国民党軍は南から北へと向かって猛進。更にこれに閻錫山《えんしゃくざん》の一団が加わり、中国の混乱はより激しいものとなった。その後、国民党は分裂状態となり、一九二七年二月には汪兆銘の武漢政府が誕生することになる。

このような中国の動乱期を、松井は参謀本部第二部長として睨み続けている。松井が唱えていたのは、蔣介石と張作霖の両派の「融和論」である。いち早く内戦状態から脱し、反共を軸とした新体制を整えることが、中国の取るべき最善の道だと松井は考えていた。

そんな松井を助けたのが実弟の七夫であった。陸軍士官学校（第十一期）、陸軍大学校（二十期）を卒業した七夫は、大正十二年（一九二三年）から奉天特務機関長、大正十三年からは奉天督軍顧問の役に就いていた。

排日運動の激化

日本は引き続き、自国と欧米列強との権益の衝突という命題の中にいる。

「民族自決」や「反覇権主義」を唱えたワシントン体制は、新たな国際的枠組として定着し、「帝国主義一辺倒」の時代に潮目の変化を与えていたが、しかしその本質が英米本位の和平秩序であるという側面は否めない。

現状のアジアは、欧米の食い物にされたままである。その桎梏《しっこく》から脱するためには、アジアの二大国である日本と中国がしっかりと歩調を合わせ、適切に協力する必要があると松井は考えている。

しかし、現実の日中関係は激しく流動化していた。

昭和二年（一九二七年）三月には、蔣介石の国民革命軍が南京を占領したが、この際、外国領事館と外国人居留民が襲撃されるという「南京事件」が勃発。治外法権であるはずの日本領事館も攻撃の対象となった。日本人居留民の多くは、日本海軍の軍艦の救助を得て上海へと逃げ延び、九死に一生を得た。

このような排外的な暴動の発生に対し、欧米各国は武力による鎮圧を行った。イギリス、アメリカの両国は、揚子江に停泊中の軍艦から、南京の市街地へと艦砲射撃を加えた。しかし、日本海軍は政府からの「隠忍自重」の指示を墨守して攻撃を避けた。

このことは、日本国内に大きな波紋を呼んだ。当事国の中で日本だけが武力を発動しなかったことに対して、政府を「弱腰」とする意見が各方面から噴出した。

この南京事件の以後も、日本人を含む外国人への暴行事件が、中国各地で相次いで起きた。このような事件の発生は、日本における幕末・維新期の過激な攘夷運動と本質的に通じる部分がある。それは国際化という潮流の中で、近代国家を成立させるために経なければならない一つの苦難の過程であった。

但し、生起の途上にある中国の未熟な民族主義が、反日を捌け口にする形で定着し、強化されつつある事態は、日本側に強烈な不信感を植え付けるのに充分であった。中国の主要な都市から、日本への引揚げを余儀なくされる人々が続出した。

これらの暴動の背後には、共産主義派の煽動があったとも言われている。四月三日には漢口の街でも大規模な暴動が発生し、多くの日本人居留民が引揚げとなった。

こうした成り行きを受けて、日本人の対中感情は負の推進力を得た。中国を「暴慢」と見る世論が渦のようにして増大したのは、自然な感情の推移であった。

殊に、陸軍内で中国問題に取り組んできた者たちの脳裡には、『そもそも孫文の革命を助けたのは日本ではないか』との思いが強い。にもかかわらず、排外主義の対象に日本が含まれていることに対し、彼らは深い憤りや失望を覚えた。

松井を含む親中派の対中観は、混濁したパトス（情念）の中にある。

蔣介石はその後、上海で四・一二クーデターを起こし、中国共産党への弾圧へと舵を切る。四月十八日には、南京に国民政府が樹立された。

これにより、第一次国共合作は事実上の崩壊。国民党と共産党の敵対関係は明確となり、中国は国共内戦という新たな段階へと突入していく。

相次ぐ中国での排日暴動と混乱を受け、日本は「居留民の保護」を目的として、五月に山東出兵を行った。

しかし、この山東出兵が、中国側の日本に対する敵愾心《てきがい》をますます刺激した。日本はその意に反して、中国人が叫ぶ「打倒帝国主義」の標的の主役となった。雪崩《なだれ》のように中国各地に広がる排日運動は、歪《いびつ》な民族主義の熱狂の中で、歯止めがかからない状況となっていた。

日中両国の互いの国民感情が、悪循環の時代へと陥っている。

東方会議への出席

六月末から七月七日にかけて、いわゆる「東方会議」（満支鮮出先官憲連絡会議）が開かれている。参謀本部第二部長の職にある松井は、陸軍側の臨時委員の一人としてこの会議に出席した。他の主な出席者は、森恪《つとむ》（外務政務次官）、吉田茂（奉天総領事）、南次郎（参謀次長）、阿部信行（軍務局長）などである。

松井はこの会議の席上、「支那情勢」や「露国策動状況」などに関する報告を行った。松井の属する参謀本部がこの時期に最も憂慮していたのは、一にも二にも「中国の共産化」であった。参謀本部は、南京事件の責任も「蔣介石ではなく共産派にある」と判断していた。松井は、蔣介石を「穏健派」と看做し、必要であれば援助も惜しまないという方針を示した。松井はこの会議

の席上、

「軍事の実権を握る蔣介石が穏健なのは、日本にとって有利な事態の展開である」

という論旨を述べた。

蔣介石に対し、強硬論ではなく融和論で接することの重要性を松井は説いたのである。松井は、蔣介石に大きな期待を寄せていた。

この会議の結論として、「対支政策綱領」が訓示され、「中国本土に対する内政不干渉と満蒙における特殊権益の確保」や「中国、特に満蒙における日本の経済利益の増進」といった合意内容が示された。

この東方会議はその後、大きな論争を生んだ。中国側は、日本が「侵略戦争」、ひいては「世界征服」への決意を固めたものとして、この会議における「田中上奏文」という文書を公表し、爾後の国際連盟の議論の席でもこれを利用して日本を鋭く非難した。

この「田中上奏文」は戦後の極東国際軍事裁判（東京裁判）でも持ち出されたが、今ではこの文書が全くの偽書であったことが明確となっている。

しかし、偽書と証明されたのは戦後のことであり、当時の中国ではこの怪文書の流布により、日本への反感は幾重にも強化された。中国側の「日本帝国主義の陰謀史観」はこうして定着した。

「田中上奏文」は、イギリスやアメリカのメディアでも報道され、国際的にも広く問題視された。

しかし、実際の「対支政策綱領」の主な論点は、「支那国内における政情の安定と秩序の回復」を期待し、「中国本土の統一政権の成立」を促し、「列国との協調による中国の平和的経済発展への支援」を謳っている部分にその特徴があった。要約すれば「満蒙の権益を維持することを条件に、中国の統一を否定しない」という内容である。

この宣言の中身には、松井も大きく関与していた。

蔣介石との蜜月

同年七月、松井は陸軍中将となった。陸軍内における親中派の重鎮として、その存在感は日に日に増している。

一方の中国は、近代化への揺籃期にある。

九月、国民党中央特別委員会が南京に成立。しかし、党内の権力抗争に巻き込まれた蔣介石は、国民革命軍総司令の職を辞任して下野を表明した。

下野したばかりで大きな失意の渦中にあった蔣介石に対し、手を差し伸べたのが他ならぬ松井であった。九月末から、蔣介石は日本を訪問しているが、これは松井の斡旋によるところが大きい。

訪日中の十一月五日、蔣介石は、当時の日本の首相である田中義一と会談した。議論の中心は、満蒙の帰属問題である。これに関して、当時の陸軍内には大別して二つの考え方があった。

一つは、張作霖を傀儡《かいらい》として利用し、彼を防御壁として、蔣介石の進出を阻止しようという構想である。

もう一つは、張作霖を利用するなどといった姑息な手段を用いることなく、満蒙を独立政権として樹立させようという考えである。その場合、武力行使の可能性も否定しない。

しかし、松井はこの二つの意見とは別の着想を抱いていた。

松井は蔣介石の実力を評価していた。いずれ中国はこの蔣介石の手によって、統一される方向へ進むであろう。それならば、日本としては彼を援助しておいた方が得策である。但し、その条件としては、日本の満蒙に対する特殊権益の認知が必須となる。日本にとって満蒙の地における特殊権益とは、日露戦争で夥《おびただ》しい血を流した末に獲得した切要な果実だとの思いがある。松井は傀儡政権の樹立という政治工作や、安易な武力行使といった手段を排除した上で、蔣介石と条件付きで手を結ぶ案を提示した。

それが日中友好論者である松井が示した一つの具体策であった。

この会談の結果、「蔣介石の国民政府による中国統一が完成した時には、日本はこれを承認すること」「これに対して国民政府は、満洲における日本の特殊権益を認めること」などが両者の間で合意に至った。これは松井の構想がほぼ全面的に反映された形と言える。

蔣介石はこの滞日を終えて中国に帰国した際、上海の記者団に以下のような主旨の発言を述べた。

「我々は、満洲における日本の政治的、経済的な利益の重要性を無視しえない。また、日露戦争における日本国民に驚くべき精神の発揚を認識している。孫先生も、これを認めていたし、満洲における日本の特殊的な地位に対し、考慮を払うことを保証していた」

日本側と蔣介石との蜜月であった。その実現の背景には、松井の尽力が大きかった。松井と蔣介石、後の日中戦争時には、各々の軍の指揮官として、戦火を交えることになる二人である。

済南事件と張作霖爆殺事件

昭和三年（一九二八年）一月、蔣介石は国民革命軍総司令の役に復職を果たす。

中国の統一を目指す蔣介石は四月、張作霖軍（奉天軍）に対して進軍し、北伐を再開した。これを受けて日本の田中義一内閣は、日本人居留民保護のため第二次山東出兵を決定する。

この出兵によって勃発したのが「済南事件」であった。北伐中の国民革命軍は、山東省の省都である済南へと入ったが、この地に駐留していた日本軍と衝突。激しい交戦状態となったのである。この済南事件により、日中双方に多くの犠牲者が出た。日本の外務省は、国民革命軍が行った日本人居留民の殺害の様子をこう書き記す。

〈腹部内臓全部露出せるもの、女の陰部に割木の挿込みたるもの、顔面上部を切落したるもの、右耳を切落され左頬より右後頭部に貫通突傷あり全身腐乱し居れるもの各一、陰茎を切落したるもの二〉(『済南事件邦人惨殺状況』)

日本人居留民を取り巻く治安の悪化は、猖獗《しょうけつ》を極めていた。このような事件の発生を受けて、日本軍は増派を決定し、第三次山東出兵へと繋がっていく。

東方会議の場では、蔣介石を「穏健派」として、統一への一定の理解を示した日本側であったが、この済南事件を経て、その態度を硬化させていく。中国側の度重なる暴虐の数々は、日本側に燻《くすぶ》っていた強硬論を再び拡大させる結果を招いた。陸軍内でも蔣介石への批判が相次ぐようになり、日本が寄せていた彼への期待は、急速に収縮していった。

日中関係は、松井の意図に反した方向へと流れている。

こうした状況の中、六月四日には「張作霖爆殺事件」（満洲某重大事件）が勃発。満洲の軍閥の指導者である張作霖が、奉天郊外で列車ごと爆殺された。

これは、日本の陸軍内の強硬派が企図した謀略であるとされる。ただ、ソ連陸軍特務機関による犯行説もあるなど、事件の実相には未だ謎の部分が多い。

いずれにしても、この事件の発生により、松井が実現させた「田中・蔣介石会談」の合意内容は完全に瓦解した。

松井はこの事件に対して率直に怒りを示した。松井は張作霖を「反共の防波堤」として位置づけていた。それは当時の田中義一首相や、白川義則陸相とも共通した認識であった。

松井はこの事件当日、山東省の済南にいた。済南事件の現場の視察に赴いていたのである。その後、松井は張作霖爆殺事件の事後処理を目的として、奉天入りした。

松井は張作霖爆殺事件を「一部の若い者の出先の陰謀」として受け止めていた。松井は、事件に関係したとされる者への厳罰を強く求めた。

この事件の勃発により、蔣介石も日本への不信感を濃くした。日中関係が倒錯の度合いを深めることを危惧せざるを得ない松井であった。

軍縮会議への出席

張作霖爆殺事件の後、国民革命軍は北京に入城し、六月をもって北伐は終了した。

十二月、松井は参謀本部第二部長の職を免じられた後、参謀本部附の肩書きで欧米に出張した。

翌昭和四年（一九二九年）八月、松井は善通寺の第十一師団長となる。

昭和六年（一九三一年）九月十八日、柳条湖事件を契機として満洲事変が勃発。首謀者は関東軍の作戦主任参謀・石原莞爾らであった。

しかし、日本の新聞各紙は「暴戻なる中国軍が満鉄線を爆破」といった論調でこれを報じた。軍部からは「中国軍の仕業」と発表され、一部に関東軍の陰謀説も流れたものの、事実の全貌が瞭然となったのは戦後のことである。

時の政権である民政党の若槻礼次郎内閣（第二次）は、不拡大方針をとったが、国内主要新聞メディアは一斉に内閣を「弱腰」と糾弾した。新聞各紙は満洲事変以降、過激な論調を軸として爆発的に部数を伸ばしていくことになる。

九月二十一日、中国は日本の軍事行動を「不法な侵略行為」として、国際連盟に提訴した。十二月、松井は陸軍省を代表する形で、スイスのジュネーブで開かれた軍縮会議に全権として出席した。

松井はこの国連の会議の場において、少なからず衝撃を受けた。軍縮会議と言えば聞こえは良いが、その実態は欧米列強が自国に都合の良い主張を繰り返すだけの席で、その主役は「アジア人」ではなく、あくまでも「白人」であった。

満洲事変を嚆矢とする諸々の懸案事項についても、欧米各国は自国の権益を主張するのみで、根本的な解決への意欲は薄かった。日本は国際連盟の常任理事国という立場にあったが、松井はこの組織が宿命的に有している欺瞞に憤慨する思いだった。

だが、松井が欧州でそんな苦悩に苛《さいな》まれている間にも、日本軍は進軍を続けていた。昭和七年（一九三二年）一月三日には、錦州を占領。国際世論も日本に対してより厳しいものへと転じていく。

結局、戦火は上海にまで飛び火した。この上海事変（第一次）の背後にも、関東軍の謀略があったという説が有力である（上海日本人僧侶襲撃事件）。

このような事変の拡大により、抗日を核とした大衆運動が中国各地で激化したのは、国民感情として自然な流れであった。上海や北京、南京といった大都市では、怒濤のような抗日デモが繰り広げられた。

日本の大陸政策、そして日本と中国というアジアの二大国の関係性は、相互干渉の中で根底から揺らぎ、松井が用意していたシナリオとは懸け離れたものへと転じていく。

国際連盟の限界

三月一日には、満洲国の独立が宣言された。清朝の最後の皇帝であった愛新覚羅溥儀《あいしんかくらふぎ》が執政となり、中華民国からの独立や、王道主義を掲げた政治理念などが謳われた。関東軍の駐留は継続された。

こうした中で、蔣介石は抗日の決意をいよいよ強くする。

その二日後の三月三日、国際連盟の総会の場において、日中関係について改めて議論が為された。日本への意見は厳しいものが予想されたが、この日までに日本側が上海での停戦命令を出していたことによって、批判の一極集中は一応、回避することができた。

しかし、松井はこの会議の内容が不満であった。松井は、国際連盟に対する抜きがたい失意と不信感の中にあった。だが、松井が最も失望を感じた対象は、他ならぬ日本と中国両国の代表が呈した態度であった。両国の代表同士が、お互いを罵倒し合っている。それはまるで宿命の仇敵であるかのような素振りであった。

松井はこれではいけないと強く感じた。日本と中国は古来、同文同種の兄弟国として、互いに助け合ってきた仲だという歴史認識を松井は有している。その両国が、白人の眼前で口角泡を飛ばし、批判の応酬を繰り広げている。このような「兄弟喧嘩」は、一刻も早く収めなければならない。日本と中国が提携した上で「白人支配のアジア」から「アジア人のアジア」を取り戻す必要がある。

この時に感じた松井の憤懣は、その後の彼の行動に比類なき影響を及ぼした。

松井はこの苦い経験を経て、帰国後には速やかに日中関係の修繕のために奔走しようと決意を新たにした。松井は「アジアの再建と秩序化は、日本に課せられた歴史的任務である」と信じるようになった。

松井の帰朝は八月である。

国際連盟が組織したリットン調査団は、日本の満洲における権益自体は認めるとしつつも、「十一月十六日までに日本は一旦、満洲国から撤退した方が良い」とする決議を採択した。リットン調査団は満洲事変に関しても、日本側が主張するような「自衛措置」とは規定しなかった。

この報告書の結果をもって、日本は国際連盟から脱退する道を歩んでいくこととなる。

第二章

大亜細亜協会の台頭

大亞細亞協會の總會に當りて

松井石根

此の度大亞細亞協會總會の開催せらるゝに當り、主催者側を代表して御挨拶申上ぐることを得るは私の大に欣幸とするところであります。顧みれば昭和八年三月創立以來會員同志並に各方面先輩同志諸彦の御盡力と御援助により本協會の志業が逐次進展の路を辿り、大亞細亞主義の理想精神が漸く内外に高揚せらるゝを見るに至りましたことは御同慶に堪へないところであります。本協會の創立は偶々滿洲問題を契機として我が國が國際聯盟より脱退した時機に相當し、「亞細亞に還れ」の自覺が漸く我が國民の腦裡に萌し始めた當時でありましたが、協會の成立と協會同人の活動が此の國民の亞細亞意識の振興に聊か與て力ありしことを申上げても必ずしも自讃ではないと存じます。

更めて申上ぐるまでもなく、我が日本民族の理想は、燕と大義を四海に布揚するに在りまして、ひとり亞細亞の天地にのみ局限せらるゝものではありません。然しながら、之を近くより遠くに及ぼすは一切の發現活動の原則であります。今日混沌と紛糾の中に在る亞細亞に先づ皇化の惠澤を施すことが、やがて大義を四海に布くの前提であります。況や、亞細亞は世界文明の母でありまして良種の潛伏により亞細亞の復興致しまするとはまた實に爲手の世界文化の復興を意味するものであります。御承知の如く今日の歐羅巴は西班牙の内亂を中心に所謂人民戰線と國民戰線との對立による慘烈なる鬪爭が展開されやうと致して居りますが、これは畢竟歐羅巴的個人主義の皆觴であり、歐羅巴文化の缺陷が此處に如實に暴示せられて居るものと思はれるのであります。亞細亞的大乘精神、東洋的全體主義の高揚は實に此の破綻に瀕する西洋文明に救濟の光明を投ずるものと考へられるのであります。

總じて善隣中華民國と我が國との關係が甚だ面白からぬ狀態に在ることは諸賢御周知の通りでありますが、これまた一に我が大亞細亞精神の發揚貫徹によつて此の行き詰りが打開せらるることを私は信じて疑はないのであります。これがためには我が國民自らが先づ反省して更に深き大亞細亞主義的精神を以て支那に臨むと共に政治的にも文化的にも支那國家をして醇乎たる亞細亞的國家に復歸せしむるの努力を忘れてはならないと思ふのであります。

斯く致しまして我が大亞細亞協會の使命は愈々重且つ大であると申さなければなりません。協會の志業達成のために更に組織を整備し、陣容を強化し、事業内容を擴張致しまする必要を感ぜしめられる次第であります。右の趣旨御汲み取りの上此の上尚一層深き御協力を御願ひして御挨拶に代へる次第であります。

大亜細亜協会の機関誌『大亜細亜主義』

大亜細亜協会の設立

当時、東京に汎アジア学会という組織があった。

昭和七年（一九三二年）の春頃に発足したこの研究団体は、アジアの諸問題を主題として扱う組織で、中谷武世《たけよ》や中山優といった当時の著名な学者、評論家らが会員として名を連ねていた。イギリスの支配を蒙るインドから亡命した革命家で、独立運動家であるラース・ビハリー・ボースもこの団体の一員であった。

スイスから帰国した松井は、東京駅近くの八重洲ビルの中にあったこの汎アジア学会の事務所を不意に訪れた。汎アジア学会の有力メンバーの一人であった中谷武世は、この日のことをこう記憶している。

〈ひょっこり一人の軍人が訪ねてきた。見れば中将の肩章をつけている〉（『昭和動乱期の回想（下）』）

中谷は東京帝国大学を卒業した後、法政大学の教授を務めていた人物で、後に衆議院議員へと

転じることになる。この中谷と松井は、以前からの顔見知りであった。中谷が、

「やあ、松井さん。どうしてここへ」

と聞くと、松井はこう答えたという。

〈君等が汎アジア学会というのをやっておると聞いたので、わしにもそれに参加させてくれと頼みにきたんだ〉

しかし、中谷の脳裡には一抹の不安がよぎった。中谷が正直に胸襟を開く。

〈松井さんのような有力な人が入会してくれることはこの会としても非常にありがたいが、しかし率直に申しますと、満洲事変以来軍人というか軍部の勢力が強くなって、いわば軍人ばやりである。私どもこういう学者とか評論家が集まっているところへあなたのような有力な軍人が入会すると、さも我々が軍部に迎合して軍部の勢力を利用して何か計画しているような誤解を与える恐れがあるので、ここは松井さん外からひとつ我々の会に協力してくれるということにして、あなたのような陸軍の偉い人が入会することは見合わせてくれませんか〉

これを聴いた松井は、こう言って食い下がったという。

〈狭量なこと言うなよ。我々も君等と志を同じゅうしているんだ。（略）やはり軍部の力も財界の力も、そういうものも大いに利用して大きくムーブメントを盛り上げてはどうか。自分達小数の者だけが学問的に研究し調査して、パンフレットを発行したり雑誌を出したり、それも結構だけれどもそういうことだけでは大して国家のためにもアジアのためにも貢献することにはならないのではないか。けちなことは言わないで俺も仲間にしてくれ〉

中谷は松井の強い調子に折れざるを得なかった。こうして松井は、汎アジア学会へ入会することとなった。この松井の入会により、汎アジア学会は拡大路線へと方向転換していくことになる。

十二月二十二日、この汎アジア学会を発展させる形で、第一回となる「大亜細亜協会創立準備懇談会」が開かれた。この懇談会では、近衛《このえ》文麿《ふみまろ》が上座となり、松井が座長の役割を担った。この日、集まったメンバーは、広田弘毅、小畑敏四郎、本間雅晴、鈴木貞一といった錚々たる有力者ばかりである。こうして組織としての発信力を強めた同会は、一層の拡張を志向していくことになる。

大亜細亜協会が正式に発会となったのは昭和八年（一九三三年）三月一日である。会員には、先に挙げた面々の他に、松井とは陸軍士官学校の同期生である荒木貞夫、本庄繁なども加わった。松井の実弟である七夫も名を連ねた。

アジア政策に関する立場は、参加者によってそれなりの幅が見られたが、中谷武世が起草した「創立趣旨書」によれば、大亜細亜協会の目的は、「欧羅巴（著者注・ヨーロッパ）連合、亜細亜連合、亜米利加連合、サヴエート（著者注・ソビエト）連合或はアングロサクソン連合等の汎大陸的乃至《ないし》汎民族的諸集団」の「並立」の上で、「世界的な平和機構の樹立」を目指すというものであった。決して「アジア優位主義」を趣旨としているわけではなく、あくまでも欧米圏に対するアジアの「対等」なる関係の確立をその目的とし、単純な反欧米論に終わっていない点に留意しておくべきであろう。

また、発会による国内外への様々な影響を考慮し、同協会は「文化・思想団体であって政治団体ではない」と自らを規定したことも、注目すべき側面である。松井はこの大亜細亜協会の評議員という肩書きとなり、会の中枢としての役割を担うこととなった。

「欧米列強に支配されるアジア」から脱し、「アジア人のためのアジア」を実現するためには

「日中の提携が第一条件である」とする松井らの「大亜細亜主義」が、いよいよ本格的な航海へと船出したのである。

亜細亜連盟論

三月十五日に発行された『外交時報』（六百七十九号）に松井は「亜細亜聯盟《れんめい》論」と題した論文を寄稿しているが、その中で彼は次のように述べている。当時の彼が抱いていた世界観の骨格がよく表れた文章と言えるので、少し長いが引用したい。

〈世界は政治的及経済的ブロックの境に従つて区画せられて居り、その内若干の大国が主体となつて国際聯盟が利用せられて居るのである。亜細亜に於て日支両国の如き鮮明なる政治的大陸を形成するものが、相互の間何等の諒解もなく、個々別々に聯盟に加入し、両国間の直接交渉によつて解決せらるべき問題をも、本来極東には縁もゆかりもなき、従つて認識も理解もなき欧羅巴諸国の手に掀飜《きんぽん》せられて、日支相互の反目と抗争を激成するの具に逆用せられたこと、せられつゝあることは、東洋永遠の平和の為めにも、亜細亜復興の為めにも、遺憾至極と云はなければならぬ〉

引用文中の「両国間の直接交渉によって解決せらるべき問題」とは、具体的には満洲の帰属を巡る日中間の一連の衝突を指している。松井がこの時期に有していた国際連盟に関する認識を要約すると、以下のようになる。

欧米は基本的に、自分たち以外の地域における事象に対し、実は無理解で、自国の国益のことしか考えていない。それは世界の「歴史」と「地図」を見れば明白である。こうした現実を反映して形成されている国際連盟には、多くを求めることはできない。それよりも、国際社会に存在する諸問題は、「地域ごと」に解決に当たる方がより適正である。

国際連盟に対する松井の態度は、総じて辛辣である。

こうした松井の思考は、当時の時代性を考慮すれば非常に的を射たものであり、それは狭隘な理論の結実とは言えない。国際連盟の場において、イギリスは本国以外にインドなどの属領の票を実質的に掌中に納めており、一大勢力を成していた。フランスも同様の構図を敷いている。国際連盟の元々の提唱者であるアメリカは、上院の反対により設立に参加することなく、モンロー主義に立脚して、連盟外で一大グループを築いている。

そもそも国際連盟が発足する際、日本が連盟規約に入れるよう発案した「人種的差別撤廃提案」は、イギリスやアメリカの猛反対により実現しなかった。

それが国際連盟という組織の現実であった。

松井の書き残したものなどを整理すると、「亜細亜復興」という言葉が頻繁に使用されていることに気付く。松井の脳裡にあったのは、一にも二にも欧米列強に対抗するためのアジア地域の団結であり、その主役は日本と中国が担うべきであるというのが彼の理念の根幹であった。

松井は「亜細亜諸国の提携」を改めて強く力説し、この「亜細亜連盟構想」を具体化するために、自らの残りの人生を全うする決意を固めていた。

そのための大亜細亜協会の設立であった。

日本が正式に国際連盟を脱退したのは、昭和八年（一九三三年）三月二十七日のことである。

中国一撃論

松井の対中観の骨子が、一貫して「日中親善」であることに変わりはない。しかし現実には、欧米勢力におもねり、反日、排日の色を濃くする蔣介石の国民党政府に対しては、不信感を拭うことができなかった。

加えてこの時期、中国共産党が華南地域に勢力を拡大していたが、この動きに歯止めをかけることのできない国民党について、松井は批判的な姿勢を強めていた。国民党政府が、リットン調査団の報告書を嬉々として受け入れたことについても、松井は不満を募らせた。

この時期の松井が抱いていた中国に対する思いを、当人の文章から類推したい。大亜細亜協会が昭和八年五月に発行した機関誌『大亜細亜主義』の創刊号に、松井は「支那を救ふの途」と題した論文を寄せている。

〈英国の勢力を長江一帯に再建せしめ、之を全支に拡延せしめたるもの国民政府であり、米国資本の侵略的勢力を南支中支に誘因しつゝあるもの、亦国民政府とその党与とである。而して、その実質に於て独り満洲のみならず支那全土をも国際管理下に置かんことを意図せる夫のリツトン報告書——リツトン報告書を基礎とする国際連盟総会勧告案を無条件に受諾するに至りては、支那自らを売り亜細亜を裏切る彼等の罪責亦極れりと申さねばならぬ〉

松井は、国民党政府の存在が「中国のためにならない」ことを感じ始めていた。このことは、その後の松井の行動を規範する一つの強い信念となっていく。

またこの時期、日本の陸軍内部では統制派と皇道派による派閥抗争が激化していた。松井は一応、統制派に属していたと看做される。

ただ松井自身は、組織内の抗争自体にはほとんど関心を示さず、自説の結露である大亜細亜主義運動の進展にのみ集中した。

陸軍内部では統制派の永田鉄山を中心に、「中国一撃論」が盛んに説かれるようになっていた。日本への敵対視を続ける中国側の動向は看過できず、それならば蔣介石政権の政治基盤が脆弱な今の内に、一気に叩いておこうという論である。

国民党政府に対する不信を濃くする松井は、徐々に「中国一撃論」へと傾いていった。愛する中国を目覚めさせるには、苦渋の決断として拳をあげることもやむを得ない。現状の国民党政府の態度に失望を隠せない松井は、そんな感覚を強くしていた。

これに対し、「日本の最大の脅威はソ連である」として、「中国とことを構えている暇などない」とする「対ソ戦派」の声も、反作用として大きくなった。

陸軍の内部で、激しい意見の対立が起きていた。

その間にも、中国の熱河省では関東軍が軍を進めていたが、五月三十一日、塘沽《タンクー》停戦協定が結ばれ、満洲事変に起因する両国の衝突は、ここにおいて一応の決着を見ることとなった。

この協定により、万里の長城の以南に中立地帯が画定され、当該地域からの中国軍の大幅な撤退が取り決められた。日本軍は長城を越えての進軍を止めたが、「満洲を防衛するために華北に緩衝地帯を形成する」という当初からの目的は、ほぼ達せられたと言える。

蔣介石は、辛酸と共にこの協定を受け入れ、まずは排日よりも反共を優先させて、国内を安定させることを第一とするという姿勢を新たに打ち出した。

日本と中国との現状の国力の差を冷静に分析した蔣介石は、日本との武力衝突を取り敢えず回避し、交渉によって諸問題の解決にあたる道を選んだのである。

蔣介石の表情は、苦悶に満ちている。塘沽停戦協定締結後の六月六日、彼は自らの手記に次のような論旨を書き記している。

〈このたびの停戦によって恥辱を蒙ったいま、われわれは臥薪嘗胆《がしんしょうたん》、いじけたり、怠けたりすることなく、自信をもって建設計画を確実に実行し、十年以内にこの恥辱をそそがねばならない〉

強靭な決意に溢れたこの記述は、その後に起こる歴史の激流の中において、巧みに実践されていくことになる。

陸軍大将に親任

松井はその後、軍事参議官、八月からは台湾軍司令官となった。台湾軍司令官に在任中の十月には陸軍大将に親任されている。松井は将官の最上級にまでとうとう上り詰めた。そんな松井は、台湾の地においても大亜細亜主義運動の拡大と定着に熱心であった。陸軍内において松井は「支那屋の長老」などと称された。

この時期、日中関係は一時的に好転の兆しを見せている。南京の蔣介石政権は、満洲の失地回復という主張を控え、排日運動を取り締まる姿勢に転じた。「反日よりも反共を優先する」とした蔣介石の意思は実行に移され、十月からは江西省の共産軍に対する第五次包囲討伐戦を始動させている。

昭和九年（一九三四年）一月六日には、大亜細亜協会の台湾支部が設立されているが、これは無論、松井の肝煎によるものである。松井は同支部の名誉顧問という肩書きを担った。

同年八月、松井は再び軍事参議官を拝命。

この間も、日中関係は修復の傾向にあった。翌昭和十年（一九三五年）一月には、時の広田弘毅外相が、

「私の在任中に戦争は断じてない」

とした「日中親善論」を衆院本会議で述べ、「中国一撃論」を退けた。蔣介石もこの発言を歓迎した。

五月には、広田外相の推進のもと、欧米列強に先駆けて、在華公使館を大使館に格上げするという政策を決定した。このことも、中国側から好意的に受け止められた。

日本と中国は、満洲事変以降、一瀉千里《いっしゃせんり》に戦争へと突き進んだわけではない。開戦に至るまでに揺れ動いた過程という連続性がある。この反復の部分を的確に押さえておかないと、日中戦争の本質は見えてこない。

日中関係の良化に、松井も一先ず安堵した。

予備役

ところが、両国の安定期は短かった。

五月二日、親日派と目された二名の中国人が、天津の日本租界内で、国民党系のテロ組織に暗殺されるという事件が勃発。犠牲者の二名は新聞社の経営者であった。日本側は抗日事件の取締を中国側に強く要求し、その結果として「梅津・何応欽《かおうきん》協定」が合意に至った。この協定の成立によって、蔣介石の直系軍は河北省から撤退させられることとなった。日本側は交渉中、軍事的圧力を加えるなど強圧的な姿勢で臨み、蔣介石はこれを屈辱と捉えた。このような華北地域の混乱が、日中関係の全体像に再び暗い影を落としていく。

この「梅津・何応欽協定」以降、日本陸軍の「華北分離工作」は加速度を増した。日本側にとっては、華北に点在する抗日勢力の一掃は宿願だった。地政学上、満洲を安定させるためには、

「隣接する華北地域を安全地帯にする必要があった」

と、当時、陸軍省軍事課長であった橋本群《ぐん》大佐は、後に語っている。

加えて、華北地域に産出する石炭や鉄などの資源開発により、日本、満洲、北支の自給自足圏を確立させることも日本側は企図していた。この工作を推進した中心人物は、奉天特務機関長であった土肥原賢二、支那駐屯軍参謀長の酒井隆などである。

日中関係は、極度の緊迫を孕《はら》みながら推移していた。一時は「抗日」よりも共産党の殲滅を優先していた蔣介石も、再び日本に対する態度を硬化させた。

そんな日中関係の動静に憂慮しながら、松井は八月に現役を退き、予備役へと入った。

松井が描く中国の理想的国家像

予備役となっても、日中の親善を掲げる松井の情熱は冷めなかった。寧《むし》ろ現役を退いた後、松井の大亜細亜協会での活動は、拍車がかかった。

松井はそれまで空席となっていた会頭の座に就任し、自らの信念を具現化するための運動に奔走した。同協会は陸軍軍人がその中心を担うようになったとは言え、運営自体は会員の会費によって賄われていた。あくまでも民間の組織として拡充していったのである。

同年十月、満洲国や中国の主要都市を訪問した松井は、現地の状勢についての最新情報を把握しながら、大亜細亜主義運動の一層の浸透を図った。松井は大陸各地で大亜細亜主義への理解と協力を呼びかけた。軍部において「華北分離工作」が拡大していたのと同時期のことである。

帰国した松井は、視察旅行で感じた中国の感想を『大阪毎日新聞』に寄稿している。

〈なかんづく蔣介石ならびにその一派の少数与党が支那を私視し、権勢をほしいまゝにして支那四億の真実なる民意を顧みないことに存してゐるやうに見える〉（『大阪毎日新聞』昭和十年十二月十三日付）

松井は蔣介石への反感と警戒を強めている。かつては「穏健派」として期待をかけた相手であったが、今ではその思いが「裏切られている」との心象があった。松井は同紙面において、中国の理想的な国家像についてはこう述べる。

〈支那はよろしくその統一の過渡的経緯として北、中、南、西といふ如き外郭的四種の地方に区分せられて、いはゆる連省自治、中央統制の形式をとることが自然であらう〉

広大な国土に多数の民族が住み、文化や風習にも大きな振幅を持つ中国という国家においては、「独裁的な中央集権政治は適さない」と松井は考えていた。将来的には統一されることを望むとしても、「現状ではそれは難しい」というのが、松井が導き出した対中観の一つの結論であった。松井が考える「現状に最も適した中国の国家像」とは、各地方による連省（聯省）自治を土台とした、緩やかな連邦制による国家形態であった。

連省自治については、もう少し説明を要するだろう。

連省自治とは端的に言って分権的統一を目指すものであり、伝統的な統一思想に比べて、より穏健で現実的である。各省には一定の自治権が認められ、独自の省憲法を有し、省民の選挙によって長（省長）が決定する。このようにして樹立された各省政府が寄り集まる形で、中央政府の基盤が構成される。このような国家形態は、各州が州憲法を持ち、州政府が連邦政府を形作るアメリカのような体制を思い浮かべれば理解し易い。

当時、中国の人口は四億人を超えると言われていた。そんな中国において「国民国家」と呼べるような統一が果たして成立可能かどうか、日本でも多角的な議論が行われていた。中国史を紐解いてみても、例えば清国も「王朝」であって「国民国家」とは言い難い。中国大陸において「国民国家」の誕生は甚だ困難な道であると松井には判じられた。それならば、連省自治を軸とした地方分権的な統一を目指す道こそが、現状の中国を救う唯一の選択肢ではないか。

以上のような連省自治に関する議論は、日本のみならず当の中国人の間でも盛んに行われていた。共産主義を信奉する以前の毛沢東も一時期、この思想に共鳴していたという。

松井はこの連省自治論を、中国が取り得る最良の策として把捉した。

連省自治によって国家の枠組を整えた上で、事実上の内戦状態にある混乱を鎮め、日本との親善関係を深めることによって「強いアジア」の基礎を培うことが、松井の理想像である。

このような構想への理解は、日本国内でも徐々に広がりを見せていた。陸軍内でも中国に造詣の深い者たちの間では、充分に共有された一つの認識であった。

参謀本部第二部長である岡村寧次《やすじ》や、関東軍参謀副長の板垣征四郎らも、「現状では中国の統一は困難」「中国は国民党によって統一されるべきではない」と考えていた。

冀東防共自治政府の成立

しかし、日本と中国との二国間関係は、松井の理想通りには進捗しない。

松井の思いとは相反して、中国での排日、抗日運動は、「梅津・何応欽協定」を経てますます活発化していた。十月七日には、広田弘毅外相が、「排日運動の停止」「満洲国の黙認」「共同防共」という三ヶ条の対中政策を提示（広田三原則）したが、中国側はこれに否定的な態度を示した。

十一月には、中国がイギリスの援助を背景に幣制改革を断行。その中身としては、銀本位制から管理通貨制度への移行であったが、日本はこれに激しく異議を唱えた。イギリスは当初、日本と協力する形でこの貨幣制度改革を行うことを画策していたが、日本側はこれを拒否。それまでに独自に推進してきた華北分離工作と正面から衝突する内容だと、日本政府は判断したのであった。

そもそも日本の近代化の礎となったのは日英同盟である。第一次世界大戦後、ワシントン会議において日英同盟は解消されたが、その後も両国の関係性は決して悪いものではなかった。しかし、満洲事変以降、イギリスは日本への態度を峻厳なものへと転じた。

更に昭和八年（一九三三年）、日印通商条約が破棄された際には、日本でも反英運動が巻き起こった。当時の日本の輸出産業の中核を支えていたのは綿紡績であったが、インドへの輸出量が急速に伸びたことを契機に、イギリスと利害が衝突したのである。「条約破棄の背後でイギリスが糸を引いていた」として、日本側のイギリスへの不満は募った。

日英関係に垂れ込めた暗雲は、日中間の難題にも直接的に影を落としていく。

イギリスの援助のもとで行われたこの貨幣制度改革は、国民政府内の親欧米派の手によって主導された。それは政府内の勢力争いにおける親日派の敗北を意味していた。

このような制度改革は、蔣介石がイギリスと協力することで「中国統一」へと踏み出した政策の一つとも言えるが、日本側はこれに強い懸念を表明した。駐満大使の南次郎（関東軍司令官）は、広田外相に対し、

「（放置すれば）帝国の国是たる日本を盟主とする東洋平和確立の基礎を根底より破壊せらるべき危険がある」

と報告した。日本政府はこの幣制改革をイギリスと中国による抗日包囲網の一環として憂慮し

た。

十一月二十五日、「華北の親日政権」の樹立を企図する日本側の政治工作の産物として、冀東《きとう》防共自治委員会が成立。間もなく、冀東防共自治政府へと改組となり、国民政府からの分離、独立を宣言した。

だが、その内実は、関東軍の傀儡政権という側面の濃い組織であった。

年が明けた昭和十一年（一九三六年）一月、日本政府は「第一次北支処理要綱」を閣議決定。華北の分離方針を、国策として正式に位置づけた。

四月、日本政府は支那駐屯軍を増強する方針を発表。五月から六月にかけて、北平（北京）や天津といった中国の都市に増派軍を駐留させた。

これらの動きに対して、国民政府は強く反撥。中国各地で反対デモが繰り返され、日本人居留民への襲撃事件も多発した。国民政府内の親日派は完全に凋落し、日本側は「日中提携」のための交渉の窓口を喪失した。

蔣介石との再会

大亜細亜主義とは、元々は孫文が唱えたものでもあるが、松井たちが奔走した運動は、中国側に極度の反感を招いた。松井らが主張する大亜細亜主義は、当人たちの所思とは逆に「日本の東洋征服のための詭弁」として中国側には理解された。

その齟齬は、悲劇的に巨大なものであった。

松井もそのことを充分に感じている。二月三日から、松井は華中や華南地方を歴訪した。大亜細亜主義の意図を少しでも中国側に浸透させるための旅である。先に予備役となっている松井は、自費での訪中となった。

松井は訪れた先々で、大亜細亜主義の理想を語り、理解を切に求めた。ちなみに、この旅の途中の二月二十六日に、東京で「二・二六事件」が勃発している。

三月十四日、松井は南京を訪れ、蔣介石とも会談した。

松井と蔣介石が顔を合わせるのは、約九年ぶりのことであった。昭和二年に当時の田中義一首相と蔣介石を松井が引き合わせて以来の再会である。その時には、両者の関係は極めて親密で良好であった。しかし、その後の両国間の幾重にも亘《わた》る屈折は、これまでに述べてきた通りである。

そもそも松井のこの中国訪問には、蔣介石との関係の修復という目的も含まれていた。松井はなんとかして、彼に自らの真意を伝えたかったのである。

対面する二人。松井はまず蔣介石に、

「元気そうですね」

と挨拶した。

その後、二人の間で討論が始まった。松井は満洲について、

「溥儀に譲ってはどうか」

と話を向けたが、蔣介石は、

「実現不可能」

とこれを一蹴した。

会談は一時間半に及んだが、内容は二人の押し問答に近かった。松井は蔣介石に対し、孫文の大亜細亜主義を継承する者として、まだ一縷《いちる》の期待を寄せていた。しかし、蔣介石の態度はいかにも冷徹であった。松井は蔣介石への失意の度合いを深くした。

それでも松井は、蔣介石を完全に見限ったわけではなかった。蔣介石が大亜細亜主義自体には一定の理解があること、加えて反共の立場では一致したことに一筋の光明を見出した松井は、当時の首相である広田弘毅に、

「日中の和平望みなきにあらず」

との報告をしている。

西安事件

松井は中国から帰国した後も、今度は日本国内を精力的に回り、大亜細亜主義の普及に一層の力を注いでいく。この時期になると、大亜細亜協会の汎アジア主義的な要素はより強化され、概して政治運動としての色彩が濃くなっていた。中国の天津を拠点として、中国大亜細亜協会も設立された。

十月には福岡、金沢、大阪と続けざまに支部を設立。十二月には京都にも支部を開設した。協会の裾野は着実に広がりつつあった。松井は依然として組織の枢要を占めている。

しかし、松井らの大亜細亜主義運動を触媒として、中国における排日事件は化学反応を起こすように勢いを強めた。

遡ること同年八月二十四日には、四川省の成都において、日本人四名が中国人から暴行を受け、その内の二名が亡くなるという「成都事件」が勃発していた。九月三日には、広東省の北海の地で日本人商人が惨殺されるという「北海事件」が発生。これらの事件は日本国内の新聞や雑誌でも大きく報道され、日本国民の対中感情は極度に悪化した。

浅慮の振る舞いが、互いの心象を傷つけていく。

やがて、中国国内の勢力争いでも、その後の日中関係史に大きな影響を及ぼす一大事件が起こった。

十二月、西安を訪れた蔣介石が張学良によって軟禁されるという「西安事件」の勃発である。張学良は蔣介石に対し、反共ではなく抗日民族統一戦線を成立させることを求めた。蔣介石は、張学良、共産党の周恩来と会談し、「挙国抗日」の要求を受け入れた。

これにより、それまで対立していた蔣介石の国民政府と、毛沢東の中国共産党が、統一戦線を結成することによって手を組み、共に日本と戦うという国家の新たな路線が明確となったのである。事実上の内戦状態にあった中国が、抗日を目的として一つにまとまろうとしていた。第二次国共合作である。それまで一応、「滅共第一、抗日第二」を掲げていた蔣介石が、「抗日第一」へと一転したのであった。

このような動きの背後には、ソ連のスターリンの意図があったという説も根強い。日本と中国を戦わせて両国を疲弊させることは、共産主義勢力の拡大へと繫がる。

蔣介石の変貌は、日本側には「裏切り」と映った。日本の対中国政策は、その軸足を見失い、両国関係は極めて重大な段階へと陥った。

松井のそれまでの構想も、これをもって完全に崩壊したことになる。

但し、その後の日本政府の態度には、中国に対して譲歩する姿勢も見られた。昭和十二年（一九三七年）四月には、林銑十郎《せんじゅうろう》内閣の下、「対支実行策」「北支指導方策」などの政策が成立したが、この中には「北支での分治工作は進めない」といった妥協的な内容も盛り込まれていた。時の佐藤尚武外相は、日本側の譲歩による対中外交の刷新を目指した。

しかし、このような中国政策に正面から反対したのが軍部であった。関東軍は林内閣の動きを、「無智の支那民衆に対し、日本与《くみ》し易しとの感を与え、更に排日侮日の結果を招来す」と強く批判した。

六月四日に発足した近衛文麿内閣は、広田弘毅外相の下、佐藤外交を否認した。「広田三原則」の復活である。

日本の対中政策は、独裁国家とは異なる民主主義国家という統治システムの内側で、暴風雨の中の帆船の如く、揺れに揺れている。

第三章

上海戦

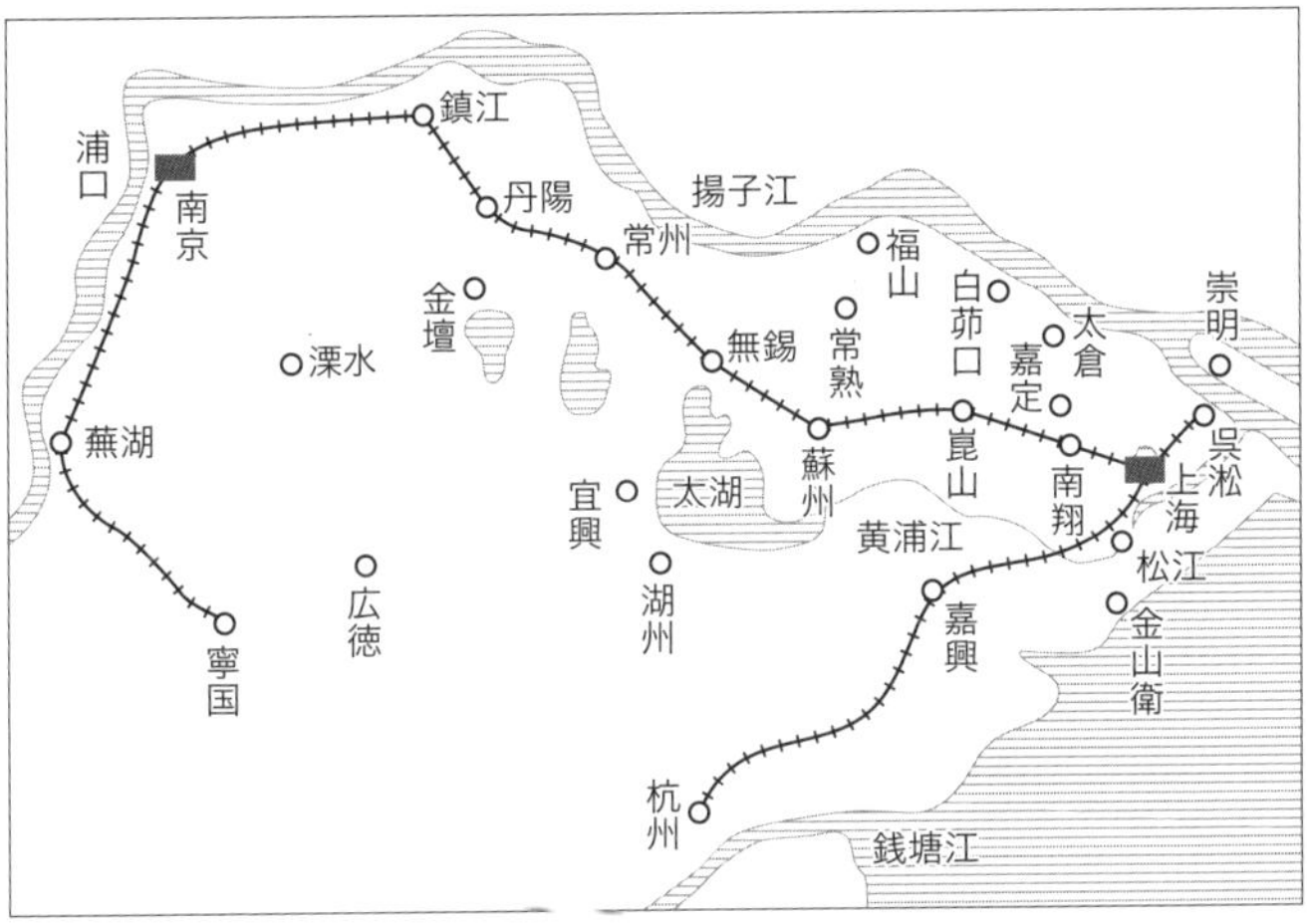

中支那方面図

日中戦争の勃発

昭和十二年（一九三七年）七月七日の夜、北京郊外の盧溝橋の地に数発の銃声が響き渡った。演習中の日本軍に対し、謎の実弾が撃ち込まれたのである。この部隊の駐留権は、「北清事変に関する最終議定書」に基づくものであり、合法的な演習の最中であった。不明なる銃撃は以後も続き、連隊長の牟田口廉也《むたぐちれんや》は、中国軍への反撃を命令した。

この事件を契機として、両国は事実上の交戦状態に突入する。ただ、これまでに述べてきた通り、日本と中国との間には、互いの不満が増幅してきた連鎖の環があり、盧溝橋事件はそれまでに溜まったエネルギーに引火した一つの引き金に過ぎない。盧溝橋事件の発生で突如として戦争状態に陥ったというよりも、そこに至るまでに両者が塗り重ねてきた応酬の堆積の結果として捉える必要がある。

それでも日本側は当初、局地的な紛争を想定した。現地での「小競り合い」程度の認識で、近衛内閣は十一日に北支への派兵を決定する。

しかし、当の現地では速やかに停戦協定が調印された。これにより、派兵は保留される形となった。

ところが十三日に、北京の大紅門《だいこうもん》で日本軍のトラックが中国兵に爆破され、日本兵四人が死亡するという「大紅門事件」が勃発。再び予断を許さない状況となった。

関東軍内の強硬派は、この機会を「天与の好機」として、中国への一撃論を盛んに中央に上申した。「一撃を加えれば中国はすぐに降参し、これまでの中国との懸案事項は一挙に解決できる」という主張である。関東軍参謀長の東條英機も「一撃論派」であった。陸軍省や参謀本部の強硬派も勢いづいたが、その一方で、参謀本部第一部長の石原莞爾は「不拡大」を頑強に繰り返した。陸軍大臣の杉山元《はじめ》は部内の調整に努めたが、充分な指導力を発揮することはできなかった。

日本側の政策決定に迅速さを欠く中、一方の蔣介石はこう宣言する。

「弱体国の人民として、我々は満洲が占領されて六年、あらゆる痛苦を忍びて和平を維持してきたが、もし不幸にして最後の関頭に至らば、徹底的犠牲、徹底的抗戦によって、全民族の生命を賭して国家の存続を求める」

有名な「最後の関頭演説」（廬山《ろざん》声明）である。「関頭」とは「重大な分かれ目」「瀬戸際」といった意味合いである。

この演説以降も両国間で様々な交渉が模索されたが、二十五日には北京の廊坊駅で国民革命軍が日本軍を襲撃。続いて翌二十六日には、中国側の諒解を事前に得た上で北京・広安門の居留民保護に赴いた日本軍が、中国軍から銃撃されるという「広安門事件」が勃発。次々と起こる事件を前に日本側も態度を硬化させ、その結果、内地師団の動員が正式に決定された。

全面戦争を望んだのは誰か。或いは、燻《いぶ》されたのは誰なのか。

無論、日本の陸軍が出兵論を盛んに唱えていたのは事実である。内閣の近衛や広田も、このような声に追随する姿勢を見せていた。しかし、局地的な紛争を想定した日本に対し、蔣介石は先の宣言のように「全民族の生命を賭す」という全面戦争を叫んだ。日中の全面戦争とは、日本側が一方的に惹起したものではなく、少なくともインタラクティブな関係性の中から生じたものである。

蔣介石のこの「最後の関頭演説」こそが、日中戦争の陰画と言える。

通州事件の発生

七月二十八日、日本軍は北平や天津などで攻撃を開始した。

翌二十九日には、冀東防共自治政府保安隊（中国人部隊）が、華北の日本軍留守部隊約百十名と、婦女子を含む日本人居留民約四百二十名を襲撃するという「通州事件」が発生。これは約二百三十名もの日本人が虐殺されるという未曾有の殺戮事件であった。外務省情報部長談話によれば、事件現場は次のような惨状であったという。

〈支那人は婦女、子供をも共に、全日本人を虐殺せむと企てた。婦人の多くは掻きさらはれて、二十四時間虐待酷使された後、東門の外で殺されたが、其処まで連れて行かれるには手足を縛られ、或は鼻や喉を針金で突き通されて、曳きずられたのであつた。死骸は近くの池にぶち込まれ、或る者は強力な毒物をぬりつけられて、顔がずたずたになつてゐた〉

戦時国際法違反に相当するこの虐殺事件は、日本国内でも新聞各紙が大きく報道し、これによって世論は激昂した。

この頃より「暴支膺懲《ようちょう》」という言葉が盛んに用いられるようになり、日本人の対中感情は一つの極みに達した。「暴支膺懲」とは、「暴虐な支那を懲らしめよ」という意味である。

当時、予備役にあった松井は、日本と中国がこういった事態に陥ってしまったことに、ひどく心を痛めた。『こういう結果を避けるために、自分はこれまで努力してきたのではないか』という気持ちが、松井の偽らざる本心であった。

しかし、二つのコップの水は、とうに溢れ出している。

続いて八月九日には、上海海軍特別陸戦隊の大山勇夫中尉の乗った乗用車が、中国兵から狙撃されるという「大山事件」が発生。大山中尉の他、運転手の一等水兵らが亡くなった。現地は緊迫の度合いを更に増した。

在留邦人の危機に直面した日本は、十一日に海軍の陸戦隊を派遣する。

上海にまで飛び火したこの事変は、日本側の当初の局地戦の予測を覆し、全面戦争の様相を帯びていった。

蔣介石は滞日経験も豊富で、本来は日本よりも共産主義に対して強い敵意を抱いていた人物であったのもまた事実である。しかし、先の西安事件以降、抗日を前面に打ち出すようになり、盧溝橋事件に端を発する一連の衝突を決定的な事項として、彼の抗日戦への決意はいよいよ実践に移されたのであった。

上海派遣軍司令官を拝命

徹底抗戦で一色に染まる中国側に対し、日本側の対応は一貫性を欠いた。石原莞爾ら陸軍の不拡大派は、中国戦よりも対ソ戦の準備を優先するべきだと頑《かたく》なに主張した。外務省内でも、石射《いしい》猪太郎《いたろう》東亜局長などから、派兵に反対する声が噴出した。

しかし、日本側が議論を重ねている間にも、中国軍は続々と上海に兵を集結させており、その数は実に十五万人にも達する勢いを見せた。しかも、中国軍はドイツ軍事顧問団との提携により、軍備も最新式のものに整備されていた。対する日本の海軍陸戦隊は僅かに四千人という戦力であり、これでは在留邦人の生命と財産を守ることは困難であると懸念された。蓋《けだ》し「通州事件の再来だけは回避しなければならない」という危惧は、合理的推論の結果である。

参謀本部支那課は、こうした状況を解決するため出兵論を唱えた。

結果、八月十三日の閣議において、内地二個師団の上海への派兵が正式に決定されたのである。

そして、この派遣軍の司令官として、予備役だった一人の軍人に声がかかる。

松井石根、その人であった。

日中両国がこのような事態へと陥らなければ、松井は予備役のまま、歴史の表舞台からひっそりと姿を消していたであろう。

しかし、日本史はそれを許さなかった。揺れ動く不透明な時代が、見えざる手によって彼を要請した。松井の生涯における歯車が、再び大きく回り出した瞬間である。

この時、松井は山中湖の別荘「洗心荘」で、妻の文子と共に静養中であった。松井に子供はいなかった。

八月十四日、松井のもとに、「至急出京せられたし」との電報が届く。

翌十五日、松井は宮中に参内。軍司令官が新たな任務に就任する際には、宮中で天皇に拝謁し、親任式が執り行われるのが日本軍の習いである。

中国との紛争状態に入ったことにより、生粋の「支那通」である松井が、予備役から呼び戻される形で、軍の司令官として戦線に立つことになったのであった。

松井が拝命した「上海派遣軍司令官」とは、上海に派遣される軍の枢要を担う指揮官であり、つまりは、現場のトップという重責である。この大役に親補された八月十五日の松井の日記には、次のような一文がある。

〈支那朝野ト我国民ノ反省ト覚醒ヲ促スニ微力ヲ尽シ　未タ一日亜細亜運動ノコトヲ忘ルルコト能ハサリシカ（略）最近ノ形勢前記ノ如ク最早断乎鉄鎚ヲ揚ケテ支那当局ヲ覚醒スルノ外ナキフ痛感シ〉

日中両国がこういった状況を招来してしまった以上、これを奇貨として、中国を「覚醒」させる必要がある。それが出征に際しての松井の決意であった。

尚、本書中で引用する松井の陣中日記については、財団法人偕行社より刊行されている『南京戦史資料集Ⅱ』（非売品）の中の『松井石根大将陣中日記』に依った。松井の日記に関しては、彼の秘書であった田中正明氏が編んだ『松井石根大将の陣中日誌』という書籍があるが、こちらは本文中の一部に田中氏によって改竄《かいざん》された部分が混入していることが判明しているため、本書では引用しなかった。

松井はこの出征時の心境を、後の極東国際軍事裁判（東京裁判）の法廷で次のように語っている。

〈予は青壮年時代より生涯を一貫して日支両国の親善提携、亜細亜の復興に心血をそそぎ陸軍在職中の職務の大部分も亦之に応ずるものなりき。

昭和十二年上海事件勃発し上海派遣軍の急派となり予備役在郷中の予が其の司令官に擢用せられしは全く予の右経歴に因るものなることは当時の陸相よりも親しく話されたるところなり〉

（『極東国際軍事裁判速記録』）

日本と中国との二国間関係については、以下のような言葉で説明する。

〈抑《そもそ》も日支両国の闘争は所謂「亜細亜の一家」内に於ける兄弟喧嘩にして日本が当時武力に依つて支那に於ける日本人の救援、危機に陥れる権益を擁護するは真に已むを得ざる防衛的方便たるは論を俟《ま》たず恰も一家内の兄が忍びに忍び抜いても猶且つ乱暴を止めざる弟を打擲《ちょうちゃく》するに均しく其の之を悪《にく》むが為にあらず可愛さ余つての反省を促す手段たるべきことは予は年来の信念にして此度の上海派兵の任に就くに当りては殊に此信念に基き日支紛争の解決に尽さんことを冀《こいねが》ひ、此の派兵をして長く日支両国民間に相互怨恨の因たらしめず却つて爾後の親善提携の基を成さんことを欲し〉（前掲書）

端的な記述の中に、中国との戦争に対する松井の観点が、ほぼ言い尽くされている。松井はこの紛争を「兄弟喧嘩」に喩えた。それが彼の心からの本意であった。

また当時、大亜細亜協会の理事を務め、平凡社の社長でもあった下中弥三郎は、松井の上海への出征に関して月刊誌上でこう書いている。

〈将軍は支那通であると同時に支那に多数の友人がある。多数の軍人の中でも特に支那びいきの将軍として知られた当の松井将軍が、支那膺懲の使命を帯びて戦線に立たれる。宛《さな》がら可愛い子にお灸を据ゑる心持で戦線に立たれる。極めて自然のやうでもあり、また聊《いささ》か皮肉な感がせぬでもない〉（『話』昭和十二年十一月号）

松井が「兄弟」に喩えた日中関係を、下中は「親子」として表した。このような比喩は、当時の多くの日本人にも馴染み易い理屈であった。

片や、中国人側には旺盛な敵愾心《てきがいしん》が漲《みなぎ》っている。中華思想の強い彼らの意識としては、たとえ日本との兄弟関係や親子関係という相関を語るとしても、日本が「兄」であったり「親」であるという構図は断じて認めがたい。中国人から見れば、日本人こそが「弟」であり「子」であることは論を俟たない。

歴史の系譜を冷静に俯瞰《ふかん》すれば、このような中国人の見方自体は、決して間違っているとは言えない。七世紀頃、日本は唐の国を手本として国家の礎を整えた。その後、両国の関係は紆余曲折を経るが、概して言えば、中国が「兄」「親」であり、日本が「弟」「子」であるというパラダイムは、少なくともその逆よりは双方の国民にも馴染み易かった。

しかし、そのような相関関係が、日本が明治維新によっていち早く近代化の扉を開いたことによって、完全に反転したのである。日清戦争が日本の勝利に終わり、昭和に入って経済力の差がより開くと、その傾向は更に強くなり、日本はいつしか、自分が「兄」であり「親」であると自負するようになった。

このことは、中国人にとっては寛容できない生理的な拒絶を生んだ。この両者の感情の分離と対立こそが、日中戦争の悲劇的な痣《あざ》となって、随所に滲むのである。

南京攻略論

松井が上海派遣軍司令官を拝命したその日、近衛首相は公式の声明を発した。

「帝国としてはもはや隠忍その限度に達し、支那軍の暴虐を膺懲し、もって南京政府の反省を促すため、いまや断乎たる措置をとるのやむなきに至れり」

しかし、この政府声明の以降も、日本の軍内部では拡大派と不拡大派が侃々諤々《かんかんがくがく》の激論を交わしていた。

そんな中で松井が唱えたのは、意外なようだが「拡大論」であった。上海派遣軍の任務は「上海附近の敵軍の掃蕩《そうとう》」や「上海居留民の生命の保護」などに限定されていたが、松井はこれでは不充分だと断じた。松井本人の日記（八月十六日）には、次のような一文がある。

〈今ヤ時局ハ所謂不拡大方針ヲ解消シテ全面的解決ノ域ニ進ミアリ〉

松井は、些《いささ》か熱の籠った筆致でこう続りる。

〈宜シク其全力ヲ挙ケテ中支那殊ニ南京政府ヲ其目標トシ　武力的、経済的圧迫ニヨリ速ニ全局ノ解決ニ邁進スヘキノ秋《とき》トナレリ〉

松井の決意の固さが窺われる記述となっている。そして松井は、彼の内部における一つの結論として、こう書き記した。

〈一挙南京政府ヲ覆滅スルヲ必要トス〉

当時の中華民国の首都は南京である。

「日中親善」が生来の哲学であるはずの松井が、なぜ上海だけに留まらず、南京までの攻略戦を望んだのか。逆説に満ちた彼の生涯における、最大の疑問の焦点と言える。

参謀本部の基本的な方針としては、戦闘はあくまでも上海とその周辺地域だけに限定されていた。だが、松井はこれに強く反対する。

上海派遣軍参謀長の飯沼守の日記によると、八月十八日に催された参謀本部の首脳たちとの懇談の席で、松井は以下のように語ったという。

〈北支ニ主力ヲ用フルヨリモ南京ニ主力ヲ用フルヲ必要トス　之ニ就テハ結末ヲ何処ニスヘキヤノ議論アルモ大体南京ヲ目標トシ此際断乎トシテ敢行スヘシ〉(『飯沼守日記』)

松井が中国に対して変容したわけではない。やにわに彼が踵《きびす》を返したのでもない。矛盾するようだが、寧ろ松井は一貫していたと言える。

それは一体どういうことか。後の東京裁判の法廷で、松井はこの時の自らの考えを、以下のような言葉で述懐している。

〈上海、南京附近で日本に反抗する勢力はなるべく早いときに一ぺんにこれをたたきつぶしてしまって、そうして戦さをそれで切り上げて早く平和交渉にいきたいというのが私の考えでありました〉（『極東国際軍事裁判速記録』）

松井は、兵を迅速に、且つ集中的に動員し、蔣介石政府を一気に打倒することが、結局は時局の早期の解決に繋がると考えていた。このような論旨は松井だけでなく、中国問題を専門とする者たちの間に同調者が多かった。

中途半端な姿勢を見せれば、中国という国は、その国民性を考慮しても、必ず増長し、状勢は泥沼化する。そのような危機に陥ることなく、この事変を機会に中国を一挙に改革し、日中関係を劇的に改善させる。

整理のために敢えて単純化して言えば、以上のような考え方が、松井が導き出した一つの論理的帰結であった。

その根底には、防共を覆して抗日の姿勢を剝き出しにした蔣介石の国民政府に「裏切られた」との思いがある。容共に転じた国民政府の背後に、ソ連などの共産主義勢力が存在することも容易に想像がついた。ここ数年来の日中関係の極度の紛糾を根元から改善させるためには、このような事態を招いた国民政府を一気に中国から排除するしかない。

国民政府の背後で、ソ連の共産党勢力が跋扈《ばっこ》しているであろうという推測は、現在の世界史の研究から見ても的を外していない。松井が発した覚悟の輪郭は、執念のような質感を帯びている。切歯扼腕《せっしやくわん》する松井の感覚は、「苛立ち」にも近い。

松井の使命感

また、中国を専門の対象として研究してきた「支那通」の面々の眼には、蔣介石は権力を私物化しているようにも映っていた。蔣介石は「国家統一」を大義として掲げてはいるものの、その実は自らの独裁体制を恣意的に維持するために、抗日を利用しているように見える。

かつての松井は、蔣介石を「孫文の遺志を継ぐ人物」として認めていた。しかし、孫文が掲げた革命の理想から、蔣介石は大きく離脱してしまったように見受けられる。そんな蔣介石を一日も早く打倒する必要がある。それが中国の民衆のためにも繫がる。

そこに独特の「使命感」があるのが、松井を始めとする大亜細亜主義者たちの思想の特徴である。

このような「使命感」について、9・11テロ以降のアメリカの新保守派（ネオコン）との共通項を見出す議論も、あながち乱暴ではないであろう。新保守派は「アメリカは民主主義の価値を世界に向けて普遍化する使命を持つ」と自己規定した。彼らは「サダム・フセインの独裁に苦しむイラクの民衆を解放する」「反米に染まるイラクを一新する」ことを大義として、戦争を引き起こした。

松井たちの「使命感」の骨格を理解するため、先の文章の単語を入れ替えてみよう。「日本は大亜細亜主義の価値をアジアに向けて普遍化する使命を持つ」「蔣介石の独裁に苦しむ中国の民衆を解放する」「反日に染まる中国を一新する」。これらの文面を見比べれば、双方の思想の図式自体に相通じる部分が少なからずあることに気付くであろう。

無論、日中戦争とイラク戦争では、戦争の形態として重ならない要素も多い。例えば、二〇〇三年のアメリカのケースでは、相手国に在留する自国民を保護するという喫緊の必要性は存在しなかった。これに比して一九三七年の日本の場合は、中国で暮らす多数の居留民の生命と財産が危険に晒されているという看過できない局面があった。

また、アメリカ政府が掲げた大義の背後には石油利権の存在も見え隠れしたが、日本の場合、満洲や北支を巡る権益の問題はあったものの、少なくとも大亜細亜主義者たちの脳内においては、資源奪取戦という側面は薄い。

松井の「使命感」が、戦場においてどのように体現され得るのか。松井の出征の日が近づいている。

五十九歳での出征

松井たちの唱えた「一撃論」は、たとえ譲歩をしてでも交渉によって事変の早期解決を図り、あくまでも対ソ戦に備えようという、石原莞爾ら不拡大派とは激しく対立した。

松井は南京戦の必要性を、陸軍大臣の杉山元や、外務大臣の広田弘毅ら閣僚に繰り返し説き、更に現状の派遣兵力では戦力が不充分であるとして、今後の増派の重要性を訴えた。実際、約十五万人もの中国兵が集結している上海に対し、日本軍の派兵は二個師団（二万人余）ほどという兵力であった。この数字は、不拡大派に対する配慮という妥協的態度の産物であったが、同時に「これで充分だろう」という当時の軍中央が抱いていた中国に対する軽視の風潮も表れている。松井はそういった日本側の姿勢に悉《ことごと》く異存があった。松井は、

「最低でも五個師団は必要」

と強く上申した。松井は、中国軍が以前よりも強化されていることを誰よりも理解していた。民族主義の隆起の中で、彼らの士気は高く、兵器の質も以前と比して格段に改善されていることを松井は熟知している。松井としては、今回の派兵が中途半端なものとなって日本軍がいたずら

に苦戦を蒙り、戦争が無用に長引くことを最も恐れていた。古来「兵力の小出し投入」は、最低の軍略であるとされる。

それよりも、一度に兵力を集中して、首都である南京を一挙に占領した上で、この戦いを「新生中国の覚醒」のための一里塚とする道が上策であると松井は信じた。

この事変の意義とは何か。松井の心中に答えはある。第一義的には「蔣介石の独裁」を倒し、中国の「共産化」を防ぐことである。そして、「親日的な中国」へと生まれ変わらせ、日本と中国が友好を深め、その上で欧米の支配からアジアを取り戻すことである。松井の行動を規範している唯一の定理は、中国の民衆を始めとするアジアのための救済原理と完全に不可分なのである。

松井の実弟である七夫は、出征時の兄の心情を忖度《そんたく》してこう表す。


〈芭蕉の句にある「憎くては叩かぬものぞ笹の雪」こそ兄の心である〉（『兄松井石根を語る』）

笹を叩くのは憎悪の心持ちからではなく、そのままにしておけば雪の重みで折れてしまうから。弟は兄の胸中を松尾芭蕉のこの一句になぞらえた。

雪をしっかりと落とすには、中途半端なことではいけない。

生来の地金として半端なことを何よりも嫌う松井の視線の先には、南京の街がある。

しかし、参謀本部は作戦としての南京戦を未だ松井に許していない。

八月十九日、南京戦の可否についての結論が決しないまま、松井は東京駅を出発。見送りは盛大に行われ、その中には近衛首相、杉山陸相らの姿もあった。この時、松井は近衛に対し、

「どうしても自分は南京まで行くから、総理もこの点、諒解して頂きたい」

と釘を刺したと言われている。

松井が出征している間の大亜細亜協会は、海軍大将の末次信正に任されることになった。

松井石根、この時すでに五十九歳。還暦の直前という高齢での出征である。

松井の乗った特急列車は、午後六時半頃に故郷である名古屋に到着。その夜は当地の旅館「八勝館」に宿泊した。

翌二十日、松井は祖先の墓のある八事《やごと》墓地を参詣。更に、熱田神宮を参拝した後、名古屋港で巡洋艦「足柄」に乗艦した。

駆逐艦などを従えた一群が、ゆっくりと港を離れる。天候は快晴である。

名古屋港を出た船は途中、伊勢湾に寄り、松井は幕僚らと共に船上から伊勢神宮を遥拝した。

その後、「足柄」は上海へ向かって波頭を分けた。

上海上陸戦

大亜細亜協会の盟友であった下中弥三郎は、松井のことをこう評する。

〈将軍は、やせてゐて、いかにも風采の堂々たるところがない。「痩軀鶴の如し」といふ語があるが、これは将軍を形容するにまことに誂へ向の言葉である。しかし、このやせたからだのどこからこんな智恵が出て来るかと思はれるほど、聡明で何事にもよく気がつく〉(『話』昭和十二年十一月号)

下中の人物評はこう続く。

〈どちらかと言へば冷静で、ものに動じないところがあり、社会の動きに対する見透しまたは判断が極めて実際的である。

全身これ智といつたところのある反面、廉潔で表裏がない〉

そんな松井が、上海戦線の指揮官として第一線に立とうとしている。最上級将校である「大将」の出陣は、日露戦争以来のことであった。

上海派遣軍は、第三、第十一という二個師団を基幹としている。

八月二十三日、第一艦隊第八戦隊の旗艦「由良」に移乗した松井は、上海の中心地に近い呉淞《ウーソン》の錨地に到着した。

第三師団と第十一師団が、それぞれの作戦地域から、上海に向けての上陸作戦を敢行した。松井は艦橋から両師団の戦闘の推移を観察し、砲声を聴いていた。

中国側からの猛烈な射撃に遭いながらも、日本軍の上陸作戦は成功した。松井は日記にこう記している。

〈兎ニ角両方面共予定ノ上陸ニ成功シタルハ将兵ノ勇敢ニ頼リシハ勿論ナレトモ　先日来天候極メテ可良ニシテ又汐時モ満潮時ヲ利用シ得タルニ因ルモノニシテ　偏ニ天佑ニ頼ルモノト感激スル所ナリ〉

緒戦の上陸作戦に成功した日本の各部隊だが、本当の戦闘はここからである。上海の市街地に向けて、部隊はそれぞれ前進を始めたが、中国軍からの抵抗も随所で激しく、数多《あまた》の犠牲者が出た。

参謀の多くは、中国軍の実力を侮り、蔑視している感が否めなかった。艦上から指揮している松井は、そんな部下たちの言説に触れるたびに、彼らをきつく戒めた。

また、戦地で指揮を執る松井に対して、日本の小学生から手紙が届けられたことがあったが、その中には「支那を大に討つてくれ」「支那人を皆殺しにしてくれ」といった内容のものが含まれており、それらの語群が彼を憂鬱にさせた。松井はそのような手紙を前にしてこう思ったという。

〈その時自分は厳粛に考へさせられた。かかる子供たちの雄々しい愛国心は立派なものではあるが、此事は余程、注意しなければ、小国民の感情を曲つて刺激する恐がある。今次の事変は、支那民衆を敵としてゐるのではなく、専ら蔣介石政権打倒を目的としてゐるのだから、此事を充分、考慮に入れて、小国民の教育をしなければならぬと思ふ〉（『松井大将伝』）

当時の日本には「チャンコロ」「シナポコペン」といった蔑称が存在するなど、中国人への軽侮思想や猜疑心は今よりもずっと深かった。松井はそんな時代の雰囲気を、悲痛な面持ちで沈思していた。
日本人が抱く中国観に深い憂慮を払いながら、松井は日中の衝突の最前線にいる。

上海への進軍

そんな松井が、戦場でまず早急に講じなければならなかったのが、兵站《へいたん》の整備であった。補給部隊の上陸に遅延が発生し、前線の部隊では早くも糧食の不足が問題となっていたのである。松井の日記（八月二十七日）には、第十一師団を指して、次のような記述がある。

〈尚第一線部隊ハ既ニ携帯口糧ヲ使用シ尽シ　人家ヨリ米ノ若干ヲ徴発シ粥ナトヲ食シアリト云〉

徴発には対価が支払われるのが基本で、軍票が使用される場合が多かった。この点において掠《りゃく》奪《だつ》とは区別されるが、日中戦争の全体を通じて、中には一部の兵による突発的な暴走があったことも事実である。
第十一師団は激戦の末、八月二十八日には上海市の北部に位置する宝山区・羅店鎮の占領に成功。上海の中心部への攻撃を準備するに到った。

しかし、中国側も続々と兵力を投入してきており、松井は東京の杉山陸相に対し、改めて増兵を要請した。日本側は同時並行的に北支での作戦にも注力していたが、松井はこれを否とし、上海戦に戦力を集中するよう、中央に意見具申した。

松井は尚も呉淞錨地から、前線の戦況を睨んでいる。

九月二日、近衛内閣はこの紛争の呼称を「支那事変」とすることを閣議決定した。それまでは「北支事変」と呼ばれていたが、戦闘地域の拡大によって呼称と実態がそぐわなくなり、その結果、事変の名称が変更されたのである。両国ともアメリカの国内法である中立法の適用を避けるため、「戦争」という概念の使用は望まなかった。双方共に宣戦布告や最後通牒《つうちょう》を行わないまま、戦火は拡大した。

翌三日、それまで宝山城を包囲していた第三師団は、城内の中国兵に対し、飛行機を使って投降勧告文を撒布。しかし、この勧告に応答はなく、日本軍は砲撃を開始した。

六日、第三師団は宝山城を占領することに成功する。

前線との連絡をより密にする必要性を感じた松井は、呉淞砲台の南側に位置する水産学校の埠頭に、商船「瑞穂丸」を横付けさせ、「由良」から移乗した。

八日、参謀本部より来電があり、野重砲一大隊、後備歩兵十大隊などの増援部隊が送られることとなった旨が松井に伝えられた。松井は、この補充だけではそれでも不充分だと感じたが、一先ず胸を撫で下ろした。

松井は毎日、陣中において日記を書していた。その内容は、第三師団と第十一師団の戦況をそれぞれ区分して明記し、細かな戦況の分析から今後の作戦内容の展開に至るまで、幅広い記述が連なったものである。自分の頭の中に存することを、実際の言葉にして書き落としながら、思考を整理しようとしていた節も窺える。

日記とは別に、松井は時々、妻の文子と、弟の七夫に手紙をしたためた。

戦場の歌

それまで艦上にあった松井が、中国大陸の大地を踏むことができたのは九月十日である。呉淞地区の水産学校内に入った松井は、今後の作戦方針について幕僚たちと議論を重ねた。

翌十一日、上海派遣軍の司令部は、水産学校の校舎へと正式に移された。学校内の一室が、司令官室として松井の起居する場所となった。

上海戦は相変わらず端緒の段階にあるが、松井が切に希望する南京戦については、九月十三日の日記の中に短い記述がある。

〈中央部モ漸次南京方面作戦ヲ重視スルコトニ傾キツツアリトノ事ナレト　軍ニ対シテハ未タ其後様子ノ響ナシ〉

南京までの攻略戦を行うべきか否か、中央では途切れなく議論が為されていた。陸軍大臣の杉山元は南京戦に理解を示したが、参謀本部内には消極論が少なくなかった。南京戦に対する国家としての日本の立場は、今なお決していない。

その後、上海の戦線は一旦、膠着状態へと入る。

また、一部の部隊内においてコレラが発生したことにより、松井は防疫に関する対策に追われることとなった。とりわけ飲料水の扱いは管理を徹底させ、病気の拡大を未然に防ごうとした。そのような状況もあって、日本軍は積極的な進軍を止め、補充兵の到着を待ちながら、次なる攻撃の準備に専心した。

九月十六日の松井の日記には、以下のような文面が見られる。

〈第二課ノ情勢判断ニ依レハ敵軍頻《しきり》ニ全般的ニ其兵力ヲ増加シ　大場、南翔、嘉定ノ線ヲ第一陣

地トシ此ニ決戦ヲ企図スルモノノ如ク 尚両師団前面ノ敵兵執拗ニ抵抗ヲ持続スル真意判シ難シ〉

この時期、松井は「支那人未帰ヲ歎シテ」と題して、一つの短歌を詠んでいる。

〈来るものは拒まぬものを我君のみこと知らずや唐土の民〉

「みこと」とは「御言」もしくは「命」で、この場合は天皇の言葉、御命令といった意味であろう。「唐土」は「もろこし」と読ませ、中国のことを指す。三十一文字《みそひともじ》にこの戦争への松井の視点が凝縮されている。

戦場における松井は、自らの思いが中国の民衆に伝わらないジレンマに悩んでいた。松井はこの上海戦を通じて、民衆に対する宣伝、宣撫を積極的に行うことを目的とした特務機関の新たな設置とその強化を中央に具申した。このことは、松井が中国の民衆に対して自分の主義主張を懸命に伝えようと試みていた一つの表れである。しかし、松井がその思いを達しようとすればするほど、中国側の敵対心は容赦なく肥大化した。

砲声を鼓膜に感じながら詠んだこの一首が、日中戦争における両国の不幸な関係性を、残酷なほど如実に表していると言っても過言ではないであろう。

毒ガス騒動

九月下旬になると、天候の不順な日が多くなった。雨が続いて衛生状態が悪化すると、コレラが拡大する恐れがある。松井は防疫に一層の注意を払うよう部下たちに命じた。

この長雨の影響もあり、戦況は思うように進捗せず、松井の心中も暗く沈んでいた。陣中日記にも「焦燥ノ念ニ禁セス」（九月二十二日）といった言葉が並ぶようになる。

二十三日には、毒ガス騒動が起きた。この夜、第三師団の正面に、約二十発もの砲弾が打ち込まれたが、その着弾点附近から石鹸のような臭気が発生し、数名の将兵が喉を痛めたというのである。

この報告を受けた松井は早速、化学研究所の所員を派遣して詳細を調査させた。しかし、真相は判じなかった。

当時は各国とも毒ガス兵器の研究を積極的に進めており、日本も「赤筒」「緑筒」といった兵器の開発に成功していた。「赤筒」は「くしゃみ」を誘発する非致死性の化学兵器である。「緑筒」は催涙弾の一種で、投擲《とうてき》によって使用する。こちらも非致死性の兵器である。その他、致死性の高いイペリットガスについては、松井の命令により、その使用が固く禁じられていた。

しかし、松井は「今後の戦闘の中で、中国軍が毒ガス兵器を使用する可能性は否定できない」として、報復手段のため「赤筒」の準備の必要性を東京に打電した。その反面、部下から具申された「緑筒の使用」については、中国側が本当に毒ガス兵器を使ったのかどうか、この時点では確実でなかったため、その使用を禁じることを命じた。

九月二十八日には、「此日迄ニ知リ得タル軍ノ死傷病者ノ数」として、「死　二二八六」という数字を日記に記している。日々の経過と共に犠牲者数が増えていく現状に、松井は痛嘆を隠せなかった。

割腹の覚悟

九月末、松井は「中国側が最精鋭部隊（陳誠軍）を投入している」ことを中央に報告し、派遣軍を増強することを改めて要請した。

中国軍の抵抗は、日本の軍中央の想定を凌駕していた。十月に入っても、前線の戦闘地域では、一進一退の攻防が継続された。

戦闘が命令通りに首尾よく進まないことに、松井は強い焦りを感じていた。

天候もなかなか回復しなかった。十月八日の松井の日記にはこうある。

〈終日細雨粛条道路泥濘ヲ極メ全線将兵ノ苦労不及申　補給ノ困難モ亦一層ニテ憂欝ヲ禁セス〉

軍司令部は第一線により近い楊家宅という場所に移され、銃声や砲声が今までよりも間近に届くようになった。泥に塗《まみ》れた日本人将兵たちが、痩せた軍馬に鞭打ちながら行軍する光景に、松井は胸を射抜かれるような思いであった。

だが、上海の中心部にはまだ取り付けない。松井は部下の幕僚たちに対し、「天候にもよるが十月中旬を目処に決戦を実行する」との旨を伝え、総攻撃への準備を命じた。

この時期の松井の表情を、部下である幕僚たちの記述から探りたい。

上海派遣軍参謀長の飯沼守が書いた十月十三日の陣中日記には、次のような言葉がある。

〈軍司令官（著者注・松井）少シヤキモキシ何トカ工夫ヲト言ハルルモ目下ノ所力押シニ押スヨリ他途ナク結局根気比ヘ意志ノ闘争ナリ〉

続く十四日には、こうも書き記されている。

〈司令官益々焦慮〉

もう一人、別の人物の視線から、当時の松井の面差しに迫ろう。上海派遣軍参謀副長の上村利道の日記にはこうある。

〈果シテ進展ノ見込アルヤ甚タ疑問ニシテ軍司令官（著者注・松井）ニ焦躁ノ念ヲ起サシメアル幕僚トシテ実ニ痛嘆ニ不堪〉

側近の部下たちが書き残した陣中日記の描写から、この時期の松井がかなりの焦燥にかられていた様子が、ありありと浮かび上がってくる。作戦の打開策について、松井は深刻な苦衷の中にあった。

そんな松井に待望の吉報が届いたのは十月十六日のことである。

この日、松井のいる上海派遣軍司令部に、参謀本部船舶課課員の鈴木敬司が来着し、中央の新たな意向を伝えた。

〈中央部ハ新ニ一ケ軍（三師団）ヲ編成シ　十一月初ヨリ浙江方面ニ作戦セシムル計画アルコトヲ知ル〉

松井がかねてより切に望んでいた「増派」の決定を告げる報せであった。

この日の松井の日記には、次のような文言が並ぶ。

〈是レ最初ヨリ予ノ希望セル作戦方針ニ応スルモノニシテ欣懐ノ至リ（略）予モ此分ナラモウ割腹ノ機会ナキニ至ラン乎　呵々〉

「喜ばしい気持ち」を意味する「欣懐《きんかい》」という言葉は、日記の中における松井の「口癖」の一つで、頻繁に登場する表現である。増派を知った松井は、「欣懐ノ至リ」とその心意を表した。

松井の日記は、それが陣中日誌である以上、当然と言えば当然かもしれないが、常に硬質であり、冗長な色がない。松井の生真面目な性格が、虚飾のない文体の節々にまで織り込まれているように感じられる。

そんな日記の中における「割腹」の文字は、彼の一つの告白であり、未来から頁を覗き見している者の眼には驚きにも映る。松井がそこまで思い詰めていたことを伝える一つの証左だと言えるだろう。

この新たな増軍は、第十軍の編成という形で結実し、後に行われる杭州湾《こうしゅう》上陸作戦の実働部隊となる。

ひとたび膠着していた戦況が、再び大きく胎動しようとしていた。

大場鎮の陥落

日本の国内メディアも、中国戦線の状況をつぶさに報道している。月刊誌『改造』（増刊号・昭和十二年十月十日発行〔改造社〕）には、次のような記事が掲載された。

〈日本の要求する支那の反省を実現するには如何なる策を樹てるべきか、兎も角も今までの古るい支那観ではどうにも出来ないところに来てゐる。それで若し松井がこの役割を演ずることになつた場合、彼の支那観の変化と才腕がどう具体的に発揮されるか新しい興味をそゝる〉

同記事には「松井の一生は支那に始まり支那に終ると云ひ得る」という言葉も見られる。親中派としての松井に、両国間に横たわる諸問題の解決という大きな期待が寄せられた文脈となっている。

十月も下旬に入り、上海戦が始まってから早くも二ヶ月が経過しようとしていた。

日本軍は大場鎮《だいじょうちん》への攻略作戦を開始した。上海市街の西北部に位置する大場鎮は、中国側陣地の要衝であった。日本の陸海軍の航空隊は、上海戦を通じて最大規模となる爆撃を敢行し、二十六日にはこの大場鎮をほぼ制圧した。

日本軍はその後も追撃戦を展開する。

大場鎮の陥落は、上海占領に向けた大きな布石となった。松井のもとには、各方面から祝電が届いた。

だが、松井の胸中に弛緩は一切なかった。十月二十八日の陣中日記には、こう書かれている。

〈マダマダ心中慶祝気分タルヲ得ス〉

この日、松井は複数の野戦病院を視察に訪れ、傷病兵たちを慰問した。設備や看護体制がとても充分とは言い難い状況を観て、事態の改善を部下たちに強く指示している。

上海の占領、そしてその延長線上に南京攻略戦を見据える松井にとって、大場鎮の陥落はまだ戦争の序章に過ぎない。

農作物の収穫

日本軍は各師団の進軍に伴って、上海を含む他の都市に対しても爆撃を行った。これらの空爆は軍事施設を目標としたものであったが、この攻撃は国際社会から非難を浴びた。主に情報についての軍務を扱う参謀本部第二部の部長としての経歴を持つなど、宣伝工作の重要性に通暁していた松井は、外国メディアとの会見の場を多く設けるなど、情報戦にも積極的に取り組んだが、欧米列強の反応は彼の筋書き通りにはいかなかった。中国に巨大な権益を有する欧米諸国は、自国の国益に損害が及ぶことを恐れ、日本の軍事活動を口を揃えて批判していた。

松井は指揮下の師団に対し、外国人の生命と財産を保護するよう、何度も繰り返し命じている。国際社会がこの上海戦に注目していることを、松井も十全に理解していた。

そんな中、戦線の一角では風変わりな光景も見られた。

上海郊外の農村部では、ちょうど稲などの農作物の収穫の季節を迎えていたが、松井は軍の一部を動員してこれを積極的に手伝わせた。松井は日記の中で、その意図と成果をこう説明する（十月三十日）。

〈先日来近郊ノ稲刈其他ノ農作物ノ収穫ニ当ラシメ　既収籾二百四十石其他綿、豆等相当ノ額ニ上リオリ難民ハ大体満足ノ状態ナリ　将来更ニ之ヲ救護シテ皇軍ノ皇懌《こうえき》ニ浴セシムルハ　今後江南地方撫民ノ魁《さきがけ》トシテ特ニ注意スヘキコトナリト認メラルルモ　其指導方法ニ就テハ尚十分監督指導ノ必要アリト認メラル〉

無論、収穫物の一部を日本軍も利用しようという思惑もあったであろう。しかし、松井は「日本軍が中国の民衆に感謝される」にはどうすればいいか、本気で頭を悩まし、そしてそれを実践しようと試みていた。後に松井が記した文章の中には、次のような文辞もある。

〈我が日本軍が一度過ぐる地方は所在敵の軍隊は申す迄もないが、一般地方の民衆等も日本軍の武威に服し、日本軍の徳に馴れ喜んで皇軍を仰いで帰服せしめるの概なくてはならない〉（『時局に対する国民の覚悟』)

これが「日中親善論者」の松井が描いた、中国との戦争像であった。

それを後世の我々が「独善」の一語で断じるのは、簡単なことである。しかし、松井はあくまでも真剣であり、それが彼の本懐であった。真摯なる独善とは、別の場所から見れば滑稽に映り易きものなのかもしれない。だが、そうした見方こそが独善的だとも言い得るだろう。

十月三十一日からは、蘇州河を渡河する作戦が始まった。中国軍からの激しい抵抗に遭ったが、日本軍は少しずつ前進し、ついには渡河に成功した。

マラリアの発症

十一月一日、それまで楊家宅に設けられていた軍司令部が、新たに周宅という地に移転された。新司令部は、公立の助産教育学校があった建物の中に設置された。

司令官である松井の体調は、実は上海上陸後からあまり芳しくない。十一月に入ってからは、軽度のマラリアの症状が出て、高熱にも苦しめられた。軍医から処方された特効薬のキニーネを服用しながら、松井は指揮を執っている。

上海の中心部を目指して、師団の進軍は続行されているものの、その進捗状況は松井の宿望を下回るものであった。

十一月三日は明治節である。松井は当初、「明治節までには上海の全市を占領したい」という意向を持っていたが、それを叶えることはできなかった。

また、この時期の松井を苦慮させたことの一つが、部下である幕僚たちの中国に対する見識の欠乏であった。蒙昧などころか、中にはあからさまに中国に対する軽侮思想を披瀝する者もいた。松井はこのような態度を戒める役回りに追われたが、そんな老将の姿に冷ややかな視線が送られるような雰囲気さえ部内には漂っていた。松井はこの戦争を「支那を救済」するためのものだと信じている。しかし、多くの幕僚たちは「支那を膺懲」するための戦争だと規定していた。

この戦争を通じて、このような両者の考え方の違いが統一されることは困難であった。そしてこのことが、その後の南京戦における無用な犠牲を生む誘因にもなっていくのである。

第十軍の投入

上海戦は相変わらず激しい攻防の渦中にあったが、日本側が新たに投入した第十軍（第六師団、第十八師団、第百十四師団、第五師団の国崎支隊などからなる）が、戦況を一変させた。

柳川平助中将を司令官とする第十軍は、十一月五日、杭州湾への上陸作戦を敢行。中国軍の配備が手薄だった金山衛付近から上陸に成功した第十軍は、最新式の軍備を備えた第六師団を先頭にして上海に向かって進軍した。八日には黄浦江《こうほこう》北岸にまで達し、そのまま一挙に上海に駐屯する中国軍の守備隊を背後から衝いた。これによって戦況は日本軍の有利な状勢へと変動した。

柳川は、明治十二年（一八七九年）の生まれであるから、松井の一つ年下である。長崎県に生まれた柳川は、陸軍士官学校（十二期）、陸軍大学校（二十四期）を卒業した後、陸大の教官などを歴任。陸軍内においては皇道派の重鎮として長くその存在感を示した。昭和九年（一九三四年）には第一師団長という栄職に就くが、皇道派が勢いを失うにつれて、柳川も軍の中心から外されることとなり、間もなく予備役に編入となった。

しかし、日中戦争の勃発後、松井と同様、軍に復帰。そして新たに第十軍司令官として前線に立つこととなった。

新設の第十軍による上陸作戦の成功は、戦況を大きく進展させたが、しかし実はこの作戦自体は、松井の関与するところではなかった。

昭和十五年（一九四〇年）に参謀本部が作成した『河邊虎四郎少将回想応答録』という刊行物がある。これは参謀本部第二課の課長であった河邊虎四郎と、竹田宮恒徳《つねよし》王との対談を編纂したものであるが、この中に杭州湾上陸作戦についての興味深い言及がある。
〈殿下　それで第十軍が出来てから指揮関係で問題があつたやうですが……。
河邊　私が作戦の方もやることになる前でありますから、直接には「タッチ」して居りませんのではつきりは聞いて居りませんが、柳川〔平助〕閣下と松井〔石根〕閣下とは前から仲が悪いといふことを聞いて居りました〉

第十軍の杭州湾への上陸作戦は、軍中央の決定によって実現したものであって、現地の松井はこれに直接的に関わることができなかった。松井自身はこの上陸作戦自体が成功するかどうか、懐疑的でさえあったのである。

第十軍の指揮権は、松井には与えられなかった。第十軍はその成立時から、独立的な色彩の濃い軍であった。

結果だけを見れば、この第十軍が敢行した杭州湾への上陸作戦は、松井の懸念に反して、特筆に値する成功を収めた。

しかし、独立的な性格を帯びたこの第十軍の誕生は、以後の作戦系統を複線化させた。上陸後の第十軍は、速やかに松井の指揮下に入ることが予め決められており、実際にそれは実行されるのだが、初動期におけるこの独立的な性格が、後に忽然と顔を出し、大きな禍根を生む結果を招いていくことになる。

そのことは後に改めて記す。

上海陥落

十一月六日、上海の空に巨大なアドバルーンが上がった。そこには「日軍百万上陸杭州北岸」と書かれていた。「百万」という数字にはもちろん誇張がある。陸軍報道部長の馬淵逸雄が記した『報道戦線』という書籍には、このアドバルーンに関して、次のような記述がある。

〈歴史的杭州湾敵前上陸の「日軍百万上陸杭州北岸」については「百万」の文字に就いて相当異論はあつたが、これが「五万」とか「十万」では何の力もなくなる〉

このアドバルーンを見た中国軍は衝撃を受け、翌七日から大規模な撤退が始まった。日本側が図った作戦通りであった。

同日、上海派遣軍と第十軍を基幹とする中支那方面軍が新たに編合され、司令官として松井が着任した。この編成により、それまで同格であった両軍が統一の指揮下へと入った。第十軍の指揮権が松井に付されたのはこの時である。上海派遣軍司令官の職は松井がしばらく兼任した後、朝香宮鳩彦王《あさかのみややすひこおう》中将が引き継ぐことになる。

第十軍の上陸作戦の成功を契機として、その他の師団も呼応するように兵を前進させ、日本軍は上海の街をほぼ封鎖することに成功した。中国軍は本格的な退却を開始し、日本の各師団は追撃戦へと移行した。

十一月十二日、上海の空は重い曇天に覆われていた。

この日、とうとう上海の街が日本軍の手によって完全に陥落した。二ヶ月半にも及んだ上海攻防戦は漸く終結したのである。

この上海戦における日本軍の戦死者は、実に一万人近くに及んだ。

大いなる犠牲の末、上海を占領することに成功した日本軍だったが、その戦闘は初期の推測を遥かに上回る激戦だったのである。

制令線の突破

上海戦に敗れた中国軍は、主に南京方面へと退却を始めた。

参謀本部次長の多田駿《はやお》は、戦闘を上海地域のみに限定しようとしたが、現地軍の松井は当初からの切望通り、南京までの攻略戦の必要性を改めて主張した。だが、東京の参謀本部は、南京戦に関してこの時点でも消極的であった。

松井はその後も、東京から来訪した影佐禎昭《かげささだあき》（参謀本部謀略課長）や柴山兼四郎（陸軍省軍務局軍務課長）に対し、南京戦の重要性を訴えている。松井の中国に対する慈愛の情は、南京戦という器の中に融解されていた。

しかし、参謀本部の多田は、南京を占領する前に和平交渉を進めたいと考えていた。

他方、参謀本部第一部長の下村定《さだむ》は、南京までは行かないにしても、制令線を突破して進軍してはどうかという、言わば「折衷案」の可能性を思案していた。

ここで制令線という言葉が初めて出て来る。

中支那方面軍は、戦闘の限界ラインとして、上海西方の「蘇州、嘉興ヲ連ネル線以東」（臨命六〇〇号）を予め地図上に設定していた。戦闘地域の限界を示すこのラインが、いわゆる制令線である。

この「蘇州、嘉興ヲ連ネル線以東」という制令線は、わかりやすく説明すれば「上海と南京のほぼ中間に引かれたライン」ということになる。

この制令線を巡って十一月十五日、参謀本部で状勢判断に関する議論が行われた。その結果、「制令線を変更する必要はない」と正式に決定された。しかし、制令線にこだわり過ぎることが好機の逸失に繋がりかねないと懸念する下村は、作戦課に対して更なる研究の継続を命じた。

こうした状況を受けて、河邊虎四郎（作戦課長）が実際に上海まで赴き、現地の最新の実情を見極めた上で、以後の方針を決定するという運びとなった。上海へと渡った河邊は、この時の当地の雰囲気を後にこう語っている。

〈軍司令官（著者注・松井）は依然積極的な考を持つて居りまして……「大丈夫南京は取つて見せるから是非やらなくちや不可ぬ」といふ非常に熱心な御意見でありました〉（『河邊虎四郎少将回想応答録』）

しかし、河邊はこう続ける。

〈（著者注・松井は）「只今は軍隊が疲労して居るから、今直ぐにとは言はぬ」と言はれ、それから参謀長（著者注・塚田攻）の気持も「もう兵隊は相当疲労して居る」と言つて居りました〉

上海戦で蒙った想像以上の犠牲を考慮した松井は、南京戦の必要性を主張しつつも、早期の実施はさすがに困難だと思惟するようになっていた。松井は南京戦の実行時期に関して「十二月中旬」を一つの目処として捉えた。

松井の側近の一人である上村利道が記した十一月十五日の日記によると、河邊が来訪する以前より、松井が早期の南京戦に慎重な姿勢に転じていた様子が窺える。

〈本日ノ状勢ニテ軍ハ無錫ニ追撃ハ勿論、南京マテモ一挙追撃セントスル意見ニ一致セルカ、軍司令官（著者注・松井）ハ従来ニ見ヌ中央ノ意思尊重ニテ、無錫ヲ追撃目標ニ採ルコトサヘモ躊躇シテ許サレス、非常ナル心境ノ変化ナリ〉

南京戦が不可欠であることを前々から説いていたはずの松井が、制令線を守る姿勢を強く示したことに、上村が驚いている。また、中支那方面軍参謀副長の武藤章も、現状としては人員の補充や弾薬機材の補給が優先事項であり、南京戦を行うには一定の準備期間が要用であると考慮していた。

この準備期間中を利用する形で、中央を改めて説得し、部隊を休息させた上での「段階的な南京戦」を実施したいと松井は検討していた。

結局、河邊からは以下のように中央に伝えられた。

〈小官ノ意見トシテハ中央ニ於テハ今直ニ新ナル命令又ハ指示ヲ与フル処置ヲ執ラルルノ要ナク主旨ニ於テ方面軍ノ意図ヲ中央ニ於テ認メ暫ク状況ノ推移ヲ観ルヲ可ナリト認ム〉(『支那事変陸軍作戦〈1〉』)

つまり「制令線をすぐに撤廃する必要はない」「もう少し様子を見よう」という現状維持を可とする報告内容である。

この報告に基づいて、参謀本部ではその後も制令線を撤廃するか否かで議論が継続されたが、意見の統一までには至らなかった。状況としては現状のまま、制令線を墨守することが松井に命じられ続けている。

松井はこの命令に従った。将来の南京戦を依然として視野に入れている松井であったが、差し当たっては制令線を守った上で、兵を休息させ戦力を整えようとした。それだけ上海戦の損害が大きかったのである。

暴走

ところが、十一月十九日に事態が一変する。

柳川平助率いる第十軍が、「南京への追撃戦」を独断で決定し、それを実行に移したのである。中央の決定を無視し、制令線を越えての追撃戦を勝手に開始したのであった。

第十軍は制令線の限界である嘉興の街を早くも占領し、その上、南京に向けて追撃を開始するという。

東京の参謀本部は翌二十日、当の第十軍からの電報（十九日発電）によって、この動きを初めて知った。第十軍から届いた電報は、次のような内容である。

〈一　集団ハ本日正午頃嘉興ヲ占領シ夕刻略々掃蕩ヲ完了ス

二　集団ハ十九日朝全力ヲ以テ南京ニ向ツテスル追撃ヲ命令シ概ネ左ノ如ク部署セリ
　国崎部隊ハ湖州、広徳ヲ経テ蕪湖《ぶこ》ニ向ヒ追撃シ敵ノ退路ヲ遮断ス
　第十八師団ハ湖州、広徳、溧水《りっすい》ヲ経テ南京ニ追撃
　第百十四師団ハ湖州、長興、溧陽ヲ経テ南京ニ追撃
　第六師団ハ先ツ湖州ニ前進〉（『支那事変陸軍作戦〈1〉』）

　十九日から独走を始めた第十軍であったが、実は十五日の夜の内には、柳川列席の幕僚会議の場において、独断で南京追撃戦を行うことを内々に決定していた。敵が潰乱《かいらん》状態にある今こそが南京攻略への唯一無二の機会であり、これを逃す手はないというのである。この幕僚会議に参列していた作戦参謀が残した記録には、以下のように記されている。

〈軍独力ヲ以テ南京ヲ占領シ得ヘキ確信ヲ有スルモノニシテ上海派遣軍カ仮令急速追撃ヲ困難トスル状態ニ於テモ何等之ニ拘束セラルルコトナク独断追撃ヲ敢行セントスルモノナリ〉（『第十軍作戦指導ニ関スル参考資料』）

第十軍は十七日に「嘉興ヨリ南京ニ向フ追撃作戦指導要領」を独自に作成し、十八日には「機ヲ失セス一挙南京ニ敵ヲ追撃セントス」との方針を立て、隷下の各師団にそれぞれ命令を与え、翌十九日に合同命令を下達していた。

このような第十軍の動向について、松井は全く知らされていなかった。

第十軍の柳川司令官は、松井を通さない形で、一部の参謀本部員と直接、秘密裏に連絡を取り合い、南京への追撃戦を決定した。陸軍の単位としての「軍」が、その上級司令部の「方面軍」を飛ばした格好である。

先に述べた通り、第十軍は新たに編成された時点で松井の指揮外にあったという特異な「生い立ち」を持っている。上陸作戦成功後の十一月七日以降は正式に松井の指揮下に入っていたものの、その元より有していた独立的な性格が、第十軍を独走させた後景にあった。

しかし、そのような第十軍の独走が発覚した直後、松井がこれを厳しく制止することなく、部隊が制令線を越えて追撃していることを、実質的に黙認していた節もある。

松井の十一月十九日の日記には、次のような文章が見られる。

〈二、第十軍ノ情況

第十八師団及第百十四師団ノ主力ハ　重砲兵旅団ノ来着ヲ以テ昨朝ヨリ嘉興ヲ攻撃シ遂ニ之ヲ占領シ　一部ヲ以テ西方ニ敵ヲ追撃中〉

嘉興から「西方」となれば、それは制令線を越えた地域に相当する。第十軍が制令線を越えて追撃戦を行っていることを、松井が承知していたことを示す文面である。

しかし、この時の松井の理解としては、一部の部隊の例外的な事例であるという認識であった。無論、松井本人が制令線の放棄を指示したことはない。寧ろ逆である。翌二十日の松井の日記にはこうある。

〈一、軍ハ依然蘇州、嘉興ノ線ヲ保持スルト共ニ無錫、湖州ノ占領ヲ企図ス〉

この記述では「制令線を保持する」とある。同時に「無錫と湖州の占領を企図する」ともあり、この両都市とも制令線を越えた場所に位置する街ではあるものの、それは占領を「企図」するのであり、今後の作戦の展望としての表現であると思われる。

松井はまだこの時点では、第十軍が柳川司令官の明確なる意思と命令のもとに、組織的な暴走を始めていることを理解していなかった。実は二十日には、第十軍の参謀長である田辺盛武が松井のもとを訪れているが、松井はこの時でさえ正確な状況を聴かされていない。

一方、東京の参謀本部では、事態の急転を知った多田が、

「之は直ぐに止めさせなくちや不可ん。作戦指導も之では不可ぬ」

と言って驚いたという（『下村定大将回想応答録』）。これに対し、南京戦の推進派である下村は、

「第十軍が斯うふことを言つて居つても方面軍（著者注・中支那方面軍。松井が司令官）は中央の意図に非常に忠実にやつて居るのであるから当然方面軍が第十軍に対して処置するであらう。それを中央が指示すると云ふやうなことはよくない」

という意味のことを述べた。すると多田は、

「兎に角、之は急を要するから是非止めさせて呉れ」

と繰り返し強調したという。多田からの強い意向を受諾した形で、下村は二十日の十八時に、松井率いる中支那方面軍に宛てて次のような打電をした。

〈丁集団（著者注・第十軍の秘匿呼称）ヨリ湖州ヲ経テ南京ニ向ヒ全力ヲ以テスル追撃ヲ部署セ

ル旨報告シ来レル処　右ハ臨命第六〇〇号［作戦地区］指示ノ範囲ヲ逸脱セルモノト認メラルルニ付為念〉

この打電を受けて松井は衝撃を受けた。一部の兵が制令線を越えたという程度の認識であった松井は、この時になって漸く初めて、第十軍の進軍が組織的なものであり、しかも「南京」を目指していることを知ったのである。松井は早速、第十軍の動きを制止しようと試みた。

前述の『下村定大将回想応答録』によれば、二十一日の午後三時に、中支那方面軍参謀長の塚田攻から東京の参謀本部宛に、以下のような電報が届いたという。

〈丁集団ニ対シテハ方面軍トシテ直チニ実行ヲ差止メタリ〉

二十一日になって松井が第十軍の暴走に「待った」をかけたことがわかる。十九日の時点では、「追撃戦の中で一部の部隊が制令線を越えた」という認識であった松井が、その後、東京からの報告によって第十軍の意図の全容を初めて理解し、慌てて「実行を差し止めたり」となった図式である。

松井が元々「南京戦論者」であったことは事実だが、上海戦後の彼は南京戦の目処を「十二月中旬」と考えており、第十軍が「一挙に南京まで行く」ことに関しては、あまりに時期尚早であると断じざるを得なかった。河邊虎四郎は後にこう話している。

〈元の松井軍即ち上海派遣軍の司令部に私が参りました当時に印象は申し上げましたやうに、当時飯沼〔守〕参謀長の下に西原大佐、川上〔清志〕中佐等の人々が居りましたが……今言ふと怒られるかも知れませんが、追撃戦になつて居りましても志気は寧ろ沈痛といふやうな風で一方から言へば非常に疲労して居られると感じました……。言ひ過ぎかも知れませんが敵情を過大視する、さういふ気分があるやうに思はれました。それに反して第十軍は南京追撃の決心など非常に威勢の良いものでありました〉

江南の地を進む第十軍に迷いはない。運命の巨大なる渦が、南京の街に収斂されようとしていた。

命令系統の混乱

日本陸軍による「制令線の無視」には、前例がある。

第十軍の暴走から遡ること約二ヶ月前、主に北京周辺地域などに派遣されていた北支那方面軍の一団は、参謀本部が指定していた「保定まで」という制令線を越えて追撃戦を実施。石家荘まで攻略、占領した。このような悪しき前例が、第十軍の決意に影響を与えた可能性もある。

陸軍の命令系統が揺らいでいる。

本来、独断で軍を動かす行為は、陸軍刑法によって死刑か無期に処せられる。しかし、日本の陸軍内には、かねてより「力の論理」が悪弊として蔓延していた。張作霖爆殺を実行したとされる河本大作は、軍法会議に諮られることもなく、予備役に編入されただけで済んだ。

満洲事変を企図した石原莞爾と板垣征四郎も、その責任を問われることはなかった。満洲事変の際に、独断で満洲への越境を行った林銑十郎の行動も、後に追認された。石原、板垣、林らは、処分を受けるどころか、その後に華々しく出世を果たしている。

そんな「下克上」的な気運が、陸軍内での「独断主義」や「謀略主義」を生み、それが組織としての大きな弊害へと直結した。統帥の乱れを容認する雰囲気が、陸軍内に充満していたのである。

組織の崩壊とは、人材の欠乏から起こるのではない。人材はいても、組織の構成員たちを有機的に結合させるための体系やルールが、内部から乱れることによって自壊するのである。

中支那方面軍の司令官である松井は、第十軍の動きを一旦、制止しようとした。

だが、それも奏功しなかった。第十軍の独走は、中支那方面軍の命令の後も一向に止まる気配を見せなかった。二十一日の松井の日記には、次のような文章がある。

〈然レトモ第十軍ノ湖州占領部隊ハ鋭意前進ヲ継続シ　此夕其先頭ヲ以テ既ニ湖州東方十余キロノ地ニ進出シ　之ニ後続スル第百十四師団モ主力ヲ以テ南潯鎮《なんじんちん》附近ニ達シタル如シ〉

「湖州」は制令線よりも西方に位置する都市である。第十軍が制令線を越えて進軍している現実を、松井も結句、追認するしかなかった。

制令線の撤廃

南京攻略という作戦自体は元々、松井の持論であり、これは第十軍司令官の柳川と軌を一にしている。

そういった影響もあったのであろう、第十軍の制令線を越えての進軍という現実を前にして、遂には松井もそれに追随する姿勢に転じた。

二十二日、松井は「中支那方面今後ノ作戦ニ関スル意見具申」として、陸軍中央に以下のように打電した。

〈中支那方面軍ハ事変解決ヲ速カナラシムル為現在ノ敵ノ頽勢ニ乗シ南京ヲ攻略スルヲ要ス〉

南京戦の許可を改めて求める内容である。目の前で起きてしまった現実が、上海戦後に松井が検討した「段階的な南京戦」という作戦展望に大きな変化を与えていた。

更に、この意見具申の中には、次のような言葉も見られ、松井が制令線についてどのように考え定めていたのかが、察せられる内容となっている。

〈此ノ際蘇州、嘉興ノ線ニ軍ヲ留ムル時ハ戦機ヲ逸スルノミナラス敵ヲシテ其ノ志気ヲ回復セシメ戦力ノ再整備ヲ促ス結果トナリ戦争意志ヲ徹底的ニ挫折セシムルコト困難トナル懼《おそれ》アリ〉

柳川率いる第十軍の暴走を一旦は止めようとした松井であったが、結局、否応なく起きてしまった現状に最後は追随してしまったことが伝わる文面となっている。これに加えて、第十軍の追撃戦が予想以上の速度で順調に進み、戦況を一挙に好転させていることも、松井の心を動かす誘因となった。

この第十軍の進軍をもって、松井も腹を決めたのであった。目先の現実は、「準備期間が必要」といった当初の状況を、もはや通り過ぎてしまっていた。

そのことを踏まえ、松井は「南京攻略戦の許可」を改めて陸軍中央に上申した。

その間も第十軍は制令線を越えての追撃戦を進めているが、松井としてはそれを追認しつつも、中央からの「南京攻略命令」が正式に出なければ、さすがに全方面軍を動かすわけにはいかない。

参謀本部では、上海の現地視察から戻った河邊を含めて、引き続き慎重に議論が継続されていた。そうした中、多田は前進不可論を堅持していたが、最後には折れざるを得なかった。

二十四日、第一回の大本営御前会議の場で、中支那方面軍の作戦地域の制限が解除されることが決定された。その意味するところは、つまり「制令線の撤廃」である。第十軍の進軍を、中央が「追認」した形であった。

但し、この決定の指し示すところは「制令線の撤廃」であり、この時点では未だ「南京攻略命令」までは発令されていない。

参謀本部では、依然として「南京攻略戦」を行うべきかどうか、議論が二分されていた。こうした中央の動向について、松井は日記の中でその不満を洩らしている（十一月二十五日）。

〈中央部ハ尚南京ニ向フ作戦ヲ決定シアラサルコトハ明瞭ニシテ　其因循《いんじゅん》姑息誠ニ不可思議ナリ〉

日本という国は、将棋の香車の如く、田楽刺しのようにして南京戦へと邁進したのではない。作戦系統の混乱を孕みながら、日本は大いに迷いつつ戦争を進めている。

南京攻略命令

南京への攻略戦を許可する姿勢を参謀本部が示したのは、二十八日になってからのことであった。「不拡大派」は結局、多数派を成すことはできなかった。

松井はこの決定を率直に喜び、日記にこう書き留めている。

〈参謀本部ヨリ南京攻略ニ決定セル旨次長電アリ　是レニテ過日来予ノ熱烈ナル意見具申モ奏功

シ欣懐此上ナシ〉

松井が彼の言葉の癖である「欣懐」という表現を用いて、その喜悦を日記に吐露している。南京戦がいよいよ国の方針として公に定められた。先の大戦における、日本の大きな岐路であり、転換点の一つである。

南京の街では、日本軍の進軍を耳にした一部の民衆が、早々に避難を始めていた。蔣介石政権は首都を移転する方針を速やかに決断し、政府高官らも揚子江を遡って西方へと次々に退避した。故宮博物館に保管されていた美術品や骨董品も西送された。

そのような動きと並行して、十一月二十九日には南京在住の外国人たちの手によって、南京城内に「一般市民が避難できる中立地帯」の設置を目的とした「南京安全区国際委員会」の発足が発表された。彼らの活動により、南京市のほぼ中央部に「縦二マイル、横一マイル」ほどの安全地帯（Nanking Safety Zone）が設定された。南京城内の総面積の一割強ほどに相当するこの安全地帯の行政責任は、同委員会に付与された。安全地帯には、米や小麦といった食糧が運び込まれた。

ちなみに「南京城内」と言っても、日本で考えられるような天守閣を持つ「城」があったわけではない。この場合の「城」とは、壁に囲まれた「街」そのもののことである。中国では古来、「城」という字は日本語の「街」の意味とほぼ重なる。有名な杜甫の「春望」の一節、「城春にして草木深し」の「城」も「街」のことを指している（この詩においては「長安」の意）。

周辺の海域が「広大な堀」の役割を果たすという僥倖に恵まれた日本とは異なり、無数の民族が生活圏を互いに接し合う地政学上の宿命において、中国史とは度重なる戦争の歩みである。古代より戦乱の絶えなかったこの地では、街とは四方を壁に囲まれた形態として発展した。これは、日本の街の形状とは大きく異なる特質である。

第十軍は中支那方面軍に対し、「南京攻略ニ関スル意見」を十一月三十日に進言している。この「第十軍案」の中身は、「南京城内を毒ガス兵器イペリット及び焼夷弾で約一週間、連続して爆撃する」ことを主張するものであった。イペリットガスは非常に毒性が強く、日本は上海戦において、この兵器の投入を控えてきた。しかし、第十軍は「毒ガスの使用を躊躇すれば、上海戦の如き多大な犠牲者が出る」との自説を言い立てた。

松井はこの案を一蹴し、「南京城内外の中国軍による抵抗を考慮し、南京から約五十キロ外側の句容─磨盤山系西側─溧水付近に進出し、部隊の態勢を整理した後、総攻撃に移る」という「二段階案」を採用する意向を示した。

十二月一日、大本営は「大陸命第八号」を発令し、
「中支那方面軍司令官ハ海軍ト協同シテ敵国首都南京ヲ攻略スヘシ」
として、正式に南京攻略を命令した。

改めて記すが、松井は中国の民衆のためにも、南京戦が必要だと考えている。独裁を敷く蔣介石政権を打倒し、中国の共産化を防ぐためには、中途半端な妥協ではなく、首都を陥落させる形で一気に中国の刷新を目指すしかない。

そのことが、日本を含めたアジア地域全体の安寧にも繋がる。

つまり、松井の意識の内側における南京戦という実在は、日中、或いはアジアの新たなる秩序の形成という概念の中に、完全に包摂されるのである。

松井が保持した確信の軸は、南京戦を目前にしても変わらなかった。錬磨の重ねられた信念とは、是非もなく、往々にして鋭角化し、活路を拓こうとするものである。

第四章

南京戦

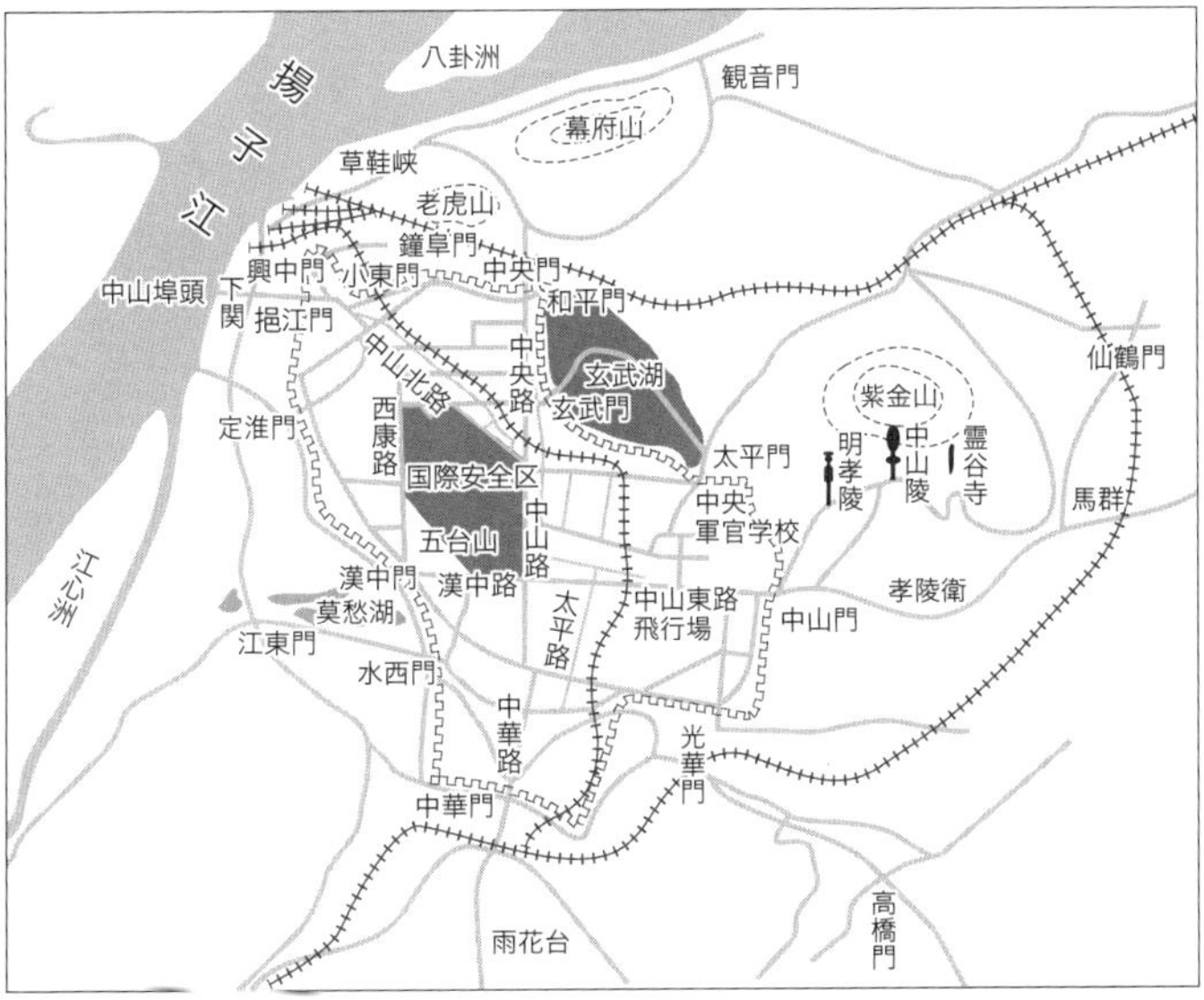
八卦洲
観音門
揚子江
幕府山
草鞋峡
老虎山
鐘阜門
興中門
小東門
中央門
和平門
中山埠頭
下関
挹江門
中山北路
中央路
玄武湖
玄武門
仙鶴門
紫金山
西康路
定淮門
太平門
明孝陵
中山陵
霊谷寺
国際安全区
中央軍官学校
馬群
中山路
五台山
江心洲
漢中門
漢中路
太平路
中山東路
飛行場
孝陵衛
莫愁湖
中山門
江東門
水西門
中華路
光華門
中華門
高橋門
雨花台

南京図

南京への進軍

往古より揚子江流域の中心都市として栄えた南京は、北京、洛陽、西安と共に「中国四大古都」の一つにも挙げられる。その歴史は春秋時代に呉の国がこの地を拠点としたことにまで遡り、以降、六朝《りくちょう》時代には都が置かれ、多くの人や物が集まる要地となった。時は下り、明の時代には太祖・朱元璋《しゅげんしょう》（洪武帝）がこの地を足がかりに全土の統一を果たした。清の時代には「江寧」と呼ばれ、太平天国の乱の際には「天京」とその名は変遷した。

現在の南京市街には地下鉄が張り巡らされ、高速道路も整備されている。これに空港、鉄道の駅が加わり、その充実した交通網を俯瞰するだけでも、この街が持つ懐の深さを感じ取ることができる。

街の中心部には、瀟洒な高層ビルの峰が続く。自動車の洪水の中には、意外なようだが日本車も少なくない。

南京は内陸部に位置する街で、上海よりも乾いた風が吹く。乾燥した大地の中に浮かぶ南京という巨大都市は、都会の雑踏を包み込みながら、威容を誇示するようにして屹立している。

今から八十年以上も昔、日本軍は複数のルートから、この街を目指して進軍した。

各部隊は、満足な補給も受けられないまま前進した。南京攻略戦が、そもそも一部の現地軍の独走という想定外の行動に端を発する以上、補給についての構えが不充分であったのは必定であった。

南京攻撃に関し、松井は当初「二段階案」を示していたが、加速度の付いた進軍状況を踏まえた結果、事実上の「一挙攻略案」へと移行した。

南京への途次では、家屋の火災の跡がひどかったが、これは交戦の被害だけでなく、中国軍の「空室清野作戦」の影響も大きかった。退却する中国軍は、撤退時に火を放ってから逃げることを徹底していた。日本軍に物資を残さないための作戦である。

「南京城一番乗り」「南京へ南京へ」。各部隊間で先陣を争う競争意識が働いたこともあって、日本軍の気運は総じて高かった。先の上海戦において多くの犠牲者が出ていた状況下で、「戦友の仇を討つ」という雰囲気も強かった。加えて「南京を落とせば戦争は終わる」という意識が、強い動機付けとなった。

極度にまで絞られた弓の矢は、すでに弦から放たれている。

第十軍通信隊野戦電信第一中隊の一員として、南京を目指して進軍した一人である島田親男さんは、第六師団の戦闘司令所の配属となり、連日、通信連絡網の整備に追われていた。通信連絡網は、言わば軍の「命脈」である。島田さんたち電信部隊は、中国軍の既設線を利用しながら懸命に整備を急いだが、これが常に遅れがちであった。

島田さんは、南京への行軍中の一光景を、次のように記憶している。

「道路に支那兵の屍体が幾つも転がっていたのですが、それらを取り除くまでもなく、砲車や人馬が進む。その時期、雨の日が多かったと思うのですが、屍体の肉と血が、泥と混ざってグチャグチャになっていましてね。その上を行く感覚というのは、未だに忘れることができません」

南京城攻略要領

十二月七日、松井は蘇州の地へと移動した。

南京の街に、じわりと接近したことになる。体調は依然として優れない。中国大陸の冬の寒風が、老将の骨身に応えた。

勢い付く日本軍は、着実に南京の街を包囲しつつある。

同日、中支那方面軍は、「南京城攻略要領」を示達しているが、その中には「不法行為等絶対ニ無カラシムルヲ要ス」「名誉ヲ毀損スルガ如キ行為ノ絶無ヲ期スルヲ要ス」「掠奪行為ヲナシ又不注意ト雖《いえども》、火ヲ失スルモノハ厳罰ニ処ス」「軍隊ト同時ニ多数ノ憲兵、補助憲兵ヲ入城セシメ不法行為ヲ摘発セシム」といった文言が並んだ。松井は戦時国際法を意識しながら、攻略戦に際しての軍紀を厳しく命じたのである。

中支那方面軍参謀副長であった武藤章は、南京戦前の松井について、後にこう書き残している。

〈戦線が南京に近接するに従い、松井大将は南京をして如何にして破壊と流血の惨とから免れしめるかに苦心せられた。松井大将は上海附近の国際性に鑑み、各種の事件発生を顧慮して、国際法の権威斎藤良衛《りょうえ》博士を帯同していられた〉(『比島から巣鴨へ』)

武藤によれば、この斎藤良衛と参謀たちとの議論の末、南京戦に関して以下のような骨子ができあがったという。

1　第一線師団は主力を南京市外三、四粁《キロメートル》附近に停止す。
2　飛行機より南京市内の支那軍に降伏勧告文撒布。
3　支那軍応諾せば各師団より選抜せる二大隊及び憲兵隊を南京城内に入れ、地図に示す両軍の担任地域内の守備に任ず。

地図に示す外国権益の保護。
4　支那軍降伏勧告に応ぜざる場合は攻撃を再開す。
5　右場合に於ても123項の趣旨に基き行動、軍紀風紀を厳粛にして速かに域内の治安を確立す。

改造社が戦時下において刊行した『報道戦線』という出版物には、南京攻略戦前夜の一場面が次のように記されている。筆者は陸軍報道部長の馬淵逸雄である。

〈愈々《いよいよ》第一線は城壁に肉迫し、全軍グルリと南京城を包囲した壮観、凄い月夜で紫金山から一帯の敵陣地は蒼白く、何んともいへぬ凄愴な戦場風景には、敵の首都攻囲といふ以上に悲壮感が湧いて来た。
全く泣きたいやうな気持、泪が流れて仕方がなかつた。いよ〱総攻撃の前の晩、トラックの上で読売の平沢君が昂奮して、「東洋は変るぞ！」と大声を上げて怒鳴りながら、ワン〱泣き出したといふエピソードもある〉

南京攻略戦に際し、日本の新聞各社は多くの記者やカメラマンを従軍させており、その数は百名を越えていた。石川達三や大宅壮一といった当時の人気作家たちも取材を続けていた。

そんな中で一従軍記者が叫んだという「東洋は変るぞ！」という言葉は、第一線にある多くの日本人の心情を代弁するものでもあった。欧米に搾取され続けてきたアジアが、それまでの歴史を刷新し、新たな時代を迎えるその第一歩として、南京戦は内的に配列されている。

この咆哮は、松井の心中そのものであったとも言い得るであろう。

降伏勧告文の撒布

十二月九日、日本軍は先に紹介した「骨子」に従って、「降伏勧告文」を南京の街に飛行機で撒布した。その内容は次の通りである。

〈日軍百万既に江南を席巻せり、南京城は将に包囲の中にあり、戦局の大勢より見れば今後の交戦は只百害あつて一利なし、惟《おも》ふに江寧《こうねい》の地は中国の旧都にして民国の首都なり、明の孝陵、中山陵等古跡名勝蝟集《いしゅう》し、宛然《えんぜん》東亜文化の精髄の感あり、日軍は抵抗者に対しては極めて峻烈にして寛恕せざるも無辜《むこ》の民衆および敵意なき中国軍隊に対しては寛大を以てしこれを冒さず、東亜

文化に至りてはこれを保護保存するの熱意あり〉

このような降伏勧告文の撒布は、上海戦の宝山城の攻略の際にも行われたが、これは当時の戦時国際法である「ハーグ陸戦法規」の第二十六条「砲撃の通告」に則っている。

後の日米戦の際に、アメリカ軍が日本兵や民衆にビラを配布して投降を呼びかけたことが一種の「美談」として今も語られることがあるが、同様のことを日本軍も行っていた。同じ行為でも日本軍が実施すると「傲慢」となり、アメリカ軍が行えば「人道的」と考えてしまうのは、過去への錯誤と不誠実以外の何物でもない。

日本軍による勧告文は、以下のように続く。

〈しかして貴軍にして交戦を継続せんとするならば南京は勢ひ必ずや戦禍を免れ難し、しかして千載の文化を灰燼《かいじん》に帰し十年の経営は全く泡沫とならん、よつて本司令官は日本軍を代表し貴軍に勧告す、即ち南京城を和平裡に開放ししかして左記の処置に出よ〉

「本司令官」とは他ならぬ松井のことを指す。勧告文はこの文言の後、「大日本陸軍総司令官松井石根」の署名と続き、「左記の処置」として次のような具体的指示が告げられる。

〈本勧告に対する回答は十二月十日正午中山路句容道上の歩哨線において受領すべし、もしも貴軍が司令官を代表する責任者を派遣する時は、該処において本司令官代表者との間に南京城接収に関する必要の協定を遂ぐる準備あり、若しも該指定時間に何等の回答に接し得ざれば日本軍は已むを得ず南京城攻略を開始せん〉

勧告への回答期限として、翌十日の正午という日時が設定されている。松井はあくまでも、日本軍の平和裡の無血入城を切願していた。

ところが、実際には松井自身は南京にいない。南京から二百キロほど離れた蘇州の地に留まっている。

松井の体調は上海上陸後、ずっと芳しくない。高熱や悪寒が続いている。

一方、南京を守備する司令官は唐生智《とうせいち》である。湖南省の軍閥の出身である唐生智は、辛亥革命、北伐などに参加し、蔣介石の信認を得た。軍事委員会常務委員、南京国民政府軍事参議院院長などの要職を歴任し、「上将」の称号も授かっている重鎮である。

南京の防衛について、当初は中国側も無用な犠牲を避けることを目的として、街の放棄を論ずる意見が大勢を占めた。「開放都市」（open city）を宣言して、南京を国際法の保護の対象地とする選択肢も検討された。蔣介石も実は、防衛戦に積極的ではなかった。首都機能の移転も先に宣言されていた。

しかし誰あろうこの唐生智が、徹底抗戦を頑なに主張し、結局、蔣介石もこの意見を受容せざるを得なくなった。「開放都市」の宣言が行われることはなかった。

南京は堅牢な城壁に四方を囲まれた都市である。唐生智は各城門を閉めて、あくまでも街を死守するという。

片や蔣介石は七日の内に、夫人の宋美齢と共に南京を脱出していた。

つまり、松井石根も蔣介石も南京にいない中で、降伏勧告文の回答期日が刻々と近づいている。

日本軍は回答期限までの積極的な攻撃を控えたが、中国側からの砲撃は止まず、南京は不穏な雰囲気を濃くしていた。

回答期限である十日、南京の空は、灰色の雲に覆われていた。

中支那方面軍の武藤章参謀副長や中山寧人《やすと》参謀らは、通訳官の岡田尚《たかし》を伴って、降伏勧告文で指示した公道に赴き、中国側の軍使が現れるのを待った。

岡田は東亜同文書院で中国語を学び、上海政治中学校で講師をするなど、中国事情に深く通暁した人物であった。岡田の亡き父親は生前、松井と懇意であった。そのため、岡田は幼少の頃から松井と面識があったという。

時計の針が、期限である正午を回った。それでも武藤たちは、十三時頃まで待った。しかし、中国側からの回答は得られなかった。岡田の回顧によると、武藤はこの時、

「やっぱり駄目だったか。サァ帰ろう」

と溜息混じりにそう洩らしたという。

松井の降伏勧告は、無視される形となった。

蘇州の地で、南京からの連絡を受けた松井は、やむなく総攻撃を命令する。

松井の陣中日記にはこうある。

〈此日正午ニ至ルモ支那軍ノ回答ナシ　依テ午後ヨリ両軍（著者注・上海派遣軍と第十軍）ニ対シ南京城ノ攻撃ヲ命ス　敵軍ノ頑迷真ニ可惜　已ムナキ事ナリ〉

日本軍の熾烈な攻撃が始まった。

城門への攻撃

いよいよ南京の攻防戦が始まろうとしている。

南京戦に関する史料や証言の中には、不確かな伝聞をまとめただけで著しく信憑性に欠けるものや、この戦闘がプロパガンダとして中国側に政治利用されるようになる中で捏造されたものなどが極めて多く、検証にあたって細心の注意が必要であることは言う迄もない。

本書では、少しでも事実に拠らしめるため、史料作成者の不明なもの（四等史料）、いかなる基準で作成されたのか不明なもの（五等史料）などは排した。基礎史料を渉猟した上で、信頼に足ると判断できるもののみを適宜、引用しながら、実像の輪郭に迫っていきたい。

南京という街には、大小合わせて十九もの城門があった（鉄道用の二門を含む）。こうした街の構造上、最初に砲火が交わる場所は、各城門ということになる。

その一つである光華門《こうかもん》（東南門）は、高さが約十三メートルあり、門は外門と内門の二重の造りとなっていた。降伏勧告期限の過ぎた午後二時頃、第九師団の歩兵第十八旅団歩兵第三十六連隊（所在地は鯖江。以下、連隊後のカッコ内は所在地を示す）が、光華門への攻撃を開始した。連隊長は脇坂次郎大佐である。

堅固な構えを誇る光華門の攻略は難航した。門の内側には土嚢が堆《うずたか》く積まれていた。しかも城門の外側には堀（護城河）が設けられている。光華門を守備していたのは、蔣介石の精鋭部隊「教導総隊」である。

対する「脇坂部隊」は苦戦を重ねながらも、山砲からの援護射撃を背景として、徐々に兵を城門へと接近させていく。攻撃を始めて三時間ほど経過した午後五時頃、第一大隊の大隊長・伊藤善光少佐は、第一中隊と第四中隊に城門への突入を命じた。両中隊はやがて外門を崩すことに成功。しかし、内門の城壁の上から機関銃の掃射や、手榴弾の投下などの猛反撃を受けた。

辺りが深い闇に包まれた午後九時頃には、伊藤大隊長も手榴弾を浴びて戦死。それでも日本軍は決死の攻撃を繰り返し、激しい砲撃の末、漸く内門の一角を崩すことに成功。歩兵が城壁をよじ上り、日章旗をなびかせた。

この光景を見た気の早い日本の報道陣は「南京陥落」と速報で国内に打電した。このため、翌十一日には、日本各地で祝賀のための提灯《ちょうちん》行列などが盛大に行われた。

しかし、実際の戦場では未だ一城門の「一角占領」に過ぎず、街全体の「完全占領」はほど遠かった。戦闘は以降も光華門を含む各地で続き、中国軍は戦車を投入するなどして抗戦への高い意欲を見せた。

中国軍の陣地の各所には「退却者は斬る」といった内容のスローガンが貼り出されていた。逃亡を防止するため、鉄の鎖で身体をトーチカに繋がれた下級兵士の姿も確認されている。

紫金山への攻撃

他方、第十六師団の主力部隊は、十日の総攻撃開始以来、南京城外の紫金山《しきんさん》の攻略を担当していた。中島今朝吾《けさご》中将を師団長とする第十六師団は、北支から転戦してきた歴戦の部隊である。

明治十四年（一八八一年）、大分県宇佐市出身の中島は、陸軍内でも過激な行動で知られた人物である。昭和十二年（一九三七年）二月に広田内閣が総辞職し、宇垣一成に組閣の大命が下った際、中島は憲兵司令官だった。中島は参内途中の宇垣の車を停め、彼を脅迫して組閣を妨害したとされる。陸軍からの猛反対に遭った宇垣は結局、組閣を断念した。

松井の三歳年下にあたる中島は、中国に対してもしばしば苛烈な態度を示した。上海戦の段階から、二人の意見はたびたび衝突した。この中島が南京戦に関する重要な鍵を握っていくことになる。

紫金山は南京城壁の東部に位置する標高四百五十メートルほどの山である。この紫金山の占領を第十六師団は命じられていたが、中国軍守備隊からの強烈な抗戦に遭い、一進一退の攻防戦へと突入した。

紫金山の中腹には、孫文の記念碑が建つ中山陵がある。北京で没した孫文であったが、蔣介石の指導により、南京へと移葬されていたのであった。

この中山陵への攻撃を、松井は固く禁じた。松井は「降伏勧告文」の中で「文化財の保護」を謳っていたが、それは戦闘の中で実践された。ハーグ陸戦法規の第二十七条には、「砲撃の制限」という条項があり、それによれば「包囲軍が攻撃（砲撃）する時は、宗教建造物、歴史的建造物、学術機関、病院、傷病者収容施設などが軍事目的に流用されていない限り、これらに損害を与えないよう、必要な手段を取らなければならない」という要旨が示されている。

「中山陵への攻撃を禁ずる」というこの決定の背景には、松井が生前の孫文と親交が厚かったことも関係するであろうが、同時に、松井が国際法を遵守しようとしていた姿勢が窺える。その証拠に、松井はこの中山陵の他、明孝陵や霊谷寺といった歴史遺産への攻撃も禁止した。霊谷寺に至っては、境内にあった五重塔が中国軍の観測所として「軍事流用」されていたため、すでにハーグ陸戦法規の定める砲撃制限の対象外であったが、それでも松井は攻撃を許さなかった。

このような松井の命令によって砲撃が制限された前線の部隊では、思うように作戦を実施することができず、熾烈な白兵戦の結果、日本側の犠牲者がいたずらに拡大するという事態を招いていた。当然、松井に対する不満を感じる者も少なくなかった。師団長の中島今朝吾は砲兵出身ということもあって、松井の命令に強い不信感を示した。

しかし、松井はこの命令を貫いた。結果、十二日の夕刻に、第十六師団歩兵第三十旅団歩兵第三十三連隊（津）が紫金山の第一峰を占領したが、中山陵は無傷であった。

その他、第十軍の第百十四師団歩兵第百二十七旅団歩兵第百二連隊（水戸）も十二日の内に、南京城外の雨花台《うかだい》を占領。日章旗を翻らせた。

この十二日には、もう二つ、大きな事件が起きている。一つは、アメリカの揚子江警備船であったパネー号が、日本海軍の航空隊からの攻撃を受けたという「パネー号事件」である。この攻撃により、パネー号はあえなく撃沈。一時は日米開戦の噂が立つほどの騒ぎとなったが、日本海軍側は「汽船に多数の中国人が乗船しているのを目撃し、米国国旗も認識できなかったため、中国船と見誤った」として陳謝し、事を収めた。

もう一つは、南京近隣の蕪湖という街において、日本の陸軍砲兵部隊が英国砲艦のレディバード号を砲撃するという「レディバード号事件」である。揚子江沿岸からの日本軍のこの発砲により、数名の死傷者が発生した。この砲撃を行った野戦重砲兵第六旅団野重第十三連隊の隊長は、国家改造を目的として、陸軍将校により結成された団体「桜会」を組織したことで知られる橋本欣五郎《きんごろう》である。この砲撃が意図的なものなのか、それとも誤爆であったのかについては、未だに結論が定まっていない。

この両事件により、アメリカ、イギリスの対日感情はますます拗《こじ》れた。外務大臣の広田弘毅は、両国への難しい対応に追われることとなった。大亜細亜協会の設立委員の一人でもあった広田は、松井と思想的に近似するところが少なくない。「日中提携」は彼の思想の根幹であった。

外務大臣という立場上、広田は欧米諸国との折衝に集中して取り組む必要に迫られた。広田が模索したのは、大亜細亜主義と対米英協調路線の均衡という難しい道であった。

そんな広田の外交手腕を、松井はかねてより高く評価していた。

松井が指揮する南京戦の推移を、広田も固唾を呑んで見据えている。

混乱する中国軍

同じく十二日の二十時頃、唐生智が南京から脱出した。

南京死守を力説した唐生智だったが、自らの逃走はいかにも早かった。唐生智は隷下の部隊に明確な撤退命令を出さないまま、側近の幕僚たちと共に、揚子江に面した港湾地である下関《シャーカン》から対岸の浦口《ほこう》へと逃げた。

最高司令官である唐生智がいち早く敗走したことがわかると、師団長以下の将兵たちもこれに続こうとした。司令官を失った中国軍は命令系統を頗る乱し、一種のパニック状態に陥った。この唐生智の逃亡が、その後の南京戦の混乱を倍加させる大きな要因となる。

中国軍には督戦隊という組織がある。これは中国には伝統的にあった軍の仕組みの一つで、要約すれば、勝手に退却しようとする兵を殺害するための特別部隊である。「督戦」と書かれた腕章をした彼らは、逃亡を試みようとする兵たちを一斉に掃射した。指揮官の喪失により、多くの兵が戦線から離脱しようとした結果、中国人同士が殺し合う悲劇が発生したのである。『チャイナ・ジャーナル』(一九三八年一月号)には、次のような記述がある。

〈唐生智逃亡と知れ渡ると、支那軍兵士は南京を離れようとした、彼らは友軍(著者注・督戦隊)の手で機関銃によりなぎ倒された〉

日本軍の大半がまだ入城していないこの段階で、南京城内では同士討ちという惨状が発生していた。

また、市内の彼方此方で中国人の手による掠奪も始まった。ロイター通信のスミスという記者が、この時の様子をこう表現している。

〈十二月十二日の夜、支那軍と市民が掠奪を始めた。——まず、日用品店から金目の物がすっかり奪われた。さらに、個人の家から食料品を運び出す支那兵の姿も見えた〉（『「南京虐殺」の徹底検証』）

中国兵による掠奪は、すでに十一日には始まっていたようで、『ニューヨーク・タイムズ』（十二月二十二日・上海発）には以下のような記事が見られる。

〈土曜日（十一日）には中国軍による市内の商店に対する略奪も拡がつてゐた。略奪の目的が食糧と補給物資の獲得にあることは明らかであつた〉（『南京戦史』）

他方、南京を守る城門の中で最も巨大な威容を誇る中華門（南門）も、両軍共に犠牲者が続出する激戦の地となっていた。中華門は高さが約二十メートルもあり、鉄門は四重の造りとなっている。

この中華門の攻略を担当したのは、第十軍の第六師団と第百十四師団である。対する中国側は、中央軍の精鋭部隊にこの地の守備を任せ、ドイツ製の最新式の火砲などを投入して日本軍に集中砲火を浴びせた。

日本の各部隊は糧食も尽きた中で攻撃を続行した。厳しい混戦の末に漸く中華門が陥落したのは、十三日に日付が変わって間もない午前一時頃であった。

また、それから三時間ほど後の午前四時頃には、第十六師団歩兵第十九旅団歩兵第二十連隊（福知山）が、南京の東部に位置する中山門《ちゅうざんもん》（東門）を占領。これはそれまで守備に就いていた中国兵たちが、一挙に退却を始めたことに乗じた結果であった。

南京各地に配備されていた中国軍の守備隊は、雪崩を打って遁走を始めていた。首都防衛のための増援部隊だった第七十四軍は、水西門から揚子江に沿って南西の方角に進んでいたが、日本の第六師団歩兵第三十六旅団歩兵第四十五連隊（鹿児島）と衝突。夜明けを挟んでの会戦となり、第七十四軍はほぼ壊滅した。

また同じく十三日の明け方にかけて、仙鶴門《せんかくもん》の周辺でも大規模な交戦が起き、両軍に多くの犠牲者が出た。

「一角占領」以降も戦闘が続いていた光華門では、徐々に日本軍の優勢となり、午前六時頃には完全に陥落した。

各城門が突破されたことにより、中国軍は更なる敗走を開始した。

中国軍は、先の上海戦に多くの戦力を割かれていたこともあり、南京の防衛部隊には補充の新兵が多かった。充分な訓練を受けていない新兵たちは、司令官も失われている中で、各城門の陥落と共に潰乱状態へと落ち込んだ。潰走兵《かいそうへい》たちは、城門の中で唯一、市民の脱出用に開門されていた挹江門《ゆうこうもん》（北門）へと殺到した。しかし、この挹江門周辺には督戦隊が配備されていた。

督戦隊が機関銃を掃射して、潰走兵たちの通過を拒んだため、再び大規模な同士討ちが起き、数多の死傷者が発生した。

その一方、軍服を脱ぎ捨てた上で、市内中心部に設けられていた安全地帯へと潜入する者も少なくなかった。

後にこのことが、無用な惨劇を生む結果を招くことになる。

入城

十三日の早朝から、日本軍の各部隊は城内へと本格的に入り始めた。その時の南京市内の様子は、どのようなものであったのだろうか。

前述の島田親男さんは、十三日の午前中に南京城内に入ったという。

「城内には人の姿もなく、静まり返っていて、非常に不気味な様子でした。『がらん』とした感じです。結局、銀行だった建物の中に第六師団の司令部が設置されたのですが、私はそこで通信業務を行うことになりました」

南京市民のほとんどは、早々に城外に逃亡したか、城内に設けられた安全地帯へと流入していた。これに先立つ十二月八日には、安全地帯への避難命令が唐生智から市民に対して出ていたのである。この意味において、島田さんの「人の姿がなかった」という証言は、他の史料などとも一致する。

これを補完するために、他の兵士の陣中日誌を確認したい。第九師団歩兵第十八旅団歩兵第十九連隊（敦賀）の第四中隊長であった土屋正治中尉は、陥落初日の南京城内の光景として、次のように証言している。

〈城壁こそ砲撃によって破壊されていたが、街並みの家々は全く損壊しておらず、瓦一つ落ちていない。ただ無気味な静寂、異様な寂莫感がわれわれを包み、勇敢な部下も一瞬たじろいだ〉

（『南京戦史』）

日本軍の入城時、南京城内は安全地帯を除いて、もぬけの殻のような状態となっていた。島田さんはこう回想する。

「入城後の一週間くらいは、私も気が立っていたというか、興奮していたのでしょうね。夜もなかなか寝付けなかったのを覚えています。しかし、南京の市民は皆とっくに安全地帯へと逃げていますしね。城内では後に言われるような屍体の山など、私は見たことがありません」

南京への行軍中には「支那兵の屍体を踏み越えた」と率直に語る島田さんだが、南京での大虐殺については言下に否定する。

「戦闘で亡くなった中国兵がいたのは事実ですよ。激しい交戦がありましたから。しかし、市民への三十万人だのという虐殺なんて、私はしてもいないし、見たこともありません」

正規の戦闘員同士の交戦によるものならば、たとえ多くの死傷者が発生したとしても、それは「虐殺」という範疇には当てはまらない。「虐殺」とは女性や子供など、非戦闘員への無差別的な殺戮状態のことを指す。島田さんは軍紀についてはこう振り返る。

「私のいた部隊では軍紀も非常に厳しかったです。ごく一部の兵の暴走は戦場の常としてあったでしょう。しかし、それが日本軍にだけ異常に多かったなんて話は信じられません」

ゲリラ化した中国兵

但し、日本軍の入城後も散発的な戦闘は収まっていない。主要な城門は陥落したものの、完全占領には至らず、城壁の内外で尚も攻防が継続されている。

第十六師団歩兵第三十旅団は、紫金山の北麓から下関の方面へと進んだが、その途中で無数の敗残兵と衝突した。旅団長の佐々木到《とう》一《いち》少将は、十三日の出来事として、日記にこう記している。

〈午後二時頃、概して掃蕩を終つて背後を安全にし、部隊を纏めつゝ前進、和平門に至る。

その後、俘虜続々投降し来り、数千に達す、激昂せる兵は上官の制止を肯か《ママ》ばこそ片はしより殺戮する。多数戦友の流血と十日間の辛惨を顧みれば兵隊ならずとも「皆やつてしまへ」と云ひ度くなる〉

「俘虜」という言葉は「捕虜」と同義であるが、細かく言えば佐々木のこの表現は誤字であろう。「俘虜」が「投降してくる」というのは日本語の用法として矛盾する。「敵兵」が「投降」して初めて「俘虜」となるのである。それはともかく、意味としては「敵兵」が続々と「投降」してきたということで間違いない。

「和平門」というのは、下関の東部に位置する城門である。この時、紫金山では両軍による衝突が尚も続いていたが、そこから退路を求めて敗走してきた中国軍の一団が、和平門の辺りで佐々木の率いる支隊と鉢合わせになったのであった。

敗残兵と言っても、彼らは「両手を上げた」ような、従順な投降兵というわけではなかった。すでに日本軍は南京の各地で、「投降兵からの襲撃」に悩まされていた。指揮官の不在という異常事態に堕している中国軍は、規律を失い、無統制の状態となっており、その多くがゲリラ化していた。投降すると見せかけて近寄ってきた兵が、隠し持っていた拳銃や手榴弾で攻撃してくるといった事態が頻繁に起きていたのである。敵愾心に燃える一部の中国兵の反抗は、凄まじいものがあった。国際法において、捕虜は法に則った形で扱われる権利を有するが、実際の戦場で司令官による統制を失った軍の場合、敗残兵と投降兵の境に線を引くことは甚だ困難な作業となる。

ゲリラ化する敵を前にして、日本軍も極限の状態にある。

また、佐々木は元々、南京駐在武官の経歴を持つなど、陸軍有数の「支那通」であったが、彼はその後、反日に染まる中国に絶望し、「反中派」へと転じた人物だった。従来は親中派だったが、中国の抗日への意欲に嫌気がさし、転向したという佐々木のような者は、この当時、少なくなかった。

中国人に対する佐々木の処遇には、苛烈な色が濃かった。

こうした背景もあり、佐々木の先の日記は、日本軍が「捕虜を皆殺しにしていた」ことを証明する資料であるとされる。

しかし、前記の日記においても「皆やつてしまへ」ではなく、そう「云ひ度くなる」としている部分には、充分に注目しておく必要があるであろう。そこに存したのは、命令による組織的な投降兵への大量殺害ではなく、昂奮した兵が戦闘行為の延長線上において、突発的に行き過ぎた行動に及んでいる様子である。忌むべきこととは言え、それは古今東西どこの戦場にも必ず存在する悪習であったとしか言いようがない。

先の大戦における他の戦場を見てみれば、投降しようとした日本兵を中国兵が殺戮した事例も少なくなかったし、後の対英米戦においても、無抵抗の日本兵を米兵が殺害した例などは枚挙に暇《いとま》がない。一例をあげると、世界初の大西洋横断単独無着陸飛行に成功したことで有名なチャールズ・A・リンドバーグが記した著作『孤高の鷲（下）―リンドバーグ第二次大戦参戦記』には、彼が目にした南太平洋の戦線での情景が克明に描かれている。そこでは、米・豪軍の兵士たちが、日本兵捕虜の喉元を切り裂いたり、両手を挙げて投降してきた日本兵を撃ち殺すといった記述が多くある。リンドバーグはアメリカ人であるが、彼の書いたところによれば、米・豪軍は日本兵捕虜のほとんどを殺害していたという。更に彼らは日本兵の屍体を切り刻み、「戦利品」として金歯まで抜くこともあったとされる。そのような軍の頽廃ぶりをリンドバーグは心から恥じた。

このような事例に比して、南京における中国軍の敗残兵たちは、指揮官不在の中でゲリラ化し、無抵抗でさえなかった。

一つ明瞭に言えることは、日本軍の南京での行為は、ナチス・ドイツがユダヤ人に対して行ったような「市民への計画的なホロコースト」とは別種のものであったということである。当時の日本人が中国人への軽侮思想を少なからず有していたことは事実だが、かといってナチスがユダヤ人に対して抱いた「絶滅思想」などは全く持っていなかった。この二つを明確に分けて整理することが、南京戦を理解する上での最初の前提となる。

安全地帯の掃蕩

各城門の陥落後、日本軍は城内に入り始めているが、松井が作成させた「南京城攻略要領」には、入城を各師団の選抜部隊のみに限定する内容が盛り込まれていた。日本側はこの骨子に沿って、南京城内を七つの区域に分け、各連隊を配置することとした。例えば、下関付近を担当したのは第十六師団歩兵第三十旅団歩兵第三十三連隊（津）、北部（主に中央路から中山北路の間）を第十六師団歩兵第三十旅団歩兵第三十八連隊（奈良）、安全地帯を第九師団歩兵第六旅団歩兵第七連隊（金沢）といった差配である。

しかし実際には、余勢を駆る形で規定以上の部隊が南京城内に流入してしまったことも事実である。

十三日の午後四時には、中島今朝吾率いる第十六師団が国民政府庁舎へと入り、日章旗を掲げた。この時点をもって日本側は「南京の陥落」とした。

ただ「南京陥落」の後も、戦闘は城壁の内外で継続された。

そんな中、軍紀の取締についても相変わらず厳しく示達されていた。

午後四時半、第九師団歩兵第六旅団長の秋山義兌《よしみち》少将から、隷下の歩兵第七連隊（金沢）などに対して「掃蕩実施ニ関スル注意」が発令された。歩兵第七連隊は、安全地帯の掃蕩を任された部隊である。

「掃蕩」というと、語感の印象が強いので誤解を生む契機にも繋がりかねないが、英語で言えば「drive out」もしくは「drive away」といった言葉にあたり、「（敵を）追い払う」といった一般的な軍事行動の概念を指す。残敵の一掃を目指すことは、通常の戦場活動の範囲内である。

この「掃蕩実施ニ関スル注意」では、「掃蕩実施ニ関シテハ南京城内掃蕩要領ニ依ルベシ」と命じられていた。

「南京城内掃蕩要領」を基に作成された「掃蕩実施ニ関スル注意」には、次のような文言が羅列されている。

〈掃蕩隊ハ残敵掃蕩ヲ任トシ、必ス将校（准尉ヲ含ム）ノ指揮スル部隊ヲ以テ実施シ、下士官以下各個ノ行動ヲ絶対ニ禁ス〉

〈青壮年ハ凡テ敗惨《ママ》兵又ハ便衣隊ト見做シ、凡テ之ヲ逮捕監禁スヘシ〉

日本側が最も苦慮していたのが「便衣兵」の存在だった。「便衣」とは「平服」や「私服」といった意味にあたる中国語だが、指揮系統を乱した中国軍の多くの兵士たちは、便衣に着替えた上で逃走を図っていた。光華門や中華門から逃げてきた兵士たちは、軍服を脱ぎ捨てて、安全地帯へと流入していた。

安全地帯とは本来、市民（非戦闘員）のための中立地帯であるべきはずだったが、実際には中国兵の避難地帯となってしまったのである。上海戦の際にも、上海の街には安全地帯が設けられたが、その時には敗残兵の流入を固く許さなかった。上海の安全地帯を管理したのはフランス人のロベール・ジャキーノというう神父だった。日本軍はこの安全地帯の存在を認めて攻撃を制限したため、ジャキーノ神父の企図は成功し、市街戦における市民の大きな混乱は避けられた。後にジャキーノ神父は、安全地帯を尊重した松井に対して感謝の意を表している。

しかし、南京の場合は、安全地帯の規範が根底から崩壊してしまった。旧張群《ちょうぐん》将軍邸に本部が置かれた国際委員会は、安全地帯への中国兵の流入を統制できなかった。国際委員会の委員の一人であったシュイールズは後に、

「南京の安全地帯は失敗だった」

と正直に認めている。

便衣兵たちは、安全地帯に身を潜めながら、反撃の機会を狙っていた。庶民を装った彼らは時に一転して、日本軍に攻撃を加えてくることが多々あった。その結果、安全地帯内において便衣兵を摘発する必要性に日本側が迫られたのは、余儀ないことであった。この任務を担当したのが第九師団の歩兵第七連隊だったのである。

中国側が行ったこのような便衣兵戦術は、結果として多くの一般市民にまで被害が及ぶ恐れが

広がるため、戦時国際法で固く禁止されている行為であった。ハーグ陸戦法規では冒頭の第一章において「交戦者ノ資格」を厳密に定めているが、その項目の中には「遠方ヨリ認識シ得ヘキ固著ノ特殊徽章ヲ有スルコト」とあり、便衣兵戦術はこの規定に明確に違反することになる。

加えて、同法規には「公然兵器ヲ携帯スルコト」ともあり、「武器は公然と携行すべきこと」も合わせて定めている。隠し持った武器で攻撃を加えてくる便衣兵の行為は、この条項にも重ねて違反することになる。以上のような条項から「交戦者ノ資格」を失した者は「不法な戦闘員」と判断される。つまり、便衣兵とは「不法戦闘員」であった。

規律を失っていたのは、日本軍ではなく中国軍の方であった。唐生智が逃亡前にせめて武装解除や降伏の指示を出していれば、ここまで無秩序な状態は生じなかったに違いない。

このような状況の出現に際して、日本軍は便衣兵をどう取り扱うべきか、返す返すも苦心していた。

それでも前述の「掃蕩実施ニ関スル注意」によれば、「便衣兵の疑いのある者」を「処刑」するのではなく「逮捕監禁」と取り決めていることにも改めて注目する必要がある。

「掃蕩実施ニ関スル注意」は、以下のような条項へと続く。

〈青壮年以外ノ敵意ナキ支那人民特ニ老幼婦女ニ対シテハ寛容之ニ接シ、彼等ヲシテ皇軍ノ威風ニ敬仰セシムヘシ〉

中国側の便衣兵戦術により、とうに本来の機能を失っている安全地帯だったが、それでも日本軍は上海戦の時と同様、軍紀を厳重に徹底した上で、それを尊重しようとした。

ましてや「市民に対する虐殺」などを命じた項目など一つもないことは明白である。条項の中には、「家屋内ニ侵入シ掠奪ニ類スル行動ヲ厳ニ戒ムヘシ」「放火ハ勿論、失火ト雖モ、軍司令官注意ノ如ク厳罰ニ処ス」「火災ヲ発見セハ附近部隊ハ勿論、掃蕩隊ハ速ニ消火ニ努ムヘシ」といった文言も並ぶ。

南京入城に際し、日本軍は無規律に雪崩れ込んだわけではない。

こうした中で迎えた十三日午後七時、日本軍は「南京陥落」を公式に国の内外へと発表した。

〈我ガ南京攻撃軍ハ本十三日夕刻南京城ヲ完全ニ占領セリ、江南空澄ミ、日章旗城頭高ク夕陽ニ映ジ皇軍ノ威容紫金山ヲ圧セリ〉

この南京陥落に関して、司令官だった松井自身はどう見ていたのであろうか。松井は後に雑誌『改造』（昭和十三年二月号）の対談で次のように語っている。実際に対談が行われたのは陥落からまだ間もない昭和十二年の大晦日で、対談相手は改造社の創設者である山本實彦である。

〈山本　南京もよく行きましたね。あれほど早く陥ちるとは思ひませんでした。
松井　実は僕等も、もう二週間位は後になるだらうと思つてゐたが、案外に早かつた。蔣介石の教導総隊だけは相当に抵抗をつづけたが、後はたいした抵抗をしなかつた。だから南京は都合の好いことには余り破壊されてゐない〉

当時の松井が南京戦について「予想よりも早く陥落した」「街はあまり破壊されていない」といった実感を抱いていたことがわかる。

一方、日本国内では提灯行列が再び盛大に催された。東京ではあらゆる電飾が華々しく灯され、吹奏楽団を先頭にした大行進が行われた。皇居の周囲では、桜田門から丸の内の辺りまで、群衆の波が一面を覆い尽くしたという。

大量の捕虜の発生

陥落の翌日である十四日も、南京城壁の内外で掃蕩戦が実施された。

第十六師団歩兵第三十旅団歩兵第三十三連隊（津）は、主に下関周辺の掃蕩を行った。同連隊の第二大隊第二機関銃中隊の島田勝巳中隊長は、この時の様子を後にこう語っている。

〈城内掃蕩中でも、獅子山付近で百四・五十名の敗残兵を見つけたが、襲いかかって殺した。中国兵は、小銃を捨てても、懐中に手榴弾や拳銃を隠し持っている者が、かなりいた。紛戦状態の戦場に身を置く戦闘者の心理をふり返ってみると、「敵を殺さなければ、次の瞬間、こちらが殺される」という切実な論理に従って行動したのが偽らざる実態である〉（『証言による「南京戦史」（9）』）

「敵を殺さなければ、次の瞬間、こちらが殺される」というのは、最前線の兵士たちの等身大の真意であろう。極限の状態での地上戦が、陥落後も続いていた。

また、同旅団の歩兵第三十八連隊（奈良）の主力は城内の北東部、その他の一部の部隊は紫金山周辺の掃蕩にあたった。
同連隊の第十中隊は、南京城外の北東部に位置する堯化門《ぎょうかもん》付近で数千名とも推察される中国兵と遭遇し交戦。数時間に及ぶ戦闘の末、中国兵らは諦めて投降した。第十中隊は、彼らを武装解除して捕虜としたが、歩兵第三十八連隊の「戦闘詳報」（第十二号）の附表には、以下のように記されている。

〈十四日午前八時三十分頃、数千名ノ敵白旗ヲ掲ゲテ前進シ来リ、午後一時武装ヲ解除シ、南京ニ護送セシモノヲ示ス〉

捕虜たちは一先ず、近くの捕虜収容所に入れられた。堯化門の南方、八キロほどの場所にある上麒麟《きりん》門の捕虜収容所は、周囲を竹矢来《たけやらい》で囲んだだけの急造のもので、入り口には「捕虜収容処」と書かれた看板が立てかけられていた。この捕虜収容所に関しては、第十六師団輜重《しちょう》兵第十六連隊第六中隊の稲垣清少尉が撮影した九・五ミリフィルムの中に実際の映像が記録されている。「捕虜を皆殺しにしていた」わけではなかったという一つの証拠である。
この収容所は急造ということもあり、また監視や警備の人員も充分でなかったことも手伝って、夜になると闇に紛れる形での脱走者が相次いだ。

一方、残った捕虜たちはその後、城内の刑務所に転送された。彼らは下関の波止場で、物資の陸揚げ作業といった使役に動員されることとなる。下関には揚子江を遡ってきた日本の輸送船が、続々と入港していた。

もう一ヶ所、大量の捕虜が発生したのが幕府山《ばくふさん》だった。幕府山は南京城外の北方に位置する標高二百メートルほどの低い山である。第十三師団の山田支隊（歩兵第百三旅団長・山田栴二《せんじ》少将指揮、歩兵第六十五連隊〈会津若松〉基幹）は、十四日の朝までに、幕府山に設けられていた中国軍の砲台を占拠することに成功。干戈《かんか》を交えた中国軍からの抵抗はさほど大きくなかったが、その後、数千から一万を超えるとも思われる大量の敵兵が、次々に投降してくるという未曾有の事態となった。この捕虜の大群は、下関方面から紫金山方面へと逃げようとしていた集団だったが、戦意を喪失した彼らは、その途中に位置する幕府山の地で投降を決意したのであった。

この大群の中には、女性や子供といった明らかな非戦闘員も混ざっていたため、山田支隊ではこの難民たちをまず解放した。一方、「戦闘員」と看做される者たちは、武装解除を施した上で、捕虜として近くの中国軍兵舎へと収容した。二十棟ほどあった兵舎が鮨詰めに近い状態になったというから、かなりの数だったのであろう。

慢性的な食糧不足に悩まされている日本軍は、満足な食事を用意することも叶わなかった。捕虜の処遇にあたっていた歩兵第六十五連隊は、自らの食事を切り詰めて給食したが、それにも限界があった。

山田栴二少将は、眼前の捕虜の処遇に苦慮した。彼は自身の陣中日記の中で、こう苦衷を洩らしている。

〈斯ク多クテハ殺スモ生カスモ困ツタモノナリ〉（『南京戦史資料集Ⅱ』）

彼のもとには、「捕虜の処刑」を主張する意見も届いていた。上海派遣軍兼中支那方面軍の情報主任参謀だった長勇《ちょういさむ》中佐は、

「ヤッチマエ」

と意見した。長中佐は陸軍内でもその粗暴な性格で有名で、中国人への軽侮思想を隠そうともしない人物だった。

この言葉を聴き及んだ角良晴《すみ》少佐は、すぐに松井に報告した。角少佐は松井の専属副官を務めていた側近である。この角少佐が後に語ったところによると、この時、松井は長中佐を呼び出し、

強い調子で戒めたという（『偕行』シリーズ14）。

その際、長中佐は、

「解りました」

と返事をした。ところが、その後も長中佐は「捕虜の処刑」を口にしていたという。但し、長中佐は山田支隊が属する第十三師団に直接、命令を下す立場にはなく、単に個人的な一意見としての私見を述べていたに過ぎない。「ヤッチマエ」は命令ではない。

安全地帯に関する証言

一方、安全地帯の掃蕩戦を任されていた第九師団歩兵第六旅団歩兵第七連隊（金沢）は、「掃蕩実施ニ関スル注意」の要綱に従って、十四日から安全地帯での掃蕩戦を本格的に開始した。

同連隊の第一大隊第二中隊で歩兵伍長だった喜多留治さんにお話を伺った。

「十四日から安全地帯へと入り、市民に紛れている便衣兵を探しました。この掃蕩戦にあたっては、連隊長から厳重に注意事項が示達されたのをよく覚えております。軍紀は非常に厳しいものでした」

喜多さんは続ける。

「特に強調されたのは、一般住民への配慮、放火、失火への注意といったことです」

この証言は、先に記した「掃蕩実施ニ関スル注意」の内容と合致する。

では、実際に入った安全地帯の雰囲気は、どのようなものであったのか。喜多さんが回想する。

「非常に沢山の中国人が集まっていました。人々でごった返しているという感じです。多くの南京市民がこの安全地帯に避難していたのでしょう」

喜多さんが続ける。

「戦場の修羅場という雰囲気ではなかったですね。私は中国人の警官と一緒にパトロールしましたが、屍体がごろごろと転がっているなんて光景は、一度も目にしていません」

喜多さんが苦笑と共に言う。

「安全地帯の中に、いろいろな露店が出ていたのを覚えていますよ」

喜多さんによれば、それらの露店はいずれも中国人の手によるもので、麺類を扱う屋台や、散髪を行う店などもあったという。

安全地帯への掃蕩戦に関し、日本軍は特に細心の注意を払っていた。南京で医師をしていたロバート・ウィルソンの手紙（十四日）にはこうある。

〈日本軍はとくに大砲の射撃に際して、安全地帯を尊重しているように見えた〉

このことは、他の多くの史料からも裏付けられる。南京安全区国際委員会の委員長の役にあったドイツ人のジョン・ラーベは、以下のような表現が含まれる言葉を表明している（第一号文書）。

〈貴軍の砲兵隊が安全地帯を砲撃しなかった見事な遣り方に感謝（略）するため、我々は筆をとっております〉

無用な砲撃による一般避難民への犠牲に篤《とく》と留意しながら、日本軍は安全地帯における便衣兵の掃蕩戦を展開した。

戦災孤児

東京日日新聞の写真記者として、南京攻略戦に従軍取材していた佐藤振壽《しんじゅ》は、南京陥落から二日後の十五日の光景として、こう書き記している。

〈難民区（著者注・安全地帯）の周辺には、生活力のたくましい中国人たちが、もう露店を出している。白地に梅干しを書いたような日の丸の腕章を左腕につけて、筆者の撮影にも無関心だった。自分の畑で収穫したらしい野菜を売る者、中古の衣類を売る者、餃子入りのスープを売る者など〉（『南京戦史資料集Ⅱ』）

「露店が出ていた」という回想は、先に紹介した喜多留治さんの証言とも通じる。佐藤の記録はこう続けられる。

〈通りかかった日本兵に「兵隊さん、餃子を食べないか、食べたらお金を払ってね」と声をかける。この兵隊は気安く歩兵銃を肩に負い直して、中国人の女が差し出したドンブリを手にした。私は箸を持って水餃子を食べだしたところを写真に撮った。

このあたりでは、子供も日本兵を恐れる様子は見せなかった〉

この十五日の午後二時より、第十六師団は師団独自の入城式を挙行した。

その時の写真が残っているが、戦友の遺骨が入った箱を、首から下げながら参列している兵士たちの姿が目立つ。中山門から入城した中島今朝吾師団長は、新たな司令部となった国民政府庁舎に到着。国旗を改めて掲揚し、祝杯をあげた。

この日、それまで蘇州の地にあった松井は、南京の東方、約二十五キロの位置にある湯水鎮《とうすいちん》という街へと移動した。そこは、蔣介石の別荘もあったという温泉地であった。

この地では、一つの出逢いがあった。

通訳官の岡田尚は深夜、宿舎の外側から赤ん坊の泣き声がするのを聴いた。当番兵と共に外に出た岡田は、焼け跡に女の赤ん坊がいるのを発見した。岡田はその嬰児を温泉の湯で洗い、毛布にくるんで、松井に見せに行った。

松井はその赤子を抱き上げた。

松井という人物は、通常は物静かで沈着な反面、時に情において厚く、涙もろいところを見せる。戦傷者を見舞うために病院を訪れては涙を流し、中国人の貧民窟を見ては、やはり涕涙《ているい》する。

戦災孤児と言えるこの赤ん坊を抱きしめながら、松井は頰を濡らした。

結局、この幼子は、松井から一字をとって「松子」と名付けられた。松井はこの松子を可愛がり、翌々日からの南京入りの際にも同行させた。

その後、松子は東亜倶楽部の職員であった鳥井という人物の養女となったが、不幸にも幼少にして病没したという。

入城式前の掃蕩戦

中支那方面軍による南京入城式は十七日に予定され、松井もこれに合わせて南京入りする手筈となっている。

この入城式を控え、南京市内では一層の治安の回復が図られた。

歩兵第七連隊（金沢）の安全地帯における掃蕩戦では、次のような光景もあった。歩兵第七連隊第一中隊の水谷荘の陣中日記（十六日）の記述に拠る。

〈各中隊とも何百名も狩り出して来るが、第一中隊は目立って少ない方だった。それでも百数十名を引立てて来る。その直ぐ後に続いて、家族であろう母や妻らしい者が大勢泣いて放免を頼みに来る。

市民と認められる者は直ぐ帰して、三六名を銃殺する〉

「掃蕩実施ニ関スル注意」では「便衣兵の疑いのある者」であっても「逮捕監禁」とする旨が記

されていたはずだが、実際には「銃殺」してしまうこともあったという事実が、この日記の文章から浮き彫りとなる。また、便衣兵と市民を見分けること自体も極めて困難な作業であり、選別方法として「面ずれ（軍帽による日焼けの跡）」「背嚢を背負った跡」「靴擦れ」などの有無が調べられたが、そのような非科学的とも言える手法に多くの不備が含まれていたことは論を俟たない。

「便衣兵戦術」が戦時国際法で禁止されているのは、まさしくこういった事態の招来を防止するためである。

入城式の際に松井に万が一の危険が及んではいけないということで、便衣兵の摘発はより厳しく行われた。治安の回復に遅延があると判断した上海派遣軍参謀長の飯沼守は「入城式は時期尚早」として中支那方面軍に式の延期を要請した。

総じて「便衣兵をどう扱うか」について、日本側の命令系統は混乱を来していた。これだけ多数の便衣兵の発生という事態は、日本軍にとっても前例のないことであった。

便衣兵の中には、激しい抵抗を試みる者が多かった。市民になりすました便衣兵が突然、手榴弾を投擲してくるなど、国際法に違反する彼らの不測の攻撃は、日本側の態度をより強硬なものにさせた。同じ日、南京第二碇泊場司令部の騎兵軍曹・梶谷健郎の陣中日記にはこうある。

〈二番桟橋にて約七名の敗残兵を発見、之を射殺す。十五歳位の子供も居れり。死体は無数にありて名状すべからざるものあり〉

ただ、繰り返しになるが、便衣兵戦術が戦時国際法に違反している以上、彼らは捕虜の規定を受けることができない。日本軍の行為は、国際法違反の「捕虜の処刑」には相当しない。

収容所での火災

幕府山で発生した大量の捕虜は、その後、どうなったであろうか。

捕虜を収容していた兵舎で火災が起こったのは十六日の昼頃だった。これは捕虜の放火に起因するものであった。収容所の管理を担当していた歩兵第六十五連隊（会津若松）は消火に努めたが、この混乱に乗じて半数ほどの捕虜が脱走した。現場は騒乱状態となった。

この騒擾の結果、歩兵第六十五連隊はやむなく、放火に関連したと思われる者たちの処刑を決断した。ハーグ陸戦法規の第八条には、「総テ不従順ノ行為アルトキハ、俘虜ニ対シ必要ナル厳重手段ヲ施スコトヲ得」と記されている。日本側が恐れたのは、逃亡した者たちが再び南京城内へと戻ってゲリラ戦を仕掛けてくることだった。翌日に松井参列の入城式が予定されている中で、南京城内の治安の液状化は、最も回避しなければならないことであった。

同日の夕方、騒乱を引き起こしたと疑われる捕虜たちが、揚子江の河畔に順次、連行され射殺された。また、河畔への移送中に一部の捕虜たちが暴れ出し、大規模な混乱を招いた一団もあった。日本側は鎮圧のために銃撃したが、この不測の紛乱の中で命を落とした捕虜も少なくなかった。

それでも収容所にはまだ二千名ほどの捕虜が残っていた。その処遇については未だ決していない。

一方、南京城内の中心部では、掃蕩戦の結果として便衣兵は徐々に減少し、治安は確実に回復していた。第九師団歩兵第六旅団歩兵第七連隊（金沢）通信班の小西與三松伍長が、同じ十六日に記した日記には、こんな文面が見られる。

〈街の辻々に、少量の品を並べた出店がズラリと並ぶ。野菜、揚げ物、万頭、古着を並べた店が多く、散髪屋に靴直しなども居て、どの店もはやっている。銀色の大きなボタンの制服を着た男が、愛嬌のある挙手の敬礼をした。自警団か消防手だろう。行き交う難民には笑顔が多く、惨た

る街の中に小さな平和を感じた〉

また、陸軍報道部長の馬淵逸雄が記した『報道戦線』には、十六日の風景として以下のように表されている。

〈南京は相当痛められて居るだらうといふ印象を得て居たが、市内目貫の建物が悉く儼存して居るのを見て、聊か意外の感に打たれた。（略）市内の太平路や市外の下関等には火災がなほ続いて居たが、これ等は敗残兵の放火退却の結果であつた〉

入城式を翌日に控えた松井の日記にはこうある。

〈南京城内外掃蕩未了　殊ニ城外ノ紫金山附近ニアルモノ相当ノ数ラシク　捕虜ノ数既ニ万ヲ超ユ　此クテ明日予定ノ入城式ハ尚時日過早ノ感ナキニアラサルモ　余リ入城ヲ遷延スルモ面白カラサレハ　断然明日入城式ヲ挙行スルコトニ決ス〉

第五章

占領後の南京

南京入城式。馬上先頭が松井©毎日新聞社／時事通信フォト

南京入城式

入城式は予定通り、十七日に執り行われた。式の当日、松井は漸く南京の街へと入った。午後一時三十分、入城式が始まる。

この時に撮られた写真は有名である。馬上で姿勢を正した松井を先頭として、南京の大通りである中山東路を日本軍が行進している様子を写した一枚だ。松井に続くのは、上海派遣軍司令官の朝香宮鳩彦王《あさかのみややすひこおう》中将と、第十軍司令官の柳川平助中将である。道の両脇には、上海派遣軍や第十軍の将兵たちが、略式の軽武装の姿で並んでいる。

松井を先頭とした隊列は、国民政府が使用していた旧国民政府庁舎へと向かった。松井はこの時の心中を自身の日記にこう書き留めている。

〈未曾有ノ盛事　感慨無量ナリ〉

万感の感慨を胸に、松井は庁舎に到着した。

庁舎の前庭で式典が始まった。まず、国旗の掲揚が行われる。日の丸が南京の空に高々と翻った。そして、皇居のある東方を遥拝。その後、松井の発声による万歳三唱が行われた。

松井本人の日記には、次のような記述がある。

〈感慨愈々迫リ遂ニ第二声ヲ発スルヲ得ス　更ニ勇気ヲ鼓舞シテ明朗大声ニ第三声ヲ揚ケ　一同之ニ和シ以テ歴史的式典ヲ終了ス〉

この時に撮られたという実際の映像が残っている。昭和十三年（一九三八年）に東宝映画文化映画部が製作した『南京』という題名の記録映画である。全編五十六分のこのモノクロ映画の中に、先の松井の肉声も記録されている。

小柄で細身の松井が、

「大元帥陛下万歳」

と叫ぶ。続けて二度目の「万歳」となるが、その声は当人の日記の記述通り、確かにひどく掠《かす》れている。その後、松井の三度目の乾いた声が、続けざまに周囲に響き渡る。

万歳三唱の後、松井が恭しく挨拶をした。この時の光景を、第十六師団歩兵第三十旅団長の佐々木到一は、日記にこう書き記している。

〈この時軍司令官（著者注・松井）の瘠せた頰に一すじの糸を引いたのを見た、予は正面列中にゐたので老大将の胸中の動きを明らかにその顔面神経に看取することができたのである〉

松井はこの南京陥落によって「戦争は終わる」と考えていた。日本軍による南京の占領は、中国の新たな時代の幕開けの第一歩となることを固く信じて疑わない松井であった。

幕府山捕虜の顚末

この入城式が終わった後、松井は第十軍司令官の柳川平助と会談の席を設けた。柳川からの求めに応じた形である。

二人の間には元々、齟齬がある。南京戦に関して、自分を無視する形で独断により兵を進めた柳川を、松井は良く思っていない。日中戦争の以前から、二人の間に深い確執があったという説も根強い。

この会談での主な議論の主題は、占領後の南京の統治形態についてであった。しかし、二人の意見は一向に嚙み合わず、時折、大声の混じる激論となった。柳川は、

「南京では日本軍が軍政を敷く」

と躍起になって言い張ったが、松井はこれを言下に否定し、

「支那のことは支那人に任せよ」

と繰り返した。松井は「中国人の手による自治」を諭すようにして説いた。二人の議論は、周囲の幕僚たちが心配するほどの熱を帯びたが、結局、話は平行線を辿った。

しかし、松井の意向は後に反映される。南京の住民代表による自治委員会が発足するのは、それから間もない昭和十三年（一九三八年）一月一日のことである。

入城式の日の松井の日記には、南京の街の様子についてこう綴られている。

〈沿道市中未タ各戸閉門シ　居住民ハ未タ城ノ西北部避難地区ニ集合シアリテ路上支那人極メテ稀ナルモ　幸ニ市中公私ノ建物ハ殆ト全ク兵火ニ罹リアラス　旧体ヲ維持シアルハ万幸ナリ〉

一方、この十七日の夜、幕府山の大量の捕虜たちを巡る処遇については、大きな進展があった。

歩兵第百三旅団長・山田栴二少将は、部下の歩兵第六十五連隊（会津若松）連隊長・両角業作《もろずみぎょうさく》大佐と共に、収容先に残っていた約二千名の捕虜の処遇について議論を重ねていた。周囲からは

相変わらず「全員処刑」を促す声もあったが、二人はそのような意見には与しなかった。

そして二人は苦肉の策として、捕虜たちを「夜陰に乗じる形で逃がしてしまおう」と秘密裏に決断した。二人の計画では、十七日の深夜に、捕虜全員を幕府山の北側の揚子江岸まで連行し、そこから船を使って対岸の草鞋洲へと送って解放するという手筈だった。両角大佐は、第一大隊の田山芳雄大隊長にこの内容の骨子を伝えた。「揚子江を渡らせてしまえば、わざわざ戻ってきてゲリラにはならない」というのが山田らの狙いであった。

作戦は予定通り、十七日の深夜に決行される運びとなった。その日の日中、山田は何食わぬ顔で入城式に参加。その後、紫金山などを見学した後、夕方に持ち場の幕府山へと戻った。

夜になり、この大胆な計画は実行に移された。捕虜たちはまず揚子江の沿岸へと移動させられた。そして、軽船艇に二、三百人ずつ乗せられ、順番に揚子江を渡り始めた。

しかし、船が河の中程まで辿り着いた時、それまで順調に進んでいた企てが一変した。日本側の動きを「日本軍の渡河作戦」と勘違いした対岸の中国軍が、軽船艇に対して一斉に砲撃を開始したのである。

更に悪いことには、次の船を待っていた岸辺の捕虜たちが、この銃声を「日本軍が船上で捕虜を銃殺している音」と錯誤した。このため、乗船場一帯は一挙に騒然となり、激しい混乱状態を来した。乗船場から勝手に逃亡しようとする捕虜たちを制止するため、日本軍も発砲を余儀なくされた。ほとんどの捕虜たちが、この混乱に乗じて闇の中へと姿を消した。

日本軍の銃撃による犠牲者の数はそれほど多くなかった。しかし、逃げ延びた捕虜たちは、帰った先々で「日本軍が捕虜を処刑していた」と語ったであろう。こうした話からも「日本軍による捕虜の皆殺し」という噂は強化されたに違いない。

山田と両角が描いた捕虜解放計画は、以上のような哀しい顚末を迎えたのである。

慰霊祭

揚子江岸でこのような騒乱が起きていた夜、松井は南京市内の首都飯店という名のホテルに宿泊していた。翌日の十八日には、慰霊祭（忠霊祭）の執行が予定されている。

軍の一部に軍紀の弛緩があったことを告げる憲兵隊からの報告が松井の耳に届いたのは、この夜の内か、その翌朝であったと思われる。

松井の気持ちが暗転した。

十八日は明け方から時折、雪が舞った。

通訳官の岡田尚が、この朝の松井のただならぬ様子について、後の東京裁判の宣誓口供書の中で触れている。松井の部屋を訪れた岡田は、松井が一人で殊に憂鬱そうな顔をしているのを見て驚いたという。朝の挨拶を済ませた岡田が、

「何か不愉快な事がありましたか」

と質問をしたところ、松井は以下のように答えたという。

〈自分は此の南京に幾度か訪問をしたことがある。其れは自分が三十数年来念願し続けて来た中日両国の平和な姿を実現せんが為であつた。然るに其の南京に今回自分は夢にさへ考へなかつた最も悲しむべき結果を齎《もた》らしたのである。此の南京に住んでゐた私の数多い中国友人達のどんな気持で此の南京を立退いた事かと思へば感慨無量であると共に中日両国前途の事を考へると胸が一パイに成つて戦勝の喜こびに酔ふ気持には到底なれない。実に淋しい思ひがする〉(『極東国際軍事裁判速記録』)

同日の午前中には、各師団の参謀長らが集まったが、松井は彼らに強い調子で訓示を与えた。上海派遣軍参謀副長の上村利道の陣中日記によれば、松井はこの時、「軍紀ヲ緊粛スヘキコト」「支那人ヲ馬鹿ニセヌコト」「英米等ノ外国ニハ強ク正シク、支那ニハ軟ク以テ英米依存ヲ放棄セ

シム」などと語ったという。松井は軍紀の粛正を改めて命じ、合わせて中国人への軽侮の思想を念を押すようにして戒めた。

寒風吹きすさぶ中、午後二時から慰霊祭が執り行われた。場所は南京城内の南東部に位置する故宮飛行場である。各部隊を代表した約五百名もの将兵たちが整列し終えた頃、雪が強くなり始めた。

松井は祭壇の近くに着席した。式は予定通りに進み、松井が祭文を朗読する段となった。

〈昭和十二年十二月十八日、紫金山山麓に祭壇を設け、中支那方面軍最高指揮官松井石根恭しく陣没将士の霊に告ぐ。（略）想ふに一身を軍に奉じ、懸軍万里征旅に赴くもの身を鴻毛の軽きに比し、屍を馬革に包むはもとより男子の本懐なりと雖も凱歌紫金山を圧し、歓喜、揚子江にあふるるのとき、この栄誉を共に頒《わか》ち得ざるは、まことに痛嘆おく能はず〉（『南京戦史資料集Ⅱ』）

祭文の朗読は続く。

〈さらに遺族の上に思ひを致せば万感胸に迫り惻隠の情禁じ得ず、ここに弔憫《ちょうびん》の辞を知る能はず。

嗚呼悲しいかな〉

朗読が終った後、参列者一同によって黙禱が捧げられた。式の最後には、喇叭《らっぱ》により「国の鎮め」が吹奏され、参列していた将兵たちは一斉に「捧げ銃《つつ》」を行った。

合同慰霊祭は以上のように催されたが、これとは別に、中隊ごとの慰霊祭や告別式などもこの日の前後に南京の各地で執り行われている。日本兵の遺体は荼毘に付され、各中隊は掃蕩作戦の傍ら、遺骨の護送や、遺族への手紙を書く作業などに追われた。

翌十九日も松井は引き続き南京に残り、南京城内外の各地の状況を確認している。日記にはこう記されている。

〈此日午後幕僚数名ヲ従ヘ清凉山及北極閣ニ登リ南京城内外ノ形勢ヲ看望ス　城内数ケ所ニ尚兵燹《せん》ノ揚レルヲ見ルハ遺憾ナレト左シタル大火ニハアラス　概シテ城内ハ殆ト兵火ヲ免レ市民亦安堵ノ色深シ〉

また、二十日の日記には次のような記述があり、将兵の一部に軍紀の乱れがあったという事実が、松井のもとにその後も報告されている状況が察せられる。

〈尚聞ク所　城内残留内外人ハ一時不少恐怖ノ情ナリシカ　我軍ノ漸次落付クト共ニ漸ク安堵シ来レリ　一時我将兵ニヨリ少数ノ奪掠行為（主トシテ家具等ナリ）強姦等モアリシ如ク〉

二十一日には、佐々木到一が南京地区西部警備司令官に任命された。以降、佐々木は城内粛正委員長も兼任（二十二日付）することとなり、南京の治安の回復を一手に引き受けた。佐々木は「兵民分離」を一段と促すため、便衣兵の掃蕩作戦を強化した。

この日、松井は下関付近の視察に赴いた。松井は下関周辺の景色を日記にこう記述する。

〈此附近尚　狼藉ノ跡ノママニテ死体ナト其儘《そのまま》ニ遺棄セラレ　今後ノ整理ヲ要スルモ一般ニ家屋等ノ被害ハ不多　人民モ既ニ多少宛帰来セルヲ見ル〉

二十二日、松井は一旦、南京を去り、上海へと帰還した。次に計画されている攻撃の準備をするためであった。

南京攻略戦に参加した多くの部隊も、新たな駐屯地への移動を開始した。

このことは、全体としての南京の治安が一応、回復に向かいつつあることを意味している。二十四日からは、南京市民の住民登録が開始され、登記された者には「安居ノ證」と呼ばれる証明書が公布された。「安居ノ證」には姓名、年齢、性別、体格、容貌などが記された。これにより、便衣兵に悩まされていた日本軍の宿願であった「兵民分離」は、大きく前進することとなった。

しかし、日中戦争自体は、変わらずに継続している。

「南京を占領すれば戦争は終わる」

松井を含む日本側は、そう考えていた。しかし実際には、蔣介石は更なる抗戦を叫んだ。日本の思惑に反して、戦争は終結しなかったのである。

広大な国土を持つ中国ならではの「後退戦術」の中に、日本は迷い込んでいた。

鎮まらない戦火

南京を去った松井の十二月二十六～二十八日の陣中日記は、三日分がまとめて記載されている。その中には軍紀の乱れについて、次のような文章がある。

〈南京、杭州附近又奪掠、強姦ノ声ヲ聞ク　幕僚ヲ特派シテ厳ニ取締ヲ要求スルト共ニ責任者ノ処罰ナト直ニ悪空気一掃ヲ要スルモノト認メ　厳重各軍ニ要求セシム〉

この時期、軍紀の乱れについての報告が、松井のもとに続々とあがってきた。軍紀に人一倍うるさい松井が南京を離れたことも、一部の兵たちの弛緩に影響を与えたであろう。また、南京の警備を担当する責任者として「反中派」の佐々木到一が就任したことも、事態の深刻化に拍車をかけた。参謀副長だった上村利道の二十七日の日記にはこうある。

〈南京市内ニ在ル学術的貴重品、ダンダン獲物ヲ漁ル無智ノ兵等ノ為メ破壊サレントス（略）第二課ニ所要ノ処置ヲ採ラシム〉

松井は軍紀の振粛を改めて指示した。

ちなみに、二十七日に記された国際委員会の「第二十六号文書」は、当時の南京の居留民の数を「二十万人」と記している。

二十八日の午後二時からは、南京陥落後としては初めてとなる、松井の公式会見が行われた。

これを受けて、翌日（十二月二十九日付）の国内紙は、こぞって松井の発言を伝えている。例えば、『大阪毎日新聞』の紙面には、松井の次のような発言が掲載された。

〈領土侵略の意思がなきことは出兵当時からの原則である、もともと今回の派兵が支那を救ふ（大きな意味でそれが日本のためになるのだ）にあるのだからほかのものがなんと思はうが自分はこの信念で進んでゐる〉

また、『読売新聞』は「中支親日政権待望」という大きな見出しで、松井の言葉を以下のようにまとめている。

〈自分としてはこの時期を利用して支那の目覚めたる分子が蔣介石政権による抗日政策の迷夢より醒めて東亜和平の精神に副つた親日態度を明示することを希望してゐる、自分の見るところでは既にかゝる親日政権への待望は次第に高まりつゝあり、中支において強力な親日政権の生れることも遠くないであらうし、またかゝる真の親日政権の結成を見ない限りは自分は断じてこの土地を去るを得ない〉

松井の対中観自体には揺るぎがない。

南京の占領後も、松井は戦争の遂行に関して依然として強硬であった。蔣介石政府を打倒した後、連省自治による連邦国家としての新たな中国の成立を、松井は夢見ている。その核となるべき、親日的な新政権を中支の地に樹立させようと、松井は細かな折衝に取り組んでいた。

同時に、一日も早く蔣介石を屈服させるため、徐州への更なる進軍を、松井は構想として抱いている。

松井の座標軸は、南京戦後も本質的に変わっていない。

しかし、国家としての日本は、この戦争の展望を描き切れていなかった。

元々、満洲事変以来の日本側の大陸政策の目的の一つには、海外依存型の経済構造から脱却するという目的があり、「国防資源の確保」という至上命題があった。これを達成するため、満蒙地域は、日本の「生命線」とされた。

しかし、上海・南京戦の局面においては、こうした意識は希薄である。日本軍が中支で占領した地域に、大規模な油田も存在しなかったし、見つかる可能性も期待できなかった。こうした意味において、日中戦争の中から、上海・南京戦の部分だけを抽出すれば、「資源奪取戦争」という側面は認められない。それは、後に行われることになる東南アジア地域を主戦場とした対英米戦争とは、装いを大きく異にする。松井も中国との戦争をそのようには規定していなかった。

しかし、このことは、日本側の戦争目的をひどく曖昧なものとさせた。

日本という国家は、南京陥落後も蔣介石が抗戦を叫んだことをもって、中国との戦争における出口戦略を完全に喪失した。日本はそのことに動揺しながら、戦闘を継続している。

軍紀の混乱

この年の年末にかけて、松井の心を暗くさせる報告が尚も続いた。

軍紀の悪化である。

十二月二十九日の松井の日記にはこうある。

〈南京ニ於テ各国大使館ノ自動車其他ヲ我軍兵卒奪掠セシ事件アリ　軍隊ノ無知乱暴驚クニ耐ヘタリ　折角皇軍ノ声価ヲ此ル事ニテ破壊スルハ残念至極　中山（著者注・中山寧人）参謀ヲ南京ニ派遣シテ急遽善後策ヲ講スルト共ニ　当事者ノ処罰ハ勿論責任者ヲ処分スヘク命令ス〉

松井は軍紀の粛正を再三再四、命令している。

ただ、この「軍紀の乱れ」が、南京市民への無差別な「大虐殺」を意味するものではなく、「各国大使館ノ自動車其他ヲ我軍兵卒奪掠セシ事件」や、前述の上村利道の日記にある「南京市内ニ在ル学術的貴重品（略）無智ノ兵等ノ為メ破壊サレントス」といった事柄であることには留意しておく必要がある。

松井が描いた南京占領の理想は極めて高かった。一件の軍紀違反さえも許さないという強い態度で、彼は南京戦に臨んでいた。軍紀について求める基準が高かったからこそ、本来は「戦場の悪習」として無視されてしまうような部分にまで注視が為され、放置されることなく扱われた。結果として松井が直面せざるを得なかったのは、抽象的理念を具象に置き換える困難さであったとも言える。

但し、南京で発生した非行について、それらのすべてが日本軍によって引き起こされたものだったわけでもない。

例えば、『ニューヨーク・タイムズ』（一九三八年一月四日付）の紙面には、「元支那軍将校が避難民のなかに――大佐一味が白状、南京の犯罪を日本軍のせいに」と題された次のような記事が掲載されている。

〈この元将校たち（著者注・中国軍の便衣兵たち）は、南京で掠奪したことと、ある晩などは避難民キャンプから少女たちを暗闇に引きずり込んで、その翌日には日本兵が襲ったふうにしたことを、アメリカ人たちや他の外国人たちのいる前で自白した〉（『「南京虐殺」の徹底検証』）

中国側の荒廃ぶりを露呈するこのような証言は他にもある。ジェームズ・マッカラムの日記（一九三八年一月八日）の中には、以下のような表現がある。

〈支那人ノ或ル者ハ容易ニ掠奪・強姦及ビ焼打等ハ支那軍ガヤツタノデ、日本軍ガヤツタノデハ無イト立証スラ致シマス〉（前掲書）

無論、南京で発生した忌むべき事件のすべてが中国側の手によるものだったと断じることはできない。しかし、中国側の風紀の混乱が、極度に憂慮すべき状態であったことは紛れもない事実である。

ただ、そんな事件が単発的に起こりながらも、南京の街自体は総じて徐々に平静を取り戻しつつあった。上村利道の十二月三十一日の日記には、街の様子が次のように表されている。

〈午後町ノ容子《ようす》ヲ一巡ス。避難民、雑居芋ヲ洗フカ如シ。然シ割合ニ朗カナリ〉

一方、華北の地では日本側の政治工作の所産として、北平に中華民国臨時政府が樹立されていた。蔣介石の国民政府に代わる新たな中央政府の成立は、日本側の宿願である。冀東防共自治政府も、この臨時政府に合流した。

同時に、華中でも新政府樹立のための動きを日本側は加速させていた。松井と同じく「支那通」の原田熊吉を部長とする上海派遣軍特務部は、華中に地方占領地政権を誕生させようと画策していた。

しかし、松井はこのような動きに不満を抱いていた。松井は、華北ではなく、華中にこそ「地方政権」ではなく「中央政府」を発足させるべきだと考えていた。松井は特務部とは別に、情報主任参謀の長勇、南京特務機関長の臼田寛三らに命じ、独自の政治工作を進めていた。

松井のこうした構想に対し、華北に中央政府を樹立させるために奔走する北支那方面軍は強く反論した。

つまり、同じ陸軍内でも、中国の新たな中央政府をどの地に成立させるかを巡って、「華北派」と「華中派」が対立していたのである。

日本の対中工作は一枚岩とは言えなかった。

中国への愛情

中国に対する松井の感情には、玄奥《げんおう》なる愛憎が入り混じる。

怒りという感情は、相手への期待が裏切られたと感じた時に最も強く発露するものではないか。そして、その元々の期待が強大であればあるほど、激憤も爆発的に広がる。蔣介石に対する松井の思いは、この構図に重なるように思える。

また、松井は中国の民衆に対し、自らの大亜細亜主義こそが、東洋の繁栄への最善の道であることを説こうと懸命であった。そのための一つの布石として、占領地での宣撫工作に力を注いだ。

しかし、それは結果から見れば、全く通じなかったと断じても良い。中華思想を持ち、「日本とは同じ東洋の国」という意識が希薄な中国の民衆に、松井の信念は哀しいほど浸透しなかった。「支那通」であるはずの松井は、中国人の国民感情に実は全く理解が及んでいなかったと言い切ることも可能なのかもしれない。

だが、果たして本当にそうだろうか。中国への理解の浅さが、両者の絶望的な断層を生んだのだろうか。

松井には中国人の知己も多かった。中国人のナショナリズムの昂揚や、民族自決へのムーブメントについても重々、理解していた。中国人が抱く反日感情の根の深さも知っている。いわんや、松井が中国に対して傲岸不遜だったわけではないことは明瞭である。中国を壟断《ろうだん》しようという気持ちも一切なかった。

もし、松井の過失を問うのであれば、それは洞察の欠如ゆえの誤認ではなく、過剰なる理解から生まれた過信の作用の結果ではないか。松井は自分が抱いている中国への思いが、その強さゆえ、いつかは「通じる」ことを信じていた。中国へ寄せる幾重もの満腔の愛情が、必ず届くと疑わなかった。それは、その感情の豊穣なる深遠さゆえに齎された自信である。

その後の顚末を知る後世の私たちが、それを独善的であったと断じてしまうことは、必ずしも適当ではない。

ただ冷静に付言するのであれば、いつの時代も善意という言葉には魔性が潜む。善意のはずのものが往々にして相手に不幸を誘うのが、この世の哀しき常である。松井が中国に対して抱いていた心情の、底知れない深度を忖度する時、その悲劇性には身震いするような心持ちがする。

過度の密着が深入りを呼ぶ。それを盲目と言うのなら、松井もその表現の範疇に含まれるであろう。深く溺れるところがあったとも言い得るだろうか。

松井の中国に対する思いは常に満ちたものであり、腐食することを知らない。

南京戦を終えた松井は未だ、新生中国の実現という夢のほとりにある。

回復する人口

昭和十三年（一九三八年）の元旦を松井は上海で迎えた。

南京ではこの日より、住民代表による自治委員会が正式に発足し、行政責任が付与された。発足に際して、日本軍から委員会に対して一万円が寄付されている。

記録映画『南京』の中には、南京の正月風景を映した一場面がある。日本兵たちがお飾りを用意したり、餅を搗《つ》いたりしている映像である。まだ熱い搗きたての餅を団扇《うちわ》で扇ぐ兵士たちの表情は、いずれも穏やかなものである。

爆竹で遊ぶ中国の子供たちの姿も映っている。この映画は「宣伝映画」という側面は否めず、例えば撮影のためにスタッフが子供たちに爆竹を渡したというような可能性は充分にある。しかし、この映像に溢れているのは、子供たちの自然な笑顔である。表情まで強要されているわけではないことが、フィルムの端々からよく滲み出ている。

正月明けの四日には、外務省情報部長の河相《かわい》達夫が、松井のもとを訪れた。松井はこの河相との協議の中で、

「蔣介石の国民政府を、日本政府として否認する声明を出すように」

と意見を述べた。このような「国民政府否認論」は、陸軍の中で次第に主流となりつつあった。

松井が気に掛けている軍紀については、その後も取締が続けられている。大本営陸軍部幕僚長(閑院宮載仁親王《かんいんのみやことひとしんのう》)の名で「軍紀風紀ニ関スル件通牒」と題された文書も松井宛に届けられた(四日付)。その中には「完美ナル成果ヲ期センカ為茲《ここ》ニ改メテ軍紀風紀ノ振作ニ関シテ切ニ要望ス」「本職ノ真意ヲ諒セヨ」といった文言が並んでいる。松井に対して、一層の軍紀粛正を求める内容である。

松井は一月六日の日記にこう記している。

〈両軍(著者注・上海派遣軍と第十軍)ノ軍紀風紀モ漸次取締ラレ緊粛ニ勉メツツアルニヨリ今後最早大ナル憂慮ナキモノト認ム〉

松井の日記によれば、軍紀も徐々に回復傾向に入った様子が察せられる。

それを裏付けるように、それまで南京から避難していたアメリカやイギリスの領事たちも、この一月初旬の時期に相次いで城内に戻っている。南京の治安が改善しつつあった証しであろう。

同月十四日に国際委員会が作成した「第四十一号文書」には、城内の人口が「二十五万から三十万人」と記されている。十二月二十七日に作成された「第二十六号文書」では「二十万人」であったから、人口が急速に増加していることになる。南京から避難していた人々が、街に戻りつつあったのであろう。「三十万人虐殺」は、このような文書の数字からも否定できる。

そのような状況の水面下では、日本政府による和平工作も進められていた。中国との戦争が長期化することは、対ソ戦の備えが危機に瀕することを意味する。そのことに対して懸念を抱く者が多くいたのは、当然のことであった。

そんな和平工作の中で最も代表的なものが、在中国ドイツ大使のオスカー・トラウトマンを通じてのルートであった。この通称「トラウトマン工作」は、南京戦が起こる以前から交渉が始められていたが、南京の陥落によって、日本側の和平条件は一挙に跳ね上がった。杉山陸相は率先して条件の加重を唱えたが、南京での犠牲の大きさを考慮すれば、実際に血を流した組織のトップとして、その代償を求める気持ちが生じたのも無理はない。

しかし、松井はこのような和平工作自体に強く反対した。

「中途半端な和平は、日中両国のためにならない」

というのが、松井の確固たる持論であった。この辺りの松井の非妥協性は、彼の中国への所懐の深さの裏返しともとれる。

「この際、蒋介石政権が倒れるまで、徹底的にやるしかない」

松井はそう信じている。

極秘外交文書

国立公文書館が運営するアジア歴史資料センターのデータベース内において、松井が陸軍大臣・杉山元に宛てた外交文書を発見することができた。同センターには、明治期から第二次世界大戦終結までの期間を対象に、約八十五万件もの歴史的資料が電子資料として保存されている。

私が見つけた文書には、昭和十三年一月八日、「中支那方面軍司令官松井石根」の名前と共に「意見具申ノ件」という題名が冠されている。一枚目には陸軍省軍事課や陸軍省大臣官房の受領印があり、こちらの日付は共に一月十日となっている。

「極秘」の太字から始まる二枚目は、「蔣政権ニ対スル帝国ノ採ルヘキ態度ニ就テ」との文字があり、「判決」と題された見出しの後、次のような言葉が並ぶ。

〈帝国ハ速ニ蔣政権ノ支那中央政権タルコトヲ否認スヘシ〉

文書は「理由」という次の見出しの後、蔣介石政権との交渉を続けることによって生じる弊害を四ヶ条にわたって説く。例えば、以下のような文言である。

〈蔣政権ヲ対手トスル講和ノ議アルニ於テハ健全ナル地方政権ノ樹立不可能ナルノミナラス万一和議成立ノ場合ハ此等知日親日支那人ヲ犠牲トセサルヘカラサル結果帝国ニ対スル信頼ハ全ク地ヲ払フニ至ルヘク〉

〈親日防共ヲ標榜実践スル政権ノ樹立ヲ急務トス（略）帝国カ一面蔣政権ヲ対手トシテ和ヲ講セントシアル状態ニ於テ生命ヲ賭シ反蔣政権樹立ニ真剣ナル努力ヲ払フ支那人ハ皆無ナラストスルモ稀有ナレハナリ〉

十六日、近衛内閣は「爾後国民政府を対手とせず」とする声明を発した。この第一次近衛声明の発表と共に、トラウトマン工作も正式に打ち切りとなった。この日までに日本政府は中国側に和平条件を提示していたが、それに対する回答は得られていなかった。

「国民政府否認論」自体は、南京戦の以前より、内閣の内部にも燻っていた。しかし、南京陥落以降、陸軍内部の強硬派の声は更に大きく響くようになり、このことが近衛声明の発表に直接的な影響を与えたことは間違いない。近衛声明の立案は外務省の手によるものだが、中支地域における陸軍の司令官であった松井の先のような進言が、声明の内実を形作った一つの材料となった可能性も指摘できるであろう。松井の「意見具申」の中には「蔣政権ヲ対手トスル講和ノ議」「蔣政権ヲ対手トスル和議案」といった表現が散見されるが、これらは「国民政府を対手とせず」という近衛声明の独特の言い回しと近似する。

時の外務大臣は、松井とは大亜細亜協会の盟友である広田弘毅だった。「対手とせず」という文言を推したのは、この広田であったとされる。陸軍の強硬派からは「殲滅」といった言葉を使用するよう求める意見もあったというが、広田は表現を緩和し、曖昧な余地を設けることを目的として「対手とせず」という言葉を選択した。松井と広田の浅からぬ接点を考えれば、この声明の背後に松井からの声があったとしても不思議ではない。

このようにして発せられた近衛声明の背景には、日中の一層の衝突を望むコミンテルンやソ連諜報部の活動があったことも指摘されているが、当の帝国陸軍も声明の実現に向けて積極的に旗を振っていたのである。

松井はこの近衛声明の発表に関して、筆の調子を抑えつつ、日記にこう書き記している。


〈其真意審《つまびら》カナラサルモ一歩吾等ノ主張ニ近ツキタルハ疑フノ余地ナシ〉


近衛は、蔣介石と対立する汪兆銘を首班とした親日的な政権を樹立させた上で、国交を調整しようと試みた。これは、松井たち大亜細亜主義者が望んだ対中政策とほぼ同一のものである。

しかし実際には、この近衛声明の結果、日本は中国との交渉のパイプを喪失し、泥沼の長期戦から抜け出せない重大な局面へとますます引きずり込まれていく。近衛声明に対する蔣介石側の反応は峻烈だった。また、広田の外交路線も方向性が定まらず、混迷に輪を掛けた。

近衛は後に、この声明を悔いた。

「南京を陥落させれば戦争は終わる」との考えを巡らしていた松井であったが、実際の戦線は拡大の一途を辿り、戦争の終局は今なお知覚できない。現実の戦争は、松井の筋書きのようには移行しなかった。

蔣介石はすでに首都を南京から武漢、更には重慶へと移し、一層の抗戦を呼びかけている。

松井の素顔

一月十七日、松井は上海の地で「わらわし隊」の舞台を観た。朝日新聞社と吉本興業が協力して組織した戦時演芸慰問団の漫才や落語を観て、松井はよく笑ったという。

戦後は衆議院議員に転じたバイオリン漫談の石田一松《いちまつ》は、得意の「のんき節」を披露したが、これを観た松井は「一々髯《ひげ》をひねり、頷《うなず》かれ乍《なが》ら笑つて」いたという（『わらわし隊報告記』）。

ネタの途中、松井は、

「ああ、そうか、ああ、そうか」

と何度も口にした。歌謡漫談へのこのような反応は、松井の生来の生真面目な性格を感じさせる。また、『大阪朝日新聞』（昭和十三年一月三十日付）には、石田の次のような回想が掲載されている。

〈ある将校が松井閣下は大場鎮陥落以来笑はれたことはなかつたが、あの晩はじめて笑はれてわ

れ〳〵もこゝしばらく仕事がやりやすくなつたといはれました〉

私はこれまでに、松井の中国への信念が首尾一貫している旨をたびたび書いている。しかし、翻って考えてみると、それは松井に対する忖度の不足だったのかもしれない。先の「ある将校」によれば、松井は「大場鎮陥落以来笑はれたことはなかつた」という。松井は、自身が憂いの対象としてきた国を、自らの指揮によって攻撃しているという立場と境遇を省みて、『本当にこれでいいのだろうか』という葛藤と苦衷に襲われ、心定まらず、彷徨い続けていたのではないか。

日記に記すことさえしなかったとしても、内なる心のさざなみは、かすかな表情の移ろいにこそ表れる。日記とは個人的告白ではあるが、所詮は当人の意識下にある世界であり、人間の無意識的なる部分は、他人の眼からしか窺い知れない面もある。

松井の心底には、自我が侵蝕されるような懊悩《おうのう》がやはりあったのだと思う。心を鋭く咎めるものがあったに違いない。

畢竟《ひっきょう》するに、この煩悶こそが、彼から笑みを奪った根源であろう。

松井は中国の民衆に対しては、呟くようにしてこう日記に書き記している（一月十八日）。

〈附近支那人ノ一部ハ廃墟トナレル家屋ヲ仮修繕シ多少宛帰郷シアルヲ見ル　尚之等ニ生活ノ途ヲ与ヘ之ヲ帰服セシムルノ手段ヲ講スルノ必要ヲ痛感ス〉

松井は誰あろう、中国を攻撃している軍の司令官である。否、彼は「攻撃の対象は中国ではなく蔣介石政権である」と言うであろう。実際、彼はそう是認しながら、自己の胸中を規範していた。

しかし、間違いなく呵責はあったのだ。

松井は、中国の民衆に対して極めて深い同情と憐憫を寄せている。

古来、戦争には様々な形態があった。そこでは相手への怨恨の連鎖、資源や領土の奪い合い、異なる宗教や文明への不寛容などの要素が、重層的に絡まり合う。

しかし、松井の日中戦争とは、本質的にいずれの例にも属さない。

それが松井石根という軍人の日中戦争に対する不変の羅針盤であり、そしてこのことがこの戦争の困難さを何よりも物語っている。

中島今朝吾との会談

一月二十三日、松井は部下である中島今朝吾・第十六師団長の訪問を受けた。中島は前日に南京から上海へと到着したばかりで、第十六師団は北支への転戦が決定していた。中島の陣中日記によると、この会談時の松井は、次のような様子であったという。

〈モウ声量ガナクナツタノカ、或ハ小生ノ前ナレバ消極的声音ニナリタノカ、最〔尤〕モ少シ顔ガ振レル様デアル〉（『中島今朝吾日記』）

加齢のせいであろう「顔が振れる」のは、松井の一つの身体的特徴となっていたようで、別の複数の文献にも同様の表現が散見される。

また、「小生ノ前ナレバ消極的声音ニナリタノカ」とあるが、松井と中島は殊に不仲なことで知られていた。両者の中国に対する見方は大きく異なっており、そのことが互いの確執を生んでいた。二人のそのような関係性が、中島の先の語句の背景にある。

会談終了後、方面軍司令官の官邸で会食が行われたが、その席上で中島は、

「軽重機ノ分捕品ト小銃ヲ以テ装備強化」

を行ったという話を臆面もなく披露した（前掲書）。それに対して松井は、

「其ハ軍ニ差出シテ呉レネバ困ル」

と中島を叱呵したという。

しかし、中島はこれをすげなく撥ね付けた。中島の日記には以下のような言葉が継がれている。

〈此男（著者注・松井のこと）案外ツマフヌ杓子定規ノコトヲ気ニスル人物ト見エタリ〉

中島は、直属の上官に向けた言葉とは思えないような、過度に率直とも言える描写で、その心情を開陳している。中島には性格として狷介《けんかい》な色が濃く、彼が松井のことをどう把捉していたのか、直接的に伝わる内容となっている。

また中島は、隷下の師団内で「地元民の家具を持ち出す事件」が起きたことについて松井に咎められた際には、こう気焔を吐いたという。

〈家具ノ問題モ何ダカケチケチシタコトヲ愚須愚須言イ居リタレバ、国ヲ取リ人命ヲ取ルノニ家

具位ヲ師団ガ持チ帰ル位ガ何カアラン、之ヲ残シテ置キタリトテ何人カ喜ブモノアラント突パネテ置キタリ〉

これに対して、一方の松井の日記（一月二十四日）にはこうある。

〈其云フ所言動例ニ依リ面白カラス殊ニ奪掠等ノコトニ関シ甚タ平気ノ言アルハ遺憾トスル所由テ厳ニ命シテ転送荷物ヲ再検査セシメ鹵《ろ》獲《かく》、奪掠品ノ輸送ヲ禁スルコトニ取計フ〉

南京攻略戦に際し、松井は「南京城攻略要領」を作成するなどして、規律や軍紀の粛正を何度も試みた。占領後に関しても、松井は再三にわたって、軍紀に関しての命令を厳重に示達している。

しかし、部下たちの中には、そんな松井の「中国寄り」にも映る態度を、内心で冷笑している面従腹背の者が少なくなかった。第十六師団長であった中島はその代表的な人物の一人である。中島は、松井の指示を自らの師団内に的確に伝えようとせず、その結果、南京戦に関して一部の兵卒たちの無用な事件を招くこととなった。中島の率いる第十六師団では、軍紀の低下が顕然と存在していた。

中支那方面軍参謀副長の武藤章は、後にこう記している。

〈元々松井大将は青年将校時代から支那関係の仕事をして来た人で、真に支那人の知友であった。支那人側から見たる松井大将がどんなであるか知らぬが、我々参謀として同大将の言動を見聞して居ると、心底からの日支親善論者であった。作戦中も随分無理と思われる位支那人の立場を尊重された。この松井大将の態度は、某軍司令官や某師団長の如き作戦本位に考える人々から抗議され、南京の宿舎で大議論をされる声を隣室から聞いたこともあった〉（『比島から巣鴨へ』）

中国に対して多分に理想主義的でもあった松井の限界がここにあったとも言い得る。また、松井は元々、温厚で篤実な性格であったが、強力なカリスマ性で部下たちを牽引していく、例えば石原莞爾のようなタイプとはまた別の類いの指揮官であった。

松井の指示は、組織の末端にまで行き届いていなかった。中島の露骨な言動を前にして、松井は自らの信念が部下たちに浸透していないことを強く嘆き、落胆した。

この第十六師団では、麾下《きか》の歩兵第三十旅団歩兵第三十三連隊（津）において、女性を巡る一つの事件も発生した。同連隊の第八中隊長であった天野郷三予備中尉に関する強姦容疑である。事件の経緯と内容について、上海派遣軍参謀長の飯沼守は、陣中日記（一月二十六日）に以下のように書き留めている。

〈其知ラセニ依リ、本郷参謀現場ニ到リ、中隊長ノ部屋ニ入ラントシタルモ容易ニ入レス、隣室ニハ支那女三、四名在リ強テ天野ノ部屋ニ入レハ女ト同衾《どうきん》シアリシモノノ如ク、女モ寝台上ヨリ出テ来レリト、依テ中隊長ヲ訊問シタルニ中隊長ハ其権限ヲ以テ交《かわ》ル交《がわ》ル女ヲ連レ来リ金ヲ与ヘテ兵ニモ姦淫セシメ居レリトノコト〉

天野は応召前は弁護士をしていたという人物であった。この事件を知った軍司令部は激怒した。北支への転戦が決まっていた第十六師団の各部隊は、続々と南京を発っていたが、天野が籍を置いた第二大隊は急遽、出発が取りやめとなった。天野とその部下たちは、憲兵隊から厳しい取り調べを受けることとなった。天野は「金を与えていた」と主張し、この事件が買春事件なのか、それとも強姦にあたるのかが争点となった。

事態を重く見た軍は厳しく対応し、結局、天野以下、十二名が軍法会議に諮られることとなった。審理の結果、天野は禁固刑に処され、旅順にある陸軍刑務所へと収監された。

松井への逆風

一方、東京では、松井の与《あずか》り知らぬところで、新たな人事が模索されていた。当時、教育総監だった畑俊六の日記（一月二十九日）には、次のような一文がある。

〈支那派遣軍も作戦一段落と共に軍紀風紀漸く頽廃、掠奪、強姦類の誠に忌はしき行為も少からざる様なれば、此際召集予后備役者を内地に帰らしめ現役兵と交代せしめ、又上海方面にある松井大将も現役者を以て代らしめ、又軍司令官、師団長等の召集者も逐次現役者を以て交代せしむるの必要あり〉

畑は「松井の交代」を主張した。

但し、松井当人の日記を読むと、自身の帰朝が近いことは充分に予期していたようである。しかし、華中における「親日的な新政府」の樹立のための工作も未だ半ばであり、松井の仕事はとても完遂したとは言えなかった。

松井は強い焦りを覚えている。

そんな中、松井が受けた一つのインタビュー記事が、国際的な波紋を投じることとなった。

それは一月三十一日付『ロンドン・タイムズ』に掲載された記事で、題名は「イギリスへの警告」と冠されていた。松井は『オリエンタル・アフェアーズ』誌の編集者であるM・ウッドヘッドからのインタビューに答える形で、中国に関する自説を唱えた。その中で松井は、蔣介石政権への支援を続けるイギリスに対し、強い警鐘を鳴らしたのである。松井は、

「イギリスが中国に有する権益を維持しようとし続けるのなら、日英関係は極めて深刻な事態になる」

という持論を展開した。

松井は、日中戦争の本質が実は「日英戦争」であることを見抜いている。中国を長年にわたって植民地としてきたイギリスについて、松井は元来、厳しい見方を下していた。

この松井の発言はイギリスで問題視され、日英関係に齟齬を生む契機となった。日本における反英運動は年々、高まりを見せつつあったが、松井は反英派の代表的人物として喧伝され、その結果、日本国内の親英派からも眉をひそめられることとなった。外務大臣である広田弘毅は、対英関係の修復に追われた。

「日中親善論者」の松井が、「対外強硬論者」として、国際的な批判の矢面へと晒された。松井の「大亜細亜主義」は、イギリスをはじめとする欧米列強の眼には、自らの国益を脅かす好戦的な危険思想と映ったのである。

不如意なる現実に、深く苦悩する松井であった。

眼前の状勢は、松井の理想から大きく背反し、乖離《かいり》したところに根を下ろそうとしている。

涙の訓示

二月六日、松井は上海から汽車に揺られて南京の地へと戻った。翌七日に改めて執り行われる予定の陸海軍合同の慰霊祭に出席するためである。

南京へ向かう途次、線路脇に広がる町並を眺めた松井は、日記にこう書き綴っている。

〈沿道ノ状況凡テ著ク鎮静ニ動キ各地避難民モ漸次帰来シ　各地自治組織ノ成立シツツアルハ可欣モ　未タ一般ノ状勢中々容易ナラス　支那人民ノ我軍ニ対スル恐怖心去ラス寒気ト家ナキ為メ帰来ノ遅ルルコト固《もと》ヨリ其主因ナルモ　我軍ニ対スル反抗ト云フヨリモ恐怖　不安ノ念ノ去ラサルコト其重要ナル原因ナルヘシト察セラル〉

そして、懸案となっている軍紀についてはこう記す。

〈即各地守備隊ニ付其心持ヲ聞クニ到底予ノ精神ハ軍隊ニ徹底シアラサルハ勿論　本事件ニ付根本ノ理解ト覚悟ナキニ因ルモノ多ク一面軍紀風紀ノ弛緩カ完全ニ恢復セス〉

自分が思い描く水準にまで達しない軍紀に対し、松井は堪え難き憤りを覚えていた。松井は引き続き、事態の収拾に肺肝を砕いた。

午後六時頃、松井を乗せた汽車が南京の駅に到着した。その夜は、朝香宮列席の招宴が催されたが、その席でも軍紀の問題が俎上《そじょう》に載った。第十六師団長である中島今朝吾とは再び口論となった。

翌七日の十三時半、南京城内において慰霊祭が始まった。

松井は日記にこう書いている。

〈今日ハ只々悲哀其物ニ捉ハレ責任感ノ太ク胸中ニ迫ルヲ覚エタリ　蓋シ南京占領後ノ軍ノ諸不

始末ト其後地方自治、政権工作等ノ進捗セサルニ起因スルモノナリ〉

この式の直後、松井は部下たちに対し、涙ながらに「南京占領後ノ軍ノ諸不始末」を叱責したという。

このことは「松井の涙の訓示」として日中戦争史に刻まれている。同盟通信の松本重治は、この訓示を「日本陸軍の歴史上、未曾有」という言葉で表している。

この叱声を実際に浴びた一人である上海派遣軍参謀長の飯沼守は、その日の日記にこう書き留めている。

〈一・三〇ヨリ派遣軍慰霊祭、終テ松井軍司令官ヨリ隊長全部ニ対シ次ノ要旨ノ訓示アリ。南京入城ノ時ハ誇ラシキ気持ニテ其翌日ノ慰霊祭亦其気分ナリシモ本日ハ悲シミノ気持ノミナリ。其レハ此五十日間ニ幾多ノ忌ハシキ事件ヲ起シ、戦没将士ノ樹テタル功ヲ半減スルニ至リタレハナリ、何ヲ以テ此英霊ニ見ヘンヤト言フニ在リ〉

尚、この「涙の訓示」をもって、「松井も大虐殺を認めていた」と依拠する議論があるが、松井の叱責の矛先は一部の軍紀の弛緩に対して向けられているのであって、三十万人とも言われる市民への大虐殺などは想定していない。

同日の午後六時半からは夕食会が催されたが、その後、松井は列席していた五十名ほどの部下に対し、改めてこう諭したという。

〈兎ニ角支那人ヲ懐カシメ　之ヲ可愛カリ憐ム丈ニテ足ルヲ以テ　各隊将兵ニ此気持ヲ持タシムル様希望セリ〉（『南京戦史資料集Ⅱ』）

その場にいた一人である上海派遣軍参謀副長の上村利道は、日記にこう記している。

〈松井大将感想ヲ述ヘ、軍紀ノ粛正ヲ参集団隊長ニ訓示セラル。本夜団隊長会食ノ後モ支那人ヲ可愛ガリ真ノ親日ヲ培ヘト希望ヲ述ヘラル。少シハ軍司令官ノ気持モ徹底スルナラン〉

この時、松井は同時に宣撫委員を集めて、南京市内の目下の状況を報告させている。その報告を松井は以下のように日記に冷静にまとめている。

〈目下南京城内居住三十万ノ人民中十万余ハ城内ノ旧所ニ復帰シテ概ネ我軍ニ親ミツツアルモ尚半ハ不安ト外人側ノ庇護トニ因リ復帰セサルハ遺憾ナルモ　漸次著敷好況ニ進ミアリ〉

退任

二月八日、松井は南京の兵站病院を慰問。その後、空路で上海へと戻った。同日、南京城内の安全地帯は「解散」となり、南京戦が始まって以来のその役目を終えた。安全地帯に避難していた住民たちは随時、それぞれの住居へと戻っていった。

十日には、東京から使者が訪れ、松井は「中支那方面軍司令官を退任」となる旨を聴いた。それは松井にとっては不本意な事実上の更迭と言えた。後任には、「松井の交代」を主張していた一人である畑俊六が就くという。これは畑自身にとっても意外な人事であった。

この人事に関しては、松井の年齢的なものを考えれば自然な退任とも判断できるが、すでに国際的にも喧伝されつつある「南京での虐殺事件」の責任者としての立場を考慮した上での決定という向きも否定できない。中国の国際宣伝部は、日本軍の南京占領を「大虐殺事件」としてプロパガンダに利用し始めていた。

加えて、この人事の背景には、松井に貼られた「対外強硬論者」というイメージを憂慮し、とりわけ日英関係に配慮するという側面もあった。

松井に強烈な逆風が吹いていた。

但し、このような逆境に際して、松井はただ下を向いていたわけではなかった。今回の離任は志半ばでの受け入れ難い人事ではあるものの、帰朝した後は東京において今後の対中国政策についての細かな折衝に奔走しようと決意を新たにしていた。

もちろん、松井の中には深い挫折と苦悶がある。若き日より自らが築き上げた構想は、戦場において露程も実現することができなかった。松井の理想と相反して、現実は彼自身が予期しなかった方向へと流れ去ってしまっている。

十四日の彼の日記には、こう綴られている。

〈如此巨大ナル犠牲ニ対スル予ノ責任ノ重大ナルヲ思フトキ　今頃凱旋ナト実ニ思ヒモ寄ラサルコトナレト大命又如何トモスルナシ　痛恨ノ至ナリ〉

後任の畑俊六は、十八日に上海に到着。翌十九日から、軍司令部において松井との引き継ぎ作業が行われた。畑は自身の日記に短くこう書き留めている。

〈十一時半より松井前軍司令官より申送を受く。大分今更未練がある様なり〉

帰京

二月二十日、大本営は御前会議の場において「大規模な作戦はしばらく行わない」という方針を新たに決定。疲弊した将兵に休息を与え、補給線の整備などに努めることとなった。

二十一日、松井は「瑞穂丸」に乗艦し、上海の港を発った。松井の沈痛なる心中とは裏腹に、空には雲のない青空が広がっており、波も穏やかであった。

二十三日、「瑞穂丸」は門司港に入港。松井は約半年ぶりとなる内地の土を踏んだ。形式としては、敵国の首都を陥落させた指揮官の「凱旋帰国」ということになった。

しかし、当の松井は忸怩たる思いを抱えたままである。松井は宿泊先の「山陽ホテル」の一室に閉じ籠り、来客を避けた。

その生涯を通じ、松井はことあるごとに自分の気持ちを漢詩に込めたが、この時は「詩未成」としながらもこう詠んだ。

懸軍奉節半星霜
聖業未成戦血腥
何貌生還老痩骨
残骸誓欲報英霊

懸軍節を奉じて半星霜
聖業未だ成らず戦血腥《ちなまぐ》さし
何の貌あって生還す老痩骨
残骸誓って英霊に報いんと欲す

詩の中にあるのは無限の虚無である。同時に、その反動によって自らを懸命に鼓舞しようとする老将の苦き心情が偲ばれる。枯れた胸中に、尽きぬ痛恨が尾を引いている。

二十四日の夜、松井は特急列車「富士」に乗り込み、その翌日、東京に着いた。

呵責という見えざる重荷を背負ったまま帰京した松井は、宮中に参内して天皇に帰国の挨拶をした。松井はその際、天皇に対して、部下に多数の犠牲者が出たことを詫びたという。

松井とは陸軍士官学校の同期生である真崎甚三郎は、この夜、松井と対面しているが、彼の日記にはこうある。

〈七時ヨリ出デテ松井大将及柳川中将ニ祝意ヲ表シ、九時ニ帰宅ス。松井ハ軍ノ建直シヲ必要トスル旨ヲ述ベタリ〉(『南京戦史資料集Ⅱ』)

松井にとってのこの帰国は、深い憂いに塗れたものであったが、しかし、そんな彼を迎えたのは、皮肉にも国民とメディアの熱狂であった。松井は上海、南京を陥落させた「凱旋将軍」として、世論の高揚の中で「英雄」に祭り上げられた。月刊誌『文藝春秋』(昭和十三年三月臨時増刊号)には、「名将・松井石根」と題された一つの記事が掲載されている。執筆者は、陸軍出身で貴族院議員となっていた菊池武夫である。

〈『凱歌今日幾人還』の乃木将軍の心事はそのまゝに松井の心事であらう。(略)上海方面のあの困難なる作戦の遂行と、敵都南京占拠と云ふ大事実に依りて、国民は武将としての松井を再認識せしめられた。武将としての松井とは云ふ迄もなく精神家としての乃至は徳の人としての松井の一面である〉

周囲からの手放しの称揚は、松井が内に抱える塗炭の苦しみとは調和しないものであった。松井の胸中とは離れて「凱旋将軍・松井石根」というある種の偶像が、いつの間にか一人歩きを始め、人口に膾炙《かいしゃ》していた。

松井が正式に召集解除となったのは三月のことである。

三月二十八日には、南京の地に中華民国維新政府が成立。行政院長として梁鴻志《りょうこうし》が就任した。これは元々、松井の肝煎《きもいり》によって発足が模索された組織であったが、彼が希望したような中央政府的な要素は大きく減じられていた。日本政府の公式見解は、「華北の中華民国臨時政府が中央政権の母体となる」「華中の中華民国維新政府は地方政権である」というものであった。「華北派」と「華中派」の対立は、「華北派」の勝利という形で、一応の決着を見たことになる。

日本の傀儡的な色彩の濃い「親日的な新政府」は、政治工作の所産として両地方に樹立することができたが、その組織としての実力は甚だ心もとないものであった。

一方、蔣介石率いる国民政府は、日本が政治工作に躍起になればなるほど、民衆の支持を集め続けている。

第六章

興亜観音

千人燈。「陸軍大将　松井石根書」の筆跡が刻まれている
©早坂隆

高まる反英運動

再び退役軍人となった松井は、東京の大森にある官舎にて、妻の文子、お手伝いの久江という女性と共に暮らした。久江は彼女が十四歳の時から松井家で働いており、すでに二十年以上の月日を共に過ごしている。

子宝に恵まれなかった松井夫妻は、犬を飼っていた。松井はこの愛犬に「興亜」という名前を付けて可愛がっていた。

しかし、この愛犬もこの時期に病気で亡くなり、主人に淋しい思いをさせた。

四月、松井は菩提寺である静岡県の神谷山・天龍院を参詣している。磐田市の北部に位置する天龍院は、享禄元年（一五二八年）に松井信薫が創建した寺であり、第一章で紹介した通り、この信薫は松井の祖先にあたる。松井としては戦地からの帰国を祖先に報告する「墓参り」ということであったのだろう。

天龍院の境内とその周囲には、松井を出迎えるため、大勢の地元の人々が集まった。寺に向かう沿道も旗を持った群衆で溢れたという。松井は「南京を陥落させた司令官」として、人々の熱狂に迎えられた。天龍院の二十七代目住職である榎本泰宣氏は、当時まだ七歳だったが、この時のことをよく覚えているという。

「とにかく沢山の人たちが集まっていました。当時は小学生に『将来、何になりたい？』と聞けば『陸軍大将』と答えるような時代ですからね。本物の陸軍大将を見て昂奮したのを覚えています」

当時は、榎本氏の父親である天海氏がこの寺の住職を務めていた。

松井は先祖に帰国の報告をした。松井は軍服姿で、周囲には側近の者たちが数名いたという。

榎本氏はこう振り返る。

「南京陥落からまだ間もない時期でしたからね。雰囲気としては『凱旋報告』という感じでした。子供から大人まで、大変な賑わいだったと思います」

現在は住職の役を弟子に譲っている榎本氏が、追憶に耽る。

「本堂に上がる階段のところで、松井大将が群衆に向かって挨拶をしたのを覚えています。その内容までは記憶していませんが、大将の身体が随分と小さくて痩せていたことが印象として残っています」

松井が去った中国戦線では、再び新たな作戦が始まろうとしていた。二月の御前会議の場で「大規模な作戦の休止」が決められた矢先だったが、その方針はいとも簡単に覆された。

現地軍は徐州へと兵を進め、中国の野戦軍との間で大規模な会戦が始まった。五月五日、松井の後任である畑俊六は、第九師団と第十三師団に前進を命令し、正式に「徐州作戦」が発動された。激しい攻防戦の末、徐州は日本軍の手に落ち、五月二十五日には入城式が行われた。

七月、松井は内閣参議の役に任命された。

日本に戻ってからも、松井は中国の状勢を慮《おもんぱか》ってばかりいる。

その生涯で初めてとも言える強い挫折を抱えながらの帰国となった松井であったが、中国との戦争に対する基本的な立場は不変だった。当時の近衛内閣は、イギリスを仲介役とする和平工作の可能性を模索していたが、松井はあくまでも国民党政権の打倒を第一とし、一切の和平工作を否定する意見を貫いた。

蔣介石率いる国民党を排除し、新たな秩序を確立することが「中国再建」に繋がる唯一の道であると松井は信じて疑わない。そのためには、蔣介石政権を援助し続けるイギリスの動向にも、厳しく当たらざるを得なかった。

大亜細亜協会の活動も、衰えるどころか一層、活発化した。それは大亜細亜協会という組織が、発足当時の文化・思想団体から政治運動的な色彩の濃い集団へと変貌しつつあることを意味していた。

協会は支部同士の連係を密にし、各地で講演会を催したが、会場はいつも盛況だった。多くの国民も、松井らの唱える大亜細亜主義に対して一定の理解を示した。「イギリスの帝国主義が、アジアの混乱の元兇である」「イギリスが支援するから中国との戦争が終わらない」という大亜細亜協会の主張は、その論理自体、至って妥当なものであったし、国民の共感を得るのに充分な説得力を有していた。

この時期、宇垣一成を中心とする親英派による和平構想と、反英・汎アジア主義派との対立がより鮮明な形状で表れ、国論を大きく二分した。反英運動の中心には、大亜細亜協会の面々の姿があった。

九月、松井は大森にあった官舎から静岡県熱海市へと移り、一つの庵を結んだ。松井は以前から熱海の穏やかな風土に惹かれるところがあった。

和風平屋建てのその新居は「無畏《むい》庵」と名付けられた。「無畏」とは仏教用語で「仏が法を説くときの何ものをも畏れない態度」のことなどを示す。松井は仏教への帰依を強くしつつあった。

妻の文子と、お手伝いの久江との新たな暮らしが始まった。

広がる戦線

中国大陸の戦線において、日本軍は引き続き各地で軍を進めていた。十月二十七日には漢口を占領。しかし、蔣介石は更に奥地の重慶へと逃げた。占領地を次々と拡大していった日本軍だが、それと同時に補給線が伸び、激しいゲリラ戦にも悩まされた。日本軍はその後も増派を断行していくが、戦線は随所で切断された。

当初、短期戦を想定した日本は、解決の糸口の見えない泥沼の長期戦に陥って久しい。いくら勝ち進めども終わらない戦争に、日本は大きな戸惑いを覚えていた。

しかし、戦争を終熄させることの困難さは、洋の東西を問わず、歴史の俎上における永遠の課題である。

戦争文学の名作『武器よさらば』は、著者であるアーネスト・ヘミングウェイが、自身の従軍記者時代の体験を元にして描いた長編小説である。ヘミングウェイは主人公のフレデリック・ヘンリー中尉に、以下のように話させている。

「戦争は最後まで戦いぬくべきだと思う」

第一次世界大戦でイタリア軍に身を投じたアメリカ人という設定のヘンリー中尉は、更にこう続ける。

「一方だけで戦闘をやめたところで戦争がほんとに終ったことにはならん。こっちで戦闘をやめたら、悪くなるだけだろう」

これに対し、厭戦的な傾向を持つ部下という役柄のパッシーニが、次のように答える。

「戦争は勝利によって、勝ときまるものではありません。かりにこっちがサン・ガブリエーレを取ったところで、どうなりますか？　カルソーやモンファルコーネやトリエステを取ったところで、どうなんです？　だからといって、どうなるのです？　今日、ずっと遠くにあった山をすっかりごらんになりましたか？　あれも全部占領できると思われますか？　オーストリア軍が戦闘をやめてくれればいいのです。どっちかが戦うことをやめなくてはいけません。やめるのがこっちで、なぜいけないんです？」（谷口陸男・訳）

パッシーニの口を通じてヘミングウェイが発したこの問いかけは、都市や軍の名前を入れ替えれば、そのまま日中戦争を表す言葉となる。

毛沢東はすでに持久戦論を唱えている。

この間、首相である近衛文麿の意思は、糸の切れた凧のように頼りなく舞った。

十一月、近衛内閣は「東亜新秩序声明」（第二次近衛声明）を発表。蔣介石の国民政府はもはや一地方政権に過ぎず、今後は汪兆銘政権との交渉によって戦争を解決し、日本、満洲国、汪兆銘政権の中国という三ヶ国が、亜細亜の新しい秩序を築きあげていくことを「大義」として主張した。蔣介石政府との戦争は、そのためのものであると改めて位置づけたのである。

だが、日中戦争の目的を「東亜永遠の安定を確保すべき新秩序の建設」としたこの声明は、欧米諸国から見れば「ワシントン体制への挑戦」に映る。この声明の発表により、日本に対する欧米の態度が一層の硬直を見せたのは、言う迄もない必定であった。

十二月十三日、南京陥落からちょうど一年を経たこの日、松井は日比谷公会堂で開かれた大亜細亜協会主催の講演会に出席して次のように述べた。

〈蓋し今次の事変は決して日本国民と支那国民との戦争ではありませぬ。また単に所謂抗日支那に対する膺懲戦と云ふが如きものでもありませぬ。事変の本質から見ますれば寧ろ支那の抗日政権の背後に在つて、之を傀儡とし、之を使嗾《しそう》し煽動して、東亜の安寧を攪乱して参りましたより大なる勢力に対する亜細亜民族の抗争であります〉(『大亜細亜主義』七巻六十九号)

「東亜の安寧を攪乱して参りましたより大なる勢力」とは無論、イギリスを始めとする欧米諸国のことを指している。松井は続けざまにこう熱弁をふるう。

〈国民党政府の中国良民に対する苛斂誅求は、この背後勢力の搾取の爪牙《そうが》の役割を演じたるものに過ぎない。亦所謂容共政策によつて共産党勢力を培養したることは、国際共産党の東亜に対する思想侵略を誘導し助長する結果を来して居ります。斯くの如き非亜細亜的侵略勢力の傀儡による圧迫と搾取とより支那の国民を解放し、真平支那的支那、亜細亜的亜細亜を建設せんとする血の努力が、今次の事変の歴史的意義でなければならないのであります〉

同月十六日には、陸軍からの要望によって新たに「興亜院」が設立され、この組織が対中国政策の根幹を担うこととなった。総務長官の役職には、かつて第十軍を指揮していた柳川平助が就いた。鈴木貞一など、大亜細亜協会のメンバーも、この組織に多く名を連ねた。

年末には、松井の生涯を描いた『松井大将伝』という評伝が、八紘社より刊行されている。評論家の横山健堂が記したその作品の中で、松井は終始「名将」として賞賛された。松井像の一人歩きは、歩調を強めながら尚も続いていた。

天津事件

年が明けてまだ間もない昭和十四年（一九三九年）一月四日、近衛内閣が総辞職。中国との戦局を収拾できないことが、内閣崩壊の主因であった。

四月九日には中国において「天津事件」が勃発。イギリス租界の中で、日本側の関税委員が中国人に殺害されたという事件である。日本政府は、イギリス側へ逃亡した容疑者の引き渡しを要求したが、イギリス領事館はこれを拒否。外交交渉は難航した。

日本側は「六月四日」を期限として、改めて容疑者の引き渡しを求めたが、イギリス側の態度は変わらず、これを受けて日本軍は天津にある英仏の租界を封鎖した。

七月十五日からは、有田八郎外務大臣と、クレーギー駐日英大使が、東京で会談を始めている。

この日、国内の新聞各社は、以下のような共同声明を発した。

〈英国は支那事変勃発以来、帝国の公正なる意図を曲解して援蔣の策動を敢てし、今に至るも改めず、為に幾多不祥事件の発生をみるに至れるは我等の深く遺憾とするところなり〉

このようなメディアの動向も手伝い、日本各地での反英運動は収束の気配が見えなかった。大亜細亜協会は、そんな反英運動の中核に存在した。

七月二十二日、イギリス側が譲歩する形で漸く協定が成立。租界封鎖問題は一応の決着を得た。

しかし、このような日英関係の揺らぎを傍から見ていたアメリカは、日本に対する強硬路線へと舵を切る。七月二十七日、アメリカは日本に対し、日米通商航海条約の破棄を通告した。

国際社会のせめぎ合いの中で日本が選んだ道は、英米から離れ、ドイツへの傾斜を強めることであった。

イギリスやアメリカとの関係性が円滑さを失う中、親英米派の人たちにとって、大亜細亜協会は憂慮すべき危険な因子に映った。政治色を強め、多くの世論を味方に付けていく大亜細亜協会に対し、政界などからも次第に批判が集まるようになった。

松井に向けられた矛先も、徐々に鋭いものとなっていく。

政治運動的な姿勢を強める形象で勢力を拡大しつつある同協会は、とどのつまり、そのことによって自らの首を締めていくことにもなるのである。

興亜観音の建立

愛知県知立《ちりゅう》市に建つ知立神社は、東海道の中でも屈指の格式を有する大社である。社伝によれば、その歴史は日本武尊《やまとたけるのみこと》の東国平定の頃にまで遡るという。

この神社の境内に「千人燈」と呼ばれる巨大な石燈籠が建てられている。建立されたのは昭和十四年（一九三九年）十二月だという。

燈籠の柱に相当する部分の正面には「千人燈」という文字と共に「陸軍大将　松井石根書」という筆跡が刻み込まれている。宮司の神山嚴夫氏に燈籠の由来についてお話を伺った。

「この『千人燈』は地元の人たちの寄付によって建てられました。昭和十四年の翌年である昭和十五年が皇紀二千六百年という記念の年とされていましたから、それに合わせて造られたのだと思います」

台座の部分の正面と両側面には、寄付者の名前がそれぞれ三百名ずつ刻まれ、裏面には二百名の寄付者に加えて発起者の六十六名、石工一名の名がある。ここに刻印されている姓名の数を合計すると千百六十七にも及ぶ。「千人燈」の名称は誇大ではない。

燈籠である「千人燈」の上部には火が灯されたが、これは熱田神宮から東海道を通って運ばれた御神火が移されたものであった。

この石燈籠の建立を記念する形で、郷土が生んだ陸軍大将である松井石根に一筆を頼んだのであろう。柱部分の側面には「献身報國」や「武運長久」といった当時の時代性を窺わせる文字も刻まれている。

一方、熱海市の郊外、伊豆山の中腹に「興亜観音」と呼ばれる観音堂が建立されたのは、昭和十五年（一九四〇年）二月のことである。日中両国の戦没者を慰霊することを目的としたこの観音堂を開基したのは、他ならぬ松井その人であった。松井が自ら著した「興亜観音縁起」には、次のように書かれている。

〈支那事変は友隣相撃ちて莫大の生命を喪滅す実に千歳の悲惨事なり（略）茲に此等の霊を弔ふ為に、彼我《ひが》の戦血に染みたる江南地方各戦場の土を獲り、施無畏者慈眼視衆生の観音菩薩の像を建立し、此の功徳《くどく》を以て永く怨親《おんしん》平等に回向《えこう》し、諸人と倶に彼の観音力を念じ、東亜の大光明を仰がん事を祈る〉

この「興亜観音縁起」にあるように、観音像の材料には中国の戦場の土が用いられた。

興亜観音の堂守を務める伊丹妙浄尼はこう話す。

「この観音像は、中国の激戦地だった大場鎮《だいじょうちん》の土、そして南京の土を日本まで運び、それらを材料として使用したのだということです。これも松井閣下たっての希望だったと伝え聞いております」

御堂に向かう道の脇に建つ観音像の高さは、三メートル以上ある。多くの血を吸った土塊から造られた観音像の顔が、極めて深い温容をたたえているのは何故か。

中国から帰国した後、「観音像の建立」という着想を得た松井は、愛知県常滑市の陶工家である柴山清風に相談し、加えて塑像家の小倉右一郎に協力を依頼して、合掌印のこの観音像を完成させたのであった。

昭和十五年（一九四〇年）四月一日発行の『主婦之友』には、興亜観音の建立に関する、松井の文章が掲載されている。

〈両国（著者注・日本と中国）殉難者を祀るためには、相通じる佛教をもつてすべきだと思つた。そして各宗派に超越してゐる観世音を祀り、その大慈大悲の念力によつて数多の亡魂を救ひ、普《あまね》く三千大千世界を照す観音の光明をもつて、業障を浄除して、両国犠牲者の霊が、地下に融和せんことを願つたのである〉

鉄錆色の観音像の脇を抜けると本堂へと辿り着く。本堂の前からは、壮大なる相模湾の海原を望むことができる。

本堂の御内陣には、もう一つの小さな観音像があり、その前に位牌が祀られている。特筆すべきは、日中両軍の戦没者が同等に扱われている点であろう。右に「支那事変日本戦歿者霊位」、左に「支那事変中華戦歿者霊位」という二つの位牌が、横に並ぶ形で安置されている。

日本人と中国人を平等に回向することが、松井の強い意向であった。松井は毎日、山麓に位置する自宅から山道を登り、観音堂に参詣して、ひたすら読経した。

興亜観音は今も当時と同じ地に建つ。今では地元でもこの観音堂の存在を知らない人が多数を占め、参詣者の数は概して少ないという。

幻覚

興亜観音の建立時、堂守として招かれたのが、妙浄尼の両親である伊丹忍礼、妙真夫妻であった。

伊丹忍礼は元々、新潟県にある日蓮宗の寺の僧侶であったが、以前から松井と知遇があったことにより、この興亜観音に招かれて堂守となった。

伊丹忍礼がこの地に呼ばれた背景には、次のような逸話があった。

興亜観音が建立されてまだ間もないある日、松井がいつものように参詣に訪れると、観音像の腕が欠け、目がつぶれていたという。侵入者によって破壊されたに違いないと判断した松井は、すぐさま警察に通報した。

近くの交番から巡査が駆けつけた。しかし、その巡査が確認したところ、観音像はどこも損傷などしていなかった。

実は、松井の目にだけ、観音像が欠損しているように見えていたのである。

そんなことが、二、三度、続いた。

上海戦、南京戦を通じて、多くの日本人と中国人が傷付き、尊い命を亡くした。そのことに対する自責の念が、松井に不可知な幻覚を見せたのであろう。呵責が彼の精神と肉体を蝕み、幻影を生んだのである。

このことに畏れを抱いた松井が、供養のために招いたのが伊丹夫妻であった。そんな二人の三女である妙浄尼は言う。

「松井閣下の心は、大きな痛みにずっと苦しめられていたのでしょう」

伊丹忍礼が書き残した『興亜観音のいわれ』という小冊子の中には、次のような言葉がある。

〈もとより松井石根大将は、軍人であつて佛教の教養は、その専門とするところではありません。ただ、日支事変の劈頭《へきとう》において、彼我激闘の惨境を目睹して、且つ部下二万三千一百四人の戦死をおもい、その遺族の心事をしのび、さらにまた中華民国のそれをも考えて、慈愍哀憐《じびんあいれん》やるかた無く、その追福回向のため、観音像建立の願主となられたのです〉

二万三千百四名という具体的な日本側の犠牲者の数を挙げながら、松井の興亜観音への思いを代弁している。

この興亜観音の地において、松井は深い懊悩を宿しながら、日中両国の犠牲者に対しての鎮魂に努める日々を送った。老体をおして、杖をつきながら急な参道を登るのが、彼の日課となった。一日に二度、参拝することも多かったという。

御堂までの勾配はかなりの急坂である。沈痛なる苦渋に突き刺されながら、彼はこの坂を往復していたに違いない。

松井の荒い息遣いが、今も聴こえてくるようである。

大亜細亜協会の解散

昭和十五年（一九四〇年）三月三十日、日本の政治工作の一つの結実として、汪兆銘による南京国民政府が産声を上げた。北京の中華民国臨時政府、南京の中華民国維新政府などが結集され、汪兆銘は自分たちが「正統政府」であると国の内外に表明した。

松井を始めとする大亜細亜主義者たちは、日本側の工作が奏功したことによって誕生したこの南京国民政府に大きな期待を寄せた。連省自治を基盤とする緩やかな連邦制を理想とする松井も、この汪兆銘政権の発足による日中戦争の収拾を嘱望した。日本政府はこの南京国民政府との提携を掲げ、蔣介石政権を打倒する方針を改めて打ち出した。

九月、日本はドイツ、イタリアと三国軍事同盟を締結。これにより、イギリスとの敵対関係は決定的となった。イギリスは蔣介石への支援をより強化した。

日本国内では、十月に大政翼賛会が発足したが、以降、大亜細亜協会はその大きな潮流の氾濫の中へと次第に埋没していくようになる。大亜細亜主義は「大東亜戦争」という言葉の中へと飲み込まれた。「アジア人によるアジア」「アジアの解放」といった理念が国策として成立していく過程で、協会としての独自色は失われていった。

昭和十六年（一九四一年）七月六日、アジア政策の統一を目的として、大日本興亜同盟が結成される。大亜細亜協会を始め、東亜協会、東亜新秩序研究会などの諸団体は、大日本興亜同盟へと発展的解消し、一つの組織として合流することとなった。

松井は整備統一委員会の委員長の座に就いた。松井が発会時から尽力した大亜細亜協会は、大日本興亜同盟へと事実上、吸収されたのである。

日米開戦

日米間でも瀬戸際の交渉が続けられている。

昭和十五年（一九四〇年）七月から再び首相の座に復していた近衛文麿は、アメリカへの妥協策として、中国からの撤兵論を検討した。しかし、陸軍大臣であった東條英機はこれに異論を唱える。陸軍側としては、多くの将兵の血の犠牲によって占領した地域を、容易に手放せるわけがないという切実な思いがある。加えて、もし日本側が中国からの撤兵を安易に実行すれば、満洲国に甚大な混乱が及ぶであろうことも懸念された。

結局、解決策への方向感を失った近衛は、昭和十六年十月十六日に又もや総辞職してしまう。

十一月、フランクリン・ルーズベルト米大統領は、日米暫定協定案の作成に着手。その内容は「日本軍の中国からの撤退には触れない」というもので、日本側の立場にも一定の配慮を示す妥協的な案であった。

しかし、この案に対して、一人の政治家が激怒して抗議する。中国の蔣介石である。アメリカのコーデル・ハル国務長官からこの妥協案の中身を知らされた蔣介石は、

「アメリカは中国を見捨てるのか」

と強く翻意を迫り、イギリスもこれに同調した。

同月二十六日、アメリカは日本に対して「ハル・ノート」を提示。その中身には「日本は中国から一切の軍隊を撤退させること」「汪兆銘政府を支持しないこと」といった強硬な内容が冷然と羅列されていた。中国側の基本的な意向が、ほぼそのまま反映された形である。

中国には「以夷制夷」という伝統的な言葉がある。外国と外国を衝突させて、自国を護るという外交的概念である。それは彼ら中国人が、歴史の堆積の中から生み落とした一つの智恵とも言える。

結局、日米交渉の核も、実は「日中問題」なのであった。

「ハル・ノート」は「最後通牒」として日本側に受け止められた。

日本は隘路にはまり込み、選択肢は極度に狭められている。

十二月八日、日本はマレー作戦、真珠湾攻撃の実行により、イギリス、アメリカなどの連合国と戦争状態に突入。現役を退いている松井は、開戦の報をラジオで聴いて知った。

大亜細亜協会はすでに散会となっていたが、その理念は「大東亜共栄圏」という言葉へと組み込まれている。松井は「東亜積年の禍根」である「英米諸国の東亜における政治的侵略」を排除することが、この大東亜戦争の目的であると認識した。

それまでの戦闘を「事変」としていた日中両国だが、九日、中華民国は日本に対して、正式に宣戦布告した。その後、アメリカは中国に対して多額の借款を結び、蔣介石政権を援助する姿勢を鮮明にしていく。

昭和十七年（一九四二年）五月、大日本興亜同盟の総裁に林銑十郎が就き、松井は副総裁となった。

幻の掛け軸

日米の決戦は日に日にその激しさを増していったが、松井は軍人として戦線に立つことはもうなかった。

昭和十八年（一九四三年）の春頃、松井石根の兄である武節の息子・静彦が、子供の太郎を連れて熱海の松井宅を訪れた。太郎は、石根から見れば甥の子（姪孫《てっそん》）ということになる。

松井太郎氏は神奈川県横浜市で暮らしている。昭和八年（一九三三年）生まれの太郎氏は、熱海を訪問した時は十歳だった。

「松井大将はあまり喋らない感じで、無口な方という印象でした。ですから、何を話したというような記憶は、残念ながら特にありません」

太郎氏の父親である静彦も大変に無口な性格で、風貌も「松井大将とそっくり」と親類からよく称されていたという。二人の写真を見比べてみると、確かに体格や表情がよく似ている。太郎氏が続ける。

「松井大将と交わした会話の内容に関する具体的な記憶はないのですが、ただ、父と私それぞれに掛け軸を書いてくれたことは覚えています」

書かれていたその文字も今では忘却の彼方であるが、それは漢詩のようなものだったという。その掛け軸には「太郎」という名前が入れられていた。太郎氏はそのことが無性に嬉しかったという。しかしその後、その掛け軸も空襲によって焼失してしまった。太郎氏は戦争末期、静岡県浜松市にいたが、そこで被災したのだという。太郎氏は戦時下の記憶をこう回想する。

「戦時中は『大将の親戚』ということで、学校の友人など周囲からは良くしてもらった方だと思います」

写真の中の松井石根しか知らない私だが、目の前に座する老人の表情の節々に、かつての陸軍大将の面影がどことなく浮かんでいるように思えてならなかった。

大東亜会議の開催

五月、大日本興亜同盟は、大政翼賛会興亜局と統合する形となり、新しく「興亜総本部」という組織が発足した。大亜細亜協会の出身メンバーたちは、その中で依然として旺盛な活動を繰り広げた。

六月、松井は中国や東南アジアなどを歴訪する旅に出た。アジア各地の最新状勢を見極め、興亜運動を強化するためである。二ヶ月にもわたったこの旅には、甥の松井五郎が同行した。

松井はこの旅を通じて、アジア諸国が欧米列強の圧力から解放される必要性を重ねて痛感する。松井はアジア諸国の独立運動に熱意をもって賛意を示した。

十一月五日、東京において「大東亜会議」が開催された。参加したのは、中華民国国民政府行政院長・汪兆銘、満洲国首相・張景恵、フィリピン大統領・ホセ・ラウレル、タイの首相代理・ワンワイタヤコーン親王、ビルマ首相・バー・モウである。日本側からは東條英機首相が会のまとめ役として出席した。会議を発案したのは、外相の重光葵《まもる》である。それは、世界史上において初めて、有色人種のみで行われた国際的な首脳会談であった。

会議では「大東亜共同宣言」が全会一致で採択された。その前文には次のような文言が並ぶ。

〈米英は（略）大東亜に対しては飽くなき侵略搾取を行ひ（略）遂には大東亜の安定を根底より覆へさんとせり（略）大東亜各国は相提携して大東亜戦争を完遂〉

これに続く本文では「道義に基く共存共栄の秩序を建設」「自主独立を尊重」「人種的差別を撤廃」といった内容を旨とする五つの原則が掲げられた。

日本はこれに先立つ形で「大東亜政略指導大綱」を表明しており、その中には「ビルマの独立承認」「フィリピンの独立承認」「チャンドラ・ボースを首班とする自由インド仮政府の承認」といった内容が盛り込まれていた。

ビルマのバー・モウ首相は、同会議中に行った演説で、

「私は初めて夢にあらざるアジアの呼び声を現実に聴いた」

と述べ、会を開催した日本側に敬意を表した。

松井が若き日より掲げていた大亜細亜主義が、一つの形として結晶化した瞬間であったとも言える。

しかし、その実態は、理想とは乖離したものであったという側面も否定できない。フィリピン

のラウレル大統領は、

「共栄圏確立は、大日本帝国のみの利益のためではない」

と日本を諌めるようにして釘を刺した。タイのピブン首相は、この会議の成り立ち自体を不満として、代理人を立てて欠席した。

対英米戦の戦線において、現実には劣勢に追い込まれつつあることも、日本の理想を虚ろなものに響かせた。日本が掲げた戦争の大義は、アジア諸国に充分に浸透したとは言い難かったのである。

昭和十九年（一九四四年）九月、松井は興亜総本部の統理という役職に就任した。

しかし、松井の体調は以後、大きく崩れ、床に伏す日々が多くなっていく。

時の小磯国昭内閣は、中国との和平工作を進めていた。汪兆銘の南京政府から蔣介石の重慶政府へと働きかける形で統一政府を樹立し、その上で中国駐留の英米軍が撤兵するならば、日本も完全撤退しようという妥協案がその中身であった。

このような和平工作に対し、陳公博や周仏海といった南京政府の首脳たちは理解を示した。しかし、十一月に汪兆銘が死去すると、この和平工作も完全に行き詰まった。

中国の戦線では、疲弊の度合いを濃くする国民党軍に比して、八路軍や新四軍《しんしぐん》といった中国共産党軍（紅軍）が次第にその勢力を拡大していた。
日中戦争は、勃発から実に九年目を迎えようとしている。

戦犯指名

昭和二十年（一九四五年）八月十五日の敗戦時、松井は大日本興亜会の総裁という立場にある。終戦の報は、熱海の自宅で知った。肺炎をこじらせていた松井は、その日も病床にあった。アメリカが行った原子爆弾の投下と、中立条約を無視したソ連軍の侵攻に対し、松井は激しい憤怒の情を抑えることができないでいた。

敗戦時、約百五万人もの日本軍が、中国大陸に駐屯していた。その数は、満洲を含めると約百七十二万人にまで膨れ上がる。これらの数字は、太平洋戦線の約八十一万人を大きく上回る。「先の大戦」と言えば、アメリカとの戦争という一面が濃密に想起されるが、実は大東亜戦争において、最大の主戦場は中国であった。

大東亜戦争の核とは、実は日中戦争なのである。

終戦後の九月七日、重慶の第十一小委員会が、日本の中将・大将クラスの戦争犯罪人（戦犯）をリストアップしたが、そこには松井石根の名前も含まれていた。同月十二日、ワシントンで極東国際軍事裁判（東京裁判）の基本的な枠組が決定する。

十一月十二日、ジョージ・アチソン駐日政治顧問が、ジェームズ・F・バーンズ国務長官に指示した戦犯リストの中にも、松井の名前が明記されていた。松井はその中でこう記されている。

〈陸軍過激派のリーダー。南京大虐殺の際、パナイ号、レディバード号事件を起こす。「大亜細亜協会」「大日本興亜同盟」で長期にわたり中心的役割。大政翼賛会興亜総本部統理。大日本興亜会総裁〉

同月十九日、第二次戦犯指名として、松井を含む十一名に対し、連合国軍最高司令官総司令部（GHQ）から命令が下る。松井は再び公衆の耳目を集める立場となったが、負わされたのは戦犯としての役回りであった。

戦争犯罪を問われた日本人の総数は、将校以下も含めると、昭和二十年だけで二百八十六名にも及ぶ。

松井の収監は、肺炎による体調の不調を理由に延期された。しかし、昭和二十一年（一九四六年）三月、松井はとうとう巣鴨プリズンに囚禁されることとなった。

同月五日、熱海から東京へと発つ日の朝も、松井は興亜観音に参詣し、二時間近く祈りを捧げたという。東京へは妻の文子も同行した。

松井は翌六日、巣鴨プリズンの門をくぐった。

巣鴨プリズンは、明治二十八年（一八九五年）に新設された巣鴨監獄がその前身である。創設された当時、国内最大の刑務所であった。大正十一年（一九二二年）には名称が「監獄」から「刑務所」へと改められた。その後、昭和になってから建物の改築などを繰り返し、敗戦と共に連合軍に接収された。

これより松井はA級戦犯容疑による拘禁生活へと入る。

結論から言えば、この地が彼の終《つい》の住処《すみか》となった。

第七章

東京裁判

東京裁判。被告席後列右から四人目が松井
©朝日新聞社／時事通信フォト

拘禁生活

「日本の戦争犯罪人を裁く」ことを目的としてこの裁判が開廷したのは、昭和二十一年（一九四六年）五月三日の午前十一時二十分のことである。二年半にも及ぶ長き裁判の幕開けであった。

判事は戦勝国側の代表者のみで構成されていた。しかも、「国家の行為に関して個人の責任を問う国際裁判」に理論的な正当性が希薄であることは、検察側も認めざるを得ないところであった。従来の国際法の枠組から大きくはみ出した「事後法による裁き」が、多くの矛盾を内包しながら始まろうとしていた。事後法で裁くということは、近代法の根幹である罪刑法定主義に反する行為である。

松井に対する取り調べの焦点は、何と言っても南京戦であった。この時に松井は初めて、南京戦が「市民への計画的な大虐殺」として扱われ、自分がその「大虐殺を指示した首謀者」となっていることを理解し、半ば茫然とし、大声でこれを否定した。南京の攻略戦に際し、激しい戦闘によって多数の犠牲者が出たことや、一部の兵の間で軍紀の乱れが生じたことは、松井も認めるところである。しかし、検察側の、

「松井が南京市民を大虐殺するように計画し、命令した」

という主張をそのまま承服することは、どうしてもできなかった。

巣鴨での生活は、読書や軽い屋外運動が許されるなど、寛容な部分もあったが、高齢の松井にとって勾留生活は心身に応えた。妻の文子は日曜日ごとに面会に姿を現した。

松井は、拘禁中の時間の多くを読経に費やした。

当初の生活では、A級とBC級で生活の空間を区別されることはあまりなかった。食事の時間には、東條英機も配食の列に並ぶ。国民服姿で黙々と食事を摂る東條に対し、周囲からは冷笑が向けられた。かつての陸軍大将に対する他の者からの眼は、極めて冷ややかなものであった。

入浴は週に二回ほど許された。

拘置所内の服装は各自によって様々で、大川周明はガウン、広田弘毅は主に背広姿であった。

松井は、中国風の衣服を着ていることもあったという。

松井の拘禁生活中、中国では国民党と共産党による内戦が激化していた。中国の共産化は、松井が戦前より最も懸念していた事象であったが、その危惧が現実のものになろうとしていた。

勾留中でも中国の将来に深憂する松井であった。

しかし、その中国では、松井石根という名前は「大屠殺（大虐殺）を命じた司令官」として、すでに憎悪と怨嗟の対象となっている。

その渾沌とした現実は、日本近代史という巨大な画布の中においても、息苦しくなるような悲運の一滴である。

読経の日々

松井は拘置所内でも日記を綴った。その日記が現在、静岡県御殿場市にある陸上自衛隊の板妻《いたづま》駐屯地に保管されている。紙のあちこちが多少、色焼けしているものの、文字は充分に判読することができる。その文章の行間には、松井の底意が見え隠れする。

なぜこの日記が現在、陸上自衛隊の駐屯地にあるのかについては、後に改めて記す。

七月二十五日、市ヶ谷の法廷で、南京占領に関する検察側立証が始まった。その法廷とは、松井もかつて学んだ陸軍士官学校の講堂跡であった。

同月二十九日、南京戦時に南京安全区国際委員の一人であったマイナー・シール・ベイツは、法廷でこう証言した。

〈日本軍の南京占領の最初の二、三週間に殺された非戦闘員の男女子供の死者数は、どんなに低く見ても一万二千であり、（略）これらの殺人の九十パーセント以上が最初の十日間に生じ、そ

の殆ど全てが最初の三日間に生じた〉

このベイツという人物は、一九三八年に国民党中央宣伝部が出版した『戦争とは何か—中国における日本軍の暴虐（WHAT WAR MEANS : The Japanese Terror in China）』（ハロルド・J・ティンパーリ編）という本に匿名で寄稿していた前歴が今では明らかとなっている。この本の編者のティンパーリという人物は、実は国民党中央宣伝部の顧問であった。つまりベイツは、国民党の宣伝部と繋がりを有していた過去を持つ人物だということになる。

そのような人物の証言に、客観性や信憑性を見出すことは難しい。ベイツは「一万二千」「九十パーセント以上」といった数字を具体的に挙げているが、このような統計が一個人である彼にそもそもどうして判じられたのか。根拠に乏しいと見るのが自然な態度であろう。

そうした部分を割り引いて考えたとしても、ベイツの挙げた犠牲者の数は「一万二千」であった。

中国側の証人は、日本軍の残虐性を書き連ねた供述書を提出するのみで、実際には出廷さえしなかった。つまり、日本側は反対尋問もできなかったのである。にもかかわらず、このような中国側からの一方的な供述は、同裁判において重要視され、後の判決に大きな影響を与えた。

八月、松井は激しい下痢に襲われるなど、体調を著しく崩し、十二日から入院することとなった。松井が入院している間の十五、十六日にも、法廷では南京戦に関する中国側からの論告が行われた。結局、松井の入院生活は、九月十二日まで続いた。

病室から監房に戻った松井は、再び読経の毎日を送った。松井が発する読経の声に対し、周囲から、

「辛気くさい」

と文句が出ることもあった。同じくA級戦犯の容疑で収監されていた重光葵は、九月十四日の自身の手記の中で、拘置所内での松井についてこう書き記している。

〈然し、彼（著者注・松井）は毎日観音経を誦《しょう》ずることを欠かさず、彼の読経の声は異様にさびたり。彼が人の依頼に応じて揮毫する文字は常に

殺身為仁

であつた〉（『巣鴨日記』）

「身を殺してでも仁をなす」という言葉は、『論語』の衛霊公篇の中の言辞である。この語句の

意味から類推すれば、松井はこの頃にはとうに極刑を覚悟していたと考えられる。

虐殺の有無

A級による容疑者たちはその後、BC級と互いの行動範囲を区切られるようになった。両者の間の強い軋轢は、無用の摩擦を招く可能性があると判断されたためである。

但し、「A級」「B級」「C級」という違いは、裁判上における罪状の並列的な分類に過ぎない。この分類は、罪の軽重や上下関係を示すものではない。

「A級」は「侵略戦争を計画し、準備し、開始し、遂行し、或いは共同謀議をした者」を指す。特定の地域に限定せず、「平和に対する罪」を犯したと認定された者ということになる。

　「B級」は「特定の地域（主にアジア）で、戦争法規や慣例に違反した殺人、捕虜虐待、略奪などを行った者、主として指令者」を指す。

「C級」は「特定の地域（主にアジア）で、捕虜に人道に反した殺人、虐待をした者や現地住民に対して虐待をした者、主として実行者」を示す。

松井を含むA級容疑者たちは、互いの監房同士を行き来することが許され、ジン・ラミーや麻雀といったゲームをすることも可能であった。木戸幸一や嶋田繁太郎、畑俊六らは特にジン・ラミーに興じることが多かった。麻雀の牌は、煙草の空き箱から自作したものが主に用いられた。松井はそういった遊戯にはほとんど参加せず、ひたすら観音経をあげる毎日を送った。

検察側の立証は昭和二十二年（一九四七年）一月二十四日まで行われた。

二月二十四日からは弁護側の立証が始まった。冒頭陳述は、弁護団副団長の清瀬一郎が担当した。清瀬は南京戦について、一部の兵士による突発的な事件があったことを認めつつも、

「不当に誇張せられ、ある程度、捏造までもされております」

と主張した。特に「松井が残虐行為を命じ、許可した」などという事実は一切ないことを強調した。

この時期、南京の地でも「ＢＣ級戦犯」とされた被告たち四名への軍事法廷が並行して開かれている。第六師団長として南京戦に参加した谷寿夫は、三月十日に死刑判決を受けた。谷は、犠牲者が「集団殺害十九万人以上、個別的殺害十五万人以上、計三十余万人」に及んだという大虐殺に「責任がある」と断定された。

一方、市ヶ谷の法廷では、四月二十二日から、日中戦争に関する立証が始められた。冒頭陳述はアメリカ人弁護人のラザラスという人物が務めた。この裁判の弁護団には、日本人だけでなく、アメリカ人の弁護士も多く参加していた。ラザラスは「盧溝橋事件後、日本は不拡大方針をとっ

ていた」「南京虐殺事件には誇張がある」との論を整然と展開した。

その後、弁護側は、南京戦時に南京大使館参事官だった者を含む三名の供述書を提出。「市民に対する虐殺は絶対にない」「安全地区（安全地帯）の敗残兵を処罰したことが捕虜の虐殺として誤って伝わった」といった論旨で、検察側立証を真っ向から否定した。

弁護側は、南京戦の開始前に日本軍が撒布した「降伏勧告文」も弁護資料として用意した。

更に弁護側は、松井が配下の部隊に対して軍紀の厳守を命じた訓示の公式文書も有力な弁護資料になると考え、旧陸軍の第一復員局に照会を問い合わせた。しかし後日、同局の文書課から届いた書類の文面は、「終戦時に焼却したため存在しない」という内容であった。終戦時、確かに日本の諸機関は多くの公文書を焼却処分して廃棄していたが、そのことが松井の弁護に多大な負の影響を与えた。

弁護側証人たちの証言

裁判は九月十日から個人弁護の段階へと入る。

松井の弁護は十一月六日から始まった。しかし、この日も松井は病気のため、法廷に姿を現すことはできなかった。

この時の法廷の様子を『極東国際軍事裁判速記録』より引こう。同裁判のすべての審理を網羅した同書は、一ページ四段組みで、一冊が約八百ページ、これが全部で十分冊もあるという壮大な記録である。この活字の海の中に、松井に関する審理の記述も多くある。

審理はまずフロイド・J・マタイス弁護人による朗読から始まった。

〈被告松井は陸軍幼年学校に学びたる当時陸軍の大先輩川上操六が唱へたる日本軍の存在理由は東洋の平和確保にありとする思想に深く感銘し其の後中国の国父孫文の提唱したる大アジア主義の思想即ちアジア人は東洋古来の道徳たる王道に基き親和提携すべく、覇道に陥り相抗争すべからずとする思想に共鳴〉

まず、日中親善論者としての松井の原点を的確に述べている。朗読はその後、以下のように続けられた。

〈検察側の主張するが如き侵略戦争を計画し準備し又は実行したることなきは勿論、之に関し共同謀議をなしたることなくその他国際法条約協定及保証に違背するが如き行動を取ったことは全

くありません〉

日中戦争に関しては、次のように述べられた。

〈松井は一九三七年八月より翌三八年二月迄上海派遣軍又は中支那方面軍の司令官でありました。其の間松井は起訴状の示すが如き俘虜、敵人、一役人の殺害を共同謀議したることなく又日本軍に命令し、許可したることは絶対にありませんでした。却つて松井は司令官として軍紀風紀の維持粛正につき最善の努力を致しあらゆる手段を講じて其違反を取締り〉

内容としては至って正確な弁護と言えるであろう。

審理は続いて、証人喚問へと移った。

松井に関する審理で最も大きな論点となったのは、南京戦において「交戦」ではなく「虐殺」と呼ばれるような状況があったのか否かに尽きる。まず、最初に提出されたのは、第三師団野砲兵第三連隊第一大隊の観測班長として南京戦に参加した大杉浩の口供書である。大杉の宣誓口供書（法廷証三三九三号）をマタイス弁護人が朗読する。

〈(著者注・昭和十二年十二月) 十三日だつたと思ひますが夕刻頃南京の南方の城門から城内に入りました。そこには彼我の戦死体が点々と散在して居ましたが、その中に一人の日本兵が手足を立木に縛られた儘、身に数弾を受けて死んでゐました。我は一見して俘虜となつた日本兵が支那軍によつて虐殺されたのだと感じ縄を切つて地上に下ろしておきました〉

大杉の口供書は続く。

〈城壁の近くには支那軍の戦死体が相当数ありましたが、常民の死体は見ませんでした。(略)又一般民家も殆んど破壊されてゐませんでした〉

これでこの日の午前中の審理は終了し、休憩を挟んで午後一時三十分から再び開廷となった。

次に上海派遣軍第九師団山砲兵第九連隊第七中隊の中隊長代理であった大内義秀の口供書が提出された。大内の宣誓口供書(法廷証三三九四号)は、南京戦についてこう述べる。

〈私は公用外出のとき南京市街で支那軍の軍装が乱雑に夥しくぬぎ捨ててあるのを見ました、火災は気づきませんでした、但し小火災の跡を見ましたが市街は殆んど破壊されて居ませんでした、支那兵の死体は揚子江畔で少し見ただけで虐殺体など見たことはありません〉

「支那軍の軍装が乱雑に夥しくぬぎ捨ててある」というのは、中国軍が国際法違反の便衣兵戦術を敷いたことに関する一つの証言である。

続いて第九師団第三十六連隊長だった脇坂次郎の宣誓口供書（法廷証三三九五号）が読み上げられた。脇坂と言えば、南京の城門の一つである光華門を陥落させ、「南京一番乗り」を果たした部隊の連隊長である。マタイス弁護人が口供書を朗読する。内容はまず、南京戦以前の上海戦の回想から始まる。

〈上海に到着してからは屢々《しばしば》松井大将の訓示が上司を通じて達せられました、即ち軍紀風紀を厳守し、良民を宣撫愛護し外国権益を擁護せよと機会ある毎に訓示され〉

南京への行軍時についてはこう記す。

〈上海から南京に進軍中、私の部隊は常に先頭に立ちましたが沿道の部落の家屋が焼却、毀損され又は家屋内が奪掠されてゐたのを相当認めました、これは支那軍が退却に際し日本軍の行動を妨害しようとして所謂清野戦術による放火、破壊したこと及支那軍民の常習たる戦時の掠奪によるものであると支那住民から聞知しました、私達は支那民衆の宣撫愛護の為めにも亦後続部隊の為めにも家屋其の他の設備を保存して置きこそすれ、これを焼却し又は破壊するが如きことは絶対にしなかつた、このことは上司の命令もあつたが日本軍の常識であつた〉

口供書はその後、論争の主要点である南京戦に触れる。

〈私の部隊は十二月十三日早朝光華門を占領しましたが、この門では激戦が行はれて彼我共に多数の死傷者がありました（略）

私達の連隊の本部宿舎とする為め或る家を点検させたことがあります。その家の防空壕を点検する為めに連隊旗手の中尉が壕内に入らうとした処、中からピストルで射撃して来たので中尉も直ちに拳銃で応戦し二人の支那兵を射殺したとの報告を受けました。私は早速、部下将兵に対し

て敗残兵を警戒し支那民家へ立寄らない様に訓戒しました〉

南京戦全体を通じての軍紀については、一つの逸話を具体的に紹介しながら、以下のように表現した。

〈私の部隊が南京へ入つた直後、ある主計中尉が公用外出の途中、支那婦人靴が片足遺棄してあるのを発見し其の美麗な型式を友人に見せる積りで隊へ持ち帰つた処、之を憲兵が探知して奪掠罪の嫌疑で軍法会議に書類を送付しましたのでその中尉は私の面前で涙を流して自分の無罪を主張し、私も其の事実を認め上司へ伝へました（略）当時南京に於ける日本憲兵の取締は厳重を極め、如何に微細な犯罪も容赦しませんでした〉

続いて第九師団歩兵第十八旅団歩兵第十九連隊（敦賀）第一大隊長だった西島剛の口供書（法廷証三三九六号）へと移る。

〈上司からは南京入城の前後を通じ常に失火を戒められてゐましたから部下将兵は火に対して慎

重でありました。（略）尚各宿舎毎に火元取締責任者を置いて火災予防に関する注意を厳達しました。これは各戦線で宿営する毎に取った方法であります〉

松井についてはこう触れられている。

〈松井軍司令官よりは勿論その他の上官から掠奪暴行などを為すべしとの命令を受けたことは絶対ありません。却って松井軍司令官からは十二月十七日に連隊長からは同月二十二日に夫々「支那民衆をして皇軍を信頼せしむる様宣撫愛護せよ」と指示せられました〉

次に、上海派遣軍第十六師団参謀長だった中澤三夫が証人台に上がった。口供書（法廷証三三九八号）を、マタイス弁護人が読み上げていく。

〈日本軍人による物資取得の事実は憲兵から少数の通報を受けた。（略）組織的集団的に掠奪したといふ事実は全く聞知しない。勿論司令部としてかかる不法行為を命令し、黙認し、許容した事実は全くない。（略）

南京で日本軍によつて計画的な強姦が行はれたといふ事実は全くない。小数の散発的な風紀犯はあつたが、それらはすべて法に従つて処罰されたことを承知してゐる〉

中澤が属した第十六師団と言えば、中島今朝吾が師団長であり、一部に風紀の弛緩が認められた師団である。松井とは犬猿の仲であった中島だが、彼は終戦直後の昭和二十年十月にすでに病没していた。第十六師団歩兵第三十旅団長だった佐々木到一はソ連に抑留中で、起訴の対象外となっていた。第十六師団は南京戦の後、編入、改編を繰り返したが、フィリピンのレイテ戦において壊滅していた。

検察側はこの第十六師団に関する審理を好機と見たのであろう、口供書の朗読の後、反対尋問が行われた。ノーラン検察官が中澤に問う。

○ノーラン検察官　あなたの宣誓口供書では、第十項においては次のように言っております。「日本軍人による物資取得の事実は憲兵から少数の通報を受けた。」と言っておりますが、これは南京においてのことですか。

○中澤証人　南京市内であります。

○ノーラン検察官　この事件は何件ありましたか。
○中澤証人　件数は記憶しておりません。
○ノーラン検察官　とつたものはどういう物品ですか。
○中澤証人　つまらぬものと記憶しております。
○ノーラン検察官　どういう種類の物品ですか。
○中澤証人　日用品、飲食物の多少程度と記憶しております。

中澤はその後もやや苦しい答弁を繰り返した。中澤が退廷した後、この日の法廷の最後の証人として、上海派遣軍参謀長であった飯沼守が証人台に立った。松井の側近として上海戦、南京戦に参加した人物である。飯沼の宣誓口供書（法廷証三三九九号）が同じくマタイス弁護人によって朗読される。

〈私は一九三七年十二月十六日、二十日、年末の三回に城内を巡視したが屍体を市中に見たことはない、下関附近では数十の戦死体を見た丈であり数万の虐殺体など夢にも見たことはない（略）
南京入城後小数の奪掠、暴行の事実が松井大将に報告せられたが松井大将は屢次《るじ》の訓示にも拘らず此の事ありしを遺憾とし全軍将校に不法行為の絶無を期する様訓示し、不法行為者を厳罰に処すべきことを主張せられ、不法行為者は夫々処罰せられた〉

宣誓口供書の朗読の後、飯沼に対しても反対尋問が行われた。

○ノーラン検察官　殺人あるいは、強姦の事件のあったことを聞きましたか。
○飯沼証人　聞きました。殺人は聞きません。
○ノーラン検察官　では強姦ですね。そのことを聞いたのはいつですか。
○飯沼証人　時期は覚えておりませんが、司令部が南京にはいってからであります。

この日の法廷は、午後三時五十九分に休廷。飯沼への反対尋問は、日を跨《また》いで翌七日に続行されることとなった。

裁く権利

七日も当人の松井は病欠である。

前日から続いた飯沼への反対尋問は短く終了し、その後も弁護側の証人による供述が行われた。上海派遣軍の参謀部員だった榊原主計は、南京占領時の光景をこう供述した（法廷証三四〇一号）。

〈南京で火事があつたと言ふのも日本軍の占領前のことで占領後には大規模な火事はなかつた。自分が知つて居る範囲では極く小部分が焼失して居たのみで大部の市街は焼けて居ない。夫子廟《ふしびょう》附近にしろ其他の中心地にしろ戦前の儘残つて居るのは現地を見れば明瞭であります〉

そして榊原は、以下のような言葉で鋭く核心を衝いた。

〈之を東京のそれに比較したら物の数でもない〉

東京の街は、米軍が行った焼夷弾による無差別爆撃により、十万人以上とも言われる死者が発生し、一面の焦土と化していた。そのことを踏まえて「南京の街には戦前の建物が残っている。現地を見れば明瞭である」という彼の論旨は、「米軍に我々を裁く権利があるのか」と暗に問いかける内容であった。

米軍が行った東京大空襲は、街の四方をまず爆撃し、巨大な焔の壁を作り、その中の民衆の逃げ道を塞いで確実に焼き殺すというものであった。女性、子供をも標的とした「計画的」な「無差別虐殺」をしたのは、裁く側に座っているアメリカの方であるという主張である。

通常、「虐殺」という言葉は、非戦闘員に対する行為を対象とする概念であって、戦闘員同士の交戦においては用いられない。南京戦において、激しい交戦によって犠牲者が発生したことは、日本側も認めるところである。

片や、広島、長崎の例を出すまでもない。先の大戦において「虐殺」があったとすれば、それを行ったのはどこの国なのか。榊原の主張は、求めるべき真理の所在を強烈に投げかけるものであった。

次に証人台に立ったのは、大亜細亜協会の会員であった下中弥三郎である。法廷審理は一旦、南京戦の虐殺の有無についての議論から、松井の対中国観に関する考察へと移行した。

下中は、松井が日頃からいかに日中親善を強く説いていた人物であったかを重ねて述べた。大亜細亜協会での松井の行動は、彼を理解する上での最大の要点となるはずだったが、オーストラリア人のウィリアム・ウェブ裁判長は、

「その団体すなわち大アジア協会は、非常に罪のないことを唱えておつたかもしれません。私らとしては、そういうことを調べる意思は少しもないのであります」

として、弁護側の論点をあっさりと退けた。

とは言え、弁護団側も簡単には引き下がれない。次に証言台に立ったのは、同じく大亜細亜協会の一員であった中谷武世である。中谷は、協会が発刊していた機関誌『大亜細亜主義』を法廷に持参し、大亜細亜主義が侵略戦争を目的としたものではないことを縷々《るる》として説いた。中谷も下中と同様、松井の哲学が日中両国の親善であったことを確言し、かつての会頭の立場を擁護した。

しかし、法廷の場において、大亜細亜主義についての議論は深化しなかった。

次に証人として入廷したのは、南京戦時に通訳官を務めていた岡田尚である。

審理の対象は、再び南京戦そのものへと戻った。

岡田は宣誓口供書（法廷証三四〇九号）の中で、南京入城時の街の雰囲気をこう表した。

〈私は十二月十三日早朝、南京陥落後間もなく南京に村上中佐と共に這入《はい》りましたが激戦直後の町としては寧ろ平静に見えました。

只支那兵の捨てた無数の軍服兵器が街頭に散乱して居るのが一番目に付きました〉

争点の軸となっている軍紀については、こう論及する。

〈軍司令官（著者注・松井）は戦争直後にはありがちな軍隊の風紀を非常に心配せられ再三再四、塚田参謀長に対し粛正命令の徹底と厳罰を以つて取締る様注意して居られるのを幾度も私は軍司令官の傍で聴いてゐました〉

松井がいかに軍紀の粛正を徹底しようと試みていたかについて、岡田は丁寧に説明した。

しかし、以上のような日本人による証言は、「弁明」としか理解されず、この裁判全体を通して重要視されることはなかったのである。

松井も証人台に

十一月二十四日、松井もいよいよ出廷して証人台に立った。彼はこの時、古希を目前に控えた六十九歳という老年である。マタイス弁護人が、松井の宣誓口供書（法廷証三四九八号）を読み上げ始めた。宣誓口供書は十二項目から成るかなり長文のものである。以下、要点のみを抜粋したい。

〈予の南京占領に対する周到なる配慮に係らず占領当時の倥偬《こうそう》たる状勢に於ける興奮せる一部若年将兵の間に忌むべき暴行を行ひたる者ありたるならむ。これ予の甚だ遺憾とするところなり〉

松井が南京において「一部若年将兵」による「忌むべき暴行」があったことを認めていることを示しつつ、口供書は続く。

〈但し戦時に於ける支那兵及一部不逞の民衆が、戦乱に乗じて常習的に、暴行奪掠を行ふことは、周知の事実にして南京陥落当時に於ける暴行奪掠も支那軍民の冒せるものも亦尠《すくな》からざりしなり。

之れを全部日本軍将兵の責任に帰せんとするは事実を誣《し》ゆるものなり〉

そして、虐殺の有無についてはこう断じる。

〈予は南京攻略戦闘に際し支那軍民が爆撃、銃砲火等により多数死傷したることは有りしならむも検事側の主張する如き計画的又は集団的に虐殺を行ひたる事実断じて無しと信ず〉

法廷では、ノーラン検察官による反対尋問へと入った。ノーラン検察官は宣誓口供書の内容に基づいて、松井と質疑を重ねていった。

例えば、以下のようなやりとりである。

○ノーラン検察官　さてあなたの宣誓口供書第九ページの中ごろにおいて、「一部若年将兵の間に忌むべき暴行を南京では行つた者がありたるならん」と言つております。

○松井証人　さようです。私が直接見たのではありませんが、報告によつて承知したのです。

○ノーラン検察官　これらの忌むべき暴行というのは何でしたか。

○松井証人　強姦とか奪掠とか、また強制的物資の徴発とかいうようなことを意味するのであります。
○ノーラン検察官　殺人もありますか。
○松井証人　殺人もあります。
○ノーラン検察官　これらの件に関する報告をあなたはたれから受けましたか。
○松井証人　憲兵隊。

その後、議論の焦点は「軍紀の乱れの責任は誰にあるか」という一点へと収斂されていく。松井はまず、日本陸軍においては、将兵の軍紀を直接的に維持、粛正する権限は、軍司令官ではなく、それぞれの師団長にあることを説明した。このことは、日本軍の統制上の組織的な形態を語る上では当然のことであった。

松井はその上で、こう付け加えた。

〈私は方面軍司令官として、部下を率いて南京を攻略するに際して起つたすべての事件に対して、責任を回避するものではありませんけれども、しかし各軍隊の将兵の軍紀、風紀の直接責任者は、

私ではないということを申したにすぎません〉

このような松井の答弁は、検察側の心象をひどく悪化させた。軍紀に関する責任の所在についての松井の説明は、「言い逃れ」として受け取られた。そして、そのように「言い逃れ」をしたかと思えば、一転して「自分に責任がある」とも言う。検察側は、松井の答弁は矛盾していると解釈した。

松井の真意は伝わらなかった。松井の「自分の責任を回避するものではない」という発言は、日本人特有の言語感覚からすれば矛盾のない言い回しである。日本人独特の心象表現とも言えるであろう。

端的に言って、松井がこの時に言及したのは「道義的責任」である。しかし、このような表現は「言葉尻を捉える」ような側面のある、法廷での西洋的議論の場には最も適さない。検察側は「松井は罪を認めた」として、先の発言を見逃さなかった。

しかも、松井の相貌と態度には、堂々としたところがないように検察側の目には映った。

高齢であり、しかも体調も万全でない松井は、返答するたびに息が漏れ、言葉の語尾もかすむような状態であった。また、松井はこの拘禁生活の中で歯痛に襲われ、抜歯の処置を受けていた。

上の歯は一本もなく、入れ歯を常用している。松井は時折、口をもぐもぐとさせ、激しく咳き込むこともあった。

生来、無口なところのある松井に雄弁な雰囲気はなく、かと言って老練さも乏しかった。たびたび上顎の入れ歯が外れかかり、それをはめ直す彼の右手は、激しく震えていたという。

法廷は午後四時一分に休廷。翌日の午前九時半から再開されることとなった。

二十五日、予定より四分遅れの午前九時三十四分から審理が再開された。

この日の審理の中心は南京戦ではなく、松井が信奉した大亜細亜主義についてであった。松井は大亜細亜主義を次のような言葉で説明した。

〈私の大アジア主義は、それらのアジア諸民族を現在の国家組織からそれぐ〱分離独立せしめるという主義ではありません。シベリヤのヤクーツ族はソビエツト連合国の一員として残り、インドは英帝国の一国として残つても差支えないのでありますが、要するにそれらのアジア民族がアジア全体の利益のために相協調するということが私の目的であつたのであります〉

この日の法廷をもって、松井に関する個人弁護の段階は終了となった。

近づく判決

年も改まった昭和二十三年（一九四八年）一月八日、被告全員の個人弁護の立証が終了。弁護側の補充反証の後、同月十三日から検察側の反証が始まった。検察、弁護側双方の弁論は二月十日まで行われた。

翌十一日から検察側の最終論告が始まった。

十八日、南京戦については次のように主張された。

〈六週間に南京市内とその周りで殺害された概数は、二十六万乃至三十万で、全部が裁判なしで残虐に殺害された〉

この中では「二十六万乃至三十万」という数字が使用されている。ところが、その一週間後の二十五日の法廷の場では、以下のような表現となった。

〈数万の中国人男子・婦人・小児・非武装の兵・警官等が日本兵に殺害された〉

ここでは犠牲者の数が一転して「数万」となっている。この裁判を通じて、中国側からは『集団屠殺二十余万人」「被殺者確数三十四万人」といった数字が次々と持ち出されたが、結局、それらは終始、変転し続け、最後まで統一されることはなかった。

これらの数字は、中国側からの一方的な提出によるものであったにもかかわらず、科学的、歴史学的な検証は全く為されなかった。

この裁判の本質とは、戦勝国が敗戦国を裁くという「勝者による裁き」である。松井への審議の過程も「結論ありき」という側面は否めなかった。

特に中国側の態度は辛辣であった。その一生を通じ、中国という国への情愛を自らの行動の源泉とした松井の生涯は、その当の中国からの強い意思と要求によって、強制的な終わりを迎えようとしていたのである。

松井の中国への恩愛は成就しなかった。彼の人生に、色彩のない結末が近づいている。

弁護側の最終弁論が始まったのは三月二日からである。

四月十六日、検察側の補足反論が終了。ウェブ裁判長が、

「当裁判所は判決を留保し、追って指示するまで休廷」

と宣言し、公判は結審となった。

判決文

十月二十三日、教誨師である花山信勝は、A級被告を対象とした特別法話の時間に、こんな話をした。

〈もちろん、無罪で出られる人のなるべく多いのを願っているが、中には、極刑をうけられる人もあろうし、また終身刑になられる人もあろうと思う。（略）
人間というものは、一度は必ず死なねばならぬもので、いまから百年たてば、この地球に住んでいる人の大部分は、ほとんどいないことはまちがいない。
われわれは、毎日刻々の生死をくりかえしている。死は、とつぜんにくるわけではない。「きょうも人が死ぬ日にて候」という言葉があるように、われわれの生命は、決して明日をまつことはできぬ〉（『巣鴨の生と死』）

花山は次のような言葉で法話を締めくくった。

〈死をあたえられたとしても、決して自暴自棄には陥らぬ。そして、最後の瞬間まで、生命を惜んで、あたえられた限りの時間を利用して、いうべきことをいい、書くべきことを書いて、そして大往生をとげることこそ、すなわち永遠に生きる道である〉

結審から半年ほどを経た十一月四日から、いよいよ判決公判が始まった。

松井と同じく、A級容疑により起訴されていた武藤章が、勾留中に記していた日記の十一月五日の欄には、次のような一文が見られる。

〈夕食後松井さんを訪ねて、上海―南京附近の作戦について懐旧談をやる。松井さんの当時の気持をよく知っている私は、南京事件でこの老人を罰するのは、実にしのび得ないことと思う〉

(『比島から巣鴨へ』)

起草された判決文は十章から成り立っていた。

南京戦については、「幼い少女と老女さえも全市で多数、強姦された。そしてこれらの強姦に関連して、変態的と残虐的な行為の事例が多数あった。多数の婦女は強姦された後に殺され、その死体は切断された」「日本軍が占領してから最初の六週間に、南京とその周辺で殺害された一般人と捕虜の総数は二十万人以上」と断じられた。

判決文の最終章である第十章には、各訴因について被告の有罪、無罪の判定が記載されている。この中で松井については、こう記されていた。

〈これらの恐ろしい出来事を緩和するために、かれは何もしなかったか、何かしたにしても効果のあることは何もしなかった。

かれは自分の軍隊に対して、行動を厳正にせよという命令を確かに出した。（略）これらの命令はなんの効果もなかった〉（『「東京裁判」を読む』）

「松井が大虐殺を命令した」との当初の検察側の主張は、さすがに退けられていた。しかし、代わって「部下の残虐行為を防止する措置が充分ではなかった」という「不作為の罪」が強調された内容となっていた。

だがそうなると、松井への提訴とは、「部下の悪事を、どこまで上司の個人的な責任として問えるのか」という組織論としての宿命的な課題へと波及することになる。この裁判において、実際に南京で非行に及んだとされる一部の兵士や、彼らへの直接的な現場監督責任を有する中隊長などは、一人も起訴されていない。

松井のみを「不作為の罪」として本当に裁けるのか。

判決がいよいよ近づいている。

死刑判決

昭和二十三年（一九四八年）十一月十二日、その日の東京は晴天であった。

この日、A級容疑の二十五被告に判決が下されることになっている。

当初、A級で起訴されていたのは二十八名だったが、松岡洋右《ようすけ》と永野修身《おさみ》の両名は、公判中に死亡したために起訴廃棄。大川周明《しゅうめい》は精神障害という理由で免訴となっていた。

巣鴨プリズンから松井たちを乗せたバスが市ヶ谷の法廷に着いたのは、午前八時半頃である。

午前九時半に開廷。ウェブ裁判長による判決の朗読は、昼休みを挟んで午後まで続いた。

「刑の宣告」が始まったのは、午後三時五十分頃からである。荒木貞夫を皮切りに、判決文が順番に読み上げられていく。ウェブはこの時、非常に早口であったという。

松井に対する判決の朗読が始まった。

〈南京が落ちる前に、中国軍は撤退し、占領されたのは無抵抗の都市であつた。（略）日本軍人によつて、大量の虐殺、個人に対する殺害、強姦、掠奪及び放火が行われた。（略）この犯罪の修羅の騒ぎは、一九三七年十二月十三日に、この都市が占拠されたときに始まり、一九三八年二月の初めまでやまなかつた。この六、七週間の期間において、何千という婦人が強姦され、十万以上の人々が殺害され、無数の財産が盗まれたり、焼かれたりした。これらの恐ろしい出来事が最高潮にあつたときに、すなわち十二月十七日に、松井は同市に入城し、五日ないし七日の間滞在した。（略）かれは自分の軍隊を統制し、南京の不幸な市民を保護する義務をもつていたとともに、その権限をももつていた。この義務の履行を怠つたことについて、かれは犯罪的責任があると認めなければならない〉

松井を始めとする日本側の主張は、悉く受容されなかった。松井の南京滞在は十二月十七日から二十二日までの六日間であるが、判決では「五日ないし七日の間」となっており、このような最も基本的な要素までもが曖昧であったことを考慮すれば、他の部分も推して知るべしで、数字の持つ価値の比重が軽くなることは避けられない。

また、一般判決の際には、「最初の六週間に、南京とその周辺で殺害された一般人と捕虜の総数は二十万人以上」となっていた部分が、刑の宣告では「六、七週間の期間において（略）十万以上の人々が殺害」となっているなど、数字の杜撰《ずさん》さと脆弱性は最後まで際立っていた。「勝者による裁き」に、公平性などは求めるべくもなかった。

こうして下された松井への判決は、

「デス・バイ・ハンギング（絞首刑）」

であった。

判決は十一人の判事による多数決で決まるが、松井の場合、死刑に投じたのが七名、反対したのが四名という結果であった。

中華民国の代表判事は、死刑に投じた。

松井はこの判決を、背筋を伸ばしたまま黙って聴いていたという。二、三度、頷いたという話もあるし、裁判長のウェブの顔を凝視するように見上げていたとも伝えられている。

二十五名の被告の内、死刑宣告されたのは松井を含む七名であった。

東條英機、土肥原賢二、武藤章、板垣征四郎、広田弘毅、木村兵太郎、そして松井石根である。

七名の内、六名が陸軍軍人、更にその内の土肥原、板垣、松井の三名は「支那通」であった。

一方、インド代表判事であるラダ・ビノード・パールは、この裁判が戦勝国による「復讐裁判」であることを厳しく批判し、被告人全員の無罪を主張した。南京事件については、日本軍による残虐行為が一部にあったこと自体は認めつつも、こう記している。

〈本官が指摘したように、この物語の全部を受け容れることはいささか困難である。そこにはある程度の誇張とたぶんある程度の歪曲があったのである〉（『共同研究　パル判決書（下）』）

この裁判を通じて、中国を含む連合国側に都合の良い証言のみが抽出され、議論の遠心的な広がりが意図的に失われた感は否めない。事実は融解され、誂えられた鋳型に流し込まれ、極めて分かり易い一種の製品となった。その外観は一見するとそれなりに磨き込まれてはいるものの、それは畢竟、事実の模造品の域を出ないものであった。

松井もその中の一つとして象徴化され、人身御供《ひとみごくう》として陳列されたのである。

勝者による裁き

「デウス・エクス・マキナ」という言葉がある。

これはラテン語で「機械仕掛けの神」といった意味で、主に演劇や戯曲から生まれた語句だとされる。古代ギリシア悲劇において、収拾がつかなくなった解決不可能な話を、絶対的な神を忽然と登場させることによって、強引に辻褄を合わせて終幕にしてしまう手法のことである。「機械仕掛け」という表現は、神を演じる役者がクレーンのような装置を使って舞台に登場することに由来する。アテナイ（アテネ）では、紀元前五世紀頃からこのような演出技法がしばしば用いられたというが、そこに至るまでの筋書きを無視するようなこの手法には、当時から批判が集まった。

東京裁判とは、先の大戦における「デウス・エクス・マキナ」であるように私には思える。不意に登場したＧＨＱという名の絶対神が、それまでの連続性のあるストーリーをすべて吹き飛ばし、強引に幕を閉じさせた。

松井は訴因第一、第二十七、第二十九、第三十一、第三十二、第三十五、第三十六、第五十四、第五十五という九つの項目で訴追されていたが、「共同謀議」や「中国に対する侵略戦争遂行についての証拠」に関しては認定されなかった。松井が有罪となったのは、第五十五の「連合軍軍隊並びに俘虜及び一般人に対する戦争法規慣例の遵守義務違反」の部分のみであった。

つまり、松井は「A級戦犯容疑者」として同裁判で起訴されたが、「a項―平和に対する罪」では無罪となっている。

同裁判の首席検察官であるジョセフ・キーナンは、個人的な意向として、量刑に対しての不満を洩らした。

「なんというバカげた判決か。（略）松井、広田が死刑などとは、まったく考えられない。松井の罪は部下の罪だ。終身刑がふさわしいではないか」

その生涯を通じて日中の親善が最大で唯一の哲学であった松井は、「中国人を大虐殺した責任」を問われ、刑場の露と消える運命となった。

また、日本が国家として掲げていた「欧米の帝国主義支配からアジアを解放する」という、松井の生来の理想とも基盤を一にする立場は、「アジアへの侵略を正当化するための宣伝文句」として斬り捨てられた。

一方、アメリカが行った東京など諸都市への無差別爆撃、広島・長崎への原子爆弾の投下、ソ連によるシベリア抑留などの事項は全くの不問に付された。

十万人近い民間人が犠牲となったとされる東京大空襲の指揮官だったカーチス・ルメイは、後にこう語っている。

「もし、我々が負けていたら、私は戦争犯罪人として裁かれていただろう。幸い、私は勝者の方に属していた」

判決が出た後、松井は、

「どうも、ワシは長生きしすぎた」

とぼそりと口にしたと言われている。

弁護人の言葉

この東京裁判で、松井の弁護団の一人であった上代琢禅は、後にこう語っている。この裁判の本質を衝いた言葉だと思うので、少し長いが引用したい。

〈毎年、暑い夏になると、南京事件があったとかなかったとかそれぞれの立場から発言がありますが、私はそれを聞くたびに胸が塞がる思いがします。松井大将は死刑になりましたが、誰が南京で大虐殺があったと考えていますか、誰も南京で大虐殺があったと思っていないでしょう。東京裁判がどういうものかわかっているなら、論争がおこるのはありえないことです。毎年、夏の論争にはむなしくなります。

南京事件に限らず、東京裁判で取り上げられたものはすべて私が学んだ刑法理論が通用しない裁判でした。今、南京事件について論争している人は、法廷で繰り広げられた演劇を事実と思いこんで論争しているのです〉（『丸』平成二年十月号〔光人社〕）

このように語る上代弁護人であるが、南京戦については冷静にこうも話している。

〈日本軍が南京を占領したとき兵隊による不道徳はあったと、弁護側は考えていました。それは戦場の常です。南京に限らず、上海でもあったでしょう。古今東西戦場ならどこでもあることです〉

すでに南京戦は、その実情から離れ、「日本軍国主義」の残虐性を表す一つの記号として「暴走」していた。日本軍の南京占領は、「大虐殺」として中国の国際的喧伝に利用されたことはもちろん、無差別爆撃や原子爆弾で数十万人もの人々を虐殺したアメリカにとっても、格好のエクスキューズとなった。

連合国側はこの法廷を「文明の裁き」と自称したが、イギリス、フランス、オランダはこの裁判と同時進行的に、日本軍撤退後の東南アジア諸国への「再侵略」を臆面もなく果たしている。ソ連は日本兵捕虜たちをシベリアに拉致、抑留するという国際法違反の真っ最中であった。「現行犯」による欺瞞に満ちた裁判が、牽強付会《けんきょうふかい》なる態度に基づいて、日本のみを断罪したのである。

東京裁判とは矛盾と虚構の束に他ならない。

とある大佐の話

判決を言い渡された松井たちは、市ヶ谷の法廷から巣鴨プリズンに戻されると、全裸にされ、耳、口、鼻、肛門まで検査された。

松井は死刑囚房へと移された。松井ら七名は、それまで以上に厳しい監視の眼に晒されることとなった。

日本の新聞各紙は、裁判の結果を速やかに報じたが、メディアも世論も、かつての「戦争指導者」たちに対して極めて辛辣であった。

死刑判決から五日後の十一月十七日、松井は教誨師の花山信勝と面談した。それまでも集団講話の場は設けられていたが、個人的な面談はこの時が初めてであった。

午前十時、拘置所内の仏間で顔を合わせた二人は、ゆっくりと会話を始めた。松井が言う。

「老眼鏡を没収されて困っています」

眼鏡は「自殺防止」を理由に取り上げられていた。胡座《あぐら》を組んだ松井は時折、手の甲で両目を擦りながら、花山の話に耳を傾けたという。

面談時間は一時間と決められている。米軍の下士官が一人、監視役として立ち会っていた。

花山は「尾家剣《おいえさとし》」という一人の元大佐の話をした。尾家はBC級戦犯として、十月二十三日にすでに処刑されていた。

尾家の遺書の写しを見せながら、花山が松井に話し始める。

福岡県出身の尾家は、陸軍大佐としてフィリピンのネグロス島の警備隊長を務めていたが、現地人捕虜虐殺の指令を出したという罪で、終戦後、現地にて収監。その後、巣鴨プリズンに移監された。

審理の結果、尾家は死刑の判決を受ける。

翌日に死刑執行を控えた夜、尾家は一人の部下のことをずっと思い出していた。

その部下とは、フィリピンのカンルバン収容所にて、先に絞首刑に処されたある陸軍少尉であった。捕虜のフィリピン人を殺害したというのがその罪名だった。

その少尉は、絞首台に上がる直前、刑場の金網にしがみついて絶叫した。その叫びは、監房にいる尾家に向けられたものであった。

〈隊長殿ッ、助けてください。私は隊長殿の命令にしたがったまでではないですか。どうして私が死刑にならないといけないんですか。なぜです、なぜなんですか！　お願いですッ。助けて！隊長殿、助けてください〉（『巣鴨プリズン』）

少尉はそのまま処刑された。

尾家は自らの生涯最後の夜において、その部下の絶叫を幾度も反芻していたという。

その捕虜殺害は、極限の撤退戦の中で、確かに尾家が下した命令によるものであった。捕虜を連れての撤退は頗る困難であり、もしそれに時間と労力を割かれれば、部下にも危険が及ぶ可能性を否定できなかった。剣が峰にあった戦場の選択肢の中で、自分たちが生き残るために命じた指令であった。

無論、だからと言って、尾家は自分の行為を正当化できるとは思っていない。

「私は悪いことをした」
そう悔いている。
最後の夕食を摂った尾家は、便箋に鉛筆で遺書をしたためた。それは妻と子供たちに向けられたものであった。
〈余の往生を見て、知つて、泣くであらう。しかし決して泣くな。死は天命である。（略）文子（著者注・妻）よ、仏を信じてね。半坐をあけて待つてゐるよ〉
辞世と題せられた絶筆は以下の通りである。
〈寂寥《せきりょう》なる哉天外の孤客　誰と共にか平生を語らんや
誰にか告げん戦陣の功　人生の浮沈雲煙に似たり（略）
仏を念じて御光の遍くを知る　万有本来空にして我もなく我ものもなし
害するものもなく害さるるものもなし　すべては御光につつまれて無にひとし
心は天外に遊ぶ無限の栄光眼前にそばだつ　一心正念して唯これのみを信ず

天上天下我を害するものなし〉

元来、浄土真宗の宗徒であった尾家は、自らの生の最期を深い信仰の中に置いた。しかし、最期に彼が書き残したものは、また信心とは別の、父親としての歌であった。

〈もろともに桜よ梅とたたへられ千代にわたりて咲けよ我児ら〉

尾家は、フィリピンの裁判所の判決により、絞首刑ではなく銃殺刑と決まっていた。教誨師の花山は、尾家と最期の面談をした。尾家が言う。

「先生、人間いよいよとなると、料簡《りょうけん》できるものですね」

花山が返す。

「そうそう、流転輪廻が去られるからです」

少しの会話の後、尾家はこう口にしたという。

「ですが、依然として煩悩や悔悟《かいご》はひきずっている」

花山はこう返答した。

「それも親鸞聖人はおっしゃっておられます。いいのですよ。煩悩は煩悩、悔悟は悔悟としておけば」

尾家は、巣鴨から港区元麻布の米軍騎兵連隊の射撃場に移され、そこで銃殺された。

尾家は、国内で銃殺刑に処された唯一のBC級戦犯である。享年、五十五。

花山教誨師は、この尾家の話を松井にした。フィリピンで起きた捕虜殺害事件を通じて「軍において上官が部下に命令を下すこと」の責任の所在を問いかける意味を含むこの逸話を、陸軍大将であった松井はどのように受け止めたであろう。もちろん、花山は決して、松井の責任をただ単に追及したいがために、この話をしたのではない。

松井もそのことは十全に感応していたであろう。

戦場の無情と、戦勝国が敗戦国を裁くということの裁判の困難さを、いかに受容すべきなのか。花山自身もその答えは持っていない。帰依や信仰が、無碍《むげ》なる道を導くのだとも言い得ていない。花山は教誨師として、そのことに対する煩悶に身を焦がされながらも、尾家の話を仔細に説いた。

松井は時折、頷くような素振りを見せながら、黙って花山の話を聴いていたという。尾家の辞世を花山が読み上げた時、松井は、

「うん、そうか」

とだけ口にした。花山が遺書を読み終えると、松井は、

「なるほどなあ」

と再び口を開き、しばらく腕組みをして考え込んだ。やがて、その両手を膝に置いて、静かに頭を垂れたという。

妻からの和歌

松井と花山との二度目の個人面談は、十一月二十三日の午前中に行われた。花山が、

「何か、お書きになりましたか」

と尋ねると、松井は妻の文子に手紙を書いた旨を伝えた。そして、松井はこんな話をしたという。

〈私は、すでに覚悟はしておるが、家内は気の立った女だから、自分の死後に、自決でもしないかと心配をしておる。子供がないから、三十年来使って来た女中を、私がここへ来る時、養女として世話をするようにはして来たけれども〉(『巣鴨の生と死』)

松井は巣鴨に出頭する前に、お手伝いの久江と養子縁組を結んでいた。久江の生家は姫路であるが、十四歳の時からお手伝いとして松井家に入り、以来、三十年近く、彼女はずっと二人を支えてきた。松井は自分が巣鴨プリズンへと収容されることになった際、判決が厳しいものになることを予測し、文子が一人になるのは忍びないと考えて、久江を養女として迎えたのであった。

この二度目の面談があった日の午後、妻の文子や、養女となった久江、甥の信夫らが面会に姿を現した。花山はこの時に初めて文子と対面した。

同月二十八日には、北多摩郡久留米村にあった花山の自宅を、文子が訪ねている。花山は松井の獄中での様子を話し、文子にも尾家の遺書を見せた。

花山は、松井が文子の自決を心配していることを告げた。文子は、

「決して早まったことはしない」

と約束した。文子は、この地に向かう電車の途中で思い浮かんだという和歌を書き残して、花山に託した。

三度目の面談は、その翌日の二十九日、プリズン内の仏間で行われた。この日は、大亜細亜協会の設立時からの朋輩である広田弘毅と一緒であった。

花山は、前日に文子が詠んだ二首の和歌を松井に伝えた。

はりつめし心も今はくづ折れてあやめわからぬ心地こそする
色あせて梢に残る花よりは散りても香る蘭の花かな

文子は花を愛でるのが好きな女性であった。言い知れぬ哀感が、言葉の節々に悲痛なる響きをもって淀む。技巧の善し悪しは別として、凝縮された氷結がある。彼女のひそやかな吐息が、鼓膜に届くような歌である。

花山が、

「この蘭の花というのは、あなたのお気持を申されたのでしょうな」

と話すと、松井は、

「ああ、そうでしょう」

とのみ口を開いたという。

十二月九日、花山との四度目の面談。松井は、米軍の作業衣の上に、紫色のガウンを羽織っていた。

加齢のせいで、松井の身体は常に少し震えている。

本来、多弁なところのない松井だったが、この日は珍しく饒舌《じょうぜつ》であった。おそらく花山に言葉を託そうとした心情があったのであろう。それは彼の一つの死に支度とも言えた。松井は日中関係について持論を語り始めた。

〈日本人の反省はむろんのことだが、こちらが少しやさしくいうと、媚びるというふうにとる向うの国民感情もよくない。お互いに反省しなければならぬ〉（前掲書）

松井は続けて南京戦についても談じた。

〈南京事件ではお恥しい限りです。南京入城の後、慰霊祭の時に、シナ人の死者も一しょにと私が申したところ、参謀長以下何も分らんから、日本軍の士気に関するでしょうといって、師団長はじめあんなことをしたのだ。（略）慰霊祭の直後、私は皆を集めて軍総司令官として泣いて怒った。（略）折角皇威を輝かしたのに、あの兵の暴行によって一挙にしてそれを落してしまった、と。ところが、このことのあとで、みなが笑った。甚だしいのは、或る師団長の如きは「当り前ですよ」とさえいった。従って、私だけでもこういう結果になるということは、当時の軍人達に

一人でも多く、深い反省を与えるという意味で大変に嬉しい。折角こうなったのだから、このまま往生したいと思っている〉

松井の中国への広大無辺な思慕や厚情は、こんこんと湧き出ずる泉の如く、最期まで枯渇することを知らない。

信念

日本のメディアは、七名への死刑がいつ執行されるのか、その憶測に熱心だった。七名に対する糾弾の声は峻烈だった。裁判に関する報道は、GHQによって事前検閲されていた。

そんな検閲の効果もあり、かつては松井を「凱旋将軍」として英雄視した世論は、悉く掌を返している。

名古屋駅から徒歩五分ほどの場所に位置する椿神社の境内には、戦時中、松井の栄誉を讃える記念碑が建てられていた。この地が生んだ「英雄」の碑が建立されたのは、南京陥落から二年後にあたる昭和十四年（一九三九年）十二月のことである。碑の前面には、松井が南京入城の際に詠んだとされる詩が刻まれていた。

しかし、戦後になって、この碑は中村公園の近くにある池へと沈められた。その正確な日付は不明だが、神社の関係者や近隣の人々の証言によると、昭和二十三年（一九四八年）頃のことではないかという。「戦犯と関係があったと進駐軍に知られたら、何をされるかわからない」というのが、碑を葬り去った理由であった。

碑の建立者は恒川増太郎という人物で、松井とは竹馬の友という間柄であった。しかし、東京裁判の判決が出された翌日の『中部日本新聞』（昭和二十三年十一月十三日付）の紙面には、恒川の次のような発言が掲載されている。

〈何もいいたくない（略）彼とはただ幼友達というだけで大した交際もなかつた〉

昭和二十三年十二月二十一日、巣鴨プリズン内の本庁舎にある一室で、刑の執行日時が死刑囚である当人たちに告げられることとなった。花山も臨席する中で、巣鴨プリズン所長のモーリス・C・ハンドワーク大佐が、宣告文を読み上げる。

〈東京裁判の判決、マッカーサー元帥の認定による刑の執行が、第八軍憲兵司令官ビクトール・

W・フェルプス大佐および巣鴨プリズン所長モーリス・C・ハンドワーク大佐に指令された。一九四八年十二月二十三日午前零時一分、巣鴨プリズン内で執行する〉

七名は、背中に「P」という黒い文字が刻印された囚人服に袖を通している。「P」は「prisoner」（囚人）を表している。刑の執行日が告げられた際、七名は皆、手錠姿であったが、東條と武藤、そして松井の手には念珠が巻かれていた。

部屋からは、土肥原、広田、板垣、木村、松井、武藤、東條という順で退室した。部屋を出る時に、各々の体重が測られた。

松井はその時、三通ほどの手紙を持っていて、それらを花山に手渡そうとした。しかし、花山は、

「明日お部屋の方へ訪ねるから、手紙は一度、部屋に持ち帰ってください」

と伝えた。

翌二十二日の午前九時から、花山は七名それぞれと一時間ずつ、仏間で面会することとなった。広田、武藤、松井、板垣、木村、土肥原、東條の順である。

午前十一時、松井の番となった。花山は、松井の妻・文子と、養女の久江から託されていた手

紙をそれぞれ読み上げた。松井は落ち着き払った様子で、静かに聴いていたという。
その晩に刑が執行されるという身の松井が最後に語ったのは、呪詛《じゅそ》の言葉でもなく、やはり中国のことであった。

〈中国では副総統の李宗仁という人が、蔣介石氏がやめたらなってもよいと言ったと新聞で見た。この人を私は知っているが、道徳的の人で衆望も高い。（略）全く中国のことは困ったことですが、今の中国の共産主義なら、ロシヤのものとはよほど違う。中国の道徳などを加えて、政治形式を整えればやってゆけると思うが、それだけの人がいないですね〉（『巣鴨の生と死』）

松井は中国の共産化の行く末に深憂を寄せながら、更にこう続けた。

〈これと相まって、仏教と提携して宗教家が助けてやらなければやって行けないですね。中国どころでない。日本がいま問題になっているのですからね〉

松井の生涯はその僅かな断面の一つにも、中国への衷情が溢れている。恰もそれは、染色体の記憶である。絶対的な存在証明である。不抜の信念とはこういうものであろうか。

親中派だった人物の中には、反日に染まる中国に辟易《へきえき》し、寄せていた期待の反動のようにして、反中に転じた者が少なくなかった。しかし、松井の思索の岩盤は不変であった。たとえ、その相手から「死」を宣告されたとしても。

松井は最期まで己を曲げず、自らの了簡を放棄しなかった。恨みがましいところも遺さなかった。そんな老人に瞑目の時が迫っている。

辞世

午後七時半からは、それぞれの独房で再度、花山との面談が始まった。これがいよいよ最期の個人面談の場である。今度は松井、広田、武藤、東條、板垣、木村、土肥原という順番であった。

処刑の時間まで、すでに、あと数時間である。

松井は夫人宛に書いた手紙を花山に託した。遺書である。

〈昨二十一日夜、マッカーサー元帥の命令により、明二十三日午前零時当監獄内において絞首刑執行の旨、宣告せらる。かねて期せしところなれば、何ら驚くところなく、謹聴せり〉(『巣鴨の生と死』）

南京戦と自らの責任については、改めてこう綴られている。

〈今南京虐殺事件の犠牲となり、この責任を負つて連合軍の処刑に付せらる。いわんや余は先に上海、南京の戦いに多数の日華両国軍民を失いしものなれば、その責任上、あま多の英霊のあとを追つて殉ずることは当然なり。

太平洋戦争は直接余の責任の外にあれども、これまた日華事変の延長と見るべく、余の地位、経歴上責任を免がるべきに非ず。今や敗戦日本の醜態を暴露せることに関し、責任を自覚し、一死、謝することは、又自然なりというべし〉

夜の底を思わせる心中の独白である。松井は日本と中国の関係について、その無念を記す。

〈ただ多年心と身を賭して志したる日華の提携とアジアの復興をとげず、却ってわが国家百年の基を動揺せしめたることは遺憾の極みにして、余の心霊は永く伊豆山の興亜観音山にとどまり、

一心観音経に精進し、興亜の大業を奮守すべし〉

家族については「余の一家は現在の文子、久江の後断絶せしむべし」とだけ書かれていた。辞世として三首が残されている。

天地《あめつち》も人もうらみず一すじに無畏を念じて安らけく逝く
いきにえに尽くる命は惜しかれど国に捧げて残りし身なれば
世の人に残さばやと思ふ言の葉は自他平等に誠の心

心の構えのない言葉の紡《つむ》ぎは、諦念の所産であろう。歌の狭間から淋しさが煙のように立ち上っている。「言葉の操りに心の襞《ひだ》がある。一首目で使われている「無畏」という語は「仏が法を説くときの何ものをも畏れない態度」のことであるが、これは松井が熱海の自宅の名に冠した言葉でもある。しかし、先の一首が辞世であることを考えれば、「死を畏れないこと」への意味合いが強く意識されていると考えるのが自然であろう。

また、最後の一首の中の「自他」という表現は、日本人と中国人のことを暗喩しているに違いないと私は思う。

更に松井らしく、命の絶唱として漢詩も詠まれていた。

衆生皆姑息　衆生《しゅじょう》はみな姑息なり
正気払神州　正気《せいき》は神州（日本）を払う
無畏観音力　無畏の観音力《かんのんりき》は
普明照亜洲　普く亜洲（アジア）を明照す

ここでもやはり「無畏」という言葉が泆々《あわあわ》しく重ねられている。

松井は最期、花山に対し、

「遺品としては、五枚の手紙と入れ歯、眼鏡、爪、判決文、マッカーサー元帥の声明がある。子供もなく、財産もなし、今更ら何も……」

と口にしたという。

花山が七名全員との面会を終えた時、時計の針はすでに午後十一時半を指し示していた。

刑の執行まで、あと三十分ほどに迫っていた。

最終章

殁後

殉国七士廟。愛知県三ヶ根山山頂にある©早坂隆

遺骨の行方

松井石根の遺体は、刑の執行から約一時間半後の午前二時五分、他の六名の亡骸と共に、巣鴨プリズンから横浜市保土ケ谷区にある久保山火葬場へと移されることとなった。

七名の遺体が納められた粗末な寝棺には、番号が付されていた。七つの棺は幌型の貨物自動車に積まれて横浜へと向かった。遺体の管理はすべて米軍の手によるもので、野辺の送りもない無機質な「移送」であった。車が火葬場へと到着したのは午前七時頃である。火葬場はカービン銃で武装した米兵に囲まれていた。

東京裁判の弁護団の一人であった三文字正平は、七名の遺骨を米軍から取り戻す計画を密かに画策していた。遺骨を遺族の元に戻したいという一心であった。三文字は人脈を活かして情報を収集し、火葬の場所が久保山であることを予め摑んでいた。

三文字は久保山火葬場の近隣にある興禅寺の住職・市川伊雄《いゆう》に事前に相談を持ちかけた。事情を理解した市川住職は、火葬場長である飛田美喜に話を通した。

午前八時頃、七つの棺はそれぞれ同時に窯に納められ、火葬が始まった。約一時間半後、火葬が終了。七体の遺骨が窯の前に並べられた。

この先の話には諸説ある。以下は、三文字が戦後の昭和三十五年（一九六〇年）に戦争犠牲者顕彰会発行の小冊子に寄せた文章に拠る。

火葬場長である飛田は、米軍将校の監視の目を盗んで、七名の遺骨の一部を、予め用意しておいた七つの小さな骨壺へと納めることに成功した。飛田は七つの骨壺を速やかに別の部屋へと移して隠した。しかし結局、線香に火を灯したところを米兵に発見されてしまった。

米兵は遺骨をひとまとめにして、無縁仏などのための共同遺骨置き場に無造作に投げ入れた。

一時は茫然となった飛田だが、彼はまだ諦めなかった。

その夜、飛田、三文字、市川住職の三名は、共同遺骨置き場へと忍び込んだ。コンクリート造りのその遺骨置き場の広さは二坪ほどで、深さは四メートルほどだった。骨を投入する口の部分は、幅十センチ、高さ三十センチほどの長方形をしており、その上には御影石《みかげいし》製の花立てが置かれていた。

三文字らは、遺骨置き場の底の方に真新しい白骨が相当量あったのを確認した。三名は火葬場で用いる火かき棒の先に空き缶を付けて、丁寧に骨を掬《すく》い取った。苦心した挙げ句、漸く骨壺に一杯ほどの量を集めることができたという。

興亜観音に眠る

国内の各新聞は「戦争犯罪人」の処刑について、最大級の紙面を割いて報じた。

日本という国家の肉体は、敗戦によって皮膚が剝がされ、血が噴き出し、骨が砕けていた。縫合にはかなりの時間を要することが見込まれた。そんな中、悪性の腫瘍と診断された七名は、強引な外科手術によって摘出されたのである。

日本という国家が、危篤状態から這い出そうとしていた。

花山信勝の長男である勝道氏が、一つの言葉を教えてくれた。父・信勝が生前によく口にしていたという短い言詞である。それは松井石根の実像に少しでも近づくために、影絵のような彷徨を続けてきた私にとって、取材中に抱えていた霧を払う言葉にも感じられた。

「あの七名は『戦争責任者』ではあった。しかし、『戦犯』という言葉は使うべきではない」

久保山火葬場の共同遺骨置き場から持ち出された七名の遺骨は、取り敢えず興禅寺の市川住職が預かることとなった。市川住職らはこの遺骨を「三文字の甥の遺骨」ということにした。三文字の甥は、上海戦で命を落としていた。

このような形としたのは、七名の遺骨を無断で持ち去ったという事実を、米軍も日本社会も、とても許容しないであろうと思われたためである。七名の遺骨の存在は、固く秘匿された。

処刑から四日後の十二月二十七日、七名の遺族と花山信勝が、熱海市伊豆山の故松井石根宅に集まり、「七遺族の会」が立ち上げられた。

翌昭和二十四年（一九四九年）五月、それまで興禅寺に隠されていた遺骨が、熱海の松井宅に運ばれることとなった。七名の遺族らが故人を偲ぶため松井家に再び集まることを知った三文字らが、この機会に遺骨を返そうと考えたのである。

三文字と市川住職は、遺骨を大きな鞄に入れ、温泉に静養に行くような装いで、熱海へと列車で向かった。

松井の家には、松井文子の他、東條、板垣、木村、広田の各未亡人が集まった。武藤、土肥原の遺族は来ることができなかった。

遺骨を持った三文字らが松井宅に到着した。松井にとっては、変わり果てた姿での帰宅ということになる。三文字は早速、遺骨を遺族らに渡そうとした。すると東條の未亡人・かつ子が、三文字に次のような意味のことを言ったという。

「御厚志は真にありがたいが、万が一、私たちが遺骨を保存していることが探知されたら、あなた方に取り返しのつかない非常な御迷惑がかかる。当分、どこかへお預けして時機の到来を待った上で分けていただきたい」

かつ子の言うことは尤もであった。遺族たちの気持ちを二人は率直に受け止めた。こうした経緯の末、七名の遺骨はそのまま興亜観音に託されることとなった。

同年十月一日、中華人民共和国が成立。松井の最大の懸案事項であった中国の共産化が現実のものとなった。

東京裁判において、被告人全員の無罪を主張したラダ・ビノード・パールはその後、興亜観音の地を数度にわたって訪れている。ある時、パールは観音像に手を合わせてから、松井のことを評してこう語ったという。

〈敵国の犠牲者をまつるために、余生を堂守にすごして、平和を祈ろうなどという気持は、アメリカの将軍たちにはついにわからなかった〉（『パール博士「平和の宣言」』）

未亡人である文子と、養女となっていた久江は、松井が残した自宅の敷地内で野菜を育てたり、養鶏をしながら、つつましく静かに戦後を暮らした。文子は夫の遺志を継ぎ、興亜観音への参詣を休むことなく続け、日中の戦没者たちの弔いに余生を費やした。

同時に、文子はいつしか「人を寄せ付けない」ような雰囲気を漂わせ、そのきつい性格で周囲から恐れられていた一面もあったという。夫が迎えた非業の最期と、いわれなき中傷の数々が、彼女の精神を鋭角化させたことは想像に難くない。そんな彼女のことを畏怖の念を込めて「元帥」と称する親類も少なくなかったという。

忘れられた陸軍大将

名古屋市中村区に建つ椿神社の「池に沈められた石碑」は、東京裁判が終わってだいぶ月日が流れた頃に、漸く引き揚げられたという。現在、同神社の境内の片隅に、この碑はうら寂しく佇《ちょ》立《りつ》している。碑の周囲は柵に囲まれており、触れるどころか、近づくことさえもできない。椿神社の宮司である一色重徳氏は言う。

「今ではこの碑の存在は地元でもほとんど知られていません。歴史から忘れられたような場所になっています」

湿っぽく狭い境内には、音なき喧噪が満ちている。

松井の故郷であった愛知県下には、他にも彼の名前が刻まれた碑などが、足跡のようにして点々と残存している。

同じく名古屋市にある日置神社には、鳥居の脇に「式内　日置神社」と記された角柱の石碑が建てられているが、この裏側には「陸軍大将松井石根謹書」という文字が刻まれている。側面には「昭和十四年六月」という日付が入っているから、南京戦から約一年半を経た頃に揮毫されたことになる。

同神社の関係者の方に、社と松井との関係について尋ねたが、その方は石碑の裏側に松井の文字があることを知らなかったばかりか、「松井石根」という名前自体も初耳だという反応であった。

他方、知立神社に建立された巨大な石燈籠「千人燈」は、今もその威容をたたえているが、上部に施されていた「日の丸」と「旭日旗」の部分は壊れた状態となっている。尤も宮司の神山氏は、

「年月の経過によるもので、誰かに壊されたわけではない」

と説明する。ただ戦後、同神社には、松井の名が刻まれたこの燈籠を指して、

「民主主義の時代になったのに、何故このようなものがまだ建っているのか」

といった批判の声が数多く寄せられたことも、また事実であるという。

三ヶ根山に建つ墓碑

昭和三十四年（一九五九年）、興亜観音の敷地内に「七士之碑」という石碑が新たに建立され

た。断罪された七名の御霊を鎮めるための墓碑である。碑の文字は吉田茂が揮毫した。吉田は除幕式にも参列した。

明治十一年（一八七八年）生まれの吉田は、広田弘毅と同じ年齢であり、外務省でも同期であった。吉田は広田から、大亜細亜協会への入会を誘われたこともあったという。大亜細亜主義に批判的な意見を持っていた吉田は、これを断った。英米との協調に重きを置いていた吉田は、和平工作に従事し、軍部に睨まれるなどした経歴も持つが、そんな彼でさえ「戦犯」の一言で故人を断罪する気にはならなかったのであろう。

翌昭和三十五年（一九六〇年）、愛知県の三ヶ根山《さんがねさん》の山頂に「殉国七士廟」という碑が建てられた。これは、七名の遺骨を分骨する形で、新たに建立されたものである。

なぜ七名に特にゆかりもないこの三河の地に、このような墓碑が造られたのか。幡豆町《はずちょう》歴史民俗資料館に当時の経緯を示す幾つかの資料や冊子が保管されていた。幡豆町教育委員会生涯学習課の伴野義広氏から提供されたそれらの記録に拠ると、その理由は以下の通りである。

昭和三十年（一九五五年）頃、蒲郡市と岡崎市との間で「蒲郡競艇場」を巡る対立が生じた。同競艇場は両市の共同開催となることが決まっていたが、その利害関係を巡る主張の相違からトラブルに発展したのである。

この問題を弁護士として担当したのが林逸郎であった。林はかつて東京裁判で弁護人を務めた人物である。

林は三文字とも親交が厚かった。三文字は七名の遺骨が細々と隠れるようにしてしか祀られていないことに、ずっと心を痛めていた。七名の遺族からも新たな墓地を求める声が強くなっていた。もとより、遺族にとって「時機を待っての分骨」は悲願である。

林は三河の地をたびたび訪れる中で、風光明媚なこの土地柄に魅せられた。地元の有力者たちとも交流を深める内に、「慰霊地受け入れ」のための協力者も現れた。その上で林は、新たな慰霊のための場所として、三ヶ根の地を三文字に薦めたのである。

三ヶ根山ではちょうどその頃、大規模な開発計画が進められており、山頂への自動車専用道路も建設中であった。緑豊かな山の稜線部分には、利用可能な手つかずの土地が多くあった。

その後、地元の町議会との様々な折衝を経て、三ヶ根山頂に「殉国七士廟」を建立する計画が、正式に実行される運びとなった。

昭和三十五年五月十五日、三文字を祭主として地鎮祭が執り行われた。六月二十八日には、遺骨がこの地に分骨される形で運ばれ、観音堂の裏に安置された。

翌二十九日に納骨式、八月十六日には墓前祭が催された。

現在では、七名の廟だけでなく、フィリピン戦の戦没者慰霊のための「比島観音」を始め、多くの慰霊碑が所狭しと立ち並ぶ場所となっている。沖縄を除けば、戦没者慰霊のための場所としては国内最大級の規模であるとも言われている。

私はこの近隣の岡崎市の出身であるが、このような場所の存在を知らないまま成人した。地元でもこの地は「忘却の果て」にある。

その存在を知っている人々の間からも「戦犯の墓なんかが何故この場所にあるのか」「A級戦犯の墓など見たくない」といった峻烈な意見が現下においても少なくない。

東京裁判に対する日本人の態度は、硬直と蒙昧の螺旋の中を未だに彷徨っている。

耳を澄ませば、この山頂を満たす一定の旋律に気付くだろう。それは、無風の葉音である。自身の内に鳴る解釈の波である。

この地では己の史観が、汐の香に試されるのである。

崩れ落ちた石碑

昭和四十三年（一九六八年）、松井の未亡人である文子は、亡き夫の遺品を陸上自衛隊・板妻駐屯地に寄贈した。文子は当初、それらの保管を地元の熱海市に依頼したが、行政側にこれを拒否されたという。それは「戦犯の遺品は受け取れない」という冷淡な態度であった。残酷なる戦後社会を前に、文子はさぞ沈痛な思いに暮れたに違いない。

その後、これを引き取ったのが、近隣の御殿場市にある板妻駐屯地であった。当時、同駐屯地で広報班長の任にあった高田昇という自衛官が、文子と懇意であった。高田は日頃から文子を「母」として慕い、公務の合間に松井家の庭を自主的に掃除するなどして親交を温めていた。

この高田の尽力により、行く先を失っていた松井の遺品が、板妻駐屯地に保管されることとなったのである。

こうして新設を迎えた資料館は、あくまでも民間からの寄付によって運営されており、今も公的な資金は使われていない。広報幹部の一人は言う。

「松井大将については今も様々な意見があることは無論、承知しております。私たちも松井大将を殊更に美化したり、英雄視しようということではありません。ただ、お預かりした遺品を、歴史の一部として鄭重に保存していこうということだけです」

資料館に設けられたガラス張りのケースの一角には、松井が遺した日記の他、東京裁判の供述書、着用していた軍服、履いていた靴なども保管されている。

昭和四十六年（一九七一年）には、熱海の興亜観音の地を不測の事件が襲う。「七士之碑」が過激派学生らのテロによって爆破されたのである。左翼学生たちは、この碑を「日本軍国主義のシンボル」として破壊したのであった。

石碑は大きく三つに割れて、崩れ落ちた。その後、破片を繫ぎ合わせて修復が施されたものが、現在の碑である。今も残る痛々しい亀裂の跡は、この国の戦後の狂騒と酩酊の瘡蓋《かさぶた》のように見える。

未だ包帯だらけ、病み上がりの日本は、過剰な免疫機能による体調の不全に苛まれていた。

昭和四十八年（一九七三年）、国立熱海病院の一室で文子が息をひきとった。死因は子宮癌であった。享年八十六。葬式には数名の近隣の者が訪れただけで、花輪一つ飾られていなかったという。

本人の在りし日の遺言に従って、文子の遺体は大学の医学部に献体された。

一人となった養女の久江は、その年の九月、住み慣れた熱海の地から大阪府の堺市に転居した。

松井石根の親戚にあたる松井太郎氏は、文子が亡くなった際に久江と会い、短いながらも会話を交わしたことを記憶に留めている。久江はその時、

「熱海の家は売り払って故郷の方へと帰り、そこに籠ります」

と話していたという。

その後、彼女は養子を取ることもなく、静かに黄泉《よみ》の客となった。
「余の一家は断絶せしむべし」という松井の遺言は、こうして守られたことになる。

あとがき

一度も逢ったことのない人物の肖像について、あれこれと考えを巡らせていく行為は、いつも覚悟していることとは言え、折に触れて果てのない徒労を感じさせる。

例えば、彼の薄い唇の噛み締め方や、細い喉のそらせ方、または、髪の毛のなびき、声の枯れ具合、吐く息の匂い、臓器の輪郭などを想像する。或いは、彼の思想を順序立ててみたり、何かに置き換えようとしたり、揮毫の筆跡に本質の欠片が転がっているのではないかと凝視してみたりする。

時に、私なりの松井石根像が漆黒の中で明滅することを感じることもあったが、それらは結句、遠景の錯覚でしかなかったような気もしている。

戦後、南京戦についての議論はすでに百出している。

しかし、過熱の嫌いさえある多角的な論争の中で、本来の「主役」であるはずの松井についてては、まるでエアポケットのようにして語られてこなかった感がある。特に松井が陸軍きっての日中友好論者であった事実は、まるで一つのタブーと看做されてきたように思う。

故人に対して大風《おおふう》な口を利くようなことはしたくないが、私はそんな蜃気楼のような彼の生涯に、仄かな光を当ててみたかった。そこから浮かび上がってくるものの正体を少しでも感じたかった。

しかし、光線の具合とはなかなか難しいもので、例えば紅いものに紅い光、蒼白いものに蒼白い光を当てたとしても、対象は見えなくなるだけだし、光の度合いが強すぎれば白く飛ぶ。私としては、脇に照度計を置きながら、透明で、かつ淡い、微光のようなもので照らし出すことに留意したつもりだが、時に光が強すぎたり、或いは暗すぎた部分もあったかもしれない。

また、原稿を書き進めるにあたって、意図的に使用しなかった言葉が幾つかあった。例えば、「加害者」「被害者」「侵略戦争」「ファシズム」といった語彙である。使い古されたこれらの表現を用いた途端、連続性の中にあるべき史実は悉く闇に紛れ、真相は見失われる。強力な磁場によって、照度計は狂う。

私は、もしも、

「先の大戦における最大の皮肉とは何か?」

と問われれば、

「松井石根の存在」

と答える。松井石根の名前は、今も中国の歴史教育の中において「ヒットラー」と同列の文脈で語り継がれている。松井の生涯には、今もなお多くの誤解と偏見が降り注いでいる。

近年の日中両国の互いの国民感情の悪化は、本書の前半で記した時代に通じる部分がある。昨今、多くの人的交流や、物の行き来が定着した一方で、中国共産党の一党独裁体制は続き、軍事費の増大も顕著である。南京市にある南京大虐殺紀念館（侵華日軍南京大屠殺遇難同胞紀念館）は愛国教育の拠点として利用され、根拠に乏しい「三十万人」という犠牲者（遭難者）の数を今も下ろそうとしない。

現在の日中関係を、在天の松井はどう眺めているだろうか。日本と中国の互いの敬重を夢見た彼は、粟立《あわだ》つような哀しみの深淵で、よろめくようにして哭《な》いているに違いない。

そのことを「歴史は繰り返す」という単純な箴言《しんげん》で括ってしまうことは、やや適正を欠くであろう。

「歴史は繰り返さない。ただ、韻を踏むだけである」

という巷間の警句が、深い闇の継ぎ目から発せられた因果の糸のようにして、現世を縛ろうとするのである。

復刻版あとがき

来年〔令和七年〔二〇二五年〕〕、日本は戦後八十年という重要な節目の年を迎える。

だが、それだけ多くの年月が流れたにもかかわらず、日本人の戦争認識が健全な深まりを見せたかと言えば、残念ながら心もとない。

南京戦はその象徴のような存在である。南京戦を冷静に理解しようという人々は着実に増えているが、東京裁判や中国側の一方的な主張にのみ耳を傾ける人々もいまだ少なくない。

あらゆる学問や科学は、絶え間ない日々の研究によって、その成果が少しずつ「修正」され、進歩していくのがいたって自然なかたちだが、こと大東亜戦争に関しては異なるようだ。東京裁判史観に少しでも疑義を唱えるような言説には「歴史修正主義」というレッテルが貼られ、ヒステリックなまでの批判が繰り返される。そういった言説によって、冷静な研究環境が阻害されていることは、甚だ残念なことである。

実は近年、当の中国では南京戦に関し、「犠牲者三十万人にはさすがに誇張があるのではないか」と考える人が若者を中心に増えつつある。しかし、そこで反論として必ず出るのが「日本人が認めているのだから、そうなんだろう」という意見。日本側の硬直した姿勢が、史実への近接を妨げている。

日中両国において、南京戦に関する丁寧かつ多面的な議論が深まることを願っている。

南京戦は、今も中国側の外交カードに利用されている。松井石根の無念は、いまだ晴らされていない。共産党独裁下にある中国が、今や国際社会の中心を担う存在にまでなり、世界の平和や地域の安寧を脅かしている現況を見ると、「中国の共産化」が招く危険性に警鐘を鳴らし続けた松井の先見性は、今こそ見直されるべきであろう。

本書の最後として、南京戦における日本と中国、両国の犠牲者に対して心からの哀悼の誠を捧げたい。

松井が最期まで念じ続けたように。

早坂　隆

主要参考文献

（引用文献については本文中にも明記）

『支那事情講習録』東亜同文会調査編纂部
『畑俊六と松井石根』松下元　トップ・ニュース社
『兄松井石根を語る』松井七夫（述）、井上五郎（編）
冨士書房
『松井大将伝』横山健堂　八紘社
『将軍の真実』早瀬利之　光人社
『昭和動乱期の回想（下）』中谷武世　泰流社
『歴代陸軍大将全覧　昭和篇／満州事変・支那事変期』
半藤一利、横山恵一、秦郁彦、原剛　中公新書ラクレ
『日本陸海軍総合事典』秦郁彦（編）　東京大学出版会
『日本陸軍兵科連隊』新人物往来社戦史室（編）
新人物往来社
『私の中の日本軍』山本七平　文春文庫
『「大東亜戦争」はなぜ起きたのか』松浦正孝
名古屋大学出版会
『中華民国』横山宏章　中公新書
『日本は中国でどう教えられているのか』西村克仁
平凡社新書
『日本陸軍と中国』戸部良一　講談社選書メチエ
『黄文雄の大東亜戦争肯定論』黄文雄　ワック
『図説　日中戦争』森山康平（著）、太平洋戦争研究会（編）
河出書房新社
『実録・日本陸軍の派閥抗争』谷田勇　展望社
『新版　日中戦争』臼井勝美　中公新書
『日中戦争日記（全七巻）』村田和志郎　鵬和出版
『支那事変陸軍作戦〈１〉』防衛庁防衛研修所戦史室（編）
朝雲新聞社
『報道戦線』馬淵逸雄　改造社
『歴史の嘘を見破る』中嶋嶺雄（編）　文春新書
『昭和史　１９２６－１９４５』半藤一利　平凡社
『渡部昇一の昭和史』渡部昇一　ワック
『紙弾』支那派遣軍報道部（編）　支那派遣軍報道部
『戦塵』歩兵第七連隊（編）　歩兵第七連隊
『戦時国際法提要』信夫淳平　照林堂書店
『南京事件』秦郁彦　中公新書
『南京戦史』南京戦史編集委員会（編）　偕行社
『南京戦史資料集Ⅰ』南京戦史編集委員会（編）　偕行社
『南京戦史資料集Ⅱ』南京戦史編集委員会（編）　偕行社
『南京事件資料集Ⅰ　アメリカ関係資料編』
南京事件調査研究会（編）　青木書店

『南京事件資料集Ⅱ　中国関係資料編』
南京事件調査研究会（編）　青木書店
『「南京大虐殺」のまぼろし』鈴木明　文藝春秋
『新「南京大虐殺」のまぼろし』鈴木明　飛鳥新社
『「南京虐殺」への大疑問』松村俊夫　展転社
『南京』市来義道　南京日本商工会議所
『「南京事件」の探求』北村稔　文春新書
『再現　南京戦』東中野修道　草思社
『南京「事件」研究の最前線』東中野修道　展転社
『「南京虐殺」の徹底検証』東中野修道　展転社
『現代歴史学と南京事件』笠原十九司、吉田裕（編）　柏書房
『南京事件』笠原十九司　岩波新書
『百人斬り裁判から南京へ』稲田朋美　文春新書
『南京の真実』ジョン・ラーベ（著）　平野卿子（訳）　講談社
『仕組まれた〝南京大虐殺〟』大井満　展転社
『史実の歪曲』畝本正己　閣文社
『孤高の鷲（下）』チャールズ・リンドバーグ（著）、
新庄哲夫（訳）　学研M文庫
『極東国際軍事裁判速記録（全十巻）』新田満夫（編）
雄松堂書店
『東京裁判（下）』児島襄　中公新書
『「東京裁判」を読む』半藤一利、保阪正康、井上亮
日本経済新聞出版社
『共同研究　パル判決書（下）』東京裁判研究会（編）
講談社学術文庫
『パール博士「平和の宣言」』ラダビノード・パール（著）、
田中正明（編著）　小学館
『いわゆるA級戦犯』小林よしのり　幻冬舎
『巣鴨の生と死』花山信勝　中公文庫
『ジミーの誕生日』猪瀬直樹　文藝春秋
『巣鴨プリズン』小林弘忠　中公新書
『比島から巣鴨へ』武藤章　中公文庫
『巣鴨日記』重光葵　文藝春秋新社
『わらわし隊報告記』京山若丸、石田一松　亜細亜出版社
『武器よさらば（上）（下）』アーネスト・ヘミングウェイ（著）、
谷口陸男（訳）　岩波文庫

早坂隆（はやさか・たかし）
1973年、愛知県生まれ。ノンフィクション作家。
『昭和十七年の夏 幻の甲子園』（文藝春秋）で第21回ミズノスポーツライター賞最優秀賞を受賞。著書に『指揮官の決断　満州とアッツの将軍　樋口季一郎』『永田鉄山　昭和陸軍「運命の男」』（ともに文春新書）、『大東亜戦争秘録』（育鵬社）、『戦時下の箱根駅伝』（ワニブックス【PLUS】新書）などがある。顕彰史研究会顧問。

評伝 南京戦の指揮官　松井石根

発行日　2024年7月30日　初版第1刷発行

著　者　早坂 隆

発行者　秋尾弘史

発行所　株式会社育鵬社
〒105-0022　東京都港区海岸1-2-20 汐留ビルディング
電話03-5843-8395（編集）
http://www.ikuhosha.co.jp/
株式会社扶桑社
〒105-8070　東京都港区海岸1-2-20 汐留ビルディング
電話03-5843-8143（メールセンター）

発　売　株式会社扶桑社
〒105-8070　東京都港区海岸1-2-20 汐留ビルディング
（電話番号は同上）

装　丁　新 昭彦（ツーフィッシュ）

ＤＴＰ制作　株式会社ビュロー平林

カバー写真　朝日新聞社／時事通信フォト

印刷・製本　サンケイ総合印刷株式会社

Printed in Japan ISBN 978-4-594-09810-0

本書のご感想を育鵬社宛にお手紙、Eメールでお寄せください。
Eメールアドレス　info@ikuhosha.co.jp